CONTES CRUELS

Tome II

Du même auteur
chez le même éditeur

Combats politiques
Contes cruels
Combats esthétiques
(2 vol., à paraître 1990)

À paraître
Octobre 1990

Octave Mirbeau, biographie
par Pierre Michel et Jean-François Nivet

En couverture : *Le dressage*. Dessin de Jossot paru en 1904 dans *L'assiette au beurre* (n° 144)

OCTAVE MIRBEAU

CONTES CRUELS

Tome II

OFFERT PAR
LE GOUVERNEMENT FRANÇAIS

Librairie SÉGUIER
3, rue Séguier
75006 Paris VIe

RAPPEL DES CHAPITRES DU TOME 1

MIRBEAU CONTEUR. — UN MONDE DE MANIAQUES ET DE LARVES.

I. — « L'UNIVERSELLE SOUFFRANCE »

II. — « LA FÉROCITÉ EST LE FOND DE LA NATURE HUMAINE »

I.S.B.N. 2-87736-095-4

CHAPITRE III

LA FEMME DOMINE ET TORTURE L'HOMME

> *« Femme, c'est-à-dire un être obscur, insaisissable, un malentendu de la nature auquel je ne comprends rien ».*
>
> «Vers le bonheur», *Le Gaulois,* 3 juillet 1887.

> *« Les crimes les plus atroces, ceux qui nous ont fait le plus frissonner, sont presque toujours l'œuvre de la femme. C'est elle qui les imagine, les combine, les prépare, les dirige ».*
>
> «Après boire», *Le Journal*, 6 novembre 1898.

Léon Daudet, qui a bien connu Mirbeau, et qui avait pour lui une tendresse fraternelle, en dépit de leurs divergences politiques, écrit : « Il est, comme Rabelais, *gynécophobe* ». Et d'expliquer que Mirbeau « voit la femme jeune comme un monstre (*Le Jardin des supplices*), ou, si elle est âgée, comme une vieille moule. Mère, elle est irritée. Maîtresse, elle est perfide ou méchante. Elle anéantit le malheureux qui s'éprend d'elle (*Le Calvaire*). Elle se fait vampire »[1].

Il a raison, Mirbeau n'est pas un de ces misogynes comme il y en a tant dans les sociétés matriarcales, et qui ne songent qu'à défendre le pré carré de leurs privilèges : il est « gynécophobe ». C'est-à-dire que sa haine de la femme (qui est aussi l'envers de son amour pour elle), repose sur une peur irrationnelle, enracinée très profondément en lui. Elle ne relève pas du jugement — même s'il tente de la justifier par de multiples arguments —, mais de pulsions inconscientes et incontrôlables, où l'empreinte de la vision biblique de la femme chargée de tous les péchés du monde s'alimente de trois expériences traumatisantes, qui s'ajoutent aux habituelles désillusions de l'adolescence[2].

Sur la première, nous ne savons que ce que Mirbeau nous laisse deviner dans son troisième roman autobiographique, *Sébastien Roch* (1890). Son héros est violé par un jésuite, le père de Kern, maître d'études au collège de Vannes, et ce traumatisme lui inspire désormais un dégoût incoercible pour les choses du sexe, identifiées au péché, et pour la femme, qui n'est faite précisément que « pour l'amour », et dont « l'intolérable contact » lui fait « horreur », comme « les picotements de mille sangsues voraces ». En a-t-il été de même d'Octave ? Nous ne saurions l'affirmer catégoriquement. Mais ce qui est sûr, c'est que toute son œuvre respire ce dégoût et cette horreur

1. Léon Daudet, « Octave Mirbeau », *Candide*, 29 octobre 1936.

2. Cf. ses *Lettres à Alfred Bansard des Bois (1862-1874)*, le Limon, Montpellier, 1989.

de la femme qu'il prête à son personnage et qui sont les effets irréversibles des violences subies.

La deuxième expérience décisive est une liaison avec une certaine Judith, femme galante à la cervelle d'oiseau, qui pendant plus de trois ans — de 1880 à 1883 — lui a fait vivre un véritable calvaire qu'il retrace dans son premier roman (1886). Esclave de cette « maladie honteuse », de cette « torture » qu'est son amour pour l'indigne Juliette, qui le trompe d'abondance et se joue de lui, Jean Mintié devient, de son propre aveu, « le plus vil des hommes ». Ses nobles aspirations sont balayées, sa faculté créatrice s'étiole, son cerveau se vide, ses moelles se déssèchent ; il gaspille son patrimoine, il sacrifie ses amitiés, il bafoue ses principes moraux, il perd jusqu'au souvenir de sa dignité ; bref, il est complètement dépossédé de lui-même. Mirbeau a-t-il, comme son triste héros, dans un mouvement homicide qui l'a terrorisé, écrasé contre la cheminée le petit chien inoffensif de son insensible maîtresse, comme l'affirme Edmond de Goncourt ? Ce n'est pas impossible. Car il a fui pour cacher son désespoir et sa honte au fin fond de la Bretagne, où il a passé sept mois à se remettre lentement de cette dissolution de son être, grâce à une immersion prolongée au sein de la nature rédemptrice.

Quand il rentre à Paris, en août 1884, purgé, désireux de se racheter et d'entamer une nouvelle carrière, il noue une liaison ... avec une autre femme galante, Alice Regnault ! Il s'agit cette fois d'une femme de tête, qui a su investir intelligemment, dans l'immobilier, les gains mal acquis, et qui, de surcroît, se pique d'écrire et de peindre. Elle lui apporte l'équilibre affectif et la sécurité matérielle dont il a besoin. Las ! le voilà tombé de Charybde en Scylla ! Elle commence par l'entraîner dans une sale histoire, l'affaire Gyp[3]. Puis, ayant mis le grappin sur lui, elle l'oblige à l'épouser en

3. Par jalousie, Alice a tenté de vitrioler une rivale, la comtesse de Martel. Celle-ci s'en est vengée en publiant un roman à clefs fort diffamatoire, *Le Druide*, sous le pseudonyme de Gyp ; puis en accusant Octave d'avoir voulu la révolvériser ;

dépit du qu'en dira-t-on, et en catimini. Pour finir, elle le rend horriblement malheureux : incapable de se dégager de cet asservissement conjugal — qu'il transpose dans *Mémoires pour un avocat*, impitoyable réquisitoire contre sa femme — il se sent frappé d'impuissance, tenté par le suicide, et guetté par la folie, parce qu'il se sent hors d'état, par veulerie, ou par complaisance masochiste, de secouer ce joug anéantissant[4].

En pleine crise conjugale, il se venge en écrivant — à l'abri d'un pseudonyme ignoré d'Alice — ce texte d'une violence stupéfiante : « La femme n'est pas un cerveau, elle n'est qu'un sexe, et rien de plus. Elle n'a qu'un rôle dans l'univers, celui de faire l'amour, c'est-à-dire de perpétuer l'espèce [...] (cf. *Histoire de chasse, Précocité, Pauvre voisin, Veuve*...). La femme possède l'homme. Elle le possède et elle le domine. Elle le domine et elle le torture (cf. *Le Pauvre sourd, Mémoires pour un avocat*) : ainsi l'a voulu la nature, selon ses voies impénétrables. Et l'homme, dans l'immense besoin d'aimer qui est en lui, l'homme dépositaire de l'humanité future endormie en lui, accepte l'inconscience de la femme, son insensibilité devant la souffrance (cf. *Le Pauvre sourd*, *La Bague*, *Pauvre Tom*), son incompréhensible mobilité (cf. *Le pont*), les soubresauts de ses humeurs (cf. *Clotilde et moi*), son absence totale de bonté, son absence de sens moral (cf. *Le Numéro 24*, *Paysages d'automne*, *La Belle sabotière*), et tout cet apparent désordre, tout ce mystère, tout ce malentendu, qui,

et enfin en faisant écrire des lettres anonymes accusant Alice et Octave d'avoir participé au trafic des décorations ! Cette « vilaine affaire » a empoisonné la vie de Mirbeau pendant près de quatre ans... Pour en savoir plus, on peut se reporter à l'article de Pierre Michel, *L'Affaire Gyp*, à paraître dans les *Cahiers Naturalistes*, et aux chapitres IX, X et XI de notre biographie d'Octave Mirbeau, Séguier, à paraître fin 1990.

4. Voir la préface de *Dans le ciel*, L'Échoppe, Caen, 1989 ; et la préface de la *Correspondance avec Camille Pissarro*, Le Lérot, 1990.

loin de les séparer, l'un et l'autre, de toute la distance d'un infranchissable abîme, les rapproche de toute l'étreinte d'un baiser. Il accepte tout cela, à cause de sa beauté [5] (cf. *Pauvre voisin*, *Pauvre Tom*, *Le Bain*, *Le Pauvre sourd*) ».

Les contes et les nouvelles d'Octave Mirbeau accordent donc à la cruauté de la femme une place de choix. Ce sont autant d'illustrations d'une vision de la femme fort rétrograde, qui ne manque pas de surprendre chez un homme qui, par ailleurs, a participé, avec quelle générosité, à tous les combats de l'avant-garde politique et esthétique[6]. Ce sont aussi autant d'occasions de démystifier cet amour chanté par les poètes, les dramaturges et les romanciers mondains, et qui pousse les hommes naïfs vers « la femme vertueuse, d'idéal et de pitié », alors qu'en réalité elle est une « incomparable virtuose de la douleur »[7], qui ne trouve de plaisir que dans la souffrance qu'elle inflige (cf. *Pauvre Tom*). Aussi bien ne recule-t-elle devant rien, pas même devant l'assassinat (*Le Bain*, *La Belle sabotière*) : loin de la rebuter, il exalte en elle « l'affreuse joie de la mort », et la « fait frémir jusque dans le tréfond de sa chair d'une sorte d'horreur délicieuse... »[8]

Que peut faire l'homme face à un pareil ennemi ? Le narrateur du *Jardin des supplices* avoue son impuissance : « Je ne puis la maudire, pas plus que je ne maudis le feu qui dévore villes et forêts, l'eau qui fait sombrer les navires, le tigre qui emporte dans sa gueule au fond des jungles les proies sanglantes ... La femme a en elle une force cosmique d'éléments, une force invincible de destruction comme la nature ! ... Étant la matrice de la vie, elle est, par cela même, la matrice de la mort, puisque c'est de la mort que la vie renaît

5. « Lilith », *Le Journal*, 20 novembre 1892.
6. Cf. ses *Combats politiques* et ses *Combats esthétiques*, Séguier, 1990.
7. « Après boire », *Le Journal*, 6 novembre 1898.
8. *Le Jardin des Supplices*, Folio, Gallimard, p. 58.

perpétuellement unique de fécondité »[9]. Nombreux sont, dans l'œuvre de Mirbeau, les hommes qui partagent ce sentiment, et qui, à l'instar de leur créateur, capitulent sans conditions devant leurs maîtresses. On comprend pourquoi Sacher-Masoch s'intéressait tant à Mirbeau ...

9. *Ibid.*, p. 61.

CONTES VRAIS

LE NUMÉRO 24

De Jean de Raimbert à Mme veuve de Raimbert.

Ma chère maman,

Il faut sécher tes larmes bien vite, ces vilaines larmes qui depuis si longtemps coulent de tes chers yeux ; il faut rire, il faut chanter, danser, être heureuse, Pavoise le château, illumine le parc, et fais dire à la chapelle une messe d'actions de grâces. J'ai une joie, une grande joie à t'annoncer. Mais il faut, vois-tu, que je te raconte tout cela par le menu et depuis le commencement. Je le peux, maintenant que le mauvais rêve s'en est allé, que la vie, que le bonheur me reviennent, que je vais aimer, que je vais être aimé. Oui, chère maman, être aimé ! Tu ne savais pas pourquoi je désespérais, pourquoi je dépérissais, pourquoi j'ai voulu me tuer, car j'ai voulu me tuer... Dieu et toi, me pardonnerez-vous ? Hélas ! il te suffisait de me voir malheureux pour devenir malheureuse avec moi, te faire la tendre berceuse des chagrins que tu ignorais et, sans les connaître, la maternelle et sublime endormeuse de mes agonies — de mes agonies ! Oh oui le mot n'est pas trop fort. Mais aujourd'hui, ce secret que je t'avais caché, je vais le dévoiler, et tu apprendras en même temps mes souffrances passées et mon bonheur revenu.

Tu sais avec quelles croyances, avec quels enthousiasmes, avec quelles ardeurs folles et pieuses, j'aimai Marcelle. De cet amour, j'avais fait toute ma vie. Tu me disais bien quelquefois : « Prends garde, mon enfant. Es-tu sûr que Marcelle réponde à ton grand amour ? Je la trouve inquiète, distraite, rêveuse et triste. Hier encore, je l'ai surprise, les yeux rouges et pleurant. Si elle allait ne pas t'aimer ». Et moi je répliquais : « Ne pas m'aimer ! Ah ! je suis sûr d'elle. Marcelle est une réfléchie, elle ne se livre pas. Mais elle est bonne et elle m'aime. » Et je l'épousai.

Le soir de notre mariage, quand nous fûmes seuls dans notre chambre, Marcelle brusquement me dit :

— Monsieur, j'ai à vous parler... sérieusement.

Monsieur ! Elle m'appelait monsieur maintenant ! Monsieur ! à cette heure bénie, dans ce lieu tant désiré ! Monsieur ! elle qui toujours m'avait dit : mon ami, et m'avait appelé par mon petit nom ! Et puis, en disant cela, elle était toute grave et sombre, avec je ne sais quoi de méchant sur les lèvres.

— Marcelle, lui dis-je, ma chère Marcelle, vous m'épouvantez... Pourquoi, tout à coup, cette voix dure, cet air de colère ! Vous ai-je fait quelque chose ?

Timidement, je m'approchai d'elle. Mais elle me repoussa presque indignée, avec dégoût.

— Laissez-moi, monsieur, et veuillez m'écouter.

Elle s'assit au bord de la chaise longue, s'accouda sur une table basse où la lampe, doucement, brûlait. Ses bras sortaient droits et nus des dentelles du peignoir. Les mèches de ses cheveux se tordaient effarées et toutes noires, sur son front bas, un front d'enfant volontaire. Elle avait baissé les yeux, et ses lèvres, d'un rouge vif, à peine se voyaient, si pâles qu'on les eût dites seulement tracées par une mince ligne grise.

J'attendais, anxieux. Mon cœur battait à se rompre. Ma gorge se serrait, comme étouffée dans les griffes d'une bête géante. Il me sembla que tout, dans la chambre, tournait, tournait, puis défaillait dans une nuit dansante de cauchemar. Je voulus crier : « Marcelle ! »

mais la voix s'arrêta, ne monta pas à mes lèvres. Je dus m'appuyer contre un meuble pour ne pas tomber.

Marcelle, enfin, rompit le silence, ce silence d'une minute qui me parut longue d'un siècle. Sa voix était nette, précise, implacable.

— Monsieur, dit-elle, je vous ai épousé parce que ma famille le voulait, parce que je n'ai pu faire autrement, parce qu'il le fallait, enfin ! Autrefois, vous m'étiez parfaitement indifférent ; aujourd'hui que vous êtes venu vous jeter dans ma vie, vous m'êtes odieux... Aux yeux du monde, je suis votre femme ; aux miens, vous n'êtes pas mon mari... et vous ne le serez jamais, jamais, entendez-le bien. Mais ceci ne regarde que vous et moi. Le monde n'a que faire dans nos querelles intérieures. Voici donc ce que je vais vous proposer. Nous vivrons sous le même toit, je sortirai avec vous, pour tous je serai votre femme. Ne me demandez pas autre chose. En vous épousant, monsieur, j'ai tué ma vie. Je n'attends plus rien, je n'espère plus rien. Par conséquent, si je vous rends malheureux, je ne vous rendrai pas ridicule. La tristesse est entrée avec moi dans votre foyer, mais non point le déshonneur.

Ma chère mère, en entendant ces paroles qui, malgré leur précision, m'arrivaient confuses et bourdonnantes, je ne pourrais dire ce qui se passa en moi. Je crus tout d'abord que cela n'était pas vrai, que j'étais le jouet d'un rêve. Je pensais ensuite que Marcelle voulait m'effrayer, m'éprouver, et que me voyant de la sorte bouleversé, elle allait bien vite m'ouvrir ses bras et m'attirer et me prendre. J'essayais de parler, mais ma langue s'embarrassa. Je ne trouvai plus les mots. Les idées mêmes m'échappaient. Je balbutiai.

— Marcelle, mais c'est infâme ... oui ... infâme ! Pourquoi ? que t'ai-je fait ? Ah ! mon Dieu ! mon Dieu !

Et les yeux pleins de larmes, la gorge secouée de sanglots, je l'implorai, me traînant à genoux jusqu'à elle, les mains jointes.

Elle restait impassible.

— Tu ne sais donc pas que j'en mourrais ? Marcelle, tu me tues, je te dis que tu me tues. Aie pitié, par grâce, aie pitié !

Elle se leva brusquement.

— Allons, finissez, cria-t-elle, vos prières et vos pleurs sont inutiles. Je vous ai dit ce que j'avais à vous dire. Ma résolution est irrévocable. Et remarquez que c'est un sentiment de pitié pour vous qui me fait agir ainsi, car pour moi...

Elle acheva sa pensée par un geste large de la main.

— Et maintenant, monsieur, faites-moi le plaisir de vous retirer dans votre appartement.

— Marcelle, voyons, c'est impossible ! m'écriai-je suppliant. Non, tu ne peux pas, tu ne peux pas me faire souffrir...

— Vous faire souffrir ! interrompt-elle violemment, vous souffrir ? Ah ça ! croyez-vous donc que je m'amuse, moi ?

*
* *

Comment je ne suis pas mort, toi seule le sais, ma mère chérie. Tu sais aussi avec quel dévouement Marcelle me soigna, passa les nuits à mon chevet, attentive, prenant à peine, de temps en temps, une heure de repos, toujours triste et toujours sombre. Aussi quand la santé me revint, me revint aussi l'espérance.

Je me dis qu'il fallait ne rien brusquer, attendre tout du temps, qu'il n'était pas possible qu'à force de tendresses, de soumission et de douleurs, silencieusement supportées, je ne parvinsse un jour à conquérir ma femme, à me faire aimer d'elle.

Pendant deux années, ma chère maman, pendant deux lentes éternelles années, j'ai connu ce supplice de vivre aux côtés de ma femme, sans lui dire un mot d'amour, sans lui adresser une prière, sans lui exhaler une plainte. Je me faisais doux et humble et résigné, à l'affût de ses moindres désirs et de ses moindres caprices. Point exigeante, d'ailleurs, ni fantasque, contente de tout, ne prenant de plaisir à rien, sans coquetterie, et préférant la solitude navrée de notre intérieur aux joies bruyantes du monde, elle semblait une pauvre malade, atteinte d'un mal inguérissable et inconnu, qui s'en allait à la mort, sans résistance et sans terreur.

Durant de longues journées, elle restait étendue sur un divan, les yeux vagues, la pensée errante, immobile. Quelquefois, nous sortions ensemble — car elle ne sortait qu'avec moi . Et c'étaient de poignantes douleurs et des larmes prêtes à venir quand je rencontrais, par les rues et par les promenades, des couples qui marchaient l'un près de l'autre, heureux et gais, avec des babys, les cheveux au vent, et les bras potelés, trottinant et gambadant devant eux. Elle ne regardait rien, ne s'émouvait de rien, semblait ne pas envier toutes ces joies sereines, traversait d'un air indifférent tous ces bonheurs tranquilles.

— Voyez, lui disais-je, voyez la jolie petite fille, ma chère Marcelle. Ah ! ces gens sont bien heureux d'avoir, dans leur maison, un sourire du bon Dieu.

Et elle, lasse et dolente, répondait : « Oui », comme elle eût répondu : « Non », comme elle n'eût rien répondu.

Je me demande, ma chère maman, comment j'ai pu résister à tant de tortures, comment j'ai pu survivre aux épouvantes de mes nuits. Car, toutes ces souffrances à grands efforts comprimées me remontaient et éclataient librement, quand je me retrouvais seul, dans ma chambre. Bien des fois, j'ai appuyé contre ma tempe le canon d'un pistolet : bien des fois aussi, à bout de patience, je voulais entrer chez ma femme, la tuer... que sais-je ? Et au milieu de ces crises, de ces exaltations furieuses, j'écoutais, prêtant l'oreille au moindre bruit, espérant toujours, comme on espère un miracle, que Marcelle, soudain, apparaîtrait, et que cet affreux cauchemar, qui pesait sur ma vie, s'évanouirait dans un baiser, dans une étreinte...

Je voulus savoir, tu le penses bien, la cause de cette étrange et cruelle situation. Je m'informai, et j'appris que Marcelle, avant notre mariage, aimait un jeune homme, M. Lucien Verdet, assez pauvre diable, d'une réputation détestable, compromis dans des affaires véreuses. Comment s'étaient-ils rencontrés ? Je l'ignore, je sais seulement que M. Verdet demanda la main de Marcelle et fut éconduit. Ainsi donc, c'était ce M. Verdet qu'elle aimait toujours, et avec quelle violence, tu le vois ma chère mère ; c'était ce drôle dont le souvenir se dressait constamment entre ma femme et moi ! Ma première pensée fut d'aller lui brûler la cervelle. Mais je réfléchis. Si je le tuais, j'éternisais cet amour dans le cœur de Marcelle ; il n'y avait plus d'espoir qu'un jour elle me revînt. Et puis, chose singulière, peu à peu une transformation s'opéra en moi.

Qu'étais-je venu faire dans la vie de cette jeune fille ? Elle aimait, et je lui avais volé son amour. Son cœur, c'était moi qui brutalement l'avais brisé. J'étais coupable de son malheur, de ses espérances mortes, de ses larmes éternelles. Et je l'accusais, cette victime, ma victime ! Et j'avais voulu la tuer ! J'aurais pu me rendre compte, l'interroger, savoir enfin. Je me considérai comme une odieuse brute. Alors une immense pitié m'envahit. J'eus comme un besoin fervent de me faire pardonner. Il me semblait que mon devoir était de me sacrifier tout entier, de la consoler, de la bercer doucement avec des tendresses infinies, de panser les blessures portées par moi ! Et je résolus de redoubler de soins, d'ingéniosités délicates, de l'envelopper de mon repentir, de lui créer une vie si douce et si bonne, que ses tristesses peu à peu s'évanouiraient dans une paix bienheureuse ! Pauvre, pauvre Marcelle !

*
* *

Le printemps revenu, nous sortions beaucoup, Marcelle et moi. Désirant l'arracher à ses obsédantes pensées et dans l'espoir que le bruit, le mouvement la distrairaient un peu, chaque jour je la conduisais au Bois. Nous passions régulièrement par la rue de Londres.

J'observai que, devant le n° 24, Marcelle éprouvait toujours un petit frémissement. Elle se penchait vivement à la portière, regardait les fenêtres, puis pâlissait, puis devenait plus triste, puis tombait en de longs silences. Même, une fois, elle porta vivement son mouchoir à sa bouche comme pour étouffer un sanglot prêt à s'échapper, le mordilla avec rage, et se rencogna au fond du coupé. Cela m'intrigua. Je pris des renseignements. On me dit que, dans cette maison, habitait M. Lucien Verdet.

Ne vas-tu te moquer de moi, ma mère chérie ? En ces moments, je me faisais tout petit et tout humble. Je respectais ses silences, je m'effaçais, m'annihilais, je veillais à ce que rien ne vint troubler sa sommeillante rêverie. Et je l'entourais de tendresses muettes, doucement frôleuses, comme dans un songe l'ange gardien. Ma pitié avait des bercements de mère penchée au lit de son enfant malade. Cela dura deux mois.

Hier enfin, Marcelle sortit après le déjeuner, disant qu'elle avait des courses à faire. Quand elle revint, le soir, à sept heures, je fus étonné de la trouver presque gaie. Ses yeux brillaient, humides de langueur, dans un grand cerne bleu. Sa démarche était plus vive, et dans l'inflexion de sa taille, il y avait un charme nouveau, une volonté charnelle que je ne lui connaissais pas. Comme elle se décoiffait, je remarquai que ses bandeaux étaient un peu défaits, ses pattes froissées. Un bout de fil blanc se tordait bizarrement à la pointe d'un cheveu.

Un cruel soupçon me traversa le cœur, un soupçon aussitôt calmé. Car Marcelle, d'une voix douce et me tendant la main, cette main que je n'avais jamais touchée :

— Mon ami, me dit-elle, si vous voulez, nous irons nous promener au bois après le dîner. La soirée sera délicieuse...

Je crus rêver ; cette voix, ce sourire, cette promenade ! Était-ce possible !

Oui, chère mère, nous partîmes. Dans la rue de Londres, Marcelle ne se pencha pas à la portière, ne regarda pas le numéro 24, ne devint pas triste. Et comme je levais les yeux devant cette maison maudite elle se rapprocha de moi, s'abandonna, et je sentis son souffle tout près de ma bouche.

— Marcelle, m'écriai-je, Marcelle !

Et elle, frissonnante et presque pâmée :

— Oui, mon ami, c'est moi, moi qui te reviens, moi qui t'aime !

Il faut sécher tes larmes, ma chère maman, ces vilaines larmes qui depuis si longtemps coulent de tes chers yeux. Il faut rire, il faut chanter, danser être heureuse. Pavoise le château, illumine le parc et fais dire à la chapelle une messe d'actions de grâces.

Je t'embrasse, je t'embrasse, je t'embrasse encore.

Jean de Raimbert.

De Lucien Verdet à Marcelle de Raimbert

A peine es-tu partie, ma chère Marcelle, que je veux t'écrire. Ton odeur est là, dans ma chambre, qui me grise. Depuis trois ans, chérie, depuis trois ans que je t'attendais, que je t'appelais. Tu es enfin venue, tu es venue pour toujours, pour toujours, n'est-ce pas ? Nous nous aimons.

C'est fini maintenant. Rien ne pourra nous séparer. Oui chère Marcelle, reviens, reviens bien vite. Quand tu es partie, il m'a semblé que c'était ma vie qui s'en allait. J'ai besoin de toi. Il me faut la présence ! car je crois que tout cela est un rêve. A demain, dis, chère, chère Marcelle.

Lucien

Pour copie conforme !
Octave Mirbeau

Paris-Journal, 6 juin 1882

PAYSAGES D'AUTOMNE

Les chaumes s'attristent, les labourés sont tout roses, sous le soleil. De place en place, s'étendent les regains des luzernes au vert dur, et les carrés de betteraves, dont les fanes ont pris des tons bleus plus sombres. Sous les pommiers, des femmes courbées ramassent les pommes et en remplissent les paniers d'osier, et les sacs de toile bise. Deux chevaux blancs, énormes dans l'air, traînent lentement la charrue dont le soc chante comme les perdrix dispersées qui rappellent, et là-bas, un chasseur s'éloigne, grise silhouette. Dans les brumes délicates, les horizons ont des fuites plus douces, plus lointaines; et du ciel, au-dessus, qui se colore comme les joues d'un fiévreux, tombent on ne sait quelle mélancolie magnifique, quel austère enivrement. Un épervier y plane, immobile, et des vols de corbeaux s'y succèdent, se hâtant vers les grands bois rouges.

Les haies s'éclaircissent et sont redevenues muettes; le jour troue de mille mailles leur épais manteau de feuillage roussi. Des bandes de passes et de verdiers, abattus sur les fruits de l'épine et de l'églantier, s'envolent silencieux, au moindre bruit, pareils dans l'espace, à des poignées de graines lancées par la main d'un invisible semeur... Les merles se taisent, morne est la fauvette; seul le rouge-gorge maudit, à petits cris, le froid qui commence.

*
* *

Dans un chemin.

LE PASSANT. — Pourquoi es-tu affaissé dans la boue, et pourquoi pleures-tu ?

L'OUVRIER. — Hélas ! voilà trois jours que je marche, et je n'ai rien mangé. Je suis brisé.

LE PASSANT. — Où donc vas-tu ?

L'OUVRIER. — Devant moi, toujours devant oi. Pendant la moisson, j'ai travaillé et j'ai chanté... Il était si bon, le bon pain bis ! Maintenant, les gerbes sont rentrées, les labours sont finis, les grandes machines battent le blé, vannent l'orge, dans les granges qui ne veulent plus du travail de l'homme, et mon maître m'a dit : « Va-t-en ! » Alors, je suis parti... J'ai frappé à toutes les portes, aucune ne s'est ouverte... Il n'y avait pas d'ouvrage pour moi... Hélàs ! tu le vois, la terre est vide... Bientôt les dernières feuilles vont être emportées, la neige blanchira le sol, la neige belle et cruelle comme la femme, la neige qui tue les oiseaux et les vagabonds... Et je n'ai pas un manteau pour me couvrir, pas un foyer où me réchauffer, pas un morceau de pain dur pour apaiser mon ventre... Que veux-tu que je devienne ? Il faut donc que je meure ?... Tiens, ce matin, j'ai fait route avec un jeune seigneur... Il portait sur son dos un gros sac, et ce sac était plein d'or. Trouvant son fardeau trop lourd, il m'a dit : « Tu as les reins solides et ton épaule est habituée à ployer sous les faix écrasants, porte cet or. » Je butais contre les pierres ; trois fois je suis tombé... Et le jeune seigneur me donnait des coups : « Marche donc, imbécile ! » Il s'arrêta au bord de la rivière, à cet endroit où l'eau est noire et sans fond : « Il faut que je m'amuse, fit-il. Regarde, je vais jeter cet or dans la rivière. » — « Hélas ! lui dis-je, puisque vous voulez jeter cet or dans la rivière, vous m'en donnerez un peu. Oh ! bien peu, de quoi n'avoir pas trop faim. » Il m'a craché à la figure, m'a chassé à coups de pierres et ensuite, prenant l'or à poignées, il l'a lancé dans la rivière, à cet endroit où l'eau est noire et sans fond. Puis il est reparti en riant... Sur son passage, tous les gens, riches et pauvres, s'inclinaient très bas, tandis que moi, ils me battaient et me poursuivaient de leurs bâtons et de leurs fourches... Voyez, tout mon corps saigne...

LE PASSANT. — Que vas-tu faire ?

L'OUVRIER. — Je marcherai encore ; encore je frapperai aux portes des riches.

LE PASSANT. — Si les portes des riches se ferment à ton approche ?

L'OUVRIER. — Je demanderai l'aumône aux pauvres gens, sur les grand'routes.

LE PASSANT. — Si l'on ne te donne rien ?

L'OUVRIER. — Je m'embusquerai au détour des chemins, et je tuerai.

LE PASSANT. — Dieu te défend de tuer.

L'OUVRIER. — La loi m'ordonne de vivre.

LE PASSANT. — Dieu te garde !

*
* *

La forêt flamboie. Sur leur rose tapis de feuilles tombées, les allées étouffent le bruit des pas, et les clairières, dans les taillis qui se dépouillent, s'élargissent éclaboussés de lumières jaunes comme l'or, rouges comme le sang. Les rôdeuses de la forêt, aux yeux de hibou, aux doigts de harpie, les vieilles bûcheronnes de bois mort passent, disparaissent sous l'énorme bourrée qui semble marcher toute seule. Malgré les splendeurs éclatantes de sa parure automnale, le bois darde sur vous un regard de meurtrier qui fait frissonner. Les cépées que la serpe entaille ont des plaintes humaines, la chair, la hache arrache des sanglots d'enfant aux jeunes baliveaux des châtaigniers, et l'on entend, dans les sapaies, le vent enfler leurs orgues funèbres qui chantent le *Miserere*. Accroupis autour des brasiers qui fument, on dirait que les charbonniers président à quelque œuvre épouvantable et mystérieuse ; on se détourne, en se signant, du sabotier qui, farouche, sous son abri de branchages et d'écorces, évoque les terreurs des anciens bandits.

Où donc va-t-il, ce braconnier qui se glisse comme un fauve dans les broussailles à travers lesquelles reluit le canon d'un fusil ? Quand la nuit sera venue, quand la lune balaiera de ses rayons le tronc des grands chênes que le soleil empourpre maintenant, deux coups de feu retentiront dans le silence, le silence plein de carnages et d'agonies de la forêt. Est-ce un chevreuil qui sera tué, ou bien est-ce un garde qui se tordra sur la bruyère pourprée, des chevrotines au flanc ?

*
* *

Sur la place de village.

— Bonnes gens qui m'entendez, riches et pauvres, honnêtes et voleurs, et vous aussi, sourds, bancroches, paralytiques, adultères et cocus, regardez-moi, écoutez-moi. Je suis le candidat, le bon candidat. C'est moi qui fais les récoltes grasses, qui transforme en palais les misérables chaumines, qui remplis d'or les vieux coffres vides, qui bourre de bonheur les cœurs ulcérés. Venez, bonnes gens, accourez, je suis la providence des femmes stériles, des fiévreux et des petits soldats. Je dis à la grêle : Ne tombe pas ; à la guerre : Ne tue pas ; à la mort : Ne viens pas. Je change en vin pur l'eau puante des mares, et des chardons que je touche coule un miel délicieux.

Tandis que le candidat parlait, une grande foule arriva, se forma autour de lui.

— Mon bon monsieur, dit une vieille femme, qui pleurait, j'avais un fils à la guerre, loin, bien loin, et il est mort.

— Je te le rendrai vivant.

— Moi, dit un estropié, vous voyez, je n'ai qu'une jambe.

— Je t'en donnerai deux.

— Regardez l'horrible plaie qui me ronge le flanc, dit, en poussant des cris de douleur, un misérable.

— J'imposerai sur ta plaie la médaille parlementaire, et tu seras guéri.

— J'ai quatre-vingt-dix ans, chevrota un vieillard.

— Je t'en reprendrai cinquante.

— Voilà trois jours que je n'ai mangé de pain, supplia un gueux.

— Je te gaverai de brioches.

Alors un assassin parut.

— J'ai tué mon frère, et je pars pour le bagne, hurla-t-il.

— Je raserai les bagnes, je tuerai la justice avec la guillotine, et je te ferai gendarme.

— Le seigneur est trop riche, dit un paysan, et ses lapins dévorent mon blé, et ses renards emportent mes poules.

— Je t'installerai dans ses terres ; et tu cloueras, comme des chouettes, ses enfants aux portes de la grange.

— Le manant ne veut plus battre mes étangs, s'écria un seigneur.

— Je le brancherai aux ormes de ton avenue.

— Ah ! Monsieur, soupira une jeune fille, ces maudites colonies nous prennent tous nos galants !

— Je supprimerai les colonies.

— Je n'ai pas assez de débouchés pour mes produits ! clama un industriel.

— Je reculerai jusqu'au bout du monde le champ de nos conquêtes.

— Vive la République ! dit une voix.

Le candidat répondit : Vive la République !

— Vive le Roi ! dit une autre voix.

Le candidat répondit : Vive le Roi !

— Vive l'Empereur ! dit une troisième voix.

Et le candidat répondit : Vive l'Empereur !

En ce moment, une femme qui était belle et triste, sortit des rangs de la foule, s'avança vers le candidat.

— Tu ne me connais pas ? demanda-t-elle.

— Non, répondit le candidat. Où t'aurais-je vue, maudite étrangère ?

— Je suis la Vie ! Et que feras-tu pour moi ?

— Je ferai ce que font les autres, ma mie, je mangerai, je dormirai ; mon ventre, mon beau ventre, se réjouira dans sa graisse. Avec l'argent que je prendrai dans ta poche, ton inépuisable poche, j'aurai de belles femmes, de belles terres, et de la considération, s'il te plaît, par-dessus le marché. Et si tu n'es pas contente, eh bien ! je te rosserai, ma mie, avec le bâton que voilà.

*
* *

Au bord de la rivière.

Elle coule, lente, si lente, que les peupliers de la rive se mirent, immobiles et tout jaunes, dans son calme miroir. Pas un frisson, aucun roseau ne chante, aucun ne balance sa hampe flexible. A l'endroit où je me suis arrêté, sous des aulnes, l'eau est noire et sinistre, coupée brusquement par le reflet d'un ciel gris et fin comme une perle. Et j'entends une voix qui semble monter du fond de l'eau, une voix de mort, une voix qui pleure. Et la voix dit :

— Je t'ai vue cette nuit. C'était dans ta chambre, toute close et toute tiède. Les stores aux fenêtres étaient baissés. Des lueurs pâles — les lueurs de la veilleuse — dormaient sur les rideaux et sur les meubles. Et ton si joli et si triste visage apparaissait hors des draps, calmement effleuré par la clarté discrète. Un de tes bras pendait, nu, cerclé au poignet d'un bracelet d'or brun. L'autre, nu aussi, était mollement replié sous ta nuque, ta noire et odorante nuque. Tu souriais d'un bon sourire. Tes lèvres m'aimaient ; et, en me regardant, tes deux yeux brillaient, humides, comme deux lacs hantés de la lune. Je t'ai crié ! : "Jeanne ! ma petite Jeanne !" Et toi, si amoureusement, tu m'a répondu : "Henri ! mon petit Henri !"

Je t'ai vue cette nuit. Un homme est entré — un homme petit, riche et laid —, est entré dans ta chambre toute tiède et toute close. Il s'est déshabillé lentement, et, lentement, près de toi, dans le lit, s'est couché, près de toi ! Et alors j'ai entendu des rires, des petits rires étouffés dans l'oreiller, des rires de lui, des rires de toi ; et alors j'ai entendu des baisers, des baisers étouffés dans l'oreiller, des baisers de lui, des baisers de toi. Je t'ai crié, suppliant : "Jeanne ! ma petite Jeanne !" Mais tu n'as pas répondu : "Henri ! mon petit Henri !"

Je t'ai vue cette nuit. Les deux têtes n'ont plus fait qu'une seule tête ; les deux corps n'ont plus fait qu'un seul corps. Une forme unique, douloureuse et démoniaque s'est agitée sous les dentelles. Et les baisers claquaient, et les lèvres mordaient, et le lit, soulevé en houle blanche, gémissait. Alors j'ai pleuré, pleuré, pleuré ! Et, à genoux, les mains jointes, je t'ai crié : "Jeanne ! ma petite Jeanne !" mais tu n'as pas répondu : "Henri ! mon petit henri !"

Je t'ai vue cette nuit. L'homme est parti — l'homme petit, riche et laid — est parti en chantant. Et tu es restée seule, toute seule, le ventre sali, épuisée et hideuse, nue sur le lit dévasté. Auprès de toi, l'homme petit, riche et laid, avait laissé une cassette, une grande cassette, d'où l'or coulait comme d'une fontaine, d'où l'or coulait, et se répandait sur le lit autour de toi, tout autour de toi. Et l'or montait. Et tu montais avec l'or. Tu plongeais tes mains dans l'or, tes mains avides. Tu prenais l'or à poignées, à poignées furieuses. Tu faisais ruisseler l'or sur toi, en cascades fauves ! De l'or ! oui, c'est de l'or ! Ah ! le bain délicieux. C'est l'or lustral qui lave toutes les souillures. Encore, encore ! Et tu riais, tu riais, tu riais toujours !

Et l'or ruisselait ruisselait, ruisselait toujours ! Et de même que tu n'avais pas vu mes larmes, tu n'as pas vu mon sang qui coulait tout rouge et tout fumant de ma poitrine, comme l'or coulait de la cassette. Et, mourant et tout pâle, je suis parti aussi, moi, je suis parti vers la grande rivière... Adieu, petite Jeanne ; il n'y a plus de petit Henri.

La France, 16 octobre 1885

Recueilli dans *Lettres de ma chaumière* (pp. 429-432), et dédié à Edmond de Goncourt ; puis dans *Contes de la chaumière*.

PIÉDANAT

Je montais les Champs-Élysées, quand, à la hauteur de la rue de La Boétie, j'aperçus trottinant, ou plutôt roulant devant moi comme une boule, une vieille petite femme, toute ronde, et si grosse, et qui soufflait si fort, que les rares passants s'arrêtaient pour la regarder curieusement. Elle était vêtue d'une robe de toile, claire et flottante ; un chapeau de paille en forme de cône, chargé de rubans, couronnait une perruque rousse qui s'ébouriffait, aux tempes, en mèches tirebouchonnées et folâtres ; à son bras, pendait une sorte de panier à ouvrage, gani de ganses et de pompons rouges. Je la dépassai. La vieille petite femme tourna la tête, m'examina de coin, un peu étonnée.

— Mais je ne me trompe pas ? s'écria-t-elle en s'avançant et me tendant la main. Mais, c'est monsieur Henry[1] ? En voilà une rencontre, par exemple ! Depuis si longtemps ! Ah ! ça me fait joliment du plaisir de vous voir.

Comme je ne répondais pas, cherchant dans mes souvenirs qui était cette vieille dame, elle me demanda presque timidement :

1. Il est à noter que, jusqu'en avril 1886, Mirbeau a collaboré au *Gaulois* sous le pseudonyme de Henry Lys.

— Vous ne me reconnaissez pas ? dites ?... Mme Piédanat... de la rue Oudinot[2]... Vous savez bien...

Et, après un silence, elle ajouta :

— Je suis rudement changée, n'est-ce pas ?

Mme Piédanat ! la femme du célèbre pianiste Piédanat ! Était-ce possible ! Mme Piédanat, si grosse, si commune, avec ce panier, avec cet air gras et louche de marchande à la toilette ! Je demeurais stupide. Pourtant, je balbutiai quelques excuses.

— Ça ne fait rien ; ça ne fait rien, mon cher monsieur Henry, dit-elle. Vous n'êtes pas le seul, allez, des amis d'autrefois à qui ça arrive de ne pas me reconnaître ... Tout de même, vrai, je suis bien contente.

Je ne savais que lui dire : je m'informai de sa santé.

— Ça ne va pas mal, comme vous voyez, me répondit-elle. Pour sûr, on a ses petits ennuis, comme tout le monde. Enfin, qu'est-ce que vous voulez !... Vous avez bien sûr appris la mort de mon mari... les journaux en ont parlé, Dieu de Dieu ! Oui, il est mort, il y aura bientôt cinq ans... Ah ! je n'ai pas toujours été heureuse avec lui !

— Et Charles ? demandai-je.

— Charles ? mon fils ! ... mais je vous remercie... Tenez, justement... c'est bien le cas de le dire... quand on parle du loup...

Elle me montra une élégante victoria qui descendait les Champs-Élysées, au trot de deux alezans. Et je reconnus Charles Piédanat, assis à côté d'une femme à cheveux rouges, dont le costume extravagant et l'effronté chapeau disaient le classement social.

— Oh ! pour ce qui est de lui, le cher enfant, me dit la grosse dame, en suivant la voiture de ses yeux attendris, il a bien réussi, je vous assure, bien réussi.

— Il est donc marié ?

— Ma foi, non, mon cher monsieur Henry, mais c'est tout

2. Dans le VIIe arrondissement, quartier des Invalides. Le héros du *Calvaire*, Mintié, habitera quelque temps une petite chambre, rue Oudinot.

comme ... Elle est jolie, la petite, hein ?... Je vous promets qu'ils s'en donnent, les amours ! Et puis, entre nous, c'est pas les écus qui manquent !

J'étais de plus en plus ahuri et par ce que je voyais et par ce que j'entendais. La vieille femme continua :

— J'habite avec eux dans la rue Jouffroy[3]. C'est plus commode, comprenez-vous, maintenant que je suis seule... Mais je m'oublie à bavarder... Il faut pourtant que j'aille porter sa petite commande à Marguerite Closvougeot, car voici l'heure du Bois et je pourrais la manquer.

Elle me tendis la main de nouveau.

— Ah çà ! voyons, quand venez-vous nous demander à dîner ? Vous savez, tous les soirs, à sept heures et demie ... Charles sera joliment content de vous revoir.

Je rentrai chez moi, très mélancolique, l'esprit bouleversé par cette vision qui venait de surgir, inquiétante et tragique, des dessous les plus fangeux de la vie parisienne. Je me rappelai le temps déjà lointain où, toutes les semaines, nous allions, une bande de gais jeunes gens, dîner chez Mme Piédanat, l'accueil simple et charmant qui nous y attendait, et, une grande tristesse au cœur, je comparai l'intérieur aisé et décent d'autrefois avec l'intérieur d'aujourd'hui, où la demoiselle à cheveux rouge roulait dans la boue des destinées perverties la mère proxénète et le fils infâme.

L'hôtel de la rue Jouffroy ressemblait à tous les hôtels de cocotte. De la peluche, et puis encore de la peluche. Un parfum violent qui, dès en entrant, vous saisissait aux narines, semblait s'échapper de toutes les tentures, de toutes les portières, de tous les tapis. On eût pu, au nombre des meubles entassés dans les pièces et des bibelots entassés sur les meubles, compter le nombre des amants qui avaient passé là, amants d'une heure, d'une nuit, d'une année. L'article-Paris pêle-mêle avec les plus beaux objets du Japon ; des choses rares et

3. Dans le XVIIe, du côté de Wagram.

d'un art exquis, à côté de choses bêtes et d'un goût stupéfiant ; tout le disparate, tout le décousu, tout le fugitif de ces existences hagardes se retrouvait jusque dans les détails les plus intimes de l'ameublement. Je ne sais rien de triste comme ces appartements qui recèlent tant de bêtise irréparable ; où chaque meuble vous conte un mensonge, une impudeur, une trahison ; où l'on voit sur telle vitrine l'agonie d'une fortune, sur tel chiffonnier les traces encore chaudes d'une larme, sur tel lustre une goutte encore rouge de sang.

— Ah ! vous voilà enfin ! s'écria Mme Piédanat, en entrant. Vous nous restez à dîner, n'est-ce pas, cher monsieur Henry ? Que vous êtes donc gentil !

Je refusai l'invitation.

— Charles ne sera pas content, pas content du tout... Enfin, ça sera pour une autre fois, n'est-ce pas ?... Vous regardez le mobilier !... C'est beau, hein ? La petite a du goût !... Et puis elle reçoit beaucoup de cadeaux.

Après un silence :

— Ça doit bien vous étonner tout de même, franchement, de me voir ici ? dit-elle, subitement honteuse, et en jouant, d'un air embarrassé, avec les franges de son fauteuil. Mais qu'est-ce que vous voulez ! On ne fait pas toujours ce qu'on voudrait dans la vie... Tenez, il faut que je vous dise...

Elle se tourna, se retourna sur son fauteuil et, la figure grave, la voix légèrement émue, elle parla ainsi :

— À la mort de mon mari, je me trouvai ruinée. Nous avions payé pas mal de dettes pour Charles, puis mon mari s'était lancé dans des opérations de théâtre où nos économies avaient sombré complètement. Vous comprenez, Piédanat, absorbé par son art et toujours sorti, ne s'occupait ni de Charles, ni de moi, ni de ses affaires, et tout le monde — car il était très naïf au fond — le trompait et le dupait. Vous jugez de ma situation. Mes affaires liquidées et mes meubles vendus, il ne me resta rien, rien, rien... pas ça. Comment vivre, une femme toute seule ? Impossible de compter sur Charles, qui avait essayé de tout : bourse, journalisme, administration, et n'avait réussi en rien... Ah ! j'en ai connu de la misère, je vous assure...

Pendant qu'elle parlait, j'examinais la triste vieille femme, sa face énorme, toute blanche et molle, et son triple menton qui s'arrondissait sur une poitrine pareille à l'arrière d'un brick. Sa main surtout attirait mon attention, une main courte et grasse, creusée de fossettes profondes, dont les doigts semblaient de caoutchouc, une patte répugnante de bête visqueuse qui paraissait faite exprès pour tripoter de sales choses. Elle avait, la Piédanat, malgré son émotion du moment, un tel air de vice inconscient et de honte acceptée que le dégoût me montait en nausées invincibles, du cœur aux lèvres. Elle continua :

— Vous vous rappelez, mon cher monsieur Henry, que j'étais assez adroite de mes mains, et vous avez vu bien des fois de mes petits travaux de tapisserie, de broderie, dont j'avais orné notre appartement de la rue Oudinot ! Je résolus de mettre ce talent à profit. Grâce à des recommandations charitables, je plaçai bientôt, un peu partout, mes ouvrages. Ma clientèle s'étendit... Ah ! dame ! qu'est-ce que vous voulez, quand le besoin commande, il ne faut pas être trop difficile sur le choix des clients... J'eus surtout beaucoup de succès parmi ces demoiselles qui, je dois le dire, payaient bien et sans jamais marchander. Dans les premiers temps, ça me rendait toute honteuse d'aller chez elles... Mais on se fait à cela, comme au reste, allez ! D'ailleurs ces demoiselles étaient très aimables. Tante Piédanat par-ci, tante Piédanat par-là ; elles m'appelaient toutes : tante Piédanat. On m'invitait souvent à déjeuner, et souvent nous passions nos après-midi à siroter des verres de chartreuse, les coudes sur la table, ou bien à faire de longues parties de bésigue et des réussites. Elles me contaient aussi leurs petites histoires, leurs ennuis. J'ai pu leur rendre bien des services secrets qui m'étaient grassement payés en argent et de toutes les manières, car il ne se passait pas de semaine que je n'emportasse quelque chose de chez ces dames : une robe, des chemises, un chapeau, enfin de quoi me vêtir, me linger, et très chiquement, je vous promets...

Est-ce que je rêvais ? L'étonnement me fermait la bouche, me clouait sur mon siège. Il me semblait que j'étais le jouet d'une hallucination. Tante Piédanat, Charles, la femme aux cheveux rouges, la victoria, et toute cette peluche, et tous ces bibelots, et tous ces parfums, et de pianiste, et nos dîners d'autrefois, tout cela dansait dans ma pauvre cervelle une sarabande effrénée. La vieille reprit :

— C'est sur ces entrefaites que Charles fit connaissance de la petite. Il est si beau, mon Charles ! La petite en devint folle. Si vous saviez comme elle est gentille et bonne pour lui ! On ne peut pas le savoir, non, on ne le peut pas. Elle exigea qu'il vînt habiter avec elle : il n'y avait rien de trop joli, rien de trop cher pour mon Charles ... Je voudrais vous montrer son cabinet de toilette, seulement ; tout en argent, à son chiffre, et des jeux de brosses en écaille ! Et tout, quoi ! C'est épatant ! Je suis venue aussi, vous comprenez, habiter avec mes enfants. La petite le désirait beaucoup, parce qu'elle manque d'ordre, voyez-vous. Elle n'était pas fâchée d'avoir auprès d'elle une femme sérieuse, pour tenir la maison et pour un tas de choses... Dame, vous pensez bien, dans sa position, il y en a des trucs et des trucs...

Tante Piédanat respira longuement, se moucha, hocha la tête.

— Pourtant, dit-elle, tout n'est pas rose, et je passe souvent par de rudes moments. Ainsi, hier soir, cher monsieur Henry, vous allez juger vous-même, vers le milieu de la nuit, voilà que j'entends des cris, des cris... C'était la petite qui criait : « Au secours ! à l'assassin ! » Ils ont bien souvent des disputes ensemble, mais jamais comme ça, jamais !... Je me lève toute frissonnante et je vais écouter à la porte de leur chambre... C'était terrible, cher monsieur Henry, terrible, c'était comme le bruit d'une lutte enragée : « Misérable ! » que disait Charles. « Au secours ! » que répondait la petite... Et des soufflets qui claquaient, et des choses qui tombaient, et comme un râle de femme qu'on étrangle !... Mon Dieu ! est-ce qu'ils allaient se tuer, maintenant ! Je restais là, mourant de peur, collant mon oreille contre le trou de la serrure, pour mieux entendre. Mais bientôt le bruit s'apaisa : « Tu m'aimes, dis que tu m'aimes ! » clamait la petite : « Oui, oui ! » répondait Charles d'une voix sourde. « Ah ! s... ! » — « Ah ! canaille ! » Et alors ce furent des baisers, des baisers haletants, sauvages, acharnés, des baisers qui retentissaient comme des coups. Pendant plus de vingt minutes, je suis demeurée là, immobile, écoutant... Ah ! cher monsieur Henry !

Il y eut un silence.

Oppressée, les regards perdus dans un rêve ignoble, elle murmura d'une voix presque pâmée :

— Je n'ai jamais eu ça, moi !... Jamais !

Gil Blas, 4 mai 1886

Recueilli dans *La Pipe de cidre*.

PAUVRE TOM !

C'était un très vieux chien que mon pauvre Tom, un vieux chien maigre, sale, dévoré par le rouge, rongé par des plaies dartreuses, un chien horrible et puant, dont les oreilles et les pattes saignaient toujours, dont le poil jaune, rude, sans un luisant, sans un reflet, ainsi que le poil d'une bête morte, tombait par plaques tonsurantes, découvrant chaque jour davantage une carcasse anguleuse de chien-fantôme. De tout son corps délabré, seul ses yeux étaient demeurés intacts et beaux, presque jeunes, des yeux de vierge poitrinaire qui me faisaient pleurer. Je l'aimais. Oh ! oui, je l'aimais, comme je n'ai jamais aimé un être vivant ; et ma tendresse pour lui s'accrut encore de ses souffrances et de son misérable état. Pour le guérir, que n'avais-je pas tenté ? Tous les vétérinaires, je les consultai ; j'avais épuisé toutes les drogues, inventé tous les genres de remèdes... Hélas ! en vain !... Un jour même, je me dis que ce qui était bon aux hommes pouvait être bon aux chiens et, bien que je ne fusse pas riche, je conduisis mon Tom aux eaux de Barèges, où je restai toute une saison à le baigner. Le résultat fut déplorable : Tom faillit mourir, et, moi, je passai pour fou.

Fou, il fallait que je le fusse réellement devenu car, deux mois après ce voyage, je me mariai. Comment ? pourquoi ? En vérité, je n'en sais rien. J'ai beau réfléchir, j'ai beau m'interroger sur cet acte imprévu et stupide de ma vie, je n'y trouve pas d'autres raisons, en effet, que la folie[1].

Était-ce jalousie instinctive ou répulsion naturelle ? Toujours est-il que, dès le premier jour de notre installation, ma femme, en voyant Tom, poussa un cri d'horreur.

— Oh ! la sale bête... Oh ! l'affreux animal !... Oh ! comme il empeste !... Oh !...

En ce moment Clara[2] avait à la main une petite badine de jonc mince et flexible. Avant qu'il m'eût été possible de lui arrêter le bras, elle en fouetta d'un coup sec l'échine osseuse de Tom qui se leva et doucement se plaignit.

— Ce n'est pas à vous, je pense, cette abomination ? me dit-elle, en me regardant d'un air sévère.

— Pardon ! fis-je, pardon ! Ce chien est à moi ; voilà quatorze ans qu'il est à moi, ce chien ; quatorze ans !... Il s'appelle Tom... et il est très malade... Il ne vous plaît pas ?... Vous ne l'avez donc pas considéré ?... Tom, venez ici, mon bon, mon cher petit Tom, venez, ajoutai-je en m'adressant au pauvre animal qui se retourna, fixa sur moi ses yeux navrés et, rampant, la queue basse, vint se rouler en boule à mes pieds.

Je le caressai sur la tête, sur le dos, à la place même où il avait été battu ; je lui prodiguai les mots les plus tendres et, souriant, je m'avançai vers Clara, à qui je voulus prendre les mains. Elle se recula, comme effrayée.

— Ne m'approchez pas, cria-t-elle, ne me touchez pas... Comment ! après avoir caressé ce chien, vous oseriez !... Ne me touchez pas... Oh !

Tom, maintenant, léchait ses plaies à vif. Quand il eut fini de les

1. Un an plus tard, Mirbeau épousera Alice Regnault ; et il saura si bien qu'il commet « une folie » qu'il n'osera l'avouer à son confident Paul Hervieu qu'au bout de trois semaines...

2. Voir *supra*, chapitre I, *Vers le bonheur*, note 1.

lécher, il se gratta longuement, avec rage. Du sang tigrait de rouge sa peau glabre et grumeleuse.

Ma femme se laissa tomber dans un fauteuil, toute pâle. Je crus qu'elle s'évanouissait.

— Chassez-le, disait-elle d'une voix faible... Oh ! chassez-le... Je ne veux pas qu'il entre ici, jamais. Chassez ce monstre... Oh ! quelle folie !... Oh !

— Chasser Tom ! répondis-je... Mais c'est impossible... C'est un vieux parent. Pendant quatorze ans il m'a aimé, secouru, consolé... Il est couvert de plaies et il souffre... Que voulez-vous qu'il devienne sans moi ?

Clara cria, pleura, sanglota, menaca, supplia. Sans cesse elle répétait, douce ou colère :

— Chassez-le !... Oh ! chassez-le !...

Je dus reléguer le pauvre Tom dans la cour, au fond d'une barrique, que je garnis du mieux que je pus d'un épais lit de paille fraîche.

Quoique je sois un être simple, ma destinée a toujours eu quelque chose d'étrange et de compliqué ; et jamais je n'ai vécu comme les autres hommes. Durant quatre mois, après la scène que je viens de vous conter, je restai, solitaire, dans notre petite maison, entre ma femme qui n'était pas ma femme, et mon chien qui n'était plus mon chien. Oui, j'avais une femme et je n'avais pas de femme ; j'avais un chien et je n'avais plus de chien. Ma femme était la négation de mon chien, et mon chien était la négation de ma femme. De ces deux cruelles, torturantes négations, jamais je ne pus tirer l'affirmation de ma femme ou de mon chien. Pour avoir une femme, il eût fallu supprimer mon chien ; pour avoir un chien, il eût fallu supprimer ma femme. Moralement, socialement, le pouvais-je ? Qui donc osera le dire ? Pourtant, je n'aimais pas ma femme et j'aimais mon chien.

La triste et bizarre existence que la mienne ! et combien illogique ! Chaque fois que je m'approchais de Clara, elle me repoussait vivement et, faisant battre ses délicates narines dans un léger reniflement, elle disait :

— Quelle horreur !... Oh ! comme vous sentez le chien !... Ne me touchez pas...

Puis elle s'enfuyait.

Depuis quatre mois que nous étions mariés, il ne m'avait pas été permis une fois, une seule fois, de l'embrasser, d'effleurer seulement de ma bouche les mèches blondes de ses cheveux ni l'extrémité de ses doigts. Le soir, la porte de sa chambre, inflexiblement verrouillée, ne s'ouvrait jamais, jamais...

— Clara, implorais-je timidement, voyons... Clara...

Je l'entendais qui marchait sur le tapis, j'entendais les froufrous des jupons croulants, l'eau qui clapotait dans la cuvette de cristal, j'entendais le lit qui craquait.

— Clara ! voyons... Clara... !

— Non, non... vous sentez le chien.

Comment cela était-il possible que je sentisse le chien ?... Je me baignais dans tous les parfums, j'avais vidé sur ma peau, sur mes cheveux, sur mes vêtements, plus de vingt flacons précieux afin de chasser de moi cette persistante et chimérique odeur de chien. Et puis, mon pauvre Tom, je ne le voyais ni ne le frôlais plus... Mon pauvre Tom !... Il était tout le jour affalé au fond de sa barrique, bien triste sans doute, et dépérissant, et me maudissant peut-être ! Souvent, pour l'apercevoir, je demeurais des heures entières appuyé contre la croisée fermée de mon cabinet. Mais il ne sortait pas. Quelques brins de paille, qui dépassaient le bord du tonneau, remuaient parfois, et des mouches vertes, bleues, jaunes, des myriades de mouches bourdonnaient à l'entour, comme à l'entour d'un cadavre. Lui qui ne m'avait jamais quitté, lui qui n'avait jamais dormi dehors, dans l'air frais des nuits, que devait-il penser de moi aujourd'hui, de moi qui, tout d'un coup, interrompais son rêve tranquille de vieux chien ?

Un matin, nous finissions de déjeuner, ma femme et moi. Clara, les coudes sur la table, la tête appuyée sur ses mains jointes en un mouvement câlin, me regardait. Elle avait dans les yeux une flamme nouvelle, sur ses lèvres, un peu écartées et plus rouges, je ne sais quel frémissement éperdu qui me troubla. Et toute rose et languissante, et d'une voix presque éteinte, elle murmura :

— Tuez-le... tuez le chien.

Je me rapprochai d'elle, envahi tout entier par le désir de cette tête, de ces yeux, de ces lèvres, de la volupté de ce corps qui, pour la première fois, semblait s'animer d'une vie d'amour. Je tentai de saisir la taille de ma femme, de la serrer à pleines mains, de l'attirer contre moi, brutalement... mais elle me repoussa encore, et d'un ton bas, léger comme un souffle :

— Non !... soupira-t-elle... Non... tuez-le... Oh ! je vous en prie.

— Mais comment voulez-vous que je le tue ?...balbutiai-je. C'est épouvantable ce que vous me demandez là... c'est impossible... On ne tue pas les vieillards parce qu'ils sont trop vieux, les pauvres parce qu'ils meurent de faim, les malades parce qu'ils souffrent, les bossus parce qu'ils ont une bosse !

Sans répondre, elle dégrafa son corsage, et un coin de sa chair nue apparut, radieuse, grisante ; elle retira de ses cheveux un peigne d'écaille qui les fixait en torsades au haut de la tête, et sa chevelure rampa sur ses épaules, se tordit, pareille à un gros serpent d'or, s'enfla, se divisa, s'éparpilla et la couvrit toute de mille rayons de feu. Et, renversée en arrière, cambrant sa gorge, les yeux mi-clos, la lèvre pâmée, les bras pendants, elle murmura encore d'une voix de divine prostituée :

— Oh ! tuez-le donc !

Résolument, je me levai et partis.

Depuis quatre heures nous marchions dans la campagne, Tom et moi. Vingt fois je m'étais dit :

— Non, pas encore !... Allons jusqu'à ce pommier... là-bas... Ce sera là !...

Arrivés au pommier, je continuais ma route.

— Plus loin, plus loin encore... Atteignons ce champ d'avoine...

Tom trottinait derrière moi. Parfois, se rappelant nos promenades passées, il essayait de brousser dans les luzernes hautes, ou bien, le nez au ras du sol, il quêtait. Du champ d'avoine, un vol de perdreaux se leva dans un grand bruit d'ailes et disparut par delà une haie. Tom le suivit d'un regard brillant.

— Plus loin, plus loin... encore plus loin !... Jusqu'au petit ruisseau !...

Nous traversâmes le petit ruisseau. Tom s'y baigna le ventre et lapa l'eau avidement. Et nous dépassions les pommiers, les champs d'avoine, les ruisseaux.

— Encore plus loin !

Le soleil baissait, s'inclinant vers l'horizon ; déjà les oiseaux cherchaient les nocturnes couverts.

— Toujours plus loin !

Un moment, j'eus l'idée de m'enfuir avec Tom. Oui, nous aurions vécu, tous les deux, dans une vieille masure, et nous aurions contemplé le soleil, les vastes plaines, et les horizons qui bleuissent sur le ciel pâle, et les belles nuits silencieuses, hantées de la lune ... Quand Tom serait mort, je l'aurais enterré, sous la mousse, au pied d'un chêne...

Nous étions arrivés au bord d'un étang dans lequel le soleil trempait son globe de feu. Je m'assis sur l'herbe, et Tom se coucha près de moi, haletant. Au loin, dans les roseaux, le butor meugla.

— Écoute-moi, mon bon Tom... Il le faut, tu entends bien... Et pourtant je t'aime... je t'aime plus que tout au monde... Surtout, ne crie pas, ne dis rien. Ne me reproche rien... Viens ici, plus près, que je te caresse encore, pauvre bête !

Tom jappa, remua la queue, et, se levant péniblement sur ses pattes saignantes, il vint poser sa tête contre mon genou.

— Je ne te ferai pas souffrir, mon petit Tom ... Je te viserai bien, là, entre les yeux... Tu ne sentiras aucune douleur... Tu t'affaisseras, et puis tu t'endormiras... Mais ne me regarde pas ainsi... Tu me fais trop de peine... Ce n'est pas moi, tu le sais... C'est elle, et elle est si belle !

Il se frottait à moi, le malheureux animal ; sa queue remuait plus fort, et sa langue cherchait ma main pour la lécher. Je détournai la tête... A quelques pas, dans l'herbe, les canons de mon fusil luisaient.

... Clara dansait, battait des mains.

— Raconte, me dit-elle, raconte comment tu l'as tué.

Et comme je restais silencieux, elle supplia :

— Je t'en prie, raconte...

M'enlaçant de ses bras, très fort, elle se haussait sur la pointe des pieds pour me tendre ses lèvres.

— Allons, mon chéri... Dites tout à votre petite femme...

— C'est horrible ! Non !... Laissez-moi... c'est horrible !

— Oh ! vite ! vite !

— Eh bien... il était à trois pas de moi, sur son derrière, et il me regardait... Je le visais, là, sur le front, entre les deux yeux... Mais je les voyais, ces yeux, ces beaux yeux doux, confiants et qui m'aimaient... et l'arme trembla dans ma main. Tom ! mon vieux chien, pardonne-moi ! Il ne se doutait de rien et jappait gaiement... Dix fois je rabattis mon fusil... Enfin, comment cela s'est-il fait ?... J'avais fermé les yeux... Pan !... Et j'entendis un hurlement, un hurlement qui traversa l'étang, alla réveiller les échos du bois, là-bas, emplit la terre, le ciel, toute la nature... Pan !... j'avais tiré une seconde cartouche, sans savoir... Je ne voyais rien... Et tout d'un coup, je sentis à mes pieds comme un chatouillement... C'était Tom, sanglant, qui s'était traîné jusqu'à moi et qui me léchait... Alors, je devins fou... « Tom, laisse-moi, je t'en prie ; Tom, ne crie pas, je t'en conjure ». Et je reculai ma jambe, sur laquelle je sentais s'appuyer la tête agonisante de mon chien. « Mords-moi, déchire-moi, Tom !... mais ne me lèche pas ainsi, et puis tais-toi, oh ! tais-toi... Tu me fais peur. » Mes cheveux se hérissaient, mes dents claquaient, un oiseau passa qui me frôla de son aile... Tom hurlait toujours, et toujours me léchait... « Ah ! mon Tom, mon pauvre Tom, je t'aime ! »

Et en répétant sans cesse ces mots : « Mon Tom, je t'aime ! », je lui frappais la tête de mon talon, furieusement... La terre était molle, et la tête s'enfonçait dans la terre... Il ne criait plus... Seulement son corps remua, ses pattes se dressèrent en l'air... Il était enterré jusqu'à la poitrine, dans la boue humide et gluante, et il gigotait...

Clara joyeuse et charmée, m'interrompit et, frappant dans ses mains :

— Il gigotait !... il gigotait !... s'écria-t-elle... il gigotait !... Oh ! cher amour, viens vite que je t'embrasse !

Gil Blas, 1er juin 1886.

Repris dans *La Vie Populaire*, le 18 juillet 1886, et dans *L'Écho de la semaine* le 3 août 1890.

HISTOIRE DE CHASSE

C'est bien cela... L'allée, où je suis posté, fait un angle brusque, elle continue et, de nouveau, revient dans une direction parallèle, longeant le taillis, très fourré et très profond à cet endroit... soixante mètres, à peu près, me séparent de lui... Soixante mètres, pas plus. Je n'ai qu'à m'enfoncer dans le taillis doucement, écartant les branches avec précaution. Du reste, le vent s'est levé, et le bruit des feuilles agitées, des gaulis qui se froissent, couvre le bruit de mes pas... Et la mousse est épaisse... Je l'aperçois qui va et vient, dans l'allée, son fusil sur l'épaule... Vraiment, il est beau garçon... d'une beauté bête, cependant. Son costume est irréprochable, sa tournure élégante, ses mouvements sveltes... Il est jeune et fort... il peut lui plaire. Pourtant ?... Sans doute, il pense à elle, il se dit : « Dans huit jours, Louise sera ma femme, je la posséderai. » Son air de bonheur m'irrite, me fait mal. Je le hais. Tout à l'heure, un chevreuil, près de lui, a bondi : il ne l'a pas vu... Et pourquoi l'aurait-il vu ?... Son regard n'est point dans la forêt... il est au château, où Louise est restée... Et toujours il va et vient, et il se répète toujours : « Dans huit jours ! » Peut-être bien, peut-être pas !

Dans huit jours ! qui sait au fond de quelle terre tu pourriras !... Deux fois déjà je t'ai ajusté ; une fois j'ai laissé retomber mon arme. Et je suis revenu à mon poste... Si je me décide, j'ai choisi l'endroit où je le tuerai... là... au-dessus de l'oreille... Dans huit jours !...

Imbécile !... Entends ce ramier qui roucoule, éperdu, sur les branches hautes de la sapaie... Il roucoule, comme toi... et demain, le putois lui aura sucé le sang... Mais vais-je le tuer ?... Je n'en sais rien encore... Les rabatteurs, là-bas, n'ont point encore broussé dans le taillis... J'ai le temps... asseyons-nous.

Est-ce drôle, la vie, tout de même ?... Qui croirait jamais cela ?... Moi, un bossu ![1]... Moi, un pauvre être répugnant, hideux, objet de ridicule pour les uns, de dégoût pour les autres, moi, l'amant d'une belle jeune fille !... Moi, à qui, si je n'étais riche, on donnerait des coups de pied et des coups de bâton !... Moi, qu'on jetterait peut-être, fils de pauvre, au fond d'une marnière, ou bien, au fond de l'étang, avec une pierre au cou... Moi, que les bêtes elles-mêmes regardent avec étonnement ; moi, l'amant de Louise !... De Louise que cet homme épousera dans huit jours !... Ce que la nature a créé de plus parfait, avec ce qu'elle vomit de plus monstrueux !... Imaginez l'étreinte d'un ange et d'un bouc... Une vierge souillée par un chien... Ça a l'air d'un cauchemar !... Parfois je me demande si cela est vrai, si je n'ai point rêvé, si je vis !... Mais non, je ne rêve pas, et je vis... Ha ! ha ! ha !... oui, je vis !... Un jour, dans le parc, elle m'attira sous un arbre, et m'apprit des jeux impurs... elle, je vous le jure !... Je ne savais rien, je ne soupçonnais rien... c'est elle qui me viola... Elle avait dix ans, moi j'en avais douze... Nos parents nous laissaient nous enfermer dans sa chambre, ou bien nous perdre dans les bois. Que redouter d'un petit enfant bossu ?... J'étais, par ma bosse, par mes jambes cagneuses, par toute la hideur de mon corps, j'étais la négation vivante du péché. Soupçonne-t-on la chauve-souris d'en vouloir à l'hirondelle, le crapaud à la colombe, la larve qui rampe

1. Les personnages de bossus sont très nombreux dans les récits de Mirbeau ; voir *supra*, chapitre II, *Un homme sensible*, et *infra*, chapitre III, *Le pauvre Sourd* ; dans le chapitre II de la première partie de *Sébastien Roch*, Mirbeau consacrera trois pages à François Pinchard, un petit cordonnier bossu qu'on retrouvera pendu dans son échoppe.

et se tapit sous la pierre au papillon qui vole, ivre de clarté ?... Et nous grandîmes ainsi, nous aimant. Et à mesure que nous grandissions, grandissaient aussi les besoins de nos corps. La passion se faisait plus exigeante, plus farouche... Elle ne se contenta plus de la chambre, où nous n'étions pas assez libres, des bois qui étaient trop vastes... Elle voulait un lieu discret et loin de tout, où elle pût crier, hurler, mordre à l'aise.

Il y a dans le bois, une maison de garde abandonnée. Les ronces ont poussé tout autour, et les sapins et les châtaigniers, épais, feuillus, pressés l'un contre l'autre, lui font un rideau circulaire, impénétrable aux regards curieux. Un chemin qui, autrefois, y aboutissait, est depuis longtemps comblé et remplacé par un plant de jeunes arbres déjà forts. C'est là !... J'allai cueillir des fougères sèches et de bruyère, et de la mousse, dont je fis un épais matelas, que j'étendis sur la terre dure et battue de la maison. Je dérobai chez moi des couvertures de laine douce, des vieilles robes, des housses de fauteuil, et je les disposai avec soin sur la fougère, et sur la bruyère, et sur la mousse... C'est là que, pendant quatre ans, tous les jours, nous sommes venus.

— Où donc est Louise ? disait son père.

— Où donc est Claude ? disait ma mère.

Et son père et ma mère se répondaient :

— Ils s'amusent dans le bois, ils prennent de la force et de la santé...

Qu'auraient-ils pu imaginer, les pauvres gens ?... Souvent, la nuit, je me levais... traversais pieds nus les longs corridors ; au dehors, les molosses qui gardaient les abords du château, n'aboyaient pas, me connaissant. Je courais, je courais, par les clairs de lune, je voyais mon ombre, l'ombre de ma bosse s'étaler sur les clairières, extravagante, se casser aux arbres, danser dans les allées, repoussante et comique... Les orfraies miaulaient en me regardant passer... Elles avaient l'air de me demander :

— Où donc vas-tu, vilain bossu ?

— Je vais à l'amour.

— Avec cette bosse, bosse !...

Et elles éclataient de rire.

J'arrivais haletant, inondé de sueur... Et pendant des heures et des heures, je me roulais sur le matelas de bruyère et de mousse, poussant des cris sauvages... Une nuit, je trouvai Louise... Elle avait eu la même pensée que moi.

Et voilà qu'aujourd'hui elle se marie ?... Un homme, cet homme qui est là, dans l'allée, et qui va et vient, rêveur, son fusil sur l'épaule, va me l'emporter... C'est le fiancé de Louise, cet homme abominable ; dans huit jours, ce sera le mari... Et moi ?... que vais-je devenir, moi ?... A-t-on pensé à moi, dans tout cela ?... Croit-on que je retrouverai une Louise, jamais ? Mais les femmes à qui je m'adresserai me riront au nez ou se détourneront avec horreur !... Un bossu qui veut de l'amour !... Et que m'importent les autres femmes ?... C'est Louise que je veux !... Elle est à moi !... Une longue chaîne d'infamie nous rive l'un à l'autre !... Je vais aller trouver cet homme, tout à l'heure, et je lui dirai :

— Cette jeune fille si belle que tu veux épouser, eh bien, elle est à moi... Tu sentiras sur ses lèvres l'odeur puante de mes baisers ; partout, sur son corps, tu verras l'empreinte de ma bosse... Va-t-en, et laisse-la moi !... D'ailleurs, tu n'auras jamais les baisers que j'ai eus...

Mais il éclatera de rire :

— Tu es fou, bossu !... Ah ! le drôle de bossu !... Ah ! ah ! ah !...

Je lui dirai encore :

— Demande à tous ces arbres, demande aux oiseaux qui nichent dans ces arbres, demande aux biches, aux blaireaux, aux belettes, demande à tous les brins de ces mousses, à toutes les fleurs de ces bruyères. Va jusqu'à la maison du garde, puisque tu ne veux me croire, et regarde, la place est chaude encore, où nos deux corps se sont emmêlés.

— Es-tu fou, bossu !... Et va-t-en, car tu m'irrites.

Il faut donc que je le tue... Jamais je n'aurais pu croire qu'elle se mariât, qu'un autre un jour viendrait me la prendre... Si je l'attirais, elle, encore une fois, dans la maison ?... Et si j'y mettais le feu ?... Car je vais tuer cet homme, n'est-ce pas, tout à l'heure ?... Après lui, il en viendra un autre, après cet autre, un autre encore !... Je les tuerai tous... Et ils viendront toujours, comme les alouettes qu'un coup de fusil met en fuite, et que la folie pousse à revenir voleter au-dessus de celle qui, blessée, bat de l'aile, entre les chaumes des sillons... Oui, mais c'est l'avenir, cela !... c'est le lointain... Commençons par tuer cet homme... Nous verrons bien plus tard... Qu'ai-je à redouter ?... Rien, absolument rien... Cela se passe tous les jours... On croit tirer un faisan, et c'est un homme que l'on tue !... Un accident, voilà tout... Ah !... j'entends les rabatteurs... Ils approchent... Enfonçons-nous dans le taillis... Je le vois... Il s'est arrêté... Ah ! comme je le vois !... Je vois la place, au-dessus de l'oreille... « Dans huit jours ! » as-tu dit ?... Un faisant passe... Cot-cot-cot-cot ! ! !... Pan...

Ah ! je pourrai retourner, avec elle, dans la maison du garde...

Gil Blas, 21 septembre 1886.

LA BELLE SABOTIÈRE

I

— Qué qu'tu y as dit à ma mè ? interrogea Goudet, qui, se levant, repoussa du pied un gros tas de peaux de lapins, qu'il était en train de compter et de ficeler par paquets.

La Goulette, très vite, débita :

— J'y ai dit qu'elle était une vieille voleuse, une vieille saleté... Qué pouvait ben coucher avé l'gas Roubieux[1], si c'était son plaisir, et pis avé d'autres, itou... mais qu' j'en avions assez d'trimer du matin au soir, pour voir s'engraisser, sous not'nez, un salopiau, un feignant, un cochon qui la gruge, qui nous vole... que si elle continuait, j' lui ferions son affaire, nà !

A bout de souffle, ayant longtemps couru, elle s'affaissa sur une chaise, essuya, haletante, avec le coin de son tablier, son front où la sueur ruisselait, et, les mains à plat sur ses cuisses, les coudes écartés, la voix tremblante de colère, elle vociféra :

— Ah ! la carne ! ah ! la sale carne !

Ses petits yeux noirs, aux paupières bridées, s'emplissaient d'une

1. Le personnage réapparaît dans *Mémoires pour un avocat,* voir *infra.*

lueur farouche ; une expression de férocité bestiale crispait ses lèvres dont les coins s'amincirent, s'allongèrent, lui coupant la figure comme d'un hideux coup de sabre.

Goudet demanda :

— Et qué qu'elle a dit, ma mè ?

— Elle a dit què se foutait d'mé, d'té, d'tout le monde... qu'elle avait gagné son bien toute seule... qu'il était à elle toute seule... qu'elle en ferait ce qu'elle voudrait... Et pis qué vendrait son pré, sa maison, ses frusques, le tremblement, plutôt que d't'laisser une centime, t'entends bien, une centime !

— C'est-y tout ?

— Non, c'est point tout... Dans la rue, cont'e l'boucher, j'ai rencontré la femme à Sorieul... Sais-tu ben ce qué m'a dit ? « Paraît, qué m'a dit, que la belle sabotière, au jor d'aujord'hui, met tous ses billets au nom de Roubieux, pour vous faire du tort, après sa mort ! »... Enfin, elle n'sait pus quoi inventer, c'te garce-là !

La physionomie de Goudet se rassombrit... Deux fois, il fit le tour de la pièce en jurant et se grattant la nuque. Puis, se plantant droit devant sa femme, les poings sur la hanche, la bouche mauvaise, il dit :

— Quoi qu'j'allons faire ?

La Goudette regarda son mari bien en face. Un désir de meurtre luisait entre ses paupières, gonflait ses narines, abominablement.

— Ah ! malheur ! gémit-elle... Si t'étais un homme !...

— J'suis un homme ! affirma Goudet.

Elle haussa les épaules.

— Un homme !... Ah oui !... Un homme bon pour gueuler, mais v'là tout !

— J'te dis que j'suis un homme, nom de Dieu ! répéta Goudet, qui serra les poings et frappa le sol du pied, avec colère.

Alors, d'une voix sourde, précipitée :

— Eh ben, si t'es un homme, montre-le, une bonne fois... Crèves-y la piau, mâtin, tords-y les tripes, piles-y sur la tête !...

Ses doigts remuaient, se tordaient, pareils à des griffes de bête féroce ; de sa bouche, des crocs sortaient, jaunes et pointus, impatients de déchirer des proies vivantes ; ses prunelles roulaient dans du sang, hagardes.

Goudet se recula, un peu effrayé. Il balbutia :

— J'peux point faire ça... c'est ma mè...

— Nà ! Qu'est-ce que je disais !... C'est-y une raison, bougre de grand lâche ?... Une femme qui nous laisse dans la misère, qui nous vole, attendiment qu'elle empifre, avec notre argent, un tas de Roubieux, un tas de goinfres... Ta mè, ça ?... Ah ! bon sens de bon sens !... Tu n'seras jamais qu'une chiffe, tiens !

— C'est bon, c'est bon ! dit Goudet.

Il passa sa blouse et se dirigea vers la porte.

— Où qu'tu vas ? demanda sa femme.

— J'vas où j'vas.

De la Golardière, petit hameau où ils habitaient, à Bretoncelles[2] où demeurait la mère Goudet, la distance est de deux kilomètres à peine. Goudet avançait rapidement. En un quart d'heure il fut sur la place. C'était jour de marché. Il se mêla aux groupes des paysans, causa avec celui-ci, arrêta celui-là, donna son avis sur la qualité du blé, dont les sacs, appuyés l'un contre l'autre, s'alignaient, sur un quadruple rang de dalles en pierre grise, s'enquit de la valeur des colzas.

— Ça va-t-il les affaires, maît' Aveline ? demanda-t-il à un gros homme qui plongeait ses mains dans les sacs, en retirait des poignées de grains qu'il soupesait, flairait et rejetait ensuite, en hochant la tête d'un air mécontent,

— Point fô, mon gas, point fô, répondit maît' Aveline... Et té ?

2. Village de l'Orne, à une dizaine de kilomètres de Rémalard. Le 21 novembre 1870, les environs du village furent le lieu d'un combat entre les Prussiens commandés par le Grand Duc de Mecklembourg et les mobiles de l'Orne, qui reculeront jusqu'à Bellême.

— Vous êtes ben honnête, maît' Aveline... Je suis quasiment triste, rapport à ma mè.

— Quoi qu'y a cor, mon gas ?

— Y a... y a qu' Roubieux s'conduit ben mal avec elle, maît' Aveline, ben mal... Paraît qu'ils ont des mots ensemble... ça fait une vie là-dedans, une vie des cinq cent mille diables ! Avant-z'hier, il l'a battue, qu'la maison en tremblait... Et puis il menace de la crever... Ça finira mal, c't'histoire-là, j'ai idée qu'ça finira ben, ben mal.

— Ça s'peut, mon gas, ça s'peut... Il n'est point c'mode, l'paroissien... Qué qu'tu veux ? C'est pas ta faute, après tout, s'il arrive un malheur !... N' t' fais point de bile pour ça !... Quand on est honnête, on est honnête, je connais qu'ça !... Et pis, t'auras les écus.

— Ben sûr !... C'est tout d'même tracassant, maît' Aveline... J'en dormons pus...

Il poussa un long soupir.

La cloche, annonçant la fin du marché, sonna... Des groupes se dispersèrent.

— Allons prendre un litre ! dit maît' Aveline.

— A vot' service, remercia Goudet.

Et, tous les deux, lentement et se dandinant, ils entrèrent au café Bodin.

II

Bien que, depuis longtemps, elle eût perdu son mari, qui était sabotier à Bretoncelles, et qu'elle comptât plus de cinquante ans, on continuait dans le pays d'appeler la mère Goudet la belle sabotière. C'était une femme grasse, avenante et propre, rouge de visage, hardie avec les hommes, dont les yeux très noirs restaient vifs et inquiétants. Malgré son âge, elle conservait encore, dans sa mise soignée, dans ses allures provocantes, des prétentions à la jeunesse et à la beauté. On la voyait toujours riant et plaisantant, toujours en veine de propos lestes et de gaillardes aventures. Vraiment, lorsque, le dimanche, coiffée de son bonnet à fleurs et à dentelles, parée de sa robe de soie noire, les épaules drapées joliment dans un menu châle à effilés rouges et bleus, elle traversait la place, la cour Barat, la rue de l'Église, pour se rendre à la grand'messe, on pouvait dire qu'elle n'avait point volé son surnom de belle sabotière. C'était même peut-être la seule chose dont on pût dire qu'elle ne l'eût pas volée.

Dès qu'elle fut veuve, elle monta, avec l'argent gagné pendant le mariage, un cabaret qui, grâce à ses yeux, à sa belle mine polissonne, et surtout à sa peu farouche et si complaisante vertu, fut très promptement achalandé. Roubieux, un charpentier paresseux et sombre, qui passait du vivant de Goudet pour être l'amant de la belle sabotière, vint s'installer dans le cabaret, habiter avec la veuve, au vu et au su de tout le monde. Roubieux était un homme très grand, très fort, bâti en hercule. On le redoutait beaucoup, non qu'il eût commis d'une façon certaine aucune action violente, mais rien qu'à considérer sa physionomie farouche, ses yeux fuyants et faux, son dos obstiné d'assassin, on le sentait capable de choses terribles. Cependant, en apparence, il ne faisait rien que de vivre grassement aux dépens de la veuve, ne gênant personne, sachant détourner la tête quand des mains impatientes s'égaraient sous les jupons de sa maîtresse, et s'en aller au moment précis, trouvant chaque fois, avec à propos, une raison déguisée et plausible. Mais ce calme sombre, cette complicité silencieuse ne laissaient pas que de troubler les galants, qui craignaient un réveil de colère et de jalousie. Et les larges épaules du charpentier, ses poings énormes, plus lourds que des marteaux de fonte, son cou puissant, les muscles tendus et souples de ses bras, faits pour les meurtrières étreintes, leur causaient un perpétuel effroi.

Roubieux était très utile à la veuve, et l'intérêt l'unissait à elle autant que l'amour, car ils s'aimaient, en dépit des tromperies, des saletés quotidiennes dont il ne se plaignait jamais, sachant bien que le plaisir n'y comptait pour rien — où la belle sabotière eût-elle trouvé un mâle dont les reins fussent plus robustes ? — et que le *profit* seul y était en jeu. La belle sabotière prêtait de l'argent à la petite semaine, aux cultivateurs gênés, aux ouvriers en chômage, et c'était Roubieux qui faisait le rabat des victimes, les amenait au cabaret où sur les tables gluantes de liqueurs, dans l'étourdissement de l'ivresse, des ruines s'étaient accomplies. On racontait même — tant les imaginations vont vite en ces coins perdus de province ! — des choses sinistres, des scènes abominables d'ivrognerie et de luxure qui s'étaient terminées par des vols imprudents, des billets signés sans remise d'argent, des dépouillements audacieux, sous le coup de menaces, lorsque le vin et les polissonneries de la veuve avaient manqué leur effet. La police s'émut, surveilla le cabaret, fit un commencement d'enquête, et ne trouva rien. En dehors de ces aventures secrètes et redoutables, le cabaret gardait un air de gaieté licencieuse et d'amusement, sous la direction de la belle sabotière, qui ne dédaignait point de boire avec ses clients, de se laisser chiffonner par eux, d'exciter les désirs par de savantes et furtives caresses inachevées.

Maître dans la maison, Roubieux obtint facilement de sa maîtresse de ne plus voir son fils, un feignant, un propre à rien qui n'avait jamais pu réussir en quoi que ce fût, et qui, sans cesse dénué d'argent, criant misère, lui avait été jusqu'à ce jour d'une charge trop lourde.

— Qu'il fasse comme moi, disait Roubieux, qu'il travaille !

Il y avait eu à ce propos, entre les deux hommes, des scènes sauvages, des disputes, des menaces, des batteries. Finalement, le fils Goudet fut chassé de la maison, la rage au cœur. Depuis dix ans, il vivait misérablement, d'un petit métier de revendeur. Jamais ni sa femme, ni lui n'avaient pu fléchir le cœur de la mère. Et voilà, maintenant, que la belle sabotière dénaturait sa fortune, qu'elle mettait l'argent prêté au nom de Roubieux, qu'après leur avoir refusé un seul sou, durant sa vie, elle les déshériterait à sa mort !...

III

La nuit est sombre, sans étoile et sans lune. Aucun bruit dans la campagne, aucun frémissement. Tout à l'heure, très loin, un chien a, dans l'ombre invisible, longtemps aboyé. Puis, de nouveau, le silence. L'air est pesant ; dans les arbres qui bordent la route, pas un souffle ne passe ; sur l'herbe des berges, pas un frisson. Seul, au milieu des ténèbres opaques, un ver luisant luit, reflet égaré d'une inaccessible étoile... Et voilà qu'une forme, plus noire que le noir de la terre, apparaît, s'avance, puis deux formes, noires également, qui la suivent. Bientôt les trois formes réunies ne font plus qu'une masse, étrangement agitée, qui tour à tour s'étend, se rétrécit, s'allonge, se découpe en profils de figures humaines, de bras levés, de mains tordues, d'angles sinistres semblables à des échines repliées, et de la masse mystérieuse partent des jurements, des bruits rauques de voix étranglées, et un cri désespéré, un appel affolé de victime qu'a immédiatement précédé quelque chose de sourd, comme la chute d'un corps sur le sol...

— Pèses-y sur l'ventre ! Ah ! la mâtine ! comme a s'débat !

C'est une voix de femme...

Et le cri reprend, plus douloureux.

— Mais, nom de Dieu ! arraches-y son fichu et fourre-lui dans la bouche, pour l'empêcher de gueuler !...

C'est une voix d'homme...

Le cri reprend encore, puis s'éteint brusquement en petit râle...

Pendant quelques minutes, on n'entend que des coups furieux auxquels répondent des bruits mous de chairs écrasées et d'os broyés.

— Ça y est-y ? demande la voix d'homme.

— Ça y est ! répond la voix de femme. Tout d'même elle avait la vie dure, ta mè !

— Ah ! la rosse ! j'en ai chaud !... Quoi qu'j'allons en faire ?

— J'allons l'laisser là !... Allons, viens nous-en !

Les pas vont s'éloignant sur la route.

Et la nuit, un instant troublée, retombe dans son silence et son immobilité.

Gil Blas, 25 janvier 1887

Repris dans *L'Écho de Paris* le 22 février 1889, sous le titre *Les Voix de la nuit;* puis dans *Le Journal*, le 13 octobre 1895, sous le titre *Si t'es un homme...* Recueilli dans *La Pipe de Cidre*.

LE BAIN

Vers quarante ans, un soir de pluie qu'il était resté chez lui, seul et songeant, Joseph Gardar décida qu'il se marierait. Pourquoi avait-il pris cette décision subite ? Il ne le savait pas bien. Était-il donc amoureux ? Non. Était-il donc ruiné ou malade ? Pas davantage. Comment cela pouvait-il se faire que, riche, bien portant et sans amour, il se mariât ? Était-il donc fou ? Peut-être bien. Peut-être aussi, se sentait-il las, vaguement, las d'être heureux et libre. Et puis, ayant eu, ce soir-là, le désir de feuilleter un album japonais qui se trouvait sur un meuble, au fond de la chambre, il avait fait cette réflexion : « Je voudrais bien cet album ; d'un autre côté, je ne voudrais pas me déranger. Si j'étais marié, je dirais à ma femme de me l'aller chercher. » Il remarqua aussi qu'une femme blonde, mince et grande, une femme vêtue d'étoffes claires, souples et chiffonnées, et qui serait assise dans ce fauteuil, en face de lui, ferait un joli effet, une jolie tache... Enfin, le silence de son appartement lui pesait. Jamais une porte s'ouvrant brusquement, jamais un bibelot cassé, jamais d'aigres reproches, ni une voix colère ! Toujours le même ordre odieux dans ses papiers, sur le bureau !... Oh ! ne pas retrouver une lettre dont on a besoin !... Savoir que le poème commencé, que le roman presque achevé, ont été déchirés, distraitement, brûlés, anéantis par une petite main inconsciente et rôdeuse ! Il s'endormit sur cette idée consolatrice et rêva à des choses exquises et nouvelles.

La dernière fois que je l'avais vu, il m'avait dit :

— La femme est un merveilleux animal, servi par de merveilleux instincts. Évidemment, c'est le chef-d'œuvre de la faune terrestre. J'ai beaucoup travaillé, beaucoup voyagé, et nulle part, dans les forêts, dans les steppes, dans les montagnes des plus extravagants pays, pas plus que dans les paléontologies les plus immémoriales, je n'ai rencontré la trace d'une bête plus compliquée, plus inattendue, plus absurde, d'un plus doux pelage, et plus rebelle à l'apprivoisement que la femme. Mais comme elle est loin de moi ! Jamais je ne pourrai me résoudre à en faire la compagne de mon intelligence, la sœur de mes pensées, l'épouse idéale de mes enthousiasmes, de mes embrassements. C'est pourquoi je ne me marierai pas. Tout au plus consentirais-je à la mettre sur un perchoir, comme un perroquet, avec une chaîne d'or à la patte ; ou bien l'enfermerais-je dans une volière. Chaque matin et chaque soir, en guise de mil et de chènevis, je lui apporterais ces cœurs de jeunes hommes, des cœurs bien chauds et bien sanglants, et je l'écouterais chanter. À quoi bon ? Je peux me payer ce spectacle dans le premier salon où il me plaira d'aller... Tenez, je possède un chat. Il est merveilleux aussi, ce chat, et quel mystère en ses prunelles vertes qui marquent les heures ! Tout l'inconnu des mondes occultes s'y cache... Et pourtant, je le comprends, mon chat, je le pénètre ; je sais ce qu'il veut, et quel est son rêve. Son rêve, mais il est pareil au mien, et son langage inexprimé, j'en saisis toutes les nuances, toutes les inflexions, toutes les délicatesses subtiles. De la femme, je ne saisis rien ; son front est un mur ; ses yeux sont des murs, la beauté sensuelle de son corps est un mur aussi, derrière lequel est le néant... Bien souvent, étendu sur un divan, je fume et pousse vers le plafond des ronds de vapeur bleue ; mon chat, qui est, à côté de moi, voluptueusement couché, lui aussi, sur un coussin, dresse les oreilles, frissonne, et, l'échine vibrante, regarde les ronds de vapeur qui montent, s'allongent, ondulent, flottent en légères écharpes, se volatilisent et se perdent dans l'air, ainsi que des idées de poète. Parfois, passe un insecte dont les ailes de gaze bourdonnent, et mon chat suit son vol capricieux et fou, d'un œil ivre, triste, grave et profond, comme s'il suivait le passage inquiétant d'une âme. Eh bien, jamais la femme ne s'est intéressée à la fumée de ma cigarette, ni au vol de mes insectes familiers. Tandis que la fumée s'élevait dans l'air et que, toujours plus hautes, battaient les frémissantes antennes des sphinx, je disais à la femme : « Regarde ». Elle abaissait ses yeux vers la terre, ses yeux pareils aux museaux des chiens quêteurs, et elle me demandait : « Qu'y a-t-il sous ce tapis ? — Il y a le plancher. — Et sous le plancher ? — Il y a la cave. — Et sous la cave ? — Il y a l'égout. » Elle battait des mains : ses narines gonflées semblaient humer des odeurs souterraines, et elle m'embrassait, criant : « L'égout !... oh ! c'est là que je veux aller !... Viens. » Puis, brusquement boudeuse, et se dégageant : « Non, pas avec toi... Tu sens le tabac ! »

*
* *

Et Joseph Gardar s'était marié. Non pas au hasard, je vous assure. Il avait longtemps, longtemps cherché ; et il avait trouvé la femme la plus belle, la meilleure, la plus intelligente, la plus poétique de toutes les femmes. Elle s'appelait Clarisse. On l'envia beaucoup.

Huit jours après son mariage, comme ils finissaient de dîner tous les deux, seuls, Clarisse lui dit doucement :

— Mon ami, je voudrais que tu prennes un bain ?

L'œil de Gardar s'effara.

— Un bain !... Maintenant !... Et pourquoi ?

— Parce que je voudrais, mon ami.

— Mais, suis-je donc sale ?

— Oh ! non... Mais je voudrais que tu prennes un bain, tout de suite.

— Voyons, c'est de la folie !... Ce soir, oui !... mais maintenant !

— Oh ! je voudrais tant !... tant !... tant !...

Elle joignait ses petites mains, sa voix était suppliante.

— Ma chérie, c'est insensé, ce que tu me demandes là... Et puis, je t'assure que c'est dangereux !

— Oh ! fais-moi ce plaisir !... Je voudrais, mon chéri...

Elle vint s'asseoir sur ses genoux, l'embrassa tendrement murmura :

— T'en prie !... Tout de suite !

Ils passèrent dans la salle de bains. Clarisse voulut préparer la baignoire elle-même et disposa sur une table des savons, des pâtes, des brosses, des gants de crin, des pierres ponce...

— Et c'est moi qui te frictionnerai !... Tu verras comme c'est bon !

Lui, tout en se déshabillant, protestait encore, répétait ;

— Quelle drôle d'idée !... Et puis, c'est très dangereux, comme ça, si vite... après le dîner... Tu sais, des gens en sont morts !...

Mais elle riait d'un joli rire, clair et sonore.

— Oh ! des gens... D'abord, quand on fait plaisir à sa petite femme, on ne meurt jamais.

Il s'acharnait.

— Et puis, je suis très propre... J'ai pris mon tub, ce matin ! Je suis très propre !

— Allons ! allons ! ne faites pas le méchant.

Très étonné, il entra dans la baignoire, et se coula dans l'eau...

— Là ! fit Clarisse... Pas que c'est amusant ? Enfonce-toi bien, mon chéri ! Là !... Encore !...

Au bout de quelques minutes, Joseph Gardar éprouva un étrange malaise. Quoique l'eau fût très chaude, il lui semblait que ses jambes devenaient toutes froides. En même temps, il suffoquait ; et sa tête, très rouge, brûlait... Ses oreilles bourdonnaient, comme assourdies par des cloches sonnant à toute volée.

— Clarisse !... criait-il, Clarisse... je me sens mal..., très mal..., Clarisse !

Puis, subitement, ses yeux agrandis montrèrent le blanc de leurs globes renversés et striés de filets rouges. Il essaya de se soulever, ses mains battirent l'eau d'un mouvement faible et crispé, et il s'affaissa, glissant au fond de la baignoire, dans un grand bouillonnement.

Clarisse, les lèvres un peu pincées, murmura :

— Ah ! mon chéri, ce n'est pas gentil, ce que tu fais là !

Gil Blas, 10 mai 1887

Repris dans *L'Écho de Paris* le 5 avril 1889 ; recueilli partiellement dans *Les 21 jours d'un neurasthénique*.

LE PAUVRE SOURD

Hier, j'allai rendre visite au peintre Philippe Grassau, un grand, maigre et doux homme, au visage souffrant et déjà ravagé par les rides. Grassau est sourd, et cette infirmité le rend gauche, un peu honteux et très timide.

Je l'avais rencontré quelquefois, le soir, chez un de mes amis, et une subite sympathie m'avait poussé vers lui. On le délaissait, parce qu'il était triste et qu'il parlait peu. Silencieux toujours au milieu des gaietés qui l'entouraient, il paraissait ne rien entendre et poursuivre des rêves sans cesse fuyants. De sa vie, je ne savais rien, sinon qu'il était marié, qu'il ne vivait pas avec sa femme, qu'on le disait pauvre d'argent et de talent.

Quand j'entrai, Grassau travaillait à une grande toile, assis sur un haut escabeau.

— Ne regardez pas, me dit-il en rougissant... ne regardez pas cela... c'est si mauvais...

— Comment, mauvais ? répondis-je... Mais...

— Oh ! ne me faites pas de compliments, je vous en prie... Je sais, allez !... je sais...

Il descendit de son perchoir, déposa sa palette et ses brosses sur une table, et il soupira :

— J'aurais bien voulu, cependant !... Mais je suis un pauvre sourd !... je n'entends ni ce qui chante, ni ce qui pleure, je n'entends rien... Autour de moi, tout est muet. Les ailes n'ont pas de frissons, le vent n'a pas de plaintes, les voix, pas de musique, et les choses naissent, se meuvent dans l'éternel silence... Et puis !... je suis si malheureux... Venez, je vais vous montrer quelque chose... quelque chose que je n'ai encore montré à personne.

Il alla au fond de l'atelier, où des toiles étaient rangées l'une contre l'autre. Il en prit une, l'épousseta, l'ajusta sur un petit chevalet de bois blanc.

— Bien souvent, j'ai voulu la brûler, gémit-il, car elle me torture, elle me tue... Hier encore, je ne sais ce qui m'a retenu... oui, si vous saviez comme je suis bête !... Sincèrement, comment trouvez-vous ce portrait ?

J'étais charmé, ébloui, stupéfait. L'admiration me clouait la bouche. Stupidement, je lui demandai :

— C'est de vous, ça ?

— Il eut un sourire triste.

— Ça vous étonne, n'est-ce pas ?... Ça m'étonne aussi, allez... et cruellement !... Oui, ç'a été une heure, dans ma vie, la seule, hélas !... Voyez ces yeux, ces lèvres, cette main, ce bras, cette chair glorieuse... C'est ma femme, comprenez-vous ?

Le pauvre homme, qu'une montée de larmes suffoquait depuis quelques minutes, se laissa choir sur une chaise, et, plié en deux, la tête cachée dans son mouchoir, longtemps il sanglota.

La crise passée, et pris brusquement d'un scrupule, il me demanda, un peu honteux, presque suppliant :

— Je suis bien bête, n'est-ce pas ?..., vous me trouvez bien bête ?... Et pourtant j'ai bien envie de vider mon cœur, une bonne fois... mais cela vous ennuierait que je vous raconte ces choses !...

Je l'encourageai affectueusement à se confier à moi, et voici ce que, d'une voix dolente, il me dit ;

— Ça n'est pourtant pas intéressant... Ma mère, veuve après un an de mariage, m'éleva avec beaucoup de peine, et j'ai toujours été maladif. Quand j'eus l'âge d'aller à l'école, c'est elle qui m'y conduisait, ne voulant me confier à personne... Elle ne me permettait aucune camaraderie, et, à part les heures de classe, je restais constamment auprès d'elle. Cela me rendit un peu sauvage et craintif. Ajoutez que j'étais sourd et mal fait, et vous comprendrez qu'à l'école, avec mes allures d'enfant timide et faible, on me traitait en souffre-douleur... Oui, j'ai été bien des fois battu, je vous assure... Tout petit, j'aimais passionnément le dessin ; la peinture m'enthousiasmait... Ma mère, qui désirait que je prisse, à cause de ma santé, un état tranquille et pas fatigant, encouragea ces dispositions naissantes. J'eus des maîtres, je fus admis à l'École des Beaux-Arts, je fréquentai quelques ateliers ; je travaillais ardemment. Je continuai de vivre avec ma mère, qui me dorlotait et me soignait aussi délicatement qu'une petite fille, et j'étais heureux, n'éprouvant aucun besoin de liberté extérieure, n'ayant aucune fringale de plaisir... Comme nous n'étions pas riches, j'obtins, grâce à des protections, un cours de dessin dans une école d'adultes. Et bien souvent, mes leçons terminées, j'allais retrouver ma mère, qui passait une partie de ses soirées chez une famille d'employés, chez les Rabureau, les seuls amis que nous possédions. La vie coulait ainsi douce, calme, toute embellie par les espérances des succès à venir, car on ne doutait pas que je devinsse un grand artiste. Une année, au Salon, on me décerna une seconde médaille. Ce fut une grande joie, et dans la famille Rabureau on parla sérieusement de ma gloire et de ma fortune. Ces braves gens avaient un fille, Mlle Clotilde, une délicieuse enfant blonde, au sourire angélique, que j'aimais et... que j'épousai. De ce que Mlle Clotilde, si jolie, consentit à devenir ma femme, à moi, triste, laid, infirme, j'éprouvai un si éperdu bonheur, une reconnaissance si vive, que ma pauvre mère crut que j'en deviendrais fou...

A ce moment, les larmes le suffoquèrent. Grassau demeura quelques minutes silencieux, puis il continua :

— Je vous dis tout cela, un peu sans suite, excusez-moi... A la grande tristesse de ma mère, je vins habiter dans l'appartement de ma nouvelle famille... Mais telle avait été la première condition imposée par les Rabureau et consentie par moi... Bien que ma femme se montrât régulièrement douce, je m'aperçus très vite qu'elle n'avait pas d'amour pour moi... et même que je lui inspirais une insurmontable répugnance. Et moi, habitué aux caresses berceuses de ma mère, habitué surtout à ne vivre que d'affections et de sentiments, je ressentis un vrai chagrin et comme une impression de solitude... Mais je me disais qu'à force de tendresse, de soumission et de dévouement, j'entrerais bien, un jour, dans ce cœur qui se fermait à mes adorations... Je me réfugiai dans mon art... Hélas ! Je n'étais pas un artiste, et si vous saviez quelle douleur fut pour moi cette constatation... De plus, mon succès s'arrêta net : mes toiles ne se vendirent plus. Et nous n'étions pas riches ; les journaux qui, autrefois, avaient parlé de moi, comme d'un jeune homme plein d'avenir, faisaient le silence sur mon nom. Il semblait, du reste, que mon imagination se fût glacée, comme en un cerveau de vieillard ; il m'était impossible de rien concevoir, de rien exécuter, de rien traduire ; ma main elle-même s'ankylosait sur la toile... J'étais sourd, et j'avais voulu être peintre ! Quelle folie ! La peinture n'est-elle pas de la musique, de la musique visible et tangible ? N'y a-t-il pas, dans les choses, une sonorité dont les yeux seuls ne sauraient dégager l'harmonie. Et qu'est-ce que la nature, sinon l'orchestration magnifique des formes et de la couleur ?... Et j'étais sourd !... Alors, mon intérieur devint un enfer. Tous les jours, à toutes les heures, à toutes les minutes, j'eus à subir les mépris, les rancunes, les taquineries misérables et lâches de cette famille dont je ne réalisais pas les ambitions, aujourd'hui cyniquement avouées, dont j'avais détruit toutes les illusions. On s'était dit : Un peintre, c'est la fortune, avec la notoriété, la gloire... Le nôtre est sourd, ridicule et laid, qu'importe ?... Dans un an, nous aurons notre hôtel, nous aussi, nous serons riches, enviés, recherchés... Et les toilettes, et les voitures, et les bals, et toute cette vanité caressante qui entoure les noms célèbres, nous aurons tout cela ! Et voilà que pas un de ces beaux rêves ne s'était réalisé. Au contraire, c'est la misère qui était venue... La vie fut un abominable supplice... avec des envies étalées, des reproches qui me cinglaient la peau comme des coups de cravache, on ne causait que des talents qui s'élevaient, des réputations qui grandissaient, des fortunes des peintres qui faisaient tapage. A ces récits, gonflés de toutes les exagérations des jalousies bourgeoises, ma femme se montrait de plus en plus dure pour moi : à peine si elle répondait aux questions que je lui adressais. Elle me parlait bas, m'obligeant à lui faire répéter les mots, pour me rendre encore plus sensible mon infirmité... Et plus elle me traitait de la sorte, plus je l'aimais... Ce que j'ai fait pour l'attendrir, toutes les humiliations que j'ai acceptées, toutes les supplications... Ah ! vous ne les saurez jamais !... Jamais un sourire ; toujours un impassible visage de pierre !... Avez-vous vu la *Sphynge*, du grand sculpteur Rodin ?... Et connaissez-vous un poème de douleur plus prégnant... Le visage implacable, et beau désespérément, la femme est emportée dans une fuite sans fin, à travers quels espaces de mystères ?... Sur son corps, rayonnant de toutes les beautés, sur son corps, aux superbes florescences de chair, se tord le corps de l'homme... Ses bras cherchent à étreindre quelque chose de la divine beauté, ils voudraient arrêter la fuite éternelle... Mais en vain... La femme poursuit sa course impitoyable. Son visage ne se détournera pas une seule seconde vers l'homme qui pleure et supplie ; jamais, jamais elle ne s'arrêtera... Ainsi d'elle et ainsi de moi... Ma femme a été cette femme, et j'ai été cet homme aussi !... Ah ! si du moins j'avais pu m'abstraire dans mon art !... Si j'avais pu créer quelque chose !... Mais non !... Je ne suis rien !... Je ne sens rien, je ne sais rien... Je suis sourd !... Cette douleur qui me ronge, j'ai tenté vainement de la presser, d'en exprimer un cri, une forme... Et je n'ai pas pu !... Pendant six ans, j'ai passé mes nuits près d'elle, la tête cachée sous la couverture, secoué de rages, dévorant mes larmes... Et puis elle est partie, elle m'a quitté... Elle m'a quitté sans me dire un mot... Un soir, j'ai trouvé la maison vide... Il n'y avait même pas une lettre, rien qu'elle me laissât comme un adieu !... Et elle n'est pas revenue !... Je quittai à mon tour cette maison... et je retournai près de ma pauvre mère... Mais l'amour me poursuit et me torture... Je ne dors plus... Toutes les nuits, j'erre par les rues, ainsi qu'un chien vagabond... Et quand j'aperçois, à travers des persiennes closes, de petits filets de lumière, coupant l'ombre fugitive d'une femme, j'éprouve un bonheur cruel à me dire : « C'est peut-être elle ! »

— Que comptez-vous faire ? lui demandai-je.

Les yeux du sourd prirent une singulière expression d'exaltation, et d'une voix précipitée, bredouillante, presque comique, il s'écria :

— La tuer, la tuer, la tuer !... Oh ! oui, la tuer !... Mais quand ma mère sera morte. Parce que, vous comprenez bien que je ne peux pas faire à la sainte femme cette douleur d'avoir un fils assassin... J'attends.

Gil Blas, 7 juin 1887.

Reprise de *Histoire du pauvre Sourd*, publié dans *Paris-Journal* le 3 mai 1882 ; repris dans *La Vie Populaire* le 26 mars 1891.

PAYSAGES

VIEUX POCHARD

Le père Ravenel a soixante ans[1]. De taille moyenne, un peu courbé, il marche lentement, du pas mesuré des vieux semeurs. Sa tête est superbe, tout en accents, tout en angles, tout en gerçures, tout en gauffrures, puissante et carrée, et couronnée de cheveux rudes, dont les touffes inégales et grisonnantes recouvrent le front jusqu'aux sourcils. Son corps est tordu ainsi qu'un très ancien tronc de chêne ; sa peau est une écorce brune. Sous son vêtement rapiécé l'on voit pointer les apophyses de ses os, se bossuer les nœuds de ses muscles, comme s'il allait lui pousser des branches. Ses yeux ne reflètent que

1. Dans la version du *Gil Blas*, le père Ravenel s'appelle le père Le Floc'h. Les premières lignes, qui le décrivent, varient légèrement : « Il a soixante-deux ans, et il est encore vigoureux et solide sur ses quilles sèches et nerveuses. De taille moyenne, un peu courbé, il marche lentement, avec des gestes de vieux semeur. Sa tête est superbe, tout en accents, tout en angles, puissante et carrée, et couronnée de cheveux rudes, grisonnants, dont les touffes inégales, plates, lui recouvrent le front jusqu'aux sourcils ; une tête comme celles que Millet donna à ses sublimes terriens. Ses yeux bleus et ronds ont des regards d'animal domestique, des regards doux et tristes, qui ne s'allument jamais à la flamme intérieure d'une pensée. Et pourtant, il n'est point bête, le père Le Floc'h. On dit, dans la petite ville de Kerantrec'h, qu'il possède au contraire bien des talents. Il va en journée, chez les uns, chez les autres, jardinant, menuisant, terrassant, maçonnant, faisant un peu de tout, le faisant bien, et gagnant aussi facilement qu'un jeune ses trente sous par jour, sa soupe de lard et son pot de cidre... »

le nuage qui passe ; aucune douleur, aucune joie n'effleurent ses prunelles, que la résignation et le silence ont rendu pareilles à celles des animaux domestiques. Ses gestes sont lents, graves, larges comme l'horizon, hauts comme le ciel, religieux et sacrés comme un mystère de création :

C'est un vieux pochard.

Presque toujours ivre, il va tout de même, trimant de-ci, bricolant de-là, aimé et respecté de tout le monde.

Les gens du pays, qui ne sont pas des poètes, disent de lui : « Quel malheur ! S'il ne buvait pas, il eût acquis un petit pécule et serait aujourd'hui à son aise. Comme bien d'autres, moins adroits que lui à toute sorte de choses, il aurait une maison, un jardin devant, un champ derrière, des poules, des canards, des lapins, sans doute une vache, et il engraisserait, deux fois l'an, un cochon. Maintenant il pourrait se reposer, s'amuser à donner un coup de main aux voisins quand vient la saison du cidre, et prendre, sans remords et sans inquiétude, le frais, assis sur un banc, le soir, devant sa porte. Au lieu de tout cela, il ne possède ni maison, ni champ, ni poules, ni rien de rien. Il faut qu'il aille en journée, chez les uns, chez les autres, jardinant, menuisant, terrassant, maçonnant, et gagnant péniblement ses vingt sous par jour, sa soupe au lard et son pot de boisson. Quel malheur !

Il sait tout cela, le père Ravenel, et n'en souffre pas. D'ailleurs, ce n'est point de sa faute. Non, c'est de la faute à sa seconde femme, car, veuf à quarante-huit ans, il s'ennuyait de s'occuper lui-même de son petit ménage, il s'est remarié, un beau jour.

— Oui, bête !... bête !... bête !... fait-il en rappelant ses souvenirs de jadis, ses souvenirs du temps de sa première femme.

*
* *

Tous les matins, à six heures, il arrive chez moi, ayant déjà bu et sentant l'eau-de-vie.

— Eh bien, père Ravenel, vous êtes encore saoul, donc ?

— Ben oui !... Ben oui !... répond le bonhomme en se grattant le chef... Ben oui !... J'ai cor'un p'tit coup... Bête !... bête !... bête !...

Il trébuche, et sa lèvre pend, molle et gluante de salive, même en ces moments-là, ses yeux restent impassibles, sans une lueur d'excitation cérébrale, sans un reflet d'ivresse...

— Et vous n'êtes pas honteux... à votre âge !

— Ben oui !... Ben oui !... J'vas vous dire... C'est ma femme !... Ma seconde femme !... Oui ! la mâtine !... Parce que ma première femme... Faudrait que vous l'auriez connue, ma première femme !... Une sainte du bon Dieu, quoi !... Bête, bête, bête !...

Et il pleure en s'arrachant les cheveux...

— Une sainte ! All'est morte rapport à un cochon qui tombait du haut mal.

— Oui, oui, je sais... je connais l'histoire... Allez-vous coucher... Feriez mieux de dormir.

— Non ! non ! faut que je vous dise !... J'avions un cochon... Y venait ben... Y mangeait ben... Alors que je m'étouffe si je mens, v'là qui tombe du haut mal... comme une personne... quasiment comme un chrétien... Et y maigrissait... et y s'roulait... et il écumait !... Enfin c'était un cochon... C'était pas un ren de ren !... Il crève... Ma première femme dit : « J'allons l'manger, faut point perdre cette carne-là. » Moi, j'dis : « Un cochon qui tombe du haut mal, c'est de la poison. Faut l'enterrer ben profond ! » Ma première femme dit : « J'vas tout de même fricasser le mou ! » J'dis : « Fricasse le mou, si tu veux ; moi j'en mange point. »

Et le père Ravenel, à ces pénibles souvenirs, sanglote, se démène et reprend :

— Que j'm'étrangle avec une fourche, avec une pelle à feu, avec un vilebrequin si je mens !... V'là ma première qui mange l'mou avec des pommes de terre... Eh ben, au bout de dix ans, jour pour jour, all'tombe du haut mal comme l'cochon !... All's'tord, all'écume, all'gueule... et puis all'trépasse !... Aussi vrai que le bon Dieu existe, et Saint-Joseph itou, et la bonne Vierge, au bout de dix ans, l'cochon lui était remonté sur le ventre et sur la tête ... C'est pas ordinaire, des manigances comme ça !

— Alors, vous vous êtes remarié, vieux polisson ?...

— Ben oui !... Ben oui !... C'est pas le même blot !... Eh ! mâtin, non !... Bête, bête, bête !... Ma seconde femme, il lui faut du mâle !... C'est pire qu'une chatte, qu'une chienne, qu'un moigneau !... Moi, j'ai de l'âge, vous comprenez ben... et pis, j'ai jamais été porté sur la malice... Mais elle !... Faudrait que vous voyez ça... Tenez, des fois, je suis ben tanquille... j'pense à ren... ou ben j'rentre fatigué de la journée : « Père Ravenel, qué m'dit, j'ai l'feu dans l'corps... » Et la v'là qui m'regarde avec des yeux qui brillent... qui brillent !... « J'peux point, que j'dis, j'ai de l'âge... et ça n'est point mon idée !... » Mais all m'taquine, all'm'pousse, all'me fait mignon : « J'peux point », que j'dis encore ; « Eh ben, bois un coup », qué m'dit. J'bois un coup, deux coups, trois coups. « Ça y est-il ? », qué me dit. « Non, ça n'y est point », que j'dis. « Tu n'es qu'une chiffe ! » qué m'dit. « J'ai de l'âge ! » que j'dis... Et une gifle par-ci ! Et une gifle par-là !... Ça finit toujours par des batteries... Alors, j'rebois un coup, deux coups, trois !... Ça me tue, vous pensez ben !... Ça m'tue, ces choses-là...

Et poussant des cris de paons, le père Ravenel s'affaisse, la tête dans les mains :

— Bête !... bête !... bête !

*
* *

Au lendemain de ses ivresses, le père Ravenel marche comme dans un rêve. Il ne comprend rien à ce qu'on lui demande. Ses yeux élargis et plus ronds semblent s'ouvrir sur d'insondables infinis. D'un pas lent il s'en va au jardin, prend sa bèche, croise les bras sur le manche de la bèche, regarde voler les oiseaux et frissonner les feuilles dans le vent. Aucune idée n'entre dans son vieux crâne, obstiné et durci. Et son visage, dont les angles s'accentuent, dont les creux se cavent, prend un aspect de sévérité implacable, une beauté plastique, une sculpturale noblesse, qui feraient dire à un poète passant : « Voilà le Dieu de la terre ! »

L'Écho de Paris, 23 août 1892

Reprise, avec quelques variantes, d'un conte publié dans le *Gil Blas*, le 13 juillet 1887, et intitulé *Pochards. Le père Le Floc'h*.

EN PROMENADE

Le peintre X... et moi, nous gravissions la côte des Deux-Amants, cet admirable monticule qui garde, énorme sphinx accroupi, l'entrée de la vallée de l'Andelle et domine la vallée de la Seine[1].

À mesure que l'on s'élève, des paysages se déploient, sublimes et géographiques, et reculent jusqu'à l'infini les champs, les villages, les forêts, et dans tout cela, le fleuve, mince ruban bleuâtre, disparaît et reparaît en courbes charmantes, semées de points noirs, qui sont tantôt des îles, tantôt des trains de bateaux, les lourds toueurs, à peine visibles dans cet espace immense, et si lointains qu'ils semblent ne pas remuer. De cette hauteur, les détails se perdent, et ce n'est que par la différence des verdures que l'on distingue les carrés de forêts des carrés d'avoine. Puis, le ciel d'amplifie, s'approfondit à perte de rêve... De temps en temps, le peintre s'arrêtait, contemplait le panoramique paysage baigné d'une lumière très douce, et, traçant, dans l'air, avec sa canne, quelque dessin de vierge ou de sainte, disait :

1. L'Andelle se jette dans la Seine à proximité de Pont-de-l'Arche, où Mirbeau habite depuis trois ans.

— Oh ! ces primitifs, l'ont-ils sentie la nature !... Une figure... là, tiens ! et tout ça derrière... Quel Van Eyck[2] !.

À ce moment, nous entrions dans un petit bois qui couronne de verdure le sommet de la côte. Et, tout à coup, dans une clairière, nous vîmes se dresser devant nous une étrange apparition.

Droite, énorme, immobile, elle barrait l'étroite sente où nous cheminions. Un fusil brillait à son poing. À ses pieds, le coteau dévalait à pic et, formant une gorge profonde, remontait en ondulations rapides, couvert de hêtres rabougris et de frissonnants bouleaux. La silhouette géante s'enlevait sur ce fond de mouvantes verdures. Elle était extraordinaire et surnaturelle. Rien, en elle, ne bougeait. On eût dit qu'elle venait de surgir du roc, roc elle-même à peine taillé. Et son fusil reflétait le nuage qui passait au-dessus d'elle.

En ce lieu sauvage, cette apparition soudaine nous arracha à nos préoccupations, à la nature, à la vie. Nous nous crûmes transportés dans un autre âge, dans un pays inconnu et chimérique. Était-ce une femme ? un homme ? un bloc de pierre taillée ?... un impassible bronze ? Nous ne cessions de la regarder.

Elle était coiffée d'un haut bonnet d'astrakan, comme un Tcherkesse, et son visage rude, aux yeux impérieux, son regard fixe, ses bajoues tombantes, une ombre de moustache aux lèvres, tout cela avait un caractère d'une sévérité et — qu'on me permette ce mot — d'une beauté farouche. On eût dit une figure d'Albert Dürer [3]...

Une tunique de drap noir, boutonnée jusqu'au col, serrait sa poitrine large et renflée, moulait sa taille carrée, ses hanches rebondies, descendait sans un pli sur les cuisses, au-dessus du genou, accusait une charpente puissante, d'abondantes chairs qui, à la taille seulement,

2. Jan Van Eyck (v. 1395/1390-1441), peintre flamand pour lequel Mirbeau a une grande vénération. Il le cite à deux reprises dans *La 628-E-8*, ainsi que dans une lettre à Claude Monet, in *Correspondance avec Claude Monet*, Le Lérot, 1990, lettre du 10 septembre 1887.
3. Albrecht Dürer (1471-1528), peintre et graveur allemand.

faisaient des bourrelets, des plis gros et pleins, sous l'étoffe tendue. Une culotte de velours noir bouffait et flottait sur de hautes guêtres de cuir fauve, chaussant ses mollets nerveux.

Des parfums de menthe, une âcre odeur de sauge semblaient s'exhaler d'elle.

Dans le fond de la gorge, un chien, invisible sous les feuilles, chassait, donnait de la voix, une voix grêle et rageuse, une petite voix qui montait vers nous comme une injure.

La femme — car c'était une femme, une vieille femme de soixante ans — nous examina d'un air hostile sans que ses yeux remuassent, sans que rien en elle remuât, pas plus les chiffes de ses paupières que les pans de sa tunique, ni les mèches de crin grisâtre qui s'échappaient de son bonnet d'astrakan. Puis elle siffla son chien, remonta d'un geste sec son fusil sur l'épaule, descendit le coteau, en se retenant aux branches flexibles des taillis, et disparut dans le bois. Et dans cet être hideux et superbe, dans ce monstre aux traits violents, aux allures hommasses, il y avait une souplesse, je ne sais quoi dans l'inflexion de la nuque, dans la tombée des épaules où quelque chose de la grâce de la femme subsistait.

Durant une minute, nous l'entendîmes qui descendait la côte et sifflait son chien : un sifflet strident, des roulades aigres qui semblaient donner aux feuillage des hêtres et des bouleaux des frissons d'effroi.

Nous nous assîmes dans l'herbe, au pied d'un arbre, et nous restâmes quelques instants silencieux. Je me demandais qui était cette femme, d'où elle venait, où elle allait, pourquoi elle était ainsi. Et, déjà, mon imagination entrevoyait un romanesque violent, quand le peintre X... me dit, l'air tout songeur :

— Hein ?... Posséder cette femme dans ce paysage... avec ces odeurs de menthe et de sauge... quelle sensation ! Quel tableau !... Je reviendrai par ici... Et quelle ligne !... Et l'accent de ça !... Nom d'un chien !...

Il s'enthousiasmait, malgré mes railleries :

— Parbleu ! dans une chambre, avec des tentures, des tapis, des lumières roses, des meubles laqués... ce serait effroyable !... Mais ici, dans cette nature, parmi ces rocs, ces odeurs violentes, sauvages... ce serait le rêve... le rêve, entends-tu ?... un rêve épatant !

Et comme je riais de le voir s'exalter ainsi :

— Ah ! tu me fais pitié, me dit-il... D'abord, toi, tu n'as jamais rien compris à l'harmonie !...

Nous sortîmes du bois et redescendîmes vers la côte par l'Ouest.

Les pentes en étaient rases, glissantes, et les cailloux roulaient sous nos pieds. Des tussilages, des pavots menus, de chétifs erzugiums, toute une flore naine et malade poussait çà et là, au-dessus des herbes abrouties, et des ronces traînaient sur le sol leurs tiges rampantes et desséchées, comme des orvets morts. Plus nous nous rapprochions de la plaine, plus la terre semblait monter dans le ciel et l'envahir, et le ciel, au-dessus de nos têtes, reculait sa voûte diminuée.

Mon ami devenait de plus en plus rêveur. A peine s'il répondait aux questions que je lui adressais. Il disait, négligemment :

— Ah ! oui ! ce qu'on voit... ce qu'on rencontre !... Non, vrai ! la nature est épatante !

Le crépuscule tombait lorsque nous rentrâmes au village, où nous devions passer la nuit.

A l'auberge, pendant le dîner, X..., nerveux, interrogea la patronne sur l'étrange apparition du bois.

— Ah ! vous avez vu la belle Catherine ? s'écria-t-elle.

— On l'appelle la belle Catherine ?...

— Oui, par dérision, sans doute. Elle habite les ruines de l'abbaye qui se trouve au sommet du mont... Et elle passe son temps à chasser... Autrefois, elle venait quelquefois ici, le soir, boire un coup avec les mariniers... Mais ça faisait trop d'histoires... Il y a eu du tapage, des batailles... Elle ne vient plus.

— Ah !... Mais qu'est-elle au juste ?...

La patronne prit un air de se méfier... et elle dit tout bas :

— C'est l'ancienne domestique du comte de R..., un vieux à qui appartenait l'abbaye... Le comte est mort, vous comprenez...

— Ah ! il est mort ?

— Oui... On l'a trouvé noyé dans une citerne... Il avait fait son testament en faveur de Catherine.

— Ah ! vraiment ? s'écria mon ami, dont les yeux s'enflammèrent. Mais c'est épatant, ce que vous me dites là... Dans une citerne ?

— Oui... D'abord, on a pensé ci... ensuite on a pensé ça... La justice est venue... Bref, Catherine a hérité... C'est une rude femme, allez !

— Et elle vit toute seule ?

— Toute seule !... Seulement, elle rôde beaucoup, à droite, à gauche, vous comprenez ?... C'est une rude femme !

Le dîner s'acheva dans un silence pesant.

Comme nous gagnions nos chambres, mon ami me dit :

— Je ne repartirai pas demain... En bonnet d'astrakan... la tunique... les guêtres... ce parfum de menthe qui me poursuit... la citerne, la citerne surtout... comprends-tu ? Il faut que je retrouve cette femme... Bonsoir...

Voilà trois mois de cela... Je n'ai pas revu mon ami.

L'Écho de Paris, 13 septembre 1892

Recueilli dans *Un Gentilhomme*.

MÉMOIRES POUR UN AVOCAT

I

Mon cher Maître,

Vous m'avez demandé de vous fournir ce que vous appelez « des éléments » pour la plaidoirie que vous devez prononcer dans mon instance en divorce.

Les voici.

Je vous les envoie tels quels, un peu pêle-mêle, il me semble. Mais avec la grande habitude que vous avez de déchiffrer les dossiers les plus compliqués, vous aurez vite fait de rétablir l'ordre qui manque à ces notes hâtives.

Je vous l'ai dit, et je vous le répète ici, ne vous attendez pas à des récits dramatiques ou croustilleux, ainsi qu'en comportent d'ordinaire ces procès. Je n'ai rien à reprocher à ma femme, du moins rien de ce que la loi et les bienséances mondaines peuvent considérer comme délictueux ou attentatoire à l'honneur d'un homme. Sa conduite fut toujours parfaite, et je crois bien — c'est là qu'est le côté défectueux de l'affaire — que jamais une mauvaise pensée, jamais un désir impur n'entra dans son âme. Elle se montrait, même avec moi, très réservée — très indifférente, devrais-je dire — sur cette sorte de choses. J'ajoute que, souvent, j'eus à souffrir de sa naturelle froideur, car elle est très jolie, et j'étais plein de passion.

Ce que je reproche à ma femme, c'est de comprendre la vie d'une façon autre que moi, d'aimer ce que je n'aime pas, de ne pas aimer ce que j'aime ; au point que notre union, loin d'être un resserrement de sensations pareilles et de communes aspirations, ne fut qu'une cause de luttes perpétuelles. Je dis « luttes », et j'ai tort. Ce mot définit très mal notre situation réciproque. Pour lutter, il faut être deux, au moins. Et nous n'étions qu'un seul, car j'abdiquai, tout de suite, entre les mains de ma femme, ma part de légitime et nécessaire autorité. Ce fut une faiblesse, je le sais. Mais que voulez-vous ? J'aimais ma femme, et je préférai l'effacement momentané de ma personnalité maritale à la possibilité de conflits immédiats que tout, dans le caractère de ma femme, me faisait prévoir dangereux et violents, irréparables peut-être. Cela remonte au jour même de notre mariage.

Il avait été décidé que nous ferions un voyage dans le Midi de la France. Ma femme s'enthousiasmait à cette idée.

— Oh ! le Midi ! disait-elle... Le ciel bleu, la mer bleue, les montagnes bleues... Et tous ces paysages de lumière que je ne connais pas, et qui doivent être si beaux ! Comme je serai heureuse, là-bas !...

Et elle battait des mains, la chère âme, et elle rayonnait de joie, comme un petit enfant à qui l'on a promis de merveilleuses poupées.

Je me félicitais, et tout le monde autour de nous, dans nos deux familles, se félicitait, que j'eusse élu une âme si parfaitement concordante à la mienne, car nous aimions les mêmes poètes, les mêmes paysages, la même musique, les mêmes pauvres. Nous partîmes, comme il est d'usage, après la cérémonie.

A peine installée dans le wagon que j'avais retenu à l'avance et décoré de ses fleurs préférées, ma femme tira de son nécessaire de voyage un livre et se mit à lire.

— Ma chère Jeanne, insinuai-je tendrement, ne trouvez-vous pas que ce n'est guère le moment de lire ?

— Et pourquoi ne serait-ce pas le moment ? fit-elle d'un ton et avec des regards que je ne lui connaissais pas, et qui donnèrent à son visage une expression de dureté imprévue...

Je répondis, troublé :

— Mais, chère petite femme, parce que nous avons, ne vous semble-t-il pas, bien des choses à nous dire... maintenant que nous sommes seuls, tout à fait !...

— Eh bien ! mon ami, je ne vous empêche pas de les dire...

J'éprouvai un froid au cœur, un froid douloureux. Ce livre m'était, réellement, comme une personne qui se fût maladroitement interposée entre ma femme et moi. Et cette voix qui me parlait, une voix brève et coupante, je l'entendais pour la première fois. Et elle me rendait, pour ainsi dire, cruellement étrangers ce visage charmant, cette bouche, ces yeux, ces cheveux, toute cette fraîcheur de jeunesse, toute cette beauté d'amour, autour de quoi mes rêves avaient si follement, si gravement, si infiniment vagabondé. Je demandai, en tremblant, car j'avais alors la sensation de je ne sais quoi de lointain, entre ma femme et moi :

— Et quel est donc, cher petit cœur, ce livre que vous lisez avec tant d'attention ?...

— Le dernier roman de M. de Tinseau[1] ! fit-elle.

— Oh !

— Comme vous avez dit : « Oh ! »

— Comme vous avez dit : « Oh ! ». Il ne vous plaît pas, M. de Tinseau ?

— Pas beaucoup... je l'avoue...

— Moi, je l'adore... Je trouve qu'il écrit divinement...

Puis, tout à coup :

— Que ces fleurs entêtent, mon ami !...

Et les détaillant, un peu étonnée, comme si elle ne les eût pas encore remarquées, elle ajouta, d'une voix de reproche contenu :

— Tant de fleurs, mon ami !... Mais c'est de la folie !

1. Voir *supra*, chapitre I, *La Puissance des Lumières*, note 1.

— Ce n'est pas de la folie, Jeanne, puisque vous les aimez !

Elle répliqua :

— Je n'aime pas les prodigalités[2].

Durant le voyage, jusqu'au soir, je tentai vainement d'intéresser son esprit aux paysages que nous traversions... Elle levait, un instant, les yeux vers la portière, et les rabaissait ensuite sur son livre en disant :

— C'est très joli... Des arbres, des champs, des maisons, comme partout !

— Jeanne, Jeanne, ma chère petite Jeanne, m'écriai-je, je voudrais que vous aimiez la nature... Je voudrais voir votre âme s'exalter aux beautés de la nature...

— Mais certainement, mon ami, j'aime la nature... Comme vous êtes drôle ! Et pourquoi me dites-vous cela avec une voix si déchirante ?... Je ne peux pourtant pas me passionner à des choses que je vois tous les jours !

La nuit vint... Ce fut un désenchantement pour moi... Je ne trouvai rien des ivresses que je m'étais promises.

Le lendemain se passa à Nice, en promenades délicieuses, dans les rues, au bord de la mer, à travers les montagnes. La nouveauté de ces horizons lumineux, la douceur changeante de la mer qu'une petite brise agitait légèrement, l'inhabitude de ces spectacles urbains qui font, de cette curieuse ville, une sorte de gare immense ou de gigantesque paquebot en route vers on ne sait quelle folie, tout cela dissipa un peu ce que, la veille, j'avais entrevu de menaçantes nuées sur le front de ma femme, et dans le ciel profond de ses yeux. Elle

2. Alice Mirbeau, quoique fort riche, était fort pingre et n'aimait pas non plus « les prodigalités ». Ainsi, c'est en cachette de sa femme que Mirbeau acheta les *Iris* et les *Tournesols* de Van Gogh : il lui fit croire qu'ils lui étaient offerts par le père Tanguy pour le remercier de son article sur Vincent... Le personnage de Jeanne ressemble également beaucoup au personnage de Mme Lanlaire du *Journal d'une femme de chambre*.

fut gaie, d'une gaieté méthodique, il est vrai, et qui craint de se dépenser toute en une seule fois, d'une gaieté sans émotion, sans une de ces émotions qui vous révèlent tout à coup, par l'entremise d'un visage heureux, ce qui s'allume de flammes de joie cachée, de trésors de bonté enfouis dans le cœur d'une femme. Mais je ne m'attardai pas à des réflexions inquiétantes sur cette réserve que je m'efforçai de prendre pour de l'élégance d'esprit. Nous rentrâmes à l'hôtel le soir, tard, un peu fatigués, un peu grisés par cette chaleur, par cette lumière.

Son manteau et son chapeau enlevés, ma femme s'installa devant une table, tira de son nécessaire une foule de petits carnets, un encrier, une plume et me dit :

— Maintenant, soyons sérieux... Qu'avez-vous dépensé, aujourd'hui, mon cher trésor ?

Je fus abasourdi par cette question.

— Je n'en sais rien, mon amour... répondis-je... Comment voulez-vous que je le sache ?... Et puis, vraiment, est-ce bien l'heure ?

— C'est toujours l'heure d'avoir de l'ordre ! formula-t-elle... Voyons, rappelez-vous.

Ce fut une longue et fastidieuse besogne.

Les comptes terminés et la balance établie, il arriva qu'il manquait dix francs, dix francs dont on ne pouvait retrouver l'emploi ! Ma femme fit et refit les comptes, la bouche soucieuse et le front obstiné, un front où, dans la pureté radieuse d'un épiderme nacré, se creusaient deux plis horribles, comme en ont les vieux comptables.

— Parbleu ! je me souviens, m'écriai-je pour en finir avec une situation qui m'était douloureuse, ce sont les dix francs de pourboire que j'ai donnés au garçon du restaurant.

— Dix francs de pourboire ! s'exclama ma femme. Est-ce possible !... Mais je pense que vous êtes fou...

Et, après m'avoir longtemps examiné d'un regard aigu, d'un regard inexprimable, où il y avait plus encore d'étonnement que de blâme, elle ajouta :

— Voilà ce que je craignais... Vous n'avez pas d'ordre, mon ami... Vous ne savez pas ce que c'est que l'argent, mon cher trésor... Eh bien ! dorénavant, c'est moi qui aurai les clés de la caisse... Ah ! nous serions vite ruinés, avec vous... Dix francs de pourboire !...

Se levant, après avoir remis méthodiquement carnets, encrier et plume à leur place respective dans le nécessaire, elle me tapota les joues, et moitié tendre, moitié grognonne. Elle dit :

— Oh ! vilain petit mari qui ne sait pas ce que c'est que l'argent !

Cette nuit-là — la seconde de notre mariage —, nous nous endormîmes comme un vieux ménage.

II

Je ne vous ferai pas le récit de ces quelques semaines passées dans le Midi pour célébrer notre mariage. Les mille détails de mon asservissement conjugal, tous ces menus faits quotidiens, par quoi s'acheva l'abandon de mon autorité — non seulement de mon autorité, mais de ma personnalité morale — entre les mains d'un autre, encombreraient ces notes de redites inutiles et fatigantes. Ce que je puis vous dire, c'est que je revins de ce voyage, que j'avais rêvé si plein de bonheur, de fantaisies généreuses, de voluptés violentes, complètement annihilé. J'étais parti avec quelque chose de moi, un esprit à moi, des sensations à moi, une façon à moi de comprendre et de pratiquer la vie domestique, l'amour, l'altruisme ; je rentrai avec rien de tout cela. La transformation de mon individu agissant et pensant s'était accomplie avec une si grande rapidité qu'il ne m'avait plus été possible de lutter, de me défendre contre ce dépouillement continu de mon être. D'ailleurs, l'eussé-je pu que je ne l'aurais pas tenté. J'ai horreur de la lutte. Et puis, ma femme avait un tel regard de volonté, que, lorsque ce regard tombait sur moi, je me sentais tout à coup comme paralysé. Il y avait, dans toute sa personne, sous le rayonnement de sa chair et l'éclat de sa jeunesse en fleur, une telle expression de décision irrésistible que, tout de suite, j'avais compris que la lutte équivalait à la rupture. Or, cela, je ne le voulais pas, je ne le voulais à aucun prix[3].

N'allez pas croire qu'elle ne m'aimait pas. Je suis convaincu, au contraire, qu'elle m'aimait beaucoup, mais à sa manière. Elle ne m'aimait ni comme un amant, ni comme un époux, ni comme un ami ; elle ne m'aimait même pas comme on aime une bête. Elle m'aimait comme une chose à elle, inerte et passive, comme un meuble, une boîte d'argenterie, un titre de rentes. Je lui appartenais ; j'étais sa propriété, cela dit tout. Dans le sentiment qu'elle éprouvait pour moi, nulle émotion, nulle tendresse ; jamais l'idée d'un sacrifice, si insignifiant fût-il. Elle disposait de moi, sans mon assentiment, de mes goûts, de mon intelligence, de ma conscience, selon la direction de son humeur, mais, le plus souvent, selon les calculs de sa vie domestique. Je faisais partie de sa maison, et rien de plus ; j'occupais une place — importante, il est vrai, — dans la liste de ses biens, meubles ou immeubles, et c'était tout !... Et c'était beaucoup, car ma femme était une propriétaire soigneuse et brave. Si elle avait été menacée dans la possession, dans la propriété de son mari, avec quelle énergie, avec quelle vaillance elle l'eût défendu contre les attaques, contre les dangers, contre tout, jusqu'à l'oubli total d'elle-même.

Et dire que durant les longs mois, les mois bénis, les mois d'impatience sacrée, où je fus admis à lui faire ma cour, je n'ai rien vu de tout cela ! Aveuglé par l'amour, je n'ai vu que sa beauté. Je n'ai rien compris à son regard, si étrangement, si implacablement dominateur ; je n'ai rien compris à sa bouche si admirablement tentatrice, et où je surprends maintenant des plis terribles, qui me

3. C'est là un aveu de Mirbeau : au lendemain de son mariage avec Alice Regnault, il écrivait déjà (sept ans avant *Mémoires pour un avocat*) : « Je prévoyais bien que je ne quitterais jamais Alice » (lettre à Paul Hervieu, mi-juin 1887).

glacent l'âme, et qui ne parviennent à s'effacer que sous l'humilité de ma soumission, que sous la lâcheté de mon obéissance !

*
* *

Il avait été convenu que nous habiterions une jolie propriété que je tiens de ma mère, et que j'avais aménagée avec passion et selon mes goûts. J'étais fier de ce petit coin de terre, pour ainsi dire créé par moi, et où j'avais mis ce que je pense avoir en moi de sensibilité artiste, et de conception de poète. Je l'avais encore embellie pour la venue de ma femme, voulant un décor de jardin et de maison digne de sa beauté.

Le lendemain du jour où nous nous installâmes, ma femme me dit, après une promenade rapide :

— Vous avez fait, mon ami, dans ce jardin et dans cette maison, des folies que ne comporte pas notre situation de fortune. Tout cela est beaucoup trop lourd pour nous, et je ne saurais prendre la responsabilité d'une telle administration. Certes, je loue votre goût : il est parfait. Ce que je vous reproche, c'est de ne pas le proportionner à nos ressources. Vous allez... vous allez... sans vous préoccuper de savoir comment vous pourrrez faire face à de telles exigences. Oh ! les âmes d'artistes !... Cela n'entend rien à la vie pratique.

Elle eut un sourire amer. Mais sa voix restait douce, quoique un peu brève ; et son front se barrait de ces plis, signes de calculs profonds et de ténébreuses arithmétiques.

Elle continua :

— Je suis d'avis que nous devons simplifier notre état de maison, et supprimer beaucoup, beaucoup de choses qui me paraissent inutiles... D'abord, qu'avez-vous besoin d'un jardinier ?... Le fumier, les semences, l'entretien et les gages de deux hommes... ce qu'ils gâchent, ce qu'ils volent, font que les légumes nous reviennent à des prix excessifs, fous... invraisemblables... Avez-vous seulement calculé ce que vous coûte un navet ou une tomate ?... Je parie que non... Nous planterons des pommes de terre dans le potager, et nous vendrons le surplus de notre provision... Quant aux fleurs !... une pelouse devant la maison, avec une corbeille de géraniums, et quelques rosiers çà et là... Cela doit suffire à vos besoins d'esthétique florale... Nous ferons du foin, du bon foin avec le reste. Notre cheval aimera cette combinaison... Et comme en ces sortes d'exécutions je pense qu'une décision prompte est tout ce qu'il y a de meilleur, je vous prierai de signifier, aujourd'hui même, son congé à votre jardinier[4]...

J'étais atterré.

— Mais, ma chère Jeanne, répondis-je en balbutiant, vous n'y songez pas... Mon jardinier est un vieux jardinier... Il a servi ma mère pendant quinze ans ; voilà cinq ans qu'il est avec moi... C'est le meilleur, le plus honnête, le plus dévoué des hommes... Il est en quelque sorte de la famille...

Elle répliqua :

— Eh bien !... votre mère ne l'a-t-elle pas payé ?... Vous-même ne l'avez-vous pas payé ?... On ne lui doit rien, j'imagine... Que demande-t-il ? Aujourd'hui même, vous entendez, mon ami... Je ne veux plus le revoir demain...

C'est en tremblant, comme si j'allais commettre une mauvaise action, un crime, que j'abordai, dans le jardin, le pauvre vieux jardinier... Juché sur une échelle, je me souviens, il taillait ses espaliers... Et brusquement, avec une voix dure, avec une voix forte, pour ne pas entendre les voix de reproche qui montaient du fond de mon âme, en grondant :

— Il faut vous en aller, père Valentin, criai-je... Je ne vous garde pas... je ne puis plus vous...

4. Il semble qu'Alice ait également obtenu le renvoi d'un jardinier... Mirbeau s'en souviendra dans *Les Affaires sont les affaires*.

Le père Valentin chancela sur son échelle... Je crus qu'il allait tomber...

— Vous ne me gardez plus... monsieur Paul ? bégaya-t-il... Vous n'êtes plus content de moi ?... Je vous ai peut-être fait du tort ?...

— Non, père Valentin... mais il faut vous en aller, il faut vous en aller tout de suite !... tout de suite !

Jamais je ne reverrai, sur une figure humaine, l'expression de douloureuse tristesse dont se martyrisa la figure du vieil homme.

— Bien... bien !... monsieur Paul, fit-il le corps secoué d'un frisson... Je serai parti demain... Ah ! pauv' monsieur Paul !

Je sentais les larmes me venir aux yeux :

— Pourquoi dites-vous ce : « Pauv' monsieur Paul ! », père Valentin ?...

Mais le bonhomme ne répondit pas. Il descendit de son échelle, ramassa son sécateur, et partit.

*
* *

Le soir même de ce triste jour, ma femme avait pris possession de la maison, de l'écurie, du bûcher, du poulailler[5], de la remise, des greniers. Et, partout, son regard avait dit aux choses, soumises et domptées, comme je l'avais été moi-même :

— Il n'y a plus qu'un maître, ici, et ce maître, c'est moi !... Fini de rire, mes amis !

5. A Carrières-sous-Poissy, où les Mirbeau se sont installés en février 1893, Alice élevait des poules exotiques.

III

J'avais des amis, de chers, de fidèles, de merveilleux amis.

C'étaient des poètes, des artistes, des contemplateurs de la vie.

Ils réjouissaient mon cœur et surexcitaient mon esprit. C'est par eux, c'est en eux que je me sentais vivre réellement. Ils avaient le pouvoir généreux de réveiller mon intelligence, qui sommeille un peu dans la solitude, et de me révéler à moi-même. J'aimais à les réunir souvent, à leur livrer ma maison, et je n'étais jamais si heureux que lorsque je les avais là, autour de moi. C'était comme une belle, comme une ardente flambée dont s'embellissait mon foyer, qui éclairait mon âme, réchauffait mes membres engourdis de froid.

Peut-être dans le bonheur que j'éprouvais de leur présence, cordiale aussi comme un bon vin, se mêlait un sentiment de pur égoïsme. J'avais nettement conscience de leur influence protectrice, de leur utilité morale, et « du coup de fouet », dirai-je, qu'ils donnaient à l'activité de mon esprit. Mais si mon amitié n'était pas absolument désintéressée, si elle n'allait pas jusqu'à l'oubli total de moi-même, elle n'avait rien de bas, de calculateur et de parasitaire. Je leur étais reconnaissant de la bonne chaleur qu'ils savaient communiquer à tout mon être.

Parmi eux, il en était un que je préférais à tous, dans le fond de mon cœur. Il s'appelait Pierre Lucet. Je le connaissais depuis l'enfance. Ensemble, nous avions passé bien des défilés dangereux de la vie. Jamais le moindre nuage n'obscurcit le calme ciel de notre intimité. Je ne crois pas que j'eusse aimé un frère comme je l'aimais. Doué de magnifiques dons de peintre, mais toujours arrêté dans ses élans créateurs par une perpétuelle inquiétude, une constante défiance de soi-même, et aussi par les objections sans cesse multipliées et lancinantes d'un esprit critique suraiguisé jusqu'à l'absurde, il avait fini par ne plus peindre. Il me disait, sous l'amertume qu'on entend trembler dans la voix des ratés et des impuissants :

— Que veux-tu que je fasse, en présence de cette écrasante beauté de la vie ?... Copier la nature ? Triste métier, auquel ne peuvent s'assouplir ni mon cerveau, ni ma main... L'interpréter ?... Mais que peut être mon interprétation, fatalement restreinte, à la faiblesse de mes organes, à la pauvreté de mes sens, devant le mystère de ces inaccessibles, de ces incompréhensibles merveilles ? Ma foi, non !... Je n'ai pas tant de sot orgueil, ni d'imbécile foi !... Crois-tu donc que l'homme a été créé pour faire de l'art ?... L'art est une corruption... une déchéance... C'est le salissement de la vie... la profanation de la nature... Il faut jouir de la beauté qui nous entoure, sans essayer de la comprendre, car elle ne se comprend pas elle-même... sans essayer de la reproduire... car nous ne reproduisons rien... que notre impuissance, et notre infimité d'atome perdu dans l'espace[6]....

— Pourtant, répondais-je... il est nécessaire de fixer un but à ses activités, à ses énergies... à ce dynamisme obscur par quoi nous sommes menés...

— Il est nécessaire de vivre... voilà tout !... La vie n'a pas de but, ou plutôt, elle n'a pas d'autre but que de vivre... Elle est sans plus... C'est pourquoi elle est belle... Quant aux poètes, aux philosophes, aux savants qui se torturent l'esprit pour chercher la raison, le pourquoi de la vie, qui l'enferment en formules contradictoires, qui la débitent en préceptes opposés..., ce sont des farceurs ou bien des fous... Il n'y a pas de pourquoi !...

Et c'était un étonnement que de constater la profusion de ses idées, la nouveauté toujours neuve de ses images, l'habileté dialectique de ses arguments, pour arriver à ceci, toujours : « Il n'y a rien que de la beauté inconsciente et divine ».

Par un reste d'habitudes anciennes, quand il allait dans la campagne, il emportait toujours son chevalet, sa boîte à couleurs, une toile et un pliant. Il choisissait « un motif », s'asseyait sur le pliant, bourrait sa pipe, se gardait, comme d'un crime, d'ouvrir sa boîte ou de piquer

6. Thème développé également dans *Dans le ciel* (1892-1893).

son chevalet dans la terre, et là, durant des heures, il regardait... Il regardait les choses, non de cet œil bridé et clignotant qu'ont les peintres, mais de l'œil panthéiste des bêtes, au repos, dans les prairies.

Possédant de quoi ne pas absolument mourir de misère, mal tenu de corps, négligé en ses vêtements, la barbe inculte et les cheveux impeignés, il avait réduit ses besoins au seul nécessaire de la vie. Et comme un buisson qu'éclabousse la boue du chemin, et que salit la tombée des feuilles mortes, son âme était pleine de chansons.

D'abord, Jeanne consentit à recevoir mes amis. Elle les accueillit avec politesse, mais sans enthousiasme. Eux-mêmes, comprenant que « ce n'était plus la même chose », ne retrouvant plus les mêmes habitudes cordiales, la même liberté, un peu débraillée, je dois le dire, de nos réunions, espacèrent leurs visites. Ils se sentaient, d'ailleurs, gênés par le regard froid de ma femme, par sa bouche impérieuse d'où ne leur venait jamais une bonne parole. Je n'essayai pas de les retenir, quoi qu'il m'en coutât. Et puis, j'avais fini par douter d'eux, du désintéressement de leur amitié.

Sans brusqueries, avec un art merveilleux d'observation mesurée et profonde, Jeanne, lorsqu'ils étaient partis, me faisait descendre jusque dans le fond de leur âme. Elle avait tout de suite deviné leurs défauts, leurs vices, qu'elle grossissait, qu'elle exagérait, mais avec une telle habileté, une telle vraisemblance, que ça avait été, au bout de peu de temps, un retournement presque complet de mes sentiments envers ces amis si aimés. Elle se servait d'un mot échappé dans la conversation pour me montrer des côtés inattendus de leur caractère, de plausibles infamies, de vraisemblables hontes. Je me défendais, je les défendais, mais de plus en plus mollement, car le doute était en moi, salissant ce que j'avais aimé, dévorant un à un mes plus chers souvenirs d'autrefois...

— C'est curieux ! me disait-elle... On dirait que vous ne connaissez pas la vie... Et c'est moi, moi, presque une jeune fille encore... qui dois vous l'apprendre !... Ah ! mon cher Paul, votre bon cœur vous fait voir les gens comme vous-même... Votre sensibilité vous aveugle à un point que je ne saurais dire !...[7] Mais ils ne vous aiment que parce que vous êtes riche !

C'est sur mon ami, Pierre Lucet, que s'exerçait de préférence son esprit de démolition...

— Un paresseux, et voilà tout !... Il veut donner à son inexcusable paresse des excuses transcendantes et philosophiques, dont vous ne devriez pas être la dupe... C'est vraiment trop de naïveté !... Et puis, croyez-vous qu'il soit flatteur pour une femme délicate de recevoir chez elle, d'avoir à sa table un tel goret !... Sa saleté me répugne, me soulève le cœur, me rend malade... S'il avait de l'amitié pour vous, il aurait du respect pour moi... il décrasserait ses guenilles, se laverait les mains, et ne se tiendrait pas devant moi, comme devant une fille de brasserie... Il viendrait, de temps en temps... tous les trois ou quatre mois... déjeuner avec nous... Soit !... Mais, s'installer ici, lui et sa hotte d'ordures, pendant des semaines... je vous assure que cela m'est pénible !...

Un jour que Pierre était parti seul dans la campagne, Jeanne me dit :

— Il faut en finir, mon cher Paul. Je ne veux pas que ma maison se désorganise à cause de votre ami... Voilà encore une femme de chambre qui me quitte[8], parce qu'elle ne veut pas — et je comprends sa répugnance — faire le ménage de M. Lucet... C'est un vrai fumier, sa chambre. Et son linge... on ne le prendrait pas même avec un crochet !... De quoi avons-nous l'air, je vous le demande, vis-à-vis de nos gens ?... Je vous prie de vous arranger de façon à ce que M. Lucet soit parti ce soir... ce soir !... Vous inventerez, vous prétexterez ce que vous voudrez... Mais, pour Dieu ! qu'il parte !... qu'il parte !...

7. Ce sont là des phrases qu'Alice a certainement eu l'occasion de seriner aux oreilles d'Octave.

8. Ce sont des déboires qui arrivaient souvent à Alice, si l'on en croit la correspondance de Mirbeau.

Et comme soudain ma figure s'était attristée, Jeanne ajouta :

— Cela vous gêne ?... Eh bien ! c'est moi qui lui ferai comprendre... à ce goujat !

En effet, comme ce pauvre Pierre rentrait, les souliers pleins de boue, le chapeau tout dégouttant de pluie, ma femme, qui guettait son retour, l'apostropha :

— Vraiment, monsieur Lucet, vous auriez pu essuyer vos chaussures... et penser que mes tapis ne sont pas des garde-crotte !... Les domestiques n'ont affaire qu'après vous, ici !... Ma maison n'est pas une étable !...

— C'est peut-être le tort qu'elle a, répondit Pierre, de sa voix douce... Elle serait plus heureuse, mais j'ai compris... Paul est-il là ?

— Non, Paul est à la ville...

— C'est bien !... vous lui direz que je l'aime toujours, ce pauvre Paul !... Et quand il aura envie de pleurer, qu'il vienne chez moi !... Ça lui fera du bien...

J'étais derrière la porte du salon, quand se passait cette scène cruelle... Je n'avais qu'un mot à dire, qu'un geste à faire, mais je ne le prononçai point, et je ne fis point le geste ![9]

Je tombai sur un siège, anéanti, la tête dans les mains, avec un poids si lourd sur mes épaules que j'eus la sensation que quelque chose de maudit venait de descendre sur moi !...

Et lui aussi, Pierre Lucet, il avait dit : « Pauvre Paul ! » quand on l'avait chassé, comme j'avais chassé le vieux jardinier !

9. De même, lors de la rupture avec Camille Pissarro, par veulerie, Mirbeau n'a pas osé — en juillet 1893 — se désolidariser d'Alice (cf. préface de sa *Correspondance avec Camille Pissarro*, Le Lérot, Tusson, 1990).

IV

Bientôt, notre maison devint silencieuse, et presque farouche. De même qu'elle avait chassé les amis, elle chassa les pauvres, ces amis inconnus, ces amis éternels de nos révoltes et de nos rêves. Aux misérables qui passent, elle ne souriait plus, comme une espérance, une promesse de joie et de réconfort. Par les routes, par les sentes, sur les talus, derrière les murs, ils s'étaient dit, sans doute, la mauvaise nouvelle. Aucun ne s'arrêtait plus devant sa claire façade, autrefois si hospitalière, si inviteuse, maintenant protégée contre l'imploration des sans-pain et des sans-gîte, par l'effroi de deux dogues, gardiens de nos richesses, et aussi par l'insolence des domestiques qui aiment à se venger sur les faibles des duretés de leur asservissement.

Jadis, quand je rentrais de la promenade, le soir, et que j'apercevais sur le coteau notre maison, surgissant de son bouquet d'arbres verts, notre maison avec ses fenêtres pareilles à de bons regards, je sentais descendre, couler en moi, quelque chose d'infiniment doux : une paix délicieuse, la conscience d'avoir accompli un devoir d'amour et de solidarité humaine. Aujourd'hui, rien que sa vue m'était comme un remords, et je détournais les yeux de ce toit, qui n'arbitrait plus qu'un égoïsme implacable et glaçant... J'avais honte d'elle, et il me semblait qu'en me voyant passer, les gens disaient : « C'est celui qui habite la maison où ne s'arrêtent plus les pauvres ! »

Ma mère, âme tendre, cœur de pitié, avait fait de sa maison une sorte de refuge. Elle en avait ouvert les portes toutes grandes aux misères errantes, aux désespoirs qui cheminent vers le crime ou vers la mort. Pour ceux qui ont faim et qui ont froid, il y avait toujours chez nous une table prête, un foyer allumé. Elle visitait les pauvres du pays et soignait les malades. Des malheureux, elle n'exigeait pas qu'ils eussent des vertus héroïques : il lui suffisait pour les secourir, qu'ils eussent du malheur.

— Il n'y a pas de hiérarchie dans la douleur, me disait-elle souvent. Toutes les douleurs, d'où qu'elles viennent, sont également respectables, et elles ont droit à notre émotion !

Je me souviens qu'elle avait — avec son habituelle et discrète bonté, et au grand scandale des honnêtes gens — accueilli, recueilli, devrais-je dire, une fille de la ville, chargée du mépris universel, même du mépris des pauvres. Cette fille rôdait, le soir, dans les ruelles obscures, se livrait pour un sou, pour un verre d'alcool, pour rien, à qui voulait la prendre. Le jour, quand elles passait sur les trottoirs, sale, dépeignée, couverte de guenilles puantes, ramassées dans les ruisseaux, volées aux gadoues des maraîchers, on la chassait à coups de pierres, on lui jetait des ordures, à cette ordure. Ceux-là même à qui, la veille, elle s'était prostituée sur un banc d'avenue ou une borne du quai, l'insultaient. Elle ne répondait jamais, ne se plaignait jamais ; elle fuyait, plus vite, devant les pierres, les coups, les outrages, et, baugée dans quelque trou fétide, elle attendait, en dormant, que la nuit vint, pour recommencer son inexorable métier. Elle eut, un jour, un enfant, graine de hasard qui germa dans cette terre pourtant si infertile de la ribote et de la débauche. Et ce petit être, conçu sur la borne du chemin dans les baisers d'ivrognes qui meurtrissaient comme des coups, elle l'aima avec une frénésie d'indicible passion. Par quel prodige cette femelle insconsciente qui n'avait gardé des sentiments humains que les obscurs et sauvages instincts de la brute originelle, devint-elle une mère admirable ? C'est dans la pourriture, dans la décomposition organique que la vie s'élabore, pullule et bouillonne ; c'est dans le fumier qu'éclosent les plus splendides fleurs et les plantes les plus généreuses[10].

Je crois bien que jamais un enfant de riche ne fut choyé, caressé, pourvu de tout, comme le fut l'enfant de cette pauvresse. Et, à mesure que ce petit corps, soigné, baigné, parfumé, nourri de bonnes choses, vêtu de chauds lainages et de linges bien blancs, s'emplissait de santé radieuse, de joie, et de vie luxuriante, le corps de la mère

10. C'est une des idées maîtresses du *Jardin des supplices* (1899).

s'amaigrissait, se décharnait, devenait spectre ambulant, ambulant cadavre, un cadavre qu'animait seulement ce qui lui restait encore de chaleur acquise. Le soir, quand l'enfant gorgé de nourriture et de caresses s'endormait, elle trouvait encore la force de s'en aller offrir du plaisir aux rôdeurs nocturnes, et de râler l'amour, au fond des bouges, avec les passants.

Ma mère s'émut à la profonde tristesse de ce drame. Elle fit venir cette fille avec son enfant, l'habilla, la nourrit, lui donna de l'ouvrage généreusement payé, tenta de l'arracher à l'abjection de sa vie.

— Je ne peux pas... je ne peux pas..., gémissait la malheureuse. C'est plus fort que moi... Il y a quelque chose qui me pousse, qui me brûle...

Alors, ma mère l'attira vers elle, la baisa tendrement au front, et elle lui dit :

— Je n'ai pas à vous juger, ma pauvre enfant... Dieu seul sait ce qu'il a mis de boue dans le cœur de l'homme...

Je me plaisais à raconter cette histoire lamentable à ma femme, qui s'en indignait.

— Une pareille créature !... En vérité, mon ami, je crois que votre mère était un peu folle... Ne voyez-vous pas que de pareilles et incompréhensibles bontés ne sont que des primes données à la paresse, au vice, au crime ?

Et généralisant ses idées, elle professait :

— Moi, j'ai horreur des pauvres !... Les pauvres sont des brutes !... Je ne conçois pas qu'on puisse s'occuper d'eux. Mais vous êtes socialiste... A quoi bon essayer de vous faire comprendre ce qu'il y a de stupide, et d'illusoire, dans ce qu'on est convenu d'appeler : la charité ?... Certes, si je rencontrais un vrai malheur, je serais la première à le soulager... Mais je ne veux pas être la dupe d'un sentimentalisme ridicule, qui vous porte à trouver intéressants et dignes de pitié tous ces affreux ivrognes, toutes ces dégoûtantes prostituées que sont les pauvres... Je pense que la société est parfaite ainsi : les honnêtes gens, d'un côté, c'est-à-dire nous ; les criminels de l'autre... c'est-à-dire les pauvres... Et toute votre poésie ne changera rien...

— Écoutez, ma chère Jeanne, lui répliquai-je timidement... Peut-être avez-vous tort de juger les choses ainsi. Il n'y a rien d'éternel dans les sociétés humaines. Les riches d'aujourd'hui peuvent devenir les pauvres de demain, et réciproquement... Je ne fais pas appel à vos sentiments d'altruisme... Je fais seulement appel aux sentiments que vous devez avoir de votre propre sécurité... Il n'est pas bon d'exaspérer le pauvre... Avez-vous remarqué quelquefois le regard de meurtre que vous jettent, en passant, le charretier, sur la route, et le paysan, dans son champ ?... Et n'en avez-vous jamais frissonné ?...

Tu tu tu tu ! interrompit ma femme, je me moque des charretiers et de leurs regards... Il y aura toujours des gendarmes, n'est-ce pas ?... Et puis, franchement, quand on donne à un pauvre, il faut donner à tous !... On n'en finirait pas, mon ami...

Et soudain, prenant un air découragé :

— Si vous saviez comme vous me faites de la peine, avec vos idées !... Il ne vous manquait plus que d'être un révolutionnaire[11] !...

V

Un soir d'automne, au crépuscule, je marchais dans le jardin.

Un vent aigre soufflait de l'Ouest ; le ciel, chargé de nuages cuivreux, avait des regards mauvais. De la fièvre passait dans l'air. Sur les plates-bandes abandonnées, pas une fleur, sinon quelques

11. Honteuse d'avoir épousé un « révolutionnaire », Alice Mirbeau trahira ignominieusement la mémoire d'Octave en faisant paraître, trois jours après sa mort, un faux « testament politique » concocté par son complice Gustave Hervé (cf. l'appendice des *Combats politiques*, Séguier, 1990). De même, quand elle recueillera les contes et les chroniques de son mari, elle éliminera soigneusement les textes les plus nettement anarchistes, ainsi que les chroniques données à *L'Aurore* et à *L'Humanité*.

tiges mortes, et quelques mornes chrysanthèmes de hasard, çà et là brisés, çà et là couchés sur la terre nue. Et les feuilles, jaunies, roussies, desséchées, s'envolaient des arbres, tombaient sur les pelouses, tombaient sur les allées, décharnant les branches, plus noires que le ciel.

Je ne sais pourquoi, ce soir-là, je marchais dans le jardin. Depuis le départ de mon jardinier, et la mort de mes fleurs, je m'étais, pour ainsi dire, claquemuré dans mon cabinet de travail, et j'évitais de sortir au dehors, ne voulant plus revoir ces coins si vivants de mon jardin, où tant de petites âmes me faisaient fête jadis, où j'aimais à m'enchanter l'esprit de la présence toujours renouvelée de ces amies charmantes, maintenant disparues et mortes. Peut-être le bruit, dans la pièce voisine, d'une discussion entre Jeanne et sa femme de chambre, m'avait-il chassé, m'avait-il poussé, devant moi, jusqu'à un endroit de silence où je n'entendrais plus cette voix colère, cette voix dure, cette voix implacable, si détestée des pauvres, des pauvres bêtes, des pauvres choses. Je ne me souviens plus.

Je me sentais infiniment triste, plus triste encore que ce ciel, que cette terre, dont je résumais, dont je décuplais en moi, à cette heure angoissante de la fin du jour, l'immense tristesse et l'immense découragement. Et je songeais que pas une fleur, non plus, n'était demeurée dans les jardins de mon âme, et que, tous les jours, à toutes les minutes, à chaque pulsation de mes veines, à chaque battement de mon cœur, il se détachait, il tombait quelque chose de moi, de mes pensées, de mes amours, de mes espoirs, quelque chose de mort à jamais et qui jamais plus ne renaîtrait[12]... Je suivais une à une toutes ces petites chutes, toutes ces petites fuites, toutes ces petites enallées de la vie dans le néant, et il me semblait que j'en éprouvais, dans mon être intérieur tout entier, la commotion physique,

12. C'est là un leit-motiv des lettres de Mirbeau, pendant cette période de crise.

douloureuse, répercutée, comme un mystérieux écho, de la fibre de l'arbre, aux nerfs de ma chair.

On sonna à la grille. Comme je n'étais pas loin, j'allai ouvrir. Et je me trouvai en présence d'un très vieux homme qui portait, sur son dos, une grosse botte d'églantiers. Je le reconnus, malgré la nuit qui faisait de l'homme et de sa botte une seule masse d'ombre.

— Père Roubieux[13] ! m'écriai-je.

— Ah ! c'est monsieur Paul ! fit le vieux homme... Monsieur Paul lui-même !... Je vous apporte vos églantiers, monsieur Paul, comme tous les ans... Ah ! dame ! ils sont beaux, beaux, beaux !... Je les ai choisis, pour vous, comme de juste.

Il avait franchi la grille ouverte, et déposé, à terre, son fardeau. Et malgré le vent glacial le bonhomme était en sueur. Il s'essuya le front du revers de sa manche :

— Y a du nouveau, à ce qu'on m'a dit... Paraît que vous êtes marié, monsieur Paul !... C'est bien ! C'est bien !... Et votre défunte mère serait joliment contente !... Moi aussi je suis contente !... Fallait ça, voyez-vous, pour vous, pour la maison, pour le pays... Un homme sans femme, c'est comme un printemps sans soleil...

Pendant que le père Roubieux parlait, je songeais que je n'avais pas les vingt francs que je lui donnais tous les ans, quand il venait m'apporter ses églantiers[14]. Les demander à Jeanne, c'eût été des questions, des reproches, une scène pénible que je ne voulais pas affronter.

— Je n'ai pas besoin d'églantiers, cette année, mon père Roubieux... balbutiai-je en tremblant.

Mais le bonhomme se récria :

— Comment, cette année... l'année de votre mariage !... Mais ce

13. Le personnage est déjà apparu dans *La Belle sabotière*, cf. *supra*.

14. Le passage est repris partiellement dans *Le Journal d'une femme de chambre*, chapitre IV. Le père Roubieux s'appelle alors le père Pantois.

n'est pas cinquante que je vous apporte, c'est cent... Cinquante pour vous, cinquante pour votre petite dame !

Et, d'un ton que je m'efforçai de rendre bref, impératif :

— Non, pas cette année, je vous assure...

Le père Roubieux gémit :

— Ah ! ben ! ah ! ben !... Depuis trois jours que je suis dans la forêt pour vous trouver les meilleurs !... Qu'est-ce que vous voulez que j'en fasse, à c't'heure ?... Bien sûr que je ne les remporterai pas jusqu'à Loudais... Je suis trop vieux, je n'aurais plus la force...

En levant les yeux vers la maison, je remarquai que les fenêtres de l'appartement de ma femme étaient éclairées.

— Elle est chez elle, me dis-je ; elle ne descendra pas avant le dîner.

Cela m'enhardit.

— Venez avec moi, père Roubieux.

Je le conduisis à la cuisine, où je lui fis servir un reste de viande, du fromage et une bouteille de vin.

Et pendant que le vieux mangeait, je me disais :

— Voilà un pauvre être qui, durant toute sa vie, a travaillé durement, comme un cheval de ferme. Il n'en peut plus... Son dos est courbé, ses jambes flageolent, ses bras ne peuvent plus étreindre les lourds fardeaux. Chez lui, il n'y a pas un sou... Tout ce qu'il a gagné, dans son atroce vie de travail, lui a suffi, à peine, pour se nourrir maigrement, pour ne pas aller absolument nu par les chemins... Et il a élevé six enfants, qui triment à leur tour, on ne sait où... Moi, je suis riche ! et je vais, tout à l'heure, renvoyer ce vieillard qui, pendant trois jours, s'est exténué pour moi ; je vais le renvoyer sans un sou, avec ses églantiers que je lui refuse, je vais le renvoyer pour ne pas attirer sur moi la colère de ma femme... Est-ce donc vrai que j'en suis venu à cet état d'incomparable lâcheté ?

Le vieux mangeait toujours. Et, assis en face de lui, de l'autre côté de la table, je le regardais. Je regardais son corps usé, déformé par la misère, sa face ridée où la peau, durcie comme un cuir, moulait une ossature décharnée de squelette ; et mes yeux s'emplissaient de larmes. Est-ce sur lui que je pleurais, est-ce sur moi ? Je n'eus pas le temps de me poser cette question. La porte de la cuisine s'ouvrit et ma femme entra. Oh ! cet œil dur, ce pli de mépris qui tordit le coin de ses lèvres, cette figure d'étonnement et de dédain, je les revois encore. Elle passa sans prononcer une parole. Le vieux ne l'avait même pas vue, occupé qu'il était à s'emplir le ventre, tout entier à son extase d'affamé devant la viande et le vin.

Je le reconduisis jusqu'à la grille.

— Et vos églantiers, père Roubieux ?

Il se sentait plus fort d'avoir mangé. Sans une plainte, il les rechargea sur son épaule, et, les calant d'un mouvement de reins sur son dos d'octogénaire, il dit même gaiement en me remerciant :

— J'arriverons pas de bonne heure à la maison, aujourd'hui... trois lieues de chemin ! Mais on est lesté. A l'année prochaine, monsieur Paul !...

Quand je retrouvai Jeanne, une heure plus tard, au dîner, elle me dit simplement :

— Ma maison n'est pas un repaire de vagabonds, et je vous serai obligée, à l'avenir, de recevoir vos amis ailleurs que chez moi.

VI

Je fis une longue et dangereuse maladie. La vie, refoulée au-dedans de moi-même, privée de ses expansions nécessaires, protesta violemment. Mes organes ne purent résister à ce manque d'air, de chaleur, de lumière, survenu dans mon existence morale et mes habitudes physiques, après notre mariage. En proie à la fièvre, je demeurai au lit durant six semaines, six lentes, interminables semaines. Jeanne me soigna fidèlement, correctement, sans émotion, il est vrai, avec cette ponctualité administrative qu'elle avait dans l'accomplissement de n'importe quelle fonction domestique. Elle mettait à me soigner l'intérêt qu'elle mettait, par exemple, à surveiller la réparation d'un meuble précieux, et rien d'autre. On n'eût pas dit que la mort était là, toute proche, qui menaçait une moitié de sa vie, dans la mienne. Dans les accalmies de la fièvre, pendant les intervalles du délire, je souffrais cruellement de cette insensibilité, bien que je me rendisse parfaitement compte que Jeanne n'épargnait pas sa peine. Elle passait les nuits à mon chevet, ne voulant déléguer à personne ce fatigant devoir. Étrange et douloureuse sensation, je ne lui en avais aucune reconnaissance. Quand elle se penchait sur moi, je détournais les yeux pour ne point voir cette physionomie d'impassible courage, et ce regard de dur devoir. L'inquiétude en était si complètement absente, et il m'eût été si doux de saisir dans ce regard une expression de peur, de bouleversement intérieur, une trace de larme, quelque chose de fugitif et d'angoissé par quoi j'eusse senti que son cœur battait, s'affolait, saignait ! Même lorsqu'elle m'obligeait, avec des gestes doux et habiles, à boire mes potions, elle restait, malgré soi, impérieuse et dominatrice. Jamais elle n'eut une de ces câlineries dont on berce les malades, ainsi que les petits enfants. Ses prières conservaient, sous la douceur de la voix, la dureté, presque l'insolence d'un ordre.

Souvent, le soir, je me souviens, en me réveillant des torpeurs de la fièvre, je l'apercevais, au fond de la chambre, en face de mon lit, assise entre les deux fenêtres, devant un petit bureau qu'elle avait fait apporter là. Elle griffonnait des chiffres sur ses carnets, établissait ses comptes de maison, se livrait à des opérations absorbantes et compliquées de caissier. Je ne voyais que son dos et sa nuque inclinée, presque noirs sur le fond éclairé de la tenture murale ; une ligne de lumière rose cerclait les formes si belles, si pures de ses épaules ; l'admirable et souple contour de son buste, puissant et délicat comme un bulbe de lis, vaporisait ses cheveux d'un mystère d'auréole. Au sortir des terreurs de la fièvre, j'aurais dû éprouver une délicieuse sécurité à cette présence protectrice de ma femme ; j'aurais dû en jouir comme, après un passage dans les ténèbres, on jouit d'un paysage de fraîcheur et de lumière. Non seulement je n'en jouissais pas, mais le froissement des papiers dont s'accompagnait cette présence, les notes accumulées, le retournement des pages des livres de comptes, et le craquement de la plume, m'étaient un intolérable agacement :

— Jeanne, gémissais-je... ma chère Jeanne... je vous en prie... venez près de moi.

Et sans se retourner à ma voix plaintive, sa plume entre les dents, elle répondait :

— Avez-vous besoin de quelque chose ?... Voulez-vous boire ?

— Non, je n'ai pas besoin de boire... je n'ai besoin de rien... je n'ai besoin que de vous !

— Tout à l'heure, mon ami... j'ai fini... Et ne parlez pas... tâchez de dormir.

— Je ne puis pas dormir tant que vous n'êtes pas près de moi... Si vous saviez comme le bruit de vos papiers, de vos tiroirs, de votre argent, m'énerve !

— Il faut pourtant bien que je termine ces comptes... je suis en retard de plus de huit jours, mon ami...

— Jeanne, Jeanne, qu'est-ce que cela fait que vous soyez en retard, pour ces comptes ?...

Et je sentais des petits sanglots trembler dans ma gorge.

— Je suis venue ici, mon ami, pour ne pas vous laisser seul... Mais si ma présence vous irrite, j'irai dans ma chambre, désormais... Il faut bien que je termine ces comptes.

— Ce n'est pas votre présence, ma chère Jeanne... c'est la présence de ces... chiffres... de ces comptes !

Alors, elle rangeait ses carnets, ses tiroirs, ses notes, refermait son bureau et venait s'asseoir près de moi, silencieuse et glaçante, le buste raide, les bras croisés, les yeux très loin, la pensée plus loin encore que les yeux.

— Ah ! ma chère Jeanne, sanglotais-je... souriez-moi, je vous en prie... Vous ne me souriez jamais... Jamais vous ne m'avez souri... Un sourire de vous, une bonne parole de vous... une toute petite, toute petite tendresse de vous... et il me semble que je serais tout de suite guéri !...

Toujours impassible, sans la moindre secousse dans son être, sans le moindre sursaut au cœur, elle m'imposait silence :

— Chut !... Il ne faut pas que vous parliez... il faut que vous dormiez... Vous êtes un enfant !

Et il me semblait, à la voir près de moi, immobile, sans une chaleur dans son masque d'insensible divinité, qu'un mauvais ange me gardait.

Un jour, c'était pendant ma convalescence, je reposais dans un grand fauteuil, devant la fenêtre ouverte de ma chambre. Ma femme était près de moi, assise aussi. Nous regardions le ciel. L'air était charmant, léger, d'une fluidité caressante et chaude. Des souffles de résédas, des parfums de roses lointaines arrivaient jusqu'à nous. Je crus qu'une détente s'opérait dans la chair et dans l'âme de ma femme.

Il me semblait qu'une lueur nouvelle avait brillé dans ses yeux. Je lui pris les mains.

— Jeanne, m'écriai-je... Ah ! si vous pouviez m'aimer !

— Mais est-ce que je ne vous aime pas ?...

— Non, non... Vous ne m'aimez pas.

— Je ne vous aime pas !... Pourquoi dites-vous de pareilles choses ?... Et que me reprochez-vous ?... Tenez !... justement, j'ai terminé mes comptes de l'année... Eh bien ! savez-vous ce que j'ai fait ?...

J'espérai une action héroïque :

— Qu'avez-vous fait, ma chère Jeanne ? demandai-je, haletant.

— Eh bien ! j'ai fait quinze mille francs d'économies ! dit-elle.

Et ses yeux brillèrent comme deux étoiles. Un sourire angélisa ses lèvres.

— Et vous dites que je ne vous aime pas !

J'avais, à ces paroles, vivement retiré mes mains des siennes ; mon cœur s'était serré, comme sous l'approche d'un dégoût nauséeux...

— Eh bien ?... Qu'avez-vous ? demanda Jeanne... C'est tout ce que vous trouvez à me dire ?...

Je ne trouvais rien à dire, en effet. J'étais abasourdi, comme après un coup, une chute, un évanouissement. Jeanne s'était levée, me regardait durement. Pour la première fois, j'éprouvais en moi quelque chose de plus que de la douleur, une frénésie aiguë qui ne pouvait être que de la haine. Et, tout d'un coup, la langue déliée, le cerveau fouetté comme par des ondes de feu, je criai :

— Quinze mille francs !... Et c'est pour ça que vous avez pris toute la beauté de ma vie, que vous avez volé aux pauvres leur morceau de pain et leur part de joie !... Pour çà !... pour çà ! Allez-vous en !... Je ne veux plus vous voir !... Allez-vous en !... Je... je...

— Vous êtes un misérable ! interrompit froidement ma femme.

La secousse avait été trop violente, et j'étais trop faible pour en supporter l'atteinte. Au moment où, par un effort insensé, je tentais de me lever, pour chasser ma femme de la chambre, le ciel, la chambre, ma femme, tout, autour de moi, s'évanouit dans une blancheur morne de suaire, et je tombai lourdement sur le parquet.

VII

Cette scène violente ne me fut pas profitable. Ma femme m'en garda une rancune silencieuse, mais persistante, que ne purent effacer les humilités de mon repentir. Elle continua de veiller sur ma convalescence, comme elle avait veillé sur ma maladie, avec la même stricte ponctualité, un peu plus glacée, voilà tout. C'est tout ce que je gagnai à cet accès de révolte qui fut plus fort que ma volonté. Durant cinq jours — les cinq jours qui suivirent ce fâcheux et inutile drame —, Jeanne ne répondit que par de secs, par de durs monosyllabes, aux questions, d'ailleurs embarrassées et timides, que je lui adressais. Une fois, j'osai l'implorer.

— Jeanne !... Jeanne !... m'écriai-je. Vous pensez toujours à ces vilaines choses ?

— Pas du tout, je vous assure.

— Si, si... vous y pensez ! Je le sens, je le vois... Vous ne parlez plus... Vous êtes toute triste... Je vous fais horreur !... Jeanne, écoutez-moi... Venez plus près de moi... Donnez-moi votre main.

Elle allongea sa main vers moi, sa main froide et molle, une main de morte... Je poursuivis en couvrant cette main de baisers :

— Il ne faut pas faire attention à ces mauvaises, à ces injustes, à ces odieuses paroles — oui, odieuses ! — qui me sont échappées, l'autre jour, sans raison... Vous voyez bien que je suis encore malade... Je n'avais pas ma tête... C'était un reste de fièvre, de cette fièvre maudite... Non, je vous le jure, je n'ai pas eu conscience de ce que je vous ai dit... Je ne sais même plus ce que je vous ai dit...

— Ne parlons plus de ça !... puisque je n'y pense plus.

J'insistai vivement, pétrissant dans la mienne cette main qu'aucune chaleur n'animait.

— Si... si... vous y pensez toujours, vous y pensez plus que jamais. Quel malheur ! Vous croyez que j'ai voulu vous faire de la peine. Et pourquoi vous eussé-je fait de la peine, ma chère Jeanne ?... Là... voyons !... C'est de la folie ! De la peine à vous, qui avez été si admirable pour moi, qui m'avez soigné avec tant de dévouement... avec tant de... tant d'héroïsme !

— Oh ! d'héroïsme ! fit-elle avec un froid et ironique sourire.

— Oui... oui... d'héroïsme, mon cher petit cœur. Vous avez été héroïque, vous avez été...

Je cherchai un mot plus grandiose, plus formidable et, ne le trouvant pas, je répétai, en remplaçant par des gestes enthousiastes, ce mot qui ne me venait pas à l'esprit :

— Héroïque... héroïque... Vous avez été héroïque... Il n'y pas d'autre mot !...

Je n'étais pas sincère... J'exagérais à plaisir les éloges. Il y avait, je le sentais, dans le ton de ma voix, quelque chose qui sonnait faux.

Jeanne ne fut point la dupe de cette comédie, je le vis clairement au regard tout embrumé de mépris qu'elle me jeta dans un haussement d'épaules. Alors, à bout d'arguments attendrissants, à bout d'arguments apologétiques, je ne pus que réitirer, en bégayant :

— C'était un reste de fièvre... Je n'avais pas ma tête...

Pendant quelques secondes, Jeanne, visiblement, s'éjouit de mon embarras. Puis, d'une voix tranquille, elle dit :

— Non, mon ami, vous n'aviez pas la fièvre... Vous étiez, au contraire, dans toute votre raison... Vous m'avez montré, dans un éclair de vérité, le fond de votre nature ingrate et brutale... Vous avez bien fait, et je ne vous en veux pas... Il vaut mieux savoir à quoi s'en tenir sur la véritable pensée des gens... si douloureux, si désillusionnant que cela puisse être... Je préfère votre franchise à cette longue hypocrise de soumission...

Et, tout à coup, persifleuse, avec des mots qui sortaient de sa bouche, cinglaient comme des coups de fouet :

— La beauté de votre vie !... Je vous ai pris la beauté de votre vie !... Pauvre cher chéri !... Ah ! je suis une bien grande sacrilège !... La beauté de votre vie ! Aussi, pourquoi ne m'avoir pas expliqué qu'il y avait tant de beauté, et si rare, dans votre vie !... Me laisser dans une telle ignorance de cette beauté merveilleuse et sacrée, quelle négligence, mon cher Paul !... Mais maintenant que je la connais, cette beauté de votre vie, ne craignez plus que je vous la prenne à nouveau.

— Oh ! Jeanne, ne raillez pas... ce n'est point généreux... Cela me fait trop de mal !...

— Mais je ne raille pas, mon ami... Je m'accuse, au contraire... Et, sans doute aussi, que j'ai pris la beauté de la vie de votre ami, M. Pierre Lucet !... N'avoir pas respecté l'esthétique — c'est bien l'esthétique, n'est-ce pas ? — de ses chaussettes qui traînaient sur les meubles, de ses pantalons troués, de ses souliers boueux, n'avoir rien compris à toute la beauté de sa crasse, combien je me le reproche !... Ah ! je fus une grande coupable, vraiment !

J'avais le cœur serré de dépit, de colère, de douleur, je ne sais plus... Il me semble bien, pourtant, que j'eusse marché avec plaisir sur ma femme ; oui, je crois que j'aurais eu une sorte de volupté barbare à lui sauter à la gorge, à lui faire rentrer dans la bouche tous ces mots horribles dont elle me poignardait. La renverser, la terrasser, lui imprimer mes genoux sur le ventre, lui frapper le crâne contre l'angle des murs, je me rappelle que j'y songeai un instant. Je parvins à contenir l'effrayante colère qui grondait en moi. Et, m'humiliant plus encore, masquant d'un repentir imbécile tout le désir de meurtre par quoi j'étais remué, je lui dis :

— Vous vous vengez, ma chère Jeanne... Vous avez raison... J'ai eu tort, je vous en demande pardon... Oubliez cette minute de folie... Jeanne, ma chère petite Jeanne, dites-moi que vous l'oubliez.

— Mais certainement, mon ami...

— Dites-le moi mieux que cela.

— Et comment voulez-vous donc que je vous le dise ?

Pas un pli de son visage n'avait bougé... Je compris que mes prières se briseraient contre le mur de son cœur... Je détournai la tête, et restai silencieux.

Alors ma femme reprit sa place devant le petit bureau, au fond de la chambre, entre les deux fenêtres. La nuit tombait, triste comme la mort. Jeanne alluma sa lampe. Et, durant toute la soirée, j'entendis le froissement des notes, le bruit de l'argent compté, le glissement aigre de la plume qui traçait des chiffres. A la fin, mes nerfs se détendirent, et je fondis en larmes.

Au bruit de sanglots que je ne parvenais pas à étouffer complètement dans l'oreiller, Jeanne, sans détourner la tête, me demanda :

— Qu'avez-vous ?... Vous pleurez ?

— Non ! répondis-je.

— Comme vous voudrez ! fit-elle.

Et elle se remit à écrire.

VIII

J'aurais peut-être accepté l'infamie de cette existence monstrueusement égoïste, de cette criminelle et abjecte existence, si contraire à tous mes besoins d'expansion, à tous mes désirs d'unité morale, à toutes mes idées de sociabilité et d'harmonie ; peut-être me serais-je résigné à ces écroulements de mes rêves, et, l'habitude aidant, peut-être serais-je arrivé à n'en pas souffrir, si j'avais trouvé dans la libre possession physique de ma femme une compensation à ces continuels renoncements, et, comment dirais-je cela ? une sorte de récompense pour tout ce que je lui abandonnais lâchement, pour tout ce que je lui sacrifiais honteusement de ma personnalité, de ma conscience, de ma liberté individuelle, qui est, cependant, la seule raison pour quoi il soit amusant de vivre !

Souvent, je me suis posé cette question, et, malgré le remords où me laissait la constatation de mon irrémédiable déchéance, chaque fois je l'ai résolue, dans un sens affirmatif. Oui, je crois bien que je serais allé à l'oubli que donne la volupté, comme un pauvre diable se rue vers ce terrible narcotique, vers cet effrayant endormeur de la souffrance, qu'est l'alcool. Je concevais parfaitement que l'abrutissement consécutif aux violents plaisirs que j'imaginais, et les lourdes cuvées de cette saoulerie de luxures, dont la frénésie croissait en raison de leur inassouvissement[15], m'eussent permis d'attendre leur retour quotidien, dans l'abolition de ma vie intellectuelle.

Cette suprême ressource, qui m'était le seul lien par quoi j'eusse été retenu à ma femme, puisque celle-ci avait tranché, volontairement, tous les autres, me fut interdite. Non que Jeanne me refusât ce que les juristes, dans leur langage odieux et comique, appellent « le devoir conjugal », et ce que j'appelle, moi, « le devoir humain », délit

15. Peut-être y a-t-il là un nouvel aveu de Mirbeau, et l'explication de « la saoulerie de luxures » du *Jardin des supplices*.

caractérisé dont j'aurais pu me prévaloir devant la loi. Elle n'en partagea jamais les ivresses, ce qui est pire. Jamais, à un seul moment, je n'eus la joie de voir, de sentir cette chair splendide, si miraculeusement ornée pour l'amour, s'animer sous mes caresses, se réchauffer sous mes baisers, frissonner à l'approche du merveilleux prodige. Baisers, caresses, spasmes, elle les subissait, ainsi qu'on subit la visite de quelque importun ou indifférent voisin. L'acte d'amour lui était insupportable, non comme une souffrance, mais comme un de ces mille petits ennuis coutumiers à la vie domestique, qu'on accueille avec de menues impatiences, de menus dépits, sans révoltes, sans cris de colère, et qui font dire aux yeux résignés, à la bouche chargée de moues, au front plissé : « Comme c'est embêtant !... Mais, puisqu'il le faut ! » De cela, je souffris cruellement, plus, peut-être, que de tous mes rêves évanouis.

Je considère la volupté, non seulement comme un des plus impérieux droits de l'homme, mais surtout comme un de ses plus hauts, de ses plus sacrés devoirs. La nature a compris admirablement que la Vie doit se transmettre dans une magnifique exaltation de tout l'être vers l'infini. C'est par la volupté seule que l'homme, véritablement, connaît l'idéal suprême, et qu'il atteint, dans la minute inoubliable, à ce qu'il peut y avoir de mystérieux, de formidable, de divin dans sa destinée et dans sa mission de créature vivante. En lui réside le dépôt sacré du germe, dont il doit un compte sévère à l'Espèce.

Je tentai d'amener Jeanne à la compréhension de la vie sexuelle. Je lui montrai la nature toute entière pâmée pour le divin aiguillon du désir. Je lui expliquai l'instinct qui pousse le mâle vers la femelle, et qui les accouple et qui les complète, éternel vainqueur de la mort. Elle ne fit que hausser les épaules. Je lui dis :

— De même que les abeilles et les papillons fuient les fleurs stériles, de même Dieu se détourne des créatures qui n'ont point été réjouies dans leur sexe. Elles sont maudites.

— Oh ! ne mêlez point Dieu à ces saletés-là ! fit-elle.

Alors, je tentai d'exalter ses sens par la représentation d'images voluptueuses, par des lectures passionnées si puissantes sur l'esprit des femmes. J'eus recours aux caresses les plus étranges, aux baisers les plus savants. Elle resta de marbre, étonnée de ces manœuvres pour lesquelles elle manifestait plus de mépris que de dégoût. Elle ne s'en trouvait pas souillée dans son âme, dans sa chair, car elle était sans pudeur ; elle s'en trouvait — comment dire ? — ridiculisée... Un jour que je mettais à la convaincre une frénésie presque ordurière, elle éclata, tout d'un coup, d'un rire nerveux, d'un rire qui dura longtemps, et quand le rire s'éteignit, elle me dit :

— Ah ! mon pauvre ami !... Si vous aviez pu vous voir dans une glace !... Que vous étiez comique !... Que vous étiez laid !...

J'ai renoncé à faire vibrer ce corps inerte, dont aucune chaleur, jamais, ne réchauffera l'insensibilité de marbre. La vue de sa beauté m'est odieuse, aujourd'hui. Elle me répugne et me fait peur comme une monstruosité.

Quelquefois, étonnée de la réserve que je garde maintenant vis-à-vis d'elle, elle vient s'offrir. Mais elle est sans passion ; le plaisir n'obscurcit pas une seule minute, de son voile humide, ses yeux calculateurs qui semblent me dire :

— Si je fais cela, c'est pour que tu n'ailles pas chercher ailleurs un plaisir que tu paierais peut-être...

Elle sauvegarde la caisse, voilà tout !

Une fois, comme je la repoussais, elle a voulu, telle une prostituée, me retenir par des caresses anormales, que je lui avais apprises, et j'ai supporté le supplice de les subir vainement, pour me payer la joie affreuse, l'immense et affreuse joie, de la mépriser, de la haïr...

Le Journal (30 septembre, 7, 14, 21, 28 octobre, 5, 11, 18 novembre 1894)

Recueilli dans *La Pipe de Cidre.*

LE PONT

Je venais d'épouser une petite femme rose et blonde, très singulière, vive et charmante, une très singulière, vive et charmante petite bestiole qui sautait, de-ci de-là, comme un chevreau dans la luzerne, et babillait, comme un oiseau dans les bois au printemps. À vrai dire, ce n'était pas tout à fait une femme, ni tout à fait une bestiole, ni absolument un oiselet. C'était quelque chose de plus mécanique et de très particulier, qui, par le bruit, l'intelligence, l'étourderie bavarde, le caprice virevoltant, la manière d'être si loin de mes goûts, de mes sensations, de mon amour, tenait un peu de tout cela. Ce qu'il y avait de curieux en elle, c'était son âme, une toute petite âme, une âmelette, une âme de mouche, taquine, chatouilleuse et vibrante, qui voletait, sans cesse, en zigzags, autour de moi, et se cognait partout, avec des cris, des rires, à rendre fou.

Laure était ma sixième épouse... Oui, ma sixième, en vérité ! Deux étaient mortes, je ne sais pourquoi ; les autres m'avaient quitté, un beau soir... Pourquoi ? je n'en sais rien non plus. Et ce que j'ignore plus encore, c'est la raison secrète et défavorable qui me poussa, impérieusement, à ce mariage, car je connaissais à l'avance ce qui m'y attendait.

Ma destinée a vraiment d'incroyables malchances, d'innombrables et illogiques malchances. J'ai le sentiment que je suis l'être le plus accommodant du monde, à qui sont inconnues les bouderies, les taquineries, les mauvaises humeurs. Je n'ai de volonté, d'énergie, que pour plaire à qui m'entoure. Si déraisonnables soient-ils, je me plie à tous les caprices. Jamais une plainte, une dispute, une préférence, un ordre. Je me sacrifie — au point de m'annihilier complètement, d'imposer silence à mes désirs, à mes goûts — à ce que je crois être le bonheur de qui vit avec moi. Eh bien, malgré cette persistance héroïque dans l'effacement, il m'est impossible de garder une femme plus de trois mois. Au bout de trois mois, brunes ou blondes, petites ou grandes, corpulentes ou diaphanes, je les fatigue tellement, elles arrivent à me détester tant que, fuut !... fuut !... fuuut !... les unes meurent, et les autres s'en vont, sans raison. Sans raison, je le jure, ou du moins, sans autre raison que, étant femmes et moi homme, nous sommes, sans doute, elles et moi, des êtres absolument antipodaux l'un à l'autre.

Oui, oui, je sais ce que l'on peut me dire... Évidemment l'on m'accusera d'être le forgeron de mon propre malheur... Mais voilà... je ne puis supporter la solitude. Seul, je me crois perdu, et je deviens aussitôt la proie de douloureuses et insoutenables terreurs, qui me sont encore plus pénibles qu'une femme. Il faut, autour de ma vie, un bruit familier et quotidien. Qu'il soit musique ou grincement, il n'importe, pourvu qu'il soit et qu'il chasse les fantômes effrayants du silence.

Je vais dire une chose peu convenable. Je vous prie donc de m'excuser, car je serai bref et me garderai d'évoquer des images lascives.

La première nuit de mes noces, il m'arriva une étrange et désagréable aventure. Je communiais ma femme avec une ferveur exaltée, quand, brusquement, d'un coup de rein, Laure rompit l'étreinte, et me jeta de côté sur le lit, en poussant un cri :

— Mon Dieu ! que je suis oublieuse, fit-elle... Mon Dieu ! mon Dieu !... j'ai oublié ma prière à saint Joseph !

Sans remarquer mon étonnement, ni le désordre indécent et irrité de ma chair, elle se mit à genoux sur le lit, et, les cheveux défaits, la gorge nue, elle se signa :

— Ô saint Joseph, pria-t-elle, protégez petit père, petite mère, petite sœur... qu'ils soient heureux et vivent longtemps !... Protégez Plume et Kiki, mes chats bien-aimés, et aussi ce pauvre Nicolas (Nicolas était un perroquet), qui est si vieux, qui ne chante plus et que je ne voudrais pas voir mourir encore... Et puis, protégez aussi mon petit mari, afin qu'il ne me fasse pas de la peine.

Après quoi, reprenant une posture plus conjugale, elle me dit, avec un sourire :

— Na... c'est fait... Vous pouvez continuer, maintenant...

Mais le charme s'était envolé... Il me fut impossible de retrouver la minute adorable. Laure en conçut quelque dépit, qu'elle voulut me cacher, mais qui resta longtemps, dans la nuit, visible au coin de sa bouche.

Le lendemain, après le déjeuner, nous sortîmes dans la campagne. Elle fut charmante et gaie, et même un peu folle, mais sans outrance. Elle se roula dans l'herbe, tint des discours joyeux aux fleurs, aux oiseaux, aux insectes, fleur elle-même, et oiseau et insecte, tour à tour... Sa petite âme de mouche tourbillonnait dans le soleil, avec de menus ronflements... Dans un bois de châtaigniers, comme nous étions bien seuls, tous les deux, je l'embrassai... Il était déjà tard quand nous songeâmes au retour. Elle était un peu lasse, se taisait en marchant, appuyée à mon bras. Moi, j'échafaudais des palais de bonheur... silencieux aussi, de ce silence qui contient toutes les grandes paroles, toutes les grandes musiques, tous les grands tonnerres. Tout à coup, elle quitta mon bras, et vive, avec des mouvements menus et précieux, comme une pie qui saute dans l'herbe humide, le matin, elle s'engagea dans une sente qui, à droite, sur la route, descendait vers la vallée. Je criai :

— Mais où allez-vous donc par là ?... Où allez-vous donc par là ?

— Notre maison est en face, de l'autre côté du coteau... Je vais au plus court, dit-elle.

Et elle continua de sautiller, légère, aérienne, dans la sente. Je la rejoignis.

— Ce chemin ne mène nulle part, ma chère petite âme... Il mène à la rivière...

Laure riposta :

— Eh bien, s'il mène à la rivière... nous passerons le pont.

— Mais il n'y a pas de pont...

— Il n'y a pas de pont ?... Pourquoi dites-vous qu'il n'y a pas de pont ?... Vous n'êtes pas gentil, vraiment... Et pourquoi y aurait-il un chemin, s'il n'y a pas de pont ?... Ce chemin serait une chose ridicule...

Et sévère, tout à coup, la bouche impérieuse, elle dit :

— Je veux passer le pont, na !... Vous entendez ?... Allez par le village, si cela vous plaît...

J'essayai doucement de la dissuader, mais elle m'imposa silence d'une voix si brève, si nette, si coupante, que je n'osai plus insister, et je suivis Laure dans la sente, parmi les grosses pierres qui nous meurtrissaient les pieds et les ronces de la haie qui déchiraient sa robe, au passage...

Au bas de la sente, la rivière coulait, large, profonde, fermée sur l'autre rive par un épais rideau de saules et d'aulnes qui faisaient sa surface d'un vert noir, d'un vert couleur d'abîme.

— Vous voyez bien ! lui dis-je doucement, et sans reproche... Il n'y a pas de pont... Et vous allez être très lasse.

Elle plissa ses lèvres de dépit, ne répondit rien et resta quelques secondes à regarder l'eau verte, puis les aulnes et les saules de l'autre rive. Et nous rebroussâmes chemin, gênés tous les deux par je ne sais quoi de subitement plus sourd, oppressés tous les deux par la survenue d'un nouveau destin, qui rendait notre marche pesante et chancelante comme une montée de calvaire.

Comme Laure tirait la jambe, très fatiguée, je lui offris, à plusieurs reprises, l'appui de mon bras. Elle le refusa net :

Non... non... je ne veux pas votre bras... Je ne veux rien de vous... Vous êtes un méchant homme.

Le soir, ma femme ne parut pas à table et ne voulut pas me recevoir dans sa chambre, qu'elle avait verrouillée.

— Allez-vous en... me dit-elle, à travers la porte... Je suis très malade... Je ne veux plus vous voir...

Vainement, je suppliai... vainement, je suppliai... vainement, avec une éloquence surprenante, je l'adjurai de me pardonner, si je lui avais involontairement causé de la peine... J'allai même jusqu'à m'excuser.

— Eh bien, oui ! criai-je en tordant la clef... de la porte... Eh bien, oui.... il y avait un pont...

Elle demeura inflexible et têtue, répétant :

— Non... non... c'est fini... c'est trop tard !... Je ne veux plus vous voir... Allez-vous en...

Je me retirai et passai la nuit dans les larmes.

— Mon Dieu ! me disais-je, en marchant dans ma chambre, encore une qui m'échappe... Et pourquoi ?... Et que se passe-t-il en elle ?... Ne peut-elle point me pardonner qu'il n'y ait point eu de pont sur la rivière ?... C'est possible... Déjà Clémence m'avait quitté, parce qu'un soir, en sortant du bal, il avait plu et que sa toilette fut perdue... Ou bien s'imagine-t-elle sincèrement, à cette heure, que c'est moi qui, par une cruauté raffinée, et par mon autorité bête de mari, alors qu'elle était très lasse, l'ai méchamment obligée à suivre la sente et à passer sur un pont que je savais ne pas exister ?... Je voudrais le savoir... Elle ne le sait peut-être pas elle-même...

Vraiment, ai-je de la chance ?

Le Journal, 26 mai 1895

Recueilli dans *Les 21 jours d'un neurasthénique* (chapitre X).

PAUVRE VOISIN

Cette année, durant l'été, vint s'établir près de chez moi, dans une petite maison depuis longtemps inhabitée, une sorte de vieux petit bonhomme très propre, très droit, à l'air très doux, très timide, et vers qui, tout de suite, alla ma sympathie. Oui, ma foi, rien que de le voir, j'avais senti de mon âme à la sienne comme une correspondance d'idées, déjà intime et profonde. Il semblait, tant ses allures étaient humbles, demander pardon de sa présence à toutes les choses, à tous les êtres, à toute la nature. Sur les routes, il s'effaçait, non par crainte, mais par modestie, devant les chiens rôdeurs ; il eût fait certainement des détours de plusieurs kilomètres pour ne pas contrister de son approche un oiseau sur sa branche ou un rat dans son trou. Je fus charmé de la venue, en ce pays, de ce petit bonhomme, dont, sur un premier regard échangé à notre première rencontre, je songeai qu'il pourrait me devenir un compagnon fidèle et utile.

Ici, je suis très seul, trop seul, et hormis le temps des repas et les courtes heures où je lis *le Petit Journal*[1], je m'ennuie. Je m'ennuie immensément. Tous les gens qui m'entourent sont — socialement parlant — ou trop au-dessus de moi, ou trop au-dessous. Chose curieuse, il n'en est pas un seul avec qui je sois — comment dire

1. Voir *supra*, chapitre I, *Enfin seul !*, note 1.

cela ? — de plain-pied. Pas un avec qui j'aurais plaisir à me lier. Il n'y a pas un commerçant retiré des affaires, pas un fonctionnaire retraité, pas même un ancien capitaine d'infanterie, personne enfin, dont l'intelligence, la conception de la vie, la moralité et les goûts soient équivalents des miens. Des paysans qui me détestent et me jalousent, des gros bourgeois qui méprisent ma médiocrité, des grands seigneurs qui m'éclaboussent de leur luxe, voilà ce dont se compose ce petit village extraordinaire où je vis. Je n'ai pas d'autres ressources intellectuelles que moi-même, et l'on avouera que c'est dur, l'hiver surtout, où les nuits sont si longues, à la campagne. Et les bêtes, me direz-vous ? Les bêtes sont une compagnie délicieuse. Eh bien ! parlons-en. Les chiens ? On me les vole. Les chats ? On me les mange. J'ai eu un moufflon, oui, un moufflon. Il était affectueux et drôle. Il est mort de s'être, un jour de gelée blanche, trop gavé de luzerne. Vraiment, en ce village, je suis aussi abandonné que si j'habitais le centre mystérieux de l'Afrique, et la vie m'y est davantage hostile.

Aussi, vous pensez si j'accueillis avec joie l'apparition inespérée d'un pareil voisin, et, dès les premiers jours où je le rencontrai, je me suis mis en devoir de lui adresser mille et mille politesses, discrètes et muettes il est vrai, mais éloquentes en diable. Le petit bonhomme ne s'y méprit point, et je vis à l'expression reconnaissante de ses yeux que ses sentiments étaient à l'unisson des miens. Il ne nous restait donc plus que l'heureux hasard ou l'adroite combinaison qui mettrait en présence nos deux timidités, nos deux solitudes, et ferait des deux inconnus de la veille deux désormais inséparables amis. Cela arriva un après-midi — car nous dirigions nos promenades aux mêmes heures et dans les mêmes endroits —, je ne sais plus à propos de quoi. Je me nommai. Il se nomma. Il s'appelait M. Justin Durand, ancien pharmacien à Grenelle.

C'était bien la dernière profession que sur sa mine j'eusse donnée à mon futur ami. Les pharmaciens ont, en général, des airs effrontés et bohèmes qui, comme on l'a vu, n'étaient pas du tout ceux de

M. Justin Durand. Ils sont tranchants dans leurs idées, libres penseurs, affectent, en politique, des opinions radicales. Or, mon voisin semblait l'opposé de cette sorte d'hommes. Je l'emmenai, le soir même, à la maison, et, malgré ses protestations, je le retins à dîner. Au dessert, pour exciter sa confiance, je lui avais raconté ma vie, en l'enjolivant d'événements extraordinaires qui ne m'étaient pas arrivés, et de traits d'héroïsme aussi brillants que faux.

— Et vous ? dis-je à mon nouvel ami — car rien ne vous fait l'ami de quelqu'un comme ces récits où l'on apparaît devant lui, chevaleresque et sublime —, et vous... vous devez avoir eu une existence curieuse et bien remplie ?

— Oh ! moi ! fit Justin Durand, sans trop d'embarras, et avec un sourire mélancolique, moi... j'ai été cocu... Telle fut ma vie !

— Ah ! je comprends, m'écriai-je... Et je vois d'ici la scène terrible et sanglante... Vous avez tué les deux larrons de votre honneur, les deux misérables larrons de votre honneur ?...

— Ma foi, non !... répondit doucement Justin Durand... D'ailleurs, pensez que jamais personne ne fut plus, ni même autant cocu que je l'ai été... Et s'il m'avait fallu tuer tous les larrons de mon honneur, comme vous dites, ma vie tout entière se fût passée à cet exercice...

— Mais alors ?

— Je n'étais plus tout jeune quand je me mariai, narra mon ami, et la femme que j'avais choisie était beaucoup trop jolie pour un pauvre homme comme moi. Je m'aperçus tout de suite que je ne serais pas heureux. J'ai l'air d'être bête parce que je suis gauche et timide, mais j'ai pourtant de la perspicacité, et je vois bien des choses que je n'ai pas l'air d'avoir vues. Non, non, je ne suis pas si bête qu'on le croit. Deux mois après mon mariage, je savais très bien que j'étais cocu...

— Deux mois après ? clamai-je avec horreur... Et vous ne vous êtes pas révolté ?...

— Ma femme avait pris sur moi un empire considérable, continua Justin Durand... Je tremblais devant elle comme un petit enfant...

C'était une femme violente et qui eût été capable de me battre... Je ne puis supporter les scènes... je ne dis rien... Voici comment les choses se passaient... J'avais trois élèves à la pharmacie, deux blonds et un brun, jolis garçons, ma foi, et solides gaillards... Dame ! pour l'amour, ils étaient mieux bâtis que moi... Ma femme, sous un prétexte quelconque — je dis quelconque, car vraiment ces prétextes étaient à peine dissimulés —, les faisait monter dans sa chambre à tour de rôle, et dans l'ordre suivant : les deux blonds d'abord, le brun ensuite... Lorsqu'ils entraient, ils la trouvaient au milieu de la chambre, debout et toute nue, et elle leur disait — elle leur a dit cela, chaque jour, pendant plus de quinze ans :

— Monsieur Charles (ou monsieur Henri, ou monsieur Frédéric), soyez donc assez aimable pour me remettre ma chemise... Je ne sais où est ma femme de chambre ! J'ai beau la sonner, elle ne vient pas.

Et ils lui remettaient sa chemise, vous devinez comme !... vous devinez comme !...

— C'est un peu fort !... Et pourquoi ne la chassiez-vous pas de chez vous ?

— A quoi bon ?... D'ailleurs, leur temps fini, ils partaient. Il fallait bien que je les remplace.

— Eh bien ! moi, j'en aurais choisi de très laids, des bossus...

— Les laids, les bossus, les petits, les grands, les jeunes, les vieux, tout était bon à ma femme... Cela dura quinze ans.

— Mais, depuis Messaline, on n'a jamais vu ça !

— On ne voit pas tout, dans les ménages, reprit philosophiquement Justin Durand... Mais il y a mieux... Après quinze années de cette existence, un matin, ma femme me dit qu'elle avait mal au foie, et qu'il lui fallait s'en aller à Vichy. Je ne fus pas dupe de ce prétexte qui semblait inaugurer un nouvel état de choses... Mais que vouliez-vous que je fisse !... Elle partit... Voilà six ans de cela, et elle n'est pas revenue !...

— Où est-elle maintenant ?

— Je n'en sais rien... je ne suppose pas qu'elle continue une cure qu'elle n'a pas dû commencer...

— Enfin, vous en voilà débarrassé !...

— Oui !... Mais elle me manque... Elle me manque, le soir surtout... Nous avions l'habitude de passer ensemble nos soirées... Nous ne nous disions rien, il est vrai... mais elle était là... Elle lisait des romans, moi j'inventais des sirops antiseptiques... des granules contre la tuberculose... Enfin, elle me manque... J'ai cru la remplacer en allant au café, le soir, prendre un bock et lire les feuilles publiques... Eh bien ! non, ça n'est plus la même chose ! Je l'ai attendue six ans. Pendant six ans, chaque jour, j'ai fait mettre à table son couvert, j'ai fait préparer, le soir, par la femme de chambre ses petites affaires dans le cabinet de toilette... Je pensais qu'elle reviendrait ; elle aurait, en rentrant, trouvé les choses posées comme au jour où elle me quitta... Je n'y pense plus maintenant... Je ne l'espère plus... Alors j'ai vendu la pharmacie, donné congé de mon appartement... Et depuis que je suis ici, à la campagne, en pleine nature, cela va mieux... Oui, je commence à me moquer de ma femme ; et savez-vous à quoi je pense en ce moment ?

Il eut un petit rire triste et se frotta les mains, de longues mains grises et sèches et flétries qui faisaient, l'une contre l'autre, un bruit de papier froissé.

— Eh bien ! je songe que si ma femme revenait et qu'elle vît la pharmacie vendue, l'appartement vide... elle serait bien étonnée... bien étonnée... Et cela serait drôle qu'elle fût obligée d'aller coucher à l'hôtel... Hé ! hé ! ne trouvez-vous pas ?

Nous nous levâmes de table, et nous attaquâmes notre première partie de piquet.

Le Journal, 27 octobre 1895

Recueilli dans *Un Gentilhomme*.

PRÉCOCITÉ

Je ne sais pas pourquoi Thérèse Inula décida un jour qu'elle reprendrait son enfant. Sans doute que, ce jour-là, elle s'ennuyait plus que de coutume, ou bien que le ciel était gris, qu'il ventait de l'Est, ou bien encore que ce désir subit lui était venu, comme celui d'avoir une robe neuve, ou de renouveler les tentures de son cabinet de toilette. Peut-être songea-t-elle aussi que sa vie, se trouvant simplifiée par un concubinage sérieux et marital avec Ernest Lacombe, la présence d'une petite fille égaierait les tristesses et les monotonies d'un intérieur momentanément privé d'aventures.

Ce n'est pas une mauvaise mère, bien loin de là ! Mais quoi !... Les nécessités de l'existence !... Ah ! ce n'est pas toujours drôle !

Depuis sept ans que la petite Cécile — oui, c'était bien Cécile qu'elle se prénommait — vivait chez des paysans bourguignons, Thérèse n'avait pas manqué, une seule fois, de payer les mois de ce nourriciat prolongé. Elle ajoutait même, souvent, aux envois mensuels d'argent, de jolis cadeaux et de belles friandises, des petites robes mauves, roses, bleues, rouges, jaunes, des tabliers de dentelles, des chapeaux à fleurs, des mignonnes chemises brodées, des rubans multicolores et d'amusants polichinelles, tout cela pêle-mêle, sans souci des mesures et des utilisations possibles, au hasard de ses courses dans les magasins et de l'avantage des soldes exposés. Tous les ans, dans la semaine de janvier, elle faisait une caisse de tous les sacs de bonbons reçus, de toutes les étrennes encombrantes, et elle les envoyait, en Bourgogne, à la famille nourricière émerveillée, sans doute, de ces richesses frivoles et gourmandes. Bien d'autres eussent donné cela à leurs femmes de chambre, à leurs concierges. Elle, pas ! car c'était une chic mère, disaient avec admiration ses amies.

Thérèse avait d'autant plus de mérite à aimer son enfant et à la gâter de la sorte qu'elle ne la connaissait pas du tout, l'ayant, le jour même de sa naissance, confiée à ces braves paysans qui avaient charge de l'élever. Allez donc, oui, allez donc, au bout de sept ans, retrouver les traits d'un petit visage qu'on n'a jamais vu, d'un petit visage qui n'était alors qu'un paquet informe de chair, sans cheveux, sans yeux, sans sourires, sans rien par où puisse se raccrocher un souvenir quelconque, puisse se préciser une image de réalité. J'en appelle à toutes les filles-mères.

Et ce qui l'embrouillait plus encore, la pauvre Thérèse, quand elle voulait se représenter l'actuelle frimousse de cet être inconnu, c'était de ne pas savoir qui en était véritablement le père. Elle avait beau se rappeler, chercher, fouiller les brumes décolorées de sa mémoire, elle ne parvenait pas à fixer, non seulement les noms de tous ceux qui avaient passé chez elle, et dont l'un — était-ce Alfred ? voyons, Luc ? ou bien Robert, Jacques, Gustave, Alphonse, au diable ! — avait laissé cette graine, cette graine de volupté, ou de lassitude, cette graine vague, devenue, hélas ! quelque chose de vivant ? Alors, sans chercher davantage à la caractériser, à juxtaposer en elle toute une série de ressemblances possibles, elle imaginait une enfant comme les autres, une enfant — brune ou blonde ?, blonde plutôt, comme elle était elle-même, avec de grosses joues rondes et fermes, et qui, vêtue de ces fanfreluches qu'elle envoyait quelquefois, aimait à jouer comme une petite bergère de tapisserie dans les prés, sous les arbres, à poursuivre les pies et les chèvres, à manger, dans les vergers, des pommes vertes et à boire du bon lait crémeux en des jattes de terre brune — pommes vertes et jattes brunes, attendrissant souvenir de sa propre enfance, mais si loin ! si loin !

Très souvent, Thérèse avait eu l'idée d'aller voir sa petite Cécile. Malheureusement, cela ne s'était pas arrangé. Chaque fois, un rendez-vous imprévu, un souper auquel elle n'avait pas pris garde, une première représentation avancée ou retardée, et mille autres événements de cette importance avaient empêché la réalisation de ces projets maternels. Et vraiment, on ne peut pas dire que ce fût jamais sa faute. Les choses semblaient mettre un acharnement incroyable et une persistante ironie à reculer toujours les joies, tant de fois promises, de ce déplacement.

Mais le cœur y était.

Enfin, un jour, elle décida que cela ne pouvait durer ainsi. Elle partit pour la Bourgogne et ramena Cécile.

Cécile n'était point telle qu'elle l'avait imaginée. Au lieu de cette belle apparence de santé robuste et impersonnelle, elle vit une enfant chétive, silencieuse et triste, et très pâle, d'une pâleur de fleur enfermée.

— On ne sait pas ce qu'elle a, avaient dit les nourriciers bourguignons... On ne peut rien en tirer... Elle ne parle jamais...

Elle avait du reste, et Thérèse le remarqua avec une presque terreur, elle avait des yeux extraordinaires, de grands yeux noirs, fixes et brillants, de grands yeux noirs derrière lesquels il semblait que se passaient des choses profondes et douloureuses.

Les premiers jours, elle ne fit que se cacher dans les coins. Elle se dérobait aux caresses et rien ne pouvait la distraire et la faire sourire. Puis, peu à peu, elle se mit à regarder autour d'elle, à interroger de ses yeux muets si étranges les choses et les êtres, tout cela qui était nouveau pour elle. Elle eut des joies visibles à tâter la soie des robes de sa mère, à humer les parfums des cheveux de sa mère, à se prélasser sur les fauteuils, souples et doux, à se frotter aux tentures, comme une chatte. Et, tout d'un coup, elle se prit pour sa mère d'un amour violent, passionné, et en même temps, pour Ernest Lacombe, d'une haine d'autant plus inexplicable que celui-ci était envers elle d'une attendrissante, ingénieuse et délicate bonté.

Thérèse connut alors des jours heureux et bien remplis. Elle passait son temps à pomponner sa fille, la fanfrelucher de mille chiffons charmants. Elle l'emmenait partout avec elle, la promenait au Bois, dans sa voiture ; la montrait, le soir, quelquefois, au cirque, durant les représentations élégantes. Et Cécile ne se rassasiait pas d'embrasser sa mère. C'était, à chaque minute, une poussée impétueuse de tout son petit corps malingre vers l'étreinte maternelle. Et presque défaillante de bonheur, elle ne trouvait jamais autre chose à dire, dans ces moments d'exaltation, que ces mots : « Oh ! mère !... mère !... mère !... »

Cela dura toute une année. Puis, Thérèse se mit, brusquement, à sortir davantage seule. Elle reprenait sa vie haletante d'autrefois, ses hâtes, ses rentrées tardives, la série des mensonges et des mystères de jadis. Et les discussions survinrent, les menaces, les propos orduriers, les pleurs, les raccommodements. Cécile fut reléguée aux soins de la femme de chambre. Elle redevint triste, et elle écouta les histoires de l'office et les potins de l'antichambre.

Un soir que Lacombe était souffrant, Thérèse, après le dîner, annonça son désir d'aller au Gymnase. Elle avait promis à Gabrielle... elle serait rentrée de bonne heure... Ça l'ennuyait... mais elle n'avait qu'une parole.

— Couche-toi ! dit-elle à Lacombe... Tu es malade... Il faut te soigner.

Elle s'habilla et partit.

Lacombe resta quelque temps avec Cécile, qu'il n'essaya même pas d'amuser. Il était songeur et inquiet. Durant près d'une heure, il se promena, de long en large, dans le salon. Et s'étant aperçu que la petite s'était endormie, il ordonna qu'on la menât coucher, demanda son pardessus et sortit à son tour.

Il rentra furieux, vers minuit. Une demi-heure après, Thérèse, doucement, furtivement, ouvrit la porte de l'appartement. Et tout d'un coup, dans la pâle clarté que faisait une lampe dont la mèche charbonnait, de derrière une portière vivement agitée, elle vit surgir Cécile, en chemise, qui lui dit, d'une voix sourde, haletante, précipitée :

— Il est allé au Gymnase... Il est rentré furieux... Ne te coupe pas.

Et le lendemain, Thérèse, racontant à une amie qui était venue la voir ce trait, résumait, avec un sourire de fierté maternelle :

— Hein ? Crois-tu ? A son âge ! Est-elle rosse ? ah ! la bonne petite canaille !

Le Journal, 3 novembre 1895

Recueilli dans *Un Gentilhomme*.

LA VILLA HANTÉE

J'étais allé, au commencement du printemps, à X...-sur-Mer, pour y louer une villa. On me conseilla de m'adresser à l'un des notaires, maître Claude Barbot, qui en possédait quatre, les quatre plus belles et les mieux situées du pays. Cet officier ministériel me reçut avec force politesses, dont le caractère de jovialité un peu canaille me déplut tout de suite, infiniment.

C'était un petit homme chauve, de figure ronde et lippue sans sensualité, et dont le ventre bedonnait sous un gilet de velours à fleurs, défraîchi et de coupe ancienne. Tout en lui était rond, comme sa figure, tout en lui était vulgairement jovial, sauf les yeux, dont les blanchâtres et troubles prunelles, cerclées de rouge, enchâssées dans un triple bourrelet graisseux de la paupière, suintaient, si j'ose dire, une expression assez sinistre. Mais cette expression, j'étais tellement habitué à la retrouver, à peu près pareille, dans tous les regards des hommes d'affaires, que je n'y pris pas d'autre attention que celle, indifférente et sommaire, que j'accorde aux regards des passants dans la rue. D'ailleurs, je n'avais pas à discuter des intérêts considérables avec ce tabellion de ville d'eaux. Tout au plus pouvait-il me carotter quelques louis, même en admettant que nous tombions d'accord sur la location de sa villa.

En quelques mots, brefs et froids, je lui expliquai le but de ma visite.

— Ah ! ah ! fit-il en étalant sur ses cuisses courtes des mains potelées et velues — car si son crâne ne révélait pas trace de poils, il en poussait des touffes épaisses sur ses mains... Ah ! ah !... l'on vient donc se reposer tout l'été, à X...-sur-Mer !... Voilà une excellente idée !... Il n'y a pas de meilleur endroit, sur toute la côte normande, ni plus agréable, ni plus sain...

— Je l'espère, déclarai-je bêtement, ne sachant que dire.

Le notaire accentua la déplaisante familiarité de ses phrases :

— Et l'on vient... ah ! ah !... et l'on vient demander à maître Claude Barbot, ci-présent, de lui louer une de ses petites villas ?... Parbleu ! je crois bien... Ce sont les plus jolies et les plus confortables...

— Elles ont, du moins, cette réputation...

Décidément je n'avais pas de chance dans le choix de mes réponses. Maître Barbot sourit :

— Et méritée, donc !... Eh bien, mais il me semble que nous pouvons traiter cette affaire-là... Oui, oui, nous pouvons traiter cette affaire-là...

Le notaire se croisa les bras et se renversa l'échine sur le dossier balancé de son fauteuil.

— Voyons ça... voyons ça... dit-il... Et résumons la situation... Premier point... Êtes-vous marié ?

— Non.

— Ah !... pas marié... très bien... très bien ! Deuxième point... Avez-vous une habitude ?... J'entends une connaissance... une petite amie, là, là.... pour tout dire ?...

Et, bonhomme, avec un sourire bienveillant, il ajouta :

— Mon Dieu ! nous savons ce que c'est que la vie... La province n'est pas si arriérée qu'on le croit généralement... Il faut bien que jeunesse se passe... ici comme partout... Et nargue à la Chambre des notaires !... Ah !...ah !

Comme je ne répondais pas, étonné et choqué du tour que prenait la conversation, maître Barbot expliqua :

— Mon Dieu... si je vous pose ces questions, excusez-moi... c'est pour me rendre compte de ce qu'il vous faut... c'est par sollicitude de propriétaire... Mes quatre villas, cher monsieur, sont aménagées en vue de certaines situations sociales... situations définies... ou pas définies, au choix... comprenez-vous ?... J'en ai une pour les vrais ménages : c'est la moins bien... une autre pour les ménages de passage, les ménages d'été : elle est mieux... une autre pour les hommes seuls : admirable, celle-là, cher monsieur... Et ainsi de suite... Vous comprenez, ce qui convient à l'un ne convient pas à l'autre... Alors... dans quelle catégorie dois-je... ?

— Je suis seul, affirmai-je.

— A la bonne heure... applaudit maître Barbot... Et vous avez choisi le vrai chemin... Vous avez donc droit à la plus belle de mes villas... Vous m'en voyez très heureux, car vous me plaisez beaucoup... beaucoup...

J'esquissai un vague geste de remerciement... Le notaire reprit :

— Cela vous étonne peut-être que je destine aux hommes seuls la plus belle, la plus complète, la plus luxueuse, la plus admirable de mes villas ?... C'est une idée à moi, et que je vous expliquerai tout à l'heure... en visitant, si vous le permettez...

Et son regard blanchâtre et trouble m'examinait, me fouillait. Je sentais réellement ce regard me palper, me soupeser, déterminer ma valeur sociale, morale et marchande. J'étais, dans le regard de cet homme, comme une pierre précieuse dans la main d'un Juif.

A ce moment, la porte du cabinet s'ouvrit et, dans un chiffonnement de soie et de dentelles, dans un parfum violent de femme et de fleur, j'aperçus une chevelure rousse, une bouche rouge, l'éclair bleu de deux yeux adorablement ardents, une apparition éblouissante, miraculeuse de beauté, de jeunesse et d'amour, qui, à peine apparue, disparut en jetant un cri : « Pardon ! »

— Ma femme... expliqua négligemment maître Claude Barbot.

— Mes compliments ! fis-je, non encore revenu de la surprise où m'avait plongé la vision rapide de cette rayonnante créature, à peine entrevue dans l'entrebaillement d'une porte, vite ouverte et vite refermée...

*
* *

La villa me plut. Joliment plantée sur la montagne, entre des massifs d'arbres, entourée de jardins, d'une architecture sobre et svelte, maître Barbot n'en avait pas exagéré les mérites. L'intérieur était une décoration claire, vibrante, d'un luxe discret, qui laissait toute leur importance aux paysages de verdure, de montagne et de ciel, au milieu desquels elle s'élevait.

Je me souviens surtout de la chambre, une chambre jaune à meubles blancs, d'une douceur, d'une mollesse délicate et voluptueusement gaie, où les contours des objets, les tons de la chair acquéraient une extraordinaire finesse, une qualité de lumière indicible et pénétrante jusqu'au rêve. Quelques gravures licencieuses, des copies de Jules Romain[1], je crois, ornaient les murs ; et, çà et là, sur la cheminée, les étagères, les tables, d'impures figurines de Saxe, mettaient des grâces de joli péché...

C'est justement dans cette chambre que nous étions, maître Barbot et moi, quand, décidé à louer cette villa, je lui en demandai le prix.

— Cinquante mille francs, pas un sou de moins... déclara-t-il, d'une voix ferme.

Je sursautai. Mais le notaire m'invita à m'asseoir, et voici ce qu'il

1. Jules Romain (1492 ou 1499-1546). Il fut le disciple favori de Raphaël, et dut quitter Rome à la suite d'une affaire de gravures libertines. Dans la version des *Vingt et un jours d'un neurasthénique*, Mirbeau lui adjoindra le nom de Félicien Rops : « ... Jules Romain, d'autres tout à fait obscènes, des Rops, je crois... »

me dit, tandis que son regard blême était fixé sur moi, étrange, dominateur :

— Cinquante mille francs... cela vous paraît cher, au premier abord ? Je le comprends... Mais je vais vous éclairer d'un mot... Cette villa est hantée...

— Hantée ?... balbutiai-je.

— Parfaitement... Toutes les nuits, il y vient un fantôme... Oh ! ce n'est pas un fantôme à tête de mort, à corps de squelette, et qui traîne des suaires, des ferrailles, des lueurs de lune, par les couloirs, sur le coup de minuit... Non... C'est un fantôme comme on n'en voit pas souvent, même en rêve, un adorable et merveilleux fantôme, à tête et à corps de femme, dont la chevelure rousse, les yeux bleus, la chair irradiante sous la transparence des batistes parfumées, feraient damner un saint... Ce fantôme a ceci de particulier qu'il connaît tous les secrets de l'amour et qu'il en invente, et qu'il est discret, discret... Il vient quand on veut... il s'en va de même... Personne n'en sait rien... ni vu, ni connu... Enfin, c'est à prendre ou à laisser... je loue la villa avec le fantôme... je ne la loue jamais sans lui... Si vous n'en voulez pas, je ne suis pas en peine... Non, je ne suis pas en peine, sacrédié !

Je regardai le notaire... Un sourire cynique bridait ses lèvres, éraillait ses prunelles, autour desquelles le cercle rouge s'avivait de suintements sanguinolents... Et je criai :

— Ce fantôme... je le connais, je l'ai vu... C'est...

Maître Barbot m'imposa silence par cette interruption violente :

— Un fantôme, voilà tout... Vous ne le connaissez pas, vous n'avez rien vu... C'est un fantôme comme tous les fantômes... Allons-nous en... Vous réfléchirez en route...

Et, haussant les épaules avec un air de mépris souverain, il dit encore :

— Ah ! les imbéciles qui marchandent l'amour d'un fantôme...

d'un pareil fantôme !... Oh ! là là... Et ça se vante de chercher des sensations rares, des voluptés inédites !... Littérateurs !... Allons-nous en...

*
* *

J'ai revu, l'autre jour, la villa hantée... c'est le prince K... qui l'habite... [2]

Le Journal, 28 juin 1898

Recueilli dans *Les vingt et un jours d'un neurasthénique* (chapitre XII).

2. Ce dernier paragraphe ne figure pas dans la version des *Vingt et un jours d'un neurasthénique.*

VEUVE

En rentrant chez moi, je trouvai une lettre, avec ces mots : « Lucien est mort. Venez tout de suite. — LUCIENNE. » Je poussai un cri, redescendis vivement dans la rue, pris d'assaut un fiacre qui passait.

— Vite !... vite, cocher !... avenue de l'Alma[1]... Il y aura un bon pourboire...

Et, dans le fiacre, éperdu, à moitié fou, parlant tout haut, je me disais :

— Lucien est mort !... mais non... Ce n'est pas possible ! Je l'ai vu hier !... Il était gai, heureux et bien portant !... Allons donc !... Quelqu'un me fait là une plaisanterie atroce, une sale blague !... ou bien, c'est d'un autre Lucien qu'il s'agit, d'un Lucien que je connais pas, dont je me moque, et dont on m'annonce, par erreur, la mort !... Tout à l'heure, je verrai Lucien, avec sa bonne figure et son bon accueil, et il me dira, comme hier, comme toujours : « Qu'est-ce que nous faisons, ce soir ?... Mort ! Elle est bonne celle-là !

Je déraisonnais...

C'est que Lucien était mon meilleur ami... Nous ne nous étions pas quittés depuis notre petite enfance. Jamais l'ombre d'un nuage, de quoi que ce soit, entre nous !... Son mariage que je redoutais, loin

1. Mirbeau a habité épisodiquement un « pied-au-ciel » 42 avenue de l'Alma, de décembre 1895 à septembre 1897.

de refroidir ou d'espacer nos relations, les avait, en quelque sorte, consolidées, si l'on peut dire, de relations aussi indestructiblement solides qu'elles pussent être consolidées !... Lucien adorait sa femme, et sa femme l'adorait. Et ils m'adoraient tous les deux de les adorer... Je crois bien qu'une pareille amitié, et si pure, n'avait, pareillement et dans aucun temps, réuni trois êtres, dans une même pensée, dans une même tendresse !... Nous sortions toujours ensemble, nous n'avions rien de caché pour nous... Nous avions les mêmes goûts, les mêmes journaux, les mêmes pauvres, et, chose incroyable, les mêmes opinions sur l'affaire Dreyfus[2] !... Et c'était si charmant, si émouvant et si candide, si visiblement candide, qu'il n'était venu à l'idée de personne, même dans notre milieu potinier, de souiller, du plus léger soupçon, de la plus légère parole ironique, cette intimité unique et merveilleuse.

Et Lucien serait mort, comme cela, tout d'un coup, sans me prévenir ?... Ça n'était pas admissible.

Ça n'était pas admissible, certes !... Et pourtant, cette lettre... cette écriture qui était de Lucienne !... Car elle était de Lucienne, cette écriture ; je ne pouvais en douter... je ne pouvais croire au hasard d'une telle ressemblance !...

Tout bouleversé, j'arrivai à l'appartement de l'avenue de l'Alma. Les domestiques allaient, venaient, en poussant des cris... Spy[3], la petite chienne, tournait sur elle-même, en aboyant ; et les oiseaux, dans la volière, se heurtaient les ailes aux barreaux, comme pris de subite démence... Dès qu'elle m'eut aperçu, Lucienne se jeta dans mes bras.

— Lucien !... Lucien !... Lucien !... Ah ! mon pauvre Lucien !

Sa voix était déchirante, ses cheveux épars, sa robe de chambre

2. Mirbeau est alors engagé aux côtés des dreyfusards. Le 5 août, il se rendra à Rennes pour assister au second procès Dreyfus (cf. *Combats politiques*).

3. Dans *Le Calvaire* (1886, chapitre XI), Mintié, fou de jalousie, écrase la tête du chien de Judith, sa maîtresse, contre une cheminée : il s'appelait Spy, lui aussi.

dégrafée. Il y avait dans ses yeux, des lueurs hagardes. Je balbutiais en la serrant de toute ma force dans mes bras :

— Voyons !... Ça n'est pas possile ! vous exagérez !...

— Mon pauvre Lucien !... Mon pauvre Lucien !...

— Mais que s'est-il passé ?... voyons... Que s'est-il passé ?... Aujourd'hui, on ne meurt plus comme ça.

— Ah ! mon Dieu !... Ah ! mon Dieu !... moi aussi, je veux mourir !... je veux mourir !...

Je l'obligeai de s'asseoir sur un canapé, je m'assis près d'elle, tout contre elle... et lui tenant les mains, que je tapotais, que je caressais dans mes mains :

— Du courage... du courage !

Je cherchais d'immenses paroles consolatrices, des phrases berceuses, des dormeuses enlaçantes, et je ne trouvai rien que ces mots balbutiés entre des silences :

— Du courage !... Ah ! ma pauvre amie !... Il ne faut pas se laisser aller... Il faut réagir... Quel affreux malheur !... Du courage !

Et, morne maintenant, les épaules lourdes, les yeux fixés sur une fleur du tapis, elle scandait de petits hoquets l'obstination de ces paroles. Et elle disait aussi, comme si elle répondait à des voix intérieures :

— Ah ! jamais plus !... Jamais plus !...

Elle exigea que je visse avec elle Lucien, mort, sur son lit funèbre.

— Il vous aimait tant !... Il vous aimait tant !

J'objectai.

— Ça n'est pas raisonnable ! Il faut vous ménager...

— Si !... si !... je veux !... Ça me fera du bien. Son visage adoré, pensez donc ! Et ses mains si blanches, et ses yeux fermés dont je ne sentirai plus jamais le doux regard sur moi... C'est affreux !... c'est affreux !...

— Du courage, alors !...

Une femme parsemait de fleurs le drap blanc et le phénol exhalait d'une soucoupe son odeur forte. Lucien ne semblait pas beaucoup changé. Il avait encore sur les lèvres son sourire... je crus l'entendre qui me disait : « Qu'est-ce que nous faisons, ce soir ? » Mais, à peine entrée, Lucienne eut une crise de nerfs, tomba sur le plancher, s'évanouit... On dut l'emporter au salon où je veillai près d'elle, répétant sans cesse :

— Du courage !... C'est affreux !

Vers le soir, sa douleur s'attendrit... Et nous parlâmes de lui, sans fin, sans fin...

— Il était si beau !

— Ah oui !... Et si bon !

— Ah oui... Et si tendre !

— Ah oui !... Et si gai !...

— Nos soirées, vous vous souvenez !...

— Et ces déjeuners, tous les trois...

— Et ses petites manies, si émouvantes !...

— Si délicates !...

— Et comme il montait à cheval !...

— Oui, oui !

— Ah ! tout cela est fini !...

— Du courage !... du courage !... Tout cela est fini.

Elle ne s'endormit que très tard, dans la nuit, soupirant : « Tout cela est fini ! », tandis que, moi, les yeux tristes, le geste protestataire, je répétais, sans me lasser :

— Du courage !... du courage !...

Le jour des obsèques, Lucienne me dit, tout en larmes :

— Je n'aurai jamais la force de l'accompagner jusqu'au cimetière ! Et je sens que si vous n'êtes pas là, près de moi, je mourrai... Restez avec moi... nous parlerons de lui, encore, toujours ! Et demain, nous irons, tous les deux, porter des fleurs et prier sur sa tombe... Il vous aimait tant !...

Ce fut une matinée terrible... L'appartement envahi... Tout ce monde, tout ce cérémonial, et toutes ces couronnes, et toutes ces fleurs... et ces hommes en noir !... Chaque personne qui entrait, et chaque gerbe nouvelle, c'était, pour ma Lucienne, une secousse qui ravivait sa douleur !... Elle était très pâle, très tremblante... Plusieurs fois, elle fut sur le point de défaillir... Je la soutenais de mes regards pieux et de mes paroles :

— Du courage !... du courage !...

Enfin nous restâmes seuls, accablés, dans le grand salon...

Puis, elle pleura, pleura...

Je lui avais pris les mains... je lui baisais les mains.

— Tout est donc fini !...

— Mon Dieu !... Mon Dieu !...

— Il vous aimait tant !...

Et elle se pelotonnait contre moi, abritait en moi sa détresse infinie.

— Si je ne vous avais pas, si je n'avais pas votre amitié... je serais déjà morte !

— Mais non !...

— Mais si !... Vous êtes si bon !...

Et elle me serrait la main... et elle frottait sa tête sur mon épaule... Je sentais les parfums de ses cheveux, les parfums de sa bouche... les parfums de son corps, si souple, et si douloureux, contre moi...

D'étreinte en étreinte, de baisers en baisers, de larmes en larmes... mes lèvres, sans que je susse comment, trouvèrent ses lèvres...

— Il... vous... aimait... tant !...

— Oui !... du... courage !...

— Tout est... fi...

— ... ni !...

Le Journal, 11 juin 1899

LA BAGUE

Un matin, le vieux baron vint chez moi. Et, sans préambule, il me demanda :

— Est-ce vrai, docteur, qu'il y a du fer dans le sang ?

— C'est vrai...

— Ah !... je ne voulais pas le croire... Et comme la nature est compliquée !

Le vieux baron avait la lèvre tremblante et un peu baveuse. Ses yeux étaient presque morts... Et la peau de son cou faisait, sous le menton, comme une lâche cravate de chair molle. Il réfléchit un instant, puis :

— Il n'y en a pas beaucoup... beaucoup ?... fit-il.

— Ah ! dame !... répondis-je. Ça n'est évidemment pas une mine... comme celles de l'Ariège[1]...

— Qu'entendez-vous par là ?...

— Je veux dire que, du sang d'un homme, on ne tirerait pas assez de fer pour — comment vous exprimer cela ? — pour construire, par exemple, une seconde tour Eiffel... Comprenez-vous ?

— Oui !... oui !... oui !...

1. On y exploitait alors des mines de fer. Mirbeau a passé près de deux ans dans l'Ariège, de la fin mai 1877 à janvier 1879, d'abord comme chef de cabinet du préfet, ensuite comme rédacteur en chef de *L'Ariégeois*.

Et le vieux baron rythma chacun de ses « Oui... » d'un mouvement de tête approbateur et découragé... Il ajouta :

— D'ailleurs, je n'en demande pas tant...

Puis, après un court silence :

— Ainsi, vous croyez qu'on peut extraire du fer... un peu de fer... de mon sang ?... de mon sang ?...

— Hé !... Pourquoi pas ?...

Le baron sourit, et il demanda encore :

Croyez-vous aussi qu'il y ait de l'or, dans le sang ?

— Ah ! ça, non... Et vous êtes vraiment exigeant, mon cher baron. Il n'y a de l'or que dans les dents... malades.

— Hélas ! docteur, je n'ai plus de dents, même malades, gémit le vieillard. Et, eussé-je des dents, et de l'or dans les dents, ça ne serait jamais que de l'or étranger, de l'or que je n'aurais pas fabriqué moi-même, de l'or qui ne serait pas de ma substance, en un mot. Alors, à quoi bon ? Ainsi, vous êtes sûr qu'il n'est pas, dans mon sang, de l'or ?

— Sûr...

Le baron soupira :

— C'est très fâcheux... Et vraiment, je le regrette... Parce que, voyez-vous, j'aurais mieux aimé de l'or que du fer pour ma bague...

Enfin ! ce docteur n'insista pas, il savait le baron un peu gâteux. Celui-ci reprit, en faisant claquer sa langue sur sa lèvre humide de salive :

— C'est que vous ne savez pas combien j'aime Boule-de-Neige[2]. Je lui ai tout donné... Des hôtels, des chevaux, des bijoux, des amants qui la font crier de bonheur... Elle a des draps de cinquante mille francs... Elle a tout ce qu'une femme peut avoir et peut rêver... Eh bien, je voudrais lui donner plus encore, lui donner ce qu'aucune

2. Ce surnom est l'antithèse de la Boule-de-Suif de Maupassant ; mais tandis que l'héroïne de Maupassant a un grand cœur, la cocotte de Mirbeau est d'une totale insensibilité.

femme n'a jamais eu... Oui, lui donner en une seule fois, et sous une forme matérielle, tangible, tout ce qui me reste de moelle et de sang... toute ma substance en un mot, enfermée dans un écrin qu'orneraient les plus beaux diamants de la terre... Peu m'importe de mourir... Oui, mais aurai-je assez de sang pour cela ?

— On a toujours assez de sang pour cela, répondis-je négligemment. Du reste... on fait ce qu'on peut...

—Ah ! docteur !... je ne me sens pas bien...

Épuisé par tout ce que représentait d'efforts impuissants ce désir sénile, le vieux baron, devenu très pâle, s'évanouit. Je l'allongeai sur un divan, les pieds hauts, lui fis respirer des sels d'une âcreté violente, lui fouettai le visage avec la pointe d'une serviette mouillée... La syncope dura quelques minutes. Puis, quand il fut revenu à lui, j'ordonnai qu'on le reconduisit, soutenu aux aisselles par deux domestiques, jusqu'à sa voiture qui stationnait dans la rue... Il bredouillait, entre ses lèvres, qui avaient peine à se rejoindre :

— Ah !... Boule-de-Neige !... Boule-de-Neige !... je te donnerai...

Et, tassé sur les coussins, les jambes molles, la tête roulant sur sa poitrine, le vieux baron continuait de marmotter obstinément :

— Oui... c'est cela... toute ma substance... je te donnerai toute ma subst...

Le lendemain, il se rendit chez un chimiste très renommé pour sa science.

— Je voudrais, lui dit-il, que vous tiriez de mes veines assez de sang pour en extraire trente-cinq grammes de fer.

— Trente-cinq grammes ?... fit le chimiste, qui ne put réprimer sa stupéfaction... Diable !

— Est-ce trop ? demanda le baron avec inquiétude...

— C'est beaucoup...

— Je paierai ce qu'il faudra... Et si vous aviez besoin de tout mon sang, prenez-le...

— C'est que, objecta le chimiste, vous êtes bien vieux...

— Si j'étais jeune, répliqua le baron, ce n'est pas mon sang que je donnerais à ma Boule-de-Neige adorée... c'est autre chose...

Au bout de deux mois, le chimiste avait livré au baron un petit morceau de fer.

— Il ne pèse que trente grammes... lui dit-il.

— Comme c'est petit !... murmura le baron, dont la voix n'était plus qu'un souffle, et dont le visage semblait plus pâle qu'un suaire...

— Ah ! dame ! monsieur le baron... Le fer est lourd et ne fait pas un gros volume.

— Comme c'est petit !... comme c'est petit !

Et regardant, au bout de ses doigts qui tremblaient, la menue parcelle de métal, il soupira :

— Ainsi, voilà toute ma substance !... Ça n'est pas beau... Et pourtant, il y a dans ce grain noir toute l'immensité de mon amour... Comme Boule-de-Neige sera fière de posséder un pareil bijou... un bijou qui est de la moelle... qui est du sang... qui est de la vie !... Et comme elle m'aimera ?... et comme elle pleurera d'amour !

Il chuchota les dernières paroles, n'ayant plus la force de les prononcer à haute voix... Et après s'être répété intérieurement :

— C'est tout petit... et pourtant, il n'y a pas, il n'y a jamais eu sur la terre, ni au cou d'une femme, ni au petit doigt de sa main, un aussi gros bijou...

Il s'endormit d'un sommeil agité et plein de cauchemars...

Quelques jours après, le baron agonisait. Boule-de-Neige était près de son lit, et elle regardait les choses autour d'elle, d'un regard d'ennui, d'un regard qui signifiait : « Le vieux me rase... Il n'en finit pas de mourir... Je voudrais bien être ailleurs... ».

Un domestique apporta un écrin.

Qu'est-ce que c'est ?... interrogea le baron d'une voix haletante...

— C'est la bague..., monsieur le baron.

A ce mot, le vieux moribond eut un sourire sur les lèvres et une lueur dans les yeux...

— Donne... Et toi, Boule-de-Neige, viens ici, près de moi... et écoute bien...

Avec effort, il ouvrit l'écrin, passa la bague à l'un des doigts de Boule-de-Neige, et il dit, d'une voix coupée de râles et de sifflements :

— Boule-de-Neige... regarde cette bague... Ce que tu vois là, c'est du fer... C'est du fer qui représente tout mon sang. On a ouvert et fouillé mes veines pour l'en extraire... Je me suis tué pour que tu aies une bague, comme aucune femme n'en a jamais eu... Es-tu heureuse ?...

Boule-de-neige considéra la bague avec un étonnement nuancé de mépris, et elle dit simplement :

— Ah ! bien... mon vieux... tu sais... j'aurais mieux aimé une pendule.

Le Journal, 18 juin 1899

Recueilli dans *Les 21 jours d'un neurasthénique* (chapitre XI).

CLOTILDE ET MOI

I

J'attendais — avec quelle anxiété passionnée ! — le moment depuis si longtemps rêvé où Clotilde, enfin libre pour trois mois, nous pourrions, tous les deux — ah ! tous les deux ! — jouir de notre adultère, vivre notre adultère tout entier, sans contrainte, sans rien entre nous, au soleil, comme deux époux... Comme deux époux, dans le soleil, au bras l'un de l'autre, du matin au soir, comprenez-vous cette ivresse ? Vous qui me lisez, êtes-vous des amants assez mondains pour sentir cette exaltation tant de fois promise, toujours reculée ?

Ah ! ce ne serait plus ce petit rez-de-chaussée de la rue Lincoln[1], si froid, si banal, si sombre, ni la surveillance obscure et sournoise du concierge, ni les attentes terribles, ni les rendez-vous précipités, ni les rendez-vous manqués, ni la peur des potins, ni tout ce que, de quatre à sept, les dentistes, les modistes et les couturières, et le thé

1. Mirbeau a habité rue Lincoln, près des Champs-Elysées, en 1885. Célestine, dans *Le Journal d'une femme de chambre,* a servi elle aussi dans cette même rue, chez un couple de bourgeois dépravés (chapitre VI).

des amies, mettent d'obstacles invincibles et d'élégantes douleurs, entre deux êtres qui s'aiment à Paris. Ah ! Dieu ! non !... Ce serait la présence continuelle, la liberté infinie, la solitude et le chant de triomphe de nos âmes enfin jointes, et les yeux dans les yeux, la main dans la main, la bouche sur la bouche, toujours ! Le paradis si souvent entrevu et jamais atteint !...

Ce moment divin arriva, peu importe à la suite de quelle aventure. Il avait été convenu — car nous nous aimions selon le plus pur Bourget[2] — que nous irions passer ces trois mois miraculeux et bénis dans un port très anglais.

— Oh ! pas d'Italie, surtout ! m'avait dit Clotilde. L'Italie est le rêve des amants bourgeois... On n'y a que de médiocres enthousiasmes... Et que de lèvres inférieures ont baisé la colonne Trajane ! Et que de vulgaires petites âmes se sont pâmées sur les ennuyeuses eaux du Lido. Nous, soyons modern' amour, chéri, voulez-vous ?

— Oui ! oui !

J'étais parti le premier afin de dépister les soupçons, et aussi pour choisir une belle villa sur la côte, au bord de la mer, car les hôtels ont des surprises malencontreuses pour les cœurs adultères.

En partant, Clotilde m'avait dit dans un baiser :

— Ô mon cher amour, il me semble que j'éclate de bonheur... et que, là-bas, nous allons célébrer la première messe de notre joie...

— Oui !... oui !...

— Nous ne sortirons jamais, n'est-ce pas ?... Car nous avons en nous tous les paysages, toutes les architectures et tous les musées !...

— Oui ! oui !

2. Après avoir été très lié à Paul Bourget, au début des années 1880, Mirbeau s'est éloigné de lui au fur et à mesure que Bourget est devenu un romancier mondain, qui devait son succès à la réclame et à l'exploitation d'un filon inépuisable : l'adultère. Mirbeau en a fait sa tête de Turc préférée, notamment dans la série *Chez l'illustre écrivain*, qui paraît dans *Le Journal* pendant l'automne 1897, et dans *Le Journal d'une femme de chambre*. Voir *supra*, chapitre II, *Le Pantalon*, note 2.

— Nous serons l'un à l'autre, sans cesse, comme si nous ne faisions qu'une même âme, qu'un seul corps, un seul rêve !

— Oui !... Oui !... Ah ! oui !...

— Pourvu que nous ayons la mer devant nous, et, au-dessus de nous, le ciel étoilé, que nous fait le reste ?

— Oui ! oui !

— N'avons-nous pas les mêmes pensées, les mêmes admirations, une sensibilité pareille devant la nature, le culte de la même beauté ?

— Oui !... oui !

— Ah ! puissions-nous être assez forts pour supporter un tel bonheur !

— Oui !... oui !

J'avais le cœur si plein de reconnaissance et la gorge si serrée par l'émotion, que je ne pouvais que balbutier cet éternel : « Oui !... oui !... » qui, comme expression de bonheur, eût peut-être paru insuffisant ou très monotone à une autre femme. Mais je voyais bien que Clotilde, amante sublime, ne m'en aimait que davantage !

La maison que je louai dans une ville très anglaise, était délicieusement située sur la rade, tout près de l'entrée du port — une villa fraîche, souriante, dans les arbres et dans les fleurs, et dont le modern'style de l'aménagement intérieur répondait au modern'amour de nos cœurs ! Les grands steamers, les énormes paquebots entraient, sortaient, et la mer était sans cesse couverte de yachts très élégants et de mille petites barques de pêche, aux voiles roses... Le soir, une féerie éblouissante. Toutes les lumières électriques du port, les feux mouvants des navires, rouges, verts, se reflétant dans l'eau, et les signaux, et les phares tournants, et les projections de lumière, qui allaient, au loin, très loin, fouiller la mer profonde et noire, comme les yeux de Clotilde, aux heures de passion, fouillaient les profondeurs et les étendues de mon âme !... Et les étoiles au ciel étaient plus brillantes encore que les feux terrestres, et cette magique lune, énorme, blanche et ronde, que traversait, je me rappelle, la vergue d'un trois-mâts !... Je ne pouvais détacher mes yeux de ce spectacle grandiose, où tous les éléments se combinaient pour l'émotion et pour la beauté.

Ah ! que Clotilde serait heureuse ici !

Avec quelle passion nouvelle, avec quel trouble charmant, avec quelle impatience d'une volupté prochaine et non encore ressentie, je disposai tout, meubles, tentures, et fleurs, pour la joie de mon amie, et pour la parure de notre amour... J'engageai deux femmes de chambre, anglaises et jolies, qui ne savaient pas un mot de français, car je voulais que nous fussions seuls, seuls ! — Ah ! si étroitement, si exquisement si intellectuellement seuls, et qu'aucun être, dans le monde, ne pût comprendre les mots divins que nous allions, désormais, nous répéter, dont nous allions enivrer désormais nos yeux, nos bouches, nos chevelures, nos poitrines, toutes nos sensations, et tout notre esprit, Clotilde et moi !...

Clotilde et moi !...

Ô ivresse !... Ô caresses !... Ô folie merveilleuse des cœurs libres !... Essor des amants... Infini, infini des adultères désentravés !

Clotilde et moi !...

Et je regardais tout, en me répétant ces deux mots, je regardais les chaises, qui ressemblent à des pintades, les canapés, tels des bancs de jardin, et le lit de cuivre, large comme une mer, et les pavots sur les murs, et les étoffes, dont les ornements sont des fleurs si étrangement simplifiées qu'on dirait des larves malades ou des intestins déroulés...

Clotilde et moi !...

Elle arriva un soir, en retard de quinze jours... Elle arriva avec trente-trois grosses malles, et des nécessaires chiffrés, et des bijoux de valise, et des cartons, et de tout... Haletant, le cœur serré, j'étais là, sur le quai où elle débarqua, exquise, avec un chapeau de feutre beige et un grand manteau de voyage, beige aussi... Ah ! si beige !...

— Clotilde !...

Je bousculai des passagers et je me jetai dans ses bras.

— Enfin !... Enfin !... J'ai cru que vous n'arriveriez jamais... Voilà quinze jours de passés sans vous !...

— Ce n'est pas de ma faute. Je n'avais rien à me mettre...

Elle avait souffert sur le bateau, était très pâle. Elle chancelait un peu.

— Oh ! cette maudite mer !... J'ai cru que j'allais mourrir !...

— Enfin !... Enfin !... Vous êtes là !... C'est notre bonheur qui commence !

Et comme je voulais l'embrasser bourgeoisement, elle me repoussa avec une douceur triste et choquée de la vulgarité de cet accueil.

— Tout à l'heure... chez nous !... Vous manquez de tenue, cher amour !...

— Ne sommes-nous pas libres de nous aimer ? Et que vous importent tous ces gens que vous ne connaissez pas, et qui ont de si laides casquettes ?....

— C'est bien !... C'est bien !... Occupez-vous de mes bagages...

Devant cette pyramide de bagages, du haut de laquelle l'amour semblait se moquer de nous, je ne pus m'empêcher de m'écrier :

— Dieu ! que de malles !...

D'un ton pincé, elle dit :

— Est-ce un reproche ?... Je n'ai emporté que le strict nécessaire.

— Un reproche !... ah !... comment pourrais-je vous reprocher quelque chose. J'ai dit : « Que de malles !... » avec un cri d'admiration... Je vous aime tellement que j'aime tout de vous, même vos trente-trois malles, même quand vous me boudez !...

Nous dûmes rentrer sans les bagages, car il fut impossible de trouver, ce soir-là, un fourgon assez fort pour les transporter...

— Enfin !... Enfin !... Vous voilà !...

Mais Clotilde me disait, d'une voix un peu irritée :

— Oui... oui... Vous me direz tout cela demain... Ce soir, laissez-moi... Je vous en prie... je suis morte !

II

Clotilde passa cinq jours, cinq jours de torture pour moi, cinq jours éternels à s'installer, à ranger, méthodiquement, sur de petites tables ornées de dentelles, ses bibelots de toilette : boîtes à couvercle d'or, flacons de cristal à bouchon d'or, et des trousses précieuses, et des glaces anciennes, et des brosses, et de tout ![3]... Je ne pouvais l'approcher ni lui parler, tant elle était absorbée par ces graves travaux. Elle n'avait le temps ni de me regarder, ni de m'écouter. Quand je lui parlais, elle n'avait le temps de rien, pas même de s'habiller, ni de prendre ses repas... Quelques brioches, grignotées à la hâte, en courant, et c'était tout !... Mal aidée par ses deux femmes de chambre qui ne la comprenaient point et que déroutaient ses ordres nerveux, elle allait, dépeignée, ennuyée, impatiente, d'une malle à l'autre, d'une pièce dans l'autre, sans savoir pourquoi ni ce qu'elle voulait.

Oh ! les effusions que je m'étais promises !... Et les longs enlacements, et les longues tendresses, le soir, à la fenêtre, devant les magies du port !... Oh ! l'ivresse enfin, et la sécurité tant souhaitée de notre adultère ! Où tout cela était-il ?... Qu'avais-je rêvé, mon Dieu ?... Depuis que nous étions l'un à l'autre, sans mari, sans couturières, sans conventions mondaines entre nous, sans rien entre nous, que la liberté absolue de nous aimer et de nous dire, sans cesse, que nous nous aimions, jamais Clotilde n'avait été moins à moi, jamais je n'avais moins joui d'elle, de sa chère présence, de son cher esprit, de ses chers regards !... J'en arrivais à regretter les anciennes contraintes, les retards du rendez-vous et l'œil soupçonneux des amies, tout ce que nous avions voulu fuir !...

Du rez-de-chaussée au second étage, toutes les pièces de la villa

3. Le passage rappelle l'installation rue Balzac de Mintié et de Juliette dans *Le Calvaire* (chapitre V).

étaient encombrées de ses robes, de ses corsages, de ses chemisettes, de ses manteaux, en tas sur les lits, les tables, les chaises, les pianos. Et elle ne savait où loger tout cela... Garde-robes, placards, armoires, penderies, étaient déjà remplis, et l'on n'apercevait pas que les tas diminuassent. Il en sortait toujours de ces malles enchantées, toujours, il s'en formait de nouveaux. A peine enlevés, ils se reconstituaient, plus larges, plus hauts, plus nombreux.

— Mais, chère Clotilde, demandais-je, inquiet, pourquoi toutes ces toilettes de bal ? Puisque c'est la solitude, la chère solitude que nous sommes venus chercher ici ?

— Il faut pourtant bien, répondait-elle, que j'aie quelque chose à me mettre !

Et, perdue au milieu de ses malles, de ses costumes, de ses lingeries déballées, de ses bottines et de ses ombrelles, d'un tas de choses extraordinaires dont j'ignorais la destination, elle gémissait.

— Dieu ! que cette villa est absurde et incommode ! On n'y peut rien mettre... C'est à mourir !...

J'essayais de la consoler, de l'attendrir, et je lui disais, avec des douceurs infinies :

— Vous vous fatiguez, mon cher amour... Reposez-vous, je vous en supplie !... Vous avez bien le temps !

Elle répondait :

— Vous êtes charmant, en vérité ! Et comment voulez-vous que je fasse ?... Est-ce moi qui ai choisi cette horrible villa, où l'on n'a même pas la place de se retourner ?

— Oh ! vous êtes un peu injuste, chère âme !

— Et vous êtes toujours sur mon dos... Vous me gênez épouvantablement... Vous m'empêchez de travailler.

— Est-il possible !... Je suis tout petit... Je ne bouge pas !

D'une voix plus impérieuse, elle répliquait :

— D'abord, je n'aime pas qu'on me voie ainsi !... Je suis à faire peur !

— Ô chère, chère Clotilde ! si vous saviez comme je vous aime ainsi ! Voilà des années et des années que je rêve de vous voir ainsi !... Mais c'est toute ma joie ! Être l'un à l'autre dans la même maison. Ô ciel !... C'est maintenant seulement, dans cette intimité de toutes les minutes, que je puis m'imaginer que vous êtes ma femme, ma vraie femme !... ma vraie femme !... Comprenez-vous l'enthousiasme et la douceur fondante de cette illusion ?...

— Que vous me fatiguez !... Comment voulez-vous que je m'installe, si vous êtes toujours à me dire de pareilles folies. En vérité, je ne vous savais pas si vulgaire !

Elle haussait les épaules et je l'entendais qui disait, tout d'un coup :

— Et tous mes costumes blancs que j'ai oubliés !... Et un tas de choses que je ne retrouve pas !

Et les femmes de chambre, sur les indications sommaires de Clotilde, fouillaient les malles, vidaient les valises, retournaient les cartons, d'où les odeurs, violentes et diverses, s'échappaient et promenaient dans toute la maison d'étranges lourdeurs.

Mais je m'acharnais, croyant, par la ferveur, par la puissance de mon amour, l'enlever, un instant, à ses robes, à ses malles.

— Non ! non ! répétait-elle... Je vous en prie, laissez-moi et allez-vous en !... Allez vous promener où vous voudrez... Vous me médusez, je vous assure... Et ces deux filles qui ne trouvent jamais rien, et qui sont bêtes à pleurer !...

— Si vous me permettiez de vous aider !...

— Ah ! il ne manquerait plus que ça !... D'ailleurs, j'étais sûre de ce qui arrive !... Vous n'en faites jamais d'autres !... Jamais je n'ai vu un homme si gauche et si maladroit... Quand vous avez regardé la lune au ciel, et les bateaux sur la mer, ça vous suffit !... Eh bien ! allez voir les bateaux... Allez !... Allez !...

— Ô Clotilde !... Clotilde !...

Il me semblait que cette adjuration eût dû lui arracher des larmes. Ses reproches me brisaient le cœur. Pour elle, j'avais choisi la plus belle, la plus grande villa du pays. J'avais tout fait pour qu'elle y fût heureuse. Je me figurais qu'en la voyant, elle m'eût remercié par des paroles tendres et des caresses qui ne finissent pas... et qu'elle eût, peut-être, deviné que je m'étais imposé — avec quelle joie désintéressée — les plus lourds sacrifices d'argent !... Et au lieu de tout cela, des paroles comme celles-ci ;

— Vous vous moquez bien des délicatesses d'une femme ! Du reste, ce n'est pas de votre faute ! Vous êtes ainsi... On n'y peut rien !... Tenez, voilà encore que vous froissez la plume d'un chapeau et que vous accrochez la dentelle d'une chemise.

Alors, je sortais...

Car je ne pouvais même pas rester dans cette maison, à lire, à rêver ou à fumer, dans cette maison envahie où pas un siège n'était libre, où il m'eût été impossible d'y trouver un coin où je n'eusse pas gêné quelque chose d'elle. Je n'avais même pas la ressource de m'asseoir sur une malle : elles étaient, toutes, béantes.

Alors, je sortais...

Il me fallait franchir des montagnes de taffetas, de linon, de batiste, des vallées de dentelles, des forêts de chapeaux, des mers moutonnantes de chemises, des récifs de corsets...

Et je m'en allais, triste et dépité, sur les quais du port... Mais le port avait perdu son charme... Je ne reconnaissais plus ses bruits de choses lointaines et inconnues... Et il me venait de la mer, au loin, je ne sais quels regrets, informulés encore, mais amers, très amers, oh ! si amers ! Et la voix des sirènes me semblait l'expression même de la détresse de mon âme... Avoir fait ce rêve merveilleux d'être l'un à l'autre, sans cesse, les yeux dans les yeux, la main dans la main !... Et errer, piteusement, le long de ces bassins où plus rien ne m'intéressait, ni la majesté des steamers, ni la rude physionomie des matelots, ni la forêt des mâts, ni les voiles des barques en partance pour la pêche !...

En rentrant, je me disais :

« Ô poésie des voyages adultères !... Est-ce que M. Paul Bourget se serait moqué de nous ?... Ce serait une pensée horrible !... Et quelle chute dans l'idéal !... »

Le soir, c'était bien pire encore.

Après le dîner, généralement silencieux, et pendant lequel Clotilde avait conservé un air grave et lointain, elle s'étendait sur une chaise longue, enfin débarrassée. A quel chapeau oublié, à quelle dentelle, à quel corsage, à quel rien pensait-elle, pour avoir une physionomie si préoccupée ?... Je ne sais... Elle ne répondait que par des monosyllabes irrités ou plaintifs, aux grands mots, aux grandes phrases exaltées que j'essayais, vainement quelquefois, de tirer des profondeurs de mon cœur, de mon pauvre cœur vide, hélas !... Et comme je tentais de donner à mes gestes l'éloquence ample et précise qui manquait souvent à mes paroles :

— Non !... non !... faisait Clotilde en me repoussant de la main, laissez-moi... J'ai un mal de tête fou et je suis morte de fatigue...

III

Quand Clotilde fut complètement installée, elle ne sut plus que faire. Après avoir limé et poli consciencieusement ses ongles, après avoir essayé une dizaine de costumes qui avaient besoin de rectifications, elle s'ennuya. Elle s'ennuya immensément. Hormis les heures de la toilette, heures qui, d'ailleurs, se prolongeaient indéfiniment, elle se traînait de la chambre dans le salon comme une pauvre âme perdue... Quelquefois, elle prenait un livre qu'elle n'achevait jamais... Aux paroles d'amour que je lui adressais, elle ne répondait que par des soupirs d'ennui...

Pour la distraire, et selon nos conventions, je lui avais d'abord proposé de rester bien claustrés chez nous, lui faisant de la solitude un éloge enthousiaste. Aux belles heures du jour et du soir, nous nous mettrions à la fenêtre, l'un près de l'autre, toujours et toujours la main dans la main, et nos regards, nos quatre regards fondus en une seule étoile. Et silencieux, comme il convient, émus selon les rites de la poésie la plus exaltée, nous nous enivrerions, sans jamais nous lasser, aux spectacles miraculeux du port et de la mer.

Elle repoussa cette idée avec une indignation mélangée de dégoût :

— Vous êtes fou, mon cher !... Croyez-vous que je sois venue ici pour y être enfermée, comme une prisonnière. Ah ! les hommes sont tous les mêmes !

Tantôt, j'étais comme tous les hommes, un être indélicat et stupide, et grossier, et tyrannique ; tantôt, tous les autres hommes étaient des « anges », et je restais, seul de l'humanité, un démon !...

— Eh bien ! disais-je, puisque la solitude vous épouvante un peu... nous sortirons... Nous irons visiter tous les bassins du port... Vous ne vous doutez pas de cette beauté !

— Oh ! le port !... faisait-elle, voilà une agréable perspective !... C'est mortel.

— Comment pouvez-vous le savoir que c'est mortel, chère mignonne ? Vous n'avez pas, une seule fois, consenti à le regarder !

— Mais il n'y a rien de si triste que les ports. D'abord, c'est plein d'épidémies... et l'on ne marche que dans de la poussière de charbon... Et puis, je ne sais pourquoi, cela me glace comme un cimetière.

— Précisément, cher cœur adoré... Il n'y a rien de si émouvant que les choses tristes, rien qui s'apparie mieux à l'amour !... Moi, c'est un genre de tristesse que les ports évoquent en mon âme... Mais, puisqu'ils nous causent, à tous deux, de la tristesse, c'est donc que nous allons éprouver des sensations puissantes... qui sont de la joie, ma chère Clotilde !

Enveloppée d'une robe de chambre fleurie de rubans et mousseuse de dentelles, elle était étendue sur une chaise longue... La figure grave, le front serré d'un pli que je n'aimais pas... elle poussait un soupir, se remettait à polir ses ongles et ne répondait pas... De temps en temps une femme de chambre entrait, son ouvrage à la main, demandait des explications que Clotilde lui donnait brièvement, d'une voix souvent irritée. J'étais gêné et stupide. Je cherchais des distractions géniales, des plaisirs inconnus... Et je ne trouvais rien, ayant tout épuisé, et sentant que je ne pouvais pas recréer la nature et la vie à l'image des désirs vagues de Clotilde. Et ce silence absurde, accablant, qu'elle aimait à prolonger, pour jouir de ma gêne, m'était infiniment cruel et insupportable !...

Au bout de quelques minutes, durant lesquelles je passais par tous les genres de supplices où peut vous mettre le caprice extra-humain d'une femme :

— Mais, mon amour, essayais-je d'expliquer... Il n'y a pas que les ports... Le pays est admirable ici, et la campagne, que j'ai visitée pour vous, est splendide, comme un jardin... On peut y faire des excursions intéressantes...

— Oh !... des excursions !... Comme des notaires n'est-ce pas ?...

— Mais non !... mais non !... J'ai à ma disposition une voiture excellente !

— Merci !...

— Et pourquoi ?...

— Vous savez bien que la voiture me fatigue énormément !

— Ce matin, j'ai vu un très joli yacht... Je puis le louer... Nous irons où vous voudrez, à Cowes, n'est-ce pas ?

— J'ai le mal de mer !

— Si ce pays vous ennuie... partons pour Londres !

— Par cette chaleur !... Vous n'y songez pas...

— Hélas ! je songe à vous faire plaisir.

— Il y paraît.

Je sentais l'amertume filtrer goutte à goutte dans mon cœur ; je répliquai :

— C'est que cela devient très difficile... Et que vous me mettez dans un véritable embarras... Ça vous ennuie de rester dans votre villa... Et en même temps, vous refusez de sortir... La voiture vous fatigue, le chemin de fer vous énerve et le bateau vous rend malade... Tant que la science ne vous aura pas donné des ailes, je ne vois pas comment il serait possible de vous transporter quelque part... Vous n'aimez ni les ports, ni la mer, ni les forêts, ni les jardins, ni les champs, ni les villes... En vérité, je ne sais plus que faire... Je ne sais plus que vous offrir.

— Mais naturellement, mon pauvre ami, répondait Clotilde avec une moue dont je ne saurais rendre l'expression méprisante. Vous êtes tellement maladroit... Il n'y a pas un homme aussi gauche que vous... Vous ne savez rien trouver pour distraire une femme...

— Oh ! Clotilde ! Clotilde ! Vous me rendez fou !... Et votre injustice m'est une peine affreuse !

Elle ricochait :

— Mon injustice !... Il ne manquait plus que cela ! Vous ne faites que des bêtises, et c'est moi qui suis injuste !... D'abord, pourquoi m'avez-vous amenée dans cette Angleterre que je hais et que vous saviez que je haïssais.

Je bondis sur mon siège...

— C'est trop fort ! m'écriai-je en protestant avec des gestes violents. Comment ! Vous prétendez que c'est moi qui vous ai amenée ici ?...

— Et qui donc alors ?... Est-ce que vous perdez tout à fait la raison ?

C'est à peine si je pouvais parler, tant la révolte précipitait les unes contre les autres mes paroles :

— Mais souvenez-vous !... C'est vous, vous seule, qui avez voulu l'Angleterre... Vous disiez que l'Italie était trop banale, trop vulgaire, trop agence Cook ! Sais-je, moi, tout ce que vous avez dit ?...

Alors, Clotilde, d'une voix glacée et sans faire un geste, sans même me regarder :

— Mettons que ce soit moi... Mon Dieu ! une désillusion de plus ou de moins ! je n'en suis plus à les compter.

— Clotilde, je vous assure... Souvenez-vous de ce que vous m'avez dit !... Voyons, un soir, chez vous... Vous aviez, tenez, votre robe mauve si charmante... Vous m'avez dit textuellement...

Elle me coupa la parole :

— Pourquoi discuter ?... C'est entendu !... C'est moi qui exigeais de venir dans un pays que je hais au-dessus de tous les autres... et dont le nom seul me met en rage... C'est moi !... N'en parlons plus.

Je ne voulais pas me rendre :

— Ça, par exemple ! Et je puis vous le prouver...

— Taisez-vous !... faisait Clotilde... Vous me fatiguez... Et vous êtes vraiment trop ridicule quand vous êtes en colère... Et voulez-vous me faire un grand plaisir ?

— Mais je ne demande que cela !...

— Eh bien ! Sortez un peu... Allez vous promener. J'ai besoin d'être seule...

— Clotilde !... Clotilde !...

— C'est bon ! C'est bon !

Et la rage dans le cœur, maudissant toutes les femmes, je sortais...

Le Journal, 30 juillet, 6 et 14 août 1899

CHAPITRE IV

« L'ÉCRASEMENT DE L'INDIVIDU »

« Le mal n'est pas en nous, mais dans la constitution même de la société, dans la barbarie et dans l'égoïsme capitalistes des lois, qui ne protègent que les heureux. »
« Dépopulation », *Le Journal*, 25 novembre 1900.

« Ses institutions, ses lois, ses simples coutumes, elle ne les rend aussi formidables que pour cette tâche criminelle : tuer l'individu dans l'homme. »
« Dans le ciel », *L'Écho de Paris*, 11 octobre 1892.

L'homme est un loup pour l'homme, c'est une affaire entendue. Mais nous ne sommes plus à l'état de nature, l'homme vit désormais en société, et des lois existent, qui prétendent lui garantir des droits et lui apporter la paix et la sécurité.

Odieuse mystification, objecte Mirbeau. Car cette société, loin de réfréner l'instinct de meurtre — que, tout au plus, elle canalise —, prend au contraire appui sur lui. D'abord, parce que, « s'il n'y avait plus de meurtre, il n'y aurait plus de gouvernement d'aucune sorte, par ce fait admirable que le crime en général, et le meurtre en particulier, sont non seulement leur excuse, mais leur unique raison d'être »[1]. Ensuite, parce que « cette tare originelle du meurtre, l'éducation la développe au lieu de la guérir, les religions la sanctifient au lieu de la maudire. Tout se coalise pour faire du meurtre le pivot sur lequel tourne notre admirable société (cf. *L'École de l'assassinat*). Dès que l'homme s'éveille à la conscience, on lui insuffle l'esprit du meurtre dans le cerveau. Le meurtre, grandi jusqu'au devoir, popularisé jusqu'à l'héroïsme, l'accompagnera dans toutes les étapes de son existence. On lui fera adorer des dieux baroques, des dieux fous furieux qui ne se plaisent qu'aux cataclysmes, et, maniaques de férocité, se gorgent de vies humaines, fauchent les peuples comme les champs de blé (cf. *La Guerre et l'homme*). On ne lui fera respecter que les héros, ces dégoûtantes brutes chargées de crimes et toutes rouges de sang (cf. *Maroquinerie*). Il trouvera dans la guerre la suprême synthèse de l'éternelle et universelle folie du meurtre régularisé, enrégimenté, obligatoire, et qui est une fonction nationale. »[2] (cf. *Le Tronc*, *Au pied d'un hêtre*, *Ils étaient tous fous*) Aussi, pour que nul n'en ignore, Mirbeau dédiera-t-il les « pages de Meurtre et de Sang » du *Jardin des supplices* « aux Prêtres, aux Soldats, aux Juges, aux Hommes qui éduquent, dirigent, gouvernent les hommes ».

Mais en dehors de ces massacres périodiques et inexpiables perpétrés

1. « Après dîner », *Le Journal*, 29 août 1898.
2. *Ibid.*

au nom de la Patrie et de la Religion, les lois ne permettent-elles pas du moins de garantir un ordre social et une harmonie profitables à tous ? Naïveté, réplique Mirbeau. Car « les lois sont toujours faites par les riches contre les pauvres »[3] (cf. *Le Portefeuille*, *La Folle*, *Le Mur*, *Le Rebouteux*). Loin de préserver la paix civile, elles introduisent, par le fait même, les germes de la guerre des classes, et ne peuvent, faute d'alternative, qu'inciter les meurt-de-faim à se jeter sur la poignée d'exploiteurs qui s'engraissent de leur misère (cf. *Agronomie*, *Le Polonais*, *L'Enfant*, *L'Oiseau sacré*) ; « Ils trouvent dans le crime le morceau de pain et la part de bonheur que tout homme, ici bas, a le droit de rêver. »[4]

Loin de protéger les droits des « petits », des « humbles », des démunis, les lois légitiment leur surexploitation (cf. *La Bonne*, *Paysage d'hiver*, *Agronomie*) et leur exclusion (cf. *Le Petit mendiant*, *L'Enfant*, *La Folle*, *Les Abandonnés*, *Pantomime départementale*, *Le Portefeuille*). « La loi, si douce aux orgies des grands, — dit un chômeur — quand je m'enivre et que je vais chantant par la route, elle m'emprisonne ; quand mon ventre crie et que je vais dans la rue réclamant du pain, elle me massacre »[5]. Bref, c'est l'arbitraire déguisé, c'est l'injustice camouflée. Et quand elle est appliquée par ces « monstres moraux » que sont les magistrats, alors la porte est ouverte à toutes les violences et à tous les plus monstrueux dénis de justice (cf. *La Vache tachetée*, *À Cauvin*, *Le Mur*, *Une Perquisition en 1894*). L'affaire Dreyfus en apporte, hélas ! une éclatante confirmation.

Dès lors que l'organisation sociale ne profite qu'à une minorité de privilégiés, toutes les institutions sont mises en œuvre pour pérenniser cette domination en abrutissant (cf. *Conte*), en uniformisant, en robotisant les hommes, qui sont condamnés par la misère et par la loi à continuer à trimer comme des bêtes pour entretenir leur luxe

3. « Dépopulation », *Le Journal*, 25 novembre 1900.
4. « Les Mal vus », *Le Journal*, 3 juin 1894.
5. « Tableaux de misère », *Le Figaro*, 3 avril 1888.

insolent : « La société s'édifie toute sur ce fait : l'écrasement de l'individu. Ses institutions, ses lois, ses simples coutumes, elle ne les rend aussi formidables que pour cette tâche criminelle : tuer l'individu dans l'homme, substituer à l'individu, c'est-à-dire à la liberté et à la révolte, une chose inerte, passive, improductive »[6].

C'est la famille qui est chargée de commencer ce travail de déshumanisation. Elle est un « mécanisme admirable de crétinisation »[7]. « Tout être, à peu près bien constitué, naît avec des facultés dominantes, des forces individuelles, qui correspondent exactement à un besoin ou à un agrément de la vie. Au lieu de veiller à leur développement dans un sens normal, la famille a bien vite fait de les déprimer et de les anéantir »[8] (cf. *Souvenirs d'un pauvre diable*, *Mémoires de mon ami*, *Dans le ciel*).

L'école poursuit ce travail de décervelage : on y « pétrit » les cerveaux, on y « pourrit » les âmes, on y viole la personnalité balbutiante de l'enfant[9] : « Avec une sûreté merveilleuse, avec une miraculeuse précision, le professeur enduit les intelligences juvéniles d'une si épaisse couche d'ignorance, il étend sur elle une crasse de préjugés si corrosive, qu'il est à peu près impossible de s'en débarrasser jamais »[10].

Pour rendre irréversible ce modelage des esprits, l'Église est là, qui « distille un venin mortel pour les âmes » (cf. *Croquis bretons*, *Le Tambour*), fabrique des monstres déshumanisés (cf. *L'Abbé Jules* et *Sébastien Roch*), et se fait honteusement l'exploiteuse de la misère humaine (cf. *Monsieur le recteur*, *Le Baptême*, *Les Marchandes du temple*, *Il est sourd*, et, bien sûr, sa comédie au vitriol, *Le Foyer*).

Par la suite, vient l'armée, pourrissoir qui, en quelques mois,

6. « Dans le ciel », *L'Écho de Paris*, 3 janvier 1893.
7. *Souvenirs d'un pauvre diable* (1895).
8. « Dans le ciel », *L'Écho de Paris*, 8 novembre 1892.
9. Voir *Sébastien Roch* (1890).
10. « Dans le ciel », *loc. cit.*, 16 novembre 1892.

achève de transmuer des êtres, naguère sensibles et pensants, en machines à tuer et à violer, qui peuvent impunément transformer des continents entiers en véritables jardins des supplices (cf. *Colonisons*, *Maroquinerie*). Puis le salariat, forme moderne de l'esclavage, réduit les survivants à l'état de machines à produire : son abolition est donc « une nécessité historique »[11].

Quant au système politique républicain, démocratique en apparence, il est certes plus « libéral » que la sanguinaire autocratie tsariste (cf. ? et *Récit avant le gala*). Mais il n'a en réalité pas d'autre but que d'assurer le pouvoir à une bande de « joyeux escarpes » et de démagogues sans scrupules et prêts à tout (cf. *Un Point de vue*) — « les mauvais bergers » — à la faveur de cette mystification qu'est le suffrage universel : on fait croire aux moutons qu'il est de leur intérêt d'être gouvernés par les loups ! (cf. *Agronomie*, *Le Gamin qui cueillait les ceps*).

L'œuvre entière de Mirbeau constitue une véhémente protestation contre toutes les formes d'oppression, d'exploitation, d'aliénation, de mutilation, d'humiliation et d'exclusion de l'individu, mises en œuvre par une société homicide. Et c'est un cri de pitié douloureuse pour la défense de toutes les victimes, partout dans le monde[12] : « Puisque le riche est toujours aveuglément contre le pauvre, je suis, moi, aveuglément aussi, et toujours, avec le pauvre contre le riche, avec l'assommé contre l'assommeur »[13] (cf. *La Bonne*, *Le Petit mendiant*, *Pour M. Lépine*, *Dépopulation*...).

11. « Travail », *L'Aurore*, 14 mai 1901.

12. Pour en savoir plus, on peut se reporter à la préface des *Combats politiques* de Mirbeau, Séguier, 1990.

13. *La 620-E 8* (1907), Éd. Nationales, p. 42.

LA BONNE

Ayant besoin d'une bonne pour faire mon petit ménage, j'allai, un jour, demander à la fermière, ma voisine[1], si elle ne connaissait pas une femme honnête et travailleuse qui pût remplir cet office.

— Des bonnes ! dit-elle, bien sûr il n'en manque pas. Il y a d'abord... voyons... il y a d'abord...

Bien que les bonnes ne manquassent pas, ainsi que la fermière l'assurait péremptoirement, l'excellente femme cherchait, et ne trouvait rien. Elle réfléchit, pendant cinq minutes, en répétant toujours : « Ben sûr qu'il n'en manque pas ». Enfin elle se décida à appeler à l'aide son mari qui, dans le hangar, attelait une grande charrette, en faisant : « Hue, dia, drrrrr ! » Le fermier quitta ses chevaux, vint lentement vers nous, en se grattant la nuque d'un air profond. Il dit :

— Pardié ! non, il n'en manque pas !

Et il s'abîma en des recherches mentales, évidemment compliquées et très pénibles, s'il fallait en juger par les diverses grimaces qui se succédèrent sur son visage, rouge et grumeleux comme un éclat de brique.

Nous nous taisions. La cour, incendiée de soleil, brûlait ; deux pigeons, se poursuivant, volaient d'un toit à l'autre ; sous le hangar, les chevaux, harcelés par les mouches et piqués par les taons,

1. Mirbeau se trouve alors au Rouvray, près de Laigle, dans l'Orne.

s'ébrouaient et, allongé sur un lit d'ordures humides, un cochon tout rose, assoupi, grognait en rêvant.

Le paysan avait croisé les bras et ses mains étaient à plat sous ses aisselles. Sans bouger, il articula :

— Ma femme, vois-tu, je pense à la Renaude.

— A la Renaude ? s'écria la fermière. C'est pourtant vrai, et moi qui n'y pensais pas.

Et, se tournant vers moi, elle ajouta en s'échauffant :

— C'est tout à fait vot'affaire ! Ah ! monsieur, une bonne fille, courageuse, dure à l'ouvrage, et honnête comme pas une dans la contrée... C'est franc, c'est solide.

— Eh bien ! vous m'enverrez la Renaude.

— Oui, monsieur, je vous l'enverrai.

Puis, comme prise subitement d'un scrupule :

— Mais faut que je vous dise, continua-t-elle d'un ton plus bas. Dans la ville, il y en a quelques-uns qui ne veulent pas de la Renaude, parce qu'elle a eu des malheux.

— Quels malheurs ? demandai-je.

— Oh ! de grands malheux... enfin des malheurs, conclut la fermière, d'un ton net, comme si ce mot « malheux » ne pouvait avoir qu'une signification connue et fatale.

*
* *

Le lendemain, de grand matin, une femme qu'accompagnait un petit enfant frappait à ma porte.

— C'est moi la Renaude, dit-elle en souriant et en faisant la révérence. On m'a commandé de venir vous trouver pour nous arranger. Et me voilà.

Elle me désigna l'enfant qui s'était pendu à ses jupes et me regardait d'un œil craintif :

— C'est mon Parisien. Dis bonjour au monsieur, Parisien.

Mais l'enfant, de plus en plus épeuré, s'était caché dans les jupons de la femme, qui murmura avec bonté, et comme si elle voulait l'excuser :

— C'est trop jeune, c'est pas encore instruit, ça a peur du monde, le pauvre petit !

Je tentai d'attirer l'enfant à moi, en lui parlant doucement, et en lui présentant un bouquet de cerises, que je venais de prendre dans un panier.

— C'est sans doute un enfant confié à votre garde ? demandai-je à la Renaude.

Mais non, monsieur, c'est mon garçon, répondit la femme avec un orgueil maternel, que justifiaient les joues bien rouges et bien luisantes du petit.

— Je croyais que vous l'aviez appelé tout à l'heure : le Parisien ?

— Bien sûr que je l'ai appelé le Parisien, puisqu'il est né à Paris.

— Alors, vous êtes donc de Paris ?

— Non, monsieur, ah non ! Je suis d'ici, moi. Vous ne saviez pas ?

La physionomie de la Renaude prit une expression de gravité et de tristesse profonde. Elle s'assit sur une chaise, lourdement. On eût dit qu'une fatigue, tout d'un coup, lui avait cassé les membres. Elle soupira.

— Tenez, monsieur, au risque de tout, il faut que je sois honnête avec vous et que je vous dise ce qui en est... J'ai eu des malheurs... de grands malheurs... Je ne suis pas mariée. Oui, je suis demoiselle, et pourtant cet enfant, cet enfant, c'est à moi. Oh ! il n'y a pas de ma faute, je vous assure, monsieur ! Voilà comment ce malheur m'est arrivé, aussi vrai que vous êtes un brave homme.

La Renaude avait assis son enfant sur ses genoux et, après l'avoir embrassé goulûment, après avoir lissé ses petits cheveux blonds, elle commença ainsi :

— Mon père était tombé malade, une paralysie, à ce que disaient les médecins. Le fait est qu'il ne remuait ni bras, ni jambes, et qu'il était comme mort dans son lit. Il y avait à la maison trois petites sœurs qui n'étaient pas en âge de travailler, et mon frère, parti pour l'armée, ne donnait plus de ses nouvelles. Il fallait nourrir tout ce monde, et nous étions bien pauvres, bien pauvres. Nous vivions tous avec ce que je gagnais, c'est-à-dire que j'allais en journée chez des dames pour coudre et faire la lessive, quand je pouvais quitter mon père et mes petites sœurs. Quinze sous par jour, pour cinq personnes, il n'y a pas de quoi faire gras, je vous assure... Aussi nous ne mangions pas tous les jours, parce qu'il fallait d'abord que le père malade ne manquât de rien. Les dames chez qui j'allais s'intéressaient pourtant à notre misère et tâchaient de l'alléger le plus possible, sans cela, je crois que nous serions morts de faim... « Écoute, me dit l'une de ces dames, je vais faire mettre ton père à l'hospice, tes sœurs dans un orphelinat ; quant à toi, ma petite, je t'ai trouvé une place à Paris, chez une de mes amies. Veux-tu aller à Paris ? » Cela m'ennuyait beaucoup de quitter mon père malade et mes sœurs toutes petites, mais je sentais qu'il le fallait, que tout le monde n'en serait que mieux, et j'acceptai la place. Mon paquet fut bien vite fait. Munie de toutes les recommandations possibles, de l'adresse de l'auberge où je devais descendre, car le train n'arrivait que fort tard dans la nuit à Paris, je partis, le cœur bien gros et les yeux bien rouges. Tout le temps que dura le trajet, je pleurai, je pleurai... Dans le grand wagon, mal éclairé, il n'y avait qu'une vieille dame en noir, qui pleurait aussi, un gros homme en blouse qui dormait, la tête couchée sur un paquet noué avec une serviette, et, par dessus le dossier des banquettes, j'apercevais des figures de petits soldats, tout pâles, qui sans doute regagnaient le régiment... Je pensai à mon frère, qui ne nous écrivait plus et qui était peut-être mort bien loin... Il me fut impossible de dormir... Ah ! comme le temps me parut long !... Qu'allait devenir mon père, à l'hospice ? Et les petites sœurs, dans cet orphelinat dont je revoyais les murs hauts et sombres, et si tristes, si tristes ! Et puis Paris, dont j'avais toujours entendu parler comme d'une chose terrible et qui tue les pauvres gens, Paris m'effrayait. Je me le représentais ainsi qu'une grande tombe pleine de feu et de fumée, dans laquelle on entre, et qui vous dévore. Je frissonnai à la pensée que j'allais être ensevelie là-dedans, pour toujours peut-être, et j'étais près de défaillir quand le train, après avoir sifflé longtemps, s'arrêta... C'était Paris... Une voûte énorme avec des choses noires dessous, toutes brouillées, et puis des lumières, très loin, qui n'éclairaient pas et qui ressemblaient à des étoiles ennuyées d'être tombées du ciel ; et puis des gens, tout pâles, presque effacés, qui se pressaient, de gros paquets à la main ; et puis des bruits, des appels, des souffles, des râles de bêtes invisibles, se tordant, sans doute, dans la nuit... Où aller ?... Je demandai à un monsieur qui avait une belle casquette brodée d'argent : « L'hôtel de l'Ouest, s'il vous plaît. » Il me répondit : « A gauche, sur la place. » et me tourna le dos... Tout effarée, j'allais, je venais, me butant aux gens, me cognant partout, risquant de me faire écraser par des voitures et des chevaux. Comment me trouvai-je sur une grande place ? Je n'en sais rien. C'était l'hiver, il faisait très froid, et la neige tombait... Mon Dieu ! est-ce que j'allais mourir ainsi ? Autour de moi, une place toute blanche, avec des maisons très hautes, et des lumières partout qui dansaient, pâles et tristes... Des voitures passaient aussi, chargées de malles... Je me mis à longer les maisons et à essayer de lire, aux endroits éclairés par les réverbères, ce qu'il y avait d'écrit dessus. Je restai bien une heure, monsieur, à tourner de la sorte, dans le froid, dans la neige, dans le vent qui soufflait dur et me glaçait les os. Enfin, je pus lire avec joie, sur une grande façade, ces mots : Hôtel de l'Ouest.

La Renaude fit une pause, respira longuement, puis, poussant de nouveau un soupir douloureux, elle continua.

— Je demeurai longtemps avant de pouvoir trouver la sonnette. Pourtant j'y parvins et la porte s'ouvrit. Au bout d'un couloir, il y avait une espèce de chambre à demi éclairée par une petite veilleuse posée sur une table. Un grand garçon à moitié déshabillé se leva de dessus un lit en bâillant et se frottant les yeux. — « Vous êtes sans doute le monsieur d'ici, dis-je ! Je voudrais bien me coucher, car je suis très fatiguée. » Le garçon me regarda de coin, avec un mauvais sourire. Il prit une clé qui, sur une espèce de tableau, pendait accrochée, avec d'autres, au-dessous d'un numéro, puis il alluma une bougie. — « Venez, » me dit-il. Je le suivis, un peu tremblante. Des escaliers, encore des escaliers ! Ça n'en finissait pas. Enfin il s'arrêta sur un palier, devant une porte qu'il ouvrit, et me fit passer devant lui. C'était une petite chambre, avec un petit lit de fer, et des chaises de paille, sous les combles. Le grand garçon déposa sa bougie sur une chaise, ferma la porte, après avoir écouté pendant quelques secondes, sur le palier... « T'as pas l'air d'avoir chaud, hé, la petite !... mais je vas te réchauffer, moi, tu vas voir ça. » Et il se mit à rire, le garçon débraillé, à me rire au visage... Ah ! quel rire... un rire de chien qui montre les crocs en grondant. Je crus qu'il fallait en faire autant, et moi aussi je ris, bien que j'eusse, alors, je vous assure, envie de pleurer... Il s'avança vers moi, me prit par la taille et voulut m'embrasser. « Monsieur ! monsieur », criai-je en me débattant. « Tais-toi donc, imbécile », qu'il me dit. Je criai plus fort. « Veux-tu te taire, salope ! » Et il mit sa grosse main sur ma bouche... Alors, je me sentis soulevée brutalement, portée sur le lit... Je voulus résister, mais le grand garçon me broyait la bouche et les membres, de toute la pesanteur de son corps : « Ah ! salope ! ah ! salope ! », ne cessait-il de répéter... Puis il me sembla que je m'en allais, que je tombais dans un grand trou noir... Quand je revins à moi, le garçon était parti, la bougie brûlait tristement sur la chaise, et je vis que j'étais toute déshabillée, que le lit était tout défait, et qu'il y avait du sang sur les draps... J'aurais pu me plaindre, dénoncer ce garçon, le faire arrêter... A quoi bon ? Tout le monde apprendrait que j'étais déshonorée[2]... Peut-être que ma nouvelle maîtresse ne

2. Ce passage sur le viol a été ajouté dans la version des *Lettres de ma chaumière*.

voudrait plus de moi... Je ne dis rien... Et ç'a été mon tort... Ma maîtresse était une vielle fille, désagréable, avare, tracassière, exigeante, et qui grognait toujours. On avait beau faire consciencieusement son service, elle n'était jamais contente. Sans cesse sur votre dos, avec cela, fouillant, furetant partout et, s'il manquait par hasard, un morceau de sucre ou une épingle, vous accusant de la voler et menaçant de la police[3]... Je ne fus pas très heureuse avec elle... Ne voilà-t-il pas, qu'au bout de quelques semaines, je m'aperçus que j'étais enceinte !... Ah ! monsieur ! vous dire toute les transes, toutes les angoisses par lesquelles je passai, c'est impossible... Enceinte, moi ! et de ce garçon !... Ainsi le déshonneur, que j'avais voulu éviter, allait devenir public !... J'étais folle, je voulais me tuer... Dire cela à ma maîtresse, que j'étais enceinte, autant reprendre mes hardes tout de suite, et partir !... Je savais que la vieille ne me pardonnerait jamais... Mais où aller ?... Je pus, tant bien que mal, dissimuler ma grossesse. Pourtant le moment fatal arriva... Ah ! monsieur, quelle chose terrible !... Justement ma maîtresse entra dans ma chambre, au moment où les douleurs me faisaient pousser d'affreux cris : « Qu'est-ce que c'est, encore, que ces simagrées ! » me dit-elle... Je lui avouai tout, à travers mes sanglots, jurant que ce n'était pas de ma faute, la suppliant de me pardonner... Je crus que la vieille fille, à mes paroles, allait mourir d'indignation : « Misérable traînée, criait-elle, coquine, voleuse ; chez moi des saletés pareilles, chez moi ? Non ! non ! à la porte. Va-t-en ! » En deux minutes, elle fit mon pauvre petit paquet, alla chercher elle-même une voiture, et me poussant par les escaliers, en me traitant de traînée, fille perdue, voleuse, elle me força à monter dans la voiture qui, sur son ordre, me conduisit à l'hôpital... C'est là que j'accouchai du Parisien, monsieur, de ce pauvre petit... Je l'aime bien tout de même... qu'est-ce que vous voulez !... ce n'est point de sa faute, à ce mignon... Dis, mon mignon.

3. Mirbeau présentera un grand nombre de bourgeoises de ce type dans *Le Journal d'une femme de chambre.*

La Renaude regarda douloureusement son enfant, et couvrit son visage de baisers. Elle poursuivit :

— Oui, depuis, monsieur, j'en ai connu de la misère ! Et j'en ai fait des places ! Un jour chez des rentiers, un autre jour chez des commerçants, des marchands de vin, des fois chez des mauvaises femmes — dame ! je n'avais pas de quoi être bien fière, n'est-ce pas ? —, enfin partout, j'ai roulé partout. Je ne restais nulle part, par exemple, car on me trouvait sotte, gauche, ne sachant rien. Aussitôt prise, aussitôt chassée ! Et mon enfant que j'avais mis en nourrice, il fallait cependant bien gagner de quoi payer son entretien !... Au bout de quatre ans de cette vie épouvantable, bousculée, renvoyée d'un endroit dans l'autre, je me décidai à revenir chez nous. J'aimais encore mieux le mépris qui m'attendait dans mon pays, que l'affreuse existence que je menais chez ces étrangers. Et puis, je pensais qu'en me conduisant bien, en étant courageuse au travail, on finirait par oublier ma faute !... ma faute !...

— Eh bien ? dis-je.

— Eh bien, monsieur, il y a encore beaucoup de bonnes gens, de braves gens du bon Dieu, qui croient que je suis une méchante femme, une rien du tout... Et pourtant, je vous jure, monsieur, je vous jure !...

Et la Renaude, pliée en deux, brisée par l'émotion, se mit à sangloter.

La France, 28 juillet 1885

Recueilli, avec des variantes, dans *Lettres de ma chaumière* (pp. 41-56), et dédié à Henri Lavedan ; repris dans *La Vie Populaire*, le 10 janvier 1886.

LE PETIT MENDIANT

— Veux-tu bien t'en aller, petit misérable, criait dans le jardin la Renaude[1] qui s'était armée d'un balai, attends, attends ! je vais t'apprendre à rôder autour des maisons.

Et elle menaçait de son terrible balai un petit mendiant qui, appuyé contre les planches du clos, la regardait, en lui faisant la grimace.

— Qu'y a-t-il ? la Renaude ? demandai-je.

— Vous ne voyez donc pas cet effronté, monsieur ? répondit la domestique. Voilà plus de dix minutes qu'il tourne autour de la maison... Sans compter qu'il n'a pas l'air bon, le vaurien... Je les connais, moi, ces vagabonds de malheur !... Il y a trois jours, la grange à Heurtebize, vous savez bien, elle a brûlé sans qu'on sache pourquoi, ni comment... Qu'est-ce que qui vous dit que ce n'est pas ce mauvais garnement, ou quelqu'un de sa bande ?... Attends, attends ! je vais t'en faire brûler, moi, des granges !

Je m'approchai du petit mendiant, et d'un voix sévère, je lui dis :

— Que fais-tu ici ?

— Je regarde, répondit l'enfant avec assurance.

— Mais que veux-tu ?

— Je voudrais bien du pain, ou n'importe quoi t'est-ce.

1. Voir *supra, La Bonne*.

— Allons, viens, on te donnera du pain.

Mais l'enfant ne bougea pas. Sa figure, devenue grave tout à coup, avait pris une expression de méfiance.

— Viens donc, lui dis-je à nouveau.

Il me regarda avec de grands yeux craintifs.

— Vous ne me ferez pas de mal, dites, monsieur ? murmura-t-il.

— Mais non, petit imbécile !

— Ni la grosse femme, non plus, avec son balai, dites ?

— Mais non.

— Alors je veux bien venir.

Il remonta sur ses épaules un bissac plein de croûtes de pain qu'il avait déposé près du clos, et me suivit à la maison.

Je fis servir une tranche de bœuf froid, du pain bien frais et une bouteille de cidre au pauvre petit qui se mit à manger gloutonnement, mais non sans regarder autour de lui avec inquiétude. Ses yeux vifs et mobiles, examinaient tout, fouillaient tout. On eût dit qu'il avait peur que quelque chose de menaçant n'apparût soudain sortant des meubles, de la cheminée, de dessous les pavés, du chaudron de cuivre jaune dont la panse reluisait comme un soleil au fond de la cuisine.

Il pouvait avoir treize ans. Sa figure bistrée était charmante et fine ; ses yeux, très noirs, largement cernés de bleu, avaient une expression à la fois gamine et nostalgique ; ses cheveux, noirs aussi, longs et plats, lui eussent donné l'air d'un page, comme on en voit dans les romans de chevalerie et sur les vieux vitraux, n'étaient la pauvreté de sa veste de toile déchirée en dix endroits, et la misère de son pantalon rapiécé et trop court qui montrait le bas des mollets, les chevilles délicates, les pieds nus racornis par la marche et jaunis dans la poussière des chemins. Il avait d'ailleurs une apparence de bonne santé et de force.

Quand il se fut rassasié, je l'interrogeai :

— De quel pays es-tu, petit ?

— Moi, je suis bohémien, c'est-à-dire que mon père était bohémien ;

parce que moi, je ne suis de nulle part. Je suis né dans une voiture sur une route, loin d'ici, dans je ne sais plus quel pays.

— Tu as encore tes parents ?

— Mon père est mort.

— Et ta mère ?

— Je ne sais pas.

— Mais comment es-tu seul, ainsi ?

— Ah ! bien, voilà ! Mon père avait une grande voiture jaune, qui était notre maison. Nous allions de ville en ville. Mon père raccommodait la porcelaine et raiguisait les couteaux. Moi, je soufflais la forge, et je tournais la meule, et le chien gardait la voiture. On s'arrêtait à l'entrée des pays ; les chevaux mangeaient l'herbe des talus, et puis, quand on avait gagné une bonne journée, on faisait cuire la soupe au bord de la route... et mon père me battait. Mais il y a bien longtemps de ça ; je n'étais pas grand comme aujourd'hui. Puis mon père s'est cassé les deux jambes, puis après, comme il ne pouvait plus travailler, il s'est mis à mendier, et moi aussi. Il avait vendu la voiture, les chevaux ; il n'avait gardé que moi et le chien.

— Mais comment pouvait-il mendier avec les deux jambes cassées ?

— Ah ! bien, avec l'argent de la voiture, il s'était fait faire une machine à roulettes. Vous comprenez, il était comme assis sur sa machine à roulettes, qu'il poussait comme ça, avec ses deux mains... Ça ressemblait à un bateau... Vous avez bien vu des bateaux ?... Ah bien, mon père était comme qui dirait le bateau, et ses bras, comme qui dirait les avirons... Et puis, il est mort... Alors j'ai continué à mendier tout seul. Seulement, je n'aime pas les villes, je ne vais que dans les campagnes.

— Et tu n'es pas malheureux ?

— Non, monsieur. J'aime beaucoup ça. Quelquefois, on me permet de coucher dans des granges ; quelquefois aussi, on me chasse... Alors voilà, je m'arrange toujours à trouver un abri... Dans les bois, monsieur, ça vaut mieux que dans les granges... Il y a de la bonne mousse, des bonnes feuilles sèches, et puis ça sent bon, et le matin, les oiseaux chantent, et je vois des lièvres, ou bien des biches, ou bien des écureuils...

— Mais comment fais-tu pour manger ?

— Quelquefois on me donne, alors c'est bien ; quelquefois on ne me donne pas, alors je vole.

— Comment, tu voles, petit misérable !

— Mais puisque je suis bohémien !

— Tu n'as pas peur qu'on te fourre en prison ?

— On ne peut pas, puisque je suis bohémien... Tout le monde sait ça.

— Qu'est-ce qu'on sait ?

— Qu'il est permis aux bohémiens de voler. Vous ne savez pas, vous ?... Mais c'est très vieux... Un jour, un bohémien passa auprès de la croix où se mourait Notre Seigneur. Il arracha les clous enfoncés dans les pieds de Notre Seigneur et les emporta. Depuis ce temps-là, Notre Seigneur a permis à tous les bohémiens de voler... Ah ! j'ai fini, dit l'enfant, en se levant... Je vas m'en aller, mais vous êtes un bon monsieur.

Le pauvre petit m'avait ému. Je lui demandai :

— Voyons, mon ami, ne voudrais-tu pas t'instruire, apprendre un métier ?

— Ah non ! répondit-il vivement... Pourquoi faire ?... J'aime mieux mes routes, mes champs, mes belles forêts, et mes bons amis les oiseaux... J'aurais toujours un lit de mousse pendant l'été ; des carrières bien chaudes, pendant l'hiver, et la charité du bon Dieu qui aime les petits bohémiens... mais vous êtes tout de même un bon monsieur... Adieu, monsieur... Merci, monsieur...

Je lui donnai quelques sous, bourrai son bissac de pain et de viande.

Et gaîment, comme saute un jeune chien, il franchit le seuil de la porte.

Je le vis qui s'était arrêté, à la haie prochaine. il cueillit une branche de coudrier dont il se fit un bâton ; puis m'ayant envoyé un joyeux bonjour de la main, il galopa dans le chaume et disparut.

Pauvre enfant ! Peut-être a-t-il raison ! Et peut-être, autrement, serait-il devenu banquier, ou ministre[2] !

La France, 16 août 1885

Recueilli dans *Lettres de ma chaumière* (pp. 125-133), et dédié à Jean Richepin ; repris dans *La Vie Populaire*, le 28 février 1886 et dans *Le Magasin littéraire*, en février 1893.

2. C'est-à-dire, pour Mirbeau, un voleur en grand qui réussit à faire légaliser ses pirateries.

LA GUERRE ET L'HOMME

Un homme en tue un autre pour lui prendre sa bourse ; on l'arrête, on l'emprisonne, on le condamne à mort, et il meurt ignominieusement, maudit par la foule, la tête coupée sur la hideuse plate-forme. Un peuple en massacre un autre pour lui voler ses champs, ses maisons, ses richesses, ses coutumes ; on l'acclame, les villes se pavoisent pour le recevoir quand il rentre couvert de sang et de dépouilles, les poètes le chantent en vers enivrés, les musiques lui font fête ; il y a des cortèges d'hommes avec des drapeaux et des fanfares, des cortèges de jeunes filles avec des rameaux d'or et des bouquets qui l'accompagnent, le saluent comme s'il venait d'accomplir l'œuvre de vie et l'œuvre d'amour. A ceux-là qui ont le plus tué, le plus pillé, le plus brûlé, on décerne des titres ronflants, des honneurs glorieux qui doivent perpétuer leur nom à travers les âges. On dit au présent, à l'avenir : « Tu honoreras ce héros, car, à lui seul, il a fait plus de cadavres que mille assassins. » Et tandis que le corps de l'obscur meurtrier pourrit, décapité, aux sépultures infâmes, l'image de celui qui a tué trente mille hommes se dresse, vénérée, au milieu des places publiques, ou bien repose, à l'abri des cathédrales, sur des tombeaux de marbre bénit que gardent les saints et les anges. Tout ce qui lui a appartenu devient des reliques sacrées, et l'on se rend en foule dans les musées, ainsi qu'à un pélerinage, pour y admirer son épée, sa masse d'armes, sa cotte de mailles, le panache de son casque, avec le regret de n'y point voir les éclaboussures du sang des anciennes tueries.

— Mais je ne veux pas tuer, dis-tu, je ne veux rien détruire de ce qui vit.

Comment ! tu ne veux pas tuer, misérable ? Alors la loi vient t'arracher à ton foyer, elle te jette dans une caserne, et elle t'apprend comment il faut tuer, incendier, piller ! Et si tu résistes à la sanglante besogne, elle te cloue au poteau avec douze balles dans le ventre, ou te laisse pourrir, comme une charogne, dans les silos d'Afrique.

La guerre est une brute aveugle. On dit : « La science de la guerre. » Ce n'est pas vrai. Elle a beau avoir ses écoles, ses ministères, ses grands hommes, la guerre n'est pas une science ; c'est un hasard. La victoire, la plupart du temps, ne dépend ni du courage des soldats, ni du génie des généraux, elle dépend d'un homme, d'une compagnie, d'un régime qui crie : « En avant ! », de même que la défaite ne dépend que d'un régiment, d'une compagnie, d'un seul homme qui aura, sans raison, poussé le cri de : « Sauve qui peut ! » Que deviennent les plans des stratèges, les combinaisons des états-majors, devant cette force plus forte que le canon, plus imprévue que le secret des tactiques ennemies : l'impression d'une foule, sa mobilité, sa nervosité, ses enthousiasmes subits ou ses affolements ? La plupart des batailles ont été gagnées, grâce à des fautes fortuites, à des ordres non exécutés ; elles ont été perdues par un entêtement dans la mise en œuvre de plans admirables et infaillibles[1].

L'héroïsme ni le génie ne sont dans le fracas des camps ; il sont dans la vie ordinaire. Ce n'est point difficile de se faire trouer la poitrine, au milieu des balles qui pleuvent et des obus qui éclatent ; c'est difficile de vivre, bon et juste, parmi les haines, les injustices, les tentations, les disproportions et les sottises humaines. Oh ! comme un petit employé qui lutte, sans défaillance, à toutes heures, pour

1. Influence sensible de *Guerre et Paix*, que Mirbeau vient de découvrir avec enthousiasme, en juillet 1885.

procurer à sa famille la maigre nourriture de chaque jour, me paraît plus grand que le plus glorieux des capitaines qui ne compte plus les batailles gagnées ! Et comme je préfère contempler un paysan qui, le dos courbé et les mains calleuses, pousse la charrue, péniblement, dans le sillon de la terre nourricière, plutôt que de voir défiler des généraux au costume éclatant, à la poitrine couverte de croix ! C'est que le premier symbolise tous les sacrifices inconnus et toutes les vertus obscures de la vie féconde, tandis que les autres ne me rappellent que les tristesses stériles et les deuils inutiles dont ils ont semé le sol des patries vaincues.

Pourquoi le Droit et pourquoi la Justice, si la Guerre est là, qui commande, la Guerre, négation du Droit, négation de la Justice ? Qu'on raie ces deux mots des langages humains qui ne les comprennent pas, et qu'on arrache, au fronton des sociétés contemporaines, ces deux emblèmes qui toujours ont menti.

*
* *

L'HUMANITÉ

Tu ne passeras pas, maudite gueuse. Regarde derrière toi, les chemins que tu as parcourus ; partout la nuit, le malheur, la désolation. Les moissons sont détruites : les villes incendiées, et, dans les champs dévastés et dans les forêts abattues, pourrissent des monceaux de cadavres sur lesquels s'acharne le corbeau. Chacun de tes pas est marqué d'une fosse où dorment à jamais les meilleurs des enfants des hommes, et les grains de sable des routes, et les brins d'herbe des prairies, et les feuilles des arbres sont moins nombreux que tes victimes. Tu ne passeras pas.

LA GUERRE

Je passerai, vieille radoteuse, et tes sensibleries ne m'arrêteront point. Il faut que toute la terre s'éclaire à mon soleil de sang et qu'elle boive, jusqu'à la dernière goutte, l'amère rosée des larmes que je fais couler. Je pousserai sur elle le poitrail fumant de mes chevaux, et je la broierai sous les roues de mes chars. Tant qu'il existera non seulement deux peuples, mais deux hommes, je brandirai mon glaive, je soufflerai dans mes trompettes, et ils s'entretueront. Et mon corbeau s'engraissera dans les charniers.

L'HUMANITÉ

N'es-tu donc point lasse de toujours tuer, de toujours marcher dans la boue sanglante, à travers les plaintes et la fumée rouge des canons ? Ne peux-tu donc te reposer et sourire ? Ne peux-tu, un instant, rafraîchir à l'air libre tes poumons brûlés par la poudre, aux sources qui chantent sous les lianes, ta gorge altérée par les hurlements ? Vois les contrées que je garde ; elles sont magnifiques. La vie bout dans leurs artères, florit sur leurs faces rubicondes de santé, leur fait une ceinture de prés verts, de moissons d'or, de pampres joyeux ; et le bonheur et la richesse, éternellement, s'échappent des germes éclatés. L'homme y travaille dans la paix, y chante dans l'amour, s'y élève dans la prière, et tout prie, aime, travaille autour de lui. Jette ton glaive, prends la charrue que traînent, dans les bons sillons, les bœufs pensifs et résignés ; au lieu des fanfares de tes trompettes qui suggèrent à l'homme les homicides ivresses, au lieu des cris sauvages qui appellent la mort, écoute, le soir, au penchant des collines, le son des pipeaux, les clochettes des bergeries, le chantonnement doux des pâtres ; écoute, dans les grandes plaines qui se réveillent, l'alouette qui salue de ses chansons le travail, la paix, l'amour.

LA GUERRE

Trêve à la rhétorique, vieille sotte : je n'ai que faire de tes lamentations. Garde ta houlette, ta peau de mouton et ta virgilienne flûte. Je connais les hommes, et les hommes me connaissent. J'ai culbuté les trônes, renversé les autels, de tous les souverains déchus et de tous les dieux errants, moi seule suis restée debout. Je suis la divinité nécessaire, implacable, éternelle. Je suis née avec le monde, et le monde se mourra avec moi.

L'HUMANITÉ

Tu mens.

LA GUERRE

Je mens ! Mais regarde autour de toi, et écoute. Vois-tu tous ces hommes courbés, qui peinent, s'essouflent, et meurent écrasés par les besognes toujours pareilles ? Pour quoi donc ces mines, ces forges, ces usines, ces fontes bouillonnantes, si ce n'est pour mes canons, mes fusils et mes obus ? Pour qui ces navires qui sillonnent les mers et bravent les tempêtes ? Ces prairies où mes chevaux s'engraissent, ces arbres avec lesquels on taillera les affûts de mes batteries et les brancards de mes ambulances ? Pourquoi donne-t-on de l'or aux ministres, des galons aux généraux ? Pour qui arrache-t-on au foyer les bras jeunes et les cœurs vigoureux ? Vois ces vieux savants, penchés sur des chiffres, sur des plans, sur des poudres blanches, pourquoi distillent-ils la mort ? On me dresse plus de temples qu'à Dieu ; compte donc les forts, les bastions, les casernes, les arsenaux, tous ces chantiers effroyables où l'on façonne le meurtre comme des bibelots, où l'on chantourne la destruction comme des meubles de prix. C'est vers moi que tendent tous les efforts humains ; pour moi que s'épuise la moelle de toutes les patries. L'industrie, la science, l'art, la poésie se font mes ardents complices pour me rendre plus sanguinaire et plus monstrueuse. Mes trophées ornent les cathédrales, et tous les peuples à genoux devant mon image, ont entonné des *Te Deum* et des *Marseillaise*. Tiens, aujourd'hui, le printemps sourit, la nature se pare comme pour une douce fête ; les parfums sortent de la terre rajeunie, et les plus gaies couleurs éclatent aux branches, pavoisant les champs et les forêts. Qu'entends-tu ? Des chants d'amour ? Non. Des frémissements de colère, des cliquetis de sabres, des sonneries de clairon, et des armées qui marchent, et des canons qui roulent, et la terre qui tremble sous les pas des chevaux et les crosses des fusils.

L'HUMANITÉ

Ah ! tu fus belle, parfois, et parfois sublime, je le sais. C'est toi qui as fait la patrie, et tu as délivré des peuples. Ton corbeau, qui se soûle du sang des héros, s'est souvent changé en coq qui a réveillé de son chant les indépendances abruties et les nations opprimées. Mais aujourd'hui, est-ce pour cette cause sacrée que tu vas encore moissonner des hommes et secouer des deuils sur la terre ? Vas-tu rendre aux pauvres Hindous leurs champs de riz pillés, leurs pagodes détruites ? Leur donneras-tu le sel dont on les prive, et dont ils ont besoin autant que de l'air qu'ils respirent ? Les feras-tu libres, ces martyrs qui râlent sous le joug étranger, et qui ont vu leurs plaines transformées en abattoirs, en champs de torture, et qui pleurent encore leurs princes assassinés sur les marches de leurs palais ? Alors, bien, et je te bénis. Mais, si c'est pour leur imposer de nouveaux maîtres, si c'est pour que leur sang, leurs biens, leur terre féconde, aillent engraisser le Russe comme ils engraissent l'Anglais, je te maudis.

LA GUERRE

Ta bénédiction m'importe aussi peu que ta malédiction. Je me ris de l'une comme de l'autre. Que je délivre ou que j'asservisse, cela m'embarrasse peu, vraiment, et le sentiment n'est point mon fait. Je veux me distraire, voilà tout, et l'occasion me paraît bonne. Il y a assez longtemps que je n'ai point rougi le Gange, dont les eaux bourbeuses me répugnent, et je veux donner aux belles vallées de l'Indus leur provision accoutumée de cadavres. Allons, vieille sorcière, dérange-toi et fais-moi place. Mon cheval s'impatiente à écouter tes sornettes, et les fadaises de tes discours me font pitié.

L'HUMANITÉ

Tu ne passeras pas. Ne vois-tu pas, aveugle criminelle, que tout le monde te maudit, et qu'il n'est pas un homme qui ne se détourne de toi ?

LA GUERRE

Tu me fais rire, en vérité ! Mais je veux te convaincre. Écoute donc ce que les hommes vont me dire.

LE PAYSAN

Salut à toi, Guerre. Tu es douce, et je t'aime. Mon grenier est plein de blé ; grâce à toi, je le vendrai très cher. Je gagnerai sur mes chevaux, et me déferai de mes bœufs. Tu es ma providence.

LE BANQUIER

Je ferai des emprunts ; et je spéculerai sur les mauvaises nouvelles, même sur les bonnes. Guerre, je te salue.

LA FAMILLE

Je te bénis, bonne Guerre. Mes frères, mes cousins sont à l'armée. Ils ne reviendront pas, et ma part d'héritage sera plus grasse.

LE COMMERÇANT

J'allais faire faillite. Mais tu arrives. J'ai dans mes magasins des toiles avariées, du drap pourri, du cuir en carton, sois la bienvenue !

L'USINIER

Aurait-il donc fallu éteindre mes machines et laisser rouiller mes outils ? Tu me sauves de la ruine, Guerre protectrice. Je doterai mes filles et j'en ferai des femmes de marquis.

L'ARTISTE

Je coulerai en bronze les héros tombés.

LE POÈTE

J'immortaliserai tes hécatombes dans mes vers.

LE BOURGEOIS

Je m'ennuyais. Tu occuperas mes soirées d'hiver et mes longues heures d'oisiveté. Les pieds chauds, enfoncé dans un moelleux fauteuil, je palpiterai à tes récits, et suivrai, sur une carte piquée d'épingles et de petits drapeaux, ton passage à travers les pays inconnus.

LE GÉNÉRAL

Je reviendrai peut-être Empereur, sur les ailes de la victoire. Et je te devrai la couronne.

L'OFFICIER

Tu broderas d'or mon képi ; tu y coudras la feuille du chêne.

LE SOLDAT

Tu m'ôteras le sac si pesant, la capote qui me rend si gauche, et tu me tendras l'épée.

LE DÉBAUCHÉ

Il y a de belles femmes là-bas, et je les prendrai.

LE VOLEUR

Il y a de beaux palais là-bas, et je les pillerai.

LE DÉSESPÉRÉ

Tu m'enverras la mort, et je te bénirai.

LA GUERRE

Eh bien ! as-tu entendu ? Et prétends-tu toujours te mettre en travers de ma route ? Laisse-moi accomplir mon œuvre et rejoins tous ces braves gens.

(*L'Humanité se voile la face et pleure silencieusement.*)

La France, 10 septembre 1885

Recueilli dans *Lettres de ma chaumière* (pp. 283-299), et dédié à Puvis de Chavannes. Repris partiellement dans *Le Gaulois*, 1er mai 1885 ; puis dans *L'Écho de Paris*, 9 août 1892.

L'ENFANT

Et Motteau déposa ainsi[1] :

— Voilà, monsieur le président... Vous avez entendu tous ces gens, mes bons voisins et mes chers amis... Ils ne m'ont pas épargné ; c'est juste... Ah ! ils n'en menaient pas large, tant que j'étais à la

1. La version de *L'Écho de Paris* propose un début légèrement différent : « Et Motteau déposa ainsi : Mes parents étant trop pauvres pour avoir, comme tout le monde, une maison, se baugeaient au fond d'une vieille carrière de marne, abandonnée, à la Boulaie-Blanche... C'est là que je suis né, sur un lit de feuilles pourries. Vous ne connaissez peut-être pas la Boulaie-Blanche, monsieur le Président ?... On n'aime pas beaucoup s'aventurer par là... C'est un pays maudit... A deux lieues tout autour du hameau, point de terre... Rien que de la bruyère et des ajoncs, d'un côté ; rien que du sable et de la pierre, de l'autre... Des bouleaux grêles de place en place, avec quoi l'on fait des balais, et puis, çà et là des pins, des pins tout petits, qui se tordent, se rabougrissent et ne poussent pas... Les hommes qui vivent là... ah ! malheur !... des faces pâles, des gueules farouches et qui font peur au monde... Avant de m'accabler, comme vous l'avez fait, peut-être que vous auriez pu faire un petit tour de balade par chez nous... Enfin !... Mon père était braconnier. Il fut tué, une nuit, par le garde du Feuillet. Ma mère, un peu maboule, mendiait dans les bourgs, au loin, et sur les routes... Elle mourut à l'hospice... J'avais dix-sept ans quand elle mourut... Je braconnais comme avait fait mon père, je mendiais aussi, comme ma mère... »

Boulaie-Blanche[2], et qu'il n'y avait pas de gendarmes entre eux et les canons de mon fusil... Ils ne m'aimaient pas, bien sûr, mais ils se seraient gardés de laisser rien paraître de leur haine, parce qu'ils savaient qu'on ne badine pas avec Motteau... Aujourd'hui, c'est une autre histoire... Tenez, ça me fait hausser les épaules et je ris malgré moi... Maheu, le borgne Maheu qui est venu vous dire que j'étais un assassin et un voleur, eh bien ! Maheu, c'est lui qui, l'an dernier, dans la vente Gravoir, tua le garde de Blandé... Ne dis pas le contraire, canaille, j'étais avec toi... Léger, le bossu Léger, qui, tout à l'heure, vous a débité un tas d'hypocrisies, Léger a volé l'église de Pontillon, il y a six mois... Oh ! il n'aura pas l'effronterie de nier... Nous avons fait le coup ensemble... Pas vrai, Léger ?... Vous ne savez pas, monsieur le président, qui est-ce qui a tordu le cou à maît' Jacquinot, quand il s'en revenait, le soir, de la foire du Feuillet ?... Vous avez emprisonné un tas d'innocents pour ça, fait des enquêtes et des enquêtes... C'est Sorel, Sorel qui, à l'instant, vous demandait ma tête... Eh bien ! quoi ? tu ne protestes pas, camarade ? C'est que, voyez-vous, pas moyen ; pendant qu'il étranglait le vieux, moi, je fouillais dans les poches, hé, hé !... Ça vous étonne ?... Mais regardez-les donc !... Ah ! on n'est plus fier, mes gars, on n'est plus arrogant, on tremble, on pâlit, et on se dit qu'en dénonçant Motteau, dont on voulait se débarrasser, c'est soi-même qu'on a dénoncé, et que la même guillotine nous coupera le cou à tous...

Monsieur le président, ce que je vous dis, c'est la vérité... et vous pouvez me croire... nous sommes tous comme ça à la Boulaie-Blanche. Dame ! ça se comprend !... À deux lieues, tout autour du hameau, point de terre ; rien que la bruyère et des ajoncs d'un côté ; rien que du sable et de la pierre de l'autre... Des petits bouleaux

2. Hameau du Perche, situé à quelques kilomètres de Rémalard (où Mirbeau a passé toute son enfance). En 1932, il avait encore mauvaise réputation, si l'on en croit Suzanne Chabrol, « Au Pays d'Octave Mirbeau », *Le Figaro*, 22 octobre 1932.

grêles, de place en place, ou bien des pins qui se rabougrissent et ne poussent pas... Les choux eux-mêmes ne viennent point dans nos jardins... C'est un pays maudit... Comment voulez-vous qu'on vive là-dedans ?... Le bureau de bienfaisance, n'est-ce pas ?... Une jolie blague, allez ; ça ne donne rien, ou ça ne donne qu'aux riches... Alors, comme on est pas trop loin du bois, on commence par braconner... Des fois, ça rapporte, mais il y a bien aussi de la morte-saison... sans compter les gardes qui vous traquent, les procès, la prison... Mon Dieu ! la prison, ça va encore !... On est nourri, et puis on y fait des collets en attendant de sortir... Je vous le demande, monsieur le président, qu'est-ce vous feriez à notre place ?... Travailler au loin ?... aller s'engager dans les fermes ?... Mais si on dit que nous sommes de la Boulaie-Blanche, c'est comme si on arrivait de l'enfer... On nous chasse à coups de fourche... Alors, il faut bien voler !... Et quand on se décide à voler, il faut aussi se décider à tuer... L'un ne va pas sans l'autre... Si je vous raconte tout cela, c'est qu'il faut que vous sachiez ce que c'est que la Boulaie-Blanche, et que la faute en est plus encore aux autorités, qui ne se sont jamais occupées de nous, et qui nous isolent de la vie, comme des chiens enragés et des pestiférés.

Maintenant, j'arrive à l'affaire.

Je me suis marié, il y a juste un an, et ma femme devint grosse dès le premier mois. Je réfléchis. Un enfant à nourrir, quand déjà on ne peut pas se nourrir soi-même, c'est bête. — « Il faut faire disparaître ça ! » dis-je à ma femme. Justement, il y a près de chez nous une vieille rôdeuse qui s'entend à ces manigances... Moyennant un lièvre et deux lapins que je lui donne, elle apporte à ma femme des plantes et puis des poudres, avec lesquelles elle combine je ne sais quel breuvage... Ça ne fait rien, rien... On essaye plus de vingt fois... rien. La vieille rôdeuse nous dit : « Ne vous inquiétez pas, il est bien mort, j'vous dis qu'il viendra mort. » Comme elle avait, dans le pays, la réputation d'une sorcière bien savante, je ne me tourmente plus, et je me dis : « C'est bon, il viendra mort. » mais elle avait menti, la vieille voleuse, vous allez voir.

Une nuit, par une belle lune, j'avais tué un chevreuil... Je m'en revenais, mon chevreuil sur le dos, bien content, car on ne tue pas des chevreuils toutes les nuits... Il était à peu près trois heures, quand j'arrivai chez nous... Il y avait de la lumière à la fenêtre... Cela m'étonne ; je frappe à la porte, qui est toujours barricadée en dedans, quand je ne suis pas là... On n'ouvre pas... Je frappe de nouveau et plus fort... Alors j'entends comme une petite plainte, puis un juron, puis un pas traînant qui glisse sur les carreaux... Et qu'est-ce que j'aperçois ?... Ma femme à moitié nue, pâle comme une morte, et tout éclaboussée de sang !... D'abord, je pense qu'on a voulu l'assassiner... Mais elle me dit : « Pas tant de bruit, imbécile, tu ne vois donc pas que j'accouche ? » Tonnerre de Dieu !... Ça devait arriver un jour ou l'autre... Pourtant, dans le moment, j'étais à cent lieues de ça !... J'entre, je jette le chevreuil dans un coin, j'accroche le fusil au clou : « Il est venu mort au moins ? », demandai-je à ma femme. — « Ah ! oui, mort !... Tiens ! » Et je vis sur le lit, au milieu de nippes sanglantes, quelque chose de nu qui se tortillait... Je regarde ma femme ; ma femme me regarde, et pendant cinq minutes, nous sommes restés silencieux... Cependant, il fallait prendre un parti.

— As-tu crié ? dis-je à ma femme.

— Non !

— As-tu entendu quelqu'un rôder autour de la maison ?

— Non !

— Pourquoi avais-tu de la lumière ?

— Il n'y avait pas deux minutes que la chandelle était allumée, quand tu as frappé.

— C'est bon.

Alors, je saisis l'enfant par les pieds, et, rapidement, comme on fait pour les lapins, je lui assène sur la tête un vigoureux coup de la main... Après quoi, je le fourre dans mon carnier, et je reprends mon fusil... Vous me croirez si vous voulez, monsieur le président, mais je vous donne ma parole que j'ai toujours ignoré si c'était une fille ou un garçon...

J'allai vers la Fontaine au Grand Pierre... Tout autour, jusqu'à l'horizon, ce n'est que de la bruyère maigre, qui pousse entre des tas de cailloux. Pas un arbre, pas une maison proche, pas un chemin qui aboutisse là !... En fait d'êtres vivants, on ne voit parfois que des moutons qui paissent, les bergers, de temps à autre, quand il n'y a plus d'herbe, là-bas, dans les champs... Auprès de la fontaine se trouve une carrière de marne, profonde et abandonnée depuis des siècles... Les broussailles dissimulent aux yeux la gueule béante des puits... C'est là que je viens cacher mon fusil, lorsque je suis averti de la visite des gendarmes... Qui oserait s'aventurer en cet endroit désert, et que bien des gens croient hanté des revenants ?... Donc rien à craindre... Je jetai l'enfant dans la carrière, et j'entendis le bruit de sa chute, au fond... « Ploc !... » Le petit jour pointait très pâle, derrière le coteau...

En rentrant, dans le chemin de la Boulaie-Blanche, derrière la haie, j'aperçus une forme grise, quelque chose comme un dos d'homme ou de loup, on ne distingue pas toujours très bien, dans le demi-jour, malgré l'habitude —, qui se glissait doucement, se baissait, rampait, s'arrêtait... « Hé ! criai-je, d'une voix forte, si t'es un homme, montre-toi, ou je tire. » — « Tiens, c'est toi, Motteau, dit la forme, en se redressant tout à coup. » — « Oui, c'est moi, Maheu, et souviens-toi bien qu'il y a toujours un coup de chevrotines dans mon fusil, pour les trop curieux. » — « Oh ! il n'y a pas de mal. Je relevais mes collets. Mais, dis donc, il n'y a pas que les chevreuils qui bêlent quand on les tue... » — « Non ! il y a aussi les lâches comme toi, vilain borgne. » J'épaulai, mais, je ne sais pourquoi, je ne tirai pas... J'ai eu tort. Le lendemain, Maheu allait chercher les gendarmes...

« Maintenant, monsieur le président, écoutez-moi bien... Il y a, au village de la Boulaie-Blanche, trente feux, c'est-à-dire trente femmes et trente hommes... Avez-vous compté combien, dans ces trente feux, il y a d'enfants vivants ?... Il y en a trois... Et les autres, et les étouffés, et les étranglés, et les enterrés, les morts enfin ?... les avez-vous comptés ?... Allez retourner la terre, là-bas, à l'ombre maigre des bouleaux, au pied frêle des pins ; sondez les puits, remuez les cailloux, éparpillez au vent les sables des carrières ; et dans la terre, sous les bouleaux et les pins, au fond des puits, parmi les cailloux et le sable, vous verrez plus d'ossements de nouveau-nés qu'il n'y a d'ossements d'hommes et de femmes dans les cimetières des grandes villes... Allez dans toutes les maisons, et demandez aux hommes, les jeunes et les vieux, demandez-leur ce qu'ils ont fait des enfants que leurs femmes portèrent !... Interrogez Maheu, Léger, Sorel, et tous, tous !... Eh bien ! Maheu, tu vois qu'il n'y a pas que les chevreuils qui bêlent quand on les tue[3]...

La France, 21 octobre 1885

Recueilli dans *Lettres de ma chaumière* (pp. 245-254), et dédié à Félicien Rops ; et dans *Contes de la chaumière*. Repris dans « Paysages ». « Repeuplons ! », *L'Écho de Paris*, 16 août 1892.

3. Mirbeau écrit à son ami Paul Hervieu qu'il a tâché de donner à son conte une impression de complète horreur (collection Pierre Michel). Dans la version de *L'Écho de Paris*, Mirbeau a ajouté : ... « Vous pouvez me condamner à mort... Ça m'est égal... Je ne tiens pas à la vie... Ça pèse trop lourd, la vie, aux épaules des misérables ». Avec ces deux variantes (cf. note 1), on voit très nettement que le texte a pris une épaisseur sociale.

AGRONOMIE

M. Lechat[1] — le fameux M. Lechat — m'attendait à la gare.

— Ah, enfin ! vous voilà ! s'écria-t-il. Ça n'est pas malheureux.

— Vous voyez, dis-je, je suis de parole...

— Bravo ! j'aime qu'on soit de parole, moi !... Par ici !... Et votre bulletin ?... Donnez votre bulletin... Allons dépêchons-nous de monter en voiture... Avez-vous des bagages ?... Non... Tant mieux... Par ici !...

M. Lechat saisit un pan de mon pardessus, me fit traverser la gare en courant, et m'entraîna ainsi jusqu'à sa victoria qui stationnait avec d'autres voitures, sur une petite place plantée d'acacias.

— Montez, montez, sapristi ! me cria-t-il. Et, s'adressant au cocher, il commanda :

— Toi, marche, et rondement... Et tu sais !... si je suis dépassé par un de ces imbéciles, je te flanque à la porte... Au château ! vite...

Les chevaux piaffèrent, dansèrent un instant sur leurs jambes fines, en encensant la tête, puis la voiture vola sur la route. Agenouillé sur les coussins, penché sur la capote, M. Lechat surveillait attentivement

1. Mirbeau réutilisera le personnage de Lechat — inspiré de Charles Lalou, le directeur de *La France* — dans *Les Affaires sont les affaires*, où il est rebaptisé Isidore.

les autres voitures qui, derrière nous, filaient, l'une après l'autre, et faisaient de petits nuages de poussière.

— Attention ! disait-il de temps en temps au cocher, attention, nom d'un chien !

Mais nous marchions grand train, à droite et à gauche, la campagne semblait emportée dans une course folle, disparaissait...

Au bout de quelques minutes, les voitures rivales ne furent plus qu'un petit point gris sur la blancheur de la route, et le point gris lui-même s'effaça.

Tranquillisé, M. Lechat s'assit et poussa un soupir de soulagement.

— Je ne veux pas être dépassé, déclara-t-il, en posant sa grosse main sur mes genoux, je ne le veux pas... Comprenez-vous cela ?

— Parbleu ! fis-je, si je comprends cela !

— Tiens ! vous êtes rond, vous ! Bravo ! J'aime qu'on soit rond, moi !... C'est vrai aussi, ils sont là, deux ou trois méchants hobereaux qui n'ont pas seulement vingt mille francs de rentes, et qui voudraient lutter avec mes trotteurs !... Regarde... Tu permets, hein ?... Regarde mes trotteurs... Dix-huit mille balles, mon vieux, dix-huit mille...

Il retourna encore la tête et n'apercevant plus rien sur la route, il ordonna au cocher de modérer l'allure des chevaux... M. Lechat me serra les genoux très fort.

— Écoute, reprit-il, tu vas voir... Avant-hier... Mais ça ne t'ennuie pas que je te tutoie ?...

— Pas du tout ! au contraire...

— Bravo ! J'aime qu'on se tutoie, moi !... Avant-hier, je revenais de Sainte-Gauburge[2], par les bois... Le chemin est étroit et praticable seulement pour une voiture... Qu'est-ce que j'aperçois, à quarante pas, devant moi ?... Le duc de la Ferté... un grand serin... Je ne veux être dépassé par personne, surtout par le grand serin de duc de la Ferté... Je dis au cocher : « Dépasse, nom d'un chien ! » — « Il n'y a pas de place », répond le cocher. — « Alors, bouscule et jette-

2. Bourg de l'Orne.

moi duc, voiture, chevaux dans le fossé »... Non, mais tu vas rire !... Le cocher lance ses chevaux... Patatras !... Le duc d'un côté, moi de l'autre, le cocher à dix mètres dans le taillis !... Quelle marmelade !... Je ne perds pas la carte... Prestement je me remets sur pied, dégage les chevaux, relève la voiture et je passe... pendant que le duc, les quatre fers en l'air... ha ! ha ! ha !... Voilà comme je les traite moi, tes ducs !... Qu'est-ce que tu dis de cela ?

— C'est admirable !

— N'est-ce pas ?... Dame ! c'est juste !... J'ai quinze millions... Et le duc, qu'est-ce qu'il a, lui ?... A peine deux pauvres millions... Et les moutons ? Faut voir comme j'écrase les moutons !... J'ai aussi écrasé des enfants, des enfants de pauvres... Qu'est-ce que cela fait ?... Je paie.

Et M. Lechat se frotta les mains.

— Avec ces manières-là, lui demandai-je, vous devez être joliment populaire dans votre pays ?

— Si je suis populaire ?... Tu verras cela aux élections, mon petit... Sais-tu comment on m'appelle ? ajouta-t-il en se rengorgeant... On m'appelle Lechat-tigre... c'est chic, hein ?... miaou !... Lechat-tigrrre...

Pendant quelques minutes, les yeux arrondis, les lèvres écartées, hérissant sa maigre moustache, il imita grotesquement les chats en colère, puis, tout à coup, il me dit :

— Tout ce que tu vois, à droite, à gauche, devant toi, derrière toi, tous ces champs, toutes ces maisons, toutes ces prairies, et, là-bas, tous ces bois, tout cela c'est à moi... Et encore tu ne vois rien !... Je suis sur trois chefs-lieux de canton, quatorze communes... J'ai six cent soixante-dix-sept champs... D'ailleurs tu verras tout cela sur mon plan, dans le vestibule de mon château... Il faut vingt-deux heures pour faire le tour de ma propriété, vingt-deux heures... mais tu verras tout cela sur mon plan... c'est épatant... Tu verras mes vaches aussi, mes cinquante-sept vaches, tu verras mes cent quatre-vingt-dix bœufs cotentins, tu verras mes viviers... Enfin tu verras tout... ah ! tu ne vas pas t'embêter !...

Il se renversa sur le dossier de la victoria, allongea les jambes, croisa les bras, et souriant d'un sourire béat, il contempla ses champs, ses prairies, ses bois, ses maisons qui défilaient, fuyaient derrière nous. Des paysans, en nous voyant passer, levaient la tête, s'arrêtaient de travailler et saluaient très bas, mais M. Lechat n'y prêtait aucune attention.

— Vous ne saluez jamais ? lui dis-je.

— Ces gens-là ? me répondit-il avec dégoût et en haussant les épaules. Tiens, voilà ce qu'ils me font faire.

D'un coup de poing il enfonça son chapeau sur la tête et il miaula férocement...

Petit, vif, très laid, les yeux fourbes, la bouche lâche, tel était, au physique, Théodule, Henri, Joseph Lechat, de l'ancienne maison Lechat et Cie : *Cuirs et Peaux*, maison célèbre dans tout l'Ouest de la France. Au temps de la guerre, Lechat avait eu cette idée de génie de fabriquer, pour l'armée, des cuirs avec du carton, des chiffons et de vieilles éponges. Il en était résulté que, vers 1872, il se retira des affaires industrielles, décoré de la Légion d'honneur, riche de quinze millions, et qu'il acheta le domaine de Vauperdu[3], afin de se vouer tout entier à l'agronomie, ainsi qu'il disait pompeusement.

Le domaine de Vauperdu est un des plus beaux qui soient en Normandie. Outre le château, imposant spécimen de l'architecture du seizième siècle, et les réserves considérables en bois, herbages, terres arables qui l'entourent, il comprend vingt fermes, cinq moulins, deux forêts et des prairies, le tout d'un revenu net de quatre cent cinquante mille francs.

Après avoir vendu ses tanneries et corroyeries, M. Lechat vint s'installer à Vauperdu, avec sa femme qu'il avait épousée, n'étant encore qu'un pauvre ouvrier — de quoi il se repentait furieusement

3. C'est le nom d'un manoir de Rémalard. Ce sera le premier titre envisagé par Mirbeau pour ce qui deviendra *Les Affaires sont les affaires*.

aujourd'hui. Mme Lechat, au même degré que M. Lechat, manquait d'élégance, d'orthographe et de grâces mondaines, mais sous la robe de soie et le chapeau à la mode gauchement portés, elle était restée la paysanne simple, honnête, de bon sens, d'autrefois, et M. Lechat, dans sa transformation subite de tanneur en gentilhomme terrien, souffrait beaucoup, quoiqu'il affichât des opinions républicaines très avancées, de l'infériorité sociale de sa femme, et il s'irritait de ce qu'elle marquât trop la naissance peuple et le passé de roture.

On ne possède pas, dans un pays, quatre cent cinquante mille francs de rentes en terre, sans qu'une grande notoriété ne s'ensuive. Lechat était donc le personnage le plus connu de la contrée, étant le plus riche et il ne se passait pas de minutes qu'à dix lieues à la ronde, partout, on ne parlât de lui. On disait : « Riche comme Lechat. » Ce nom de Lechat servait de terme de comparaison forcé, d'étalon obligatoire, pour désigner des fortunes hyperboliques. Lechat détrônait Crésus et remplaçait le marquis de Carrabas. Pourtant on ne l'aimait point, et bien que les campagnards s'empressassent de le saluer obséquieusement, tous se moquaient de lui, le dos tourné, car il était grossier, taquin, fantasque, vantard et très *fier*, sous des dehors familiers et des allures de bon enfant qui ne trompaient personne. Il avait une manière de faire le bien tapageuse et maladroite, qui déroutait les reconnaissances, et ses charités, inhabiles à masquer l'effroyable égoïsme du parvenu, au lieu de couler dans l'âme des pauvres gens, un apaisement, leur apportaient la haine, tant elles étaient de continuelles insultes à leurs misères. Du reste, trois fois il s'était présenté aux élections et, trois fois, malgré l'argent follement gaspillé, il n'avait pu réunir que trois cents voix sur vingt-cinq mille. Tels étaient les renseignements que j'avais recueillis sur M. Lechat dont le nom, sans cesse, revenait dans les conversations du pays.

Un jour, je l'avais rencontré par hasard. Ce jour-là, M. Lechat ne me quitta pas et me prodigua toutes les vulgarités de sa politesse. Il voulait me recevoir à Vauperdu, me faire les honneurs de ses exploitations agricoles, et comme je prétextais de ma sauvagerie, de mes goûts sédentaires, de mes occupations...

— Ta !... ta !... ta !... m'avait-il dit, en me tapant sur l'épaule... Je vois ce que c'est... vous ne pouvez me rendre mon hospitalité, hein ?... C'est cela qui vous gêne ?... Eh bien, vous me revaudrez cela, en parlant de moi, dans les journaux !

Le tact exquis de M. Lechat m'avait vaincu.

La voiture roulait sur une large avenue, plantée d'ormes magnifiques, au bout de laquelle, dans le soleil, le château de Vauperdu montrait ses toits inclinés aux crêtes historiées, et sa belle façade de pierre blanche et de briques roses.

— Ah ! nous sommes arrivés, mon vieux, s'écria M. Lechat... Eh bien ! qu'est-ce que tu dis de mon coup d'œil ?

*
* *

Un vieil homme à barbe grise, voûté, toussant, qui, les mains croisées derrière le dos, se promenait sur le perron, de long en large, se précipita à notre rencontre. Respectueusement il aida M. Lechat à descendre de voiture.

— Eh bien ! père la Fontenelle[4], as-tu été chercher le vétérinaire, pour la vache ?

— Oui, monsieur Lechat.

— D'abord, ôte ton chapeau... Est-ce dans ton monde qu'on apprend aux domestiques à parler aux maîtres la tête couverte ?... C'est bien... Et qu'est-ce qu'il a dit, le vétérinaire ?

— Il a dit qu'il fallait abattre la vache, monsieur Lechat.

— C'est un serin, ton vétérinaire... Abattre une vache de cinq

4. Mirbeau réutilisera ce personnage dans *Les Affaires sont les affaires*.

cents francs !... Tu me feras le plaisir, mon père la Fontenelle, de conduire la vache, toi-même, tu entends !... toi-même, au rebouteux de Saint-Michel... et tout de suite... Allons, hop, monsieur le comte !

Le vieil homme salua, et il allait s'éloigner, quand Lechat le rappela par un « psitt », comme on fait pour les chiens.

— Je permets, lui dit-il, que tu remettes ton chapeau sur la tête, et même ta couronne, si tu ne l'as pas vendue avec le reste... Décampe maintenant.

Et, se tournant vers moi, ce farceur de Lechat m'expliqua que le vieil homme était son régisseur, qu'il s'appelait authentiquement le comte de la Fontenelle, et qu'il l'avait ramassé, ruiné, sans ressources, pour le sauver de la misère.

— Oui, mon vieux, conclut-il, c'est un noble, un comte !... Voilà ce que j'en fais, moi, de tes comtes !... Oh ! elle en voit de rudes, chez moi, la noblesse !... N'empêche qu'il me doit la vie, ce grand seigneur, hein ?... Entrons...

Le vestibule était immense, un escalier monumental, orné d'une rampe à balustres de vieux chêne, conduisait aux étages supérieurs. Des portes s'ouvraient sur des enfilades de pièces, dont on apercevait les meubles vagues, recouverts de housses, et les lustres emmaillotés de gaze métallique. En face de la porte d'entrée, le plan du domaine, énorme carte, teintée de couleurs voyantes, occupait tout un panneau.

— Tiens, me dit Lechat, le voilà, mon plan. Mes champs, mes forêts, tu les vois comme si tu te promenais dedans... Ces carrés rouges, ce sont mes vingt fermes... Amuse-toi à regarder, pendant que je vais prévenir ma femme... Tu sais, ne te gêne pas, regarde tout... Veux-tu te débarrasser de ton chapeau ?... A gauche, là-bas, le porte-manteau... ne te gêne pas... Dis donc, ne vas pas te figurer que ma femme soit comme les dames de Paris... C'est une paysanne, je t'avertis, elle manque d'usage... Vois-tu ça, noir ?... c'est ma distillerie... Veux-tu t'asseoir ?... ne te gêne pas.

Autour de moi, peu de meubles, de grandes armoires d'acajou, des tables, des fauteuils d'osier, des banquettes en cuir et quelques tableaux de chasse, mais sur les armoires, sur les tables, au-dessus des tableaux, partout, des oiseaux empaillés en des attitudes dramatiques, qui portaient, pendues à leur col, des plaques de cuivre sur lesquelles étaient gravées des inscriptions comme celle-ci :

HÉRON ROYAL
tué par
M. THÉODULE LECHAT,
propriétaire du domaine de Vauperdu
dans sa prairie du Valdieu,
le 25 septembre 1880.

Je remarquai aussi, dans une jardinière de marbre qui se creusait au bas d'une grande glace, des sabots, des pantoufles, des socques de caoutchouc, tout un pêle-mêle d'objets bizarres et affreux.

Lechat ne tarda pas à revenir, accompagné de sa femme. C'était une personne petite, grosse et souriante qui roulait plutôt qu'elle ne marchait. Elle avait des yeux qui ne manquaient ni de finesse, ni de franchise, et un bonnet immense que surmontaient des fleurs en paquet et dont les brides larges battaient à ses épaules comme des ailes. Mme Lechat fit deux révérences, et me dit d'une voix un peu rauque :

— Vous êtes bien aimable, Monsieur, bien aimable d'être venu voir Lechat... Ah ! il a dû vous en raconter des histoires et des histoires, mais il ne faut pas faire attention à ce qu'il dit, allez !... Il n'y a pas de plus grand blagueur, de plus grand espiègle... Ça lui nuit quand on ne le connaît pas, et dans le fond, il est bien moins mauvais qu'il ne le paraît... C'est une manie qu'il a comme ça de parler à tort et à travers... Il ne sait quoi inventer, mon Dieu !... Quand ça le prend, il va, il va, il ne s'arrête pas...

Lechat balançait la tête, haussait les épaules et me regardait en clignant de l'œil, sans doute pour m'engager à ne pas écouter les sornettes de sa femme.

— Vous avez là, dis-je à Mme Lechat, afin de détourner le cours de la conversation, vous avez là une propriété superbe.

Mme Lechat soupira.

— C'est trop grand, voyez-vous... Je ne peux pas m'habituer dans des bâtisses si grandes... On s'y perd... Et puis, ça coûte bien de l'argent, allez !... Lechat s'est mis dans la tête de cultiver lui-même... Il ne veut rien faire comme personne... C'est des inventions nouvelles, tous les jours, des machines à vapeur, des expériences !... Ah ! l'argent file avec tout cela, ce n'est rien de le dire... Je sais bien que le blé ne se vend pas... le monde n'en veut plus et ce n'est point avantageux d'en récolter... Mais ne voilà-t-il pas que Lechat s'est imaginé de semer du riz à la place ! Il dit : « Ça pousse bien en Chine, pourquoi ça ne pousserait-il pas chez moi ? » Ça n'a point poussé, comme de juste... Et pour tout, c'est la même chose.

Un domestique entra.

— Eh bien ! mon garçon, le déjeuner est-il prêt ? interrogea-t-elle.

Et se retournant aussitôt vers moi, elle me demanda :

— Vous devez avoir faim, depuis ce matin que vous êtes en route ?... Ah ! dame, chez nous, vous savez, à la fortune du pot !... Parce qu'on est riche, ce n'est point une raison de ne manger que des truffes et de gaspiller la nourriture... Allons déjeuner !... Dis donc, Lechat, ce monsieur boit sans doute du cidre ?

— Certainement qu'il boit du cidre, affirma résolument Lechat qui m'entraîna dans la salle à manger, en me répétant, tout bas à l'oreille.

— Ne fais pas attention à la patronne ; elle n'a pas d'usage.

Le déjeuner fut exécrable. Il ne se composait que de restes bizarrement accommodés. Je remarquai surtout un plat fabriqué avec de petits morceaux de bœuf jadis rôti, de veau anciennement en blanquette, de poulet sorti d'on ne savait quelles lointaines fricassées, le tout nageant dans une mare d'oseille liquide, qui me parut le dernier mot de l'arlequin. Cinq ou six bouteilles de vin, à peu près vides, étaient rangées sur la table, devant Lechat qui, de temps en temps, les égouttait dans mon verre, en ayant soin, chaque fois, de déclarer qu'il ne « débouchait » le vin fin que le dimanche, et seulement en semaine, quand il avait du monde.

Abasourdi par ce que, depuis une heure, je voyais et entendais, je ne savais, en vérité, quelle contenance me donner. Devant ces deux pauvres êtres, égarés dans les millions par une inquiétante ironie de la vie, une grande mélancolie m'envahissait, et, en même temps, la puanteur de la richesse malfaisante et sordide me soulevait le cœur de dégoût. A cela venait s'ajouter l'amer sentiment de l'inanité de la justice humaine, de l'inanité du progrès et des révolutions sociales qui avaient pour aboutissement : Lechat et les quinze millions de Lechat ![5] Ainsi c'était pour permettre à Lechat de se vautrer stupidement dans l'or volé, dans l'or immonde, que les hommes avaient lancé aux quatre vents des siècles les semences de l'idée, et que la rosée sanglante était tombée, du haut des échafauds populaires, sur la vieille terre épuisée et stérile ! Et par la baie ouverte de la salle à manger, qui encadrait, comme un tableau, la fuite douce des pelouses vallonnées et les massifs des futaies bleuissantes, il me semblait que je voyais s'acheminer, de tous les points de l'horizon, les cortèges maudits des misérables et des déshérités, qui venaient se broyer les membres et se fracasser le crâne contre les murs du château de Vauperdu. Je restais silencieux, aucun mot ne m'arrivait aux lèvres.

Tout à coup, Lechat s'écria :

— Quand je serai député... Oui, quand je serai député...

Il acheva sa pensée, en faisant tournoyer sa fourchette, au-dessus de lui. Sa femme le regarda d'un air de pitié, haussa les épaules à plusieurs reprises.

— Quand tu seras député, répéta-t-elle... Député, toi !... Ah ! oui, député !... tu es bien trop bête !...

Puis elle me prit à témoin.

— Je vous le demande, monsieur... Est-ce raisonnable de dire des

5. C'est ce type de constat qui conduira Mirbeau vers l'anarchisme.

choses comme ça ? Tel que vous le voyez, il s'est porté trois fois... Et les trois fois, il n'a pu attraper que trois cents voix !... J'en aurais eu honte, moi, à sa place, bien sûr ! Mais savez-vous ce que ces trois cents voix nous ont coûté ?... Six cent mille francs, monsieur, aussi vrai que cette bouteille est là... Oh ! j'ai fait le compte, allez !... C'est six cent mille francs, et pas un sou de moins... c'est-à-dire que ça remet la voix, l'une dans l'autre, à deux mille francs. Et il parle de se porter encore !... Tenez, vous ne pourriez jamais vous imaginer ce qu'il a inventé, à la dernière fête du 14 juillet, comme manifestation, à ce qu'il dit... Eh bien ! il a fait peindre en tricolore tous les troncs des arbres de l'avenue...

Lechat souriait, se frottait les mains, semblait heureux qu'on rappelât un de ses hauts faits, une de ces idées supérieures, comme il lui en sortait quelquefois du cerveau. Il cherchait dans mon regard une approbation, un enthousiasme.

— C'est un coup, ça, hein ? me dit-il... mais est-ce que les femmes entendent quelque chose à la façon dont on doit mener le peuple... Écoute-moi, mon vieux... Cette fois-ci, je serai nommé, et ça ne me coûtera pas un centime... J'ai un plan de combat, tu verras mon plan !... Je me porte comme agronome socialiste... Je suis le candidat de l'agronomie radicale ! Plus d'armée, plus de justice, plus de percepteurs, je biffe tout cela... Plus de pauvres, tous propriétaires !... Tu verras mon plan, plus tard, au moment des élections... Non, mais ce que ça va leur couper la chique aux curés... Ah ! j'oubliais, plus de curés non plus !... car c'est les curés qui m'ont empêché de passer, parce que je suis libre-penseur, moi ; parce que je ne mange pas de leur bon Dieu, moi !... Ah ! ils riront, avec mon plan de combat, les calotins !...

A ce mot, Mme Lechat s'emporta et cria :

— Tais-toi... Je te défends d'appeler les prêtres ainsi et de dire du mal de la religion devant moi, tu entends... Mon Dieu ! avec lui, c'est pire qu'avec les enfants !... Ne croyez pas qu'il soit irreligieux, monsieur... mais quand il se trouve en compagnie, c'est plus fort que lui, il faut qu'il se vante... Aussi, dès qu'il a le moindre bobo, tout est perdu, et vite, vite un prêtre ! Si on l'écoutait, ce pauvre monsieur le curé serait tout le temps chez nous, en train de l'administrer, quoi !

Pour dissimuler la gêne où le mettaient les reproches de sa femme, Lechat tambourinait sur le bord de son assiette, suivait, au plafond, le vol d'une mouche, et, négligemment, sifflotait un air. Puis il toussa, et brusquement changea la conversation.

— C'est dommage, me dit-il, que tu ne sois pas venu au château, il y a quinze jours... J'ai dansé le cancan, tu aurais vu si je danse le cancan ! Comme à Paris, mon vieux !

Et, se trémoussant sur sa chaise, il se mit à lancer ses bras en avant, et à leur imprimer des mouvements grotesques.

— Ah ! je te conseille de te vanter encore de cela, soupira Mme Lechat, car c'est de ta faute, avec ton cancan, si nous n'avons pas nos chemises... Je vous en fais juge, monsieur... Tous les mois, nous recevons ces messieurs de la ville... Ce sont des messieurs très aimables et leurs dames aussi... M. Gatinel, le conservateur des hypothèques, surtout, est très gai... Ça, c'est vrai qu'il sait faire rire les gens... Figurez-vous qu'il joue du piano avec les pieds, avec le nez, avec tout, et qu'il en joue très bien... Moi, il m'amuse, M. Gatinel... et puis tout ce qu'il dit est si drôle !... Eh bien, ces messieurs étaient donc venus, et leurs dames aussi, il y a quinze jours... Après le dîner, on s'est mis à danser... une idée, quoi, qui leur avait passé par la tête !... Il faisait chaud, si vous vous souvenez, et dame, ils suaient !... C'était affreux de voir comme ils suaient... On avait pourtant ouvert les fenêtres... Mais il y avait un fort orage dans l'air !... Et puis, on se trémoussait aussi... C'était gentil !... Quand on s'amuse bien, n'est-ce pas, le temps s'en va, et on oublie tout... Nous avions oublié l'heure du train !... Je me dis : « Mon Dieu, il va falloir coucher tous ces gens-là, ce n'est pas une petite affaire... On a beau avoir beaucoup de chambres, c'est les draps souvent qui manquent, et des draps pour seize personnes, c'est à en perdre la tête !... Tant pis !...

Enfin on arrive tant bien que mal à les caser... Seulement, pensez donc, ce n'était pas le tout... Il fallait des chemises aussi à tous ces gens-là, car vraiment, leurs chemises à eux, étaient si mouillées, si mouillées, qu'on aurait dit qu'elles sortaient de la lessive... Lechat en prête des siennes aux messieurs ; moi, j'en prête des miennes aux dames. Puis je fais sécher, toute la nuit, dans le four, leurs chemises à eux, en me disant qu'ils pourraient bien les remettre le lendemain... Le lendemain, les chemises étaient sèches comme de juste. Mais, si vous aviez vu cela, elles étaient sales, sales, toutes fripées, de vrais torchons. Il n'y avait pas moyen, pas moyen... Alors Lechat reprêta des chemises de jour aux messieurs... Et voilà tout le monde parti bien content !... Eh bien ! mon cher monsieur, il y a quinze jours de cela, et ils gardent toujours nos chemises !... Vous direz ce que vous voudrez, moi, je trouve que ce n'est pas délicat... On a beau avoir une forte lingerie, c'est que seize chemises, ça compte dans un trousseau... »

Le déjeuner était fini. Nous nous levâmes de table, et Lechat, prenant mon bras, m'entraîna très vite, en me disant qu'il allait me montrer ses exploitations agricoles... Et nous partîmes...

*
* *

Débarrassé de sa femme, Lechat était redevenu gai, vif, loquace et plus vantard que jamais. Il me supplia de ne pas croire un mot de ce qu'elle avait raconté pendant le déjeuner et m'affirma sur l'honneur qu'il était libre-penseur, qu'il ne croyait ni à Dieu, ni au diable, et qu'au fond il se moquait pas mal du peuple, quoique socialiste... Il me confia aussi qu'il avait une maîtresse à la ville, pour laquelle il dépensait beaucoup d'argent, et que toutes les belles filles de la campagne raffolaient de lui.

— Ah ! la pauvre femme, conclut-il, comme je la trompe ! comme je les trompe toutes !

Nous visitâmes les étables, les écuries, la basse-cour, et il ne me fit grâce ni d'une vache, ni d'une poule, disant le nom de chaque bête, son prix, ses principales qualités. En traversant le parc, il voulut bien m'apprendre qu'il possédait douze mille chênes de hautes futaies, trente-six mille sapins, vingt-cinq mille neuf cent soixante-douze hêtres. Quant aux châtaigniers, il en avait tant, qu'il ne pouvait en savoir le nombre exact. Enfin, nous débouchâmes sur la campagne.

Une grande plaine s'étendait devant nous, rase, sans un brin d'herbe, sans un arbre. La terre, unie comme une route, avait été soigneusement hersée et passée au rouleau ; le vent y soulevait des nuages de poussière qui se tordaient en blondes spirales, et s'échevelaient dans le soleil. Je m'étonnai de n'apercevoir, en plein mois d'août, ni un champ de blé, ni un champ de trèfle...

— Ce sont mes réserves, me dit Lechat... Je vais t'expliquer... Tu comprends, je ne suis pas un agriculteur, moi ; je suis un agronome... Saisis-tu la différence ?... Cela veut dire que je cultive en homme intelligent, en penseur, en économiste, et pas en paysan... Eh bien ! j'ai remarqué que tout le monde faisait du blé, de l'orge, de l'avoine, des betteraves... Quel mérite y a-t-il à cela ? et au fond, entre nous, à quoi ça sert-il ?... Et puis le blé, les betteraves, l'orge, l'avoine, c'est vieux comme tout, c'est usé... Il faut autre chose ; le progrès marche, et ce n'est pas une raison parce que tout le monde est arriéré pour que, moi, Lechat, moi, châtelain de Vauperdu, riche de quinze millions, agronome socialiste, je le sois aussi... On doit être de son siècle, que diable !... Alors j'ai inventé un nouveau mode de culture... Je sème du riz, du thé, du café, de la canne à sucre... Quelle révolution !... Mais te rends-tu bien compte de toutes les conséquences !... Tu n'as pas l'air de comprendre ? Avec mon système, je supprime les colonies, simplement, et du même coup, je supprime la guerre !... Tu es renversé, hein ! tu n'aurais jamais pensé à cela, toi ?... On n'a plus besoin d'aller au bout du monde pour chercher ces produits... Dorénavant, on les trouve chez moi... Vauperdu, voilà les véritables colonies ! C'est l'Inde, c'est la Chine, l'Afrique, le Tonkin... Seulement, je l'avoue, ça ne pousse pas encore... Non... On me dit : « Le climat ne vaut rien... » De la blague ! le climat ne fait rien à l'affaire... C'est l'engrais. Tout est là... Il me faut un engrais, et je le cherche... J'ai un chimiste, pour qui j'ai fait bâtir, là-bas, derrière le bois, un pavillon et un laboratoire... C'est lui qui cherche, depuis trois ans... Il n'a pas trouvé, mais il trouvera... Ainsi, ce que tu vois là, c'est du riz, tout cela c'est du riz... Moi, je crois une chose, c'est que les oiseaux, qui en ont assez du blé depuis le temps qu'ils en mangent, se sont jetés sur le riz et qu'ils n'en ont pas laissé un grain... Voilà ce que je crois... Aussi je les fais tous tuer[6]... Tu peux regarder, il n'y a plus un oiseau sur ma propriété... J'ai été malin, je paie deux sous le moineau mort, trois sous le verdier, cinq sous la fauvette, dix sous le rossignol, quinze sous le chardonneret. Au printemps, je donne vingt sous pour un nid avec ses œufs. Ils m'arrivent de plus de dix lieues à la ronde... Si cela se propage, dans quelques années, j'aurai détruit tous les oiseaux de la France. Marchons... Je vais te montrer maintenant quelque chose de curieux.

Et, faisant tourbillonner sa canne dans l'air, il se mit à arpenter la rizière à grandes enjambées, se baissant parfois pour arracher un brin d'herbe, qu'il rejetait, après l'avoir examiné, en disant :

— Non, c'est du chiendent.

Au bout d'une heure de marche sur la terre poussiéreuse et brûlante, nous arrivâmes devant un vaste champ tout vert qui, partant de la bordure d'une grande route, montait en pente douce, jusqu'à la lisière des bois... Et, pareil aux personnages des tragédies classiques, je demeurai stupide... Sur le fond clair de la luzerne, se détachait en trèfle, d'un violet sombre, toutes les lettres, nettement dessinées, qui

6. Pour Mirbeau, le meurtre des oiseaux est un crime sans nom. Dans *Le Calvaire*, il prêtera au père de Mintié cette manie de tuer les oiseaux.

forment le nom de THÉODULE LECHAT. Le nom était non seulement lisible sur la nappe verte, mais il semblait vivant. La brise, qui balançait l'extrémité des herbes, et les faisait onduler, comme des vagues, parfois agrandissait les lettres du nom, parfois les rétrécissait suivant sa direction et son intensité. Lechat, épanoui, contemplait son nom qui frissonnait, dansait et courait, étoilé çà et là de coquelicots, sur la mer de verdure éclatante. Il jouissait de voir ce nom magique, étalé à la face du ciel, exposé sans cesse aux regards des passants qui, sans doute, s'arrêtaient devant ce nom, l'épelaient et le prononçaient avec une sorte de crainte mystérieuse... Ravi et charmé, il murmurait tout bas scandant chaque syllabe :

— Théodule Lechat ! Théodule Lechat !

Le visage rayonnant d'une joie triomphante, il se tourna vers moi :

— C'est trouvé, hein ?... J'ai fait venir, figure-toi, un jardinier célèbre de Paris pour semer ce champ, parce que, tu le penses bien, personne, ici, n'était capable d'un tel tour de force... C'est flatteur, n'est-ce pas, de voir son nom écrit comme ça ?... On se dit tout de suite en voyant ce nom : « C'est pas un muffle au moins, celui-là. » Et puis, si tout le monde signait ses champs, il n'y aurait plus de contestations dans la propriété ?... Viens par ici.

Nous longeâmes le champ de luzerne, pénétrâmes dans le bois à travers une jeune taille de châtaigniers, et comme nous atteignions une large allée, ratissée ainsi qu'une avenue de parc, nous vîmes venir une pauvresse dont le dos ployait sous le faix d'une bourrée de bois mort. Deux petits enfants, en guenilles et pieds nus, l'accompagnaient. Lechat devint pourpre, une flamme de colère s'alluma dans ses yeux et, la canne levée, il se précipita vers la pauvre femme.

— Mendiante, voleuse, cria-t-il, qu'est-ce que tu viens faire chez moi ? Je ne veux pas qu'on ramasse mon bois mort, je ne veux pas, misérable vagabonde !... Allons, jette ma bourrée... Veux-tu bien jeter ma bourrée, quand j'ordonne !

Il saisit le fagot par la hart qui le liait, et le secoua si violemment que la femme roula avec la bourrée sur la route.

— Et qu'est-ce qui t'a permis de fouler mes allées de tes sales pieds, dis ? continua-t-il. Tu crois peut-être que c'est pour toi que je les fais râtisser, hein, mes allées, vieille voleuse ?... Veux-tu me répondre quand je te parle !

La femme, toujours à terre, gémissait.

— Mon bon monsieur, je ne vous fais pas de tort. J'avons toujours ramassé le bois... Et personne, par charité, ne nous a rien dit... Nous sommes si malheureux !

— Personne ne t'a rien dit, riposta le féroce châtelain en brandissant sa canne... Est-ce donc que je ne suis personne, moi ? Je suis M. Lechat, tu entends, M. Lechat de Vauperdu... Tiens, voleuse, tiens mendiante !

La canne tombait et retombait sur la vieille bûcheronne, qui pleurait, se débattait, appelait au secours, pendant que les petits enfants, effrayés, poussaient des cris déchirants... Et l'on entendait, entre des soupirs et des sanglots, la voix de la pauvresse qui disait :

— Aïe ! aïe ! vous n'avez pas le droit de me battre, méchant homme... Aïe ! aïe ! Je vous ferai condamner par le juge de paix. Aïe ! aïe ! je le dirai aux gendarmes...[7]

Lechat, au mot de « gendarmes », s'arrêta net... Son œil, injecté de sang, prit une expression subite d'effroi, et son visage empourpré, tout à coup pâlit. Il tira de son porte-monnaie une pièce d'or, la glissa, presque suppliant, dans la main de la vieille.

— Voilà vingt francs, pauvre femme, lui dit-il... Tu vois, c'est vingt francs. Ha ! ha !... C'est beau, vingt francs, hein ?.... Et puis, tu sais, ramasse du bois, tant que tu voudras... Tu as bien vu, dis !... C'est vingt francs... Quand tu n'en n'auras plus, tu viendras m'en demander. Allons, au revoir.

7. Mirbeau reprendra cet épisode dans la première version des *Affaires sont les affaires*, mais il disparaîtra de la version définitive.

Nous rentrâmes au château, silencieux.

L'heure du départ approchait. Au moment de monter en voiture, Lechat me dit :

— Tu as vu, la vieille femme dans le bois ?... Oui... Eh bien, son mari, c'est une voix de plus pour moi aux élections !... Qu'est-ce que tu veux ? Aujourd'hui, il faut bien corrompre le peuple.

Lettres de ma chaumière (novembre 1885)

Recueilli dans *Lettres de ma chaumière* (pp. 303-338), et dédié à Émile Bergerat ; repris dans *Touche à tout* en juin 1901.

CONTE

Comme minuit sonna, je rencontrai, en un carrefour, la Nouvelle Année. Elle sortait d'un égout, et, dans un vieux cabas qui se balançait à son bras maigre, elle portait des pelures d'orange, des pantins brisés, des décorations et des rats. C'était une petite vieille, à la démarche de sorcière, toute ratatinée, cassée en deux, et qui, péniblement, cheminait, s'aidant d'une faux comme d'un bâton. Attifée ridiculement d'étoffes disparates, aux tons criards, sous lesquels saillaient ses os de squelette, elle était couverte de bijoux faux et de fleurs qui se fanaient, plus nauséabondes à mesure qu'elle avançait. Un large, effronté chapeau de fille coiffait sa tête chauve, une tête de mort hideusement barbouillée de fard qui se craquelait sur la sinistre créature. Je m'approchai d'elle et voulus lui souhaiter la bienvenue, mais je m'aperçus qu'elle était sourde, qu'elle était muette, et qu'elle ne voyait pas, ses deux orbites, avivées de kôhl, étant vides et noires, pareilles à des trous. Les gens qui passaient la reconnurent, se mirent à la suivre.

Bientôt une foule énorme se forma, s'aggloméra derrière la petite vieille, se bouscula avec de grands bruits de multitude, chacun tendant les bras, se haussant pour la mieux apercevoir. Il n'y avait là que de pauvres diables en guenilles, des faces pâles, étirées, ravagées par la faim et par la souffrance, des fronts aux plis amers, des bouches crispées par le désespoir, les dos affaissés sous des fardeaux trop lourds, des poitrines qui montraient des plaies d'où le sang coulait. De cette foule haletante, convulsée, noire comme un cercle de Dante, s'éleva un cri de supplication, déchirant, puis les lèvres lapèrent le vide, les poings cliquetant ainsi que des ossements desséchés étreignirent le néant. Mais la petite vieille ne se retourna pas. Elle continua de marcher de son pas tremblé, n'entendant rien, ne voyant rien, faisant résonner sa faux sur les pavés de la rue, et secouant sur sa robe bigarrée l'éclair des paillons et des fausses parures.

Tout à coup, un homme, sorte de géant à front bas, à face stupide d'idole indienne, tout contrefait avec ses jambes trop longues et ses bras trop courts, apparut au milieu de la rue. Ses genoux cagneux, ses mains déformées, ses lèvres suintantes étaient usées, à force d'avoir été baisés, comme les genoux, les mains et les lèvres des christs de plâtre et des saintes coloriées qui, dans les chapelles des campagnes, opèrent des miracles. Je l'avais rencontré bien des fois, là où la sottise humaine attire de préférence les foules extasiées. Il parcourait les assemblées politiques, les salons, les théâtres, les ministères, les cabinets des écrivains, les ateliers des peintres, les boudoirs des filles, les caisses des banquiers, semant partout à mains pleines les mauvaises œuvres, distinguant parmi les hommes les plus bêtes et les plus nuisibles pour les enrichir et les honorer, forçant le monde dompté par lui à l'admiration des idiots et des coquins. Bien des gens, pour l'approcher de plus près, pour s'agenouiller devant lui, pour embrasser ses pieds immondes, s'étaient entr'égorgés. On l'appelait le Dieu-Succès, et on l'adorait. D'ailleurs, il avait toujours sur son corps l'odeur de l'encens qu'on lui brûlait, et l'humidité des lèvres qui s'étaient collées à lui, avides de lui.

Il commença par chasser à grands coups de fouet les misérables qui continuaient d'implorer la petite vieille, puis il prit celle-ci par la main, et la conduisit sur une place pleine de monde, et que de monstrueux baphomets éclairaient sinistrement. Je le suivis à mon tour et je regardai, ahuri.

Ce monde était fort étrange. De tous les êtres réunis en cet espace et dans cette lumière de torche vomie par les sombres idoles, il n'y en avait pas un seul à qui il ne manquât quelque membre important. Les uns se promenaient sans tête et ne paraissaient pas gênés par cette décapitation ; les autres n'avaient pas de bras ; ceux-ci marchaient privés de jambes ; ceux-là se dandinaient sur des torses absents ; et je remarquais une qualité prodigieuse de ventres ignobles qui s'étalaient, s'épanouissaient, se gonflaient, rebondissaient comme des ballons de caoutchouc. Tous d'ailleurs étaient fort bien vêtus, et il me sembla qu'ils étaient aussi très gais et très méprisants, ne se doutant pas, sans doute, de leurs infirmités terribles ou grotesques. Peu à peu, je reconnus ces figures sans torses, ces troncs sans chefs, ces ventres sans jambes, et je vis que le Dieu-Succès avait conduit la petite vieille dans son domaine, parmi ses gloires parisiennes, ses illustrations boulevardières. Je comptai les ministres concussionnaires, les magistrats prévaricateurs, les couturiers, les comédiens et les proxénètes ; je comptai les financiers qu'on encense, engraissés des ruines accumulées par eux, les élégants qu'on célèbre, et qui paient leurs chevaux, leurs maîtresses et leurs cravates de l'argent volé au jeu ; je comptai les écrivains, qui se tordaient sur des moignons calleux, la bouche au ras de la fange, les poètes acclamés qui rampaient, visqueux, sur le sable, comme des limaces ; les artistes triomphants qui n'avaient point d'yeux sur leur face froide comme un mur, point de cœur dans la poitrine, vide comme une outre bue ; je les comptai tous, car tous étaient là. Aucun ne manquait[1].

Plusieurs personnages, vagues et beaux, qui rôdaient en dehors des limites de l'enceinte, voulurent pénétrer dans la foule des torses illustres et des ventres heureux. Mais, comme les uns avaient créé de belles œuvres, et que les autres étaient d'honnêtes gens, on les hua, on les battit, on les piétina, on les chassa.

Alors le Dieu-Succès présenta à ses élus la petite vieille.

1. La liste est significative, de tous ceux que, jusqu'à la fin de sa vie, Mirbeau justicier et don Quichotte, va s'employer à démasquer et à fustiger.

— Mes amis, dit-il, pendant que tous les ventres, tous les torses, toutes les jambes le regardaient, charmés et respectueux, mes amis, voici la Nouvelle Année. Vous la voyez, elle est en tous points semblable à l'ancienne. Regardez ses yeux, elle ne voit pas, ses oreilles, elle n'entend pas, sa bouche, elle ne parle pas. Morte en naissant, les heures, les jours, les mois qui passeront sur son corps de squelette ne la ressusciteront pas. Elle ira de son pas machinal, toujours pareil, et je serai là pour diriger sa marche. Vous n'avez donc rien à craindre d'elle ; elle vous sera douce, et ce n'est pas dans le sommeil de son règne que la révolte peut germer. Continuez de vivre comme vous viviez hier, comme vous avez éternellement vécu, et laissez, sans remords et sans honte, venir à tous les triomphes, les vanités et la fortune. Sa faux n'est la menace que pour les petits et les imprudents qui voudraient violenter mes décisions ; pour vous, un crochet.

D'ailleurs, n'êtes-vous pas protégés par la foule elle-même, défendus par toutes les institutions sociales, sauvegardés par les religions, toutes ces choses sont miennes. C'est moi qui suis le vrai créateur du monde, et mon souffle est partout. J'inspire le politique, le prêtre, le soldat, et je courbe à ma domination les multitudes opprimées et abêties par moi. Croyez-vous donc que je laisserais grandir une littérature qui s'élève et affranchit l'esprit[2], un art qui donne des sensations d'infini, et les visions d'un idéal supérieur où l'homme peut se retrouver et se reconquérir ? Non, mes bons amis : le jour où les imbéciles et les coquins ne seraient plus les maîtres, ce serait fini de moi. Par conséquent, ne craignez rien, et riez aux Années qui passent et se succèdent. Elles sortent de ma fabrique éternelle, et elles portent, marquées sur leurs épaules, mes initiales qui resplendissent dans la création, font pâlir l'éblouissante lueur des autres, et éteignent la clarté douce des étoiles. »

2. Mirbeau n'a cessé de dénoncer la littérature de divertissement, aliénante et mystificatrice (cf. ses *Combats littéraires*, à paraître chez Séguier, en 1991).

Alors il se fit un grand tumulte. Les hourras montèrent jusqu'au ciel, puis l'on n'entendit plus que le bruit des lèvres qui claquaient sur le corps du géant étendu sur son trône, comme on entend les lèvres des dévotes, dans les chapelles mystérieures, claquer sur l'image vénérée des petits Jésus.

Le Matin, 1er janvier 1886

Repris dans le *Gil Blas* du 14 décembre 1886, sous le titre *Conte de la nouvelle année* ; recueilli dans *Les Grimaces*.

LE REBOUTEUX

A trois kilomètres de la ville, en un petit hameau qu'on appelle les Mélinettes, habitait un célèbre rebouteux, Jacques-Éloi Latorne, du nom de son père, Désiré-Patrie-Marie Latorne, lequel avait été, de son vivant, un maréchal réputé pour son adresse à ferrer les chevaux et à couper la queue des poulains. De l'aveu de tous les paysans qui s'y connaissaient, pardi, aussi bien que les bourgeois et les notaires, Jacques-Éloi Latorne était un homme très savant et plus habile en son art qu'aucun des *sérugiens* du pays. Non qu'il eût fait d'inutiles et brillantes études, en quelque lointain collège ou dans une université quelconque, comme tant d'autres qui n'en sont pas moins demeurés des imbéciles ou des ivrognes. Latorne ignorait le latin, le grec, et aussi le français ; tout au plus, étant gamin, avait-il, à l'école communale des Mélinettes, appris à lire, à écrire, à compter, — de quoi, d'ailleurs, il ne lui était resté que d'imparfaits et vagues souvenirs. Mais sa science était tout autre et meilleure, et encore ne la devait-il qu'à lui-même, ce qui est l'indice d'une peu ordinaire intelligence et d'un vrai tempérament.

Lorsqu'il travaillait avec son père, c'est-à-dire lorsque, le tablier de cuir aux reins et la figure noire du charbon de la forge, il maintenait entre ses deux mains déjà robustes, le sabot fumant des chevaux, il s'amusait à étudier les bêtes. Si le père Latorne faisait rougir les fers à la forge, ou s'il les façonnait sur l'enclume, avec son marteau alerte et chantant, lui, le gamin, tournait autour des bêtes, les tâtait partout, se rendait compte du jeu de leurs muscles et de leurs articulations, de la position des os et de leur fonctionnement. Le dimanche, à la promenade, il agissait de même avec les vaches, les moutons, et généralement tous les animaux qu'il rencontrait, paissant les berges des chemins. On s'étonnait bien, parfois, de ces pratiques, où les autres enfants n'avaient pas coutume, et on lui demandait :

— Quoi qu' tu fais après ma vache ?

Et le petit Éloi répondait, très grave :

— J' prends de l'instruction.

De là, par une opération de l'esprit qui s'appelle la comparaison, à étudier le corps des hommes, il n'y avait pas loin. Et, dans ses moments de loisirs, Éloi s'absorbait en des recherches anatomiques sur les autres et sur lui-même. Il étudia même les filles, au grand scandale de celles qui craignaient de le voir chercher autre chose que le secret des genoux et des fémurs.

— C'est-y point des bêtes, ni plus ni moins ! disait-il en se défendant de toute intention malséante.

Au bout de quelques années de ces études intermittentes et spéciales, Jacques-Éloi Latorne acquit la conviction que les vétérinaires et les médecins, avec leurs drogues et leurs phrases que personne ne comprenait, n'étaient que des ânes bâtés, des faiseurs exploitant le pauvre monde. Et il s'établit rebouteux !

Il conquit très vite une certaine réputation qui devait aller grandissant de jour en jour. C'était, du reste, un bon garçon, qui n'épargnait pas sa peine et ne réclamait rien aux pauvres gens qu'il guérissait gratis. Car il guérissait, — il n'y avait pas à dire le contraire, malgré les médecins, qui parlaient de lui en haussant les épaules et qui n'en laissaient pas moins mourir leurs malades —, non toutefois sans avoir, au préalable, vidé leurs bourses — il guérissait bêtes et gens indifféremment ! On cita de lui des cures merveilleuses, qui lui valurent du respect et le titre de monsieur.

M. Éloi Latorne acheta d'abord un cheval, car son métier et son renom exigeaient de longues courses et de lointains déplacements. Puis, le cheval ne suffisant plus, il en acheta un second, puis une carriole, et, finalement, un tilbury, ainsi que les vrais médecins de la ville, lesquels commencèrent de s'indigner pour de bon. On le voyait, dans la campagne, la tête coiffée d'une casquette plate, le dos chaudement couvert d'une peau de loup, conduire son tape-cul avec bonhomie, s'arrêter dans les fermes, dans les villages, où il était rare qu'il n'y eût pas une jambe à remettre, un éparvin à soigner. Et c'étaient, tout le long de la route, des salutations et des bonjours empressés.

— Quen ?... C'est-y vous, m'sieu Latorne ?... Bonjou, m'sieu Latorne !

— Boujou, mon gâs, boujou ! Eh bé ? et ta vache ?

— Vous êtes ben honnête, m'sieu Latorne... a va, a va tout à fait ben.

— Et le bras au pè Poivret ?

— Il n'y paraît quasiment pas... A c'matin, y gaulait ses poumes avec !... Et ferme, cor !

Les affaires marchaient au mieux ; la clientèle s'augmentait ; on venait le consulter de très loin, pour toutes sortes de maladies. Mais il était scrupuleux et modeste ; quand on l'envoyait quérir pour une fluxion de poitrine, une fièvre typhoïde, il refusait disant :

— Mon gâs, les jambes, les bras, les *factures* et les *lusquations*, tant qu'on voudra... mais pour ce qui est de l'intérieur du dedans, j'connaissons point ces mécaniques-là... Vas qu'ri les empiriques de la ville.

Il appelait ainsi les médecins, avec un dédain bon enfant et sans aigreur.

Un jour, Jacques-Éloi Latorne guérit un riche fermier que les médecins — après l'avoir inutilement torturé pendant une semaine — avaient condamné. Il s'agissait d'une fracture grave de la jambe. Le rebouteux, après une inspection rapide, n'hésita pas. Il enveloppa de linges et de flanelles la jambe malade, horriblement gonflée, assujettit solidement, autour de ce bandage, une corde de puits, attela sur la corde six vigoureux gaillards, qui, au commandement de : « Hé ! hisse ! hé ! hisse ! », tirèrent sur la corde de toutes leurs forces, au risque d'écarteler le patient, ou tout au moins de lui rompre la jambe définitivement. Chose invraisemblable, il arriva que la jambe ne se rompit pas, et que les os reprirent leur position naturelle.

Cette cure eut un retentissement prodigieux dans tout le département ; les journaux la célébrèrent, et le nom de Latorne connut la gloire. Hélas ! cette gloire devait lui être fatale. Furieux, les médecins se liguèrent contre l'imprudent qui se permettait de ramasser leurs blessés ; ils le dénoncèrent au parquet, et le pauvre Latorne, surpris en flagrant délit de guérison illégale, fut condamné à deux cents francs d'amende.

— Ils sont jaloux, les empiriques, se dit-il, en manière de consolation.

Et il retourna à ses bras, à ses jambes, à ses bêtes, ayant une plus haute idée de ses talents.

Dès lors, ce fut une guerre acharnée contre le rebouteux, qui, se voyant traqué de toutes parts, accablé par les condamnations, menacé de la prison, aima mieux renoncer à son métier. Bravement il abandonna sa casquette plate, sa peau de loup, son tilbury, ses chevaux, et se mit à cultiver un petit lopin de terre, acquis sur économies :

Mais Jacques-Éloi Latorne était triste. Il dépérissait à vue d'œil. Au bout d'un an, il avait maigri de quarante livres.

*
* *

Un matin qu'il binait son champ, l'ancien rebouteux vit venir à lui un monsieur très élégant, lequel, se découvrant avec politesse, demanda :

— Monsieur Latorne, s'il vous plaît ?

Du coin de l'œil, avec méfiance, Latorne regarda le monsieur, écrasa sous son sabot une motte de terre, piqua sa bêche dans le sillon.

— Monsieur Latorne que vous demandez ? interrogea-t-il... C'est ben monsieur Latorne ?

— Oui, lui-même.

— Qué qu'vous lui v'lez ?

— Je voudrais lui parler pour un cas urgent...

— Eh ben, c'est mé qu'est Latorne, na !

Le monsieur vivement débite :

— Ah ! monsieur Latorne... Je vous en prie, venez vite avec moi, à la préfecture. J'ai une voiture, là tout près, sur la route... Voici... c'est affreux... Le préfet s'est cassé la jambe, il y a quinze jours. Et les médecins n'ont pas pu la lui remettre... Aujourd'hui, ce matin même, ils ont eu une consultation très longue... Ils étaient six... Et ils ont décidé qu'il n'y avait qu'un moyen de sauver le préfet, c'était de lui couper la jambe !... Monsieur Latorne, couper la jambe du préfet. C'est abominable, cela ne se peut pas... Une femme, des enfants dans les larmes. Et le ministre qui est le beau-frère du préfet !... Alors, nous avons pensé à vous... Vous avez une grande réputation... Vous avez fait des cures inouïes... Il faut que vous veniez, que vous voyiez !... Peut-être trouverez-vous un moyen... Oh ! monsieur Latorne, nous avons confiance en vous... Venez vite, je vous en prie... Le préfet, pensez donc ! Et quelle gloire pour vous ! Cinq cents francs, est-ce assez ?... Non. Eh bien, mille francs.

Le monsieur se tut. Le paysan le considérait d'un œil bridé par la malice, en ricanant.

— Eh bien ! Monsieur Latorne ?

— Causez, causez, mon beau monsieur, grinça le rebouteux, causez toujours... Je vous écoute !

— Mais enfin, monsieur Latorne, venez-vous ?

Latorne posa un doigt sur son œil gauche.

— T'nez, r'gardez mon œil, pour voir si j'viens, hé ! sacré farceur !

Le monsieur était ahuri.

— Comment ? Que signifie ? s'écria-t-il. Monsieur Latorne, voyons, monsieur Latorne ?

Lentement, le rebouteux balança la tête et se croisa les bras.

— J'vous connais ben, allez ?... Vous v'nez de l'part des empiriques, pour me faire de la misère, pour me faire couper l'cou, peut-être ben !... Ouais ! ouais ! Mais vous n'm'attraperez point, t'nez, avec toutes vos frimes... Non, non, vous n'm'attraperez point, ni les empiriques itout... J'vous connais !... C'est-y point vous qui m'avez déjà condamné, seulement ?

— Mais, monsieur Latorne, vous vous trompez, suppliait le monsieur... Je vous jure... le préfet... une famille en larmes... une jambe coupée !... La voiture est là... je vous en prie !

— Vous êtes ben fô... ben fô... c'est possible... Mais j'suis cor moins bête que vous... J'vous dis qu'vous n'm'attraperez point, conclut Latorne qui tourna le dos au monsieur, et se mit à bêcher la terre, flegmatiquement.

Le monsieur s'éloigna, comprenant qu'il serait impossibile de convaincre l'entêté bonhomme. Celui-ci le regarda marcher dans les cultures et, quand il eut disparu derrière une haie qui dévalait vers la route, Latorne cria :

— Hé ! malin va !... Gros malin !

Puis il croisa les bras sur la bêche, en souriant.

Gil Blas, 5 juillet 1887

Repris dans *La Vie populaire*, le 12 mars 1891.

CROQUIS BRETONS

I

Je suis allé passer la journée chez un gentilhomme qui habite à trois kilomètres de Sainte-Anne[1], une maison mi-ferme, mi-château, enfouie dans un bois de chênes et de châtaigniers maintenant fleuris de leurs jolies fleurs ouatées. Sous les végétations qui rongent les murs, malgré les lézardes qui trouent, la maison ne manque pas d'agrément, ni d'élégance, encore moins d'humidité. Comme la plupart des gentilhommières bretonnes, elle a un petit air Louis XIV, plaisant à voir. Et puis, ce n'est pas un spectacle ordinaire de contempler une façade d'habitation que garnissent et tapissent les lilas terrestres aux grappes rouges, les bourraches velues et les capillaires dont le grêle feuillage dentelé dessine d'exquises et naturelles broderies. Il est vrai que les toitures s'effondrent, qu'elles montrent, par places, la carcasse des charpentes gauchies, mais elles gardent de nobles inflexions, d'imposantes lignes architecturales. Les fenêtres sont spacieuses, avec de belles courbes et des restes de balcons de fer ouvragé, mais presque toutes sont murées, à cause des contributions. Le perron monumental, à double escalier, conserve de curieux vestiges

1. Il s'agit de Sainte-Anne-d'Auray, à quelques kilomètres d'Auray, où Mirbeau s'est installé en juillet 1887.

d'un art local, des fragments d'intéressantes sculptures ; mais la rampe en est détruite, et des abîmes béent entre les marches écroulées. Au milieu de la façade, sous un avancement triangulaire du toit, dans une sorte d'œil-de-bœuf, récemment transformé en niche, verdit une vierge de plâtre, protectrice de ces lieux. Des fossés, presque comblés aujourd'hui, et bordés d'une double rangée de sapins, séparent le château de la ferme et des communs, quatre misérables chaumines qui, sans cesse, soufflent l'âcre odeur des purins et les fétides relents de la crasse humaine. Partout l'œil se cogne à d'immédiats et infranchissables remparts de verdure. Aucun horizon, aucune échappée, excepté de la cour herbue, défoncée par les charrois, piétinée par les troupeaux, de la cour décorée du nom pompeux de place d'armes, où l'on aperçoit par une étroite fissure dans les chênes et les châtaigniers de mornes espaces de landes, coupés de hauts talus et de murailles de pierre grise, et, là-bas, dans le ciel brumeux, le clocher de Pluneret, et plus loin, le clocher de Sainte-Anne, lesquels semblent les deux piles d'un immense pont aérien.

De même que tous les nobles Bretons, mon hôte est d'une noblesse immémoriale. Il descend du roi Gradlon. Le roi Conan[2] était de sa famille. Il eut des aïeux qui s'immortalisèrent au combat des Trente[3]. Naturellement, sous la Révolution, tous les siens furent capturés à Quiberon[4], fusillés dans les marais de Tréauray, appelés depuis champ des martyrs ; et l'on peut voir, dans l'ossuaire de la chartreuse

2. Il existe quatre ducs de Bretagne du nom de Conan, entre le Xe et le XIIe siècles.

3. Célèbre combat qui, le 27 mars 1351, pendant la guerre de succession de Bretagne, opposa, près de Josselin, trente chevaliers partisans de Blois à trente chevaliers partisans de Montfort. Ce sont les premiers, commandés par Josselin, qui l'emportèrent.

4. Allusion au débarquement de dix mille émigrés à Quiberon, le 27 juin 1795. Ils furent vaincus par Hoche, et plusieurs centaines d'entre eux furent fusillés. Mirbeau reviendra sur cet épisode dans *Sébastien Roch*, chapitre VI.

d'Auray, d'énormes crânes et de mastodontesques fémurs, qui appartinrent à ses glorieux ancêtres.

Au moment où je pénétrai dans la cour, par une association d'idées facile à expliquer, je me souvins qu'un jour, à la sortie de la gare de Quimper, je fus abordé par une sorte de mendiant très guenilleux, qui me dit, en désignant un vieillard plus guenilleux que lui, à la poitrine duquel pendait une médaille de commissionnaire, aussi large qu'un bouclier :

— Donnez donc votre valise à ce vieux-là... C'est le marquis de T... Ses aïeux étaient au combat des Trente...

— Et vous ? dis-je.

— Les miens aussi y étaient ! soupira-t-il.

Et il ajouta, avec un geste d'hiérarchique résignation :

— Mais, moi, je ne suis que vicomte !

Mon hôte m'attendait sur le perron, et il fouettait l'air de sa cravache. Il me reçut cordialement ; c'était un petit homme, assez râblé, rouge de visage et dont les moustaches tombaient en pointes fort longues de chaque côté de la bouche. Il n'était point, à proprement parler, vêtu de guenilles, comme son collègue au combat des Trente de Quimper, mais ses habits étaient sales et très usés. On y reconnaissait cependant une certaine préoccupation de moderne élégance dans la forme du col de chemise, et aussi dans l'étriqué du veston. Ses jambes ballaient en des houseaux de construction bizarre, semblables à des jambards de chevalier et formidablement armés d'éperons.

— J'ai vendu mon cheval, me dit-il... Le foin est trop cher cette année... Je me sers de la jument du fermier... Quelle sale époque !... Entrez donc... Nous allons prendre un vermouth.

A travers des pièces humides et froides, d'un froid de sépulcre, et presque exclusivement meublées de portraits du pape, du général de

Charette, du comte de Chambord[5], et de photographies de la basilique de Sainte-Anne, il me conduisit à une espèce de réduit qui exhalait une odeur forte de vieille pipe et de cuir mouillé. Au milieu du réduit était un bureau. Sur le bureau, parmi des débourroirs, des blagues brodées de fleurs de lys, d'anciens culots épars, s'étalaient le journal *La Croix*, *L'Univers*[6], et une publication mensuelle, le *Saint-Yves*, « revue de sciences sociales » qui se rédige à Rennes. Tandis qu'il retirait de l'armoire la bouteille de vermouth, j'ouvris au hasard le *Saint-Yves*, « revue des sciences sociales », et je lus :

« Aucun, parmi les saints bretons, et même parmi les saints français et étrangers, ne ressuscita autant de morts que saint Yves, notre glorieux patron. Outre les quatorze morts qu'il rappela à la vie, ainsi que tout le monde le sait, le jour même de sa béatification, il ressuscitait de préférence les enfants et les vieillards, quelquefois aussi des marins. »

Cette étude sociale de la vie de saint Yves était signée par un médecin, professeur de biologie à la faculté de Rennes. Je demeurai rêveur en songeant aux étonnants et multiples pouvoirs des saints bretons, et, par le souvenir, je revis dans la belle cathédrale de Quimper une stupéfiante fresque de Yann Dargent[7], au bas de laquelle brille, en caractères gothiques, cette légende : « Saint Corentin

5. François Athanase de Charette de la Contrie (1763-1796), chef vendéen, qui aida les émigrés à débarquer à Quiberon (cf. note 4). Il fut arrêté par Hoche, condamné à mort et exécuté à Nantes. Henri de Bourbon, duc de Chambord (1820-1883), dernier prétendant légitimiste au trône de France. Mirbeau lui a consacré un article nécrologique le 18 août 1883 dans *Les Grimaces*. Il le cite encore à quatre reprises dans *Sébastien Roch*.

6. Quotidiens catholiques, ultramontains et ultraréactionnaires, très influents parmi le clergé. Louis Veuillot fut l'un des principaux collaborateurs de *L'Univers* jusqu'en 1883.

7. Edouard Yann Dargent (1824-1889), peintre et illustrateur. Voir *infra*, *Le tambour*.

inculquant le don de la langue bretonne, par une seule imposition de sa main sur la bouche des étrangers ».

— Buvez donc, cria mon hôte. Sacristi, mon cher, en Bretagne, on est d'attaque. Les verres pleins n'ont jamais traîné... Allons !... Le Pape d'abord... ensuite le Roi... Et puis...

D'un trait, il avala le contenu de son verre.

— Et puis, le vermouth !... acheva-t-il en claquant de la langue... Voilà notre devise... Autrefois, après une belle orgie, quand l'un de nous mourait, on disait : « Mort au champ d'honneur ! » À présent... Beuh !... il ne meurt plus personne... Quelle sale époque !... Mais le dernier mot n'est pas dit...

Et, avec un geste terrible, il me montra deux fusils, deux antiques flingots à pierre, rongés par la rouille, et qui pendaient à des clous, le long de la boisierie.

— Ils reverront les bleus, allez, ces petits joujoux-là !

Alors, il me raconta, non sans orgueil, que son père, commandant une bande de réfractaires, sous Louis-Philippe, arrêtait les diligences sur les grandes routes, volait l'argent du gouvernement, tuait les gendarmes. Il en avait occis quatorze, sans compter des conducteurs malappris et des voyageurs récalcitrants.

— C'était le bon temps ! conclut-il... Moi aussi, j'ai dans le sang la haine des gendarmes... Ainsi, à la chasse, quand je rencontre un gendarme, je le vise... Et ça me fait plaisir de le tenir au bout de mon fusil, il me semble que je chouanne... Un jour, par mégarde, le coup partit, et je salai le gendarme au derrière d'une vingtaine de grains de plomb... Eh bien ! le croiriez-vous ?... On me condamna à deux mille francs de dommages et intérêts... Pour un gendarme, c'est raide, hein ?... Quelle sale époque !

Et brusquement, éclatant de rire, il me tapa sur le ventre.

— Non... non !... C'est trop drôle... Ça me rappelle une autre bonne blague... Écoutez ça... Il y a juste vingt-deux ans... En ce temps-là, j'avais six chiens courants, des bêtes admirables et plus féroces que des loups. Un jour que je revenais de la chasse, n'ayant rien levé, j'aperçus sur la route, un petit bonhomme qui trottinait. Je le reconnus, c'était un clerc d'huissier, un sale bougre de républicain, qui jamais n'avait fourré les pieds dans une église... Je me dis : "Attends, attends... Nous allons nous amuser un peu..." Je découplai mes chiens et les mis sur la piste du clerc d'huissier... Hardi ! mes petits ! Hardi ! mes toutous !... Et menez-moi rondement cette sale bête puante... Les chiens partent, le clerc détale. Hardi, les amours !... Et ça fait un vacarme de tous les diables. Le clerc saute le fossé, s'engage dans la lande, tourne, vire, tombe, se relève... Hardi là, les bonnes bêtes !... Mais l'animal aperçoit une maison. Un dernier effort et il arrive juste au moment où les chiens allaient le prendre... Il était forcé !... De peur, de fatigue, de je ne sais quoi, il eut un transport au cerveau et creva le lendemain... Ça m'a coûté vingt-cinq mille francs, cette plaisanterie-là !... Ainsi, deux mille francs pour un gendarme, vingt-cinq mille francs pour un clerc d'huissier, sans compter tout ce que cette gueuse de Révolution nous a volé !... Si ce n'est pas dégoûtant !... Et voilà ce que c'est que votre démocratie !... Nom de D...[8] !

Quatre heures sonnaient quand je quittai mon hôte : il était ivre-mort.

II

Le coin de terre où s'élève la basilique de Sainte-Anne donne bien la caractéristique du pays morbihannais, de tous les pays bretons resté le plus obstinément breton par l'amour entêté de sa langue natale, par le culte idolâtre de ses souvenirs, par ses coutumes anciennes que ni le temps, ni le progrès, ni le nivellement politique n'effacent, et par l'aspect sévère, âpre, indiciblement triste de son sol.

8. Mirbeau utilisera cet épisode dans le chapitre III de la première partie de *Sébastien Roch*.

Ce sont des landes, pelées, pierreuses, mangées par la cuscute, où paissent des vaches squelettaires, et quelques chevaux-fantômes ; des landes coupées de hauts talus qui barrent le ciel comme des murs, et derrière ces talus, dans un espace qu'on devine, des pins isolés dont on n'aperçoit, au bout de hampes torses, que les têtes arrondies, remuées par la brise et bleuissant dans l'air morne, hanté de la fièvre. Puis des cultures maigres, de pauvres emblaves apparaissent, auxquelles succèdent encore des landes, et parfois des bois de chênes, épais, trapus, dont les cimes moutonnent durement sous le pâle soleil. De distance en distance, le terrain s'abaisse, et par une dévalée rapidement franchie, l'horizon s'élargit, mais pas bien loin, un horizon lourd, opaque, écrasé de verdures sombres, entre lesquelles brillent ainsi que des plaques d'or quelques champs de blé mûrissant.

En ce temps de silence et d'immobilité, les légendes, filles des blancs étangs nocturnes et des vastes landes, un parfum de miel, règnent sur l'imagination abrutie de l'homme, aussi puissantes, aussi dominatrices qu'autrefois. Depuis Yves Nicolazic, qui vit sainte Anne impalpable et rayonnante de lune se montrer à lui, dans le champ sacré du *Bocenno*, rien n'est changé. Il semble même que la nouvelle basilique, sortie avec ses marbres lourds et ses insolentes dorures des flancs appauvris de cette contrée maudite, ait jeté autour d'elle plus d'ombre épaisse, plus de misère et plus de servitude.

Tout autour de la cathédrale, massive et sombre copie de la Renaissance, grouille une foule énorme de pèlerins, une foule silencieuse et triste, qui ondoie avec des mouvements lents de troupeaux parqués. Foule plus disciplinée que croyante, qui redoute le prêtre et tout l'inexorable appareil religieux plus qu'elle ne le respecte. Il s'élève d'elle, en même temps que les sourds murmures des respirations, et les rumeurs des piétinements, un bruit clair de chapelets déroulés, un bruit vague de prières marmottées. Dans le champ du *Bocenno,* cinq mille pèlerins sont agenouillés, le dos courbé sous la tempête sonore que soufflent, du haut de la tour, les bourdons de la basilique ; sur les marches de la Sainte Chapelle « qu'on ne peut gravir qu'à genoux », s'entassent, s'empilent des êtres prostrés. Et, sans cesse, des prêtres en surplis, des moines en robe brune, des évêques, dont la mitre chancelle, passent, affairés, gesticulant, se traçant à coups de coudes un chemin, à travers cette forêt de corps humains. Impossible de pénétrer dans l'église dont on aperçoit, au-dessus des têtes houleuses, entre les piliers, dans un fond d'or et de clarté rouge, l'autel où se dresse la fulgurante image de sainte Anne, terrible et vorace comme une divinité de l'Inde.

La main du prêtre, qui fut toujours si pesante, pèse d'un poids plus écrasant sur le crâne et sur le ventre de ces malheureux qu'on voit lutter, avec la résignation des bêtes domestiques, contre l'âpre terre inféconde. Les chemins de fer, ces conquérants, n'ont pu laisser d'autres traces ici que celles, vite disparues, de leur fumée. Les trains passent entre les pins, entre les chênes, entre les blocs de granit ; ils passent en vain, s'essoufflant... Ils ont passé... entre les pins, entre les chênes, nulle part ils n'ont déposé un atome de la vie nouvelle qui gronde dans leurs flancs. Et même ne voit-on pas avec étonnement, au-dessus des locomotives et des poteaux télégraphiques humiliés, la statue de la patronne des Bretons couronner la gare de Sainte-Anne de sa masse de fonte énorme et bénite[9] ?

Le Gaulois, 1er août 1887

Sous le titre *Croquis de fêtes bretonnes*. Repris partiellement dans *L'Écho de Paris*, le 3 novembre 1888, sous le titre *Bretonneries* ; recueilli, avec de nombreuses variantes, dans *La Vache tachetée*. Voir aussi, *Sébastien Roch*, première partie, chapitre VI.

9. Mirbeau évoquera de nouveau le pélerinage de Sainte-Anne d'Auray dans le chapitre VI de la première partie de *Sébastien Roch*.

LE RAT DE CAVE

J'ai reçu, aujourd'hui, une bien triste nouvelle. Mon ami Lerdier, receveur des contributions indirectes — d'aucuns disent rat de cave — à Beslou-sur-Rille est mort fou, dans une maison de santé, où depuis deux ans, il était enfermé. Quoique ce fût un humble parmi les humbles, que sa vie, dénuée d'élégances, ne puisse intéresser aucun des Parisiens fringants que sollicite le vieux Carafon, et qu'il n'y ait vraiment aucun chic à se vanter d'une amitié aussi obscure, on me permettra d'en parler ici, avec un souvenir attendri. Je l'aimais beaucoup. C'était, du reste, le meilleur des hommes, et celui que j'ai connu le plus héroïquement fidèle à ses devoirs. Habitué à courir la campagne du matin au soir, il avait regardé la nature, et il en parlait avec d'admirables émotions. Peu de peintres, peu de poètes n'ont donné des sensations aussi vives, aussi profondes que cet illettré Lerdier, lorsque, de la contemplation, il passait dans le domaine de l'expression, qu'il avait, parfois, sublime. Mais sa tête était faible, sujette aux exaltations sans cause, et, bien souvent aussi, l'étrange, le décousu de ses conversations m'avaient frappé. On lui faisait, dans ce pays, une guerre acharnée, sourde, pleine d'embûches, parce qu'il était sévère, impitoyable même, contre les fraudeurs. La nuit, il se relevait pour surveiller des cabarets dont il soupçonnait le propriétaire de faire entrer clandestinement des barriques de vin dans la cave. A ce jeu, il avait attrapé des horions. Une nuit, des hommes, restés inconnus, s'étaient rués sur lui, et, l'ayant assommé à coups de pierre et de sabot, l'avaient laissé pour mort au milieu d'un champ de betteraves ; une autre nuit, on l'avait déshabillé et jeté tout nu dans une mare, d'où il avait eu grand'peine à sortir. Ces aventures ne ralentissaient pas son zèle ; elles le redoublaient, au contraire. Et il marchait dans la campagne comme un trappeur dans les jungles. Détesté de la population, Lerdier, bien qu'employé ponctuel dévoué, n'était guère soutenu par l'administration, car il ne ménageait personne, s'attaquait à des électeurs influents, et mettait souvent dans l'embarras son directeur, lequel eût voulu que ce diable d'homme regardât davantage à la couleur politique de la fraude. Aussi n'avait-il reçu, malgré ses services, aucun avancement. Ce dont il ne se plaignait pas.

*
* *

Une matinée, Lerdier déjeunait, comme de coutume, à l'hôtel de la Boule d'Or, où, depuis quinze ans, il prenait sa pension. Tout seul, à l'un des bouts de la grande table, il mangeait par gestes brusques et courtes saccades, en faisant des grimaces douloureuses, et un bruit grinçant des mâchoires. Au moindre branle de ses articulations, la peau de son front, trop lâche et pareille à une peau de gant fripée, remontait sur le sommet du crâne ou s'abaissait sur le nez, en plis mouvants, invertissant les cheveux, tantôt en arrière, tantôt en avant, selon la direction et l'intensité des mouvements musculaires. Bien qu'il n'y eût près de lui aucun convive, Lerdier parlait, répondait à droite, interrogeait à gauche, mimait une conversation qui devait être vive et colère, car il avait parfois des éclats de voix terribles et des gesticulations désordonnées, tandis que Stop, un épagneul, borgne et crotté, assis sur son derrière, le museau posé sur la cuisse de son maître, regardait celui-ci de ses paupières fixes, attendant qu'on lui jetât un os à ronger. De temps en temps, le chien balayait le plancher d'un coup de fouet, et, doucement, il jappait. Dans la salle voisine, par la porte entr'ouverte, on entendait des bruits de voix graves, des chocs de verre et des piétinements. Une phrase tout entière parvint jusqu'aux oreilles du rat de cave. Quelqu'un disait :

— Ah ! mais !... Ah ! mais !... Va-t-on bientôt nous servir ? J'ai le ventre dans les talons.

Au même instant, M. Bergeot, l'hôtelier, entrait dans la salle à manger. Il s'avança vers Lerdier.

— Monsieur Lerdier, lui dit-il, vous seriez bien aimable de vous presser un peu... Ces messieurs du conseil de révision s'impatientent... Ils ont très faim...

Lerdier courba le dos comme s'il eût été prêt à recevoir les baguettes. Pendant qu'une rougeur allumait sa face osseuse, ses yeux s'effarèrent, prirent chacun, au coin des paupières, une position oblique, dans une direction inverse, et ses mains crispées s'acharnèrent sur la nappe. Il cria :

— Monsieur Bergeot !... Monsieur Bergeot !...

Les mots s'arrêtaient dans sa gorge, sortaient de ses lèvres contractées, avec des efforts pénibles. Des houles furieuses soulevaient sa chevelure qui se déplaçait sur le crâne, comme une casquette. Il reprit :

— Monsieur Bergeot !... Je suis un vieux pensionnaire... Je ne mange pas beaucoup... Je vous ai bien payé... Ha !... ha !... Vous ai-je bien payé ?

— Ah ! ça... oui ! répondit Bergeot.

— Et puis... jamais, vous entendez bien, jamais je n'ai couché avec votre femme, avec vos bonnes... Jamais, non plus, je ne prends de dessert... Est-ce vrai ?...

— C'est vrai ! affirma l'hôtelier.

— Eh bien ! laissez-moi tranquille. Je suis un vieux pensionnaire... Si le conseil de révision s'impatiente, qu'il vienne !... Je ne le gêne pas, moi !... Il y a de la place... Vous ai-je bien payé ?...

— Mais ces messieurs désirent être seuls, expliqua l'aubergiste.

— Ah ! ils désirent être seuls !... être seuls !...

— Oui, monsieur Lerdier, ils ont sans doute à causer ensemble.

Lerdier avala son verre de cidre. Sa main tremblait, tout son corps frissonnait, secoué par un spasme nerveux. Il courba le dos davantage et dit :

— Être seuls !... Eh bien, je m'en fous... Je me fous du conseil de révision, là, entendez bien... Je suis un vieux pensionnaire, moi !... Je fais mon devoir... Depuis quinze ans que j'exerce, pas une erreur, pas une !... Vérifiez mes registres... Je ne crains personne... Vous ai-je payé, là... là ?

— Voyons ! monsieur Lerdier ! supplia Bergeot.

— Oui !... oui !... Ils ont à causer, ah ! ah ! ah !... Être seuls ! C'est bien cela... Allez-vous en, monsieur Bergeot, allez-vous en... Je m'en fous !... Vous dois-je quelque chose ?

L'hôtelier n'insista plus. Il se contenta de dire tristement :

— Vous me faites du tort, monsieur Lerdier, beaucoup de tort.

Le bruit redoublait dans la pièce voisine ; les voix s'encoléraient, le piétinement devenait plus sourd. Sur le vitrage dépoli de la porte on voyait passer et repasser des ombres affamées.

— Bien du tort ! acheva Bergeot qui se retira, en hochant la tête.

Alors, brusquement, Lerdier s'adressa, très animé, à la chaise qui était près de lui, vide. Sa voix tantôt sifflait, tantôt se brisait en hoquets.

— Le conseil de révision, monsieur, vous admettez cela, vous ?... A la bonne heure, vous ne l'admettez pas... Oui monsieur, j'ai passé au conseil de révision... Ils m'ont mis nu, monsieur, très nu, tout nu dans une grande salle... Et il y avait autour de moi des gens qui étaient nus aussi, quelle infâmie !... On m'a tâté, monsieur, on m'a tâté partout !... J'ai vu se promener sur mon corps des mains énormes, des mains monstrueuses, qui me tâtaient !... Qu'en pensez-vous ?... C'est un crime, un crime, un crime !...

Il se baissa, tout près de la chaise, et comme s'il eût parlé à l'oreille de quelqu'un, d'une voix très basse, il chuchota...

— Ils sont là, derrière cette porte... Ils voudraient me tâter encore... Mais ils ne me tâteront pas. Non, monsieur, ils ne me tâ-te-ront pas !...

Lerdier se leva, plia sa serviette en rond, l'enroula autour de sa bouteille, et saluant la chaise avec politesse :

— Ne craignez rien, monsieur !... non, restez... au revoir... Ils ne me tâ-te-ront pas !

Et il ouvrit la porte.

Le préfet marchait à grands pas, sévère, les mains derrière le dos ; le général tapait la table de ses gros poings fermés, le chirurgien bâillait... Un conseiller de préfecture se plaignait aigrement, au sous-intendant, de ses tiraillements d'estomac ; le conseiller général, pour tromper la faim, avalait, coup sur coup, des verres de bitter ; les scribes, très pâles, les joues tirées, consultaient leurs montres avec indignation.

Quand Lerdier apparut, dans l'encadrement de la porte, tous les regards se tournèrent vers lui, féroces.

— Ah ! ah ! grinça le préfet... Il se décide enfin.

Et, barrant le chemin à Lerdier qui voulait traverser la salle, il lui demanda :

— Pardon !... vous êtes M. Lerdier, receveur des contributions indirectes ?

Lerdier trembla. Les yeux baissés sur le plancher, le crâne agité de secousses qui faisaient danser ses cheveux, il répondit :

— Oui !... oui !... Je suis Lerdier !... Mais ce n'est pas une raison, je vous en préviens !...

— Écoutez-moi, monsieur Lerdier, poursuivit le préfet, d'un ton solennel. On m'a donné sur votre compte de très mauvais renseignements, des renseignements graves, j'ose dire. De toutes parts, on se plaint de vos agissements. Il paraît que vous méconnaissez les institutions qui vous régissent, et que vous insultez le gouvernement qui vous paie, que vous injuriez ses fonctionnaires les plus méritants. Aux dernières élections, monsieur, vous avez mené une campagne anti-constitutionnelle. De plus, vous êtes publiquement en lutte avec l'autorité locale, avec le maire de Relou qui a notre confiance. Cette conduite ne saurait durer plus longtemps, monsieur, et c'est mon devoir d'y mettre bon ordre. J'aurai, à ce propos, l'honneur de m'entretenir avec votre directeur. Vous pouvez vous retirer.

Le pauvre Lerdier tournait la tête, à gauche, à droite. Il était devenu très rouge...

— Oui ! oui ! s'écria-t-il tout à coup... Je sais pourquoi vous me dites cela... Je me fous de la politique, de vous, du diable, de ce général qui est là... Je me fous de vous tous !... Et ce n'est pas une raison, vous savez !... Non ! non ! vous ne me mettrez pas nu dans une grande salle !... Non, vous ne me tâterez pas !... non, non, non !...

Et appelant son chien, il repoussa le préfet, traversa la salle en courant, disparut. De la rue, on l'entendit encore qui sifflait.

— Huitt !... huitt !... Stop !... huitt !

Le soir, vers six heures, il rentra. Les vêtements déchirés, couverts de boue, les cheveux hérissés. Il tenait derrière lui au bout d'une longue corde, le cadavre du malheureux Stop...

— Monsieur Lerdier ! s'exclama Bergeot, en levant vers le ciel, ses petits bras courts ! Ah ! mon Dieu !...

Mais Lerdier montrant le corps de l'épagneul, sanglant et raidi, grinça :

— Voilà !... vous le reconnaissez, hein ?... Vous ne me trahirez pas, hein !... C'est le préfet... Il voulait me tâter !... Alors, je l'ai tué !... comme ça !... Regardez-moi... mais regardez-moi donc, hein !... comme ça !... Le préfet !

Et, brandissant en l'air ses deux poings fermés, il se mit à tourner sur lui-même, avec une rapidité de derviche, tandis que de ses dents, brillantes, découvertes par une rétraction horrible des lèvres, un rire sortait, aigu, roulant, précipité.

L'Écho de Paris, 25 janvier 1889

Reprise de « La Main », *Gil Blas*, 22 février 1887.

MONSIEUR LE RECTEUR

Une trogne rouge, piquée de bubelettes violâtres et sortant d'un ébouriffement de cheveux couleur d'étoupe! une bouche édentée, crapuleuse, grimaçante, au coin de laquelle, du matin au soir, jute un brûle-gueule sans cesse éteint et sans cesse rallumé ; un long corps bosselé, déjeté, dont la soutane graisseuse, rapiécée, accentue les angles, les crevasses, les exostoses, — tel est monsieur le recteur du Bréno, petit village perdu, comme une île, dans la vaste lande morbihannaise. Toute la journée, monsieur le recteur va de porte en porte, de champ en champ, mendiant à l'un des sous, prenant à l'autre, œufs, beurre, laitage, ramilles mortes. Entre temps, il bouscule les filles, fesse les marmailles, menace tout le monde de l'enfer, hurle comme un bonze chinois, suce comme un roulier, et plus respecté avec cela que le bon saint Tugen qui guérit de la rage, et le grand Saint-Yves qui ressuscite les morts[1].

A peine si les habitants de ce pays maudit ont figure d'êtres

1. Dans une de ses *Lettres de ma chaumière* intitulée *Audierne* (24 août 1885), Mirbeau décrit le trajet qui conduit d'Audierne à la pointe du Raz : « ... Voici Saint-Tugen et sa belle église, Saint-Tugen célèbre par son pardon où l'on vend des clefs bénites qui guérissent de la rage. » Dans *Sébastien Roch* (1890), Mirbeau citera encore Saint-Tugen : « Ils parlèrent ensuite de saint Tugen, qui guérit de la rage, et de saint Yves qui ressuscite les marins » (première partie, chapitre VI).

humains. Sous de puants haillons, ils vont, puces terreuses que décharne la faim et que plombe la fièvre, échines dolentes, dos arqués de bêtes malades. Ils se nourrissent de lait caillé, d'eaux croupies, et, parfois, dans les bonnes années de pêche, de poisson sec qu'ils font pourrir au soleil, au bout de longues perches. La nuit, ils dorment sur les purins et les bouses fraîches des étables, pêle-mêle avec leurs bestiaux.

Et pourtant, M. le recteur, qui gouverne en souverain absolu cette population, a trouvé le moyen, sans secours extérieurs, en tondant implacablement, pendant dix années, sur cette misère, sur cette vermine, de bâtir une belle église, qui a coûté cent cinquante mille francs, et dont le clocher de granit rose, dominé d'une croix dorée, s'élance gaiement et sans remords du fonds de ce bourbier humain. Aussi dans les bourgs environnants, on dit de M. le recteur : « C'est un apôtre ! ».

Dimanche dernier, M. le recteur monta en chaire, la trogne ornée de rubescences nouvelles et plus terribles que jamais. Dans sa main, il agitait une bannière. C'était une vieille bannière usée, fanée, dont les franges étaient arrachées, dont la soie montrait de larges déchirures, une loque. La hampe en était gauchie ; la colombe d'or qui la terminait n'avait plus ni ailes ni pattes.

D'abord, M. le recteur se signa, et, tout d'un coup, dardant sur la foule des fidèles la piteuse bannière, il cria :

— Regardez-ça !... Est-ce une bannière ?... Et vous n'êtes pas honteux !... Tenez, cette belle soie rouge, elle est plus sale maintenant que les cotillons de la mère Tobic... Parce que vous êtes des cochons, tous des cochons, des cochons plus cochons que les vrais cochons de la foire d'Auray, est-ce une raison pour que vous laissiez les choses saintes, les choses de Dieu, de la très sainte Vierge, dans un état pareil de cochonnerie !... Oui da !... Vous croyez peut-être que je vais la sortir aux processions du pardon de Bekerel !... Mais je n'en voudrais pas seulement pour récurer mes marmites, pour nettoyer mon pot de chambre !... Tas de fainéants, de propres à rien, d'infidèles, de Pharisiens, vous aimez mieux vous gorger de ripailles, vous saouler comme des Anglais, forniquer comme des chiens : et ça vous est égal que le bon Dieu, la très sainte Vierge et tous les saints du Paradis s'en aillent nus et le derrière à l'air !... Je vais vous dire une chose, moi, parce qu'il faut que ça finisse : toutes vos saletés et toutes vos chienneries et toutes vos gobergeries ! il faut que ça finisse, une fois pour toutes... J'ai vu le bon Dieu cette nuit, et je vous réponds qu'il était en colère. Il m'a dit : « Je veux une bannière neuve, sacré matin ! une bannière riche, toute dorée, avec des broderies de soie, une bannière d'au moins soixante francs... je la veux, je la veux, je la veux... Jean-Marie donnera dix sous, Pierre Kernouz donnera vingt sous, la mère Tobic, qui est une vieille avare et une vieille voleuse, donnera quarante sous et un boisseau d'oignons ; le Dantu qui a vendu son veau la semaine dernière, donnera trois francs ! Et tous, tous les autres donneront trois sous, cinq livres de beurre, deux douzaines d'œufs, six mesures de blé, un minot de pommes de terre et un morceau de lard, bien gras, bien gras... » Voilà ce qu'il m'a dit, le bon Dieu !

Les fidèles étaient consternés ; aucun n'osait lever les yeux sur M. le recteur, qui continue, l'œil furibond, la bouche tordue de colère :

— Savez-vous ce que le bon Dieu m'a dit encore ?... Il m'a dit — ce sont ses propres paroles que je vous répète —, il m'a dit : « Et s'ils refusent de donner ce que j'exige, eh bien, leur affaire est claire ; je les changerai en chiens enragés, en veaux morts, en chats de mer, en chauves-souris, et ils iront tous en enfer ! »

Un ricanement, parti du bas de l'église, l'interrompit. Près de la porte, debout, un douanier se tenait, se dandinant, caressant sa barbiche grise et riant d'un rire sceptique et gouailleur. Furieux, l'écume aux dents, M. le recteur l'interpella :

— Pourquoi ris-tu, barbiche incroyante, gabelou du diable, mauvais serviteur de ton Dieu et de ton pays !... Crois-tu que Dieu ne te connaît pas ?... Crois-tu qu'il ignore tes méfaits, et les vols nocturnes, contrebandier !... Il m'a parlé de toi aussi : « Tu as dans ta paroisse, m'a-t-il dit, une barbiche impie... une canaille de barbiche... Cette vieille barbiche, au lieu de les remettre à ses chefs, va vendre à la ville les épaves trouvées et partage les mauvais gains avec les fraudeurs... Elle mérite le bagne !... Attends, attends ! si la barbiche ne donne pas une pièce de cent sous pour la bannière, elle ira au bagne d'abord, en enfer ensuite, telle est ma volonté ; tu la dénonceras aux gendarmes !... » Hein, tu ne ris plus maintenant, prévaricateur, employé concussionnaire, traître, relaps et forban !

Et s'adressant aux fidèles, il conclut :

— Vous avez entendu la volonté de Dieu !... Après la messe, vous viendrez au presbytère déposer vos offrandes. Et gare à celui qui manquera. Il y aura pour lui des pleurs et des grincements de dents.

Monsieur le recteur remisa la bannière dans le fond de la chaire, derrière lui, s'essuya le front d'où la sueur coulait :

— Maintenant, dit-il, autre chose. Et qu'on me comprenne bien. Dimanche 22 septembre[2], nous avons des élections. C'est un événement très grave. Il s'agit de renverser ces canailles, ces partageux, ces voleurs de biens nationaux, ces révolutionnaires, ces impies, toute cette fripouille qui gouverne la France, avec l'aide du diable. Votre candidat, le général Boulanger[3], l'a désigné. C'est pour lui qu'il faut voter, car le général Boulanger est un saint homme qui veut que les prêtres soient heureux et qu'on bâtisse des églises[4]. C'est l'envoyé de

2. Des élections législatives ont effectivement eu lieu le 22 septembre 1889, mais, pour les boulangistes, c'est la déroute : 38 seulement ont été élus.

3. Le général Georges Boulanger (1837-1891), appelé le général Revanche, ministre de la Guerre dans le cabinet Freycinet, vient de s'exiler à Londres, le 24 avril. Il est accusé, par la Haute Cour, de complot contre la sûreté de l'État.

4. Le parti boulangiste, soutenu par toutes les droites, avait promis de faire cesser les persécutions religieuses. Mirbeau s'est, dès le début, vigoureusement opposé au boulangisme, dans lequel il voyait une grave menace de régression intellectuelle (cf. *Combats politiques*, *op. cit.*).

Dieu ! D'ailleurs, c'est moi qui vous donnerai les bulletins. Et si quelqu'un se permet de mettre dans l'urne un autre bulletin que celui que je lui aurai remis, il ira en enfer, tout droit, dans l'autre vie.

Après quoi, s'agenouillant, il bredouilla, dans un large signe de croix :

— *In nomine Patri et Filii et Spiritus Sancti. Amen !*

*
* *

Au dehors, la lande déroulait sa pauvreté de terre à jamais stérile ; et là-bas, très loin, à l'horizon, sous le ciel mélancolique, un ruban de mer luisait, d'une pâle et morne clarté de suaire.

L'Écho de Paris, 17 septembre 1889

PAYSAGE D'HIVER

Voici la scène. Elle date de douze jours.

Il neigeait, et l'air était froid, d'un froid qui vous glaçait les os. Ce n'est point une figure de rhétorique, et je n'emploie pas la neige pour donner à la scène de misère que je vais conter un facile et vulgaire attendrissement de romance. Il neigeait réellement. Cela arrive parfois, n'en déplaise aux gens qui ont des fourrures... Donc, il neigeait, et, dans le petit bourg, chacun était rentré chez soi, portes closes, s'acagnardant au coin du feu. Je parle bien entendu de ceux qui avaient du feu, car tout le monde n'en a pas, dans ce petit bourg-là, où, par surcroît de malchance, ceux qui n'ont pas de feu habitent des maisons construites en colombage, c'est-à-dire en gel et en frimas : ce qu'on appelle des maisons à la grâce de Dieu. Dans la rue déserte, un homme parut, de cinquante ans à peu près, et vêtu de toile comme le sont les ouvriers misérables. À peine s'il pouvait marcher. Courbé en deux, les jambes tremblantes, très pâle, il s'arrêtait à chaque pas pour respirer ; et bien qu'il fît très froid, la sueur lui coulait sur le front. Après de grands efforts, il parvient à atteindre la boutique du pharmacien, et il entra.

Ce pharmacien est maire de l'endroit. C'est un homme excellent et qui fait tout le bien qu'il peut. Mais il ne peut pas grand'chose, car il n'est pas riche, et la commune qu'il administre est très pauvre. En dehors de ses revenus insuffisants, elle dispose, il est vrai, de menus legs laissés par des « bienfaiteurs » locaux et défunts. Mais à ces legs s'attachent des restrictions qui en rendent la distribution impossible et ruineuse. Ainsi le veut la philanthropie, de toute éternité.

L'ouvrier s'assit sur une chaise, en faisant d'horribles grimaces de douleur ; et il resta quelques minutes sans rien dire, haletant et poussant des plaintes sourdes. Son visage avait une indicible expression de souffrance, quoique plus tanné qu'un morceau de cuir.

— Qu'y a-t-il, mon brave ? demanda le pharmacien.

L'ouvrier dit d'une voix très faible, en hochant la tête :

— Je crois bien que je suis mort... J'ai là, dans les reins, un coup... voyez-vous, monsieur le maire... un coup... Oh ! oh ! oh !... Le coup du lapin, quoi !...

Et comme on lui demandait des détails, il répondit lentement, mettant un intervalle entre chaque mot :

— Je suis charron... c'est-à-dire, oui... enfin je travaille chez les charrons... tantôt ici, tantôt là... c'est-à-dire, je travaille quand il y a de l'ouvrage... J'étais donc, depuis quatre mois, chez Blondeau, là... dans la rue du Cloître, près du boulanger, savez bien !... Blondeau me logeait, me nourrissait, il me payait trente-cinq sous par jour... C'est guère, mais vaut encore mieux que ça rien... Enfin, voilà qu'hier j'étais en train de cercler une roue, pour la charrette du maître Drouet... vous savez bien, le maître Drouet, des Aubées... Il avait gelé, par-ci, par-là, des petites flaques prises... ça glissait...

Il parlait difficilement. Chacune de ses paroles était coupée par un gémissement de douleur.

— À un moment, je pourrais pas dire comment c'est arrivé au juste... Mon pied glisse... je lâche le cercle, qui tombe sur moi, et moi, je tombe en arrière, sur un pieu... Cré mâtin !... Je crus que j'allais passer sur le coup... Impossible de me relever... Mais la femme à Blondeau, qui avait vu la chose, vint m'aider, à me lever d'abord, puis à me conduire dans ma chambre... Je ne pouvais pas tenir debout !... Et ça me répondait là, dans les reins... Ça me répondait... Ah ! nom d'un chien !... Quand, le soir, Blondeau est rentré, j'avais la fièvre... Il me dit :

— Eh bien ! ça ne va pas donc ? — Mazette, non, ça ne va pas !... Bon Dieu ! que je souffre ! Bon Dieu ! que j'ai mal ! — C'est embêtant, ça ! — Je crois bien que c'est embêtant... J'ai une côte cassée, pour sûr, ou bien autre chose... Enfin, je suis démoli. — Sacré maladroit, va ! — Ah ! dame, c'est pas de ma faute ! — N'importe ! tu comprends que je ne peux pas te garder et te nourrir à rien faire... Il faudra t'en aller demain matin. — M'en aller, où ça ? — Où tu voudras. — Bon, bon... mais je ne peux pas marcher. — Ça ne me regarde pas.

Alors, je suis venu vous demander un conseil.

Le pharmacien avait écouté attentivement le récit de l'ouvrier.

— Eh bien ! mais, dit-il, cette affaire-là est simple... Vous avez été blessé au service de votre patron, n'est-ce pas ? Il vous doit une indemnité et les frais de maladie... C'est la loi, mon brave homme... Ça va tout seul.

— Mais puisqu'il ne veut rien me donner.

— Il ne veut pas... il ne veut pas !... On l'obligera... Voici ce qu'il faut faire... D'abord, vous allez demander au médecin un certificat constatant votre blessure... Puis, vous enverrez à Blondeau une lettre de conciliation pour lundi prochain... Naturellement, il ne viendra pas... Alors, huit jours après, vous l'assignerez... Il sera condamné à vous payer quelque chose... Il faut aussi prévoir le cas où Blondeau irait devant le Tribunal civil... Mais qu'il aille où il voudra, vous gagnerez votre affaire... C'est la loi !... On ne peut rien contre la loi ! Ça sera peut-être long, par exemple...

L'ouvrier murmura piteusement :

— Bon ! bon ! Et pendant ce temps-là, où vais-je aller, moi ?... Je n'ai pas un sou... je souffre comme un diable ! Et s'il faut coucher dehors, cette nuit, par un froid pareil... autant me tuer tout de suite !... J'aimerais mieux ça !

Et d'une voix timide, qui cherchait à étouffer les plaintes que son mal lui arrachait :

— Pourquoi que vous ne me donneriez pas un mot d'écrit pour que j'entre à l'hospice...

— C'est impossible. Vous n'êtes pas de la commune... Or, le règlement de l'hospice est inflexible. On ne peut recevoir à l'hospice que les gens domiciliés dans la commune... Encore faut-il qu'ils soient électeurs et âgés de plus de soixante ans... Nous avons accepté le legs avec ces conditions... Nous ne pouvons rien y changer.

L'ouvrier baissa la tête, et, d'un air hébété, il regarda les carreaux qui dallaient la boutique. Il dit simplement :

— C'est tout de même bien malheureux... C'est pire que des chiens, quoi !

Il y eut un silence de quelques minutes. Un client entra, acheta de la tisane, sortit. L'homme continuait toujours de regarder les carreaux. En ce moment, quelque chose de plus pesant que le cercle de fer de la roue, le sentiment de l'abandon, de la détresse, lui écrasait tout l'être. Au dehors, la neige tombait épaisse, tourbillonnante. Alors le pharmacien, d'un ton de reproche amical :

— Sans doute, c'est malheureux ! dit-il... Et votre situation n'est guère enviable... Mais aussi, vous êtes vraiment bien imprévoyant... Comment n'avez-vous pas fait des économies ?... Pourquoi avez-vous mangé tout votre argent ?... Tout votre argent !

— Ah ! trente-cinq sous par jour, sans compter le chômage, c'est pas le Pérou, savez bien...

— Oui, oui !... mais si vous aviez bu un peu moins de goutte, mon brave homme, vous auriez peut-être de quoi vous abriter de la neige, vous soigner...

— La goutte ! Eh ! si on boit la goutte, c'est parce qu'on n'a pas toujours assez de pain ni assez de viande pour vous réjouir le ventre... Ça trompe ça, la goutte ! Ça réchauffe aussi... Si on n'avait pas la goutte, allez, quelquefois... je sais pas ce qu'on ferait... Alors ?... Faut crever comme une bête ?

Le pharmacien écarta les bras en signe d'impuissance, et ne répondit pas.

— Pardon ! excuse ! monsieur le maire, dit l'ouvrier.

Et sans un mot de reproche, sans un geste de haine, péniblement, il se leva de sa chaise et, plus courbé, plus pâle encore, sous le hâle durci de sa peau, plus tremblant, il s'en alla, par la rue, toute blanche de neige. Les moineaux se blotissaient dans les trous des murailles. De la fumée sortait des cheminées. Dehors, personne que lui... Qu'est-il devenu ? Je n'en sais rien.

*
* *

Pourtant, entre ce miséreux de l'État, un contrat synallagmatique est intervenu ; l'État a dit à cet homme : « Tu m'appartiens ; je dispose de toi à mon gré. Tu ne peux rien faire, ni naître, ni aimer, ni travailler, ni mourir, sans que je sois là, rognant sur ta pauvre vie, te faisant payer l'air que tu respires, le breuvage que tu bois, le pain que tu manges, l'oreiller fangeux où tu dors. Si, à force de travail, de privations, tu parviens à acquérir un bout de champ, une maison, tu me dois une partie de ce champ, de cette maison. Si tu n'as rien, tu me devras toujours une part large de tes fatigues, de ton labeur. À l'époque où tu seras dans toute la force de tes membres, dans tout le développement de ton intelligence, dans toute l'effervescence de ton amour, je t'arracherai à la vie que tu auras choisie, et je t'enverrai pourrir dans l'enfer de mes casernes.

« Ce n'est pas tout. Nos lois sont faites de telle sorte que j'accumule autour de toi toutes les difficultés de vivre, toutes les hostilités, toutes les inégalités sociales, toutes les misères. Ce que je ne prends pas sur ta liberté, ce que je ne tonds pas sur ta carcasse désarmée, je veux que d'autres, plus riches que toi — et qui sont riches uniquement parce que tu es pauvre — le prennent et le tondent sous la protection de mes gendarmes et de mes juges. En revanche, je m'engage vis-à-vis de toi, lorsque tu seras vieux ou malade, lorsque tu seras à moitié mort, je m'engage à te recevoir dans les asiles secourables, après des formalités sans nombre et dans des conditions spéciales qui te dégoûteront peut-être de mes bienfaits. Et puis, quand tu seras mort tout à fait, je te donnerai gratis, dans un coin de cimetière, un peu de terre, où tu dormiras cette fois, pour de bon, avec les camarades. »

Et le miséreux a signé ce contrat qui n'engage que lui parce que l'État lui a montré ses prisons, ses bagnes, son échafaud.

Et cela fait pitié de penser qu'il y a encore des gens si abandonnés qu'ils ne trouvent pas un abri, lorsque la neige tombe, comme elle tombait sur les membres malades de l'ouvrier charron ; et qu'il y a encore des gens, gamins sinistres, qui ne songent, là-bas, qu'à s'invalider[1], alors que tout est à faire, dans notre société si admirable, ou plutôt, tout est à refaire[2].

Le Figaro, 24 décembre 1889

Repris dans *La Révolte* le 18 janvier 1890, puis dans *L'Écho de la semaine* le 21 décembre 1892 ; recueilli dans *Les Grimaces*.

1. Allusion aux élections législatives des 22 septembre et 6 octobre 1889, qui ont vu l'échec du mouvement boulangiste.

2. Ce texte exprime un ralliement on ne peut plus net aux thèses anarchistes. Mirbeau y restera fidèle jusqu'à sa mort.

LES ABANDONNÉS

Une après-midi de juillet, une jeune paysanne s'arrêta, très lasse, à Saint-André-du-Courtil[1], devant la grille d'un jardinet où M. Honoré Rebours, en manches de chemise, et coiffé d'un large chapeau de paille, travaillait à écussonner ses rosiers.

— C'est-y vous qu'êtes le maire d'ici ? interrogea-t-elle.

— Oui, mon enfant, c'est moi... Vous avez à me parler ?

Sans embarras, d'une voix claire, elle répondit :

— Je viens pour accoucher dans votre hospice.

M. Honoré Rebours, surpris, porta instinctivement ses regards sur la taille déformée de la jeune femme, et sur son ventre énorme qui bombait, sous une jupe de laine grossière plus courte, par devant. Il s'empressa d'ouvrir la grille, et, comme la solliciteuse paraissait fatiguée par la marche, il dit avec bonté.

— Entrez, ma fille... Vous avez sans doute besoin de manger, hein ?

— Ah ben... c'est pas de refus... et vous êtes ben honnête... Bien sûr, la route est longue depuis Vatteville... et je suis guère bastante, à c't'heure.

Il lui fit traverser le jardin, franchir le seuil de sa petite maison,

1. Il existe un Saint-André-de-l'Eure, à proximité de Pont-de-l'Arche où habite Mirbeau depuis août 1889.

et la conduisit dans une salle à manger frugale et toute blanche, meublée seulement d'une table ronde en bois de merisier et de quelques chaises de paille. Puis, l'ayant forcée à s'asseoir, il alla chercher un peu de viande froide, quelques fruits, une miche de pain, une potée de cidre.

— Allons ! ordonna-t-il, doucement, mangez d'abord... nous causerons ensuite.

Et tandis que la paysanne, étonnée, attendrie, dévorait en silence ce bon repas tombé du ciel, comme un miracle, en face d'elle, les coudes sur la table, l'œil songeur, M. Honoré Rebours l'examinait avec sympathie.

Par une exception, véritablement surprenante, le maire de Saint-André-du-Coutil, petit bourg du département de l'Eure, est un brave homme et un homme instruit. Chose plus extraordinaire encore, chez un fonctionnaire élu, il se donne le luxe inouï de penser. C'est une manière de philosophe que les questions sociales intéressent et tourmentent. Rien ne se passe dans la commune qui ne lui soit sujet à méditation. Il a donc des opinions sur bien des choses, ayant vu bien des misères et senti combien, dans l'état de notre organisation politique et sociale, il était impossible de les soulager. La commune qu'il administre est pauvre. À part les centimes additionnels, elle n'a aucun revenu. Point d'octroi, point de marché ; quand elle a payé ses services indispensables, il ne lui reste rien. Son maigre budget ne lui permet même pas de remplacer toujours les réverbères, hors d'usage, ni les arbres morts de la promenade. Elle n'a pas d'autre eau que l'eau calcaire et malsaine des puits, pas d'autres égouts que les ruisseaux des rues. Les rues sont malpropres, les maisons insalubres, les épidémies y font rage, s'acharnent, chaque année, sur cette population chétive, débilitée par la fièvre et la mauvaise nourriture, privée du nécessaire qu'ont les bêtes libres et heureuses. En vain, le maire a-t-il réclamé des secours au gouvernement. Le gouvernement est resté sourd à ses réclamations et à ses plaintes[2]. Tout ce qu'il a pu faire pour cette commune misérable, ç'a été de l'obliger à construire des écoles monumentales et de l'écraser ainsi davantage sous le poids d'une dette qu'elle ne pourra jamais payer. Le sous-préfet, radical ; le conseil général, opportuniste ; les gros propriétaires d'alentour, conservateurs, n'aiment point ce maire qui s'est tenu toujours en dehors des coteries et qui passe pour un esprit dangereux, pour un *socialiste*. Il n'a donc rien à attendre dans le gaspillage des faveurs administratives et la partialité des charités individuelles. Il fait ce qu'il peut, tout seul ; entretient de ses deniers le bureau de bienfaisance, prend à son compte la réparation des routes et les dépenses imprévues. Toute sa petite fortune passe en menus travaux d'assainissement, en charités multiples, et qui font, hélas ! l'effet d'une goutte d'eau dans la mer. Pour rendre à ces pauvres gens leur abandon moins sensible, et moins saignante leur misère, il tâche de leur inculquer un esprit de solidarité d'entr'aidement mutuel, de les grouper en une sorte de famille anarchiste. Mais il se heurte contre une force d'inertie qui les enlise dans leur croupissement[3], les rive à l'imbrisable chaîne qu'a forgée l'atavisme des longs siècles d'autorité et de religion.

Tandis que la femme mangeait. M. Honoré Rebours continuait de l'observer en silence, de ses yeux attristés. Il se sentait une fois de plus en présence d'une de ces misères sociales comme il en avait tant vu déjà autour de lui, et son cœur s'émouvait à l'idée qu'il ne pourrait rien, peut-être, pour le soulager. Son imagination marchait, marchait ; elle allait du passé au présent, l'un à l'autre reliés par les cheminements éternels des miséreux et des douloureux ; elle allait aussi vers l'avenir, tout empli de brumes noires, qui ne pouvaient percer les douces lumières des soleils futurs, promis à notre résignation.

2. Pour sa part, Mirbeau est intervenu auprès d'un ministre en faveur des misérables chaussonniers de Pont-de-l'Arche.

3. Cette force d'inertie , Mirbeau la constate aussi chez les chaussonniers de Pont-de-l'Arche (cf. note 2).

Et, mentalement, il se disait, ressassant l'inanité des théories et le découragement des espoirs impossibles : « Je sais bien ce qu'il y aurait à faire... Tout est à faire... Mais comment ? La justice, la pitié, l'amour sont entravés par les lois... Toutes les lois sont oppressives et criminelles... Elles ne protègent que les riches et les heureux... Elles sont inexorables aux pauvres gens... Est-ce que ça ne finira pas bientôt, cette société de bourgeois implacables à qui, pour se sentir vraiment riches, et pour jouir de leurs richesses volées, il faut le spectacle toujours agrandi de la souffrance humaine, comme il faut à certains débauchés la vue du sang et des chairs flagellées. » Dans ces moments-là, M. Honoré Rebours perdait de son calme philosophique. Il avait de sourdes colères, d'impatientes révoltes qui lui faisaient rêver de vagues et universelles destructions. Il se voyait, enflammant des armées de prolétaires et de meurt-de-faim, se ruer avec elles à l'illusoire conquête de la justice égalitaire et du fraternel bonheur : « Oui, s'ils voulaient, s'ils avaient conscience de leur force !... Mais ce sont des moutons et ils tendent la gorge au couteau ! »

Quand la fille eut fini de manger, M. Honoré Rebours, par un effort soudain, d'un geste involontaire de la main, comme il eût chassé des mouches importunes, chassa ces pensées harcelantes, et les tragiques visions qui s'élevaient, puis, d'une voix affectueuse et tranquille, il interrogea :

— Voyons, mademoiselle, causons un peu... Comment vous appelez-vous ?

— Justine Lecœur.

— Vous venez de Vatteville, m'avez-vous dit !

— Oui... J'étais en place, dans une ferme, tout près, à la Voie Blanche...

— Et vos maîtres ?...

— Eh bien, tant que j'ai pu travailler, ils m'ont gardée... Puis, quand le moment est venu que j'allais bientôt accoucher, ils m'ont renvoyée, en me disant que j'étais une traînée, une putain...[4] Est-ce que je sais, moi ?... Alors, j'ai été voir le maire de Vatteville... Mais il paraît que c'est défendu d'accoucher dans son hospice. « Les sœurs ne veulent pas, qu'y m'a dit... ça les offusquerait !... Va à Saint-André-du-Courtil, on te recevra !... »

M. Honoré Rebours ponctua d'une grimace cette phrase du récit de Justine, et sa physionomie prit une expression amère.

— Oui, fit-il, après un moment de silence. C'est-à-dire, mon enfant, que le maire de Vatteville s'est débarrassé de vous. Eh bien, cela me chagrine infiniment... Mais moi non plus, je ne puis vous recevoir à l'hospice... Il ne m'appartient pas et je n'ai aucune autorité... On n'y reçoit que des vieillards... Les règlements sont formels... Et encore faut-il que ces vieillards privilégiés réunissent des conditions d'âge, de moralité, de domicile, qui entravent généralement leur admission. C'est ainsi que les bienfaiteurs...

Et le maire appuya sur ce mot avec une ironie cruelle qui échappa complètement à l'esprit simple de Justine...

— Que les bienfaiteurs entendent toujours la charité... Ils demandent à la douleur ses papiers, ils exigent de la pauvreté des certificats de bonnes vie et mœurs... Il faut que les larmes leur plaisent et qu'elles aient eu de la vertu...

Justine, déconcertée, dit simplement :

— Alors, pourquoi qui m'a fait c'te menterie, le maire de Vatteville ?...

Puis, tout à coup, dans ses yeux, il y eut comme un effroi... Elle venait d'entrevoir l'affreuse solitude, l'affreux abandon où ils allaient entrer, elle et le petit être qui remuait dans ses flancs. M. Honoré Rebours continua :

— Voyons... Et vos parents ?

Elle soupira :

4. Thème traité notamment par Georges de Peyrebrune dans *Victoire-la-Rouge* (1883).

— Je n'en ai pas... Mon père a été tué dans une scierie, quand j'étais toute petite... Ma mère est morte de misère, j'avais douze ans.

— Vous n'avez pas de tantes, de cousins, de gens qui s'intéressent à vous ?

— Je n'ai personne... Ah ! si... une tante qui habite près d'ici, à Margeville... Quand ma mère mourut, elle me prit chez elle... Elle me battait et ne me donnait rien à manger... Je suis partie... Bien sûr qu'elle ne voudrait pas de moi... Ah ! bien, d'apprendre que je suis enceinte, elle en ferait une vie... Elle m'assommerait...

— Et... votre bon ami ?

— Ah ! le pauvre petit !... Il est soldat... bien loin... en Afrique[5] !

Une larme trembla au bord de ses cils ; une émotion souleva ses flancs dans lesquels une douleur vive passa, quelque chose comme le déchirement d'une fibre, qui fit pâlir son visage, meurtri de fatigue et mordu de taches de soleil.

— Parlez-moi de lui ! demanda M. Honoré Rebours.

Justine hésita quelques minutes ; peu à peu, redevenant souriante et tranquille, elle dit :

— Il travaillait à la ferme, depuis six mois, à peu près... Il était gentil et doux, doux, triste, triste... On l'appelait Jacques... « Tu as bien un autre nom ! » que je lui dis, une fois. Il n'en avait pas d'autre, monsieur... Il ne se souvenait pas d'avoir jamais eu de parents... Du plus loin qu'il se rappelait, il avait toujours rôdé sur les routes, mendiant par-ci, volant par-là... Dame ! fallait bien qu'il vive, le petit ! Et l'on n'est pas généreux, allez, par les temps qui court, dans les campagnes... On y récolte plus de coups de fourche et de coups de pierre que de morceaux de pain. Les gendarmes, une fois, le ramassèrent dans un fossé. On l'enferma dans la colonie de Saint-Nicolas-des-Bréhus... Le pauvre mignon, il y resta dix ans, bourré de gros mots, battu, jeté dans des cachots noirs, enchaîné à des murs où l'eau suintait et coulait sur son petit corps chétif et

5. Dans la version du *Journal*, Mirbeau précisera : « à Madagascar ».

malingre... Sans compter qu'un des surveillants se jeta sur lui, et le viola... Mon Dieu, si c'est possible des choses comme ça !

Opprimée par tous ces souvenirs, elle s'arrêta une seconde, les yeux vagues. Puis elle continua :

— De tous les domestiques de la femme, c'était moi qu'il préférait... Il me le disait quelquefois, et je le voyais bien. Les autres se moquaient de lui, parce qu'il n'était pas fort... Moi, ça me plaisait... Quand il avait une minute de répit, il venait près de moi... ou bien, lorsque je conduisais les vaches du pré qu'il travaillait, dans un champ voisin, il accourait... Et nous ne disions rien, le plus souvent. Le dimanche, nous allions ensemble à la messe, et toute la journée, l'hiver au chaud dans l'étable, l'été au frais dans le taillis, il était heureux de me regarder... J'avais grand pitié de lui !... Pauvre petit, sans famille... et qui avait tant souffert à la colonie ! Ça me fendait l'âme ! Un jour, il me dit : « Justine, j'ai envie de toi... il y a longtemps que j'ai envie de toi !... ça me tourmente trop... ça me tourmente ! — Alors, ça te ferait bien plaisir, que je lui dis... « Oui ! oui ! qui me répond, ça me ferait plaisir, parce que ça me tourmente... ça me tourmente... — Eh bien, petit, viens-là..., et prends du plaisir, mon mignon... Tu n'en as pas eu de trop dans ta vie ! » Le pauvre chéri, c'est vrai, n'est-ce pas ?... J'aurais pas eu le cœur de lui refuser ça !

Et en disant ces mots, toute émue, elle avait un accent de pitié maternelle d'une sincérité admirable qui remua profondément M. Honoré Rebours. Il la trouva sublime. Le vice n'avait pas effleuré ses prunelles de bonne bête aimante. Même, on voyait que le plaisir sensuel n'avait point vibré dans sa rude chair de campagnarde secourable. Elle s'était donnée pour faire plaisir à l'enfant, pour qu'il eût un peu de bonheur, et que ce bonheur vînt d'elle.

— Continuez, ma chère enfant, dit M. Honoré Rebours, dont la voix tremblait.

Justine reprit :

Alors, je suis devenue enceinte, et le petit a été pris à la conscription... Il est en Afrique, à c't'heure... Et puis, voilà, c'est tout... Il n'y a plus rien.

— Vous lui avez écrit ?

— Bien sûr que non !... Ça le tourmenterait, dites ?... A quoi bon !... Il ne peut rien pour moi... Peut-être qu'il volerait pour m'envoyer de l'argent, et qu'on lui ferait des misères... Faut que le petit soit heureux !

M. Honoré Rebours s'était levé et marchait dans la pièce étroite, en proie à une agitation insolite. Tout à coup, il endossa une veste de toile posée sur le dossier d'une chaise, renfonça, d'un grand coup de poing, son chapeau de paille, et :

— Attendez-moi, dit-il...

Il sortit précipitamment, courut au télégraphe. Il télégraphia d'abord à Évreux. La réponse ne fut pas longue. On refusait de prendre sa protégée à la Maternité. Ensuite il télégraphia à Louviers. La réponse fut identique ; c'était un « Non » brutal comme un coup de couteau. Alors, le cœur bouleversé, il se rendit à l'hôtel du Cheval Blanc, fit atteler une vieille berline, et revint chez lui...

— Je vous emmène, mon enfant, dit-il à Justine qui s'était endormie, la tête sur la table... On ne veut de vous nulle part... Nous allons voir jusqu'où peut aller l'infamie des administrations...

Une heure après, ils s'arrêtaient devant l'hôpital de Louviers... La discussion fut vive. L'économe, un petit vieux à lunettes, se retranchait derrière les règlements.

— Je me fous des règlements et de ceux qui les font, s'écria M. Honoré Rebours... Et si vous ne voulez pas recevoir cette malheureuse, eh bien, je lui dirai de tuer son enfant, et c'est vous, vous entendez bien, c'est vous que j'accuserai de ce meurtre, devant la Cour d'assises.

Cependant, tout en faisant ses réserves, l'économe, troublé, consentit à admettre Justine Lecœur. Il était temps. Le soir même, elle accouchait d'un garçon.

En rentrant, par la nuit, toute noire, M. Honoré Rebours songeait :

— Dans huit jours, on renverra cette malheureuse avec son enfant... On lui donnera un trousseau de quinze francs, quelques langes et quelques brassières, en lui disant de ne plus revenir... Et puis après ? où ira-t-elle !... Que deviendra son enfant ? Si elle travaille, qui le nourrira ?... Si elle l'élève et le nourrit, où trouver de quoi remplir ses mamelles ?... Et il y aura des femmes honnêtes, à la vertu fortifiée par de grasses rentes, qui l'insulteront, cette créature admirable de pitié, de souffrance et d'amour... Et dire qu'il n'y a pas un asile pour ces abandonnées, qu'il n'y a pas une protection, qu'il n'y a rien, rien, rien... rien que la prostitution, mais il y faut de la beauté, ou le vol, mais il faut du courage qu'elle ne doit pas avoir... ou la mort !... Le seul être au monde, de qui elle eût pu attendre du secours, dans sa détresse, de la joie, dans sa douleur, l'État le lui prend, le lui vole... Il reviendra pourri par les contacts odieux, avili par le métier, paresseux, jouisseur, ou révolté... Ou bien il ne reviendra pas... Si elle tue son enfant, un jour, pour lui épargner les horreurs de la faim... la honte des prisons ou l'épouvante de la guillotine... Ah ! qui donc rendra à jamais stériles les flancs des pauvres gens[6], et qui donc leur arrachera du cœur l'amour qui tue.

Il regarda la nuit qui enveloppait les champs, la forêt, les villages ; et il sentit s'élever en lui, du fond de son être, une pitié immense, et un immense amour, pour les pauvres voleurs et les pauvres putains, qui rôdent dans les ténèbres amies[7].

L'Écho de Paris, 28 juillet 1890

Repris dans *La Révolte*, le 16 août 1890, et dans *Le Journal*, avec des variantes, le 26 juin 1898 ; recueilli dans *Les Grimaces*.

6. Mirbeau développera ces thèses malthusiennes en 1900, dans une série de six articles du *Journal* intitulés *Dépopulation*.
7. Variante du *Journal* : « ... Pauvres voleurs. Et leurs chères sœurs, les putains qui rôdent dans les ténèbres amies... ».

UN BAPTÊME

Comme l'enfant paraissait très faible, la mère ne voulut pas attendre ses relevailles pour qu'on le baptisât. Elle s'était pourtant bien promis d'assister à cette cérémonie, de conduire elle-même, à l'église, sa fille, pomponnée de rubans blancs. Mais des petits êtres comme ça, c'est si fragile, ça n'a que le souffle ; on ne sait pas ce qui peut arriver, d'un moment à l'autre. S'ils meurent, encore faut-il qu'ils meurent chrétiens, et qu'ils aillent tout droit dans le paradis où sont les anges. Et sa fille pouvait mourir. Elle avait déjà, en naissant, le teint plombé des vieilles gens, une peau fripée, des rides au front. Elle ne voulait pas boire, et toujours, grimaçante, elle criait. Il fallait se faire une raison. On chercha dans le voisinage un parrain, une marraine de bonne volonté, et l'on se dirigea, un après-midi, vers Sainte-Anne d'Auray[1], la paroisse où l'un des vicaires avait été, le matin même, prévenu par le facteur.

Pauvre baptême en vérité, aussi morne que l'enterrement d'un vagabond. Une vieille voisine obligeante portait l'enfant, empaqueté dans ses langes, et qui criait sous un voile de hasard. Le parrain, en veste bleue, bordée de velours, la marraine, avec sa plus coquette coiffe, venaient derrière ; le père suivait, embarrassé dans son antique redingote, étroite et trop luisante. Il n'y avait pas de parents, pas

1. Voir *supra, Croquis bretons*, note 1.

d'amis, pas de biniou, pas de gais rubans, pas de cortège joyeux processionnant à travers la lande en fête. Il ne pleuvait pas, mais le ciel était tout gris. Une indicible tristesse planait sur les ajoncs défleuris, sur les brandes rousses.

Le vicaire n'était point arrivé quand ils se présentèrent à l'église. Il fallut l'attendre. Le parrain et la marraine s'agenouillèrent devant l'autel de Sainte-Anne, et marmottèrent des oraisons ; la vieille berçait l'enfant qui se plaignait, mêlant ses prières aux refrains endormeurs ; le père regarda les colonnes, les voûtes, tout cet or, tout ce marbre, surgi de la croupissante misère d'un pays désolé, comme sous la baguette d'une fée. Prosternées sous les cierges, la face presque collée aux dalles polychromes, des femmes priaient. Et des bruits de lèvres, pareils à de lointains chants de caille dans les prairies soirales, et des tintements de chapelets et des glissements de rosaires, s'égrenaient, se répondaient parmi le silence de la morne et fastueuse basilique.

Enfin le vicaire arriva, en retard d'une heure, tout rouge, nouant avec impatience les cordons de son surplis... Il était de mauvaise humeur, comme un homme brusquement dérangé de son repas... Après avoir jeté un regard dédaigneux sur le modeste compérage qui ne lui promettait pas de grasses prébendes, il s'adressa, hostile, au père :

— Comment t'appelles-tu ?

— Louis Morin...

— Louis Morin ?... Morin... ça n'est pas un nom d'ici ?... Louis Morin ?... Tu n'es pas d'ici ?

— Non, monsieur le vicaire.

— Es-tu chrétien seulement ?

— Oui, monsieur le vicaire...

— Tu es chrétien... tu es chrétien... et tu t'appelles Morin ?... Et tu n'est pas d'ici ? Hum ! Hum ! Ce n'est pas clair... Et d'où es-tu ?

— Je suis de l'Anjou...

— Enfin, c'est ton affaire... Et qu'est-ce que tu fais ici ?

— Depuis deux mois, je suis gardien de la propriété de M. Le Lubec...

Le vicaire haussa les épaules, grogna...

— M. Le Lubec ferait bien mieux de faire garder sa propriété par des gens d'ici... et ne pas empoisonner le pays d'étrangers... de gens d'on ne sait d'où ils sont... Car enfin, je ne te connais pas, moi !... Et ta femme ?... Es-tu marié, seulement ?

— Mais oui, je suis marié, monsieur le vicaire. Je vous ai fait remettre mes papiers, pour l'acte, par le facteur.

— Tu es marié... tu es marié... c'est facile à dire... Tes papiers ? c'est facile à faire. Enfin, nous verrons ça... Et pourquoi ne t'aperçoit-on jamais à l'église ?... Tu ne viens jamais à l'église, ni toi, ni ta femme, ni personne de chez toi ?...

— Ma femme a toujours été malade depuis que nous sommes ici ; elle n'a pas quitté le lit, monsieur le vicaire... Et il y a beaucoup de travail à la maison.

— Tu es un impie, voilà tout... un hérétique... un *montagnard*... Et ta femme aussi !... Si tu avais brûlé une douzaine de cierges à notre bonne mère Sainte Anne, ta femme n'aurait point été malade. C'est toi qui soignes les vaches, chez M. Le Lubec ?

— Oui, monsieur le vicaire, sauf votre respect.

— Et le jardin ?

— C'est moi aussi, monsieur le vicaire.

— Bon... Et tu t'appelles Morin ?... Enfin, ça te regarde.

Puis, brusquement, il ordonna à la vieille d'enlever le bonnet de l'enfant et sa bavette...

— Est-ce une fille, un garçon ?... Qu'est-ce que c'est que cet enfant ?

— C'est une fille, la chère petite, chevrota la vieille, dont les doigts malhabiles ne parvenaient pas à dénouer les brides du bonnet, une fille du bon Dieu, la pauvre petite enfant !...

— Et pourquoi crie-t-elle ainsi ?... Elle a l'air malade... Enfin, ça la regarde... Dépêche-toi...

Le bonnet enlevé, l'enfant apparut avec son crâne glabre, plissé, marqué, de chaque côté du front, de deux meurtrissures bleuâtres. Le vicaire vit les deux meurtrissures, et il s'écria :

— Mais elle n'est pas venue naturellement, cette fille-là ?

Alors le père expliqua :

— Non, monsieur le vicaire... La mère a failli mourir... On lui a mis les fers... Le médecin parlait d'avoir l'enfant par morceaux... Pendant deux jours nous avons été bien inquiets...

— Et lui a-t-on administré le baptême de la famille, au moins ?

— Bien sûr, monsieur le vicaire. On craignait de ne pas l'avoir vivante.

— Et qui le lui a administré, le baptême de la famille ?... La sage-femme ?

— Oh ! non ! monsieur le vicaire... C'est le docteur Durand...

À ce nom, le vicaire s'emporta :

— Le docteur Durand ? Mais tu ne sais donc pas que le docteur Durand est un hérétique, un montagnard ?... qu'il s'ivrogne et vit en concubinage avec sa bonne ?... Et tu crois qu'il a baptisé ta fille, le docteur Durand ?... Triple imbécile !... Sais-tu ce qu'il a fait, ce monstre, ce bandit, le sais-tu ?... Eh bien, il a mis le diable dans le corps de ta fille... Ta fille a le diable dans le corps... c'est pour ça qu'elle crie... Je ne peux pas la baptiser...

Il se signa et murmura quelques mots latins, d'une voix si colère qu'ils ressemblaient à des jurons. Comme le père demeurait ébahi, la bouche ouverte, les yeux ronds, ne disant rien :

— Et qu'as-tu à me regarder avec cet air d'imbécile ?... grogna le vicaire... Je te dis que je ne peux pas baptiser ta fille... As-tu compris ?... Remmène-là d'où elle vient... Une fille en qui le diable habite !... Ça t'apprendra à ne pas appeler le docteur Marrec... Tu peux aller soigner tes vaches... Morin, Durand, Enfer et Cie...

Louis Morin ne trouva à prononcer que ces mots, tandis que, obstinément, il tournait et retournait dans ses mains son chapeau :

— C'est incroyable... c'est incroyable... Comment faire ?... Mon Dieu, comment faire ?

Le vicaire réfléchit un moment et, d'une voix redevenue plus calme :

— Écoute, fit-il... Il y a un moyen... peut-être... Je ne peux pas baptiser ta fille tant qu'elle aura le diable dans le corps... Mais je peux, si tu y tiens, lui enlever le diable du corps... Seulement, c'est dix francs...

— Dix francs ?... s'exclama Louis Morin, consterné. Dix francs ? C'est bien cher... c'est trop cher...

— Eh bien, mettons cinq francs, parce que tu es un pauvre homme... Tu me donneras cinq francs... Puis, à la récolte, tu me donneras un boisseau de pommes de terre, et au mois de septembre, douze livres de beurre... Est-ce entendu comme ça ?...

Morin se gratta la tête, durant quelques minutes, perplexe...

— Et vous la baptiserez par-dessus le marché ?

— Et je la baptiserai par-dessus le marché... Ça va-t-il ?

— C'est bien des frais... murmura Morin... bien des frais...

— Acceptes-tu ?

— Eh bien oui... Seulement, tout de même, c'est bien des frais...

Alors, le vicaire, prestement, passa ses mains sur la tête de l'enfant, lui tapota le ventre, bredouilla des mots latins, esquissa, dans l'air, des gestes étranges.

— Allons ! fit-il, maintenant le diable est parti... On peut la baptiser...

Puis, reprenant les mots latins, il aspergea d'eau le front de la petite fille, lui mit un grain de sel dans la bouche, se signa, et gaiement :

— Allons ! fit-il encore. Maintenant, elle est chrétienne, elle peut mourir...[2]

Ils revinrent à travers la lande, tête basse, silencieux, en proie à de vagues terreurs. La vieille marchait devant, portant l'enfant, qui criait toujours ; le parrain, la marraine venaient derrière ; Morin suivait à distance. Le soir tombait, un soir brumeux, tout plein de formes errantes, un soir spectral que dominait, du haut de la tour, l'ironique et miraculeuse image de sainte Anne, protectrice des Bretons.

L'Écho de Paris, 7 juillet 1891

Recueilli dans *Les Vingt et un jours d'un neurasthénique* (chapitre XX).

2. L'anecdote est véridique, et Mirbeau, qui en a été témoin, la rapporte dans une lettre à Paul Hervieu, le 30 août 1888. Dans ce récit épistolaire, le « bon » docteur s'appelle Jardin, et le mauvais, Eonet ; le curé ne consent aucun rabais, et empoche les dix francs ; et après avoir « fait quelques passes sur la tête et la poitrine de l'enfant », il déclare : « Na ! le diable est parti... on peut le baptiser ». Puis, après le baptême : « Na ! il est chrétien... Il peut mourir. » (collection Pierre Michel).

LA FOLLE

La Seine coule au bas de mon jardin, parsemée d'îles charmantes[1]. Dans l'une de ces îles est une maison, ou plutôt une cabane, faite de planches goudronnées qui reluisent, sous le soleil, comme des planches de métal poli. Autour de la maison s'étend, à droite, une prairie bordée de hauts peupliers ; à gauche, une oseraie, véritable et inaccessible jungle, va s'amincissant comme la coque d'un navire de féerie, et finit en pointe d'éperon dans le fleuve. En ce sol d'alluvion, toujours frais, abondamment nourri de pourritures végétales, gorgé d'ordures fertilisantes que, sans cesse, l'eau charrie et dépose, la végétation est extraordinaire. Les herbes prennent d'insolites proportions d'arbres ; les orties montent et s'embranchent ainsi que des hêtres ; les verbascums aux hampes jaunes, les consoudes aux pâles fleurs bleuâtres, y font des touffes anormales, monstrueuses : des voûtes de feuillage, des cavernes d'ombre au fond desquelles on pourrait s'allonger et dormir. Et les liserons grimpent partout, se rejoignent, s'enlacent aux osiers, secouant dans l'air leurs clochettes blanches... De grands hélianthes gardent le seuil de la cabane ; l'unique fenêtre s'orne d'un pot de grès où fleurit un grêle géranium.

C'est là qu'habite la mère Riberval.

1. Mirbeau habite alors aux Damps, près de Pont-de-l'Arche (Eure). Sa maison domine la Seine.

Soixante ans, haute, droite sur ses jambes, les bras musclés, les reins puissants, elle est plus dure au travail qu'un terrassier. C'est elle qui fauche sa prairie, qui fane son foin, qui met son foin en meules, en inutiles meules, car, lorsque le vent ne le disperse pas, toujours le foin pourrit sur place, et personne ne l'achète. L'hiver, sa jupe roulée et ficelée autour des cuisses, en forme de pantalon, elle coupe son osier, alerte et vive, sans faire attention aux ronces qui lui éraflent la figure et les mains. L'osier, soigneusement bottelé, finit par pourrir lui aussi, comme le foin, sans trouver d'acquéreur. La mère Riberval bêche encore un petit coin de jardin qu'elle n'ensemence jamais, ou bien elle ébranche ses peupliers, sans cesse en train de quelque mâle et vaine besogne. Un cochon qu'elle engraisse chaque année, un cochon tout rose et folâtre dans la verdure, la suit comme un chien ; et quelques poules grattent les touffes d'herbes. Pas loin de la cabane, dans une petite crique du fleuve, s'amarre au tronc penché d'un saule un vieux bachot qui sert à la mère Riberval, par les nuits sombres, à tendre des lignes de fond, et à traverser la Seine le dimanche, à l'heure de la messe, qu'elle ne manque jamais.

Son histoire est courte. Mariée, elle perdit, après deux ans de vie commune, son mari, un braconnier de rivière, adroit et rusé. Mère, elle vit, l'année suivante, mourir sa petite fille, qu'elle adorait. Restée seule, elle prit des allures bizarres, un air un peu farouche. Son regard n'était pas bon lorsqu'il rencontrait le regard de quelqu'un. Elle ne voulut plus parler à personne et se cachait dans sa cabane dès qu'une barque de pêche ou une yole élégante côtoyaient de trop près son île. On disait que, la nuit parfois, elle allait accoster les péniches, et qu'elle échangeait un peu de vin contre beaucoup de poisson.

Je la vois, de ma fenêtre, peinant tout le jour dans son île. La distance la rend étrange et un peu surnaturelle. Avec sa chevelure éparse, flottant dans la brise, sa jupe en coup de vent, ses longues, ses rapides enjambées qui semblent l'enlever au-dessus des herbes, on dirait une sorte de fantôme volant ou une sorcière comme il y en avait, autrefois, dans les îles enchantées de faiseurs de contes.

Un jour d'orage, la rafale s'acharna contre les meules de foin. De grandes mèches blondes, de longues queues de comètes éteintes, tourbillonnaient, volaient, emportées, au loin, dans le fleuve. Et la mère Riberval, les bras en l'air, ses jupes claquant comme des toiles ralinguées, bondissait, oblique, au-dessus du sol, essayant de retenir, au passage, les longues chevelures fuyantes de foin qui, parfois, s'accrochaient, très haut, aux branches des peupliers et se tordaient, et claquaient, ainsi que des drapeaux déchirés. Derrière elle, le cochon sautelait à petits bonds, poussait des ruades courtes, tournait sur lui-même, mêlant, dans le fracas du vent, aux hululements de sa maîtresse, de plaintifs, perçants et étranges grognements. Longtemps ce spectacle m'obséda, m'impressionna comme un cauchemar.

La mère Riberval n'aime pas qu'on vienne dans son île. Elle éloigne les promeneurs d'un regard qui ne promet rien de bon, d'un regard obstiné et fixe qui pèse sur eux comme une menace. Les pêcheurs à la ligne n'osent plus s'aventurer le long des petites plages de sable où le goujon pullule, ni au-dessus des trous profonds au fond desquels sommeillent les grosses capres dans leur cuirasse d'or. Elle est seule, toujours seule, n'ayant pour ordinaires compagnons de sa vie que le cochon rose, les poules noires, et aussi les corbeaux qui, le soir, repus, avant de rentrer des champs dans la forêt, s'arrêtent, un instant, au haut des peupliers.

Les gens du pays disent :

— Tout ça n'est pas clair !... Tout ça n'est pas naturel !

Et hochant la tête, ils jettent sur l'île un regard d'effroi, comme si l'île était hantée de quelque diabolique mystère.

*

* *

Voilà plus de quinze jours que je n'ai vu la mère Riberval dans son île. La cabane est fermée ; le pot de géranium a disparu de la fenêtre, et les grands hélianthes, qui gardaient le seuil, penchent sur le seuil leurs tiges pourries et mortes. Les osiers, qui n'ont pas été coupés cette année, rougeoient comme des flammes parmi les herbes reverdissantes. Que se passe-t-il ? La mère Riberval est-elle malade ?... Est-elle morte ?... Quel drame a soufflé par là ?... Je m'informe auprès d'un voisin, un vieux jardinier pensif qui, justement, se promène le long du chemin de halage.

— Comment ?... Vous ne savez pas ? me dit-il. Vous ne savez-pas ?... Ils l'ont emmenée !... Elle est chez les fous...

Et comme je m'étonne :

— Ah ? vous ne saviez pas ?... Il y a longtemps que le maire voulait l'île pour son gendre !... Il a fait un rapport... Le médecin aussi a fait un rapport... Alors, ils l'ont emmenée !... Oui, oui, elle est chez les fous... Tenez, demain, on fait sa vente... Ils ont déjà vendu le cochon et les poules... Ils ont ensuite vendu la terre... Demain, on vend les pauvres meubles et les pauvres frusques...

J'objecte :

— Mais pourquoi ?... Et quand elle reviendra ?...

Le jardinier hoche la tête.

— Elle ne reviendra plus... C'est fini... Ils disent qu'elle est folle. Quand on dit de quelque malheureux qu'il est fou, et qu'on l'emmène... il ne revient jamais...

Je proteste :

— Mais elle n'est pas folle, la mère Riberval... Elle est bizarre, voilà tout !... Elle est étrange... elle n'est pas comme tout le monde... Mais folle !

— Ils l'ont emmenée... C'est fini... Bien sûr qu'elle n'est pas folle... Je suis allé, hier, visiter la cabane avec l'huissier, qui fera la vente, demain... Je voudrais que vous vissiez cela, ça fend le cœur !...

C'est propre, propre !... Les meubles astiqués, le linge bien rangé dans l'armoire... Dans un tiroir, il y avait des petits rubans de soie, bleus, pliés avec un soin, avec une tendresse ! et des petits bonnets ! et des petites mitaines !... C'étaient les rubans, les bonnets et les mitaines de sa petite qui est morte !... Est-ce qu'une folle a de l'ordre comme ça ?... Est-ce qu'elle a du souvenir comme ça ?...

Je ne puis m'empêcher de m'écrier :

— On n'a pas le droit...

Mais le bonhomme m'interrompt...

— Contre les petits et les malheureux, contre tous les êtres qui sont sans défense, on a toujours le droit, monsieur... on a toujours le droit !...

Puis, après un silence pénible, le vieux jardinier reprend :

— J'en ai déjà bien vu des gens qu'on a enfermés !... Eh bien ! ils n'étaient pas fous... On les a enfermés parce que les uns étaient trop tristes, les autres étaient trop gais... D'abord, moi, je crois qu'il n'y a pas de fous !... il y a des gens qui ont leur idée... il y a des gens qu'on ne comprend pas bien... Voilà tout !...

Nous marchons quelques pas en silence... Et j'admire ce vieux homme, dont le regard est plein de mystère, qui a vu, tant de fois, naître, mourir et renaître la vie... Il reprend :

— Pour la mère Riberval, ce qui a décidé les autorités, c'est qu'un dimanche, elle est venue à la messe avec une grande corde... Eh bien ?... est-ce qu'on sait ?... elle avait son idée, sans doute...

Puis, brusquement, il hausse les épaules et s'en va...

Moi, je reste un instant, au bord du fleuve... Une mélancolie affreuse me vient de cette île, en face, de cette cabane muette, de ce vieux jardinier songeur, qui s'en va lentement, voûté et tremblant, et j'entends toujours résonner à mes oreilles, comme un écho de l'éternelle douleur humaine, de l'éternel malentendu humain, cette phrase :

La folle

— Il y a des gens qu'on ne comprend pas bien, voilà tout !...

L'Écho de Paris, 30 août 1892

Repris dans *L'Écho de la semaine*, le 21 septembre 1892 ; recueilli dans *La Vache tachetée*.

COLONISONS

« Ces bandits de Dahoméens... »
Les journaux

Je me rappelle l'étrange sensation de « honte historique », que j'éprouvai, quand à Candy, l'ancienne et morne capitale de l'île de Ceylan[1], je gravis les marches du temple, où les Anglais égorgèrent les petits princes Modéliars, que les légendes nous montrent si charmants et pareils à ces icônes japonaises, d'un art si merveilleux, d'une grâce si hiératiquement calme et pure, avec leurs mains jointes, et dans leur nimbe d'or. Je sentis qu'il s'était accompli là, sur ces marches sacrées, non encore lavées de ce sang par quatre-vingts ans de possession violente[2], quelque chose de plus horrible qu'un massacre humain, quelque chose de plus bêtement, de plus lâchement, de plus bassement sauvage : la destruction d'une précieuse, émouvante, innocente Beauté. Dans cette Inde agonisante et toujours mystérieuse, à chaque pas qu'on fait sur ce sol ancestral, les traces de cette double

1. En fait, Mirbeau n'a jamais mis les pieds à Ceylan, qu'il évoquera à nouveau dans *Le Jardin des supplices*.

2. Le roi de Kandy ayant abdiqué en 1815, face à l'agression anglaise, l'Angleterre imposa à Ceylan, le 2 mars, la *Convention and Act of Settlement* qui lui assurait la totale domination de l'île. La révolte de 1818 fut réprimée dans le sang.

barbarie européenne demeurent. Les boulevards de Calcutta, les fraîches villas himalayennes de Darjilling, les fastueux hôtels des traitants de Bombay, n'ont pu effacer l'impression si intense de deuil et de mort, que laissèrent, partout, l'atrocité du massacre et le vandalisme de la destruction bête : ils l'accentuent, au contraire. La civilisation, en n'importe quels endroits où elle parut, montre cette affreuse face gemellée de sang et de ruines. Elle peut dire comme Attila : « L'herbe ne croit plus, où mon cheval a passé. »

Ah ! que la petite ville morte de Candy me sembla triste et poignante ce jour-là. Dans le soleil torride, un lourd silence planait, avec les vautours, sur elle. De noirs corors, fouillant les tas d'ordures matinales, défendaient les approches des rues. À vingt pas du temple, près d'un figuier énorme, aux branches multipliantes, une sorte de bonze, en robe jaune, à visage pythagoricien, lavait des oiseaux, tout petits et piaillants, sur le rebord d'une fontaine. Et quelques Hindous sortaient du temple, où ils avaient porté des fleurs au Bouddha[3]. La douceur profonde de leurs regards, la noblesse de leur front, la faiblesse souffrante de leur corps, consumé par la fièvre, la lenteur de leur biblique démarche, tout cela m'émut jusques au fond des entrailles. Ils semblaient en exil sur la terre natale, près de leur Dieu enchaîné, gardé par les cipayos, et dans leurs prunelles noires, si pleines de résignation et de bonté, il n'y avait, comme dans celles des martyrs, plus rien de terrestre, plus rien qu'un rêve, de libération corporelle, une attente de l'au-delà, la nostalgie des rayonnants et fervents nirvanas. Je ne sais quel respect humain me retint de m'agenouiller devant ces douloureux, ces vénérables pères de ma race, de ma race parricide. Je me contentai de me découvrir humblement. Mais ils passèrent sans me voir, sans voir mon salut, ni l'émotion filiale qui me gonflait le cœur.

3. Allusion au Dalada Maligawa, célèbre temple censé abriter une dent de Bouddha. Mirbeau fait erreur en parlant d'Hindous : les Hindous de Ceylan, qui sont des Tamouls, sont hindouistes et non bouddhistes, comme les Cinghalais.

Après avoir visité le temple pauvre et nu, qu'un gong décore à l'entrée, seul vestige des richesses anciennes, après avoir respiré l'odeur des fleurs — étranges orchidées, pâlissantes roses — dont l'image couchée du Bouddha était toute jonchée, je remontai mélancoliquement vers la ville déserte. Évocation grotesque et sinistre du progrès occidental, un pasteur protestant — seul être humain — y rôdait, rasant les murs, une fleur de lotus au bec. Sous cet aveuglant soleil, il avait conservé, comme dans les brumes métropolitaines, son caricatural uniforme de clergyman : feutre noir et mou d'Auvergnat, longue redingote noire à col droit et crasseux, pantalon noir, retombant, en plis crapuleux, sur de massives chaussures de routier. Ce costume revêche de prédicant s'accompagnait d'une ombrelle blanche, sorte de panka protatif et dérisoire : unique concession que le cuistre eût faite aux mœurs locales, et au soleil de l'Inde que les Anglais n'ont pu transformer en brouillard de suie. Et je songeai, non sans irritation, qu'on ne peut faire un pas de l'équateur au pôle, sans se heurter à cette face louche, à ces yeux rapaces, à ces mains crochues, à cette bouche immonde qui bave sur les divinités charmantes, sur les mythes adorables des religions enfants, avec l'odeur du gin cuvé, l'effroi des versets de la Bible.

Partout où il y a du sang versé à légitimer, des pirateries à consacrer, des violations à bénir, de hideux commerces à protéger, on est sûr de le voir, cet obsesseur Tartuffe britannique, poursuivre, sous prétexte de prosélytisme religieux ou d'étude scientifique, l'œuvre de la conquête abominable. Son ombre, astucieuse et féroce, se profile sur la désolation des peuplades vaincues, accolée à celles du soldat égorgeur et du Shylock[4] rançonnier. Dans les forêts vierges, où l'Européen est plus dérouté que le tigre, au seuil de l'humble paillote détruite, entre les cases saccagées, il apparaît après le massacre, comme, les soirs de bataille, l'écumeur d'armée qui vient détrousser les morts. Digne acolyte, d'ailleurs, de son concurrent le missionnaire

4. Shylock, l'usurier du *Marchand de Venise*.

catholique, lequel dissimule aussi, sous son froc, le tablier du mercant, et fait de son église un comptoir d'où il approvisionne les marchés de l'Europe, en gommes, ivoires, thés, épices, conquis dans les razzias. « Admirables héros, s'exclament les honnêtes gens, et qui vont porter, au risque de leur vie, la lumière de la civilisation, là-bas. » Ah ! elle est jolie leur lumière, là-bas. Elle brille au bout des torches, flamboie à la pointe des sabres et des baïonnettes !

*
* *

Nous n'avons pas, dans le jugement des actes contemporains, la liberté d'esprit, ni l'impartialité, ni l'impersonnalité nécessaire. Nous sommes trop près d'eux et trop en eux. Il faut à un acte politique ou social de quelque importance, pour lui assigner une portée historique, ce recul du temps où, dégagée des menus détails qui l'obscurcissent, des préjugés, des habitudes, des passions immédiates, apparaît la synthèse, véritable atmosphère de l'histoire.

Cependant on peut dire, car elle a sa comparaison dans le passé, que l'histoire des conquêtes coloniales sera la honte à jamais ineffaçable de notre temps. Elle égale en horreur, quand elle ne les dépasse pas, les atrocités des antiques époques de sang, atteintes de la folie rouge du massacre. Notre cruauté actuelle n'a rien à envier à celle des plus féroces barbares, et nous avons, au nom de la civilisation et du progrès — masques du sanguinaire commerce —, nous avons, sur des peuples, candides et doux, sur de vaillantes et belles races, telles des Arabes, renouvelé en les développant, les raffinements de torture de l'Inquisition espagnole, « actes de démons », dit l'Anglais Herbert Spencer. Et Washington Irving[5], qui a rassemblé un grand nombre de témoignages effroyables, écrit : « Avouons qu'un doute fugitif

5. Herbert Spencer (1820-1903), philosophe anglais ; Washington Irving (1783-1859), essayiste et historien américain.

traverse notre esprit, et nous nous demandons si on applique toujours bien à qui de droit le nom, arbitraire du reste, de sauvage ? »[6]

Je connais un vieux colonel. C'est le modèle de toutes les vertus. Le soir, entouré de sa famille, il aime, le bon vieux, en passant ses doigts noueux dans les chevelures de ses petits enfants groupés autour de son fauteuil de valétudinaire, il aime à raconter ses campagnes d'Afrique.

— Ah ! les brigands d'Arabes ! dit-il, avec des colères demeurées vivaces... Ah ! les traîtres ! les monstres ! Ce que nous avons eu de mal à les civiliser... Mais j'avais trouvé un truc.

Et sa physionomie se rassénère, ses yeux sourient malicieusement.

— Ce truc, le voici... Ils n'étaient pas *mouches*, mes amis... Lorsque nous avions capturé des Arabes révoltés, je les faisais enterrer dans le sable, tout nus, jusqu'à la gorge, la tête rase, au soleil... Et je les arrosais comme des choux... Au bout de quelques minutes, les paupières se gonflaient, les yeux sortaient de l'orbite, la langue tuméfiée emplissait les bouches ouvertes, et la peau craquait presque, se rissolait sur les crânes nus... Ils mouraient en faisant d'affreuses grimaces... C'était trouvé, ça, hein ?

— Raconte encore, grand-père... raconte ! implorent les enfants émerveillés.

Et le bon vieux colonel ajoute, avec un air d'orgueil.

— J'en ai enterré comme ça plus de six cents à moi tout seul... Ah ! les traîtres !

Car dans l'argot de la pègre militariste et de bagne politique, toute résistance à l'envahisseur s'appelle trahison, et l'on nomme bandits les pauvres diables qui défendent leurs femmes, leurs foyers, leur sol.

Et j'ai eu le frisson, je vous assure, en lisant cette dépêche de l'*Agence Havas* :

6. Allusion à *Un tour dans les prairies* (1835).

« Le colonel Dodds[7] ne se propose pas de rester à Abomey après la prise de cette ville et de l'occuper à poste fixe.

« Son plan consiste à la brûler complètement. En se retirant, il détruira également Kana de fond en comble. Il ravagera en outre les villages et les territoires des tribus qui se sont déclarées contre nous, de manière à leur infliger un châtiment dont ils conservent un souvenir durable. »

Je ne sais pas si M. Jules Ferry a pensé quelquefois à cet hémistiche de Leconte de l'Isle :

« ... Et l'horreur d'être un homme. »

Le Journal, 13 novembre 1892

Publié sous le pseudonyme de Jean Maure ; réutilisé partiellement dans *Le Jardin des supplices* (II, 5), où la narratrice est le personnage de Clara. Repris avec des variantes dans « Civilisons », *Le Journal*, 22 mai 1898.

7. Général Dodds (1842-1922), commandant de l'expédition (1892-1894) contre le Dahomey de Béhanzin.

?

Mon ami B...[1] fut toute sa vie un voyageur intrépide. Il n'est pas en Europe un pays qu'il n'ait exploré dans tous les sens, observé sous tous ses aspects, étudié avec cette belle conscience qu'il mettait à tout ce qu'il entreprenait. Répudiant les opinions toutes faites, les entraînements du moment, les haines transitoires qui sont comme autant de bandeaux par nous-mêmes collés à nos yeux d'aveugles volontaires, mon ami a consigné, en des notes qu'il vient de me léguer, ses observations de tous les jours. Elles ont, du moins, ce mérite rare d'émaner d'un des plus libres esprits que j'aie connus, et de n'exprimer jamais que la vérité, parfois un peu rude, des choses vues. Je détache aujourd'hui de ces nombreux feuillets, encore sans ordre, ces quelques pages impressionnantes, et je laisse à nos lecteurs, chauvins et autres, le soin de deviner quel est le pays dont parle mon ami B...[2]

« ... Dans les grandes villes, j'ai vu quelques beaux régiments de cavalerie ; on les montre d'ailleurs avec ostentation aux étrangers, en ayant l'air de leur dire : "Hein ! voilà une armée ! Et malheur à qui

1. Dans *Les Vingt et un jours d'un neurasthénique*, le personne se nomme Ulric Barrière.

2. Il s'agit de la Russie, et ce texte a été écrit à la veille de l'arrivée en France de la flotte russe à Toulon, sous la conduite de l'amiral Avelanne.

s'y frotterait !" Au fait, ce ne sont pas des régiments de soldats, mais de clowns. J'ai assisté souvent à des sortes de revues, et j'ai eu tout le temps l'impression d'être au cirque. Ces cavaliers sont étonnants ; ils font mille tours d'adresse, d'équilibre et de gymnastique, sur leurs chevaux dressés à ces jeux. Et cela brille, chatoie, fulgure sous le soleil. Je n'ai pas remporté de ce spectacle la sensation d'une force, mais d'une parade de théâtre. On sent qu'il n'y a rien derrière ce décor un peu extravagant et barriolé... Et c'est étrangement douloureux...

En rentrant ce soir à mon hôtel, par un des faubourgs de la ville, j'ai aperçu, assis sur une borne de pierre, à l'angle d'une rue, un très vieux Juif. Le nez crochu, la barbe en fourche, l'œil miteux, couvert de puantes guenilles, il chauffait au soleil sa carcasse décriée. Un officier passa, qui traînait, sur la chaussée sonore, un grand sabre. Voyant le Juif, il s'arrêta près de lui, et sans provocation de celui-ci, par une simple distraction de brute, il se mit à l'insulter. Le vieux Juif ne semblait pas l'entendre. Furieux de cette inertie, qui n'était pas de la peur, l'officier souffleta le Juif avec tant de force, que le pauvre diable fut projeté de la borne sur le sol où il gigota ainsi qu'un lièvre atteint d'un coup de feu. Quelques passants, bientôt une foule s'étaient assemblés, joyeux de l'aventure, autour du Juif tombé, et ils lui faisaient : "Hou !... hou !... ", et il lui donnaient des coups de pied, et ils lui crachaient dans sa barbe. Le Juif se releva avec beaucoup de peine, étant très vieux et débile comme un petit enfant, et sans nulle colère dans ses yeux qui n'exprimaient que de la stupéfaction pour un acte d'une si inexplicable, si illogique brutalité, il murmura :

— Pourquoi me bats-tu ? Je ne t'ai rien fait... Cela n'a pas le sens commun de me battre... Tu es donc fou !

L'officier haussa les épaules et continua son chemin, accompagné de la foule qui l'acclamait comme un héros[3].

À mesure qu'on pénètre plus avant dans le pays, loin des grands centres, on ne voit plus rien que de la misère, que de la détresse. Cela vous fait froid au cœur. Partout des figures hâves, des dos courbés. Quelque chose d'inexprimablement douloureux pèse sur la terre en friche et sur l'homme aveuli par la faim. On dirait que sur ces étendues désolées, souffle toujours un vent de mort. Les bois sombres, où dorment les loups, sont sinistres à regarder, et les petites villes, silencieuses et mornes comme des cimetières... Nulle part on n'aperçoit plus d'uniformes brillants ; les cavaliers aux voltiges clownesques ont disparu. Je demande : "Et l'armée ? Où donc est-elle, cette armée formidable ?" Alors on me montre des êtres déguenillés, sans armes, sans bottes, qui errent par les chemins et qui, la nuit, rançonnent le paysan, dévalisent les métairies, mendiants farouches, vagabonds des crépuscules meurtriers ; et l'on me dit : "Voilà l'armée ! Il n'y en a pas d'autres !... On garde dans les villes, çà et là, de beaux régiments qui jouent de la musique, mais l'armée, c'est ces pauvres diables !... Il ne faut pas trop leur en vouloir d'être comme ils sont... car ils ne sont pas heureux, et on ne leur donne pas toujours à manger !"

Voilà quinze jours que je suis l'hôte du comte B...[4] Le château est confortable, les vins y sont délicieux, la cuisine exquise, les femmes charmantes, et nous sommes servis par une armée de domestiques.

3. Dans un chapitre de *La 628-E-8* (Fasquelle, 1907), intitulé *Pogromes*, Mirbeau racontera plusieurs histoires similaires. Il évoquera cette anecdote lors d'un meeting pendant l'affaire Dreyfus, le 16 décembre 1898, à la salle du Pré-aux-Clercs, 85 rue du Bac. Il dira alors qu'il a été témoin de la scène en Hongrie quinze ans plus tôt.

4. Dans *Les Vingt et un jours d'un neurasthénique*, il s'agit du prince Karaguine.

Le comte, fonctionnaire considérable de l'État, est riche comme un banquier juif. La terre qui attient au châtau s'étend, plaines et forêts, sur un espace grand comme un petit royaume. Nous chassons toute la journée, et je ne crois pas qu'il y ait quelque part en France, même chez les plus fastueux financiers, des chasses aussi bien peuplées de tous les gibiers connus. Chaque jour, c'est un véritable massacre, une folie de destruction, des empilements rouges de bêtes tuées.

Ce soir, nous nous apercevons que nous manquons de cartouches. Il n'y a plus de poudre dans le château. Il va falloir aller à la ville en acheter. Et la ville est très éloignée. De plus, les chemins sont devenus impraticables, par suite des orages récents. Les chasseurs se lamentent ; car demain, peut-être, ils ne pourront pas tuer. Mais notre hôte les rassure...

— La poudre, nous dit-il... rien de plus facile... l'arsenal est tout près... Nous allons y aller, c'est une promenade.

Naïf, j'objecte :

— Mais on ne vend pas de poudre à l'arsenal...

— On vend tout ! répond joyeusement notre hôte...

Et nous partons.

À l'arsenal, il n'y avait plus de poudre...

— Nous avons vendu le dernier kilo hier, déclare l'officier.

— Ah ! c'est très contrariant ! maugrée notre hôte... Mais voyons, vous avez bien des obus ?... Coûte que coûte, il nous faut de la poudre.

L'officier fronce un peu les sourcils, comme pour rappeler à soi la mémoire des comptabilités oubliées...

— Des obus ! dit-il... Sans doute, il y en a... Mais il n'y a peut-être plus de poudre dans les obus... Nous allons voir !... Je ne me souviens plus au juste.

On dévisse quelques obus... En effet, il n'y a plus de poudre !... Ils sont tous vides !

— J'en attends tous les jours ! nous dit l'officier, sur un ton de boutiquier dépourvu de marchandises...

Et s'adressant au Comte B...

— Mille regrets, monsieur le comte... Si j'avais su que vous en eussiez besoin, je vous l'aurais gardée...

Mais cette excuse ne fait pas du tout l'affaire du comte, qui s'impatiente.

— Enfin monsieur, dit-il, vos hommes ont bien quelques cartouches, que diable !

— Oui, mais pas beaucoup !... Je vais les réunir, et vous envoyer tout de suite ce qu'il en reste... Vous voyez, je fais ce que je peux.

Nous rentrons et le comte dit :

— Et c'est partout la même chose !... et c'est en tout la même chose !... Tenez, nous aurions voulu avoir une boîte de viande conservée... Enfin, cela peut arriver qu'on en ait besoin... Eh bien ! vous auriez pu fouiller dans les approvisionnements !... Des boîtes vides comme les obus !

Le soir, après un plantureux repas, nous avons dansé jusqu'au matin...

Tous ces gens étaient gais, ils n'ont pas un seul instant l'effroi de l'avenir.

Je suis triste, affreusement triste. Mon cœur déborde d'angoisses... Et je me dis que tout le monde est fou... »

L'Écho de Paris, 3 octobre 1893

Recueilli, avec des variantes, dans *Les Vingt et un jours d'un neurasthénique* (ch. XIII).

L'OISEAU SACRÉ

À quelques lieues de ma chaumière, dans un des plus fertiles terrains qui soient en France, se trouve une propriété immense. Elle appartient, depuis dix ans seulement, à un banquier célèbre, et ne sert que de rendez-vous de chasse. Le château fut, en partie, démoli par la première Révolution. Il n'en reste plus qu'une tour de brique, découronnée, et quelques murs branlants qu'envahissent les herbes arborescentes et la mousse. Le banquier avait eu l'idée de le reconstruire, d'après les plans anciens ; mais il y a renoncé, à cause de la dépense. Il possède déjà, près de Paris, un domaine historique, et cela suffit à son orgueil. Les communs, très beaux, très bien conservés, ont été aménagés en maison d'habitation, et font encore superbe figure dans le vaste parc planté d'arbres géants, tapissé de royales pelouses, qui vont, en ondulant, rejoindre la forêt du P...[1], une forêt de l'État, renommée pour la splendeur de ses hautes futaies. À droite, sur un parcours de dix kilomètres, s'étendent, entrecoupées, çà et là, de taillis et de bosqueteaux, les terres qui dépendent de la propriété. Le nouvel acquéreur a beaucoup agrandi le primitif domaine. Tout autour du château, il a acheté des champs, des fermes, des bois, des prés, de façon à se créer une sorte d'inviolable royaume, où il puisse être le seul maître, un maître rude, implacable, et qui ne badine pas avec ses droits de propriétaire. Car il n'a aucune visée

1. Voir *supra*, chapitre IV, *L'Enfant*.

politique sur ce pays. Les paysans, appâtés par l'or du banquier, ont, peu à peu, cédé le sol qu'ils détenaient. Ils sont partis travailler ailleurs. Seuls, demeurent quelques vieillards, des bûcherons, et des pauvres. La rencontre en est sinistre et fait frissonner.

Je me souviens d'avoir vu là, enfant, des champs couverts de récoltes, de prairies grasses, des fermes, d'où s'échappait, alerte et joyeuse, la bonne chanson du travail. Comme tout cela est changé aujourd'hui. Je ne reconnais plus rien de mes paysages familiers. On dirait qu'un mauvais vent est passé, qui a détruit tout à coup cette gaieté généreuse du sol, qui a desséché cette sève jadis si puissante. Plus de blé, plus d'orge, plus d'avoine. Les haies elles-mêmes, aux douves larges et feuillues, sont rasées. À droite et à gauche de la route, symétriquement, les champs sont plantés de sombres et grêles mahonias, et, de place en place, on a semé des carrés de sarrasin et de luzerne qu'on laisse pourrir sur pied. Les clôtures hérissent leurs piquets de bois, pressés l'un contre l'autre, et défendent les approches de ce domaine infranchissable où se pavane le faisan, où tout est sacrifié au faisan, où le faisan a des allures d'oiseau sacré, d'oiseau divinisé, nourri de baies parfumées, de graines précieuses, servies par des gardes, vigilants et dévots comme les prêtres à la barbe tressée qui veillaient, dans l'antique Égypte, sur les ibis sacrés. Les chenis, avec des clochetons, d'immenses faisanderies, avec des tourelles, remplacent les fermes au toit moussu, et les treillages rigides de fil de fer courent là où je voyais autrefois s'élever les haies de coudrier, et monter, si fins, si légers sur le ciel, les trembles au feuillage d'argent. De place en place, des maisons de gardes dardent sur la campagne les regards de leurs fenêtres redoutées. Les pauvres qui cheminent à l'aventure, et les vagabonds, en quête d'un abri nocturne, passent vite sur cette terre, où il n'y a rien pour leurs fatigues et pour leur faim, et où les berges des fossés même leur sont hostiles. Si, par hasard, les petits marchands ambulants, équivoques et pitoyables rôdeurs de marché, écumeurs de foires, s'attardent sur ces chemins ingrats, les gardes ont bien vite fait de les chasser. À peine ont-il dételé, et mis aux entraves leur maigre haridelle, à peine, près de leur voiture, dont les brancards sont en l'air, et la bâche déchirée, ont-ils allumé un feu de feuilles ramassées et de branches mortes, pour faire cuire les pommes de terre de leurs repas, les gardes arrivent.

— Allez-vous en, tas de brigands !... Que faites-vous ici ?

— Mais la route est à tout le monde...

— Et le bois que tu as volé, est-il à tout le monde ?... Allons circule... au diable !... ou je te dresse un procès-verbal...

Et quelquefois, en se levant, un faisan accompagne ces paroles de menaces d'un bruit d'ailes moqueur.

On les voit, par troupes, les volatiles sacrés, derrière les treillages, courir dans les petits layons, sous les touffes ombreuses des mahonias, se glisser entre les tiges frissonnantes du sarrasin, se jucher fièrement sur les lattes des clôtures, insolents dans leur plumages de mauvais riches, se poudrer, sur la route, au soleil. On est obsédé par le faisan ; partout où la vue se pose, elle rencontre un faisan. Le fusil sur l'épaule, l'air sauvage, des gardes sont échelonnés le long de la route, et veillent sur les oiseaux que les paysans pourraient, en passant, assommer d'un coup de bâton. Ces hommes en képi, qui vous dévisagent d'un coup d'œil brutal, ces canons brillant dans l'air, ces champs rasés ou couverts de feuillages obscurs, cela finit par vous obséder. On ne sait plus où l'on est. Il semble que l'on marche, dans un pays ennemi, sur un sol ravagé et conquis. Il vous revient des souvenirs noirs d'autrefois, d'incertaines et douloureuses visions de défaites passées... Oui, c'était la même tristesse, le même silence, le même deuil de la terre, le même appesantissement là-bas à l'horizon ! Que va-t-il arriver ? Quels cadavres ? Quelles fuites ? Quels désastres, aux tournants du chemin ?... Cette évocation des jours sombres, des grandes plaines foulées, vous entre dans le cœur, vous poursuit, vous affole. Et les piquets des clôtures, hérissant de chaque côté de la route leurs pointes luisantes, me font l'effet de baïonnettes victorieuses, ondulant à perte de vue, sous l'implacabilité du ciel.

Il faisait très chaud ce jour-là, et comme j'avais marché longtemps, j'avais très soif, je m'arrêtai à la porte d'une maison accroupie tristement au bord de la route, et je demandai du lait. Dans le fond de la pièce il y avait un homme qui mangeait un morceau de pain bis. Il ne se retourna pas. Des enfants déguenillés grouillaient autour de lui. Un fusil était accroché au-dessus de la cheminée. De cet intérieur triste s'exhalait une odeur violente de pauvreté. En m'apercevant, un enfant, le visage tout effaré, pleura. Alors, une femme, que je n'avais pas vue, parut sortir de l'ombre. Elle était effroyablement maigre et grimaçante, pareille à un spectre de misère. Ses yeux avaient une telle lueur de haine, un tel flamboiement de meurtre qu'ils m'intimidèrent. Elle me considéra, pendant quelques secondes, terrible et muette, puis, haussant les épaules, elle dit :

— Du lait !... Vous demandez du lait !... Mais y a pas de lait ici !... Il faudrait des vaches, pour ça ! Et voyez donc ! y a pus que des faisans, des faisans de malheur !...

Et d'un air farouche, elle regarda devant elle les champs de mahonias qui s'étendaient au loin, protégeant de leur ombre, et nourrissant de leurs baies « l'oiseau de malheur » qui lui avait pris sa vache, qui lui avait pris son champ.

L'homme n'avait pas levé la tête. Assis sur un escabeau, le dos voûté, les deux coudes sur ses genoux, il continuait de manger son morceau de pain dur. Sur la terre battue, les enfants, pêle-mêle, accroupis, monceau de loques et de chairs hâves, continuaient de piailler, effrayés de ma présence. J'entrai dans le pauvre taudis, ému de tant de pauvreté.

— Vous avez l'air bien malheureux, mes amis, dis-je, en distribuant aux enfants quelques pièces de monnaie. Pourquoi n'êtes-vous pas partis d'ici ? Tout le monde est parti d'ici.

— Où aller donc ? me demanda la femme.

— Je ne sais pas... N'importe où... Et vous n'avez pas de travail ici ?...

— Il ébranchait les arbres, pour le château... Mais ils l'ont renvoyé, ces canailles, à cause qu'ils disent qu'il va à l'affût, la nuit, pour tuer les faisans... Ah ! les brigands... Trois fois, ils l'ont pris, et l'ont condamné à huit jours de prison... Il en revient depuis avant-hier.

— Tais-toi ! fit l'homme, qui tourna vers moi sa face de bête méfiante et traquée.

— Pourquoi donc que je me tairais ?

— Tais-toi ! fit-il d'une voix impérieuse.

À ce moment, parut sur le seuil un garde. La femme s'était jetée devant lui, toute frémissante de colère, comme pour l'empêcher d'entrer.

— Qu'est-ce que tu viens faire ici ? Je te défends d'entrer ici... Tu n'as pas le droit d'entrer ici ! Va-t-en !

Le garde voulait entrer. La femme rugit :

— Ne me touche pas, assassin... Ne me touche pas... ou tu t'en repentiras, c'est moi qui te le dis.

Alors le garde demanda :

— Motteau[2] est-il ici ?

— Ça ne te regarde pas...

— Motteau est-il ici ?

— Qu'est-ce que tu lui veux encore ?

— J'ai encore ramassé, ce matin, de la plume de faisan à la Voie Blanche... Et j'ai reconnu sur la terre les traces de Motteau.

— Tu mens !...

— Je mens ?

— Oui, tu mens...

— Non, en vérité, je ne mens pas... Et dis-lui qu'il prenne garde... Car la fois qu'on le pincera, ce sera la bonne...

— Prends garde toi-même... assassin, voleur... parce que, parce que, parce que...

Motteau s'était levé et s'avançait vers la porte.

— Allons, tais-toi... dit-il à sa femme.

2. Voir *supra*, *L'Enfant*.

Et, s'adressant au garde :

— Tu te trompes, Bernard... Ce n'est pas moi... J'en ai assez de la prison... Ce n'est pas moi... Cette nuit, j'étais malade, j'avais la fièvre... Ce n'est pas moi...

— Je dis ce que je dis. Et ce fusil, au-dessus de la cheminée !... On t'avait pourtant confisqué le tien...

— Ce fusil ?...

— Oui, ce fusil...

— C'est rien. C'est un vieux fusil, il ne part pas... Ce n'est point pour tes faisans, ce fusil-là.

Les deux hommes échangèrent un regard de haine sauvage. Et, après avoir jeté sur moi un coup d'œil soupçonneux, le garde s'en alla... répétant encore :

— Je dis ce que je dis.

Alors Motteau vint reprendre sa place sur l'escabeau et, longtemps, perdu dans un rêve sombre, tandis que sa femme gémissait, il regarda son fusil, dont les canons rouillés s'attristaient, attendant l'embuscade des nuits vengeresses, et le drame sanglant des fourrés, sous la lune.

Contes de la Chaumière, 1894

Adaptation de « La Chasse », *La France*, 20 août 1885 ; repris dans *Lettres de ma chaumière*, et dédié à Elémir Bourges.

UNE PERQUISITION EN 1894[1]

Je dormais profondément, quand je fus réveillé, en sursaut, par de grands coups sourds frappés à la porte de mon appartement. Très intrigué par ce bruit insolite, j'allumai la bougie et m'assurai que mon revolver était bien chargé. La pendule marquait cinq heures. Pendant que je m'habillais à la hâte, et sommairement, les coups redoublèrent sur le palier. On eût dit des béliers de guerre enfonçant les portes des antiques villes assiégées. (Cette comparaison classique, qui me vint à l'esprit, en ce pénible instant, je l'attribue à ce que, la veille, j'avais été voir l'incroyable parodie d'*Antigone* à la Comédie Française.) Je me dirigeai d'un pas ferme vers la porte, qui allait bientôt céder, et, d'une voix non moins ferme — car ne croyez pas que je sois un trembleur —, je demandai :

— Qui est là ?

Une voix bizarre, que je reconnus aussitôt pour une voix déguisée, et qui cachait mal le caractère rogommeux dont elle s'encanaillait, répondit :

— Le pédicure de Monsieur !

1. Au début du mois de janvier, sur les bases de l'article 10 du code d'instruction criminelle, deux mille perquisitions ont été effectuées dans Paris. Parmi les personnalités anarchistes arrêtées figurent Jean Grave et Élisée Reclus. Raynal est alors ministre de l'Intérieur et Lépine préfet de police.

— Comment !... fis-je. À cette heure ! Mais vous êtes fou... Et pourquoi tout ce vacarme ?

La même voix réplique :

— Que Monsieur veuille bien m'excuser !... Mais c'est aujourd'hui le banquet Spuller, et je n'ai pas de trop de toute la journée pour nettoyer les pieds de ces gens-là...

J'aurais dû me méfier. Jamais je ne me suis servi de pédicure. Il eût donc été étrange que j'eusse fait appel au concours de l'un de ces artistes. Par quel inconcevable oubli de mes habitudes les plus intimes, cette explication, qui n'en était pas une, me rassura complètement ? Je n'en sais rien. Il faut croire que je n'étais pas bien réveillé. J'ouvris la porte. Alors, en trombe effroyable, en terrifiant cyclone, un monsieur, à grosses moustaches, entra suivi de six autres, également à grosses moustaches, et qui, sur leur dos, portaient des crochets de commissionnaire.

— Les cambrioleurs ! m'écriai-je, vexé de m'être laissé prendre à une ruse aussi grossière.

Le monsieur à grosses moustaches m'adressa un salut ironique, et, faisant tournoyer dans l'antichambre un énorme gourdin, qui creva une toile au mur et brisa sur une console une statuette de plâtre, il dit :

— Non, pas les cambrioleurs !... Le commissaire de police, cher monsieur, et qui vient, chez vous, opérer une perquisition...

— Une perquisition !... Chez moi !... Vous êtes fou, je pense... et de quel droit, je vous prie ?

Le monsieur à grosses moustaches eut un rire retentissant, qui se répéta, crapuleux, aux bouches éraillées de ses six aides.

— De quel droit ?... Ah ! le droit !... Elle est bonne, celle-là !... Voilà une chose dont Raynal, Lépine et moi, nous nous moquons un peu, je vous assure...

Les poings serrés, la moustache hirsute, tout à coup, il s'avança vers moi et me souffla dans le nez, avec son haleine qui empestait l'ail et l'alcool, ces mots :

— Du droit, brigand, que nous prenons, Raynal, Lépine et moi, d'embêter les citoyens à notre heure et à notre convenance... Et pas d'explications !... Elles ne vous réussiraient pas... Menez-moi à votre bibliothèque, pour commencer ?

Je ne crus pas devoir résister... Pour tout dire, une perquisition chez moi me semblait d'une excessive et parfaite drôlerie. N'ayant rien qui pût me compromettre, je me trouvai subitement en des dispositions plutôt facétieuses. Et je m'apprêtai à jouir de la déconvenue de mes sordides et matinaux visiteurs.

— Soit ! concédai-je... Allons dans la bibliothèque.

Sitôt qu'il y eut pénétré, le commissaire se frotta les mains, en homme satisfait, et parcourant du regard mes livres, mes chers livres amoureusement rangés sur leurs calmes rayons, il grogna :

— Ah ! ah !... Nous voici encore dans un de ces antres de la Révolution !... dans un de ces capharnaüms de l'anarchie !... ah ! ah ! Nous allons nous amuser !... Mazette ! Il y en a ici, des pièces à conviction !... il y en a de la littératu...re !... Nous ne pourrons pas tout emporter d'un coup !

S'adressant à ses argousins, il ordonna :

— Ouvrez-moi toutes les vitrines !...

Comme, de leurs gros doigts gourds, ils ne parvenaient pas à faire jouer les délicates serrures, le commissaire, impatienté, donna de grands coups de gourdin à travers les glaces des vitrines qui volèrent en éclats et couvrirent le plancher d'une épaisse couche de verre brisé... Ô Sully Prud'homme !

— Dépêchons ! Dépêchons !... Vous ne savez pas opérer... Vous êtes mous comme des chiffes... Allons, maintenant, appelez-moi tous les titres de ces sales bouquins.

Pendant que cinq argousins disposaient leurs crochets, et dépliaient de grandes toiles d'emballage, le sixième appelait d'une voix tonnante de héraut.

— Le dictionnaire de Larousse !

— Un dictionnaire de la rousse ?... Ça commence bien !... Outrage à la police.

— Enlevez !

— Le dictionnaire de Littré !

— Enlevez ! Enlevez !... D'abord, enlevez tous les dictionnaires !... Il y a là-dedans un tas de mots dangereux et qui menacent l'ordre social... Des mots subversifs et délictueux, que ne peuvent plus tolérer les Chambres, le gouvernement, Cassagnac, Emmanuel Arène, Rouvier[2], etc., Enlevez ! Enlevez !

L'argousin continuait d'appeler :

— *La Géographie universelle*[3] d'Élisée Reclus.

Le commissaire bondit, l'oreille dressée, le corps frissonnant, comme un chien qui vient de flairer une odeur suspecte :

— Bigre !... Je crois bien !... Allez-y doucement, de peur qu'elle n'éclate !... Et mettez-la à part !... avec précautions, fichtre !... Nous la porterons au laboratoire municipal... Y a-t-il une mèche ?... Non !... C'est heureux... Nous sommes arrivés à temps.

Se tournant vers moi, d'un air de triomphe :

— Ça, vous ne pouvez pas le nier !... Elle y est !... Votre affaire est claire !...

Je ne trouvais plus cela drôle. Je me tâtais les bras, les jambes, le front pour bien me prouver à moi-même que je ne dormais pas. Et j'étais tellement ahuri que je ne songeais pas à protester.

2. Paul Adolphe Granier de Cassagnac (1843-1904) : ultra-conservateur et catholique. Fondateur de *L'Autorité*. Député du Gers de 1876 à 1893. Battu aux élections de 1893 par Bascou. Emmanuel Arène (1856-1908) : journaliste au *Matin*, député de la Corse de 1881 à 1904. Compromis dans l'affaire de Panama (il faisait partie des 104 chéquards). Maurice Rouvier (1842-1911) : député des Bouches-du-Rhône de 1876 à 1885, puis des Alpes-Maritimes de 1885 à 1903. Ministre du Commerce et des Colonies en 1881 et en 1884. Il est président du Conseil en 1887. Occupe le ministère des Finances du 22 février 1889 au 13 décembre 1892.

3. Œuvre gigantesque en dix-neuf volumes, publiée de 1875 à 1894.

L'argousin appelait toujours :

— *L'Imitation de Jésus-Crist.*

— Enlevez !... Jésus-Christ était un anarchiste... un sale anarchiste... Il faisait notoirement partie d'une association de malfaiteurs... L'imiter est un crime prévu par les lois... Allons, ça va bien !... enlevez !... Enlevez !...

— *L'Introduction à la science sociale*[4].

— Science... et... sociale... double délit !... Enlevez !... D'abord pour simplifier la besogne... tous les livres où vous trouverez... science... sociale... sociaux... sociologue... liberté, égalité, fraternité... philosophie... psychologie... évolution... révolution... enlevez !... enlevez !... Et comme ces mots se trouvent dans tous les livres, enlevez tous les livres en bloc... Ce sera plus vite fait...

L'homme appela encore :

— *Les Principes de Biologie*[5].

— Biologie, aussi ! hurla le commissaire... Minéralogie... tétralogie, anthropologie !... Êtes-vous donc sourd ?... Je vous dis, tous les livres, tous !... tous !... à l'exception des œuvres complètes de M. Spüller et de M. Joseph Reinach[6].

J'avais eu le temps de revenir à moi. Et je m'étonnais d'être sans colère, en présence de ce vandalisme insensé. Je m'adressai doucement au commissaire :

— Monsieur, dis-je, voulez-vous me permettre de vous indiquer

4. Ouvrage d'Herbert Spencer publié chez Alcan en 1888.

5. Autre ouvrage de Spencer, traduit de l'anglais par E. Cazeller et publié chez Alcan en 1888.

6. Eugène Spüller : ministre de l'Instruction publique depuis le 3 décembre 1893 (jusqu'au 23 mai 1894). Sa mollesse face à l'Église l'a fait accuser de cléricalisme. Joseph Reinach (1856-1921) : chef de cabinet de Gambetta, rédacteur en chef de *La République française* et député des Basses-Alpes depuis 1889. Mirbeau le prendra à partie dans de très nombreux articles de polémique politique avant de se réconcilier avec lui pendant l'affaire Dreyfus.

un endroit où vous trouverez des livres bien plus dangereux que les miens, et en bien plus grand nombre ?

— Quel endroit ?

— La Bibliothèque nationale !...

— J'irai ! vociféra cet homme... Oui, j'irai... Et à la Mazarine... et à la Sainte-Geneviève aussi... J'irai partout ! Nous en avons assez des livres, et de ceux qui les font...

Il s'animait, marchait dans la pièce à grandes et terribles enjambées. Tout à coup, il s'arrête devant un buste de plâtre...

— Et ça ! Qu'est-ce ? demanda-t-il.

— C'est un buste...

— Est-ce creux ?

— Oui, c'est creux...

— C'est creux ! Enlevez ce buste aussi. Enlevez tous les bustes... enlevez tout ce qui est creux...

Il réfléchit un instant, et frappant, d'un pied colère, le plancher.

— Et tout ce qui est plein, aussi...

La perquisition dura deux heures... Au bout de ce temps, j'eus l'étonnement de constater que mon appartement était vide... Il fallut se réfugier à l'hôtel.

Le soir, je lus, dans les bons journaux, les admirables, les dévoués journaux, l'entrefilet suivant :

« Ce matin, une perquisition a été opérée, au domicile de X..., l'anarchiste bien connu. On y a saisi des engins extrêmement dangereux et encore inconnus qui, pour dépister les investigations de la police, affectaient des formes de bustes. Les documents trouvés sont de la plus grande importance. Ils permettent d'affirmer qu'on est enfin sur la voie d'un complot formidable. X... a été laissé en liberté. Qu'attend-on pour s'assurer de sa dangereuse personne ? Mystère ! »

Le Journal, 10 janvier 1894

LE MUR

Le père Rivoli a un mur. Ce mur longe une route. Et il est fort délabré. Les pluies et la pioche du cantonnier en ont miné la base ; les pierres, déchaussées, ne tiennent plus guère, et des brèches s'ouvrent. Il est pourtant joli, avec son aspect de vieille ruine. Quelques iris en couronnent le faîte, des linaires, des capillaires, des joubarbes poussent dans les fentes ; quelques pavots aussi, se pavanent, frêles, entre les interstices des moellons. Mais le père Rivoli n'est pas sensible à la poésie de son mur, et, après l'avoir longuement examiné, après avoir fait remuer les pierres branlantes, comme les dents dans la mâchoire d'un pauvre homme, il se décide enfin à le réparer.

Il n'a pas besoin du maçon, car il a fait tous les métiers, dans sa vie. Il sait battre le mortier comme il sait raboter une planche, forger un bout de fer, équarrir un chevron. Et puis, le maçon, ça coûte cher et ça n'avance pas dans le travail. Le père Rivoli achète un peu de chaux, un peu de sable, réunit sur la route, au pied de son mur, quelques moellons, trouvés dans son clos, et le voilà qui se met en train de travailler.

Mais à peine, un matin, a-t-il lancé une demi-truellée de mortier pour boucher le premier trou, et caler la première pierre, que, tout à coup, derrière lui, il s'entend héler d'une voix sévère :

— Eh bien, père Rivoli, qu'est-ce que vous faites là ?

C'est l'agent voyer, en tournée matinale. Il porte sur son dos une carnassière bondée d'instruments de géométrie, et, sous son bras, deux nivelettes peintes en blanc et en rouge...

— Ah ! ah ! dit-il de nouveau, après s'être campé, sur la berge, en statue terrible du Règlement administratif... Ah ! ah ! à votre âge... on se met encore en contravention ?... Voyons, qu'est-ce que vous faites là ?

Le père rivoli s'est détourné et il dit :

— Eh ben... je répare mon mur... Vous voyez qu'il fout le camp de partout...

— Je le vois... répond l'agent voyer... Mais avez-vous une autorisation ?

Le père Rivoli s'effare et se lève, en maintenant de ses deux mains ses reins raidis.

— Une autorisation, que vous dites ?... Mon mur est-il à mois ?... J'ai t'y besoin d'une autorisation pour faire de mon mur ce qui me plaît... le ficher par terre ou le redresser, si c'est mon idée ?...

— Ne faites pas le malin, vieux sacripant... Vous savez de quoi il retourne...

— Enfin... s'obstine le père Rivoli... c'est-y à moi, ce mur, oui ou non ?

— Ce mur est à vous... mais il est sur la route... Et vous n'avez pas le droit de réparer un mur qui est à vous, et qui est sur une route...

— Mais vous voyez bien qu'il ne tient plus debout, et que, si je ne le répare pas, il va tomber, comme un homme mort...

— C'est possible... ça ne me regarde pas... Je vous dresse procès-verbal, *primo*, pour avoir réparé votre mur sans autorisation ; *secundo*, pour avoir, également, sans autorisation, déposé des matériaux sur une voie publique. Vous en avez pour une pièce de cinquante écus d'amende, hé ! hé ! mon père Rivoli... Ça vous apprendra à faire l'ignorant...

Le père Rivoli ouvre, toute grande, sa bouche édentée et noire comme un four... Mais sa stupéfaction est telle qu'il ne peut articuler une seule parole. Ses yeux virent dans leurs orbites ainsi que de minuscules toupies. Au bout d'une minute, il gémit, en empoignant sa casquette, d'un geste de découragement profond :

— Cinquante écus !... Si c'est possible... Jésus Dieu ?

L'agent voyer continue :

— Et ce n'est pas tout... Vous allez réparer votre mur...

— Non, non... je ne le réparerai pas... Il ne vaut pas cinquante écus... Il arrivera ce qui voudra...

— Vous allez réparer votre mur, poursuit le fonctionnaire d'un ton impératif... parce qu'il menace ruine, et qu'il endommagerait la route en tombant... Et retenez bien ceci : si votre mur tombait, je vous dresserais un nouveau procès-verbal, et vous en auriez, cette fois, pour cent écus d'amende...

Le père Rivoli s'affole :

— Pour cent écus !... Ah ! malheur ! Dans quel temps est-ce que je vivons ?

— Mais auparavant, écoutez-moi bien... Vous allez, sur du papier timbré de douze sous, demander au préfet une autorisation...

— J'sais point écrire...

— Ce n'est point mon affaire... Enfin, voilà... j'ai l'œil...

Le père Rivoli rentre chez lui. Il ne sait quelle résolution prendre ; mais il sait aussi que l'administration ne badine pas avec les pauvres gens. S'il répare son mur, c'est cinquante écus d'amende ; s'il ne le répare pas, c'est cent écus... On l'oblige à réparer son mur, et on le lui défend en même temps. Dans tous les cas, il est en faute, et il doit payer... Ses idées s'embrouillent. Il a mal à la tête. Et sentant, dans toute leur étendue, son impuissance et sa détresse, il soupire :

— Et le député, l'autre jour, m'a dit que je suis souverain... que rien ne se fait que par moi, et que je fais ce que je veux...

Il va demander son avis à un voisin qui connaît la loi, étant conseiller municipal.

— C'est comme ça, père Rivoli... lui dit celui-ci d'un air d'importance. Il faut en passer par là... Et comme vous ne savez point écrire, je veux bien vous obliger de ce petit service... Je vais vous rédiger votre demande...

La demande est partie. Deux mois se passent... Le préfet ne répond pas... Les préfets ne répondent jamais... Ils font des vers, ils flirtent avec les femmes de receveurs d'enregistrement, ou bien ils sont à Paris, où ils passent leurs soirées à l'Olympia, aux Ambassadeurs. Chaque semaine, l'agent voyer s'arrête devant la maison du père Rivoli.

— Eh bien... cette autorisation ?

— Rien encore.

— Il faut envoyer une lettre de rappel...

Les lettres de rappel vont rejoindre, dans la tombe des bureaux, parmi d'inviolables poussières, la demande écrite sur papier timbré. Tous les jours le père Rivoli guette le facteur sur la route. Jamais le facteur ne s'arrête à sa porte. Et les brèches du mur s'agrandissent ; les pierres s'en détachent et roulent sur la berge, le mortier s'effrite, se soulève de plus en plus, car il est venu, pendant ce temps, une forte gelée ; et les plaies gagnent, rongent, de leurs lèpres, ce pauvre mur à demi écroulé.

Une nuit de grand vent, il s'est écroulé, tout à fait. Le père Rivoli a constaté le désastre, le matin, dès l'aurore. Dans sa chute, le mur a entraîné les espaliers du clos qui donnaient de si beaux fruits à l'automne. Et rien ne défend plus la demeure du pauvre homme ; les voleurs et les vagabonds peuvent, à toute minute, entrer, poursuivre les poules, voler les œufs... Et l'agent voyer est venu, terrible :

— Ah !... vous voyez bien ce que je vous disais... il est tombé, parbleu !... Allons ! je vais vous dresser procès-verbal...

Le père Rivoli pleure :

— C'est-y de ma faute, c'est-y de ma faute ? Puisque vous m'avez empêché de le réparer !

— Allons, allons... après tout, ce n'est pas une grosse affaire... Avec les cinquante écus de la première amende, ça ne vous fera que cent cinquante écus et les frais... Vous pouvez bien payer ça.

Mais le père Rivoli ne peut pas payer ça. Toute sa fortune est dans son clos, et dans ses deux bras qui font vivre son clos de leur continuelle fatigue. Le bonhomme devient sombre... Il ne sort plus de sa maison où, toute la journée, il reste assis, devant l'âtre sans feu, la tête dans ses mains. L'huissier est venu, deux fois. Il a saisi la maison, il a saisi le clos. Dans huit jours, on va vendre tout cela... Alors, un soir, le père Rivoli quitte sa chaise et l'âtre sans feu, redescend au cellier, silencieux, sans lumière... À tâtons, parmi les pipes de cidre vides, et les outils de travail, et les paniers, il cherche une grosse corde qui lui sert à rouler ses fûts de boisson... Et puis il remonte dans son clos.

Au milieu du clos est un grand noyer qui étend ses branches noueuses et solides au-dessus de l'herbe, parmi le ciel que nacrent les premiers rayons de lune. Il attache la corde à une des branches hautes, car il a grimpé dans l'arbre au moyen d'une échelle, et il est monté de fourche en fourche ; puis il noue la corde autour de son cou et se laisse tomber, d'un bloc, dans le vide... La corde, en glissant, a crié sur la branche, la branche a fait entendre un léger craquement...

Le lendemain, le facteur apporte l'autorisation du préfet... Il voit le pendu qui se balance, au bout de la corde, dans le clos, parmi les branches de l'arbre où deux oiseaux s'égosillent.

L'Écho de Paris, 20 février 1894.

Repris dans *Le Journal*, le 17 juillet 1898, et recueilli dans *Les 21 jours d'un neurasthénique* (chapitre XIX).

SUR LA ROUTE

L'autre jour, j'ai rencontré sur la route le vieux Ibire. Il ramassait des feuilles sèches pour couvrir ses navets. Je lui appris que la Chambre avait voté l'expédition de Madagascar[1].

— Eh bien, oui ! fit-il... Qu'est-ce que c'est encore que cette manigance-là ?

(Car le vieux Ibire se méfie, maintenant, quand la Chambre vote quelque chose, et même lorsqu'elle ne vote rien. Au seul mot de Chambre ou de député, instinctivement, par un geste rapide, le bonhomme garantit, de ses deux mains, ses deux poches, comme s'il y avait encore quelque chose à prendre, depuis le temps qu'on y puise.)

— C'est, lui répondis-je, que nous sommes trop riches, que nous ne savons que faire de nos millions !... Il faut bien les dépenser joyeusement... Bien entendu, je ne parle pas des quinze mille jeunes gars de France qui vont aller pourrir dans les marais de là-bas... Des soldats, c'est leur métier de pourrir quelque part, pas vrai ?... Et l'on ne pouvait pas trouver mieux, pour cela, que Madagascar !

1. Le 15 janvier 1895, les troupes de la République débarqueront à Majunga. Mirbeau évoquera cette expédition, le 27 janvier (« Le Rapport de Frédéric Frevre », *Le Journal*). Sur ces événements, voir aussi « Paysage parlementaire », *ibid.*, 11 novembre 1896.

— J'entends bien... J'ai un petit-fils qui est mort au Tonkin... un petit-neveu qui est mort au Dahomey... Et il y a au village bien des familles qui ont des morts, très loin, un peu partout sur la terre... Oui, mais ça doit rapporter beaucoup, sans doute ?

— Certes, père Ibire... beaucoup d'embêtements... beaucoup d'impôts... beaucoup de larmes... sans compter l'imprévu, qui est toujours terrible.

— J'entends bien ! dit le père Ibire, en hochant la tête... Mais...

Il réfléchit quelques secondes, et il poursuivit :

— ... mais, s'ils ont tant de millions, pourquoi qu'ils les emploient pas à réparer nos routes ?... regardez... si ça ne fait pas pitié !... C'est à peine si je puis y mener ma brouette... Tantôt, je me suis encore fichu par terre, à cause des trous... Les chevaux y crèvent, les harnais s'y rompent, les voitures s'y brisent... Non, vrai, ça n'est pas juste... Est-ce qu'ils ne devraient pas d'abord coloniser la France...

Le bonhomme s'assit sur un des bras de la brouette, et il gémit :

— Voilà plus de quatre ans qu'on nous promet de la refaire, cette route !... Mais je n'ai plus d'espoir. Par exemple, au moment des élections, ça va bien !... C'est-à-dire que, huit jours avant le vote, on amène, par-ci par-là, quelques mètres de cailloux... Puis, on voit apparaître la grande écraseuse à vapeur... Elle souffle, elle ronfle, crache de la fumée, fait un tapage de tous les diables... Et l'agent voyer circule dans les villages, criant : « Ah ! on va vous en faire une fameuse route... Seulement, il faudra voter pour les candidats du gouvernement ! » On vote, et, le lendemain, quand le tour est joué, l'écraseuse à vapeur s'en va... les petits tas de cailloux dorment sur les berges, et l'agent voyer, qu'on ne revoit plus, rigole au café, en se fichant de nous... On ne nous a donné qu'un peu de fumée... et c'est tout !

— Aussi, pourquoi votez-vous ?

— Je ne sais pas... Tout le monde vote... je vote comme tout le monde... Et puis, qu'est-ce que vous voulez ?... à force de voter pour l'un, pour l'autre, tantôt pour un bleu, tantôt pour un blanc, tantôt pour un rouge, on se dit qu'on tombera peut-être, une fois, sur le bon...

— Il n'y a pas apparence, mon père Ibire.

— J'entends bien... Puis, il passera encore bien des candidats sur les routes... Et à propos de routes, il faut que je vous demande de m'expliquer une chose qui me tracasse depuis longtemps... Il est vrai que je n'ai pas beaucoup d'instruction...

— Voyons ça, père Ibire...

— Voici l'affaire... Je suis astreint, comme tout le monde, à travailler trois jours par an sur les routes, moi, mes outils, mon cheval et ma voiture, si j'en ai... On appelle ça des prestations!... Bon! je veux bien... C'est juste... Au jour convenu, j'arrive... Mais on ne m'emploie qu'à des travaux ridicules et qui ne riment à rien. Pour vous en donner une idée, il y a quatre ans, j'avais un cheval et une voiture. Le cantonnier-chef me commande d'aller chercher du caillou, à deux lieues de là, au bas de la côte de Montdur, que vous voyez d'ici... J'y vais... Il n'y avait pas de caillou. Il n'y en avait pas depuis plus de quinze ans. Celui-ci en avait pris un mètre, celui-là un autre, tout le monde avait chipoté un peu sur le tas... Bref, le caillou avait disparu... Je dis au cantonnier-chef : « Il n'y a plus de caillou ». Le cantonnier me dit : « Je n'ai pas à entrer là-dedans... qu'il y ait du caillou ou pas, ce n'est pas mon affaire, et je m'en fiche... Mais c'est la consigne que tu ailles en chercher, et que tu le charries sur la route... Retournes-y. » Je dis au cantonnier : « Comment veux-tu que je charrie une chose qui n'existe pas ? » Le cantonnier me dit : « Fais comme si elle existait ! » Alors je suis reparti, et, pendant les trois jours de prestation, moi, mes outils, mon cheval et ma voiture, nous avons fait la navette entre Montdur et la route, pour charrier ce caillou que je savais ne pas exister... Comment trouvez-vous ça ?

— C'est le mystère de la sainte Administration, père Ibire...

— J'entends bien... Ce n'est pas tout... J'ai donc fait mes

prestations... Ça n'a servi à rien, c'est vrai... Mais, enfin, il aurait pu y avoir du caillou...

— C'est ce qui vous trompe, père Ibire... il n'y a jamais de caillou, nulle part... L'homme passe son temps à charrier du caillou qui n'existe pas... S'il y avait du caillou, il n'y aurait pas d'administration, et vous seriez heureux... On ne peut pas concevoir une pareille folie.

— J'en reviens à ce que je voulais vous demander... Ça vous ennuie de travailler sur les routes... vous aimez mieux payer vos journées de prestation que de les faire... Vous allez chez le percepteur et lui donnez votre argent... Bon... Qu'est-ce qu'ils font de cet argent ?... Voilà ce que je voudrais savoir.

— Eh bien ! ils en font des expéditions de Madagascar... Ils en font des cuirassés qui sautent, des cuirassés qui coulent... Cet argent, ils le donnent à leurs amis et connaissances... est-ce que je sais, moi ?... À des fournisseurs qui volent sur le blé de la marine, sur la viande du soldat, sur les bidons... sur tout, mon pauvre père Ibire...

— J'entends bien... Et les routes ?

— Elles s'en passent...

— Mais puisque c'est de l'argent exclusivement attribué aux routes !

— Raison de plus.

Le père Ibire, les poings sur ses genoux, me regardait anxieusement, de ses petits yeux clignotants. Il dit :

— Je n'y comprends rien.

— Sans doute, tu n'y comprends rien, bonhomme, car si tu y comprenais quelque chose, tu ne voudrais pas vivre en cette misère physique, en cette abjection morale où tu croupis, depuis tant de siècles, et où te maintient l'effort combiné et triomphant de toutes les perversités humaines. C'est parce que tu ne comprends rien à rien que l'État, et l'administration qui le représente dans ses besognes meurtrières, s'acharne sur ta vieille carcasse et que, chaque jour, à toute heure, à toute minute, il t'arrache un peu de ton intelligence, de ta volonté, de la force obscure et latente qui est en toi, à ton insu. Le jour où tu comprendras c'est-à-dire le jour où tu arriveras à la connaissance de toi-même, à la conscience de ton individualité, tous ces fantômes — car ce sont des fantômes — qui font ton corps douloureux, et ton âme prisonnière, disparaîtront comme disparaissent, aux rayons de la lumière matinale, les bêtes nocturnes qui rôdent, en quête de charognes et de proies vivantes, dans les ténèbres... Mais ce jour-là n'est point venu, père Ibire, aucun calendrier n'en porte la date.

Le père Ibire se leva, avec effort. Il regarda la route, la route quotidienne, creusée de ressauts et d'ornières, où, depuis quatre-vingts ans, il avait charrié, vers des buts inconnus, des choses qui n'existent point, et il dit :

— Tout cela me fait mal à la tête... J'aime mieux ramasser mes feuilles.

Le Journal, 2 décembre 1894

UN POINT DE VUE

... Et voici comment il parla :

— Monsieur le juge, vous voyez en moi l'homme le plus stupéfait du monde. Vrai, je vous le jure, jamais je n'aurais imaginé qu'une telle chose fût possible ! Après ces quinze jours de détention, de menottes aux mains, d'interrogatoires incompréhensibles, de courses vertigineuses, entre deux gardes, de la prison au Palais et du Palais à la prison... oui, malgré cette réalité horrible, j'en suis encore à me demander si je ne rêve pas !...

Et pourtant, non, je ne rêve pas !

C'est bien moi, qui suis ici, devant vous... Nous ne sommes pas des fantômes qui vont se vaporiser aux premières lueurs du matin... Vous êtes le juge, et je suis l'accusé !

Vous devez comprendre qu'il me faut un puissant effort d'intellect, et — comment dirais-je ? — un ramassement de toutes mes facultés disloquées, pour concevoir, pour reconnaître que vous êtes vous, que je suis moi, que nous ne dormons pas, l'un et l'autre, que nous sommes vraiment, dans la vie, non dans le cauchemar !

Que vont penser de moi mes amis ?... Savent-ils au moins quelles charges pèsent sur moi, et de quoi je suis accusé ? Leur a-t-on expliqué, dans l'Agence Havas, que c'était un simple, mais bien cruel malentendu ?... Ne craignez-vous pas qu'ils me prennent pour un ennemi du pouvoir, pour un anarchiste ?... Ah ! ce serait affreux !... Je ne puis supporter cette idée !... Tout, tout excepté cela !

Voyons, monsieur le juge, mettez-vous à ma place, pour un moment, et raisonnez un peu... La main sur la conscience, devant le Dieu des ralliés et de Spüller qui nous entend, cela ne vous paraît-il pas extraordinaire, ce qui m'arrive ?... N'est-ce point une aventure unique et prodigieuse, et qui confond la raison ?...

Comment !... Le gouvernement, tout d'un coup, par une inexplicable lubie, change de morale ; il abandonne tout un long, pratique et glorieux système de corruption, mécanisme admirable et nécessaire qui fonctionnait, depuis des siècles, à merveille, et pour le bien de tout le monde, il se permet, on ne sait pourquoi, de trouver criminel et déshonorant aujourd'hui ce qu'hier il encourageait, il récompensait, si notoirement !

Et il ne nous prévient pas !

Et il ne nous avertit pas !

Et vous croyez que ce sont là des procédés délicats !... des procédés dont on use entre vieux camarades !

Je suis abasourdi, et les bras m'en tombent !

Tenez, monsieur le juge, il faut que je vous dise... Trois jours, oui, trois jours avant cette inexplicable aventure, je suis allé au ministère...

J'y ai touché ma part mensuelle des fonds secrets...

Tout le monde fut charmant avec moi, de l'huissier au ministre...

Le ministre et moi, nous eûmes une conversation fort gaie...

Il me parla de la petite Rosa la Rose, dont nous vantons, chaque jour, les mérites aux « Échos » du *Journal*.

Il me félicita aussi, je me rappelle, de l'ardente et courageuse campagne que je mène contre les socialistes...

Sa gaieté communicative, sa ronde bonhomie, sa confiance, son amitié — puis-je dire —, son émotion même, tout cela fit que je me crus autorisé à lui demander un petit supplément.

Et voici, textuellement, ce qu'il me répondit : « Non, non, pas ce mois-ci... Nous n'avons plus le sou. Mais le mois prochain... peut-être... je ferai mon possible. Vous savez que je tiens à vous être agréable. »

Et il me serra la main, avec quelles effusions, Seigneur Dieu !

Et trois jours après, sans un mot de lui, sans un signe de son huissier, sans un avertissement de personne, il me fait arrêter, jeter dans une cellule de Mazas... Il me traite comme un vulgaire criminel qui eût commis cet irréparable crime de ne point trouver belle la physionomie de M. Casimir-Périer[1] ! On me confond avec de pâles voyous, de sinistres bandits, ennemis du gouvernement et de la société... Ma cellule est voisine de celle qu'habite un odieux gredin, coupable de lèse-Majesté, de lèse-Chambre, de lèse-Sénat. Je suis exposé, moi, moi, moi, à entendre chaque jour des théories subversives et des paroles de révolte !... Vous avouerez que c'est fort désobligeant...

C'était si simple d'éviter tout cela ; c'était si facile de s'entendre !...

Le gouvernement n'avait qu'à nous convoquer, nous, ses meilleurs amis et ses plus dévoués défenseurs, et à nous dire : « Mes amis, j'ai décidé que ma morale ne serait plus la même, à partir de demain matin. Oui, demain matin, à huit heures, j'inaugure un nouvel état de choses... Je vous préviens qu'au lieu de décorer mes amis, pour chantages exceptionnels, je les ferai empoigner par M. Clément[2]. Comme vous m'avez toujours été scrupuleusement soumis, j'espère qu'à partir de demain matin, à huit heures, vous allez être tous transformés en honnêtes gens... Naturellement, je sais ce que je vous dois, et tout le préjudice que peut vous causer mon nouveau système. Il est probable que vous avez quelques petites affaires en train que

1. Jean Casimir-Périer (1847-1907), député en 1876, président du Conseil en 1893, élu président de la République le 27 juin 1894, au lendemain de l'assassinat de Sadi Carnot. C'est sous son ministère qu'ont été adoptées les « lois scélérates », jugées liberticides par Mirbeau et les anarchistes.

2. Lors de l'affaire de Panama, Clément était membre de la commission d'enquête parlementaire, chargé des délégations judiciaires, et lui avait remis des chèques saisis représentant un total de 3 500 000 francs.

le brusque revirement de ma politique pourrait compromettre !... J'en tiens compte et vous ne perdrez rien... La France est un admirable, un inlassable pays où l'on peut toujours puiser de l'or, à même son sol, son commerce, son industrie, ses pauvres. Et le budget n'est pas fait pour les gueux, que je sache !... Donc ! mes chers amis, acceptez de bonne grâce de vous déguiser — oh ! mon Dieu ! le temps d'une expérience —, de vous déguiser en honnêtes et respectables personnes, et je vous promets que, demain matin, à huit heures, non seulement je ne diminuerai pas votre participation — si légitime — aux fonds secrets, mais que je la doublerai, la triplerai, la quadruplerai... Essayons de la vertu, puisque le vice ne nous réussit point. »

Un tel langage eût été correct, et l'on aurait pu discuter.

Moi, par exemple, j'eusse tenté de démontrer au gouvernement qu'il s'embarquait sur une mer de chimères, dangereuses et d'innavigables illusions... Portant le débat plus haut dans les sphères supérieures de la philosophie et de l'économie politique, j'eusse revendiqué la liberté du chantage, qui est un des droits sacrés, un des droits inviolables de l'homme civilisé... Que dis-je ?... un droit... qui est une loi de la nature... Le chantage, monsieur le juge, Darwin l'appelait, autrefois : « La lutte pour l'existence !... » Le chantage, mais c'est aussi une nécessité économique qui met aux prises les activités humaines, assure la circulation et l'échange des capitaux... Remarquez que je n'ai pas dit le libre-échange, pour ne pas froisser M. Méline...[3] J'eusse sorti bien d'autres arguments... Et si le gouvernement n'avait pas été convaincu, eh bien ! je me serais soumis,

3. Jules Méline (1838-1925), député depuis 1872, et plusieurs fois ministre de l'agriculture. Il incarne une politique protectionniste que Mirbeau a souvent dénoncée vigoureusement (en particulier, le 25 février 1894, dans un article du *Journal* intitulé *Protégeons-nous les uns les autres*).

car je suis de ces hommes qui ne se démontent jamais, et qui se soumettent toujours...[4]

Et puis, qu'est-ce que cela aurait bien pu me faire de devenir honnête homme, du moment que je n'y perdais pas un sou, et que j'y gagnais au contraire un redoublement de confiance auprès du gouvernement, et de plus sérieux, de plus fréquents émargements aux fonds secrets ?

Le juge dodelinait de la tête.

— C'est un point de vue... fit-il.

Et, le congédiant, il le remit entre les mains des gardes.

Le Journal, 16 décembre 1894

4. Allusion à l'injonction lancée par Gambetta au maréchal de Mac-Mahon, président de la République, au lendemain des élections d'octobre 1877.

LE POLONAIS

La maison où demeure le Polonais est, sur la route, près de la forêt, pour ainsi dire, enclavée dans la forêt ; une cahute indiciblement misérable, dont les murs en torchis s'écaillent, dont le toit de chaume, çà et là crevé, s'effondre, montrant les lattes pourries. Devant la maison s'étend un petit jardin, un petit carré de terre où poussent librement les herbes sauvages, et qu'entoure une palissade en ruines. L'été, quelques soleils dressent au-dessus des herbes, vers la lumière, leur capitule orangé. Quand vous passez sur la route, devant cette maison, une odeur vous vient qui fleure la crasse, le fauve, la pourriture cutanée et vous pique aux yeux. Des quatre enfants qui grouillaient, comme des vers, dans cette ordure, trois sont morts, emportés dans une épidémie de diphtérie ; le dernier n'est jamais là... Il rôde, dans les rues de la ville, sur les trottoirs, à la fois maraudeur et mendiant. Il ne revient qu'à la nuit dans la maison, battu quand ses poches sont vides, encouragé d'un seul mouvement de tête approbatif lorsqu'il dépose sur la table le produit de ses larcins.

Les promeneurs fuient cette maison, dont les fenêtres, à la tombée de la nuit, luisent comme des regards de crime...

*
* *

Assis sur le seuil, le Polonais confectionne, sans enthousiasme, des balais de bouleau pour le prochain marché. On voit que cette besogne répugne à sa force. C'est un petit homme trapu, carré d'épaules, de membres puissants et de reins souples. De son visage enfoui sous les broussailles d'une barbe rousse, on ne voit que deux yeux étrangement brillants, des yeux d'orfraie, et deux narines sans cesse battantes comme celle des chiens qui ont humé dans le vent des odeurs de gibier.

Sa femme, grande, sèche, ridée, tresse des paniers d'osier, dans la maison... Le profil de son visage coupant, sa silhouette plate se devinent, plutôt qu'ils ne se voient, dans l'ombre lourde de cette sinistre demeure. Tous les deux, ils ne disent rien. Quelquefois ils s'arrêtent de travailler. Et le silence de ces deux êtres a quelque chose de terrible et de meurtrier.

Des faisans passent sur la route ; des faisans volent au-dessus de la route. Le Polonais les regarde passer, les regarde voler. Ses yeux brillent davantage, ses narines frémissent plus vite. Des traînées d'or luisent, ondulent dans sa barbe remuée.

*
* *

Tout à coup, sans qu'on ait pu savoir d'où il venait, un garde paraît sur la route, la carnassière au dos, à la main le bâton de cornouiller. Il s'arrête devant la palissade. Son visage est dur, sa moustache rude, sa peau tannée comme les guêtres de cuir qui enveloppent ses mollets. Un rayon de soleil tardif fait étinceler sur sa poitrine la plaque d'acier, indice de son autorité.

— Hé ! Polonais !... appelle-t-il.

Le Polonais lève lentement sa tête de fauve vers le garde et ne répond pas. Ses yeux, tout à l'heure si brillants, se sont éteints. On distingue à peine leur lueur ternie sous les broussailles de la barbe. Les narines ont cessé de battre.

— Hé ! Polonais !... réitère le garde, es-tu donc sourd ?... M'entends-tu ?...

Alors, d'une voix bourrue, le Polonais répond :

— Je ne suis pas sourd, et je t'entends... Passe ton chemin... Nous n'avons pas à causer ensemble.

Le garde se dandine, une pâle grimace aux lèvres.

— Si, nous avons à causer ensemble... dit-il... Je ne viens pas en ennemi...

Le Polonais hoche la tête.

— Je t'ai dit de passer ton chemin... Tu n'as rien à faire ici... Ah ! est-ce clair ?...

Et il se remet à l'ouvrage, tandis que, du fond de la maison, une voix aigre de femme glapit :

— Puisqu'on te dit de passer ton chemin, canaille !

Le garde insiste et veut passer la palissade, par une brèche. Mais le Polonais se dresse, d'un bond, vers lui, et, gesticulant, furieux, une flamme de meurtre dans les yeux, il crie :

— Je te défends d'entrer chez moi !... Fais bien attention... si tu entres... aussi vrai que je suis Polonais... tonnerre de Dieu !... je te fais ton affaire.

La voix de femme répète, dans l'ombre de la maison.

— Oui ! oui ! Fais-lui son affaire...

— Eh bien ! écoute-moi... ordonne le garde en haussant les épaules... J'ai encore vu tes traces, dans le bois, cette nuit.

— Tu mens !...

— Et où as-tu coupé ces brins de bouleau ?

— Ça ne te regarde pas... Je les ai coupés où il m'a plu...

— Bon !... Je ne t'ai pas pris, tu peux dire ce que tu veux. Mais il ne s'agit pas de ça. Veux-tu vendre ta maison ?

— Ma maison ?... rugit le Polonais.

— Oui, ta maison. On t'en donne mille francs.

— Ah ! ah ! elle vous gêne, toi et ta crapule de maître !... Tiens, regarde-moi bien. Tu m'en donnerais trois cent mille écus que je te dirais non.

— C'est ton dernier mot ?

— Oui.

— C'est bon. Seulement, je t'avertis qu'on te surveille.

— Je me moque de toi, entends-tu, de toi, et de celui qui t'envoie !... Et moi aussi, je t'avertis que ça finira mal, toutes vos tracasseries... Ne pas laisser vivre en paix un pauvre homme !... Ah ! malheur !

Et tout d'un coup.

— Pourquoi as-tu tué mon chien ?

— Il chassait les faisans.

— Tu mens... Et mes trois poules que tu as tuées aussi ?... Est-ce qu'elles chassaient tes faisans ?

— Elles grattaient les semis de pin.

— Pourquoi m'as-tu fait chasser du château ?... J'y gagnai ma vie, honnêtement...

— Pourquoi braconnais-tu ?

— Tu mens ! Tu mens !

Dans l'ombre de la maison, la voix de femme, de plus en plus en colère, souligne toutes les répliques du garde, par ces mots :

— Canaille !... Canaille !... Assassin !...

Mais le garde ne s'émeut pas.

— Fais attention à toi, Polonais... Car cette fois, on ne te ménagera pas...

— Fais attention à toi, plutôt... affameur des pauvres gens... parce que... oui... j'en ai assez de crever la faim, à cause de vous tous... Vous m'avez tout pris... Et crever pour crever !...

Alors le garde, très calme, dit :

— Je ne te crains pas... et je ne suis pas méchant pour toi, puisque je t'avertis... À toi de voir la chose... Je m'en vais...

Et, remontant sur l'épaule, d'un coup de reins, sa carnassière, il saute, légèrement, sur la route, et s'en va, sans retourner la tête.

Le soleil décline, s'enfonce derrière les massifs plus sombres de la forêt.

Le Polonais se remet à son travail, maugréant :

— J'en ai assez... On a trop de misère... Crever pour crever !...

*
* *

La nuit est venue, le Polonais rentre dans la maison. La huche est vide... Tous les deux, la grande femme maigre et le petit homme trapu, ils restent là, dans l'ombre, silencieux.

Soudain :

— Homme ! fait la femme.

— Eh bien ?

— Il n'y a pas de lune, cette nuit.

— Non !... La nuit sera noire.

— Sûr qu'il erre, cette nuit, dans la sente aux bouleaux.

— Oui...

— Eh bien ?

Et, la femme, à tâtons, lève une pierre, sous la cheminée, une grande pierre sous laquelle un trou se creuse. Elle retire du trou un fusil, l'essuie, fait jouer les batteries et, d'une voix basse, rauque :

— Eh bien ?... Si t'as du cœur... t'iras aussi...

— Donne ! fait le Polonais... Crever pour crever.

Le Polonais sort de la maison. La nuit est toute noire en effet. Il écoute. Personne sur la route... Aucune voiture, aucun bruit... Il écoute encore...

Très loin, un hibou chante, dans le silence, sa lugubre chanson de mort...

Le Journal, 13 janvier 1895

Recueilli dans *La Pipe de cidre*.

LES MARCHANDES DU TEMPLE

On a vu comment on empoisonnait les pauvres diables dans les administrations hospitalières de l'État. On verra, par les lettres ci-dessous, dont je certifie la véracité, que dans les maisons privées, les malades riches n'ont, comme soins et traitements, rien à envier aux pauvres, et que c'est par la sans-pitié universelle, et par l'universel désir de lucre, que riches ou pauvres, laïcs ou religieux, atteignent vraiment à cet idéal de notre société moderne : l'égalité.

Menton, 1er mars 1895.

Ma chère amie,

Je n'ai éprouvé aucun soulagement de mon séjour dans le Midi. Mes souffrances augmentent et deviennent intolérables ; mes forces s'épuisent de plus en plus, et la fièvre me dévore. Depuis deux semaines, je n'ai pas quitté le lit. Le docteur, à qui j'avais télégraphié de venir en hâte, est enfin arrivé, hier soir. Ce matin, après un examen attentif et minutieux, il me confie qu'une nouvelle opération est nécessaire. Hélas ! je crois que je pourrai la supporter.

Il est convenu que je vais rentrer à Paris, et l'on prépare tout ce qu'il faut à ce voyage. Pour des raisons de commodités, auxquelles je me suis rendue, l'opération aura lieu chez les Sœurs de Notre-

Dame de la Croix... C'est, paraît-il, une sorte d'hôpital, très bien pourvu, où le docteur fait transporter ses meilleures malades.

Vous y serez admirablement choyée, m'a-t-il dit. Ces excellentes sœurs s'entendent fort bien à ces soins délicats. Et puis, elles ont mes habitudes, ce qui est une garantie.

Je vais donc partir, j'ignore encore le jour. Mais je t'écrirai, car je serais si heureuse et, il me semble, si consolée de t'embrasser.

Ta meilleure amie,
Germaine K...

Paris, 14 mars 1895.

Ma chère amie,

Pardonne-moi de ne t'avoir pas mandé mon retour à Paris. Je n'ai pas eu le courage de t'écrire. J'ai pensé aussi que, souffrante comme tu l'es, il eût été bien mal à moi de t'obliger à une sortie, dangereuse peut-être, car, je te connais, tu serais accourue tout de suite. Et c'est ce que je ne voulais pas. L'habitude que j'ai de toujours souffrir m'a guérie un peu de cet égoïsme qu'ont les malades.

Enfin, le voyage s'est passé aussi bien que possible, pour le triste état où je suis. Tout avait été disposé, par le docteur, pour que je n'en ressentisse pas trop la fatigue. Et je suis, depuis trois jours, chez les sœurs de Notre-Dame de la Croix. Mais je ne peux pas rester plus longtemps dans cette abominable prison où je sens que je mourrais. Demain, je serai chez moi, et si tu savais avec qu'elle impatience je compte les heures qui me séparent de cette délivrance. J'y serais déjà, ma chérie, s'il n'avait pas fallu qu'on préparât l'hôtel pour que j'y puisse rentrer et subir l'opération. Et ce m'est presque une douceur de penser que si je dois mourir, au moins, je mourrai chez moi, parmi les choses que je connais et qui m'ont aimée.

Ah ! ma chère chérie, ce que j'ai enduré, chez ces atroces sœurs, jamais tu ne pourras te l'imaginer, il faut pourtant que je te le raconte : il me semble que ce sera un soulagement pour moi. Je suis arrivée, jeudi, à la Communauté, à quatre heures du soir. C'est une vaste maison, très ancienne, d'aspect triste, abandonnée et sale. Dès la porte ouverte, j'éprouvai comme un grand froid au cœur, et, sur le seuil, j'eus un instinctif mouvement de recueil, un affreux frisson de terreur, comme le condamné à mort devant la silhouette soudaine de l'échafaud. Aidée de ma femme de chambre et de deux sœurs maladroites, venues à ma rencontre, j'eus beaucoup de difficultés à gagner la chambre qui m'était destinée. Il me fallut traverser de noirs couloirs, bordés de portes mal fermées, par où s'échappaient des gémissements et des plaintes, les plaintes de pauvres femmes qui, comme moi, attendaient le couteau. L'odeur qui emplissait ces couloirs, odeur combinée d'éther et de cuisines rances, d'acide phénique et d'encens, hôpital, gargote et chapelle, me souleva le cœur, et je crus, plusieurs fois, que j'allais défaillir. Enfin, je pénétrai dans ma chambre. Elle était petite, mais propre, et donnait sur un jardin si humide, que la mousse couvrait, d'un épais tapis, les troncs et les branches des arbres. Je m'écroulai de fatigue, dans un fauteuil, en exprimant le désir de me coucher. L'une des sœurs me dit alors que la règle de la maison était que les malades apportassent leur linge, qu'il n'y avait pas de draps dans le lit, et qu'il fallait en référer à la mère supérieure. Celle-ci, d'ailleurs prévenue de mon arrivée, entra dans la chambre sur ces entrefaites. C'était une grande femme sèche, à profil coupant. Un sourire mielleux et faux rendait encore plus implacable l'expression d'implacabilité inscrite à sa face d'oiseau de proie. Elle m'accueillit par ces mots :

— Le docteur ne vous a donc pas, ma chère enfant, mise au courant des conditions et règlements de la communauté ?

— Nullement, ma sœur ! répondis-je.

— Eh bien ! voici : il est d'usage que les pensionnaires nous remettent le jour de leur entrée ici, quinze jours d'avance à 21 francs par jour, ci : 315 francs. Dans cette somme ne sont pas compris, naturellement, le linge, le bois, la lumière, ni aucune des fournitures et soins spéciaux que pourraient désirer nos pensionnaires. D'ailleurs, ma chère enfant, je vous ai apporté votre note.

Et la mère supérieure, de dessous les plis de sa guimpe où pendait la croix de cuivre, la croix de rédemption, de charité et d'amour, retira un papier soigneusement plié, et me le tendit, avec de mielleux sourires.

Non, jamais apothicaire de comédie, ou maître d'hôtel de ville d'eaux, n'osa établir une telle note, dont chaque article constituait un vol flagrant. Le bois de cheminée y figurait à raison de 5 francs par jour, la lumière de 3 francs, le linge d'une seule nuit y était compté 6 francs. Enfin, ce détail lugubre : pour nettoyer et laver la salle d'opération... 30 francs. Et tout cela, payable d'avance, et pour une durée de quinze jours.

— Mais, ma sœur, dis-je stupéfaite de cette honteuse exploitation de la souffrance... il n'est pas prouvé que je doive reste ici quinze jours... Et je ne trouverais pas juste de payer une pension que je n'aurais pas prise, et toutes ces choses dont je n'aurais pas joui.

— C'est la règle, ma chère enfant ! affirma la sœur avec un air de se détacher des biens de ce monde... Cela est, dès à présent, acquis à la communauté.

— Mais enfin, insistai-je... il n'est pas sûr, non plus, que je me résigne à subir une nouvelle opération...

— Et vous auriez grand tort, ma chère enfant, interrompit la sœur... car Dieu et la sainte Vierge bénissent toutes les opérations qui se font ici... Mais, dans ce cas, les trente francs vous seraient rendus à la sortie de notre maison...

Une discussion me fatiguait. J'ordonnai à ma femme de chambre de payer. Et, tandis que la mère supérieure comptait l'or de ses doigts avides et crochus, une religieuse entr'ouvrit la porte et dit d'une voix basse et rapide :

— Ma mère, il faudrait le bon Dieu pour le 14, qui a été opérée ce matin et qui agonise.

— C'est bien ! Prévenez le chapelain ! commanda la mère supérieure qui, durant ce court colloque, n'avait pas levé les yeux des pièces d'or qu'elle achevait de compter, âprement, dans sa main.

Je pus enfin, ayant payé la note, obtenir que l'on apportât des draps et que l'on fît mon lit. Une fois couchée, je demandai un peu de bouillon, car je me sentais fatiguée outre mesure, et j'étais prête à défaillir. La sœur m'expliqua qu'il n'était point l'heure de manger, et qu'il n'y avait rien de préparé.

— Il faut attendre l'heure, ma chère enfant. On mange le matin à onze heures, le soir à sept heures... C'est la règle... Je crois que vous ferez mieux de vous reposer... Vous n'en dînerez que de meilleur appétit...

Comme elle se disposait à quitter la chambre, je la priai de vouloir bien m'envoyer un interne, ayant besoin d'être pansée.

— Un interne ! s'exclama la sœur, scandalisée... Un interne !... Mais il n'y a pas d'interne ici ; il ne vient jamais d'homme ici !... Si vous désirez le confesseur...

— Je n'ai nul besoin du confesseur ! gémis-je, tandis que des larmes me venaient aux yeux... Hélas ! ma sœur, voici treize mois que je suis malade, et je vous assure que je n'ai guère eu le goût de commettre des péchés... Ce que je voudrais, c'est être soignée, et que l'on ne me laissât pas mourir ici comme une bête.

J'éclatai en sanglots. La sœur dit, pour me consoler :

— Rassurez-vous, ma chère enfant... Vous ne pourriez avoir de meilleurs soins nulle part... Et priez Dieu afin qu'il vous protège.

Et voulant se faire câline et tendre, elle effleura mon front de sa main sèche, et elle me dit encore :

— D'ailleurs, cela ne sera rien, allez !...

Là-dessus, elle me quitta, suivie des deux autres sœurs, et je restai seule, avec ma femme de chambre qui s'écria, en joignant les mains :

— Ah ! bien, merci !... Madame est tout de même dans une drôle de baraque !...

J'essayai de dormir un peu, et ne le pus. À peine commençais-je à m'assoupir qu'aussitôt j'étais réveillée, brusquement et douloureusement, par des bruits de cloches. Cela, multiplié par la fièvre, m'arrivait de tous les côtés, par les fenêtres, par la porte, par le plafond, par le parquet. Les cloches ne discontinuaient pas de sonner. Elles sonnaient, grondantes ou plaintives, pour les prières, pour les agonisantes, pour les mortes. En même temps, des chambres voisines, par les minces cloisons, me venaient des gémissements, les uns étouffés, les autres aigus, des cris, des appels de voix déchirantes. On eût dit des chambres de tortures, et que des bourreaux y suppliciaient de pauvres victimes. L'obsession en était telle que je croyais respirer réellement l'horrible odeur des chairs grésillantes et des vapeurs de sang. Et, dans les couloirs, dont les planches du parquet craquaient, j'entendais, sans cesse, dominant des chuchotements de voix, passer des pas lourds et cadencés, des pas pesants de gens qui portent des cercueils.

Enfin, l'heure du dîner sonna. Une sœur apporta sur un plateau mon repas et celui de la femme de chambre qui, selon la règle, devait manger près de moi. Je ne pus toucher à aucun de ces mets, atrocement cuisinés, qui me furent servis et qui se composaient d'un potage aigre, d'une moitié de pigeon froid et de purée de pommes de terre, sans assaisonnement et sans beurre. Le vin, que je fus obligée de recracher, mordait le palais, comme de l'acide ; l'eau, pleine d'impureté, n'avait pas été filtrée. Quant à ma femme de chambre, son dîner maigre se composait de choses innommées. Elle dut se contenter de pain et d'un peu de chocolat que je lui donnai.

Ah ! ma chérie, la nuit que je passai, l'atroce, lente et mortelle nuit, où, pas une minute, ne cessa le bruit des cloches ; où, pas une minute, les gémissements des malades voisines ne me laissèrent un répit de sommeil.

La journée du lendemain fut pareille. Vers deux heures, j'eus une crise de nerfs... Je voulais m'en aller de cette maison maudite... Céleste eut beaucoup de peine à m'empêcher de me lever... Enfin, vers la nuit, le docteur, très affairé, vint me faire une visite. Je le mis au fait de ce qui se passait, et lui déclarai que je ne pouvais rester dans cette prison, où je n'avais ni soins, ni nourriture, et où tout ne s'acharnait qu'à me parler de la mort.

— Ce sont des voleuses, des voleuses[1] ! m'écriai-je... Qu'elles gardent mon argent !... Mais je veux partir demain... Ou sinon, j'aime mieux mourir tout de suite.

Le docteur voyant qu'il n'obtiendrait rien de moi, finit par agréer ma proposition. Je vais donc retourner chez moi, et c'est chez moi que je subirai cette affreuse opération. Mais j'ai grand' hâte que tout y soit prêt, car à chaque minute, dans cette maison d'enfer, c'est un peu de mes forces, un peu de ma vie, que je perds. Et j'ai tant besoin de tout cela pour la cruelle épreuve !

Je viens d'apprendre que ma voisine est morte. Tout à l'heure, elle a poussé un grand cri qui m'a fait frissonner. Son âme est partie dans ce cri. Ce matin, durant plus d'une heure, j'avais entendu le chapelain, récitant, dans la chambre, les prières des agonisants. Je ne sais ce qu'il fait encore dans la chambre, maintenant que la pauvre femme est morte. Il y a comme des heurts de meubles, des chuchotements de voix. On dresse sans doute le lit funèbre... Et, dans tout le couvent, les cloches sonnent, sonnent, sonnent...

Je t'embrasse,

Germaine.

Pour copie conforme : Octave Mirbeau[2].

Le Journal, 31 mars 1895

1. Au début du chapitre XIII du *Journal d'une femme de chambre*, Célestine fera une peinture au vitriol des sœurs de Notre-Dame des Trente-Six-Douleurs.

2. Au lendemain de la parution de l'article de Mirbeau, le directeur du *Journal* reçut une lettre indignée de la Supérieure des Sœurs de la Croix de la rue de Vaugirard, protestant contre cet article qui est de nature à porter la plus grave atteinte à notre honneur : « Notre maison n'est pas une sorte d'hôpital ; aucun docteur n'y fait transporter ses malades ; et par conséquent nous n'avons pas à imposer les conditions injustes autant qu'inhumaines dont il est parlé. »

AU PIED D'UN HÊTRE
(Souvenir du 18 novembre 1870)

Il y a juste vingt-cinq ans aujourd'hui[1] !

Et cela me hante encore comme un mauvais rêve de la dernière nuit.

Le sergent Millard s'en revenait de relever des sentinelles et rentrait au camp. Il traversait une grande plaine, coupée çà et là par de petits carrés de bois. Le ciel était gris. Il bruinait. Le sol détrempé et boueux poissait aux chaussures. Pas une silhouette dans la plaine beauceronne, pas une silhouette d'hommes ou d'animaux ; au-dessus des fermes récemment abandonnées par les paisons, pas une fumée. Au loin apparaissait, légère et bleue comme une nuée, la cathédrale de Chartres.

Depuis cinq jours que notre régiment de mobiles campait aux portes de Saint-Luperce, devant cette grande étendue silencieuse et morne, chacun, à tout instant, s'attendait à voir s'abattre, dans la plaine, les Prussiens. On les disait à Chartres. Et, plusieurs fois, le soir, nous avions cru entendre, non sans un frisson dans les moelles,

1. Mirbeau a participé à la guerre franco-prussienne dans le 49e régiment des mobiles de l'Orne (cf. *Octave Mirbeau, l'imprécateur au cœur fidèle*, biographie, à paraître, Séguier, 1990, chapitre IV).

nous avions cru entendre, venant de Chartres, et portées jusqu'à nous par le vent, des musiques sauvages et des clameurs de massacre.

La veille, en nous passant en revue, le colonel nous avait dit :

— Mes enfants, ce sera sans doute pour demain... Ah ! ah !... j'espère que vous allez m'en descendre de cette vermine-là... de cette sale vermine-là... Pas de quartier, nom de Dieu ! et vive la France !

Le colonel était un peu hâbleur. Il aimait à jouer au vieux grognard. Mais ce n'était pas un méchant homme. Il faisait même tout ce qu'il pouvait pour nous rendre tolérables nos fatigues et nos souffrances.

Malgré la prédiction du colonel, la matinée du lendemain s'était écoulée pareille aux autres. Rien n'avait bougé dans la plaine. Pourtant, le colonel, impatient, s'était porté à cinq cents mètres en avant du camp, avec ses clairons ; il avait fait exécuter une héroïque sonnerie de défi, dans la direction de Chartres. Mais rien n'avait bougé dans la plaine.

Il était revenu furieux, disant :

— Des lâches !... Je vous dis que ce sont des lâches !... Mais patience !... A coups de pieds nous les reconduirons sous les murs de Paris ; à coups de pieds, mes enfants, m'entendez bien... Bismarck en tête et Moltke en queue ! Nous allons rire, mes petits, nous allons rire.

Et le reste du jour, les deux mains derrière le dos, mâchonnant des cigares et maugréant, il se promena dans le camp, parmi les hommes qui préparaient la soupe du soir.

Ayant relevé ses sentinelles, le sergent Millard rentra vers cinq heures. Et ce fut dans le camp, une stupéfaction. Les hommes quittèrent les feux, devant lesquels, de place en place, ils s'étaient groupés, attendant la soupe du soir.

— Qu'est-ce qu'il y a ?... Qu'est-ce qu'il y a ?

Il y avait de quoi, d'ailleurs, être étonné. Le sergent tenait par la bride un cheval de Prussien, et sur la selle était ficelé un paquet de hardes sanglantes. Derrière, un homme portait, triomphalement, au bout de son fusil, un casque ; un autre, une cuirasse ; un troisième traînait un grand sabre de cavalerie ; un quatrième brandissait, en l'air, une carabine. Le visage du sergent rayonnait.

— Qu'est-ce que c'est que ça ? demanda le colonel, qui, survenant brusquement, dissipa le groupe formé autour du sergent.

Et il interrogea :

— Où as-tu trouvé cela ?... Où as-tu trouvé cela, nom de Dieu ?

Alors, le sergent Millard conta :

— Mon colonel, voici l'histoire... Je rentrais avec mes hommes... Je longeais un petit bois, quand, tout à coup, à l'angle du bois, je me trouve nez à nez avec un grand diable de cavalier... Je fus saisi... il fut saisi... Je m'arrêtai... il s'arrêta... D'abord, je ne pensai pas que ce pût être un Prussien. Pourtant, il avait un casque et un large manteau blanc qui recouvrait toute la nuque de son cheval... Et pendant que je l'examinais, voilà le cavalier qui jette son casque par terre, dégrafe son manteau et le jette par terre, déboucle son sabre et le jette par terre... Et voilà que lui-même descend de son cheval, et qu'il agite les bras, et qu'il sourit, et qu'il dit, en s'avançant vers moi : « Toi, bon Français ; moi, bon Prussien !... Moi, aller avec bon Français ! » Il n'y avait plus de doute, c'était un Prussien !... Et je sentis naître en moi un grand orgueil...

— Allons !... continue !... ordonna le colonel... arrive au fait... je n'ai pas besoin d'entendre tous ces ragots...

— Jamais je n'aurais cru qu'un Prussien pût avoir une aussi bonne figure, reprit le sergent d'une voix moins assurée... Il était blond et rose comme un enfant ; il avait ses yeux très doux. « Empoignez-moi cette vermine-là ! » commandai-je à mes hommes. Le Prussien se laissa faire sans résistance. Au contraire, il semblait heureux et il répétait dans son jargon : « Moi, femme là-bas... moi, petits enfants là-bas !... moi plus guerre, plus guerre !... »

— Oui, enfin, il se rendait ? demanda le colonel dont le visage était devenu tout grave et sévère... Continue.

— Il se rendait, oui, mon colonel, répondit le sergent Millard.

J'étais très content d'avoir pris un Prussien et, en même temps, très embêté... Je ne savais pas ce que je devais faire de cette vermine-là !... Je me dis : si je le ramène vivant, peut-être que le colonel ne sera pas content, puisqu'il nous a recommandé d'en tuer autant qu'on pourrait. D'un autre côté, cela me faisait deuil de passer par les armes un homme si doux et qui ne voulait pas nous faire du mal. Je demandai conseil à mes hommes : « Que feriez-vous à ma place ? » Les hommes hochèrent la tête. Ils ne savaient pas non plus. Alors, je me rappelai, mon colonel, que vous nous avez dit : « Pas de quartier. » Cela me décida.

— Tu l'as fusillé ? interrogea le colonel, d'une voix tonnante.

— Il y avait, auprès de là, poursuivit le sergent, un gros hêtre... Un gros hêtre qui débordait le talus du bois... J'ordonnai d'attacher avec des courroies ce Prussien, autour du hêtre, et moi-même, je lui enlevai sa cuirasse. Le Prussien pâlit : « Toi, bon Français, supplia-t-il... Moi plus guerre, moi femme là-bas... Moi petits enfants... Moi pas mourir ! » Je disposai les hommes à dix mètres de l'arbre. Les fusils étaient chargés : « Toi, pas me tuer, gémissait le prisonnier... puisque moi, plus guerre, jamais, plus guerre. » Cela me fendait le cœur... J'avais envie de pleurer, à l'entendre jargonner de la sorte. Mais, ma foi !... Feu ! commandai-je...

Il y eut un silence d'angoisse. Le colonel était devenu livide et baissait la tête.

— Nous avons pris son manteau et sa tunique, reprit le sergent, nous avons rapporté ses armes... et son cheval... Il est toujours là-bas, attaché au tronc du hêtre... Nous avons pris aussi sa montre que voilà... et son porte-monnaie qui était vide... Nous avons laissé, au pied du hêtre, des lettres qu'il avait dans un petit sac de cuir, avec des photographies...

— Assez ! Tais-toi ! ordonna le colonel.

Et s'adressant aux hommes :

— Empoignez le sergent, et conduisez-le au quartier général... J'y serai dans une heure.

Il commanda aussitôt une corvée de six hommes, à la tête de laquelle il se plaça, et il se rendit, dans la plaine, vers le petit bois où le soldat prussien avait été laissé mort, attaché au tronc du hêtre. Il fit creuser un trou au pied de l'arbre, ensevelit le Prussien, et planta sur la fosse comblée une branche en forme de croix. Il faisait, je m'en souviens, une nuit horrible, une nuit sans lune, d'une humidité poisseuse et glaciale...

Le soir même, le colonel avait constitué un conseil de guerre. Les délibérations ne furent pas longues. Le sergent fut condamné à mort. La sentence portait que l'exécution devait avoir lieu le lendemain, au petit jour, au pied du hêtre...

À partir de ce jour, durant la campagne, où notre régiment, d'ailleurs, ne se trouva pas une seule fois en présence de l'ennemi, le colonel ne parla plus de vermine, ni de vaches, ni de reconduire à coups de pied les Prussiens, sous les murs de Paris.

Ce n'est que plus tard, rentré dans la vie civile, et redevenu conducteur des ponts et chaussées, — ce qu'il était avant la guerre —, que, l'impression de ce drame s'étant peu à peu effacée, il aimait à raconter le soir, au café, ses prouesses, et le grand combat de Saint-Luperce, où ses mobiles avaient tué, à coups de baïonnettes, tant de Prussiens, près d'un petit bois... On pouvait aller voir, nom de Dieu !... Il y avait au pied d'un certain hêtre, entre autres, une grande fosse, pleine de cadavres... Ah ! mais !

Le Journal, 19 novembre 1895

Reprise du « Prisonnier », publié dans *L'Écho de Paris*, le 17 octobre 1893 ; et dans *La Révolte*, les 28 octobre et 3 novembre 1893.

LE TRONC

On parlait, l'autre soir, des médecins militaires, qui sont fort à la mode, en ce moment[1], et chacun racontait sa petite histoire. Naturellement, elle était épouvantable, et jamais, je crois bien, je n'avais entendu, en une seule fois, tant d'horreurs. Comme on dit vulgairement, le cœur finissait par me tourner. Je dois confesser que cela se passait à un banquet de jardiniers, lesquels, par nature, sont enclins à l'enthousiasme et même à l'exagération. Je ne vous expliquerai pas les raisons de ce phénomène psychologique, car elles me mèneraient trop loin. Léon Bloy n'a-t-il pas parlé quelque part de « l'âme compliquée des horticulteurs » ?

— Oui, Messieurs, j'ai vu cela, moi... affirmait un grand diable de pépiniériste... J'ai vu un chirurgien, le soir, dans une charrette de meunier, amputer un blessé avec un sabre de dragon... car il avait égaré sa trousse, Dieu sait où !...

— Pourquoi ne lui as-tu pas prêté ton greffoir ? dit quelqu'un.

L'on s'esclaffa de rire. Car si les horticulteurs ont l'âme compliquée, ils ont, en revanche, le rire facile et bruyant. Lorsque la gaieté suscitée par cette plaisanterie professionnelle fut un peu calmée :

1. Allusion à l'affaire Lebaudy : le fils du célèbre sucrier était mort, pendant son service militaire, parce que les « merdecins militaires » — comme dit Alfred Jarry — ont refusé de croire à sa maladie.

— Eh bien ! moi, j'ai vu plus fort que ça !... déclara un semeur de bégonias qui, jusqu'à ce moment, était resté silencieux, à mâchonner un cigare éteint entre les crocs jaunis de sa mâchoire.

C'était un petit bonhomme, de peau glabre et ridée, de front obstiné, de cheveux rudes, et dont les gros doigts boudinés ne semblaient pas faits pour manier les graines légères et mystérieuses, et pour jouer avec les pistils des fleurs.

Il y eut, tout à coup, un silence religieux. Le petit bonhomme était une des lumières de l'horticulture française, et on l'admirait beaucoup pour ce que, à force de semis judicieux et de sélections raisonnées, il avait su ajouter à la naturelle laideur du bégonia, une laideur artificielle et composite que tous ceux qui étaient là sentaient ne pouvoir être surpassée désormais. Tous sentaient aussi que le récit qu'il allait faire devait dépasser les autres en horreur, car le petit bonhomme ne parlait jamais en vain, et lorsqu'il n'avait rien à dire qui fût plus fort que ce que l'on avait déjà dit, il se taisait, songeant sans doute à de plus effarantes hybridations.

— Oui, j'ai vu plus fort que ça !... répéta-t-il... J'ai vu, moi qui vous parle... mais commençons par le commencement...

Quelques-uns, parmi les horticulteurs, se levèrent de table et vinrent se grouper, respectueusement, derrière le narrateur, qui parla ainsi :

— C'était pendant la guerre de 70... J'étais, à ce moment, horticulteur à Vendôme... et je n'avais pas encore obtenu mon fameux bégonia : le *Deuil de M. Thiers*... pour une bonne raison d'ailleurs, c'est que M. Thiers n'était pas mort.

L'un des jardiniers groupés derrière le vieux semeur, dont les gestes, je dois le dire, n'étaient nullement augustes, interrompit :

— Oui, ce fut un rude gain que le *Deuil de M. Thiers*... Ç'a été le point de départ de toute une rude série... Et, sans lui, nous n'aurions pas eu le *Triomphe du Président Faure*, qui, dame !...

Et il acheva sa pensée dans un geste ample et circulaire.

Cet hommage rendu à l'habileté du vieux — dirai-je : bégoniacole, —, celui-ci reprit :

— Mon établissement était situé, à deux cents mètres en dehors de la ville, sur la route de Lorges... Ah ! quelle époque ! seigneur mon Dieu !... Des soldats, des soldats, des soldats ! Durant plus de deux mois, ils ne cessèrent de passer sur la route... Et comme ils n'avaient rien à manger, ils se répandaient dans la campagne, dans les jardins, dans les maisons, demandant quelquefois... prenant souvent... car il faut bien vivre, après tout, quoique soldat !... Allez donc faire des semis dans ces conditions-là !... Tenez, moi qui vous parle, eh bien, des francs-tireurs, qui parlaient espagnol, envahirent un soir mon établissement et me prirent mes bulbes de bégonias qu'ils firent cuire, dans une marmite, sur la route, avec du biscuit... Ah ! quelle époque !... quelle époque pour les semis, seigneur Jésus ! Un jour, par des fuyards, on apprit qu'on se battait à Lorges, à Marchenoir, à Beaugency, partout, quoi !... Ça n'avait pas l'air d'aller très bien... car les fuyards, chaque jour, devenaient plus nombreux... Et puis, on voyait passer, chassés à coups de sabre, des bandes de bœufs, des troupeaux de moutons... et les voitures de l'intendance ne cessaient de se replier vers Le Mans... Enfin, on entendait le canon qui se rapprochait... La situation était vraiment affreuse, car il n'y avait plus de vivres dans Vendôme : on n'eût pas trouvé, à cette époque, le moindre bout de saucisson chez les charcutiers... Quant à mes provisions, elles étaient épuisées, et j'entamai mon dernier pot de rillettes... Naturellement, mes serres étaient éteintes, et je n'avais même plus de quoi renouveler le réchaud de mes châssis... Allez donc faire des semis dans ces conditions-là...

— Pour sûr ! approuva un horticulteur... C'est comme moi, avec mes glaïeuls. Les Prussiens me les boulottèrent... plus de trois cents variétés, avec noms, avec quoi ils firent la soupe ! Ah ! vrai !...

— Sans doute... sentencia un chrysanthémiste... Mais qu'est-ce que vous voulez ?.... La guerre c'est la guerre...

Le semeur de bégonias poursuivit :

— Un matin, on sonna à la grille de mon établissement. Une charrette était arrêtée devant, une pauvre charrette, réquisitionnée, toute disloquée, et recouverte d'une bâche en loques. Un vieux cheval étique, que conduisait un soldat plus étique encore que le cheval, y était attelé. J'allai ouvrir. Je demandai au soldat ce qu'il y avait pour son service. Il me répondit : « Je vous amène un blessé... C'est un gars qui prétend vous connaître, et qui dit qu'il a été employé chez vous. » — « Comment s'appelle-t-il ? » — « Il s'appelle Delard, Joseph Delard... Mais il n'en a plus guère, de lard, le pauvre diable ! », dit le soldat en hochant la tête. Je fis entrer la charrette dans la cour, devant la porte de la maison, et, ayant appelé ma femme, ma fille, je m'apprêtai, aidé par le soldat, à descendre le blessé qui, couché dans la charrette sur un mince lit de paille et enveloppé de couvertures, geignait : « Ah ! patron, patron, patron ! » Mais quelle ne fut pas ma stupéfaction, lorsque je l'eus découvert, pour le manier plus commodément : « — Tes bras, qu'est-ce que tu as fait de tes bras ? » criai-je. — « On me les as coupés ? » répondit Delard. — « Mais tes jambes ?... Où sont tes jambes ?... » — « On me les a coupées aussi », gémit le pauvre diable. Je crus d'abord que c'était une blague... Mais il me fallut bien me rendre à l'évidence... Delard n'avait plus ni bras, ni jambes ; c'était un tronc, un tronc vivant et geignant, que je ne savais plus par quel bout prendre... Le saisissement que j'éprouvai, devant ce corps, si horriblement mutilé, fut tel que je m'évanouis comme une bête, à côté de Delard, dans la lugubre charrette... Dieu sait, pourtant, si je suis tendre !... Eh ! bien, mes amis, Delard a vécu quatre jours, chez moi, dans cet état !... Ce qui l'embêtait le plus, c'est qu'il ne pouvait plus faire de gestes... Et cependant, il parlait de ses bras et de ses jambes comme s'il les eût eu encore attachés à son corps... Quelquefois, il me désignait quelque chose avec son bras absent, et il me disait : « Là... là... patron ! » Enfin, savez-vous quel a été son dernier mot ? « Comment ferai-je, maintenant, pour arroser les semis ? » Puis la fièvre l'a pris... et il est mort, dans une horrible agonie... À trois, nous avions peine à maintenir ce pauvre corps sans bras et sans jambes, et qui se tortillait et bondissait sur le lit, comme un gros vers... J'ai donné son nom à un bégonia, une espèce de monstre que j'ai obtenu, il y a trois ans, et qui n'a que trois pétales... vous comprenez... J'ai appelé ce bégonia : le *Triomphe du mutilé Delard*... Seulement, voilà, il ne se reproduit pas par le semis... C'est embêtant !

Je regardai attentivement le vieux semeur de bégonias, quand il eut terminé son récit ; et si compliquée est l'âme des horticulteurs, que je ne pus pas savoir s'il se moquait de nous, ou si, réellement, l'aventure était arrivée. Je fus d'ailleurs vite arraché à mon observation, par un rosiériste barbu et ventripotent qui se concilia l'attention universelle, en disant :

— Eh bien ! moi, j'ai vu plus fort que ça encore... J'ai vu...

Le Journal, 5 janvier 1896

PANTOMIME DÉPARTEMENTALE

C'est dans un journal de l'Eure, qui me fut communiqué par mon ami M. Alphonse Allais[1], avec toutes les garanties légales de la plus incontestable authenticité, que je trouve les détails de la sombre et funambulesque histoire qu'on lira plus loin.

Elle se passe à Bernay, mais elle pourrait se passer à Paris, sur un théâtre d'art, en pantomime réglée par M. Paul Margueritte[2] qui, avant d'être le romancier célèbre que nous admirons, excella dans ce genre dramatique délicieux et, malheureusement, presque délaissé aujourd'hui.

Par un joli petit froid sec de février 1896, le voyageur attardé, vers trois heures de relevée, rue Thiers, devant la boutique du sieur Bunel, boulanger, eût pu voir le curieux spectacle suivant. Un homme, si tant est qu'on puisse se servir de cette noble expression pour décrire un individu de cette espèce, contemplait du trottoir, à travers les glaces embuées de vapeur de l'affriolante devanture, les bonnes miches

1. Alphonse Allais (1854-1905), collabore lui aussi au *Journal* où il est titulaire de la rubrique de *La Vie drôle*. Il arrive d'ailleurs que Mirbeau et Allais dialoguent par chroniques interposées. Ainsi, le 19 avril 1896, Mirbeau intitulera son article « Lettre ouverte à Alphonse Allais ».

2. Paul Margueritte (1860-1918). Auteur de *Pierrot, assassin de sa femme,* pantomime (1882), du *Petit Théâtre* (théâtre de marionnettes), puis de romans à caractère naturaliste. Académicien Goncourt.

chaudes et les flûtes dorées qui s'entassaient sur des tables de marbre, et remplissaient des corbeilles d'osier, finement tressées par quelque vannier Berniais. Le voyageur attardé, pourvu qu'il ne fût pas un observateur superficiel, eût, sans nul doute, remarqué que cet individu — maintenons-lui cette qualification méprisante — présentait tous les caractères de la déchéance sociale la plus avancée et de la plus sordide misère : blouse sale et déchirée en maint endroit, pantalon en loques retenu aux mollets et aux chevilles par une triple ligature de ficelle, casquette déteinte et couleur de purin, barbe d'au moins huit jours. Quant aux chaussures, c'étaient de vieilles, trouées et boueuses, pantoufles de feutre, « où la putridité des pieds nus se calfeutre ».

En outre, il portait sur le dos un minable sac de toile par quoi s'accusaient les irrécusables indices d'une mendicité aussi invétérées que professionnelle, et d'ailleurs malheureuse, car le sac était vide.

Après avoir longtemps regardé, comme dit le poète, le bon pain cuire, l'individu se décida à entrer, d'un pas chancelant — était-ce d'avoir trop faim ? était-ce d'avoir trop bu ? —, dans la boutique, au moment précis et providentiel où, débouchant d'une rue transversale, un gendarme venait plaquer son symbolique bicorne sur les glaces de la devanture, à la place exacte où s'était arrêté le vagabond. Le journal de l'Eure ne nous donne aucun renseignement plastique sur ledit gendarme, mais nos lecteurs pourront suppléer à ce manque d'information par des évocations traditionnelles et des iconographies variées qui sont dans toutes les mains.

Il n'y avait dans la boutique, à cette heure, qu'une petite bonne : coiffe tuyautée ornant le chignon blond et ailant la nuque de deux brides envolées, tablier blanc, robe noire collante, physionomie accorte et charitable. La petite bonne donna à l'individu un morceau de pain, et, avec des bénédictions sur les lèvres — où les bénédictions vont-elles se nicher ? —, sortit de la boutique de son pas mal assuré, et humant la bonne odeur des belles miches chaudes et des flûtes dorées. Cela n'avait pas duré plus de temps qu'il n'en faut à une dévote de province pour déshonorer ses voisines, et brouiller à mort les familles de sa connaissance.

Mais le gendarme intercepta sur le seuil l'individu, et lui mettant la main au collet — si l'on peut dire — de sa blouse guenilleuse :

— Où as-tu volé ce pain ? tutoya-t-il en accompagnant cette interrogation d'un regard d'ordonnance.

— Je ne l'ai pas volé ! répondit l'individu.

— Alors, si tu ne l'as pas volé, c'est qu'on te l'a donné ?

— Probable !

— Et si on te l'a donné, c'est que tu l'as demandé ?

— Dame !

— Alors, je constate que tu es en état de mendicité ?

Et le journal qui nous transmet ce dialogue, ajoute textuellement : « La mendicité fut d'autant plus facile à constater que le mendiant était ivre ! » Étrange déduction !

— Qu'as-tu à dire ? fit le gendarme.

Mais l'individu avait sans doute épuisé ce qu'il avait à dire. Il ne répondit pas.

— Au poste, alors ! commanda le gendarme. Tu t'expliqueras là-bas...

L'individu refusa de bouger, et comme le brave gendarme l'entraînait pour l'obliger à marcher, le mendiant se laissa tomber à terre et opposa une résistance molle à tous les efforts que, soufflant, le gendarme tenta pour relever son prisonnier. Quelques curieux s'étaient amassés et contemplaient, d'un œil goguenard, la lutte héroïque du gendarme contre ce paquet de chiffons insaisissable et fugace qu'était devenu le loqueteux, allongé sur le trottoir avec lequel il faisait corps comme le fer avec l'aimant.

Un second gendarme, survenu providentiellement, s'empressa de prêter main forte à son camarade. Avec beaucoup de difficultés, ils parvinrent à remettre debout le mendiant qui, soutenu, étayé de chaque côté par un représentant de l'autorité, fut bien forcé de faire quelques pas, quoique ses genoux ployassent et que ses pieds s'obstinassent à ne pas prendre contact avec le sol. La foule, grossie à chaque minute, riait, s'amusait, et refusait d'aider les gendarmes, dont le visage rouge et les membres en sueur disaient la fatigue et la honte de la défaite.

Arrivé devant la boutique du libraire, le misérable s'arcbouta contre une borne, se dégagea brusquement de la double étreinte des gendarmes, et, pour la seconde fois, il se laissa tomber à terre, entraînant, dans sa chute, un des gendarmes qui roula du trottoir dans le ruisseau, les bottes en l'air.

Pour le coup, il fut impossible de relever le prisonnier qui semblait incrusté, cimenté dans le trottoir comme une pierre de taille.

— Mais qu'est-ce qu'il a, cet animal ? se désespéraient les braves gendarmes. Il a donc le diable dans le corps ?... Il est enchanté ?

Vainement ils essayèrent de le retourner, vainement ils tentèrent de le faire rouler sur le trottoir. Une force invincible l'attachait au sol. Leurs bras, leurs mains, leurs reins, leurs jarrets s'épuisèrent contre cet inébranlable chiffe...

La foule, de plus en plus, applaudissait, riait à se tordre... Évidemment, elle était du parti du mendiant, ce qui enrageait davantage les deux gendarmes qui, au sentiment de leur double impuissance, voyaient s'ajouter la honte du ridicule et la perte du prestige de leur uniforme.

Trois soldats qui passaient furent requis au nom de la loi, afin que force restât à l'autorité. Alors, tous les cinq, les deux gendarmes et les trois soldats, durant plus d'un quart d'heure, ils s'escrimèrent, de leurs dix bras, contre l'homme à terre, et parvinrent enfin à le remettre debout.

Ayant pris des précautions stratégiques, et s'étant distribué, chacun, une portion de l'individu, ils purent l'emmener au poste. D'ailleurs, le mendiant se laissait faire. Il marchait de bonne grâce, maintenant, arrêté dans sa marche par les dix bras qui le maintenaient et l'empêchaient de donner à ses mouvements une allure libre et soumise.

Octave Mirbeau

Le cortège arriva, ainsi, au poste, suivi par toute la ville en joie. Il n'y a encore qu'en province où l'on sait s'amuser.

Le Journal, 1er mars 1896

MAROQUINERIE

« Plus on frappera les coupables ou innocents, plus on se fera aimer. »
Général Archinard, *Gazette européenne.*

« Le sabre et la matraque valent mieux que tous les traités du monde. »
Idem (Ibidem).

« ... En tuant sans pitié un grand nombre. »
Idem (Ibidem).

Ayant lu les déclarations que M. le général Archinard[1] voulut bien, tout récemment, confier à la *Gazette européenne*, sur le meilleur mode de colonisation, et les ayant trouvées curieuses en soi, je me rendis chez ce brave soldat, dans le but patriotique de l'interviewer.

Ce n'est point chose facile de pénétrer jusqu'à cet illustre conquérant, et je dus parlementer longtemps. Par bonheur, je m'étais « en haut lieu » prémuni de lettres et de références devant lesquelles il n'y avait, même pour un héros de sa trempe, qu'à s'incliner. Le général n'opposa donc, pour la forme, qu'une résistance d'ailleurs assez molle, et il finit par me recevoir... Dieu sait si le cœur me battait fort, lorsque je fus introduit près de lui.

1. Voir *supra*, chapitre I, *Enfin seul !*, note 6.

Je dois dire qu'il m'accueillit avec cette brusquerie charmante que, chez messieurs les militaires, on peut appeler de la cordialité. Cordialité joviale et ronde et plaisant à l'esprit d'un Français qui a lu M. Georges d'Esparbès[2]. Vêtu d'un burnous rouge, il était assis sur une peau de tigre et fumait, à la mode arabe, un énorme narghileh. Sur son invitation, brève comme un commandement, que j'eusse... une, deusse !... une, deusse !... à m'asseoir, sur une peau de simple mouton, en face de lui, je ne pus me défendre, en obtempérant à ses ordres, de ressentir une vive émotion ; et, à part moi, je tirai, de la différence hiérarchique de ces fourrures, des philosophies grandioses, non moins que de peu consolantes analogies.

— Pékin ?... Militaire ?... Quoi ?... Qu'est-ce que vous êtes ?...

Telles furent les interrogations rapides et successives dont m'assaillit le général.

— Territorial ! répondis-je, conciliant.

Un « peuh ! » peut-être un « pouah ! » sortit de ses lèvres, dans un gargouillement de mépris, et j'aurais, certes, du seul fait de mon aveu centre-gauche et amphibologique, passé un mauvais quart d'heure, comme on dit, si une espèce de négrillon, bizarrement costumé, n'était entré, à ce moment, portant un plateau, sur lequel il y avait de nombreuses bouteilles et des verres... C'était l'heure tranquille où les héros vont boire.

Je me réjouis d'arriver à cette heure providentielle de l'absinthe.

— Gomme ?... Curaçao ?... Quoi ?... me demanda abréviativement le glorieux soldat.

— Pure, général...

Et je vis, au sourire approbateur par quoi fut accueillie cette martiale déclaration, que je venais de me conquérir la bienveillance et, peut-être, l'estime du grand Civilisateur soudanais.

Tandis que le général préparait, selon des rites méticuleux, les

2. Georges d'Esparbès (1864-1944), dessinateur, journaliste et romancier, spécialiste de récits militaires. Collaborateur au *Journal*.

boissons apéritives, j'examinai la pièce, autour de moi. Elle était très sombre. Des étoffes orientales ornaient les fenêtres et les portes d'une décoration un peu surannée, un peu trop rue du Caire, à mon goût du moins. Aux murs, des armes, en panoplie, des armes terribles et compliquées, reluisaient. Sur la cheminée, entre deux vases où s'érigeaient, en guise de fleurs, des chevelures scalpées, la tête d'un jaguar empaillé mordait de ses crocs féroces une boule en verre au centre de laquelle le cadran d'une toute petite montre faisait les heures captives, transparentes et grossissantes. Mais ce qui attirait le plus mon attention, c'étaient les murs eux-mêmes. Sur toute leur surface, ils étaient tendus de cuir, d'un cuir particulier, de grain très fin, de matière très lisse et dont le noir, verdâtre ici, et là mordoré, m'impressionna, je ne sais pourquoi, et me causa un inexprimable malaise. De ce cuir, une étrange odeur s'exhalait, violente et fade à la fois, et que je ne parvenais pas à définir. Une odeur *sui generis*, comme disent les chimistes.

— Ah ! ah ! vous regardez mon cuir ?... fit le général Archinard dont la physionomie s'épanouit, soudain, tandis que ses narines dilatées humaient, avec une visible jouissance, le double parfum qui s'évaporait de ce cuir et de cette absinthe, sans se mélanger.

— Oui, général...

— Vous épate, ce cuir, hein ?

— Il est vrai, général...

— Eh bien, c'est de la peau de nègre, mon garçon.

— De la...

— ... peau de nègre... Parfaitement... Riche idée, hein ?

Je sentis que je pâlissais. Mon estomac, soulevé par un brusque dégoût, se révolta presque jusqu'à la nausée. Mais je dissimulai de mon mieux cette faiblesse passagère. D'ailleurs, une gorgée d'absinthe rétablit vite l'équilibre de mes organes.

— Riche idée, en effet... approuvai-je.

Le général Archinard professa :

— Employés de cette façon, les nègres ne seront plus de la matière inerte, et nos colonies serviront du moins à quelque chose... Je me tue à le dire... Regardez ça, jeune homme, tâtez-moi ça... Ça fait de la maroquinerie de premier choix... Hein ?... ils peuvent se fouiller, maintenant, à Cordoue, avec leur cuir...

Nous quittâmes nos fourrures et nous fîmes le tour de la pièce, en examinant minutieusement les bandes de cuir exactement jointes dont les murs étaient recouverts. À chaque minute, le général répétait :

— Riche idée, hein ?... Tâtez-moi ça... Joli... solide... inusable... imperméable... Une vraie mine pour le budget, quoi !

Et moi, affectant de vouloir m'instruire sur les avantages de cette corroierie nouvelle, je lui posai des questions techniques :

— Combien faut-il de peaux de nègres, général, pour tendre une pièce comme celle-là ?

— Cent neuf, à peu près, l'une dans l'autre... la population d'un petit hameau. Mais tout n'est pas utilisé, pensez bien... Il y a, dans ces peaux, principalement dans les peaux de femme, des parties plus fines, plus souples, avec quoi l'on peut fabriquer de la maroquinerie d'art... des bibelots de luxe... des porte-monnaie par exemple... des valises et des nécessaires de voyage... et même des gants... des gants pour deuil... Ha ! ha ! ha !

Je crus devoir rire, moi aussi, bien que ma gorge serrée protestât contre ce genre de gaieté anthropophagique et coloniale.

Après une inspection détaillée, nous reprîmes position sur nos fourrures respectives, et le général, sollicité par moi à des déclarations plus précises, parla ainsi :

— Quoique je n'aime guère les journaux, d'abord, et ensuite les journalistes, je ne suis pas fâché que vous soyez venu... parce que vous allez donner à mon système de colonisation un retentissement considérable... Voici, en deux mots, la chose... Moi, vous savez, je ne fais pas de phrases, ni de circonlocutions... Je vais droit au but... Attention !... Je ne connais qu'un moyen de civiliser les gens, c'est de les tuer... Quel que soit le régime auquel on soumette les peuples conquis... protection, annexion, etc., etc..., on en a toujours des ennuis, ces bougres-là ne voulant jamais rester tranquilles... En les massacrant en bloc, je supprime les difficultés ultérieures... Est-ce clair ? Seulement, voilà... tant de cadavres... c'est encombrant et malsain... Ça peut donner des épidémies... Eh bien ! moi, je les tanne... j'en fais du cuir... Et vous voyez par vous-même quel cuir on obtient avec les nègres. C'est superbe !... Je me résume... D'un côté, suppression des révoltes... de l'autre côté, création d'un commerce épatant... Tel est mon système... Tous bénéfices... Qu'en dites-vous, hein ?

— En principe, objectai-je, je suis d'accord avec vous, pour la peau... mais la viande, général ?... que faites-vous de la viande ?... Est-ce que vous la mangez ?

Le général réfléchit pendant quelques minutes, et il répliqua :

— La viande ?... Malheureusement, le nègre n'est pas comestible ; il y en a même qui sont vénéneux... Seulement, traitée de certaine façon, on pourrait, je crois, fabriquer avec cette viande des conserves excellentes... pour la troupe... C'est à voir... Je vais soumettre au gouvernement une proposition dans ce genre... Mais il est bien sentimental, le gouvernement...

Et ici, le général se fit plus confiant :

— Ce qui nous perd, comprenez bien, jeune homme... c'est le sentiment... Nous sommes un peuple de poules mouillées et d'agneaux bêlants... Nous ne savons plus prendre des résolutions énergiques... Pour les nègres, mon Dieu !... passe encore... Ça ne fait pas trop crier qu'on les massacre... parce que, dans l'esprit du public, les nègres ne sont pas des hommes, et sont presque des bêtes... Mais si nous avions le malheur d'égratigner seulement un Blanc ?... Oh ! la ! la !... nous en aurions de sales histoires... Je vous le demande, là, en conscience... Les prisonniers, les forçats par exemple, qu'est-ce que nous en fichons ?... Ils nous coûtent les yeux de la tête, ils nous encombrent et ils nous apportent, quoi ?... quoi ?... Voulez-vous me le dire ?... Vous croyez que les bagnes, les maisons centrales, tous les établissements pénitentiaires ne feraient pas de merveilleuses et confortables casernes ?... Et quel cuir avec la peau de leurs pensionnaires !... Du cuir de criminel, mais tous les anthropologues vous diront qu'il n'y a pas au-dessus... Ah ! ouitche !... Allez donc toucher à un Blanc !...

— Général, interrompis-je, j'ai une idée... Elle est spécieuse, mais géniale.

— Allez-y !...

— On pourrait peut-être teindre en nègres les Blancs, afin de ménager le sentimentalisme national...

— Oui... et puis...

— Et puis, on les tuerait... et puis, on les tannerait !...

Le général devint grave et soucieux.

— Non ! fit-il, pas de supercherie... Ce cuir ne serait pas loyal... Je suis un soldat, moi, loyal soldat... Maintenant, rompez... J'ai à travailler...

Je vidai mon verre, au fond duquel restaient quelques gouttes d'absinthe, et je partis[3].

Le Journal, 12 juillet 1896

Recueilli dans *Les Vingt et un jours d'un neurasthénique* (chapitre IX).

3. La version des *Vingt et un jours d'un neurasthénique* propose cette conclusion : « Cela me fait tout de même plaisir, et me remplit d'orgueil de revoir, de temps en temps, de pareils héros... en qui s'incarne la patrie. »

LE TAMBOUR

Saint Latuin était — et il est toujours, j'aime à le croire — le patron vénéré de notre paroisse. Premier évêque de Normandie, au premier siècle de l'ère chrétienne, il avait chassé du pays percheron, à coups de crosse, les druides, sacrificateurs de sang humain. On raconte, dans des livres très anciens, que son ombre, seule, guérissait les malades et ressuscitait les morts. Il avait encore des pouvoirs bien plus beaux, et pareils, j'imagine, à ceux que possédait le révérend père Mounoir, lequel, par une imposition de ses mains sur les lèvres des étrangers, leur inculquait immédiatement le don de la langue bretonne, ainsi que cela est figuré sur une fresque de Ian-d'Argent[1], sur les murs de la cathédrale de Quimper. De ces merveilleux pouvoirs de saint Latuin, je ne me souviens plus guère, bien que mon enfance en ait été bercée. Mais tout cela est un peu brouillé dans ma mémoire aujourd'hui, et je serais fort en peine s'il me fallait conter tous les prodiges qu'on lui doit.

La cathédrale diocésaine gardait, précieusement enfermés dans un reliquaire de bronze doré, quelques restes authentiques et poussiéreux de ce magique saint Latuin ; une dent, entre autres, et des fragments de tibias menus, menus comme des allumettes. Son culte, entretenu dans les âmes par les savantes exégèses et les miraculeuses anecdotes de notre bon curé, était très en honneur chez nous. Malheureusement,

1. Voir *supra*, *Croquis bretons*, note 7.

la paroisse ne possédait de son aimé patron qu'une grossière et vague image de plâtre, indécemment délabrée et tellement insuffisante et si authentiquement apocryphe, que les vieux du pays se rappelaient l'avoir connue, dans leur jeunesse, pour figurer tour à tour, et selon les besoins de l'actualité liturgique, les traits de saint Pierre, de saint Fiacre et de saint Roch. Ces successifs avatars manquaient vraiment de dignité et servaient de thème aux irrespectueuses plaisanteries des ennemis de la foi.

Cela navrait le bon curé, qui ne savait comment remédier à une situation causée, non point par l'indifférence des fidèles, mais par la pauvreté des ressources paroissiales. À force de démarches et d'éloquentes prières, le curé obtint de Monseigneur qu'il se dessaisît du reliquaire et qu'il en fît don à notre église. Ce fut une grande joie que cette nouvelle, annoncée, un dimanche, au prône. Et l'on se prépara aussitôt à célébrer par d'inoubliables fêtes la translation des reliques, si longtemps et si ardemment convoitées.

J'avais alors douze ans et je jouais du tambour comme un homme.

*
* *

Or çà, dans le pays, vivait un singulier personnage, nommé M. Sosthènes Martinot. Je le vois encore, gros, dodu, avec des gestes onctueux, des lèvres fourbes qui distillaient l'huile grasse des sourires, et un crâne aplati, glabre et rouge, pareil à une tomate trop mûre. Ancien notaire, M. Martinot avait été condamné à six ans de réclusion, pour vols, abus de confiance, escroqueries, faux, six ans durant lesquels il édifia la prison de Poissy de sa résignation admirable, et de son habileté à tresser les chapeaux. Sa peine terminée, et rentré dans sa maison, il reconquit vite l'estime de ses concitoyens par une gaieté de bon aloi, et une piété sagace, sincère peut-être, après tout... Car, que sait-on ? Ce qu'il y a de certain, c'est que personne ne lui marquait de froideur ni de mépris. Les familles les plus honorables, les plus rigides, le recevaient comme un vieil ami revenu d'un long voyage. Lui-même parlait de son *absence*, avec des airs calmes et lointains. Et quels talents !

Aucun ne savait mieux que lui organiser une solennité religieuse, mettre en scène une procession, décorer un reposoir. Il était l'âme de toutes les fêtes, ayant beaucoup d'imagination et de poésie, et les cantiques qu'il composait spécialement pour ces cérémonies devenues rapidement populaires. On les chantait, non seulement à l'église, mais encore dans les familles, le soir autour des tables de veillées... En ai-je chanté, grand Dieu, de ces cantiques-là !

M. Sosthènes Martinot fut naturellement chargé d'exécuter le plan de la fête en l'honneur de saint Latuin. J'ose dire que ce fut admirable.

*
* *

Il vint, un matin, à la maison et dit à mon père :

— Je vous demande Georges... J'ai besoin de Georges. Oui, j'ai pensé que Georges, comme tambour, pourrait conduire la procession. Il n'est pas grand... ce n'est pas, mon Dieu ! un tambour-major... mais il bat très bien... il bat d'une façon extraordinaire pour son âge... il a du feu et des principes... Bref, c'est ce qu'il me faut... Et c'est un honneur que j'ai voulu lui réserver... Car on en parlera longtemps, de cette fête, mon bon ami, je vous en réponds.

Joignant les mains, comme un saint en prières, M. Sosthènes Martinot reprit :

— Quelle fête !... mon bon ami... J'ai déjà tout le plan, ensemble et détails, dans la tête !... Six arcs de triomphes, pensez donc !... Conduite par Georges, la procession va recevoir Monseigneur sur la route de Chartres, au carrefour du Moulin Neuf... La musique de la pension jouera des marches que j'ai faites... Des chœurs de jeunes filles en blanc, portant des palmes d'or, chanteront des cantiques que j'ai faits !... Il y aura un groupe de druides enchaînés ! Et les bannières, et ça !... et ça !... et ça !...[2] Ce sera beau comme une cavalcade. Voulez-vous que je vous chante mon principal cantique ? Écoutez ça !...

Sans attendre la réponse de mon père, M. Martinot entonna d'une voix ferme le cantique, dont je me rappelle ce couplet lyrique :

« Au temps jadis, d'horribles dieux
Trônaient partout sur nos montagnes
Et les chrétiens, dans les campagnes,
Tremblaient sous leur joug odieux.
Ô père tendre,
Qui pourra rendre
Les cieux plus doux ?
Saint-Latuin, ce sera vous (*bis*).
Honneur à vous (*ter*). »

Mon père était ravi. Il félicita M. Martinot de ses talents « sur la poésie », et le remercia de sa proposition.

*
* *

Quand mon père m'apprit l'incomparable honneur auquel j'étais destiné, je pleurai très fort.

— Je ne pourrai jamais ! bégayai-je.

— On peut ce qu'on veut ! prononça mon père... Travaille... Applique-toi... Soigne tes roulements !... Comment ! une procession

2. Mirbeau évoque une fête de ce type à Rémalard, dans une lettre du 20 octobre 1867 (*Lettres à Alfred Bansard des Bois, loc. cit,* p. 94).

pareille ! Une fête unique dans les annales de la paroisse !... et toi en tête !... Et tu pleures !... Tu ne te rends donc pas compte !... Voyons, tu ne comprends donc pas !... Sapristi ! Il ne m'est jamais arrivé une chance pareille, à moi !... Et pourtant, je suis ton père !

Ma mère, mes sœurs, mes cousines me raisonnèrent ; elles me firent honte de ma faiblesse et de ma timidité. Ma mère, surtout, se montra exaltée et colère.

— Si tu ne veux pas... cria-t-elle, écoute-moi bien... je te reprendrai ton tambour... je le donnerai à un pauvre !

— C'est ça !... c'est ça !... applaudit toute la famille. On lui reprendra son tambour !...

Braves gens ! Comme vous êtes loin, aujourd'hui !

Il fallut bien me résigner. Durant un mois, tous les jours, je piochai douloureusement mon tambour, tantôt sous la présidence de mon père, tantôt sous celle de M. Martinot qui, l'un et l'autre, de la voix et du geste, encourageraient mes efforts.

*
* *

Le grand jour arriva enfin. Il y avait dans la petite ville une animation insolite et fiévreuse. Les rues étaient pavoisées, les chaussées et les trottoirs jonchés de fleurs. D'immenses arcs de verdure, reliés par des allées de sapins, donnaient au ciel, à l'horizon, aux maisons, à toute la nature, d'impressionnants aspects de mystère, de triomphe et de joie.

A l'heure dite, le cortège s'ébranla, moi en tête, avec le tambour battant sur mes cuisses. J'étais bizarrement harnaché d'une sorte de caban dont le capuchon se doublait de laine rouge : une fantaisie décorative de M. Martinot, lequel pensait que le caban avait quelque chose de militaire et s'harmonisait avec le tambour. Il pleuvait un peu, le ciel était gris.

— Allons, mon petit Georges, me dit M. Martinot... du nerf... de la précision, et de l'éloquence !... Plan, plan !... Plan, plan !...

À partir de ce moment, je n'ai plus de cette journée historique que des souvenirs confus... Je me rappelle qu'une immense tristesse m'envahit... Tout me paraissait misérable et fou... J'aurais voulu m'enfuir, me cacher, disparaître, tout d'un coup, dans la terre, moi, mon caban et mon tambour... Mais M. Martinot me harcelait ; je l'avais, sans cesse, derrière moi, qui disait :

— Très bien !... Du nerf !... battez plus fort... On n'entend rien !

La pluie détendait la peau de mon tambour qui, sous le mouvement accéléré des baguettes, ne rendait que des sons étouffés, sourds, lugubres.

Je ne vis pas Mgr l'évêque ; je ne vis pas le reliquaire, je ne vis rien, rien qu'une grande foule vague où d'étranges figures se détachaient, passaient et disparaissaient sans cesse. Je n'entendis rien, rien qu'un bourdonnement confus de voix lointaines, de voix souterraines. Je ne voyais que M. Martinot, le crâne rouge de M. Martinot, conduisant la musique, poussant des Druides enchaînés, dirigeant les chœurs de jeunes filles, qui chantaient dans les glapissements cacophoniques :

« Au temps jadis, d'horribles dieux... »

Et je battais du tambour, machinalement, d'abord, puis avec rage, avec frénésie, emporté dans une sorte de folie nerveuse, qu'exaspéraient encore les encouragements de M. Martinot :

— C'est ça !... bravo !... Du nerf !... Plan, plan !... Plan, plan !...

Cela dura longtemps, cela dura un siècle, à travers des routes, des chapelles, des arcs de triomphe, des fantômes...

*

* *

Le soir, notre curé offrait un grand dîner. Je fus présenté à Monseigneur :

— C'est le petit garçon qui a joué si bien du tambour, Monseigneur ! dit le curé en me donnant sur la joue une tape amicale.

— Ah ! vraiment ! fit l'évêque, mais il est tout petit !

Et lui aussi me donna une tape sur la joue.

Le grand vicaire fit comme l'évêque, et tous les convives, qui étaient plus de vingt, firent comme avait fait le grand vicaire.

— Vois-tu, me dit mon père, au comble de la joie... M'écouteras-tu, une autre fois ?

Et comme je ne répondais pas, il déclara d'une voix sévère :

— Tiens ! tu ne mérites pas ce qui t'arrive !

Ce qui m'arriva ? Accablé de tant de secousses et d'émotions, je pris la fièvre, le lendemain. Une méningite me tint longtemps, entre la vie et la mort, dans le plus affreux délire... Et si je n'en mourus pas, m'a dit souvent mon père, je le dois à mon tambour qui fut entendu de saint Latuin.

Le Journal, 19 juillet 1896

Reprise, avec des variantes, du chapitre V de *Dans le ciel,* publié dans *L'Écho de Paris* le 18 octobre 1892. Recueilli dans *La Pipe de cidre*.

À CAUVIN

Un matin, comme je faisais ma promenade habituelle sur la route des Trois-Fétus, je remarquai, non sans surprise, à quelques centaines de mètres de moi, sur la berge, un groupe de paysans, parmi lesquels se démenait un gendarme et gesticulaient trois messieurs vêtus de redingotes noires et sévèrement coiffés de chapeaux de haute forme. Tout ce monde se tenait en rond, le cou tendu, la tête penchée vers quelque chose que je ne voyais pas. Une voiture, sorte de landau de louage, très vieille, et comme il n'y en a plus que dans les provinces décentralisées, stationnait sur la route, en face du groupe. Ce rassemblement insolite m'intrigua, car la route était ordinairement déserte, et l'on n'y rencontrait que des rouliers, de loin en loin, et de vagues bicyclistes. C'est à cause de sa solitude que je l'avais choisie, et aussi parce qu'elle était bordée de vieux ormes qui ont cette chance unique, invraisemblable, de croître librement et de n'être jamais mutilés par l'administration des ponts et chaussées. A mesure que j'avançais, le groupe s'animait davantage, et le cocher de landau était entré en colloque avec le gendarme.

— Quelque affaire litigieuse de bornage, sans doute, me dis-je... ou bien, un duel empêché, peut-être ?

Et je m'approchai du groupe, intérieurement chatouillé par l'espoir que se vérifiât cette dernière hypothèse.

J'habitais le village des Trois-Fétus depuis peu de temps, et n'y connaissais personne, étant très timide, par nature, et fuyant, par principe, le commerce des hommes, où je n'ai jamais trouvé que duperie et malheur. Hormis cette matinale et quotidienne promenade sur cette route peu fréquentée, je restais, tout le jour, enfermé dans ma maison à lire des livres aimés, ou bien occupé à biner les planches de mon modeste jardin, que de hauts murs et un épais rideau d'arbres protégeaient contre la curiosité des voisins. Non seulement je n'étais pas populaire dans le pays, mais, à vrai dire, j'y étais totalement inconnu, sauf du facteur, avec qui il avait bien fallu que j'entrasse en relations suivies, à cause des signatures qu'il réclamait souvent de moi, et des erreurs qu'il commettait, sans cesse, dans son service. Tout ceci, n'est-ce pas, pour l'intelligence de mon récit, et non pour la sotte vanité de parler de ma personne et de me vanter niaisement de telle ou de telle façon d'être. Ah Dieu ! non.

Je m'approchai donc du groupe, avec les manières silencieuses et prudentes dont s'accompagnent les moindres actes de ma vie ; et, sans éveiller l'attention d'aucun, tant j'avais mis de discrétion, et, si j'ose dire, de sourdine, à me mêler d'une chose où je n'avais que faire, je pénétrai au milieu de ces gens bizarres qui regardaient, sur la berge, je ne savais quoi... Et un affreux spectacle, auquel je n'avais nullement songé, s'offrit à moi... Sur l'herbe, un cadavre était étendu, un cadavre de pauvre, à en juger par les sordides guenilles qui lui servaient de vêtements ; son crâne n'était qu'une bouillie rouge, et si aplati qu'il ressemblait à une tartine de fraises. L'herbe était foulée, piétinée, à la place où le cadavre reposait ; sur la pente du talus, quelques petits morceaux de cervelle pourprée tremblaient comme des fleurs à la pointe d'un chardon.

— Mon Dieu ! m'écriai-je.

Et pour ne pas tomber — tant je me sentais défaillir —, je dus rassembler le peu de forces qui me restaient, et m'accrocher désespérément à la tunique du gendarme.

Je suis un pauvre homme, et je ne peux supporter la vue du

sang. Mes veines se vident instantanément, ma tête tourne, tourne, et bourdonne ; mes oreilles ronflent comme des vols de moustiques ; mes jambes amollies chancellent, et je vois danser devant moi des myriades d'étoiles rouges et d'insectes aux cornes de feu ; il est rare que ce malaise ne se termine pas par un évanouissement. Lorsque j'étais jeune, il n'était même pas nécessaire que je visse du sang, il suffisait que j'y pensasse, pour tomber aussitôt en syncope. L'idée seule — non, pas même le spectacle —, l'idée seule d'une maladie ignoble, ou d'une opération douloureuse, provoquait, en moi, un arrêt subit de la circulation, une courte mort, avec la suppression totale de la conscience. Aujourd'hui encore, je m'évanouis, quand me revient le souvenir d'un oiseau inconnu, dont on me servit, un soir, la chair dégoûtante et pourrie.

Devant le cadavre, par un raidissement de ma volonté, par une violente concentration de toutes mes énergies, je ne défaillis pas complètement. Mais j'étais devenu très pâle ; mes tempes, mes mains, mes pieds s'étaient glacés du froid de la mort ; et une sueur abondante ruisselait sur tout mon corps. Je voulus me retirer.

— Pardon... me dit un des hommes à redingote noire, en posant rudement sa main sur mon épaule... Qui êtes-vous ?

Je me nommai.

— Où demeurez-vous ?

— Aux Trois-Fétus.

— Et pourquoi êtes-vous ici ?... Que faites-vous ici ?

— Je me promenais sur la route, selon mon habitude de tous les jours... J'ai vu un groupe de personnes sur la berge... J'ai voulu savoir. Mais cela me fait trop d'effet... Je m'en vais.

Il désigna le cadavre d'un geste bref :

— Connaissez-vous cet homme ?

— Nullement, balbutiai-je... Et comment le connaîtrais-je ?... Je ne connais personne ici... Je suis ici depuis peu de temps...

L'homme en redingote me foudroya d'un regard en zig-zag, d'un regard aveuglant et pareil à un éclair...

— Vous ne connaissiez pas cet homme ? Et quand vous l'avez aperçu, vous êtes devenu tout pâle,... Vous avez failli tomber ?... Et vous pensez que c'est une chose naturelle[1] ?

— Je suis ainsi... ça n'est pas de ma faute... Je ne puis voir le sang, ni la mort... Je m'évanouis à propos de tout et de rien... C'est un phénomène physiologique...

L'homme noir ricana, et il dit :

— Allons bon... la science, maintenant... je m'y attendais, quoique ce moyen de défense soit un peu usé... L'affaire est claire désormais... La preuve est là...

Et, s'adressant au gendarme, il commanda :

— Empoignez cet homme...

En vain, j'essayai de bégayer quelques protestations dans ce genre :

— Mais je suis un brave homme, je suis un pauvre homme... Je n'ai jamais fait de tort à personne... Je m'évanouis pour rien... pour rien... Je suis innocent...

Elles ne furent pas entendues. Le monsieur en redingote s'était remis à considérer le cadavre d'un œil profond et vengeur, et le gendarme, pour me faire taire, me bourrait le dos de coups de poing.

Mon affaire était claire en effet. Elle fut, du reste, vivement menée. Durant les deux mois que prit l'instruction, je ne pus expliquer, d'une façon satisfaisante, ma pâleur et mon trouble, à la vue du cadavre. Toutes les démonstrations que j'en donnai allaient, paraît-il, à l'encontre des théories criminalistes les plus certaines. Loin de me servir, elles renforçaient de preuves nouvelles le faisceau de preuves évidentes, tangibles, irréfutables, que l'on avait de mon crime... Mes dénégations étaient jugées, par la presse, par les psychologues de la presse judiciaire, comme un rare endurcissement. On me rouva lâche,

1. C'est aussi sur sa « pâleur » qu'Alfred Dreyfus fut présumé coupable...

vil, incohérent et maladroit ; on dit de moi que j'étais un assassin vulgaire et pas du tout sympathique. On réclama ma tête tous les jours.

A l'audience, le village des Trois-Fétus, tout entier, déposa contre moi. Chacun parla de mes louches allures, de mon insociabilité, de mes promenades matinales furtives, évidemment combinées en vue du crime que je devais commettre avec un tel raffinement de férocité. Le facteur prétendit que je recevais beaucoup de correspondances mystérieuses, des livres à couverture bizarre, d'insolites paquets. Il y eut une sensation d'horreur au banc des jurés et parmi la foule, lorsque le président me reprocha qu'on eût saisi chez moi des livres tels que : *Crime et Châtiment*, *Le Crime et la folie*..., les œuvres de Goncourt, de Flaubert, de Barrès[2]. Mais tout ceci n'était rien, en réalité, rien que des circonstances adventices, de menues accusations qui venaient s'ajouter à ce grand cri d'aveu qu'était ma pâleur.

Et ma pâleur confessait tellement le crime, elle le clamait si haut, que mon avocat lui-même ne voulut pas plaider mon innocence — si formellement démentie par ma pâleur. Il plaida l'irresponsabilité, la manie furieuse, le meurtre involontaire ; il déclara que j'étais atteint de toutes les démences, que j'étais un mystique, un érotomane, un dilettante de la littérature. Dans une péroraison sublime, il adjura les jurés de ne pas prononcer contre moi le verdict de mort, et il demanda, avec des larmes admirables, avec quelles admirables — larmes de pitié ! —, il demanda que se refermât, désormais, sur ma folie dangereuse, la porte de torture, l'oubli du cabanon[3] !

2. Dans la version des *Vingt et un jours d'un neurasthénique*, Mirbeau remplacera le nom de Barrès par ceux de Zola et de Tolstoï.

3. Ce procès bâclé, cette condamnation absurde en fonction d'éléments de l'accusation n'ayant rien à voir avec l'affaire, la complicité objective de l'avocat, l'hostilité de la foule à l'égard de « l'étranger », autant de points communs avec le procès de Meursault dans *L'Étranger* de Camus.

A Cauvin

Voilà quinze jours que j'ai entendu tomber des molles lèvres d'un homme rouge la sentence de mort. J'attends[4].

Le Journal, 16 août 1896

Recueilli, avec des variantes, dans *Les Vingt et un jours d'un neurasthénique* (chapitre XVI).

4. Dans *Les Vingt et un jours d'un neurasthénique*, ce dernier paragraphe est remplacé par celui-ci : « Je fus condamné à mort, aux applaudissements de tout le monde... Mais il arriva que M. le Président de la République voulut bien changer l'échafaud en bagne perpétuel... Et j'y serais encore à ce bagne, si, l'année dernière, le véritable assassin, poussé par le remords, n'avait publiquement confessé son crime et mon innocence... »

RÉCIT AVANT LE GALA

— J'ai beaucoup connu l'empereur Alexandre III[1]. C'était un excellent homme, si tant est qu'on puisse dire d'un empereur qu'il soit un homme, un simple homme, comme vous, moi, et tout le monde. Diable ! je n'ai pas cette hardiesse. Enfin, c'était un excellent empereur, le vrai père de son peuple, et je ne suis pas fâché que votre République ait donné son nom à un pont de France. Voilà un pont qui doit, il me semble, relier l'une à l'autre des choses extraordinaires et mystérieuses. Prétendre que l'empereur Alexandre III fut mon ami, ce serait sans doute beaucoup dire. Il m'honora de sa bienveillance, telle est la vérité, et, dans bien des circonstances, il se montra généreux envers moi. J'ai de lui, non une tabatière, mais un porte-cigarettes en argent, à mon chiffre, incrusté de pierres bizarres, comme on en trouve dans les mines, près du pôle... Cela ne vaut pas grand'chose, et n'est guère beau. Je possède aussi, ma foi ! une boîte d'allumettes, d'un métal inconnu qui sent le pétrole, et sur lequel il est impossible d'allumer quoi que ce soit. Mais la beauté de ces souvenirs impériaux ne réside pas dans leur plus ou moins de

1. Alexandre III (1846-1894), tsar de Russie de 1881 à sa mort. C'est lui qui a signé avec la République française une alliance que Mirbeau juge contre-nature et qu'il ne cessera plus de dénoncer. Le conte de Mirbeau paraît au moment de la visite en France de Nicolas II, successeur d'Alexandre III.

richesse, dans leur plus ou moins de valeur marchande ; elle est tout entière dans le souvenir même, n'est-ce pas ?

En Russie, j'occupais alors — je parle de six ans — une situation analogue, mais inférieure, s'entend — car il n'est qu'un Febvre[2] au monde — à celle que votre grand Frédéric occupa glorieusement, sous la monarchie de Napoléon III. C'est vous dire clairement que j'étais comédien. L'empereur Alexandre goûtait fort mon talent, fait d'élégance hautaine et de belle tenue, même dans l'émotion : quelque chose comme un Laffont russe, si vous voulez. Il venait souvent m'entendre en mes meilleurs rôles et, quoiqu'il ne prodiguât pas les démonstrations, il daignait m'applaudir aux bons endroits. C'était un esprit cultivé, et, je le dis sans courtisanerie, dans les ouvrages dramatiques que je jouais, il prenait goût aux belles scènes, sans avoir besoin de recourir au protocole, lequel, d'ailleurs, n'existe pas chez nous. Que de fois Sa Majesté me fit appeler auprès d'elle, et me félicita avec cet enthousiasme spécial et glacé que peut se permettre un empereur absolu, qui est tenu à beaucoup de réserves en toutes sortes de choses. En Russie, vous savez, on n'est pas du Midi, et le soleil ne rit pas plus dans les âmes que sur les bois de pins neigeux, hantés des loups. Il n'importe. L'empereur m'aimait au point que, non content de m'applaudir en public, il voulait bien aussi me consulter, dans les grandes occasions, et seulement en ce qui regardait mon art, cela va de soi. Car, je l'ai déjà dit, il n'est qu'un Febvre au monde. C'est moi qui étais chargé d'organiser les représentations du Palais d'Hiver, et dans les autres résidences impériales, chaque fois que l'empereur y donnait des fêtes. Et mon crédit était tel que M. Raoul Gunzbourg commençait à me voir d'un mauvais œil, et

2. Frédéric Febvre, homme de théâtre et tête de Turc de Mirbeau, qui lui consacre quelques articles au vitriol, dont « Le Rapport de Frédéric Febvre (Fragments) », *Le Journal*, 27 janvier 1895.

me débinait perfidement auprès de votre Sarcey[3], en prévision que l'idée me vînt, quelque jour, de risquer, moi aussi, une tournée franco-russe en France.

J'étais donc heureux, riche d'argent, de renommée, de relations, influent même ou passant pour tel, ce qui vaut mieux que de l'être réellement, et, tous les soirs, avant de me coucher, je demandais aux saintes images que ma vie continuât de la sorte, ayant su borner mes ambitions, et ne souhaitant pas d'autres biens que ceux dont je jouissais — ah ! si complètement !

Ici, la voix du narrateur devint grave, ses yeux devinrent tristes et, après s'être tu pendant quelques secondes, il continua :

— Orphelin et célibataire, je vivais avec ma sœur, une adorable gamine de quinze ans, qui était la joie de mon cœur, le soleil de ma maison. Je l'aimais au-delà de tout. Et comment ne pas aimer ce délicieux petit être, turbulent et joli, spirituel et tendre, enthousiaste et généreux, qui, sous le rire sonnant sans cesse à ses lèvres, vibrait à tout ce qui est beau, à tout ce qui est grand. En cette enveloppe frêle de rieuse gamine, on sentait battre une âme ardente, profonde et libre. Ces éclosions de l'héroïsme national ne sont pas rares, chez nous. Dans le silence étouffant qui pèse sur notre pays, dans l'immense soupçon policier qui l'enserre, le génie choisit parfois, pour y abriter, y dissimuler sa couvée, l'inviolable asile que doit être le cœur d'un enfant ou d'une petite fille. Ma sœur était vraiment de ces élues. Une seule chose me chagrinait en elle : l'extrême franchise de sa parole et l'indépendance frondeuse de son esprit, qu'elle ne savait taire et cacher devant personne, même devant ceux-là en présence de qui il faut rester la bouche bien muette et l'âme bien close. Mais je

3. Francisque Sarcey (1827-1899), critique dramatique et autre tête de Turc de Mirbeau, qui l'appelle « l'éminent bafouilleur du *Temps* ». Dans la version des *Vingt et un jours d'un neurasthénique*, Mirbeau corrigera : « le défunt Sarcey ».

me rassurais en me disant qu'à son âge, ces petits écarts sont sans conséquence, bien que, chez nous, il n'y ait point d'âge pour la justice et pour le malheur.

Un jour, rentrant de Moscou, où j'étais allé donner quelques représentations, je trouvai la maison vide. Mes deux vieux serviteurs se lamentaient, sur une banquette, dans l'antichambre.

— Où donc est ma sœur ? demandai-je ?

— Hélas ! fit l'un d'eux, car l'autre ne parlait jamais, ils sont venus... et ils l'ont emmenée avec la nourrice... Dieu l'ait en pitié !

— Tu es fou, je pense ? criai-je... ou tu as trop bu ?... ou bien quoi ?... Sais-tu seulement ce que tu dis ?... Allons, dis-moi où est ma sœur ?

Le vieux leva vers le plafond sa triste face barbue :

— Je te l'ai dit, marmonna-t-il. Ils sont venus... et ils l'ont emmenée... le diable sait où !...

Je crus que j'allais m'évanouir de douleur. Pourtant, j'eus la force de me cramponner à une portière, et, violemment, j'articulai :

— Mais pourquoi ?... Voyons, pourquoi ?... Ils ont dit quelque chose ?... Ils ne l'ont pas emmenée comme ça, sans raison ?... Ils ont dit pourquoi ?...

Et le vieux, ayant secoué la tête, répliqua :

— Ils n'ont rien dit... ils ne disent jamais rien... Ils viennent, comme des diables, on ne sait d'où... Et puis, quand ils sont partis, il n'y a plus qu'à se frapper la tête contre les murs et à pleurer...

— Mais elle ? insistai-je ... Elle a bien dit quelque chose ? Voyons... elle a protesté ?... Elle les a menacés de moi, de l'empereur, qui est mon ami ?... Elle a bien dit quelque chose ?...

— Que veux-tu donc qu'elle ait dit, la chère âme ?... Et qu'est-ce qu'elle aurait pu dire ? Elle a joint ses deux petites mains, comme devant les saintes Images... Et puis voilà... Maintenant, toi, et nous deux, à qui elle était comme la vie... nous n'avons plus qu'à pleurer, tant que nous vivrons... Car elle est partie pour là d'où l'on ne revient jamais... Dieu et notre père le tsar soient bénis !

Je compris que je ne tirerais pas d'autres renseignements de ces résignées et fidèles brutes, et je sortis dans la rue, courant aux informations. Je fus renvoyé d'administration en administration, de bureaux en bureaux, de guichets en guichets, et, partout, je me heurtai à des visages muets, à des âmes verrouillées, à des yeux cadenassés, comme des portes de prison... On ne savait pas... on ne savait rien... on ne pouvait me dire quoi que ce soit... Quelques-uns m'engageaient à parler tout bas, à ne pas parler du tout, à rentrer chez moi, gaiement... Dans ma détresse, je pensai à solliciter une audience de l'empereur... Il était bon, il m'aimait. Je me jetterais à ses pieds, j'implorerais sa clémence... Et puis, qui sait ?... cette sombre justice accomplie en son nom, il l'ignorait peut-être, il l'ignorait sûrement !...

Des officiers de mes amis, à qui j'allai demander conseil, me détournèrent vivement de cette idée :

— Il ne faut pas parler de ça... il ne faut pas parler de ça... Cela arrive à tout le monde. Nous aussi, nous avons des sœurs, des amies, qui sont là-bas... Il ne faut pas parler de ça...

Afin de me distraire de ma douleur, ils m'invitaient à souper, pour le soir... On se griserait de champagne, on jetterait des garçons de restaurant par les fenêtres... On déshabillerait des filles...

— Venez donc... mon cher, venez donc...

Braves amis !...

Ce n'est que le surlendemain que je pus joindre le directeur de la police. Je le connaissais beaucoup. Souvent, il me faisait l'honneur de me visiter, au théâtre, dans ma loge. C'était un homme charmant et dont j'admirais les manières affables, la conversation spirituelle. Aux premiers mots que je lâchai :

— Chut ! fit-il d'un air contrarié... ne pensez plus à ça... Il y a des choses auxquelles il ne faut, auxquelles on ne doit jamais songer.

Et, brusquement, il me demanda force détails intimes sur une chanteuse française, acclamée, la veille, à l'Opéra, et qu'il trouvait très jolie.

Enfin, huit jours après ces terribles événements — un siècle, je vous assure... ah ! oui, un siècle d'angoisses, de mortelles souffrances, d'inexprimables tortures où je pensai devenir fou —, le théâtre donnait une représentation de gala. L'empereur me fit appeler par un officier de sa suite. Il était comme d'habitude, il était comme toujours, grave et un peu triste, d'une majesté un peu lasse, d'une bienveillance un peu glacée. Je ne sais pourquoi, de voir ainsi ce colosse — était-ce le respect, la peur, la notion enfin précisée de sa redoutable toute-puissance ? —, il me fut impossible d'articuler un mot, un seul mot, ce simple mot de *grâce* ! qui, tout à l'heure, emplissait ma poitrine d'espoirs, frémissait à ma gorge, brûlait mes lèvres. J'étais véritablement paralysé, et comme vide, et comme mort...

— Mes compliments, monsieur... me dit-il... vous avez joué, ce soir, comme M. Guitry... [4]

Après quoi, m'ayant tendu sa main à baiser, il me congédia gracieusement.

Le narrateur regarda sa montre, et compara l'heure qu'elle marquait avec celle de la pendule qui tictaquait, sur un petit meuble, près de lui, et il reprit :

— J'achève... Aussi bien, il n'est que temps, et ces souvenirs me dévorent le cœur... Deux années passèrent. Je ne savais toujours rien ; je n'avais toujours pu rien apprendre de cet effroyable mystère qui m'avait, tout d'un coup, enlevé ce que j'aimais le mieux dans le monde. Chaque fois que j'interrogeais un fonctionnaire, je ne tirais de lui que ce « *chut !* » vraiment terrifiant, avec quoi, au moment même de l'événement, partout, on avait accueilli mes supplications les plus pressantes. Toutes les influences que je tentai de mettre en

4. Lucien Guitry (1860-1925), qui créera le rôle de Jean Roule dans *Les Mauvais Bergers* le 14 décembre 1897.

campagne ne servirent qu'à rendre plus lourdes mes angoisses, et plus épaisses les ténèbres par où avait si tragiquement sombré la vie de la pauvre et adorable enfant que je pleurais... Vous devez penser si j'avais le cœur au théâtre, à mes rôles, à cette existence émouvante où je me passionnais tant, autrefois. Mais je ne songeai pas un instant, si pénible qu'elle fut, à la quitter. Grâce à mon métier, j'étais en rapports quotidiens avec d'importants personnages de l'Empire que, peut-être, un jour, je pourrais intéresser utilement à mon affreux malheur. Et je m'y acharnai, en raison des espérances possibles, lointaines, dont, par eux, j'entrevoyais la lueur trouble et confuse. Quant à l'empereur, il me conservait la même bienveillance, glaciale. Lui aussi, on voyait qu'il souffrait d'un mal inconnu, avec un admirable courage silencieux. En examinant ses yeux, je sentais... ah ! je sentais fraternellement qu'il ne savait pas, qu'il ne savait rien, lui non plus, qu'il était triste de toute la tristesse infinie de son peuple, et que la mort rongeait, affaissait, peu à peu, vers la terre, sa puissante carrure d'impérial et mélancolique géant. Et une immense pitié montait de mon cœur vers le sien... Alors, pourquoi n'ai-je pas osé pousser le cri qui, peut-être, eût sauvé ma sœur ?... Pourquoi ?... Hélas ! je ne sais pas.

Après des jours et des nuits d'indicibles souffrances, ne pouvant plus vivre ainsi et décidé à tout risquer, j'allai chez le directeur de la police.

— Écoutez, déclarai-je fermement... je ne viens point vous apporter d'inutiles paroles... je ne vous demande pas la grâce de ma sœur, je ne vous demande même pas où elle est... Je veux seulement savoir si elle vit ou si elle est morte...

Le directeur eut un geste d'ennui.

— Encore ?... fit-il... Et pourquoi toujours penser à cela, mon cher ?... Vous n'êtes guère raisonnable, en vérité... et vous vous donnez bien du mal inutilement... Voyons !... tout cela est loin, déjà... Faites comme si elle était morte...

— C'est précisément ce que je veux savoir... insistai-je... Ce doute me tue... Est-elle morte, ou vit-elle encore ?... Dites-le moi...

— Vous êtes étonnant, mon cher... Mais je n'en sais rien... Comment voulez-vous que je le sache ?...

— Informez-vous... après tout, c'est mon droit...

— Vous le voulez ?

— Oui, oui, oui, je le veux, criai-je...

— Eh bien, soit !... je m'informerai, je vous le promets...

Et il ajouta négligemment, en jouant avec un porte-plume d'or :

— Seulement, je vous engage, pour l'avenir, à concevoir de vos droits, mon cher, une idée un peu moins familière...

Six mois après cette conversation, un soir, au théâtre, dans ma loge, tandis que je m'habillais pour entrer en scène, un homme de la police me remettait un pli cacheté... Je le rompis fiévreusement. Le pli ne portait ni date, ni signature, et contenait ces mots tracés au crayon rouge : « Votre sœur existe, mais elle a les cheveux tout blancs ».

Je vis les murs de la loge et les lumières et la glace tourner, tourner, puis disparaître... et je m'abattis, comme une masse inerte, sur le tapis...

Le narrateur se leva, il était un peu plus pâle, et courbé comme un malade. Il se dirigea à travers le salon, vers la glace devant laquelle il remit un peu d'ordre à sa toilette et à sa coiffure. Et, tandis que, de la rue, montaient jusqu'à nous les acclamations de la foule, saluant le tsar, qui se rendait au gala de la Comédie Française, il dit :

— Voilà trois années de cela !... Et aujourd'hui, la pauvre petite a juste vingt-trois ans !

Après quoi, nous ayant serré la main, il partit...

Le Journal, 19 octobre 1896

Recueilli dans *Les Vingt et un jours d'un neurasthénique* (chapitre XIII).

POUR M. LÉPINE[1]

L'avenue de Clichy, à une heure de la nuit. Il pleut. La boue grasse du pavé rend la marche difficile et glissante. L'avenue est presque déserte. De rares passants passent la figure enfouie dans les collets relevés des paletots ; de rares fiacres roulent à vide, ou bien emportent on ne sait quoi vers on ne sait où ; de rares femmes arpentent les trottoirs qui luisent comme de pâles lumières, sous la lune.

— Monsieur... monsieur... venez chez moi...

Appels mêlés de jurons obscènes et de menaces. Puis des silences... et des fuites... et des retours. Cela vient, tourne, s'efface, disparaît, revient et s'abat, ainsi que des corbeaux sur un champ où il y a une charogne.

De place en place, il ne reste d'ouvert que des boutiques de marchands de vins, dont les devantures allumées trouent de clartés jaunes la masse d'ombre des maisons endormies. Et des odeurs d'alcool et de musc — crime et prostitution — circulent dans l'air par bouffées fraternelles.

— Monsieur... monsieur... venez chez moi...

Depuis cinq minutes, une femme me suit, que je ne vois pas, et dont j'entends seulement, derrière moi, le piétinement obstiné et la voix qui chuchote ce monotone et suppliant refrain :

1. Louis Lépine (1846-1933) est préfet de police de Paris depuis 1893.

— Monsieur... monsieur... venez chez moi...

Je m'arrête sous un réverbère. La femme aussi s'arrête, mais en dehors du rayonnement lumineux, je puis néanmoins l'examiner. Elle n'est point belle, ah ! non, ni tentante, et elle repousse, de toute la distance de son navrement, l'idée du péché. Car le péché, c'est de la joie, de la soie, du parfum et des bouches fardées, et des yeux en délire, et des cheveux teints, et de la chair parée comme un autel, lavée comme un calice, peinte comme une idole. Et c'est aussi de la tristesse riche, du dégoût opulent, du mensonge somptueux, de l'ordure en or et en perles. Elle n'a rien de tel à m'offrir, la malheureuse. Vieille de misère plus que d'âge, flétrie par la faim ou les lourdes ivresses cuvées dans les bouges, déformée par l'effroyable labeur de son tragique métier, obligée, sous la menace du coup de couteau, de marcher, de marcher toujours, dans la nuit, vers le désir qui rôde et qui cherche, renvoyée du souteneur qui la dépouille au policier qui la rançonne, du garni à la prison, elle est douloureuse à voir. Un léger caraco de laine noire recouvre sa poitrine ; des jupons boueux lui battent aux jambes, un immense chapeau la coiffe, dont les plumes fondent sous la pluie ; et sur son ventre elle tient ses mains croisées, deux pauvres mains rougies de froid — oh ! pas obscènes —, deux pauvres mains maladroites et noueuses que d'antiques mitaines gantent jusqu'aux doigts. N'étaient l'heure, le lieu, et l'accent de son appel, je la prendrais pour quelque servante sans place, et non pour une rôdeuse de trottoirs. Sans doute, elle se méfie de sa laideur, elle a conscience du peu de volupté qu'offre son corps, car elle s'efface de plus en plus sous mon regard, elle interpose des ténèbres et des ténèbres entre son visage et moi, et, semblant demander l'aumône, plutôt que d'offrir du plaisir, c'est d'une voix timide, tremblante, presque honteuse, qu'elle répète :

— Monsieur... monsieur... venez chez moi... Monsieur... je ferai tout ce que vous voudrez... Monsieur... monsieur !...

Comme je ne réponds pas, non par dégoût ni dédain, mais parce que, dans l'instant même, je regarde, avec compassion, un collier de corail qui lui entoure le cou d'une ligne rouge sinistrement, elle ajoute, tout bas, sur un ton de plus douloureuse imploration :

— Monsieur... si vous aimez mieux... monsieur ?... J'ai chez moi une petite fille... Elle a treize ans, monsieur... et elle est très gentille... Et elle connaît les hommes comme une femme... Monsieur... monsieur... je vous en prie... Venez chez moi... Monsieur... monsieur !...

Je lui demande :

— Où demeures-tu ?

Et, vivement, me désignant une rue, en face, qui s'ouvre sur l'avenue, en mâchoire d'ombre, en gueule de gouffre, elle répond :

— Tout près... tenez, là... à deux pas d'ici... Vous serez bien content, allez !

Elle traverse la chaussée, courant, pour ne pas donner à ma réflexion le temps de changer, à ce qu'elle croit être mon désir, le temps de se glacer... Je la suis... Ah ! la pauvre diablesse !... A chaque pas qu'elle fait, elle retourne la tête, afin de bien s'assurer que je ne suis pas parti, et elle sautille dans les flaques, énorme et ronde, comme un monstrueux crapaud... Des hommes, qui sortent d'un cabaret, l'insultent en passant... Nous nous engouffrons dans la rue... Elle devant, moi derrière, nous marchons vers quelque chose de plus en plus noir.

— C'est là... fait la femme... Tu vois que je ne t'ai pas menti...

Elle pousse une porte seulement entre-bâillée. Au fond d'un couloir étroit, une petite lampe à pétrole, dont la mèche fume et vacille, fait s'agiter sur les murs des lueurs de crime, des ombres de mort. Nous entrons... Mes pieds foulent des choses molles, mes bras frôlent des choses visqueuses...

— Attends un peu, mon chéri... L'escalier est si traître !...

L'assurance l'a reprise. Elle comprend qu'elle ne doit plus s'humilier, qu'elle n'est peut-être plus si laide, puisque je suis là, qu'elle me tient, qu'elle a conquis, ramené un homme, un homme qu'il s'agit de garder par des mots de caresses, d'exciter à la générosité par des promesses d'amour... D'amour !... Je ne suis plus le « Monsieur » hésitant qu'elle implorait, tout à l'heure ; je suis le « chéri », l'aubaine attendue, celui qui apporte peut-être de quoi manger pour le lendemain, ou de quoi se payer la crapuleuse ivresse par quoi la faim s'oublie, et tout, et tout, et tout !...

Elle allume un bougeoir, à la flamme tordue de la lampe, et, m'indiquant le chemin, elle me précède dans l'escalier. L'ascension est rude. La malheureuse monte avec peine, avec effort ; elle souffle, siffle et râle ; de sa main libre, elle soutient son ventre qui la gêne, qui la pèse, dont elle ne sait que faire, comme un paquet trop lourd.

— Ne t'impatiente pas, chéri... C'est au deuxième...

Et la rampe est gluante, les murs suintent et suppurent, les marches de bois craquent sous les pieds ; il faut raffermir son estomac contre les nausées que soulèvent d'intolérables odeurs de boue ramenées avec les hommes, de crasse dont l'humidité exaspère la virulence, de déjections mal closes ; sur les paliers, à travers les portes, on entend des voix qui rient, qui crient, qui prient, des voix qui marchandent, qui menacent, qui exigent, des voix obscènes, des voix saoules, des voix étouffées... Oh ! ces voix ! La tristesse de ces voix, en ce lieu de nuit, de terreur, de misère et de... plaisir !

Enfin, nous sommes arrivés. La clef a grincé dans la serrure, la porte a grincé sur ses gonds, et nous voilà dans une petite pièce où il n'y a qu'un fauteuil de reps vert, déchiré et boîteux, et qu'une sorte de lit de camp sur lequel une vieille qui dormait s'est dressée, au bruit, comme un spectre, et me dévisage de ses yeux ronds, jaunes, étrangement fixes, et pareils à ceux des oiseaux qui veillent, dans les bois, la nuit... En face de la fenêtre, des linges sèchent sur une corde tendue d'un mur à l'autre.

— Je t'avais dit d'enlever ça, reproche la femme à la vieille qui fait entendre une sorte de grommellement et retire les linges qu'elle dépose en tas sur le fauteuil.

Une porte encore, et c'est la chambre... Et nous sommes seuls.

Je demande :

— Qui est cette vieille ?

— C'est celle qui me prête la petite, mon chéri...

— Sa mère ?

— Oh ! non ! J'sais pas où elle l'a prise. Je ne l'ai que depuis hier... Elle n'a pas eu de chance, la pauvre femme !... Ah ! vrai ! Elle n'est guère heureuse, elle, non plus... Son fils est à la Nouvelle... C'était mon amant autrefois... Il a estourbi c't'horloger de la rue Blanche, tu sais bien, c't'horloger ?... Ses filles sont en maison... et ne lui donnent rien... Faut bien qu'elle vive aussi !... Hein ! crois-tu ?...

Puis :

— Seulement, elle amène la petite ici... parce que chez elle... ah ! si tu voyais ça ?... C'est si pauvre, si pauvre !...

La chambre est à peine meublée, et révèle une indicible détresse... Les fenêtres sont sans rideaux, la cheminée sans feu. L'humidité décolle des murs le papier qui, çà et là, retombe, par plaques, ainsi que des lambeaux de peau morte... Il fait froid... La femme s'excuse...

— C'est que je n'ai pas de bois... ni de charbon... L'hiver est arrivé si vite !... Et puis voilà un mois que les agents sont venus... Ils m'ont emballée... Il n'y a que trois jours qu'ils m'ont relâchée, crois-tu ?...

Et elle ajoute :

— Si seulement j'avais eu vingt francs à leur donner, ils m'auraient laissée tranquille... Ah ! les chameaux !... Non, là ! vrai !... Il y en a qui demandent « un bonheur »... d'autres veulent de l'argent... Moi, ils me demandent toujours de l'argent. Ça ne devrait pas être permis...

Au fond de la pièce, un grand lit s'étale, avec deux oreillers exhaussés sur un traversin... A côté, un autre lit, plus petit, où j'aperçois, émergeant des couvertures, un ébouriffement de chevelure blonde, et, dans ce blond, une mince figure pâle qui dort.

— C'est la petite, mon chéri... Mets-toi à ton aise... Je vais la réveiller... Ah ! tu vas voir ce qu'elle est vicieuse et adroite... Tu seras bien content, va...

— Non... non... laisse-la.

— Ah ! tu sais... elle ne va pas avec tout le monde... elle ne va qu'avec les Messieurs qui sont généreux...

— Non... laisse-la dormir...

— Comme tu voudras, mon chéri...

Elle n'a pas conscience du crime qu'elle me propose, et mon refus l'étonne plutôt... Lorsqu'elle voulait réveiller l'enfant, je l'ai observée. Sa main n'a pas tremblé ; elle n'a pas éprouvé au cœur cette commotion vasculaire qui fait descendre la sang, et pâlir le visage. Je lui demande :

— Et si la police la trouvait chez toi ?... Sais-tu que c'est la Cour d'assises, la maison centrale ?

La femme fait un geste vague, et elle dit :

— Ah ! bien... qu'est-ce que tu veux ?

Mais devant mon air grave et triste, elle a perdu confiance de nouveau. Elle n'ose point se regarder dans la glace ; elle n'ose point, non plus, se montrer à moi-même dans la lueur pauvre du bougeoir... Et l'eau dégoutte sur la cheminée, et elle est venue, près du grand lit, dans la pénombre, où elle s'apprête à se déshabiller.

— Non, lui dis-je... Inutile... Je ne veux pas de toi, non plus.

Et je lui mets dans la main deux pièces d'or, deux pièces d'or qu'elle tourne, retourne, soupèse et qu'elle considère ensuite, d'un regard hébété, sans rien dire.

Moi aussi, je n'ai rien à lui dire. Et que lui dirais-je ? Lui prêcher le repentir, les beautés de la vertu ? Des mots, des mots, des mots !... Ce n'est pas elle la coupable. Elle est telle exactement que l'a voulue la société, à l'insatiable appétit de qui il faut, chaque jour, apporter sa large portion d'âmes humaines... Lui parler de haine, de révolte ?... A quoi bon ?... Des mots encore. La misère est bien trop lâche ; elle n'a pas la force de brandir un couteau, ni d'agiter une torche sur l'égoïste joie des heureux... Mieux vaut donc que je me taise !...

D'ailleurs, je ne suis pas venu ici pour pérorer comme un socialiste[2]. L'heure n'est pas aux déclamations vaines, qui ne remédient à rien et ne font que montrer davantage le vide des actes dans le vide des phrases... Je suis venu pour voir, et j'ai vu... Il ne me reste plus qu'à partir... Bonsoir !...

L'enfant dort toujours dans son lit, nimbée de blond. Les possessions d'impubère ont déjà flétri sa bouche, pourri son haleine, et mis des éraillures au coin de ses yeux fermés. Dans la pièce voisine, j'entends la vieille qui rôde et qui traîne ses savates sur le plancher craquant. La femme a caché ses deux pièces d'or sous le traversin, et elle me dit tout bas :

— La vieille va être furieuse que tu n'aies pas été avec la petite... Donne-lui quelque chose pour qu'elle ne me prenne pas tout ce que tu m'as donné... C'est une méchante vieille, et rosse, rosse... Ah ! vrai... Et puis attends que je t'éclaire, monsieur... L'escalier est si traître !...

Le Journal, 2 novembre 1896

Recueilli dans *Les vingt et un jours d'un neurasthénique* (chapitre XIX)

2. En 1896, Mirbeau voit encore dans les socialistes des démagogues et des « mauvais bergers ». L'affaire Dreyfus le rapprochera de Jaurès, et il collaborera six mois à *L'Humanité* à ses débuts en 1904.

LE GAMIN QUI CUEILLAIT LES CEPS

Vous connaissez Porcellet[1], Guillaume-Adolphe Porcellet, le député millionnaire et socialiste ?... Petit, trapu, la barbe très noire, le geste violent, c'est un homme redoutable et qui fait trembler les bourgeois. Je me souviens d'un grand dîner qu'il donna, l'année dernière, en son hôtel de l'avenue Hoche, pour fêter je ne sais plus quelle grève. Table resplendissante d'argenteries anciennes, et fleurie de fleurs rares. On se serait cru chez un grand seigneur d'autrefois, n'eussent été l'allure vulgaire et les éclats de voix canailles qui attestent chez notre amphitryon un muflisme inégalable... Oui, mais, au dessert, la réaction n'en mena pas large... Et quelle joie pour les grévistes lointains, s'ils avaient pu assister à leur triomphe, car c'était leur triomphe, ne l'oubliez pas !... La bouche grasse, les pommettes rouges, les yeux injectés de bourgogne, Guillaume-Adolphe Porcellet célébra la grève, la sainte grève !... Avec une âpre éloquence, il parla des exploiteurs de peuples, des affameurs de pauvres... Et au milieu des applaudissements frénétiques des convives gorgés de sauces et de vins, parmi les odeurs de truffes et les fumets de gibier, il s'écria dans une péroraison sublime : « Quand donc fera-t-on sauter tous les

1. Mirbeau réutilisera le nom dans *Le Journal d'une femme de chambre* et dans *Les Affaires sont les affaires* pour désigner un nobliau de province.

riches ?... » Et, de toutes parts, l'on reprit en chœur : « Oui... Oui... A bas les riches !... »

Ce fut très beau.

Ce fut plus beau encore, après le dîner, lorsque Porcellet nous fit l'historique de ses tapisseries et de ses meubles... Celles-ci avaient appartenu à François de Guise... Ceux-là venaient de la duchesse d'Étampes... C'était la ruine et le sang de tout un peuple !... C'était tramé et ouvré avec la chair vive des misérables !... Abomination !

— Ah ! les bandits ! hurlait-il... s'ils pouvaient revenir, une heure seulement, et voir toutes ces défroques royales chez moi... chez Porcellet... chez le prolétaire Porcellet ! Car enfin, je suis prolétaire, moi !... Et je m'en vante !... Hein ! croyez-vous qu'ils en feraient un nez !...

Et, en nous désignant, il invectivait les portraits des hommes de guerre et des dames de cour qui ornaient de leurs figures un peu effacées les somptueux panneaux du grand salon.

— Crapules !... Assassins !... Prostituées !...

Je me souviens encore qu'à un moment, lui tapant sur l'épaule, je lui dis :

— Et les grévistes, cher Porcellet, les grévistes en l'honneur de qui nous venons de dîner si magnifiquement ?... Quelle vengeance pour eux s'ils pouvaient te voir de leurs bouges, et voir tout ça !... tout ça ! Comme ça leur donnerait du cœur au ventre !

— Hein ?... Crois-tu !... approuva Porcellet qui, de plus en plus, s'animait, et dont le rire d'ivrogne, subitement lâché, creva en hoquets dans un coussin de soie rose.

Le hasard d'une promenade à bicyclette m'amena, il y a huit

jours, dans ses terres. Cela s'appelle le domaine de Raillon[2], domaine considérable que notre farouche ami acheta, pour rien, du vieux marquis de Raillon, ruiné par lui. Porcellet aime à raconter cette histoire, assez sinistre, qu'il termine, invariablement par cette exclamation :

— Ah ! les nobles !... Je leur fais voir de quel bois je me chauffe !...

Le domaine s'étend sur quatre communes habitées par des bûcherons, terrassiers, ouvriers des champs qui ne vivent que des miettes parcimonieuses de cette vaste propriété : vies misérables... journées au rabais... ambulants chômages... spectres de fièvre et de famine que l'on voit, peu à peu, déserter les taudis du village et s'en aller vers des terres plus hospitalières et de moins dures servitudes... L'ombre qui, maintenant, s'allonge du château, plus loin, toujours plus loin, est mortelle aux hommes... Quand elle ne les tue pas, elle les chasse...

Un bois de huit cents hectares entoure, de ses profondes masses de verdure, le château remis à neuf d'après les plans de Porcellet, et selon la plus pure esthétique du onzième siècle... La loge du concierge figure une tour carrée, avec une plate-forme à créneaux, garnie d'échauguettes... Il semble que ces murs percés d'étroites meurtrières dissimulent des troupes d'arquebusiers... Heureusement la pierre en est trop neuve... Elle ne fait plus peur... Et le portier, au lieu d'être armuré de cuir fauve et casqué de fer, arbore un pacifique uniforme de garçon de banque, ce qui fait rire les passants comme d'un décor d'opérette... Mais le bois est admirable ; grasse et profonde, la terre, du moins, y est bonne aux arbres.

J'aurais bien voulu pénétrer dans le bois, marcher sous ces vastes avenues royales, que l'on aperçoit de la route, et dont l'ombre ardente

2. Dans le chapitre IV du *Journal d'une femme de chambre*, Mirbeau fait dire au père Pantois (cf. *supra* chapitre III, *Mémoires pour un avocat*, note 14), qui a du mal à trouver des églantiers : « ... M. Porcellet ne veut plus qu'on les prenne dans son bois... Faut aller loin, maintenant, pour en trouver... ben loin... Si je vous disais que je viens de la forêt de Raillon, à plus de cinq lieues d'ici ?... »

et douce me tentait. L'accès en est impossible. Des clôtures hargneuses le gardent ; des montants de fer, aux pointes aiguës, reliés par tout un hérissement de ronces artificielles, le défendent mieux qu'un cordon de gendarmes. Je me rappelais qu'autrefois tout le monde pouvait se promener dans le bois et se rafraîchir aux sources qui, en maint endroit, jaillissent et bouillonnent. Le vieux marquis tolérait que les pauvres vinssent ramasser les branches mortes ; le dimanche, il permettait aux voisins et aux parents de faire des provisions de morilles, de noisettes, de châtaignes et de champignons. C'était un amusement, et aussi une ressource qu'ils ne dédaignaient point... Ceux qui possédaient des vaches étaient autorisés à faucher les hautes fougères, pour la litière de leurs bêtes... Il est vrai que le vieux marquis n'était pas socialiste, et qu'il n'éprouvait pas, au dessert, le besoin de faire sauter les riches avec les bouchons de champagne !... Et voilà qu'aujourd'hui défense est faite à quiconque de pénétrer dans le bois, sous peine de procès et de coups de fusil... Les braconniers eux-mêmes ne s'aventurent plus... car ils savent qu'au plus épais des fourrés, derrière les arbres géants, il y a toujours, en même temps que d'invisibles regards chargés de haine, une armée chargée de plomb, braquée sur eux.

J'admirais comment Porcellet, au nom des idées modernes et des fraternités sociales, avait changé toutes ces vieilles coutumes, aboli toutes ces patriarcales libertés... Et, devant les meurtrières approches des clôtures, je me disais :

— Ah ! ce diable de Porcellet !... Voilà un brave homme !... Quel apôtre !... L'aime-t-il assez, ce peuple !... Les console-t-il assez, ces malheureux !... Et quelle belle chose vraiment que le socialisme !...[3]

Il est probable que je me fusse longtemps encore attendri sur ce

3. Au même moment, Mirbeau achève *Les Mauvais Bergers*, drame qui sera représenté le 14 décembre 1897 sur le théâtre de la Renaissance. Il y prend à partie les parlementaires socialistes qui trompent le peuple. La pièce sera vigoureusement critiquée par Jaurès dans *La Petite République*.

que je voyais autour de moi, quand tout à coup j'aperçus, débouchant d'une route transversale, l'ami Porcellet ! Porcellet lui-même qui, botté, harnaché en guerre, fusil à l'épaule, pistolet et couteau à la ceinture, marchait pesamment, suivi de six gardes armés, lesquels étaient aussi suivis de six dogues énormes, portant des colliers à pointes de fer et montrant des gueules terribles. M'ayant reconnu, Porcellet, bruyant et joyeux, vint à moi :

— Ah ! par exemple, fit-il, voilà de la veine !... Comment !... Toi ici ?... Sur mes terres ?...

Et prenant une grosse voix comique qui simulait la fureur, il me demanda :

— Et de quel droit te trouves-tu sur mes terres, vil manant ?... Gardes, saisissez-vous de cet homme et le branchez incontinent au premier arbre de mon avenue !...

Les six dogues grognèrent. D'un geste menaçant Porcellet les apaisa, et tout égayé de sa plaisanterie moyenâgeuse :

— Sacré farceur, va ! fit-il. Puisque tu es sur mes terres, je t'emmène, et tu viens passer quelques jours chez moi, dans mon château, hein ?...

J'alléguai toutes sortes d'excuses, d'affaires pressées... et pour détourner la conversation, je lui dis :

— Mais où vas-tu ainsi, cuirassé comme un cardinal du seizième siècle, et avec une suite de lansquenets et de bêtes de guerre ?

Instantanément, Porcellet eut une violente colère.

— Ah ! ne m'en parle pas... C'est à vous dégoûter de la campagne et d'user sa vie à faire du bien aux gens !... Je ne suis entouré ici que de pillards... de voleurs... d'effrontés coquins qui me grugent... me dévorent... Jour et nuit, il faut que je veille avec ces braves gens et braves bêtes, sur mon domaine... Sans quoi, le diable m'emporte ! ils le déménageraient, je crois, ces gueux ! Ça n'est pas une existence !... Je ne peux plus avoir une minute de tranquillité ! Tiens ! on vient de m'avertir qu'un méchant gamin de dix ans a franchi les clôtures, là-bas, et qu'il me vole mes ceps !...

— Eh bien ?

— Eh bien, je vais lui apprendre, à ce misérable, de quel bois je me chauffe !...

Et, d'un geste imposant, il me montra ses armes, ses gardes, ses dogues.

— Un gamin de dix ans ! repris-je... voyons, mon cher Porcellet... ça n'est pas très dangereux !... Et qu'est-ce que cela peut te faire qu'il cueille des ceps ?... Tu ne les mangeras pas tous, je suppose ?

— Ce que cela me fait ?... rugit Porcellet... Mais, dis donc... tu es étonnant !... Est-ce que ce bois n'est pas mon bois ?... Est-ce que ces ceps ne sont pas mes ceps ?... Non, mais je t'admire, en vérité !... Il faudrait peut-être que je nourrisse avec des ceps un petit pouilleux, un sale gosse, qui n'a même pas, je parie, un morceau de pain à manger ! Eh bien ! il va voir qui je suis... Je vais lui apprendre de quel bois se chauffe Guillaume-Adolphe Porcellet !... Et toi, tu sais !... je te retiens... Tu en as de bonnes !...

Je lui demandai :

— Il y a une chose que je voudrais bien savoir... Tes électeurs... comment prennent-ils ces façons-là ? Qu'est-ce qu'ils pensent de ton socialisme ?

Porcellet haussa ses épaules carrées... Et il répondit d'un ton plus sec :

— Je ne suis pas à la Chambre, ici... je suis chez moi !... Je ne fais pas de politique, ici... je fais de la culture !... Ça n'a aucun rapport !... Quant aux électeurs, je m'en fous !... Est-ce que je ne les paye pas pour me nommer ?... Tu est donc devenu bête, maintenant ?...

Mais il me regardait d'un œil louche et haineux :

— Alors, dit-il après un silence, c'est bien entendu ?... Tu refuses mon hospitalité ? Tu refuses de venir passer quelques jours chez moi... dans mon château ?... Oui ?... À ton aise, mon vieux !... Tu es libre... Tout le monde est libre, ici !... Au revoir !

Et, se tournant vers ses gardes, il commanda :

— Eh, vous autres... en avant !... Il va voir tout à l'heure de quel bois je me chauffe !

Il me quitta, traversa la route au pas militaire, ouvrit une barrière fermée par une lourde serrure... Puis, suivi de ses six gardes, suivis eux-mêmes de leurs six dogues, il s'enfonça, formidable, dans le bois, à la poursuite... du gamin qui cueillait des ceps...

Le Journal, 3 octobre 1897

Recueilli dans *La Vache tachetée*.

LA FÉE DUM-DUM

Hier soir, dans un théâtre, j'ai rencontré un officier anglais de mes amis, il me conta qu'il revenait des Indes. C'est un charmant garçon qui aime beaucoup la France. Paris surtout et ses femmes, qu'il trouve supérieures à toutes les autres.

— Je connais, me dit-il, le temple d'Eléphanta. Eh bien, ça n'est rien à côté des Parisiennes. D'autant que les femmes d'Eléphanta sont en bois, et que les Parisiennes... Ah non ! ah non ! elles ne sont pas en bois...

Et il s'esclaffa de cette plaisanterie, un peu trop grossièrement britannique, il me semble... Puis il me parla de notre théâtre qu'il aime aussi beaucoup. En fort bons termes, il apprécia, comme il sied, les *P'tites Michu* et le *Nouveau Jeu* qu'il est allé voir trois fois, déjà !

— Eh bien ! lui dis-je quand il eut fini avec ses effusions dramatiques, car je ne voulais pas être en reste de politesse avec lui... vous avez eu un vrai succès avec votre balle Dum-Dum !

— Ne m'en parlez pas ! fit-il en riant. Et modeste, il ajouta :

— Pourtant !... ce n'est rien... c'est tout petit !... Figurez-vous une petite chose, — comment appelez-vous ? — une toute petite noisette... C'est cela... Figurez-vous une toute petite noisette !... C'est charmant !

— Et quel joli nom, mon cher !

— En effet, approuva l'officier visiblement flatté... Très poétique !...

— On dirait d'un nom de fée dans une comédie de Shakespeare... La fée Dum-Dum ! Une fée qui, rieuse, légère et blonde, saute et danse parmi les bruyères et les rayons de soleil. Et allez donc, Dum-Dum !...

— Parfaitement... Et allez donc !... Et beaucoup plus fée, sautillante et dansante que vous le pensez, cette petite Dum-Dum !... La plus miséricordieuse de toutes les fées, car, avec elle, il n'y a plus de blessés !

— Ah ! ah !

— Il n'y a plus que des morts !... C'est exquis !

— Exquis !...

— Qu'est-ce que vous voulez, mon cher ?... Il faut bien civiliser un peu les gens, même malgré eux... Et puis, n'est-ce pas très vilain, très dégoûtant de rencontrer des invalides avec leurs manches vides de bras, leurs jambes et leurs têtes de bois !... Et le vieux capitaine qui, le soir, au cercle, vous raconte tout le temps ses trente-six blessures !... Fini aussi, ce type de vieux raseur !... Ah ! si vous aviez eu cette balle enchantée pendant la Commune et à Fourmies...[1]

— Alors, c'est sérieux !... Ce n'est pas une blague !... Un conte d'Edgar Poë ! Un rêve de Thomas de Quincey !...[2]

— Écoutez !... Je l'ai expérimentée moi-même ! Car je suis un soldat fort ingénieux... J'ai fait placer douze Hindous...

— Vivants ?

— Naturellement, mon cher. L'empereur d'Allemagne, lui, fait des expériences sur des cadavres. Il est encore imbu de cette vieille théorie romantique : qu'il est des morts qu'il faut qu'on tue !... Ça

1. Le 1er mai 1891, à Fourmies, petite ville à la frontière franco-belge, la troupe a tiré sur la foule à l'occasion de la manifestation internationale du Premier Mai : dix personnes ont été tuées, dont deux enfants. L'allusion à cet événement disparaîtra dans la version du *Jardin des supplices*.

2. Edgar Poë (1804-1849) et Thomas de Quincey (1785-1859), ont été tous les deux traduits par Baudelaire.

n'a pas de sens commun !... Et c'est tout à fait antiscientifique !... Moi, j'opère sur des personnes non seulement vivantes, mais d'une constitution robuste et d'une parfaite santé... Au moins, comme cela, on voit ce que l'on fait et où l'on va.

— Mille pardons, mon cher... Continuez, je vous prie.

— Donc, j'ai fait placer douze hindous, l'un derrière l'autre, sur une ligne géographiquement droite... Et j'ai tiré !...

— Eh bien !

— Eh bien, cher ami, cette petite balle Dum-Dum a fait merveille ! Des douze hindous, il n'en est pas resté un seul !... La balle avait traversé leurs douze corps, qui n'étaient plus que douze petits tas de chair en bouillie, et d'os littéralement broyés...

— *All right* !... C'est admirable !...

— Oui... très admirable !...

Et songeur, après quelques secondes d'un silence grave, il poursuivit :

— Mais je rêve... je cherche quelque chose de mieux. Je cherche, mon cher, un balle... une petite balle qui ne laisserait de ceux qu'elle n'atteint rien... rien... rien !...

— Comment rien ? interrompis-je.

— Ou si peu de chose ! à peine un petit tas de cendres, ou même une légère fumée roussâtre qui se dissiperait tout de suite !...

— Une incinération automatique !

— Parfaitement.

— C'est génial !

— Génial, administratif et humain ! Avez-vous songé aux avantages incalculables de cette invention ?... De la sorte, je supprimerais les chirurgiens d'armée, les infirmiers, les ambulances, les hôpitaux militaires, les pensions aux blessés, etc., etc... Ce serait une économie merveilleuse !... Un soulagement pour les budgets des États !... Et je ne parle pas de l'hygiène !... Quelle conquête pour l'hygiène !

— Et vous pourriez appeler cette balle la balle Nib-Nib !

— Très joli !... Très joli ! applaudit l'officier qui se mit à rire bruyamment, de ce brave et franc rire qu'ont les soldats de tous les pays et de tous les grades...

Quand il se fut calmé :

— Par exemple, dit-il, je ne comprends pas pourquoi votre presse nous éreinte, nous autres Anglais qui avons trouvé ce splendide engin, et pourquoi elle nous traite de sauvages et d'hypocrites. J'admire même que ce soient les plus farouches de vos patriotes, ceux-là mêmes qui crient très haut qu'on ne dépense jamais assez de milliards pour la guerre, qui ne parlent que de tuer et de bombarder, que ce soient ceux-là, je le répète, qui nous vouent à l'exécration des peuples civilisés ! Mais, sapristi ! nous sommes logiques, avec l'état de barbarie où nous sommes, nous, tous les peuples civilisés. Comment !... on admet que les obus soient explosibles... et l'on voudrait que les balles ne le fussent pas ?... Quelle est donc cette chinoiserie ? Nous vivons sous la loi universelle de la guerre. Or, en quoi consiste la guerre ? Elle consiste à massacrer le plus d'hommes que l'on peut, en le moins de temps possible ! Pour la rendre de plus en plus meurtrière et expéditive, il s'agit de trouver des engins de destruction de plus en plus formidables. C'est une question d'humanité !... Et c'est le progrès moderne !...

— Mais malheureux, objectai-je, et le droit des gens ? Qu'en faites-vous ?

L'officier anglais ricana. Et levant les bras au ciel :

— Le droit des gens ! répliqua-t-il. Voyons, vous n'êtes pas sérieux. Et c'est vous qui me donnez en ce moment le plus déplorable exemple d'hypocrisie. Le droit des gens !... Mais c'est de massacrer les gens, en bloc ou en détail, avec des obus ou des balles, peu importe, pourvu que les gens soient dûment massacrés !...

— Cependant, nous ne sommes pas des sauvages... que diable !

— Mais que sommes-nous donc ? Nous sommes, mon cher monsieur, des sauvages pires que les anthropophages de l'Australie, puisque, ayant conscience de notre sauvagerie, nous y persistons. Et puisque c'est par la guerre, c'est-à-dire par le vol, le pillage et le massacre, que nous entendons gouverner, commercer, régler nos différends, venger notre honneur !... eh bien ! nous n'avons qu'à supporter les inconvénients de cet état de brutalité où nous voulons nous maintenir quand même !... Allez-vous demander au tigre de mettre des gants à ses griffes lorsqu'il déchire sa proie ! Non, non !... Pas d'hypocrisie !... Nous sommes des brutes, agissons en brutes. Nous ne sommes pas près, encore, de voir se lever, sur nous, l'aube blanche de la civilisation et le rayonnant soleil de l'amour humain.

L'entr'acte finissait. Dans les couloirs, chacun s'empressait de regagner sa place.

— Je vous quitte, me dit l'officier en me serrant la main. Je vais penser sérieusement à la balle Nib-Nib !... Faites de même. Au revoir !...

Toute la soirée, je fus hanté de massacres et de destructions. Et, la nuit, je vis passer, au-dessus des bruyères rouges de sang, blonde et rieuse, la petite fée Dum-Dum...

Le Journal, 20 mars 1898

Recueilli, avec des variantes dans le chapitre I de la Première partie du *Jardin des supplices*.

LA VACHE TACHETÉE

Depuis un an que le malheureux Jacques Errant avait été jeté dans un cachot noir comme une cave, il n'avait vu âme qui vive, hormis des rats et son gardien qui ne lui parlait jamais. Et il ne savait pas, et il ne pouvait pas savoir de quoi il était accusé, et s'il était accusé de quelque chose.

Il se disait souvent :

— C'est curieux qu'on m'ait retiré de la circulation sans me dire pourquoi, et que, depuis un an, je sois toujours en quelque sorte suspendu à la terreur d'un procès dont j'ignore la cause[1]. Il faut que j'aie commis, sans m'en douter, un bien grand crime !... Mais lequel ?... J'ai beau chercher, fouiller ma vie, retourner mes actions dans tous les sens, je ne trouve rien... Il est vrai que je suis un pauvre homme, sans intelligence et sans malice... Ce que je prends pour des actes de vertu, ou simplement pour des actes permis, ce sont peut-être de très grands crimes...

Il se rappelait avoir sauvé, un jour, un petit enfant qui se noyait dans la rivière ; un autre jour, ayant très faim, il avait donné tout son pain à un misérable qui se mourait d'inanition sur la route.

— C'est peut-être cela ! se lamentait-il. Et peut-être que ce sont là des choses monstrueuses et défendues !... Car enfin, si je n'avais

1. Comment ne pas penser au *Procès* de Kafka ?

pas commis de très grands crimes, je ne serais pas, depuis un an, dans ce cachot !...

Ce raisonnement le soulageait, parce qu'il apportait un peu de lumière en ses incertitudes, et parce que Jacques Errant était de ceux pour qui la Justice et les juges ne peuvent pas se tromper et font bien tout ce qu'ils font.

Et quand il était repris, à nouveau, de ses angoisses, il se répétait à lui-même :

— C'est cela !... c'est cela !... Parbleu, c'est cela !... ou autre chose que je ne connais pas... car je ne connais rien, ni personne, ni moi-même. Je suis trop pauvre, trop dénué de tout pour savoir où est le bien, où est le mal... D'ailleurs, un homme aussi pauvre que je suis ne peut faire que le mal !...

Une matinée, il s'enhardit jusqu'à interroger son gardien... Ce gardien était bon homme, malgré son air farouche. Il répondit :

— Ma foi !... Je pense qu'on vous aura oublié ici...

Il se mit à rire bruyamment, d'un rire qui souleva ses longues moustaches, comme un coup de vent soulève les rideaux d'une fenêtre entr'ouverte.

— J'en ai un, reprit-il, le numéro 814 ; il est au cachot depuis vingt-deux ans, comme prévenu !

Le gardien bourra sa pipe méthodiquement, et, l'ayant allumée, il continua :

— Qu'est-ce que vous voulez ? Les prisons regorgent de monde en ce moment, et les juges ne savent plus où donner de la tête... Ils sont débordés !...

Jacques Errant demanda :

— Que se passe-t-il donc ? Est-ce qu'il y a une révolution ?

— Pire qu'une révolution... Il y a des tas d'effrontés et dangereux coquins qui s'en vont proclamant des vérités, par les chemins !... On a beau les juger tout de suite, ceux-là, et tout de suite les condamner : il en vient toujours ! Et l'on ne sait pas d'où ils sortent !...

Et, lançant une bouffée de fumée, il conclut :

— Ah ! tout cela finira mal !... tout cela finira mal !

Le prisonnier eut un scrupule :

— Moi aussi, questionna-t-il, non sans une terrible angoisse, j'ai, peut-être, par les chemins et sans le savoir, proclamé une vérité ?

— C'est peu probable ! répliqua le gardien, en hochant la tête... Car vous n'avez point une mauvaise figure... Il se peut que vous soyez un assassin, un faussaire, un voleur. Ce qui n'est rien, en vérité, ce qui est même une bonne chose... Mais si vous aviez fait ce que vous dites, il y a longtemps que vous auriez été jugé et mis à mort...

— On les condamne donc à mort, ceux qui vont proclamant des vérités[2] ?

— Tiens !... Parbleu !... Il ne manquerait plus qu'on les nommât ministres ou archevêques... ou qu'on leur donnât la croix de la Légion d'honneur !... Ah ! çà !... D'où venez-vous ?

Un peu rassuré, Jacques Errant murmura :

— Enfin !... pourvu que je n'aie pas proclamé une vérité quelque part... C'est l'essentiel...

— Et que vous n'ayez pas non plus une vache tachetée !... parce que voilà encore une chose qui n'est pas bonne par le temps qui court...

Le gardien parti, Jacques songea :

— Il ne faut pas que je sois inquiet... Je n'ai jamais proclamé de vérité... jamais je n'ai eu de vache tachetée... Je suis donc bien tranquille !

Et ce soir-là, il dormit d'un sommeil calme et heureux.

Le dix-septième jour de la seconde année de sa prévention, Jacques Errant fut extrait de son cachot et conduit entre deux gendarmes dans une grande salle où la lumière l'éblouit au point qu'il manqua défaillir... Cet incident fut déplorable, et le malheureux entendit vaguement quelques personnes murmurer :

2. Le texte a été écrit en pleine affaire Dreyfus : Zola et le colonel Picquart ont été précisément condamnés à la prison pour avoir « proclamé des vérités ».

— Ce doit être un bien grand criminel !...

— Encore un qui aura proclamé une vérité !...

— Il a plutôt l'air de celui qui possède une vache tachetée...

— Il faudrait le livrer à la justice du peuple !

— Regardez comme il est pâle !

— À mort !... À mort !... À mort !...[3]

Et comme Jacques reprenait ses sens, il entendit un jeune homme qui disait :

— Pourquoi criez-vous contre lui ? Il semble pauvre et malade.

Et Jacques vit des bouches se tordre de fureur, des poings se lever... Et le jeune homme, frappé, étouffé, couvert de sang, fut chassé de la salle, dans un grand tumulte de meurtre.

— À mort !... à mort !... à mort !...

Derrière un immense Christ tout sanglant, et devant une table en forme de comptoir, il y avait des hommes assis, des hommes habillés de rouge et qui portaient sur la tête des toques étrangement galonnées d'or.

— Jacques Errant, prononça une voix qui sortait, nasillante et fêlée, de dessous l'une de ces toques, vous êtes accusé de posséder une vache tachetée. Qu'avez-vous à répondre ?

Jacques répondit doucement et sans embarras :

— Monsieur le juge, comment serait-il possible que je possédasse une vache tachetée ou pas tachetée, n'ayant ni étable pour la loger, ni champ pour la nourrir ?

— Vous déplacez la question[4], reprocha sévèrement le juge, et, par là, vous montrez un rare cynisme et une détestable perversité... On ne vous accuse pas de posséder soit une étable, soit un champ, quoique, en vérité, ce soient là des crimes audacieux et qualifiés que,

3. Cris entendus lors du procès d'Émile Zola, en février 1898.

4. « La question ne sera pas posée », répétait le juge Delegorgue lors du procès Zola...

par un sentiment d'indulgence excessive, la Cour ne veut pas relever contre vous... Vous êtes accusé seulement de posséder une vache tachetée... Qu'avez-vous à répondre ?

— Hélas ! protesta le misérable, je ne possède pas cette vache-là, ni aucune autre vache que ce soit !... Je ne possède rien sur la terre... Et je jure, en outre, que jamais, à aucun moment de ma vie, je n'ai, de par le monde, proclamé une vérité...

— C'est bien ! grinça le juge d'une voix tellement stridente que Jacques crut entendre se refermer sur lui la porte de la prison éternelle... Votre affaire est claire... et vous pouvez vous asseoir !...

Vers la nuit, après bien des paroles échangées entre des gens qu'il ne connaissait pas, et où sans cesse revenaient son nom et la vache tachetée, parmi les pires malédictions, Jacques fut condamné à cinquante années de bagne pour ce crime irréparable et monstrueux de posséder une vache tachetée qu'il ne possédait pas.

La foule, déçue de cette sentence, qu'elle trouvait trop douce, hurla :

— À mort !... À mort !... À mort !...

Elle faillit écharper le pauvre diable que les gendarmes eurent toutes les peines du monde à protéger contre les coups[5]. Parmi les huées et parmi les menaces, il fut reconduit dans sa cellule, où le gardien l'attendait :

— Ma tête est toute meurtrie ! dit Jacques Errant accablé... Comment se fait-il que moi, qui ne possède quoi que ce soit dans le monde, je possède une vache tachetée, sans le savoir...

— On ne sait jamais rien !... déclara le gardien, en bourrant sa dernière pipe de la nuit... Vous ne savez pas pourquoi vous avez une vache tachetée... Moi, je ne sais pas pourquoi je suis geôlier, la

5. Pendant le procès Zola, ce sont ses amis — parmi lesquels Mirbeau — qui devaient protéger l'auteur de *J'accuse* de la fureur de la foule.

foule ne sait pas pourquoi elle crie : « À mort !... » et la terre pourquoi elle tourne !...

Et il se mit à fumer, silencieusement, sa pipe...

Le Journal, 20 novembre 1898

Recueilli dans *La Vache tachetée.*

DÉPOPULATION[1]

L'autre jour, j'avais chez moi un ouvrier menuisier qui était venu réparer ma bibliothèque. C'est un homme très intelligent et qui aime à causer. Pendant qu'il travaillait :

— Est-ce que vous avez des enfants ? lui demandai-je.

— Non... me répondit-il durement...

Et après une pause... d'une voix plus douce :

— Je n'en ai plus... J'en ai eu trois... Ils sont tous morts...

Il ajouta, en hochant la tête :

— Ah ! ma foi ! quand on voit ce qui se passe... et la peine qu'on a dans la vie... ça vaut peut-être mieux pour eux, qu'ils soient morts... les pauvres petits bougres... Au moins, ils ne souffrent pas.

J'insistai un peu cruellement :

— Est-ce qu'il y a longtemps que le dernier est mort ?

— Dix ans, fit-il.

— Et depuis ?...

— Depuis, vous comprenez que ni moi, ni ma femme, nous n'en avons pas voulu d'autres... Ah ! non, par exemple...

Je lui expliquai l'admirable mécanisme de la loi Piot, et comme quoi, étant assez mauvais patriote pour n'avoir pas, ou pour n'avoir

1. Ce conte fait partie d'une série de six articles dans lesquels, à l'automne 1900, Mirbeau entreprend une campagne néo-malthusienne, contre le projet de législation nataliste déposé par le sénateur Piot, de la Côte d'Or.

plus d'enfants vivants... il serait passible d'un impôt, s'il arrivait que cette loi fût votée...

Il ne parut pas très étonné, ayant pris l'habitude de considérer la vie en philosophe :

— Je m'attends à tout des lois, me dit-il, sans aigreur... Une loi, parbleu !... Je sais ce que c'est... Je sais que ça n'est jamais pour nous autres... Les lois sont toujours faites pour les riches contre les pauvres... Mais tout de même... celle dont vous me parlez... elle est vraiment un peu forte... Car si je n'ai plus d'enfants... c'est de leur faute...

— De leur faute ?... À qui ?...

— Mais aux autorités... à l'État... je ne sais pas, moi... à tous les bonhommes qui sont chargés de fabriquer les lois, à tous ceux-là qui sont chargés de les appliquer... C'est bien simple... et ça n'est pas nouveau... L'État — il faut lui rendre cette justice — protège les volailles, les taureaux, les chevaux, les chiens, les cochons, avec une émulation merveilleuse, et une très savante entente du progrès scientifique. On a trouvé, pour ces divers et intéressants animaux, des modes d'élevage, une hygiène parfaite. Sur tout le territoire français, il existe — à ne plus les compter — des sociétés d'amélioration pour les différentes races de bêtes domestiques. Celles-ci ont de belles étables... de belles écuries... de belles volières... de beaux chenils... bien aérés... bien chauffés... et pourvus non seulement du nécessaire... mais d'un grand luxe... On les entretient dans une salubrité constante et rigoureuse... purs de tous germes malfaisants et de contagions morbides, par des lavages quotidiens, par des désinfections rationnelles, à l'acide phénique, borique, etc... Moi qui vous parle, j'ai construit des poulaillers qui sont de vrais palais... C'est très bien... Je ne suis pas jaloux des soins méticuleux dont on entoure les bêtes... Qu'on les couronne même dans les concours... qu'on les prime... qu'on leur donne des sommes d'argent, dans les comices agricoles, je l'admets... Selon moi, tous les êtres vivants ont droit à de la protection, à autant de bonheur qu'on peut leur en procurer... Mais je voudrais que les enfants — les enfants des hommes — ne fussent pas, comme ils le sont, systématiquement écartés de tous ces bienfaits... bestiophiliques... Eh bien, il paraît que c'est impossible. Un enfant, ça ne compte pour rien...[2] Cette vermine humaine peut crever, et disparaître... Il n'importe... On organise même, administrativement, des hécatombes de nouveau-nés... comme si nous étions menacés d'un dangereux pullulement de l'espèce... Et les dirigeants, les maîtres de cette belle société — qui sont, sinon la cause première, du moins les continuateurs indifférents du mal qu'ils dénoncent avec un patriotisme si indigné — se plaignent amèrement du nombre sans cesse décroissant des enfants qu'ils empêchent de naître, ou qu'ils tuent, sitôt nés, par les procédés les plus sûrs et les plus rapides... Car le véritable infanticide, c'est cette société, si terrible aux filles-mères qui ne peuvent nourrir leurs enfants... Il faut la voir adjurer les familles de proliférer tant et plus, ou bien les menacer de peines fiscales très sévères quand elles s'avisent enfin de rester stériles[3], ne voulant pas qu'il sorte d'elles des créatures impitoyablement vouées à la misère et à la mort... Eh bien, non... on ne veut plus rien savoir...

Il avait dit tout cela sur un ton tranquille, et tandis que, à califourchon sur le haut d'une échelle double, il sciait avec méthode et lenteur une planchette de bois... La planchette sciée, il se croisa les bras et me regarda en hochant la tête :

— Voyons, monsieur, fit-il... est-ce pas vrai ce que je dis là ?... Et qu'est-ce qu'ils nous chantent, avec leur sacrée dépopulation ?... Quand tous ces beaux farceurs auront fait leur examen de conscience et qu'ils auront reconnu loyalement que le mal n'est pas en nous... mais dans la constitution même de la société... dans la barbarie et dans l'égoïsme capitaliste des lois qui ne protègent que les heureux...

2. Voir *supra* chapitre I, *La Tristesse de Maît'Pitaut*.

3. Allusion au projet Piot qui prévoyait d'imposer les célibataires et les mariés sans enfants, afin de redistribuer une partie des sommes ainsi collectées aux familles de plus de quatre enfants.

alors, on pourra peut-être causer... D'ici là, nous continuerons à jeter au vent qui la dessèche, la graine humaine et les germes de vie... Qu'est-ce que cela me fait, à moi, la richesse et la gloire d'un pays où je n'ai qu'un droit, celui de crever de misère, d'ignorance et de servitude ?...

Je lui demandai alors pourquoi et comment ses trois enfants étaient morts.

— Comme ils meurent tous ou presque tous chez nous, me répondit-il... Ah ! cette histoire est courte, et c'est l'histoire de tous mes camarades... De l'une à l'autre, la forme de misère peut varier quelquefois, mais le fond est le même... Je vous ai dit, tout à l'heure, que j'ai eu trois enfants... Tous les trois, ils étaient sains, forts, bien constitués, aptes à vivre une bonne vie, je vous assure... Les deux premiers, nés à treize mois de distance l'un de l'autre, sont partis de la même façon... Chez nous, il est rare que la mère puisse nourrir de son lait sa progéniture... Alimentation mauvaise ou insuffisante... tracas de ménage... travail, surmenage... enfin, vous savez ce que c'est... Les enfants furent mis au biberon... Ils ne tardèrent pas à dépérir... Au bout de quatre mois, ils étaient devenus assez chétifs et malades pour nous inquiéter... Le médecin me dit : « Parbleu ! c'est toujours la même chose... le lait ne vaut rien... le lait empoisonne vos enfants ». Alors je dis au médecin : « Indiquez-moi où il y a de bon lait, et j'irai en acheter ». Mais le médecin secoua la tête, et il répondit : « Il n'y a pas de bon lait à Paris... Envoyez votre enfant à la campagne ». Je confiai le gosse à l'Assistance publique, laquelle le confia à une nourrice percheronne... Huit jours après, il mourait... Il mourait, comme ils meurent tous, là-bas, du manque de soins, de la férocité paysanne... de l'ordure... Mon troisième, je le gardai à la maison... Il vint très bien... C'est vrai qu'à ce moment, ma femme et moi, nous gagnions de bonnes journées, et que l'argent ne manquait pas... Il était gras, rose, ne criait jamais... Impossible de voir un enfant plus fort et plus beau... Je ne sais comment il attrapa une maladie des yeux qui régnait dans le quartier, en ce temps-là... Le médecin me dit qu'il fallait le mettre à l'hôpital... Il y avait un hôpital spécial à cette maladie-là. Oh ! c'est pas les hôpitaux qui manquent !... Le petit guérit ; mais le jour où la mère était partie pour le ramener, elle le trouva la mine défaite, et se tordant dans d'affreuses coliques... Il avait gagné la diarrhée infantile... On ne le soignait d'ailleurs pas... La mère s'en étonna... Une espèce d'interne, qui se trouvait là, dit : « On ne soigne ici que les maladies des yeux... Si vous voulez qu'on le soigne pour la diarrhée... emmenez-le dans un autre hôpital ». La mère eut beau prier, supplier, menacer, ce fut en vain... Elle prit son pauvre enfant dans ses bras pour le conduire dans un hôpital qu'on lui désigna... Il passa durant le trajet... Et voilà !... Et on vient me dire encore : « Faites des enfants, nom de Dieu !... faites des enfants... » Ah ! non... je sors d'en prendre...

Et haussant les épaules, il dit, d'une voix plus forte :

— Ils sont épatants, ces beaux messieurs... Au lieu de chercher des trucs pour augmenter la population, ils feraient bien mieux de trouver le moyen d'augmenter le bonheur dans la population... Oui... mais ça... ils s'en fichent !...

Quand il eut fini son ouvrage, il considéra les volumes rangés sur les rayons de la bibliothèque :

— Voltaire... fit-il... Diderot... Rousseau... Michelet... Tolstoï... Kropotkine... Anatole France... Oui, tout ça, c'est très beau... Mais à quoi ça sert-il ?... L'idée dort dans les livres... La vérité et le bonheur n'en sortent jamais...

Il ramassa ses outils, et s'en alla, triste... triste...

Le Journal, 25 novembre 1900

Recueilli dans *Les vingt et un jours d'un neurasthénique* (chapitre XIX).

LE PORTEFEUILLE

Un soir, tard, après une journée infructueuse, Jean Loqueteux[1] se décida à rentrer chez lui... Chez lui !... Il appelait ainsi un banc qu'il avait choisi dans le square de la place d'Anvers, et sur lequel, depuis plus d'un mois, il dormait, avec la voûte d'un marronnier pour baldaquin... A ce moment précis, il se trouvait sur le boulevard, devant le Vaudeville, où la concurrence, de soir en soir plus nombreuse, son peu d'agilité à se remuer, la malchance aussi, lui avaient valu une soirée dérisoire... deux sous... et encore, deux sous étrangers qui n'avaient pas cours...

— Donner deux mauvais sous à un pauvre bougre comme moi... un millionnaire !... si ça ne fait pas pitié...

Il revoyait le monsieur... un beau monsieur, bien nippé... cravate blanche... plastron éblouissant... canne à béquille d'or... Et Jean Loqueteux haussait les épaules, sans haine.

Ce qui l'ennuyait le plus, c'était de regagner la place d'Anvers... C'était bien loin, et il tenait à « son chez lui », à son banc. Il n'y était pas trop mal après tout, et il était assuré de n'y être pas dérangé... car il connaissait les agents qui avaient fini par le prendre en pitié, et le laissaient dormir à sa guise...

1. Voir *supra*, chapitre I, *Les Millions de Jean Loqueteux*. Dans l'adaptation théâtrale du conte, comme dans la version des *Vingt et un jours d'un neurasthénique*, Jean Loqueteux s'appelle Jean Guenille.

— Sacristi !... dit-il... voilà une mauvaise journée... Depuis trois semaines... je n'en ai pas eu une si mauvaise... Et l'on a raison de dire que le commerce ne va plus... Si c'est la faute aux Anglais... comme on le prétend... sacrés Anglais... que le diable les emporte !...

Il se mit en marche, n'ayant pas perdu l'espoir de rencontrer, en chemin, un monsieur charitable, ou un pochard généreux qui lui donnerait deux sous... deux vrais sous, avec quoi il pourrait acheter du pain, le lendemain matin...

— Deux sous... deux vrais sous... ce n'est pourtant pas le Pérou !... se disait-il encore tout en marchant lentement... car, outre sa fatigue, il avait une hernie qui le faisait souffrir plus que d'ordinaire.

Et, comme il marchait depuis un quart d'heure, désespérant de rencontrer le monsieur providentiel, il sentit, tout à coup, sous ses pieds, quelque chose de mou... D'abord, il pensa que çà pouvait être une ordure... Et puis, ensuite, il réfléchit que ça pouvait être quelque chose de bon à manger... Est-ce qu'on sait jamais ? Le hasard n'aime guère les pauvres, et il ne leur réserve pas souvent des surprises heureuses... Pourtant, il se souvenait, un soir, avoir trouvé, dans la rue Blanche, un gigot de mouton, tout frais, un magnifique et énorme gigot, tombé, sans doute, de la voiture d'un boucher... Ce qu'il avait sous ses pieds, à cette heure, ce n'était pas, bien sûr, un gigot... c'était peut-être une côtelette... un morceau de foie, un cœur de veau...

— Ma foi !... se dit-il... faut voir ça tout de même... Et il se baissa pour ramasser l'objet qu'il tenait sous ses pieds...

— Hein !... fit-il... quand il l'eut touché... c'est pas des choses qui se mangent... Je suis volé...

La rue était déserte... Nul sergot faisant sa ronde... Il s'approcha d'un bec de gaz pour se rendre compte de ce qu'il avait dans la main...

— Ah bien, par exemple !... ça, c'est plus fort... murmura-t-il, tout haut.

C'était un portefeuille de maroquin noir, avec des coins d'argent...

Jean Loqueteux l'ouvrit, en examina l'intérieur... dix billets de mille francs attachés par une épingle.

— Ça par exemple !... répétait-il...

Et, dodelinant de la tête, il ajoutait :

— Quand je pense qu'il y a des gens qui ont des portefeuilles comme ça dans leurs poches... et dans leurs portefeuilles, des dix mille francs !... Si ça ne fait pas pitié...

Il fouilla les autres compartiments du portefeuille... Il n'y avait rien... Pas une carte... pas une photographie... pas une lettre... pas un indice, par où l'on pût connaître le propriétaire de cette fortune... qu'il avait là... dans la main.

Et, refermant le portefeuille, il se dit :

— Eh bien, merci !... Va falloir que je porte ça au commissaire de police. Ça va me déranger de ma route... je suis déjà bien... bien fatigué... Non, vraiment... je n'ai pas de chance, ce soir...

La rue était de plus en plus déserte... Nul passant ne passait... Nul sergot faisait sa ronde... Jean Loqueteux rebroussa chemin, et se rendit au commissariat de police le plus prochain...

Jean Loqueteux eut beaucoup de peine à pénétrer jusqu'au magistrat... Ses vêtements en loques, la peau décharnée et cendreuse de son visage, firent qu'on le prit, tout d'abord pour un malfaiteur. Et peu s'en fallut qu'on ne se ruât sur lui... et qu'on ne le bouclât au poste... Mais à force de douceur, d'insistance tranquille, il obtint enfin la faveur d'être introduit dans le bureau de M. le commissaire de police...

— Monsieur le commissaire de police, salua Jean Loqueteux, je vous apporte une chose que j'ai trouvée, sous mon pied, tout à l'heure, dans la rue...

— Qu'est-ce que c'est ?

— C'est ça, monsieur le commissaire, répondit le pauvre hère, en tendant du bout de ses doigts osseux, le portefeuille...

— Bien... bien... Et naturellement... il n'y a rien dans ce portefeuille ?

— Voyez vous-même, monsieur le commissaire...

Celui-ci ouvrit le portefeuille, sortit la liasse des billets... les compta... Et les yeux tout ronds de surprise :

— Mais dites donc... mais dites donc ? s'écria-t-il... Il y a dix mille francs !... Mais sapristi !... c'est une somme énorme... une somme... énorme... Nom d'un chien !...

Jean Loqueteux restait très calme... Il prononça :

— Quand je pense qu'il y a des gens qui ont des dix mille francs dans leurs portefeuilles... ça fait pitié !

Le commissaire ne cessait de considérer le vagabond, avec une expression dans les yeux, une expression bizarre, où il y avait plus d'étonnement encore que d'admiration.

— Et c'est vous qui avez trouvé ça ?... Mais, sapristi... vous êtes un honnête homme... un brave homme... Vous êtes un héros... Il n'y a pas à dire... vous êtes un héros.

— Oh ! monsieur le commissaire.

— Un héros... je ne m'en dédis point... Car enfin... vous auriez pu... Enfin, mon brave homme... vous êtes un héros, quoi !... C'est un acte splendide que vous faites là... un acte héroïque... Je ne trouve pas d'autre mot... vous méritez le prix Montyon... Comment vous appelez-vous ?

— Jean Loqueteux... monsieur le commissaire.

Le commissaire leva vers le plafond enfumé de son bureau deux bras attestateurs :

— Et il s'appelle Jean Loqueteux !... C'est admirable... C'est à mettre dans un livre... Votre profession ?

— Hélas ! répondit le mendiant... je n'ai aucune profession...

— Comment, pas de profession ?... Vous vivez de vos rentes ?

— De la charité publique, monsieur le commissaire... Et, vraiment, puis-je dire que j'en vis ?

— Ah ! diable ! Ah ! diable !... Je crains bien que les choses ne se gâtent un peu... Ah ! diable !

Ici, le commissaire esquissa une grimace, et d'une voix moins enthousiaste :

— Enfin... vous êtes un mendiant ?

— Dame... monsieur le commissaire.

— Oui !... oui !

Le commissaire était devenu grave... Après un petit silence :

— Votre domicile ?... interrogea-t-il à nouveau.

Jean Loqueteux répondit, découragé :

— Comment voulez-vous que j'aie un domicile ?

— Vous n'avez pas de domicile ?

— Hélas ! non...

— Vous n'avez pas de domicile ?... vous voulez rire, mon brave homme ?

— Je vous assure que non...

— Mais vous êtes forcé d'avoir un domicile... forcé par la loi.

— Et par la misère... je suis forcé de n'en pas avoir... Je n'ai pas de travail... Je n'ai aucune ressource. Et quand je tends la main... on me donne des sous étrangers... Par surcroît... je suis vieux et malade... J'ai une hernie...

— Une hernie... une hernie !... C'est très bien... Là n'est pas la question... Vous avez une hernie... mais vous n'avez pas de domicile... Vous êtes en état de vagabondage... Vous êtes tout simplement, passible du délit de vagabondage... Un héros... c'est évident... vous êtes un héros... Vous êtes aussi un vagabond... Ah ! mais !... ah ! mais !... Et s'il n'y a pas de loi pour les héros... il y en a contre les vagabonds... Je suis forcé d'appliquer la loi, moi... cela me gêne... cela m'ennuie... parce que... ce que vous avez fait... c'est très bien... Mais... que voulez-vous ?... La loi est la loi... il faut que force reste à la loi... Diable de sacré bonhomme !... Quelle idée, aussi !...

Pendant qu'il parlait, il faisait sauter dans sa main le portefeuille... Et il continuait :

— Voilà ce portefeuille ? D'accord... À votre place, et dans votre situation, il n'y en a peut-être pas beaucoup qui l'eussent rapporté... J'en conviens... Je ne veux pas prétendre que vous ayez été un imbécile de le rapporter, ce portefeuille... Non... au contraire... Votre action est fort méritoire... Elle est digne d'une récompense... que je ne juge pas inférieure à cent sous... vous l'aurez sans doute, dès que nous aurons retrouvé — si nous la retrouvons jamais — la personne à qui appartient ce portefeuille et les dix billets de mille francs qu'il contient... Oui, mais il ne s'ensuit pas pour cela que vous ayez un domicile... et tout est là, Jean Loqueteux... Comprenez-moi bien... Il n'existe pas, dans le Code, ni ailleurs, un article de loi qui vous oblige à retrouver, dans la rue, des portefeuilles garnis de billets de banque... Il y en a, au contraire, un qui vous force à avoir un domicile... Ah ! vous eussiez mieux fait, je vous assure, de trouver un domicile, plutôt que ce portefeuille...

— Alors ?... demanda Jean Loqueteux.

— Alors, répondit le commissaire... voilà... Vous allez coucher au poste cette nuit... et demain, je vous enverrai au Dépôt...

Et il sonna... Deux sergents se présentèrent... Le magistrat fit un geste... Et, tandis qu'ils emmenaient Jean Loqueteux, celui-ci gémissait :

— Ça, par exemple !... Vraiment, je n'ai pas de chance, aujourd'hui[2]...

Le Journal, 23 juin 1901

Recueilli dans *Les Vingt et un jours d'un neurasthénique* (chapitre XIX). Adapté au théâtre de la Renaissance-Gémier, le 19 février 1902.

2. Dans la version des *Vingt et un jours d'un neurasthénique*, Mirbeau a ajouté : « Ces sacrés bourgeois, je vous demande un peu, est-ce qu'ils ne feraient pas mieux de garder leurs portefeuilles dans leurs poches ?... Ça fait pitié !... »

IL EST SOURD !

J'ai revu ma voisine. Et maintenant, je la vois presque tous les jours.

Décidément, elle est encore plus charmante et meilleure que je le pensais, lors de notre première entrevue. Extrêmement gaie, nullement prude, comme les femmes honnêtes foncièrement, d'une intelligence très vive et très souple, d'un esprit très libre, affranchi de tous les préjugés, de toutes les superstitions qui déshonorent, habituellement, le cerveau de la femme, d'une spontanéité de sensations remarquable, amoureuse de la vie sous toutes ses formes, même les plus décriées, philosophe et artiste, j'ai rarement, ou plutôt, je n'ai pas encore rencontré un être humain, surtout un être de son sexe, avec qui l'on se sentît si vite, si complètement en confiance, avec qui l'on se trouvât tout de suite de plain-pied. J'ai beau l'observer — car je ne voudrais pas être dupe d'elle et de moi —, il me semble bien qu'elle n'a aucune de ces petites traîtrises, des coquetteries basses, des sentimentalités absurdes de la femme. Véritablement, je crois qu'elle possède un cœur robuste, simple, loyal et fidèle, comme un homme. Son amour des bêtes, qui, chez beaucoup de femmes, vous dégoûterait et des femmes et des bêtes, est un amour raisonné, presque scientifique. Il n'est pas du tout anthropomorphe. Il fait partie, à son plan, de ce culte général, mais parfaitement individualiste, par quoi elle aime, par quoi elle célèbre toute la vie.

Il faut se défier des impressions qui nous viennent des femmes, surtout quand elles sont jolies comme l'est ma jolie voisine. Nous les jugeons ordinairement avec notre désir de mâle qui se plaît à les surnaturaliser, à leur attribuer toutes sortes de qualités supérieures, qu'en réalité elles n'ont point, ce qui est stupide et inharmonieux, car elles en ont d'autres qui devraient pleinement nous suffire. Dans l'amitié qui pousse un homme vers une femme, il y a toujours autre chose que de l'amitié pure. La nature, qui sait ce qu'elle fait et qui n'a souci que de vie, de toujours plus de vie, a voulu que nous fussions bêtes devant la femme, comme une dévote devant un Dieu de miracle, et que, en dépit de nous-mêmes, nous nous destinions à être les dupes éternelles de ce besoin obscur et farouche de création qui gonfle et mêle à travers l'univers, tous les germes, toutes les vivantes cellules de la matière animée.

Et même, à ce propos, je voudrais bien savoir quelle conception ma voisine se fait de l'amour, si elle répudie toutes les folies mystiques, toutes les sottises et tous les crimes sentimentaux par quoi les religions, les poésies, les littératures de tous temps et de tous les pays, ont dégradé et sali ce grand acte joyeux et terrible de la Vie... Je n'ai pas encore osé lui poser, à ce sujet, la moindre question. J'ai craint une désillusion, d'abord, et ensuite qu'elle ne vît là une ruse sournoise du désir, un moyen détourné de galanterie grossière. Et j'ambitionne que nos relations soient pures de tous mensonges, de toutes vulgaires actions.

Naturellement, comme il faut bien se connaître, je lui raconte mes histoires, elle me dit les siennes, sans réticences ; du moins, j'aime à le penser.

Aujourd'hui, elle m'a parlé de son enfance et de sa première jeunesse. Elle a été élevée en un couvent du Sacré-Cœur, dans une ville morte et silencieuse de la province normande. Chose curieuse et rare, cette éducation oppressive n'a jamais rien pu contre la franchise et la sincérité de sa nature. Elle affirme même qu'elle est sortie du couvent plus irrespectueuse, moins croyante qu'elle y était entrée. D'ailleurs, elle ne tire de ce phénomène aucune vanité, en faveur de son intelligence. La gaieté — son inaltérable gaieté — avec ce qu'elle comporte d'insouciance dans le présent et d'espoir dans l'avenir, a tout fait. Cette gaieté joyeuse et forte fut l'antiseptique qui la préserva de tous les mensonges avec lesquels on pétrit, dans ces maisons-là, l'âme des jeunes filles. L'année qui suivit sa sortie du couvent, il lui arriva de grands malheurs.

Ses parents perdirent leur fortune et elle perdit, peu après, ses parents. Habituée au luxe et à l'affection, elle se trouva, tout d'un coup, seule et sans ressources. Désormais, il lui fallait travailler pour vivre. Cette perspective, elle l'envisagea sans terreur, car elle pouvait utiliser quantité de petits agréments, de petits talents où elle excellait : la broderie, la couture, la peinture, la musique. Et qui l'empêcherait de donner aux autres des leçons de n'importe quoi : d'histoire ou de danse, d'anglais ou de tapisserie ?... Après avoir vainement cherché, çà et là, un peu de travail chez d'anciens amis de sa famille, à Paris dans les magasins, elle résolut de s'adresser aux Bonnes Sœurs, aux si bonnes Sœurs qui l'avaient élevée.

— Elles connaissent tant de monde, se disait-elle, elles ont une clientèle si étendue et si riche, de si puissantes influences, partout... qu'elles me trouveront immédiatement ce que je cherche et ce qu'il me faut... C'est évident !

Sur la recommandation de son ancienne préfète des Études, elle se présenta, un matin, au Sacré-Cœur de la rue de Varennes, certaine du succès et prête à accepter n'importe quel joli et honnête travail qu'on lui proposerait... Et voici la scène que ma voisine raconte et mime avec un esprit malicieux et souriant...

Elle arrive au couvent. Une religieuse, pas trop vieille, pas trop laide, très aimable de manières, très onctueuse de gestes, la figure molle et grasse, les lèvres humides de saintes paroles, la reçoit avec empressement, avec effusion même.

— Cette chère enfant !... lui dit-elle, quand la jeune fille eut terminé son récit... Mais c'est une joie... Mais c'est un devoir pour nous de vous soutenir, de vous défendre, de vous sauver...

Elle lui prend les mains, les caresse, les tripote dans ses mains potelées et un peu moites...

— Pauvre cher cœur !... Il y a tant d'embûches dans le monde, quand on n'est pas riche... Le diable guette si habilement, sous toutes les formes de la tentation et du péché, l'âme ignorante et candide d'une jeune fille !... Mais nous sommes là, heureusement...

Et, sans entrer dans des détails plus précis, elle s'informe :

— Avez-vous un directeur ? Êtes-vous Enfant de Marie ?... Pratiquez-vous bien vos devoirs religieux ?...

Ma voisine ruse, élude toutes ces questions qui la gênent et qui vont se multipliant et s'enhardissant jusqu'à violer sa pudeur intime... Alors, la bonne mère hoche la tête, très triste, et soupire. Sa voix se fait moins douce... ses lèvres se déssèchent.

— Ah ! dit-elle, je vois que vous avez oublié la Sainte-Vierge, mon enfant... et le divin cœur de Jésus... C'est très... très fâcheux... Vous comprenez... dans ces conditions, cela devient difficile... plus difficile... car nous avons, devant Dieu, des responsabilités... Voyons... avez-vous entendu le dernier sermon du Révérend Père du Lac ?[1]

— Hélas ! non, ma mère !...

— Non !... s'écrie la religieuse, scandalisée, qui joint ses deux mains comme pour une prière d'exorciste... Mais c'est très mal... très mal... Et quel dommage pour vous !... Le Père a été si éloquent, si admirable ! Il a prouvé, d'une manière si claire, qu'il vaut mieux mourir de faim plutôt que de commettre un péché mortel ! Ah ! comme je souffre que vous n'ayez pas entendu ce magnifique sermon !

Incapable de tenir plus longtemps son sérieux, la jeune fille demanda ironiquement :

1. Le Père du Lac était maître d'études au collège Saint-François-Xavier à Vannes quand Mirbeau y était élève (cf. « Souvenirs ! », *L'Aurore,* 22 août 1898). Confesseur de Cavaignac, du comte de Mun et du général de Boisdeffre, le père du Lac a été l'un des piliers de l'antidreyfusisme.

— Est-ce qu'il était à jeun, cet admirable Père, quand il a dit qu'il valait mieux mourir de faim ?

Le visage de la chère Mère prend une expression sévère, et, repoussant les mains qu'elle caressait, elle se lève, toute droite, un pli au front :

— Vous êtes bien gaie, grince-t-elle, pour une personne dans votre position.

Puis, glacialement :

— Enfin... je verrai... je réfléchirai... Nous prierons pour vous... Revenez dans une semaine.

Et elle la congédie...

Ma voisine n'était pas très fière de cet accueil... Mais une fois dans la rue, parmi le mouvement et la vie, elle oublie l'inutilité de sa démarche et ce que cela va lui valoir de surcroît de misère. Et elle se met à rire, si longtemps et si fort, que les passants se retournent et pensent, sans doute, qu'elle est folle...

Le travail ne venant toujours pas, elle retourne, la semaine écoulée, au couvent... La Mère lui dit :

— Je n'ai rien... Nous n'avons rien... Allez voir le Révérend Père X... Il connaît beaucoup de monde... et il est si bon, si bon, au confessionnal !...

La jeune fille fait la grimace. Elle est venue chercher du travail, pas un confesseur... Pourtant, elle se décide à descendre au parloir, et conte sa petite affaire au Révérend Père X...

— Ah ! ah ! lui dit cet homme pieux... C'est fort touchant... Mais la peinture, mon enfant, voilà une chose bien aléatoire... Quant à la broderie, je n'ai pas ça... non, non... en vérité, je n'ai pas ça ! Mais, par exemple, peut-être pourrais-je vous trouver un mari... un bon mari... assez riche et très pieux... et bien-pensant...

Elle remercie le Jésuite, et déclare qu'elle ne veut tenir un mari que d'elle-même. Et, comme il la reconduit :

— Vous avez tort, mon enfant... absolument tort... Vous êtes une jolie personne... Et un mari, c'est toujours un mari...

Et les jours passent... passent... Elle n'a pas de commandes de peinture, ni de broderies à faire, ni de copies, ni de leçons, ni rien... Ses derniers sous s'épuisent. Elle a dû vendre ce qui lui restait de petits bijoux... Va-t-elle donc en être réduite à la mendicité ?... Mais sa gaieté la soutient toujours, sa gaieté dissipe toutes les terribles images, tous les cauchemars de la détresse... Rentrée dans sa chambre d'hôtel meublé, elle chante pour ne pas écouter les voix de malheur qui lui disent : « Dans quelques jours, tu seras morte de faim ! » Et puis, elle calcule, en soi-même : « Si tout le monde me repousse... je suis jeune... je suis jolie... j'ai un ardent besoin de vivre... Je me vendrai comme j'ai vendu mes bijoux... Tant pis pour les bonnes Sœurs et les si bons Pères jésuites, qui l'auront ainsi voulu ! »

Pourtant, une troisième fois, elle retourne au couvent... La sainte Mère lui offre généreusement un scapulaire, quantité de médailles bénites, et un chapelet... un chapelet, si commode, si petit « qu'on peut très facilement s'en servir en omnibus »...

Et cette troisième visite est suivie d'une quatrième, laquelle fut illustrée de la conversation suivante :

— Comme vous êtes pâle, chère enfant !

— C'est que j'ai grand'faim, ma Mère !

— Je suis sûre que vous n'avez pas fait vos devoirs religieux, ces jours-ci ?

— Hélas ! non, ma Mère...

— Eh bien ! tenez, cela tombe à merveille, mon enfant...

— Vous m'avez trouvé une position, ma Mère ?

— Il y a justement, ici, mon enfant, un bon Père dominicain... un si bon Père dominicain !... Je vais lui demander de vous entendre...

— J'aimerais mieux un peu de travail, ma Mère, si peu de travail que ce soit...

— Sans doute... sans doute... Mais profitez de l'occasion... Elle ne se retrouvera peut-être plus jamais... C'est un si bon Père dominicain... Et puis... vous pourrez tout lui dire... tout... tout... Il est sourd !...

Et ma jolie voisine termine ainsi son récit :

— Vous pensez que je ne retournerai jamais plus dans ce maudit couvent. Deux ans après, j'étais mariée. Or, le jour de mon mariage, je reçus de la Révérende Mère une lettre qui commençait ainsi : « Ma chère petite protégée... »

Et longtemps, elle rit, comme chante un oiseau sous les branches...

Le Journal, 18 août 1901

APRÈS 1789 !

Il y a quelques années, j'étais allé me reposer en Bretagne. J'avais loué, sur la route d'Auray[1], une vieille propriété, entourée de vieux jardins et de vieux bois de chênes et dont la maison, très vieille également — une maison de chouan, farouche et compliquée — dominait les rivières d'Auray, de Baden et de Sainte-Avoye. C'était un endroit merveilleux d'une tristesse grandiose, infinie. De la plus haute terrasse du jardin, on apercevait par-delà les landes onduleuses, les circuits de rivières marines, et les bouquets de bois, une bande de mer grise, sur laquelle se dessinait, très vague et très bleu, le village de Lockmariaker, pittoresquement groupé autour de son clocher. Une petite ferme indiciblement sale, presque en ruines, comprenant seulement quelques mauvaises pâtures, de maigres champs à peine défrichés, et beaucoup de landes, attenait à la propriété, séparée d'elle par un rideau de pins... Elle était cultivée, sans courage et sans joie, par un pauvre homme nommé Jules Kéraniec, resté veuf avec une fille de dix-huit ans, un garçon de quatorze et deux autres petits, trop petits pour l'aider en quoi que ce soit, même pour garder les vaches... C'était une espèce de bête humaine, de bonne bête humaine, très douce et très triste, à la démarche lente, au muffle ravagé, par le besoin, et dont les yeux étaient toujours brillants de

1. Voir *supra*, chapitre II, « Les Corneilles », *Gil Blas*, 25 octobre 1887, note 1.

fièvre. Il m'avait vu m'installer « au château », sans plaisir mais aussi sans hostilité. Il était réellement misérable de corps et d'âme, et tellement habitué à sa double misère, que, même la venue d'un étranger, près de lui, n'avait excité en son âme aucun sentiment de curiosité. Il semblait que tout lui fût indifférent... Pourtant, au bout de quelques semaines, comme j'avais pris avec lui certains arrangements pour qu'il me fournît le beurre, des œufs, de la volaille, et qu'il me fît de menus travaux que je rétribuais grassement, il s'était, peu à peu, habitué à moi... Et même, il n'avait pas tardé à me manifester quelque confiance.

Un matin, le curé de la paroisse voisine, suivi de son vicaire, lequel était suivi du sacristain, derrière lequel venait deux chantres de l'église, pénétra chez moi, avec fracas. Ces cinq personnages portaient les uns de grands paniers, les autres des sacs de toile, vides... Sans autres préambules de politesse qu'un froid salut, le curé me dit sèchement, impérieusement :

— Nous venons pour la dîme.

— Quelle dîme ? interrogeai-je.

— La dîme de Pasques, donc !

Et tandis que les acolytes posaient à terre paniers et sacs, il expliqua en termes brefs, rapides :

— Vous me devez trois mesures de blé, quatre d'orge et de sarrasin, deux sacs de pommes de terre, vingt livres de beurre, un chevreau et quatre lapins.

— Est-ce tout ? demandai-je très calmement.

— Sans compter, ajouta le curé, mille autres choses dont ce n'est point encore la saison... telles que merises, cerises, pommes et noix... légumes frais, volailles grasses, cidre... et en outre...

J'arrêtai-là l'énumération.

— Monsieur le curé, lui dis-je, chacun entend la charité à sa façon... et je crains bien que la vôtre ne soit pas la mienne... D'ailleurs, j'ai soin, quand je donne, que ce soit à de vrais pauvres, et non point à des personnes fort bien nourries, matelassées de graisse, comme vous l'êtes... J'ai l'honneur de vous saluer.

Il insista grossièrement ; et je le priai de se taire. Il devint insolent... Je fus obligé de le mettre à la porte, un peu plus brutalement que je n'eusse voulu. Enfin, il partit en maugréant et proférant des menaces injurieuses et dérisoires.

Vers le milieu de la journée, je songeai tout à coup que ce damné curé et ses quatre acolytes avaient dû passer par la ferme. Je m'y rendis aussitôt et je trouvai le pauvre Kéraniec, affalé dans un coin, la tête dans les mains et triste... triste !

— Eh bien, Kéraniec, lui dis-je... et la dîme ?

Ah ! monsieur... ne m'en parlez pas... répondit le paysan en secouant la tête... Monsieur le recteur est venu... Je n'étais pas en règle... Dame, vous pensez... Après une aussi mauvaise saison !... Il n'était pas content, monsieur le recteur... et il m'en a dit... Il m'en a dit !... Enfin, il m'a laissé huit jours pour m'acquitter...

Je m'assis près de lui, sur une sorte d'escabeau, et lui frappant amicalement les genoux :

— Pourquoi lui donnez-vous ?... Ne lui donnez rien !...

— Ne pas donner à Monsieur le recteur !... s'écria Kéraniec en levant ses bras dans un geste lourd d'épouvante... Ah ! Notre Jésus !... Mais si je ne lui donnais rien... il m'arriverait les plus grands malheurs.

— Quels malheurs, voyons ?

— Mais je serais changé en crabe, en raie... en pitorne !... Non... non... C'est impossible !... Monsieur le recteur a des pouvoirs comme le diable !...

Les deux petits se mirent à geindre dans un angle de la pièce où je ne les avais pas encore aperçus, tant ils étaient pareils à deux petits tas d'ordure.

Je tentai d'expliquer à Kéraniec non seulement que c'était stupide de se dépouiller, lui si pauvre, en faveur d'un homme qui n'avait besoin de rien et vivait dans l'abondance de tout... que c'était un crime envers lui-même, envers sa famille.

— Regardez-les vos petits... comme ils sont chétifs... comme ils souffrent de n'avoir pas le nécessaire... Donner au curé... c'est absolument comme si vous ouvriez les veines de vos enfants et que vous laissiez s'égoutter tout leur sang !... Et pourquoi ?... Voyons... réfléchissez, Kéraniec... Pourquoi ?

À chaque argument il m'arrêtait, secouait la tête et gémissait :

— Non... Non... c'est impossible !... C'est le bon Dieu qui veut ça !

Et d'un ton plus bas, les yeux tout brouillés d'effroi, il ajoutait :

— Oui... oui... le bon Dieu, d'abord !... Et puis je vous dis que Monsieur le recteur est terrible... et qu'il a des pouvoirs comme le diable !

— Mais le diable n'existe pas, mon pauvre Kéraniec.

J'avais prononcé ces paroles sur un ton d'impatience... Alors le paysan me regarda un moment, sans parler... On eût dit que je venais de prononcer un abominable blasphème... Et tout tremblant, avec des gestes de supplication éperdue :

— Ne dites pas ça, Monsieur !... cria-t-il... Ne dites pas ça !... Le diable n'existe pas ?... Mais monsieur, je l'ai vu, moi, le diable !... Je l'ai vu plus de mille fois... Je l'ai vu sur l'étang, je l'ai vu dans les bois, je l'ai vu sur la grève... Je l'ai vu sur les routes, le soir, caché derrière les trognes de chênes... Et toutes les nuits... toutes les nuits... je le vois, quand je dors... Il a des cornes rouges, des yeux comme de la braise, et des harpons de fer à tous les doigts... Le diable ?... Mais s'il n'existait pas, est-ce que nous aurions besoin des prêtres ?

Et après quelques minutes d'un silence accablé :

— Non... non... Il faut que je donne à Monsieur le recteur... il faut que je donne tout ce qu'il me demande... quand même les petits et moi nous devrions crever de misère comme de pauvres chiens...

Il était fort agité... un peu haletant... et ses yeux brillaient davantage comme sous une poussée plus forte de fièvre... Il dit d'un ton plus bas :

— Sans ça !... Bien sûr que je ne lui donnerais rien !...

Je ne voulus pas, ce jour-là, parler davantage de ces choses.

Le lendemain matin, je le trouvai au moment où il sortait de la ferme... Il avait à réparer, au bout du grand pré, une brèche de la haie. Il prit, sous le hangar, une longue hart et sa serpe...

— Voulez-vous que je vous accompagne, Kéraniec ?

— Bien sûr, Monsieur...

Il marchait lentement, le dos courbé, les jambes lourdes, les yeux sans cesse fixés sur le sol... Nous ne parlions pas... Le jour était triste... Une sorte de brume grisâtre enveloppait, au loin, la bande de mer et le village de Lockmariaker, devenu invisible...

Comme nous arrivions au pré et qu'il avait mis à terre ses outils :

— Eh bien, Kéraniec ? avez-vous réfléchi ?

— A quoi, Monsieur ?

— A la dîme, donc !

Il eut un geste d'impatience douloureuse...

— Ne parlez pas de ça... Ne parlez pas de ça !...

Et avec des grimaces de peur, il ajouta :

— Tenez... il y a deux ans... Jean Kerlaud avait refusé la dîme... Eh bien, il a été changé en crapaud... Aussi vrai que je vous le dis, Monsieur !... Et puis, il a été écrasé, un soir, sous une charrette !... Tout le monde, ici, vous racontera cette histoire-là...

Il se signa, comme pour éloigner de lui un maléfice diabolique, et ne voulut plus dire un mot... Je continuai ma promenade, vers les étangs.

De toute la semaine je ne le revis plus... Dès qu'il m'apercevait, il me fuyait... Ma vue et mes paroles lui étaient une torture... Je pris le parti de le laisser tranquille.

La veille du jour où le curé devait venir chez lui réclamer « son dû », il me fit demander, le soir, à huit heures... Il était extrêmement pâle, et il tremblait.

— C'est demain ! bégaya-t-il... Et je n'ai rien... rien !...

Comme je me taisais...

— J'ai voulu vendre mes deux vaches... Mais elles sont si maigres que personne n'a voulu les acheter... Je n'ai rien... rien... rien de rien...

Tout honteux, il détourna la tête, et il me dit... avec quel tremblement dans la voix !...

— Si vous vouliez m'avancer quelque argent... bien sûr que je m'arrangerais avec Monsieur le recteur... et qu'il me donnerait un peu de temps... pour le reste !...

— Non, Kéraniec, lui dis-je... Je ne puis faire cela... Pour vous, pour les vôtres, je suis prêt à vous donner tout ce que vous me demanderez !... Mais pour le curé qui vous dépouille et qui vous vole... Non !... Je refuse absolument...

— Faites excuse, Monsieur !... gémit le paysan.

Et il s'en alla... Il trébuchait contre la bordure de l'allée, ainsi qu'un homme ivre... J'eus le cœur serré, mais, pourtant, je le laissai partir.

Le lendemain matin, quand le curé, suivi de ses quatre acolytes, pénétra dans la ferme, il vit le corps de Kéraniec, qui se balançait au bout d'une hart accrochée au cou d'une solive, dans le hangar. Sans doute qu'il ne se rendit pas compte, tout de suite de la catastrophe, car il interpella durement le paysan.

— Eh bien, Kéraniec ?... Qu'est-ce que tu fais là, imbécile ?

Mais quand il aperçut sa face noire et boursouflée :

— Cochon !... hurla-t-il... Hérétique !... Chien !... En enfer !... En enfer !...

Tandis que la fille, le garçon et les deux petits regardaient le cadavre de leur père, sans une larme, sans un cri, hébétés !...

L'Aurore, 15 juin 1902

ÂMES DE GUERRE

Un jour, à Rouen, chez un de mes amis — il y a plusieurs années de cela —, je fis la connaissance d'un explorateur. Jusque-là, j'ignorais totalement cette variété d'humanité. J'avais vu des voleurs, des assassins, quantité d'escarpes et de fous, des nationalistes de tout poil et de tout grade. Jamais encore, je n'avais rencontré, nulle part, d'explorateurs. Aussi, je fus enchanté de l'aubaine que m'offrait mon ami, et vous pensez si j'acceptai son invitation avec empressement.

— Un très chic type, tu verras !... m'avait dit mon ami... Il serait à souhaiter que la France en possédât beaucoup comme lui. Ah ! les choses iraient mieux, c'est sûr !... Mais quand, par hasard, nous en avons un, c'est pour l'abreuver de misères et d'humiliations... Vois Marchand[1]!...

Avant que l'explorateur n'arrivât au rendez-vous, mon ami nous mit au fait de son histoire, laquelle, d'ailleurs, était très simple et très courte, comme toutes les belles choses. On verra, par la suite, que rien n'est moins compliqué que l'âme d'un explorateur, au moins de cet explorateur. C'était un ancien officier de notre belle armée. D'un tempérament chevaleresque, aventureux, idéaliste — un vrai Français de France —, il s'ennuyait profondément dans les villes de

1. Jean-Baptiste Marchand (1863-1934). Il a pris Fachoda le 10 juillet 1898, mais a dû l'abandonner à la demande du gouvernement français, qui se soumettait à un ultimatum du gouvernement anglais.

garnison. Le bridge, l'absinthe, les petites marchandes de tabac, les tournées nocturnes dans les quartiers décriés ne suffisaient pas à ses généreuses ardeurs de soldat... Soldat, il souffrait de l'inaction ; il lui fallait toutes les activités, toutes les entreprises violentes, les aventures imprévues, les actes d'héroïsme éclatant que ce mot évoque tout naturellement, et que le sabre, qu'il traînait misérablement sur les pavés, exige. Et comme, dans cette existence morne et oisive, il ne savait comment satisfaire ses appétits militaires, par exemple, gerroyer contre des ennemis, n'importe quels ennemis, il se mit, bien vite, à guerroyer contre les préjugés, les lois, les morales, par quoi s'embourgeoise et s'étiole notre continent, si étroit, si stupidement fermé aux belles initiatives individuelles. Il avait rêvé de rêves plus grandioses... Mais quoi ? On fait ce qu'on peut... En tout cas, comme il disait lui-même, ça l'occupait... ça le dérouillait... Il enleva, de vive force, une jeune fille qui avait repoussé ses avances, tua en duel trois de ses camarades, pour rien, pour le plaisir, assomma deux notables civils, excellents fonctionnaires, qui, au sortir d'une visite galante, s'étaient pris de querelle avec lui. Enfin, il tricha au jeu, commit des faux, et barbota la caisse de sa compagnie. Il s'enfuit en Belgique. Là, il s'aboucha avec de très riches commerçants que ses états de services, son allure de bravoure, son exceptionnelle audace, et ses plans d'une expédition commerciale, géographique, ethnographique, à travers l'obscur continent africain, émerveillèrent. Nanti d'armes, de munitions, d'hommes, d'argent et d'un nombreux bagage, il partit pour l'Afrique, y séjourna cinq ans, dans les forêts, au bord des lacs, sur les fleuves, montra un si grand courage, une si admirable endurance, une telle ingéniosité, de si fortes capacités guerrières et pillardes, et surtout il apporta une si grande quantité d'ivoire, de gommes, de pierres précieuses, de dépouilles de toutes sortes, que notre gouvernement, ne voulant plus se priver et priver la France d'un tel exemplaire d'énergie humaine, passa l'éponge sur le passé de ce héros, et lui permit de rentrer dans son pays, avec tous les honneurs de la guerre.

— Ah ! oui, c'est un chic type ! résuma mon ami, quand il eut terminé cette histoire édifiante. Et crois-tu qu'il n'est pas encore décoré ?... C'est dégoûtant !

L'explorateur revenait d'Afrique, pour le compte des Belges, se disposait d'y retourner pour le compte des Français, quand je le connus. Les années de luttes, de fatigues, de privations, passées dans un climat malsain, fiévreux, putride, ne lui avaient rien enlevé de sa force et de sa santé... C'était un homme, pas très grand, mais bien pris, musclé. On le sentait extrêmement robuste et souple. Et comme tous les hommes d'une charpente puissante, il était gai. Il avait une physionomie sympathique, l'abord agréable, la poignée de main un peu dure et brisante mais cordiale, le regard clair, décidé, joyeux et très doux... presque un regard d'enfant... Dès son entrée, il nous avait conquis...

Nous étions impatients de lui entendre raconter ses aventures. Mais lui se montrait très discret, très modeste, très simple.

— Je vous assure, se défendait-il, sur un ton de sincérité charmante... je n'ai rien fait d'étonnant... Cela ne vaut pas la peine d'un récit... Ah ! ma foi, non... On exagère beaucoup nos dangers, nos souffrances... Le seul danger, c'est la fièvre, la seule souffrance, le manque de vivres... Mais on se tire toujours d'affaires avec du sang-froid...

Nous insistions... Il se décida enfin à parler :

— Quand nous arrivions près du village, narra-t-il, sans avoir pris la pose bien connue du conteur, les indigènes, qui sont fort curieux, sortaient de leurs huttes, hommes, femmes, enfants, et nous regardaient avec étonnement, mais sans la moindre terreur, et aussi sans la moindre hostilité... On se fait, en général, une très fausse idée des nègres... du moins de ces nègres centre-africains... Ils ne sont pas terribles du tout... Ils sont, au contraire, très timides, très doux... Des enfants !... Comme chez les enfants, la curiosité l'emporte toujours sur la timidité... C'était amusant de les voir ramper, s'approcher de nous... Ils ont de jolis mouvements, des souplesses de bêtes gentilles... Quelques-uns nous tendaient des fruits, tous s'efforçaient de nous plaire au moyen de grimaces souriantes... Tenez... figurez-vous des lapins qui, le soir, au bord d'un bois, s'épucent, font leur toilette, grignotent drôlement des herbes parfumées... Malheureusement, ils ont un grand défaut — et je ne sais pas à quoi cela tient —, ils ne sont pas comestibles... La chair du nègre est un manger détestable, nauséabond... L'estomac le mieux trempé ne le digère pas... Moi-même, qui ai le coffre solide, et qui mange de tout, même des champignons les plus suspects, je fus tellement incommodé, un soir, que vraiment je pensai mourir, pour avoir simplement goûté à un cuissot de nègre, que nous avions fait rôtir à un feu de branches de poivrier... Je parle des vieux nègres, et même des nègres adultes, car, chose curieuse, le très jeune nègre, le nègre de trois ou quatre ans, est un aliment assez délicat... Cela rappelle le petit cochon de lait... Il nous rendit bien des services, je vous assure... Je vous ai dit que les nègres sont très doux... Oui, mais enfin, on ne sait jamais. Et quand il s'agit de leur prendre leur ivoire, par exemple... Ils pourraient peut-être se livrer à quelques fantaisies défensives... Alors, voici comment nous opérions. Nous commencions par tuer les hommes — si tant est qu'on puisse prétendre que les nègres sont des hommes. Ensuite nous égorgions les femmes, ayant soin, toutefois, de garder les plus jeunes, les moins laides, pour nos besoins... Car, vous pensez... en Afrique !... Et nous emmenions les enfants qui, les soirs de mauvaise chasse et de famine, nous étaient fort utiles... Je leur ai de la reconnaissance, et j'avoue que, plusieurs fois, ils nous sauvèrent de la mort...

— Alors, m'écriai-je... Ce ne sont pas les nègres qui sont anthropophages ?

— Mais naturellement... répliqua l'explorateur, avec un flegme que je ne pus m'empêcher d'admirer... Dans les pays noirs, il n'est d'anthropophages, cher monsieur, que les Blancs... C'est forcé !...

Nous étions un peu gênés... Plusieurs convives eurent des haut-le-cœur et sortirent. L'explorateur continua ses histoires que je n'aurai pas la cruauté d'infliger à mes lecteurs... Elles se ressemblaient toutes, d'ailleurs... Viols, violence, massacres et pillages en faisaient le fond...

Comme, à mon tour, j'étais devenu tout pâle, par suite d'une invincible révolte de mon estomac, l'explorateur qui, en ce moment, attaquait vigoureusement un énorme pâté, me dit en riant :

— Comme vous êtes drôle !... Naturellement, je ne fais pas ces choses-là pour mon plaisir... J'aime mieux le foie gras... Mais, qu'est-ce que vous voulez ?... À la guerre comme à la guerre !...

L'Humanité, 9 octobre 1904

ILS ÉTAIENT TOUS FOUS...

J'ai eu l'occasion, ces jours derniers, de rencontrer un officier polonais, un capitaine qui revient, blessé, de Mandchourie[1]. Ce capitaine m'a fait sur cette guerre honteuse et si atrocement inutile, des récits qui donnent le vertige, des récits tels que l'imagination la plus frénétique ne saurait concevoir rien de pareil, même dans le domaine du cauchemar. Si exceptionnellement affreux que nous aient paru certains épisodes, qui nous furent transmis par des correspondants de journaux, ils ne sauraient atteindre à l'horreur inconnue de ceux-là, parmi lesquels, ne pouvant les narrer tous, j'en choisis un. Il n'est pas le plus effrayant. On aura ainsi une idée de ce que peuvent être les autres. Je dédie ce récit aux soldats de tous les pays ; et je laisse la parole au capitaine polonais, qui leur demandera si, enfin, ils ne sont point las d'être tués, et de tuer.

— C'était le soir d'un engagement malheureux, comme toujours... Nous étions au camp, faces mornes, cœurs sombres, corps épuisés... Plus de vivres... pas d'ambulances... pas de bois pour le feu... rien !... Un froid de vingt-cinq degrés, qui exfoliait la peau et charriait des glaçons dans les veines... Rester immobile, s'endormir, c'était la mort... Beaucoup moururent, en effet, cette nuit-là. Représentez-vous, si vous le pouvez, cette chose effarante. Dix mille hommes en tas...

1. Voir *supra, Âmes de guerre* (I), note 2.

dix mille homme silencieux, dont on ne percevait que le sourd piétinement sur la terre gelée, et pas une voix, pas un souffle ! Des retardataires, ralliant le camp, nous dirent qu'ils avaient entendu, à travers la plaine, à leur droite, à leur gauche, devant eux, derrière eux, partout, des cris, des plaintes, des appels, des hurlements... Les blessés, les pauvres blessés, perdus dans la nuit... Ils avaient buté contre quelques-uns, mais n'ayant rien pour les ramener, ils les avaient abandonnés là... À quoi bon, d'ailleurs ? Pour quoi faire ?... Je m'écriai :

— Il faut aller ramasser les blessés, nous ne pouvons les laisser mourir ainsi... Qui vient avec moi ?

Aucun ne répondit. Je m'adressai au colonel ; il me tourna le dos. Je m'adressai à un général ; il passa sans un mot. Un chirurgien de haut grade répliqua :

— Et où les mettre ? Nous n'avons pas de brancards, pas de pharmacie, pas d'instruments... nous n'avons rien... Foutez-leur la paix !

Pas une parole de justice, pas même de pitié, pas même de terreur... rien que de l'indifférence farouche... parce que c'est la guerre, et parce que tous ces pauvres bougres, colonels et soldats, savaient que ce serait leur tour, demain. Pourtant, à force de chercher, je parvins à découvrir quelques mauvaises civières ; à force de remuer ces forces inertes, ces brutes effondrées, je finis par entraîner une centaine d'hommes... Nous partîmes. La nuit était très noire... Nous avions allumé des torches. Mais après avoir marché devant nous, durant une heure, les cris des blessés nous guidèrent mieux que la lumière lugubre de nos torches... Et, de temps en temps, nous bronchions, comme des chevaux peureux, sur des tas de cadavres d'hommes et de bêtes... Un moment, je me sentis arrêté, immobilisé au sol... Comme deux étaux de fer, je sentis deux mains qui m'avaient empoigné les chevilles ; comme deux crampons de fer, je sentis deux mains qui me montaient aux jambes, et s'y accrochaient, s'y incrustaient, tandis qu'une bouche, mordant le cuir de mes bottes, à pleines dents, s'efforçait de le déchirer, en grognant comme un chien... À mes cris, des soldats accoururent... Ils virent un blessé, les deux cuisses coupées, qui se tordait à mes pieds, sorte de grosse larve humaine... Et, ne pouvant lui faire lâcher prise, ils l'achevèrent à coups de chaussures et à coups de crosses de fusils sur le crâne... J'ai vécu là, je vous assure, une minute dont je suis impuissant à vous redire l'épouvante.

Il était devenu plus pâle ; ses prunelles se dilataient sous une impression d'horreur, et sa voix tremblait... Il poursuivit :

— J'avais le cœur défaillant... le cerveau ébranlé par toutes les secousses du délire... Voulant échapper aux autres visions de la nuit, j'eus la force encore de rassembler mes hommes... Je me disais, en écoutant les cris épars dans la plaine : Qu'ils crèvent !... Ah ! qu'ils crèvent tous ! Et je me disposais à rentrer au camp, lorsque, tout à coup, nous arrivèrent, sur notre droite, des clameurs, des hurlements, quelque chose de plus sauvage, quelque chose de plus forcené, que les appels de détresse déjà entendus... Malgré moi, pour ainsi dire, je me dirigeai vers l'endroit d'où ces cris semblaient partir... Et, brusquement, surgissant de l'ombre, éclairés par la lueur fauve des torches, je vis — ce n'était pas de la fièvre, ce n'était pas du cauchemar —, je vis dix, vingt, cent, deux cents hommes tout nus, et qui gesticulaient, grimaçaient, vociféraient, aboyaient, dansaient... Oui, en vérité, par ces vingt-cinq degrés de froid, des corps tout nus, montrant des faces sanglantes, des poitrines trouées, des plaies rouges, de larges balafres fermées par des caillots noirs... Quelques-uns rampaient, sautillaient sur des moignons saignants ; quelques autres étaient armés de revolvers et de sabres qu'ils brandissaient en hurlant... Et, se jetant sur nous qui venions à leur secours, et qu'ils ne reconnaissaient plus, ils criaient :

— N'approchez pas ! N'approchez pas !...

Ils étaient fous !...

Il ajouta, après un silence :

— Quelques coups partirent... Un de mes hommes tomba... Que faire ? Je rétrogradai... Pendant plusieurs heures, je restai, avec mon escorte, à quelque distance de ce groupe de damnés... Leurs clameurs s'exaltèrent encore... puis, peu à peu, elles diminuèrent... cessèrent... L'excitation de leur folie étant tombée, le froid les avait saisis... Au matin, ils étaient morts... Au matin, tous les blessés de la plaine étaient morts !

Il dit encore :

— Le lendemain, moi-même je fus blessé... une balle qui m'ouvrit l'articulation de l'épaule gauche... Par un prodige, je n'en mourus pas... Mais je ne sais si jamais je guérirai... Je vais partir pour le midi, où j'ai de la famille. Depuis que j'ai vu cela, je ne tiens plus à vivre... car ma vie est horrible... Le jour, la nuit, il m'est impossible d'éloigner de moi l'affreuse, la torturante hantise... Toujours... toujours, ce tronçon humain qui me mord les jambes !... Et toujours ces fous... ces pauvres fous !... Ah ! ces fous nus et sanglants, dans la nuit !... Vous ne pouvez pas savoir !... Et tenez, je me demande si je ne vais pas devenir fou... si je ne suis pas déjà fou !... J'aurais mieux aimé mourir là-bas !

Et pendant que, dans les rues de Pétersbourg, de Moscou, de Vilno, de Varsovie, de Lodz, de Batoum, pendant que, dans toutes les villes soulevées de son vaste empire[2], le tsar fait abattre son peuple par ses soldats, voilà ce qu'il fait de ses soldats en Mandchourie !

La Rue, n° 1, hiver 1905

Repris dans la *Revue de la paix*, 1905 ; le texte manuscrit est reproduit en fac-similé dans *les Cahiers d'aujourd'hui*, n° 9, 1922, pp. 155-156.

2. Allusion à la Révolution russe de 1905, et aux massacres perpétrés par l'armée tsariste, notamment le 22 janvier, lors du « dimanche rouge ». Mirbeau est alors très actif dans son soutien au peuple russe, aux côtés d'Anatole France, Pierre Quillard et Francis de Pressensé.

CHAPITRE V

DES EXISTENCES LARVAIRES

« La croupissante, l'immonde larve que je suis ».
« Souvenirs d'un pauvre diable », *Le Journal,*
28 juillet 1895.

« Admirable bétail humain, à qui jamais l'idée ne viendra de se rebeller contre quoi que ce soit ».
« En attendant l'omnibus », *Le Journal,*
27 septembre 1896.

Quand on considère le poids écrasant des institutions qui pèsent sur l'individu, faut-il s'étonner si, au lieu d'êtres sensibles et sensés, on obtient l'arrivée de « croupissantes larves » ?

Pourtant, le résultat n'est pas toujours garanti. Les artistes, les penseurs, les rebelles, plus largement tous ceux qui ont une forte personnalité et qui la forgent dans la résistance à toutes les forces d'oppression, parviennent à sauver un peu de leur liberté et de leur dignité. Mais ils se heurtent à la méfiance, aux soupçons — un artiste, c'est un peu un criminel, aux yeux de l'opinion publique, constate Mirbeau dans *Dans le ciel*, bien avant Thomas Mann. Ils sont donc souvent moqués, rejetés, voire persécutés par la foule (cf. *Paysages de foule*), quand ils ne servent pas carrément de boucs émissaires (cf. *La Vache tachetée, La Folle, La Vieille aux chats*).

Quant à la masse de ceux qui sont jetés au plus vite dans le monde du travail, ils ont une chance de trouver une planche de salut dans l'exercice de la lutte collective (cf. *Les Mauvais bergers*) et de gagner en solidarité ce que le salariat — contre-nature, aux yeux de Mirbeau et des anarchistes — leur fait perdre en facultés intellectuelles (cf. *Jour de congé, Le Nid d'abeilles*). Ils peuvent alors espérer limiter les dégâts du rouleau compresseur de « la formidable machine d'oppression et d'erreur qu'est l'organisation des sociétés humaines »[1]. Tous les autres, et c'est le plus grand nombre, ne sont plus qu'un troupeau abêti (cf. *En attendant l'omnibus*).

Reste la masse de ceux, petits paysans et petits bourgeois, qui sont, les uns trop esclaves de la terre, les autres trop attachés à un statut social pourtant bien dérisoire (cf. *Pour s'agrandir, Deux amis s'aimaient*), et tous trop aliénés, pour avoir conservé une étincelle de conscience. Si Mirbeau a gardé pour les premiers une certaine pitié, car, si durs, insensibles et « immoraux » que paraissent les paysans (cf. *La Justice de paix*), leur travail les anoblit, et leur abnégation

1. Paul Desanges, *Octave Mirbeau*, les Forgerons, 1916, p. 43.

l'émeut (cf. *La Mort du père Dugué, Les Bouches inutiles*),il n'a, au contraire, que mépris pour le petit bourgeois.

Qu'il soit prétentieux et beau parleur (*La Table d'hôte*), animé de bonnes intentions et de beaux principes (*Un administrateur*), ou de parfaits spécimens de néant intellectuel (*Les Deux amis, La Première émotion*), le petit-bourgeois se caractérise par son incapacité à penser, à imaginer et à sentir. Il se définit négativement, comme il apparaît dans l'éloge paradoxal du bourgeois-type que le triomphe de la République a érigé en modèle caricatural : « Nul ne représenta plus exactement l'idéal que l'économie politique, les gouvernements libéraux et les sociétés démocratiques se font de l'être humain, c'est-à-dire quelque chose d'impersonnel, d'improductif et d'inerte... quelque chose de mort, qui marche, parle, gesticule, digère, pense et paie, selon des mécanismes soigneusement huilés par les lois... quelque chose enfin de fondamental... qu'on appelle un petit rentier [...] Jamais non plus il ne voulut accepter un honneur, une responsabilité, dans la crainte d'avoir à payer cela par des obligations... des charges... des affections peut-être [...] Comme il sut écarter de sa maison les amis, les pauvres et les chiens !... Comme il sut préserver son cœur des basses corruptions de l'amour... son esprit des pestilences de l'art [...] et si les spectacles de la misère humaine ne lui inspirèrent jamais que le dégoût... en revanche les spectacles de la nature ne lui suggérèrent jamais rien... »[2] (cf. *Monsieur Quart*).

Monnier, Champfleury, Flaubert, Zola, Huysmans et Maupassant ont évoqué aussi, avant Mirbeau, ces existences desséchées, et si désespérément vides, d'êtres déshumanisés, qui ont perdu tout ce qui semblait devoir les rattacher au monde de la vie (cf. *La Première émotion*). Mais le regard de Mirbeau est encore plus corrosif et décapant ; et surtout, il a une fonction pédagogique. A la face de ses lecteurs du *Gil Blas*, de *L'Écho de Paris* ou du *Journal*, qui appartiennent en majorité à cette petite bourgeoisie qu'il ne cesse de

2. *L'Épidémie,* farce représentée au théâtre Antoine le 14 mai 1898.

fustiger, il renvoie une image d'eux-mêmes qui devrait — quel optimisme ! — obliger à réagir ceux qui ne seraient pas encore irrémédiablement contaminés par la contagieuse sottise des préjugés sociaux et des conformismes.

Tantôt il nous les présente dans ce qu'ils ont d'odieux (cf. *Monsieur Quart, La Mort du chien* etc.). Tantôt il souligne plutôt le caractère dérisoire et absurde d'existences si désertiques qu'elles en deviennent presque pitoyables (par exemple dans *Pour s'agrandir*). Tantôt encore il donne la parole à des petits bourgeois déchirés entre leurs aspirations et leur fonction sociale (cf. *Un poète local, Un raté, Le Petit vicomte*), assez lucides pour se rendre compte du néant de leurs vies, mais, comme Jean Mintié, l'anti-héros du *Calvaire*, trop longtemps émasculés pour espérer jamais rompre l'enchaînement rassurant des jours toujours pareils (cf. *Souvenirs d'un pauvre diable, Mémoires de mon ami* et *Dans le ciel*).

CONTES VRAIS

UN RATÉ

D'où venait-il ? Quelle avait été sa famille ? On ne savait. Il se montrait d'ailleurs très peu prodigue d'anecdotes et de souvenirs sur son enfance et sa jeunesse. Parfois il disait : « Quand j'étais clerc de notaire » ou bien « Quand je travaillais chez un agent de change »[1]. C'étaient les seuls et vagues renseignements qui lui échappassent dans ses causeries. On soupçonnait aussi qu'il avait dû voyager, car il parlait de la Russie comme s'il y eût séjourné longtemps, et l'Italie, l'Espagne semblaient ne pas avoir de secrets pour lui. Une chose paraissait à peu près certaine, c'est qu'il s'appelait Jacques Sorel. D'aucuns prétendent qu'autrefois il ajoutait volontiers la particule à son nom et que ses cartes de visite portaient une couronne de comte ; mais il ne s'était servi de l'une et n'avait lancé les autres que dans les restaurants, chez les demoiselles, en voyage.

Le plus singulier personnage qui fût au monde, ce Jacques Sorel. Vous l'avez certainement sinon connu, au moins coudoyé. Joli homme, de manières agréables, d'un esprit élégant et délicat, d'un très réel talent même. Il possédait tout ce qu'il faut pour réussir et pour arriver. Mais jusqu'alors il n'était arrivé qu'à gaspiller sa vie, on ne savait comment ; il n'avait réussi, on ignorait pourquoi, qu'à rouler

1. Mirbeau a lui aussi travaillé comme clerc de notaire et chez un agent de change. D'ailleurs, tout ce texte est une confession voilée.

de garnis en garnis, de dégringolades en dégringolades, dans de lamentables misères.

Il n'avait point de vices tyranniques à entretenir, pourtant, et si ses rêveries étaient grandes, modestes étaient ses besoins et ses appétits... Les femmes et le jeu — ces gouffres béants au fond desquels culbutent les forts et les faibles dans l'acharnée course aux plaisirs et aux vanités — étaient pour lui passions closes. Il détestait les débraillées paresses des brasseries et les longs désœuvrements des bohêmes vagabondes. Jacques Sorel travaillait beaucoup, se piquait d'une certaine tenue, affichait des dégoûts bien portés, professait des opinions mondaines orthodoxes. Son intelligence vive et souple, qui se pliait sans efforts aux travaux les plus différents, faisait de lui un homme utile et toujours utilisable. Partout il se trouvait à sa place, mais le malheur voulut qu'il ne trouvât de place nulle part. On pouvait lui demander un sonnet ou un bulletin de bourse, une chronique légère, un discours ou une brochure d'économie politique, la critique d'un tableau, d'un livre, d'une comédie, ou la rédaction des statuts d'une société financière. Il avait été dans le monde, où il s'était fait des relations qu'il entretenait de loin en loin ; pratiquait la Bourse, où il connaissait les banquiers ; apparaîssait dans les journaux, où il passait pour avoir un joli tour de plume, et, finalement, là où d'autres moins doués eussent, en quelques années, acquis de la réputation, des sympathies et de la fortune, Jacques Sorel n'avait jamais récolté que de l'obscurité, des inimitiés, de la misère et des dettes. D'où cela venait-il ? À quelles crapules ignorées attribuer la stérilité constante de ses efforts et de son talent si largement dépensé ? Dans quels abîmes cachés tombait donc cet argent qu'il devait gagner ? Autant de questions auxquelles on ne répondait pas, si ce n'est par ces mots blagueurs : « Ce n'est pas possible, ce garçon a des fuites. »

*
* *

Jacques Sorel, en ses heures de découragements — car il avait aussi des heures d'espoirs fous où il se bâtissait des fortunes, des succès et de la gloire —, m'avait dévoilé des coins de sa vie. Il mettait, dans le récit de ses confidences, je ne sais quelle humeur violente, je ne sais quelle verve âpre et triste, toute débordante des amertumes lentements amassées. Il disait :

— Cela vous étonne, n'est-ce pas ? Et vous êtes bien près de me mépriser, comme les autres ?... Oh ! vous avez raison. Vous ne savez pas... Et puis !... Voyons, suis-je un idiot ou un criminel ? C'est possible. Je ne le crois pas pourtant. Je suis sûr même que je vaux les autres, que je vaux mieux que les autres. Alors pourquoi ? Est-ce qu'on sait ! J'aperçois autour de moi, dans les lettres, un tas de médiocres qui toujours gagnent le gros lot à la loterie du succès. Ont-ils plus de talent que moi ? Non. À la Bourse, mes camarades n'ont qu'à se présenter aux banquiers pour ramasser les ordres et l'argent. Sont-ils mieux servis que moi par leur flair, leur souplesse, leurs connaissances spéciales, leurs relations ? Non. Suis-je laid, répugnant ? Alors pourquoi cette misère perpétuelle qui me harcèle ? Pourquoi, quand je tente de m'élever, ces formidables coups de poing qui me rejettent à terre, meurtri, déchiré, sanglant, les ailes cassées ? Poète ! on me rit au nez et l'on me renvoie à la Bourse. Homme d'affaires ! on me rit au nez et l'on me renvoie à la Muse.

Tenez, mon cher ami, quand j'étais tout jeune et timide — oh ! mon Dieu, comme je le suis resté —, moi ignoré, moi chétif, moi pauvre diable, je faisais déjà des réputations, j'édifiais des célébrités, je commençais des fortunes. Vivant dans cette bohême tapageuse et pillarde que vous connaissez, j'étais la chose du premier venu. L'un me demandait de lui écrire des vers, l'autre me suppliait de le remplacer pour une chronique ; pour tous j'ai fait des romans, des études d'histoire et de critique, j'ai replâtré des comédies et des drames. J'ai donné, à qui voulait, ce que j'avais d'enthousiasme, de force jeune, de verdeur, d'imagination. Mon âme passait dans les œuvres de ces mendiants, qui ne me faisaient même pas l'aumône d'un remerciement. Et tandis qu'ils s'élevaient au-dessus de la foule, tandis que le souffle qui leur arrivait de moi les poussait au succès ou à la fortune, moi bien souvent, le soir, je rentrais dans mon misérable logis sans feu, insulté par le concierge à qui je devais trois francs, le ventre et la poche vides, la cervelle bourdonnante ! Oui, parbleu ! c'était stupide et lâche ! Je n'avais qu'à dire non ! Mais je ne savais pas refuser, pas plus que je ne savais réclamer.

Et toute mon existence, vous entendez bien, a été ainsi la proie des autres. Je voudrais aujourd'hui reprendre mon bien ; je voudrais crier : "Mais ces vers sont à moi ; ce roman publié sous le nom de X... est à moi ; cette comédie est à moi." On m'accuserait d'être fou ou un voleur.

Les hasards de la vie m'ont jeté dans tous les milieux sociaux ; ils n'ont rien changé à mes habitudes et à ma destinée. Partout j'ai rencontré les mêmes hommes. Si je vous disais mon ami — ah ! cela est d'un comique douloureux —, si je vous disais que, ce matin encore, je n'ai pas déjeuné pour rendre service à un millionnaire ! Je vais tous les matins, gracieusement, chez cet homme, qui est un de nos députés les plus en vue. Ce que je fais chez lui, vous le pensez peut-être ! Sa correspondance, ses discours et ses courses. Mon Dieu, oui ! cet homme d'État ne dédaigne pas de me commander en même temps un discours éloquent sur la magistrature, et une commission pressée chez son confiseur, je veille à sa réputation oratoire et aussi à l'excellence de sa table. Moitié Egérie et moitié valet de chambre, comme vous voyez. Je gagne à cela de superbes promesses ; la direction d'une future entreprise qui toujours avorte, des participations à une foule d'émissions qui ne se réalisent jamais, toutes les rengaines connues, enfin. Or, ce matin, le député et moi nous sortons ensemble, ce qui est un grand honneur devant tenir lieu d'appointements. Il commence par me faire acheter trois journaux, qu'il n'a pas lus, et prie d'envoyer une dépêche à un électeur. Je n'avais que deux francs pour toute fortune, deux francs que je gardais comme un avare un trésor, deux francs qui devaient payer ce luxe que je ne me paye pas tous les jours, un déjeuner. Eh bien, j'ai dépensé ces deux francs, et je n'ai pas déjeuné. Il est vrai que je me console en pensant que je ne dînerai pas davantage.

Un autre jour, j'ai manqué une affaire et perdu les bonnes grâces d'un gros personnage parce que je n'ai pu me rendre à un rendez-vous, faute d'une chemise propre et d'un vêtement convenable. Vous ne savez pas ce que des bottines trouées m'ont fait perdre de bonnes occasions.

Voyez-vous, mon cher ami, il me monte parfois au cerveau des bouffées de haine folle ; je sens au cœur comme des besoins ardents de vengeance. Il me semble que la Commune n'a rien fait pour les désarmés et les faibles comme nous ; qu'il faut d'autre sang fumant dans les rues, d'autres rouges brasiers que ces petits feux de joie allumés aux Tuileries et à l'Hôtel de Ville. Mais ces odieuses idées de révolte s'effacent bien vite, et je n'en veux qu'à moi de mon éternelle bêtise et de mon invincible lâcheté.

*
* *

Il y a six mois, Jacques Sorel au milieu de ses plus grandes détresses, eut une chance inespérée, et il vint m'en faire part aussitôt.

— Je crois que je suis sauvé, me dit-il, tout rayonnant de joie.

Il me raconta qu'il avait pu rendre un important service à un célèbre financier allemand... Un de ces hasards comme il en avait tant eus dans sa vie.

— Il est enchanté de ce que j'ai fait, et m'a autorisé à venir chez lui, aux ordres, tous les matins. Vous voyez quelles affaires je vais avoir là-dedans. C'est la fortune, mon cher, tout simplement.

La fortune ! oui, cette fois, c'était la fortune ! Il gagnerait rapidement deux cent mille francs, paierait ses dettes et s'en irait très loin, dans un trou de campagne, près d'une jolie rivière bordée de saules et de peupliers, avec un gros chien pour compagnon. Il dormirait des journées entières au soleil, dans l'herbe grasse, loin de tout, loin des hommes, ne pensant à rien, heureux et libre, ayant son pain assuré pour le reste de sa vie.

Je lui souhaitai bonne chance.

Tous les matins, le pauvre diable alla chez le banquier allemand, mêlé dans l'antichambre, à la foule des remisiers qui le regardaient d'un œil louche. Le financier ne parut pas le reconnaître. Jacques subit toutes les rebuffades, tous les mépris, toutes les hontes que quelques-uns de ces heureux prodiguent parfois aux humbles et aux souffrants. Il ne se décourageait point. L'échine courbée, le visage aimable, il venait trois fois par jour présenter sa cote, attendant la chance et guettant la fortune. Un matin, le banquier leva vers lui ses yeux ternes et froids comme une pièce d'argent.

— Qui donc êtes-vous, monsieur ? lui demanda-t-il.

— Jacques Sorel, monsieur. Vous savez bien, Jacques Sorel qui...

— Ah ! oui !... Eh bien, monsieur, il est inutile de revenir. Nous n'avons pas d'affaires.

Jacques Sorel est mort l'autre jour à l'hôpital. Personne n'a suivi son pauvre convoi. Il s'en est allé, comme un chien, dormir, au hasard, dans la terre. Pas une larme, pas une fleur, pas une croix !

Paris-Journal, 19 juin 1882

NOCTURNE PARISIEN

Malgré le vent froid, malgré les menaces du ciel chargé de gros nuages, la terrasse du café est grouillante de monde. Pas une table qui ne soit occupée. Les cafés-concerts, le cirque, les théâtres ont vomi là le « gratin » de leur public. Partout les toilettes claires et des habits noirs : des demoiselles, empanachées comme des chevaux de cortège, ennuyées, malsaines et blafardes ; des gommeux ahuris, dont la tête se penche sur la boutonnière défleurie et qui mordillent le bout de leur canne, avec des gestes grimaçants de macaques. Quelques-uns, les jambes croisées pour montrer leurs chaussettes de soie noire brodées de fleurettes rouges, le chapeau légèrement renvoyé en arrière, dans un débraillé nonchalant et discret, sifflotent un air à la mode, — le refrain que, tout à l'heure, ils ont chanté aux Ambassadeurs, en s'accompagnant avec des assiettes, des verres et des carafes :

C'est le petit vin de Bordeaux,
Oh ! oh ! oh ! oh ! oh ! oh !
Qui fait la nique au Malaga
Ah ! ah ! ah ! ah ! ah ! ah !

La dernière lumière s'est éteinte à la façade de l'Opéra ; mais, tout autour, les fenêtres des cercles et des tripots flamboient, toutes rouges, pareilles à des bouches d'enfer. Sur la place, acculées au rebord du trottoir, des voitures de remise s'alignent, lamentables et rapiécées, sur une double file. Les cochers dormaillent, couchés sur leurs sièges ; d'autres, réunis en groupe, comiques sous des livrées de hasard, trop étroites pour leurs ventres rebondis ou trop larges pour leurs torses grêles, causent en mâchonnant des bouts de cigare et se racontent les gaillardes histoires de leurs clientes. On entend sans cesse la voix criarde des vendeurs de journaux pornographiques, qui passent et repassent, jetant au milieu d'un boniment croustillant le nom d'une femme connue, la nouvelle d'un scandale à sensation, tandis que des gamins, crapuleux et sournois, glissant comme des chats entre les tables, offrent des jeux de cartes transparentes et tirent de la poche de leur veston des photographies obscènes qu'ils découvrent à demi, pour fouetter les désirs qui s'endorment et allumer les curiosités qui s'éteignent. Et des petites filles, dont le vice précoce a déjà flétri les maigres visages d'enfant, viennent vous présenter des bouquets, en souriant d'un sourire équivoque, et en mettant dans leurs œillades et dans leurs gestes la savante et hideuse impureté des vieilles prostituées.

A l'intérieur du café toutes les tables sont prises. Pas une place vide. On boit du bout des lèvres un verre de champagne, on grignote un sandwich du bout des dents. Toutes les minutes, des curieux entrent, comme ils entrent tous les soirs, avant de monter au club ou de s'aller coucher, par habitude et par chic, pour compter les revenus et saluer les revenantes, et aussi pour voir « s'il n'y a pas quelque chose à faire ». Lentement et se dandinant, ils font le tour des groupes, s'arrêtent, en une pose étudiée, pour causer à des amis, envoient un rapide bonjour de la main, se regardent dans les glaces, remettent en ordre la cravate blanche dont un bout a débordé sur le pardessus clair, puis s'en vont, l'esprit orné d'une nouvelle expression d'argot demi-mondain et d'un rit nouveau, plus riches d'un potin cueilli au passage et dont leur désœuvrement vivra pendant tout un jour. Les femmes, accoudées devant un soda-water, leur tête veule — que vergètent, malgré la poudre de riz fraîchement remise, de petites hachures roses — appuyée sur la main long gantée, prennent des airs languissants, des mines souffrantes et rêveuses de poitrinaires. Elles échangent avec les tables voisines des clignements d'yeux maçonniques et d'imperceptibles sourires, tandis que le monsieur qui les accompagne, silencieux et béat, frappe à petits coups de canne la pointe de ses souliers.

La réunion est brillante, toute enjolivée de fanfreluches et de dentelles, de passequilles et de pompons, de plumes blondes et de lueurs de diamants. Tous sont à leur poste de combat, les jeunes et les vieux, les débutants au visage imberbe, les chevronnés aux cheveux blanchis, les dupes naïves et les hardis écumeurs. Et pourtant on ne s'amuse pas dans cette atmosphère chargée d'ennui, d'inquiétude et de parfums lourds. Mais on se montre, et cela suffit. Étrange public en vérité, et dont la vision vous laisse on ne sait quelle tristesse poignante — la tristesse qui est au fond de tous les plaisirs stériles, et qui hante comme un remords, sans cesse, les cervelles vides et les cœurs pourris. Situations fausses, irrégularités sociales, vices déréglés, basses cupidités, marchandages infâmes, toutes les fleurs corrompues naissent là, se confondent, s'étalent, grandissent et s'engraissent à la chaleur du fumier parisien.

Savez-vous quel est cet homme très entouré et qu'on écoute avec une sorte de respect ? Il a été valet de chambre. Son maître le chassa de sa maison parce qu'il avait volé. Il se fit croupier, exploita tous les bouges clandestins, devint, on ignore comment, caissier de cercle, gagna de l'argent, puis, habilement, pendant quelques années, disparut. Aujourd'hui, il possède des intérêts dans des maisons de jeu, des parts dans des écuries de courses, du crédit chez les agents de change, des chevaux et un hôtel où il reçoit. Il prête secrètement de l'argent à cent pour cent, à des demoiselles dans l'embarras, mais dont il connaît la beauté et la rouerie, à des gentlemen dont il achève la ruine, et tripote dans toutes les bonnes affaires et aussi dans toutes les mauvaises. Bref, généreux à ses heures, gai et bon garçon, il passe pour un homme honorable et toutes les mains lui sont tendues.

Et cet autre, énorme et joufflu, qui toujours rit et ne parle jamais. Un enfant, n'est-ce pas ? Dix-huit ans à peine. Il a une maîtresse avec laquelle il se montre au Bois, le lundi, et un professeur abbé, qu'il conduit au Lac, le mardi, dans la même voiture. Sa mère — une vieille folle — a ainsi compris son éducation, voulant que son fils menât de front les saintes croyances et les galantes aventures. Au demeurant, ivre tous les soirs, ne croyant ni à Dieu, ni à diable, ni à l'abbé, ni à la maîtresse, ni à la mère, et le monstre le plus parfait qui soit.

Un duc, celui-là, un duc porteur d'un des plus beaux noms de France, mais combien galvaudé ! Ah ! le joli duc ! le roi des pique-assiettes. Il entre timidement, regarde à travers son monocle, flaire un souper, s'installe et dévore du jambon et du pâté de foie gras. Il n'a peut-être pas dîné, le duc ; car, quoiqu'il n'y manque jamais, il est sans doute revenu bredouille de ses quotidiennes tournées au Café Anglais, à la Maison Dorée, chez Bignon, en quête d'un ami et d'un menu. Très bien avec les petites dames et les marchands de chevaux, il fait les commissions des unes et monte les bêtes des autres. Chargé de dire partout où il va : « Ah ! quelle femme charmante ; ah ! quelle admirable bête ! », il reçoit, en échange de ces services, quelques louis avec lesquels il paie son valet de chambre.

Encore un grand nom, peu à peu et irrémédiablement tombé dans la pourriture des métiers abjects et des proxénétismes cachés. Celui-là fut brillant autrefois, fier et respecté. Il garde encore, malgré l'embonpoint qui est venu, malgré la bouffissure des chairs et le boursoufflement des paupières, une allure de correcte élégance et un parfum de bonne compagnie. Dans les mauvais lieux et les sociétés bizarres où il opère, il joue le rôle rétribué que jouaient, il y a des années, les majors dans les tables d'hôte. Sa politesse et son éducation très décoratives, lui sont un capital qu'il exploite en perfection. Il sait tirer parti du déshonneur des autres aussi habilement que du sien, car nul mieux que lui ne s'entend à mettre ses malheurs conjugaux en coupe réglée.

Voulez-vous connaître le secret des splendeurs intermittentes de ce jeune homme à la barbe blonde, aux yeux de mouton, qu'on rencontre quelquefois menant au Bois, du haut de son phaéton, deux superbes steppeurs, et quelquefois aussi, entrant, la mine basse et la jaquette graisseuse, dans les gargotes à prix fixe ? Rien n'est plus simple. Est-il bien avec sa maîtresse ? Le phaéton et les poches pleines d'or. Sa maîtresse l'a-t-elle quitté ? L'omnibus, la gargote, et les différends à la justice de paix, avec sa blanchisseuse, pour une note de vingt francs qu'il ne peut payer.

Ce visage livide et plissé, encadré de favoris grisonnants, cette lèvre mince, cet œil éteint ? Ne riez pas. Il y a du sang dans cette histoire. Longtemps on eut peur et on s'éloigna. Mais, bast ! un vieux souvenir après tout. Et puis les mains de cet homme sont si belles, ses manières si élégantes, ses habits si bien coupés, sa vie si mystérieuse ! Un peu de sang n'ajoute-t-il pas un intérêt romanesque à l'étrangeté déjà si inquiétante et si attirante du personnage ?

Ah ! voilà certainement une bonne plaisanterie et qu'aime à raconter, en ses heures de gaîté, ce jeune homme si joli, à la moustache si joliment dessinée. Un jour, n'ayant plus le sou, et sa famille lui coupant les vivres, il eut l'ingénieuse pensée de faire croire à son repentir, quitta avec fracas une vieille maîtresse, et s'en revint à la maison paternelle. Une jeune fille, compagne de son enfance, l'adorait. Elle était riche. Il l'épousa. Mais le soir même du mariage, il emportait sa dot comme un voleur, et retrouvait sa vieille maîtresse. La jeune fille mourut de chagrin, quelques mois après, la petite sotte ! N'est-ce pas une délicieuse et bien spirituelle farce, plus délicieuse et plus spirituelle qu'aucune des farces de ce monde !

Et cet autre, dont on vante avec tant d'enthousiasme le goût d'artiste, et dont on admire si haut les superbes collections de bibelots anciens. Sans fortune connue, il dépense cent mille francs par an. Mais il a de précieuses relations dans le monde et dans le demi-monde, et chacun le consulte pour l'aménagement d'un hôtel ou d'un château, étant, dit-on, l'unique tapissier du siècle et le plus fertile en merveilleuses et rares imaginations. Il ne demande rien, sinon qu'on lui laisse choisir librement les fournisseurs, dont il aime à faire la fortune.

Et les complaisants, et les chassés des clubs, et les expulsés des courses, et les exécutés de la Bourse, et les étrangers, venus on ne sait d'où, qu'un scandale apporte et que remporte un autre scandale, et les vivants hors la loi et l'estime bourgeoise, qui pourtant s'adjugent des royautés parisiennes, devant lesquelles beaucoup s'inclinent ! Tous ils grouillent là, superbes, impunis et tarés, au milieu de naïfs et d'inconscients qu'ils exploitent et qu'attirent les séductions et les sourires engageants du plaisir !

Mais les figures pâlissent, les traits s'étirent, le sommeil gonfle et rougit les paupières. Ils abandonnent un à un les cabarets, las et inquiets, car savent-ils ce que demain leur réserve ; ce qui les attend chez eux, quelle ruine les guette, au fond de quel gouffre de misère et d'infamie ils sombreront, les pauvres diables ! Quelquefois un coup de pistolet creuse un vide dans la bande. Ne serait-ce pas leur tour demain ?

Le boulevard est maintenant désert. Un grand silence s'appesantit sur la ville qui dort. Seules les fenêtes des tripots luisent, pareilles à des yeux de bêtes géantes tapies dans la nuit.

Le Figaro, 31 août 1882.

LA JUSTICE DE PAIX

La justice de paix occupait, dans la mairie au rez-de-chaussée, une salle donnant de plain-pied sur la place. Rien d'imposant, je vous assure, et rien de terrible. La pièce nue et carrelée, aux murs blanchis à la chaux, était séparée en son milieu par une sorte de balustrade en bois blanc qui servait indifféremment de banc pour les plaignants, les avocats — aux jours des grands procès — et pour les curieux. Au fond, sur une estrade basse, faite de planches mal jointes, se dressaient trois petites tables devant trois petites chaises, destinées, celle du milieu à monsieur le juge, celle de droite à monsieur le greffier, celle de gauche à monsieur l'huissier. C'était tout.

Au moment où j'entrai, « l'audience » battait son plein. La salle était remplie de paysans, appuyés sur leurs bâtons de frêne à courroies de cuir noir, et de paysannes qui portaient de lourds paniers sous les couvercles desquels passaient des crêtes rouges de poulets, des becs jaunes de canards et des oreilles de lapins. Et cela faisait une odeur forte d'écurie et d'étable. Le juge de paix, un petit homme chauve, à face glabre et rouge, vêtu d'un veston de drap pisseux, prêtait une grande attention au discours d'une vieille femme qui, debout dans l'enceinte du prétoire, accompagnait chacune de ses paroles par des gestes expressifs et colères. Les bras croisés, la tête inclinée sur la table, le greffier, chevelu et bouffi, semblait fournir, tandis qu'en face de lui, l'huissier, très maigre, très barbu et très sale, griffonnait je ne sais quoi sur une pile de dossiers crasseux.

La vieille femme se tut.

— C'est tout ? demanda le juge de paix.

— Plaît-y, monsieur le juge ? interrogea la plaideuse en allongeant le cou, un cou ridé comme une patte de poule.

— Je vous demande si vous avez fini de jaboter, avec votre mur ? reprit le magistrat d'une voix plus forte.

— Pargué oui, mossieu le juge... c'est-à-dire, faites excuses, v'là l'histoire... Le mur en question, le long duquel Jean-Baptiste Macé accote ses...

Elle allait recommencer ses antiennes, mais le juge l'interrompit.

— C'est bien, c'est bien. Assez, la Martine, permis d'assigner. Greffier !

Le greffier leva lentement la tête, en faisant une affreuse grimace.

— Greffier ! répéta le juge, permis d'assigner... prenez note...

Et, comptant sur ses doigts :

— Mardi..., nous assignerons mardi... c'est cela, mardi ! À un autre.

Le greffier clignant de l'œil, consulta une feuille, la tourna, la retourna, puis, promenant son doigt de bas en haut, sur la feuille, il s'arrêta tout à coup...

— Gatelier contre Rousseau, cria-t-il ! sans bouger. Est-il là, Gatelier et Rousseau ?

— Présent, dit une voix.

— Me v'là, dit une autre voix.

Et deux paysans se levèrent, et entrèrent dans le prétoire. Ils se placèrent gauchement en face du juge de paix qui allongea ses bras sur la table et croisa ses mains calleuses.

— Vas-y, Gatelier ! Qu'est-ce qu'il y a encore, mon gars ?

Gatelier se dandina, essuya sa bouche du revers de sa main, regarda à droite, à gauche, se gratta la tête, cracha, puis, ayant croisé ses bras, finalement il dit :

— V'là ce que c'est, mossieu le juge... J'revenions d'la foire Saint-Michel, la Gatelière, ma femme, et pis Roussiau, ensemble. J'avions vendu deux viaux et, sauf vout'respect, un cochon, et dame ! on avait un peu pinté. J'revenions donc à la nuit tombante. Mé, j'chantais, Roussiau agaçait ma femme, et la Gatelière disait tout l'temps : « Finis donc, Roussiau, bon Dieu ! qué t'es donc bête ? qué t'es donc éfant ! »

Et, se retournant vers Rousseau, il demanda :

— C'est-y ben ça ?

— C'est ben ça ! répondit Rousseau.

— A mi-chemin, reprit Gatelier, après un court silence, v'là ma femme qui m'ont' l'talus, enjambe la p'tite hae, au bas de laquelle y avait un grand foussé. « Où qu'tu vas ? » que j'y dis. « Gâter de l'iau, » qu'è m'répond. « C'est ben ! » que j'dis... Et j'continuons nout'route, Roussiau et mé. Au bout de queuques pas, v'là Roussiau qui mont'le talus, enjambe la p'tite hae au bas de laquelle y avait un grand foussé. « Où qu'tu vas ? » que j'y dis. « Gâter de l'iau, » qu'y me répond. « C'est ben ! » que j'dis. Et j'continue ma route.

Il se retourna de nouveau vers Rousseau :

— C'est-y ben ça ? dit-il

— C'est ben ça ! répondit Rousseau.

— Pour lors, reprit Gatelier, j'continue ma route. J'marche, j'marche, j'marche, et pis, v'là que j'me retourne, n'y avait personne sus l'chemin. J'me dis : « C'est drôle ! où donc qu'ils sont passés ? » Et je r'viens sus mes pas : « C'est ben long, que j'dis. On a un peu pinté, ça c'est vrai, mais tout de même, c'est ben long. » Et j'arrive à l'endroit où Roussiau avait monté l'talus... Je grimpe la hae itout, j'regarde dans l'foussé : « Bon Dieu, que j'dis, c'est Roussiau qu'est sus ma femme ! » Pardon, excuse, mossieu le juge, mais v'là ce que j'dis. Roussiau était donc sus ma femme, sauf vout'respect, et y gigottait dans le foussé, non, fallait voir comme y gigottait, ce sacré Roussiau ! Ah ! bougre ! Ah ! salaud ! Ah ! propre à ren ! « Hé, gars, que j'y crie du haut du talus, hé, Roussiau ! Voyons, finis donc,

animal, finis donc ! » C'est comme si j'chantais. J'avais biau y dire de finir, y n'en gigottait que pus fô, l'mâtin ! Alors, j'descends dans le foussé j'empoigne Roussiau par sa blouse, et j'tire, j'tire. — Laisse-mé finir qu'y me dit. — Laisse-le donc finir qu'me dit ma femme. — Oui, laisse-mé finir, qu'y reprend, et j'te donnerai eune d'mi-pistole, là, t'entends ben, gars, eune d'mi-pistole ! — « Eune d'mi-pistole, que j'dis, en lâchant la blouse, c'est-y ben vrai, ça ? — C'est juré ! — « Donne tout d'suite. — Non, quand j'aurai fini. — Eh ben, finis.
Et moi, j'reviens sus la route.

Gatelier prit pour la troisième fois Rousseau à témoin.

— C'est-y ben ça ?

— C'est ben ça ! répondit Rousseau.

Gatelier poursuivit.

— V'entendez, mossieu l'juge, v'entendez... C'était promis, c'était juré !... Quand il eut fini, y revint avé la Gatelière sus la route, ous que j'm'étions assis, en les attendant. « Ma d'mi-pistole ? », que j'demandai. « D'main, d'main, qu'y m'fait, j'ai pas tant seulement deux liâs sus mè ! » Ça pouvait êt'vrai, c'té ment'rie là. J' n'dis rin, et nous v'l'a qui continuons nout'route, la Gatelière, ma femme, et pis Roussiau, ensemble. Mè, j'chantais, Roussiau agaçait ma femme, et la Gatelière disait tout l'temps : « Finis donc, Roussiau, bon Dieu ! qu't'es donc bête ! qu't'es donc éfant ! » En nous séparant, j'dis à Roussiau : « Attention, mon gars, c'est juré. » « C'est juré. » I'm'donne eune pognée d' main, fait mignon à ma femme, et pis, le v'là parti... Eh ben, mossieu l'juge, d'pis c'temps-là, jamais y n'a voulu m'payer la d'mi-pistole... Et l'pus fô c'est, pas pus tard qu'avant-z-hier, quand j'y réclamais mon dû, y m'a appelé cocu ! « Sacré cocu, qu'y m'a fait, tu peux ben t'fouiller. » V'là c' qu'y m'a dit, et c'était juré, mossieu l'juge, juré, tout c'qu'y a d'pus juré. »

Le juge de paix était devenu très perplexe. Il se frottait la joue avec sa main, regardait le greffier, puis l'huissier, comme pour leur demander conseil. Évidemment, il se trouvait en présence d'un cas difficile.

— Hum ! hum ! fit-il.

Puis il réfléchit quelques minutes.

— Et, toi, la Gatelière, que dis-tu de ça ? demanda-t-il à une grosse femme, assise sur le banc, son panier entre les jambes, et qui avait suivi le récit de son mari, avec une gravité pénible.

— Mé, j'dis ren, répondit en se levant la Gatelière... Mais, pour ce qui est d'avoir promis, d'avoir juré, mossieu l'juge, ben sûr il a promis la d'mi-pistole, l' menteux...

Le juge s'adressa à Rousseau.

— Qu'est-ce que tu veux, mon gars ? tu as promis, n'est-ce pas ? tu as juré ?

Rousseau tournait sa casquette d'un air embarrasssé.

— Ben, oui ! j'ai promis... dit-il... mais, j'vas vous dire, mossieu l'juge... Eune d'mi-pistole, j'peux pas payer ça, c'est trop cher... a ne vaut pas ça, vrai de vrai !

— Eh bien ! il faut arranger l'affaire... Une demi-pistole, c'est peut-être un peu cher, en effet... Voyons, toi, Gatelier, si tu te contentais d'un écu, par exemple ?

— Non, non, non ! Point un écu... La demi-pistole, puisqu'il a juré !

— Réfléchis, mon gars. Un écu, c'est une somme. Et puis Rousseau paiera la goutte, par-dessus le marché... C'est-y convenu comme ça ?

Les deux paysans se regardèrent, en se grattant l'oreille.

— Ça t'va-t-y, Roussiau ? demanda Gatelier.

— Tout d'même, répondit Rousseau, j' sommes-t-y pas d'z amis !

— Eh ben ! c'est convenu !

Ils échangèrent une poignée de main.

— À un autre ! cria le juge, pendant que Gatelier, la Gatelière et Rousseau quittaient la salle, lentement, le dos rond, les bras ballants[1].

La France, 24 juillet 1885

Recueilli dans *Lettres de ma chaumière* (pp. 75-85), et dédié à Guy de Maupassant ; et dans *Contes de la chaumière.*

1. Mirbeau a hésité longtemps avant de céder aux pressions de son éditeur Laurent, et de publier ce conte de prétoire. Il craignait en effet qu'il ne fût mal compris et qu'on l'accusât d'obscénité, à un moment où il a affaire à la justice.

LA TABLE D'HÔTE

Une grande pièce tapissée de papier imitant le bois de chêne. La table occupe presque toute la longueur de la pièce. Sur la table, entre les heures des repas, on voit toujours un huilier désargenté, des salières en verre ébréché, des assiettes de petits fours poussiéreux et des carafes à demi pleines d'eau. En face de la cheminée, une armoire de merisier pour le linge ; près de la fenêtre, un buffet, également en merisier, pour la vaisselle. Sur la cheminée s'élèvent deux vases dorés, soigneusement abrités sous des globes, et, sous des globes aussi, une pendule sans mouvement et qui marque toujours cinq heures. Le plafond noirci par la fumée des lampes, la glace terne et rayée sont couverts de chiures de mouches. Un portrait de Gambetta, ancienne prime de journal, quelques lithographies, représentant, de préférence, des scènes militaires du premier Empire, et parfois une caricature politique, cadeau d'un commis voyageur, décorent les murs.

La table d'hôte n'a que trois pensionnaires : le receveur de l'enregistrement, le receveur des contributions indirectes, celui que les cabaretiers appellent : le rat de cave, et les paysans : l'ambulant ; le troisième, récemment arrivé de Vendée, est le principal clerc de Me Bernard, notaire[1].

C'est un vieil homme fort râpé, qui sent la poussière des paperasses

1. Cf. *supra*, chapitre II, *La Mort du chien*, note 1.

et des dossiers ; pourtant il porte des bottes à l'écuyère et ne s'habille que de jaquettes en velours feuille morte, ornées de boutons de bronze représentant des attributs de chasse. Le principal clerc de Me Bernard a la passion de la chasse à courre, bien qu'il n'ait jamais chassé, mais il s'en console en citant à tout propos le nom des piqueux célèbres, des grands veneurs, et en sonnant de la trompe, chaque soir, après dîner, dans la petite chambre qu'il occupe à l'hôtel. Le jour de son arrivée, il a cru devoir faire sa profession de foi aux convives de la table d'hôte : « Je suis républicain, messieurs, il faut être juste en tout ; eh bien, pour sonner de la trompe, il n'y en a pas comme Baudry d'Asson[2]. »

Le receveur de l'enregistrement est un jeune homme rangé, triste, ponctuel et très propre. Il mange beaucoup et parle peu. On ne lui connaît pas d'autres distractions qu'une promenade d'une heure au bord de la rivière, dans la journée, et, le soir, la lecture des vers de M. Coppée[3] et des romans de M. Ohnet[4]. À une époque, il aimait à s'oublier parfois, au bureau de tabac, où trône la belle Valentine ; il lui prêtait *Serge Panine* et copiait pour elle quelques vers du *Passant*, mais on prétend que « ça n'a pas été plus loin ». D'ailleurs, depuis deux mois, il n'entre plus au bureau de tabac : « Je ne fume plus », dit-il mélancoliquement.

Le rat de cave, lui, est très gai, grand chasseur, et d'une mise presque négligée. Il arrive toujours pour dîner en tenue de chasse, avec ses guêtres boueuses, son pantalon et son veston de toile bleue,

2. Léon Baudry d'Asson, député légitimiste de Vendée de 1876 à 1914.

3. François Coppée (1842-1908), poète et auteur dramatique, chez qui l'influence romantique (dans ses pièces) se combine à celle du Parnasse (dans les premiers recueils de poèmes). Mirbeau se moque souvent de ses beaux sentiments qui font de la bien mauvaise littérature. *Le Passant*, comédie en vers, fut créée par Sarah Bernhardt en 1869.

4. Georges Ohnet (1848-1918), romancier à succès, auteur de *Serge Panine* (1881), et du *Maître de forges* (1882). Il incarne la médiocrité qui plaît au grand public.

maculés de sang. Le principal clerc le méprise un peu, parce qu'il trouve que la chasse au fusil manque de distinction et qu'il n'y a que « la chasse à courre pour être vraiment chic ». De là des discussions qui, la plupart du temps, dégénèrent en disputes. « Un perdreau ! s'écrie le principal, dédaigneusement, qu'est-ce que c'est que ça qu'un perdreau !... Parlez-moi d'un dix-cors, d'un sanglier, au moins cela signifie quelque chose » — « Et ta meute ! répond le rat de cave d'un ton froissé. Va donc, vieux limier ! Tu fais le pied dans les actes de ton patron, tu embûches les souris dans les cartons de l'étude ! »

Le rat de cave a sans cesse des aventures extraordinaires à raconter. Dans ses conversations il imite le chien à l'arrêt, le vol des perdreaux, le lièvre qui roule frappé à la tête d'un coup de plomb, les détonations du fusil, la pipée de la bécasse ; tous les objets qui se trouvent sous sa main lui servent à expliquer ses récits, à les rendre visibles.

— J'arrive dans un champ de luzerne (il pose au milieu de la table son assiette où restent encore quelques feuilles de salade)... Ça c'est le champ de luzerne... Suivez-moi bien... À côté, il y avait un bois... tenez... (il dispose près de l'assiette deux ou trois bouteilles)... ça c'est le bois... Attention !... Voilà que, tout à coup, dans la luzerne (il montre l'assiette)... tout contre le bois (il indique les bouteilles)... j'aperçois un lièvre au gîte... (il coule une croûte de pain sous les feuilles de salade)... voyez-vous, ça c'est le lièvre... un gros lièvre... énorme... Alors... (il se lève, se recule sur la pointe des pieds, doucement)... il rondissait l'œil... (il fait le geste d'épauler)... je ne me presse pas... (il vise la croûte de pain)... Pan !... pan !... Je cours... (il se précipite vers l'assiette, en retire la croûte de pain, et prend un air consterné)... C'était pas un lièvre !... non... c'était une casquette ! (il jette la croûte à terre, et la repousse du pied)... une casquette !... Ah ! ah !... J'en ris maintenant... mais sur le moment !... Une casquette !... Oh ! oh !...

Hormis ces trois pensionnaires qui mangent régulièrement à la table d'hôte, les autres convives se composent de commis voyageurs, d'étrangers de passage et de gros fermiers, les jours de foire seulement.

Jamais je n'oublierai le dîner que je fis là.

Il y avait autour de la table cinq ou six commis voyageurs et les trois pensionnaires qui, du couteau et de la fourchette, luttaient désespérément contre une carcasse invincible, carcasse inexpugnable. C'était, je vous assure, un lamentable spectacle. Je m'assis, très impressionné. En face de moi se trouvaient deux personnages assez bizarres qui attirèrent aussitôt mon attention.

L'un était grand, gros, avec des yeux ronds, très noirs, des moustaches énormes qui pendaient de chaque côté des lèvres, une bouche lippue et un triple menton qui s'épanouissait sur sa poitrine entièrement cachée par la serviette. L'autre, petit, maigre, d'un blond filasse, le visage rouge et glabre, était si grimaçant et si agité qu'on aurait pu le prendre pour un échappé de cabanon. Son œil droit, grand ouvert, très pâle, restait fixe et inerte comme l'œil d'un mort ou d'un aveugle. La paupière, fripée et sans cils, retombait sur l'œil gauche et le recouvrait entièrement. Et c'était une chose presque fantastique de voir ce petit homme qui, lorsqu'il voulait saisir un objet, ou parler à son voisin, du doigt levait la paupière paralysée jusqu'au sommet de l'arcade sourcillière, la retournait d'un geste brusque, découvrant ainsi l'œil, encadré d'une peau écorchée humide et sanguinolente.

Le gros voyageait pour les jouets d'enfants, le petit pour les gilets de flanelle.

Après avoir inutilement tenté de manger son poulet, après avoir juré, tempêté, appelé les bonnes, maudit l'établissement, le gros s'adressa au petit :

— Eh bien ! qu'est-ce que je t'avais dit, à Alençon, bougre de serin ? As-tu lu le journal ? L'as-tu lu ? C'est une infamie. Au

Tonkin[5], c'est comme en 70, on nous fiche dedans, les généraux trahissent. Tu connais ce Négrier ? Ah ! c'est du propre ! Un tas de canailles ! Tiens ! ce Courbet[6], il paraît qu'il est mort à temps.

Le petit leva sa paupière, grimaça et, regardant son compagnon :

— T'es sûr de cela, que les généraux trahissent ? dit-il, t'es sûr ?

— Pardi ! si je suis sûr, bougre de saint Thomas ! Oh ! on ne me la fait pas à moi ! Faudrait être plus malin... Je connais ça... Je te dis que c'est comme à Metz[7]. J'y étais, tu sais bien, à Metz, et partout... J'ai vu — il n'y a pas à dire que je n'ai pas vu — comment que ça se turbinait. Oh ! les canailles ! Mais t'as donc pas lu le journal ? Il frappa sur la table un formidable coup de poing. Les autres commis voyageurs parurent très intéressés ; les deux fonctionnaires, ayant terminé leur repas, se retirèrent sans dissimuler leur indignation. Il reprit, en élevant la voix :

— C'est comme ces deux mangeurs de budget, ces fainéants !... Ils ont bien fait de ne rien dire, parce que je leur aurais frictionné l'opportunisme, moi !... Certainement, les opinions sont libres, excepté celles des curés et puis des autres bonapartistes... Mais ce qui n'est pas libre, c'est de trahir !... Quand je pense à cela, ça me fout en rage... À Metz, j'y étais, tu sais bien, à Metz, et partout... Je les ai vus les généraux, les maréchaux, tout le tremblement. Des propres à rien qui ne sortaient pas des cafés ! Ils étaient saouls tout le temps... Et ça se gobergeait avec les Allemands, un tas de sales Bavarois !...

5. Allusion au désastre de Lang-Son : le 28 mars 1885, l'armée française se retire de la ville, attaquée par les Chinois, en y laissant ses canons... Le 30, lorsque la nouvelle parvient à Paris, le ministère Jules Ferry est renversé.

6. Amédée Anatole Courbet (1827-1885), amiral, avait imposé le protectorat français sur l'Annam, dirigé les troupes françaises d'Extrême-Orient, bombardé Fou-Zhou, occupé Taïran. Il était mort le 11 juin 1885, au cours de l'expédition.

7. Allusion à la capitulation de Bazaine à Metz le 27 octobre 1870 : les Prussiens y font 173 000 prisonniers et s'y emparent de 1 600 canons et 250 000 fusils. Le maréchal Bazaine sera condamné à mort pour trahison en 1873, mais sa peine sera commuée, et il parviendra à s'évader l'année suivante.

Tiens, Canrobert[8], le vieux Canrobert, veux-tu que je te dise ? Eh bien ! Canrobert, oui, messieurs, Canrobert, on était obligé de le remporter chez lui tous les jours, tellement il était poivrot !... C'était pas une fois que j'ai vu ça. C'est cent, c'est deux cents fois ! Et les femmes avec qui il faisait la noce, c'en était rempli partout, des traînées de Paris, des salopes de Bullier et du Cadet...[9] et laides, non, fallait voir !... Nous crevions de faim, nous ; mais elles, c'est des truffes qu'elles mangeaient... Ah ! les sales canailles !... Eh ben, au Tonkin, c'est tout pareil ! S'il n'y avait eu que ça, encore !... Les généraux, c'est bon pour boire et pour nocer, c'est dans le sang, c'est le métier qui veut ça, quoi ! Mais ils trahissent, tonnerre de Dieu !... Et puis qu'on ne vienne pas me dire qu'ils ne trahissaient pas, non, qu'on ne vienne pas me le dire... parce que moi qui te parle, moi, tu entends bien, moi, sacré mâtin, je les ai vu trahir ! Et pas une fois, non ! mais plus de cent fois, plus de mille fois !... oui, plus de deux mille fois !

Le petit était indigné, sa face maigre s'empourprait, devenait violette. Il se remuait sur sa chaise avec une agitation extraordinaire, montrait le poing à des personnages qu'on ne voyait pas, levait et baissait sa paupière au bord de laquelle son œil apparaissait furieux, se grattait la tête, frappait la table. Il bégaya :

— Les canailles ! Les canailles !... Mais comment qu'ils s'y prenaient, dis ? Comment qu'ils s'y prenaient pour trahir ?

— Comment qu'ils s'y prenaient ? répéta le gros en ricanant effroyablement. Comment qu'ils... Eh ben ! mais... ils trahissaient... Voilà comment ils s'y prenaient.

À cette explication imprévue, le petit lança un juron ordurier ; de

8. Cerrain Canrobert (1809-1895), maréchal, commandait le 6ᵉ corps pendant la guerre de 1870. Mais ses troupes étaient très inférieures en nombre aux troupes prussiennes, et il dut se replier sur Metz, où il fut fait prisonnier (cf. note 7).

9. Bals populaires.

la paume de la main, il se frappa la cuisse, puis, repoussant sa chaise en arrière, se balança pendant quelques secondes.

— Tiens, dit-il d'une voix frémissante de colère, causons plus de ça, hein ? Parce que ces choses-là, vois-tu, ça me met hors de moi... ça me fout malade...

Il y eut un silence de plusieurs minutes.

Après quoi, ils parlèrent littérature[10].

La France, 19 septembre 1885

Recueilli dans *Lettres de ma chaumière*, dédié à Jean-François Raffaelli et dans *Un Gentilhomme*.

10. Lorsqu'elle parut dans *La France*, cette *Lettre de ma chaumière* valut à Charles Lalou, le directeur du quotidien, une avalanche de protestations de toute la corporation des voyageurs de commerce, pour la plus grande joie de Mirbeau.

UN POÈTE LOCAL

L'homme qui entra était un grand diable, maigre, terreux et très voûté[1]. Ses vêtements usés, rapiécés, semblaient ne pas lui tenir au corps, tellement ils étaient nuisibles. Il avait un bâton d'épine à la main, et portait sur son dos une sorte de carnassière, dans laquelle je distinguai, à travers le filet à grosses mailles, des registres, des imprimés d'administration, un encrier et un morceau de pain. L'homme me salua à plusieurs reprises et me tendit une lettre. Voici ce que disait cette lettre :

« Monsieur et honoré confrère,

Je vous prie d'accueillir favorablement M. Hippolyte Dougère[2] qui vous remettra ce mot. C'est un jeune homme du plus brillant avenir et du plus beau talent. M. Dougère a composé plusieurs tragédies qui sont admirables — ni classiques, ni romantiques, ni naturalistes, mais admirables.

J'espère, monsieur et honoré confrère, que vous voudrez bien aider notre jeune poète à sortir de l'ombre, et à utiliser pour lui vos précieuses relations dans le monde du théâtre. Excusez mon indiscrétion,

1. Mirbeau rapporte une anecdote véridique, dont il fait le récit à Paul Hervieu, dans une lettre du 15 février 1884. Elle date de son séjour à Audierne.
2. Dans la réalité, le poète local s'appelle Frédéric Le Guyader (1847-1926).

mais c'est l'amour des lettres — je dis des belles-lettres — qui me met la plume à la main.

Agréez, etc.

JULES RENAUDOT,
Membre de la *Pomme*,
percepteur à X...[3]

P.-S. — Je connais tout particulièrement M. Monselet[4] et quelques-uns de ces messieurs. »

Quand j'eus achevé la lecture de la lettre de M. Renaudot, membre de la *Pomme*, percepteur à X..., l'homme me salua de nouveau et me dit, non sans quelque fierté :

— C'est moi, Hippolyte Dougère.

— Enchanté, monsieur. Puis-je vous être bon à quelque chose ?

— À tout, monsieur.

Je le priai de s'asseoir. Hippolyte Dougère salua encore ; il déposa sa carnassière et son bâton sur le plancher, entre ses jambes, puis, passant la main dans ses cheveux :

— Monsieur, dit-il, voici l'affaire... Je suis commis à cheval...

— Pardon ! je croyais que vous étiez poète ?

— Certainement, je suis poète ; mais je suis aussi commis à cheval... Trouveriez-vous par hasard que ces deux qualités sont incompatibles ?

— Nullement, monsieur... au contraire.

Il poursuivit :

— Je suis commis à cheval... C'est-à-dire que j'en ai le titre et

3. Dans la réalité, la lettre est signée « Salzac, percepteur à Pont-Croix ».

4. Charles Monselet (1825-1888), journaliste, érudit, gastronome, membre éminent de la Bohême littéraire. Mirbeau l'a connu lors de ses études à Paris en 1867 (cf. *Lettres à Alfred Bansard des Bois*, pp. 84-85).

que je n'en ai pas le cheval... Commis à cheval, sans cheval...[5] Dérision, n'est-ce pas ! ironie, antithèse ! car...

Notre cheval à nous, seigneur, ce sont nos jambes.

Et d'un geste de pitié, le poète me montra ses longues jambes étiques que terminaient des souliers lamentables, hideusement éculés.

— Mais il ne s'agit pas de cela, reprit Hippolyte Dougère... Si je vous dévoile ma profession — baillon, carcan, boulet —, ne croyez pas que je m'en vante... Oh ! non ! C'est uniquement pour vous dire : « Vous avez devant vous un commis à cheval, un rat de cave à cheval... »

Il prononça ce mot, en ricanant amèrement, comme s'il voulait résumer toutes ses protestations contre l'injustice des répartitions sociales.

— Vous avez devant vous un rat de cave à cheval, continua-t-il... Vous comprenez ce que cela signifie... C'est-à-dire un être faible, obscur, pauvre... Regardez-moi... Or, aujourd'hui, pour arriver, il faut être fort, connu, riche... Il faut surtout ne pas être rat de cave... Est-ce vrai !... Que voulez-vous qu'on pense de quelqu'un qui arpente, tous les jours, la campagne, des registres sur le dos, comme un fou... de quelqu'un qui compte des bouteilles de vin, des litres de trois-six dans les caves des cabarets... qui sonde les fûts, espionne les foudres, tape familièrement sur le ventre des barriques... oui, des barriques !... de quelqu'un qui sème partout les amendes et les procès-verbaux ? Pensera-t-on jamais qu'un tel misérable puisse écrire des tragédies ?... Je vous le demande... non ?... Eh bien ! j'en écris...

Hippolyte Dougère promena autour de lui un regard de défi.

— J'en écris, répéta-t-il d'une voix retentissante... Oui, monsieur, j'ai cette audace... Tragédies historiques, drames sociaux... la patrie,

5. Le Guyader était réellement rat de cave, c'est-à-dire receveur des contributions directes, mais, tout en étant censé être « à cheval », il était trop pauvre pour avoir un cheval.

l'humanité, l'indépendance, la revanche de l'individu contre l'étouffement de la société... voilà ce que j'écris !... tout cela, en vers, en vers libres.

— Et il y a longtemps, demandai-je, que vous écrivez des tragédies... en vers ?

— Longtemps ?... Depuis huit ans... Depuis que je suis marié... Alors, j'étais à Caen, employé à la direction... employé !... Savez-vous ce que c'est que d'être employé !... J'allais souvent dans un petit café-concert... j'y tombai amoureux d'une chanteuse comique... Elle était sage, cette chanteuse comique, — du moins, je le crois —, et je l'épousai... Voyez ce que c'est !... si j'avais été riche, comte, ou seulement coiffeur, cabotin, journaliste, je ne l'aurais pas épousée ; je l'aurais payée, ou elle m'eût payée, et j'en eusse fait ma maîtresse... Mais simple employé, c'est autre chose... Le mariage ou rien... quelle situation de troisième acte !... J'obligeai ma femme à abandonner son art, parce qu'on n'eût pas toléré, dans l'administration, que la femme d'un futur rat de cave, fût chanteuse comique... Était-ce mon droit ?... Ne devais-je pas plutôt me sacrifier ?... Enfin, je l'obligeai... Elle me chantait son répertoire... Oui, le soir, elle s'habillait avec ses anciens costumes... elle se mettait du blanc, du rouge, du noir... une fleur dans les cheveux... et elle chantait... dans notre petite chambre... pour moi !... pour moi tout seul !... Que cela était triste !... Un jour, elle désira que je lui fisse une chanson... Son répertoire l'ennuyait... elle soupirait après une création... Ah ! c'était une artiste !... Je me mis à la besogne... Je n'avais jamais fait de vers, jamais je n'avais aligné que des chiffres... Eh bien ! au bout de quinze jours, j'avais composé, non pas une chanson... non... pas une chanson... mais une tragédie !... Emporté par l'inspiration, d'une simple chanson, monsieur, j'étais arrivé à une tragédie !... Sous ma plume, le vers léger des gaudrioles se transformait en vers tragique... Là où j'avais voulu mettre des assonances cabriolantes, se dressaient les rimes au grand masque terrible !... Croyez-vous aux vocations ?... au coup de foudre des vocations ?... Moi, j'y crois...

Hippolyte Dougère respira un peu et ramena en arrière des mèches de cheveux qui pendaient sur son front. Il poursuivit :

— Depuis le moment où je m'étais révélé poète tragique... moi, simple employé, moi, futur commis à cheval... depuis ce moment, j'avais un devoir, le devoir de continuer... Je continuai... *Étienne Marcel*[6], *Louis XIV, Napoléon, Gambetta*... j'écrivis huit tragédies... huit ! Et ce n'est pas fini... Je les envoyai en bloc au Théâtre-Français, à l'Odéon, à l'Eden, au théâtre de Montmartre... partout, enfin, où il est reconnu que l'on représente des œuvres sévères, historiques... Je les envoyai avec les recommandations de mon ami, M. Renaudot... Une fois même, je crus devoir ajouter à ce patronage une requête des plus hauts imposés de la commune... Croiriez-vous qu'on me les a renvoyées, sans les lire !... le croiriez-vous ?... Sans les lire !... Et pourquoi ?... Parce que je suis rat de cave ?... Sans doute... mais il y a une autre raison... Monsieur, je touche au point délicat... écoutez-moi... Je ne suis pas de l'école de Belot, et ma muse ne se promène pas sur des éléphants, des zèbres, des hippopotames, des girafes, à travers des décors abyssiniens ; je ne suis pas non plus de l'école de Zola...[7] des cochonneries, fi donc !... Et cet Augier, dont on parle tant, qu'est-ce que c'est, je vous prie ? Un bourgeois... Et ce Coppée ?... le connaissez-vous ce Coppée qui s'en va rossignoler des romances au pied des statues hongroises !... et ce Delair ?... si cela ne fait pas pitié !... Il n'y a donc pas assez de théâtres pour lui en France ! il faut qu'il déborde sur la Belgique !... Quant à Victor Hugo, vous m'accorderez bien que ce ne sont que des mots... des mots qui ronflent... Moi aussi je ronfle, quand je dors, hé, hé... Mes tragédies, c'est autre chose... je remue les foules... Or, peut-on comprendre

6. Le Guyader a réellement écrit un *Étienne Marcel* (publié à Quimper en 1924). Les autres titres sont fantaisistes.

7. Le Guyader a effectivement déclaré à Mirbeau : « Je ne suis ni de l'école de M. Belot, ni de celle de M. Zola ». Belot est un auteur dramatique qui collaborait avec Daudet.

cela, un rat de cave à cheval qui remue les foules ?... Voilà la raison, monsieur... Effrayant dilemme, car enfin ou je dois continuer à remuer les foules, et il ne faut plus que je sois rat de cave ; ou je dois continuer à être rat de cave, et il ne faut plus que je remue les foules... Concluez !... Tenez, je vous apporte un fragment de ma dernière tragédie : *Le Masque de la Mort Rouge*...

— Vous avez sans doute pris le sujet dans le conte d'Edgar Poe ?

— Je n'en sais rien... j'ai vu cela quelque part... vous le lirez... et vous concluerez... Ah ! monsieur, je voudrais que vous me comprissiez... Certes, je suis connu dans ce pays, je puis même affirmer que je n'y manque pas de célébrité... Le journal de l'arrondissement écrit en parlant de moi : « Notre éminent compatriote, le poète Hippolyte Dougère... » Et puis après ? qu'est-ce que cela me fait ! Je ne suis toujours qu'un poète local, je n'ai qu'une réputation de clocher ! Être acclamé par ses parents, admiré par ses amis, porté en triomphe par des gens avec qui l'on vit, que l'on tutoie... que l'on coudoie à toutes les heures de la journée... la belle affaire !... Est-ce vraiment de la célébrité ?... Non !... ce qu'il faut, c'est l'admiration inconnue ; c'est se dire : à Moscou, à Calcutta, au Japon, à Lons-le-Saulnier, dans le Soudan, à Paris, il y a des gens que tu ne connais pas, dont tu ignores le nom, le sexe, le langage et la race, qui ne sont pas habillés comme toi, qui peut-être portent des dieux peints sur les fesses, adorent les lapins blancs et mangent de la chair humaine, des gens que tu ne verras jamais, dont tu n'entendras jamais parler... jamais, jamais... et qui t'applaudissent, et qui crient : « Vive le grand poète Hippolyte Dougère » !... Voilà la célébrité, la vraie, la seule... Mais comment faire ?... Voyons, monsieur, vous écrivez dans les journaux, par conséquent, vous êtes une force, vous avez de l'influence auprès des directeurs, des acteurs, vous connaissez Coquelin...[8] Que me faut-il de plus ?... Vous n'avez qu'un mot à dire, et toutes les portes me sont ouvertes... Mais lisez le *Masque de la Mort Rouge*... Vous verrez quel souffle, quelle ampleur, quelle portée sociale... Je reviendrai... Il ne se peut pas que vous laissiez agoniser le théâtre avec ce Victorien Sardou, ce... comment l'appelez-vous ?... Paillon, Pailleron... ce Jean Aicard...[9] Oh ! je les connais !... Je reviendrai... Et s'il faut donner ma démission, affronter la lutte... comptez sur moi... Je reviendrai... au revoir, monsieur, je reviendrai.

Hippolyte Dougère se leva. Il reprit son bâton et sa carnassière.

Je vis quelque temps, sur la route, son grand corps, maigre et voûté, qui se balançait tristement sur les pattes de faucheux.

Lettres de ma chaumière, 26 novembre 1885

Dédié à Joris-Karl Huysmans.

8. Coquelin (1841-1909), sociétaire de la Comédie-Française, dont Mirbeau a dénoncé la vanité. Il a eu maille à partir avec lui dans l'affaire du *Comédien* (*Le Figaro*, 26 octobre 1882).

9. Victorien Sardou (1831-1908), Édouard Pailleron (1834-1899) et Jean Aicard (1848-1921) sont des auteurs dramatiques à succès.

LE NID DE FRELONS

Madame Lechanteur, veuve d'un commerçant honorablement connu dans le quartier des Halles, avait quitté Paris, au début de l'été, avec sa fille, frêle et délicate enfant de quatorze ans, un peu triste, toujours un peu malade, et pour laquelle le médecin avait recommandé un séjour de plusieurs mois, au grand air, en pleine vie champêtre.

— De préférence la Bretagne, avait-il ajouté. Et pas tout à fait sur la côte, à cause des vents.

Après avoir longtemps et vainement cherché un endroit qui lui plût et convînt à sa fille, elle avait fini par trouver, à trois kilomètres de la ville d'Auray, sur les bords du Loch, une maison charmante et très ancienne, moitié ferme, moitié château, enfouie dans la verdure, et cependant ayant vue sur la rivière, par une large échappée dans les bois.[1] Ce qui la décida, c'est qu'il n'y avait pas de landes alentour, de ces landes mornes, comme elle en avait vu dans la campagne de Vannes et le pays Gallo, et qui lui serraient le cœur de tristesse et de peur vague. Et puis, le gardien qui l'accompagnait dans la visite domiciliaire, lui avait fait remarquer, en ouvrant les volets, que, du salon, aux heures du flot, on voyait passer les lougres, des goëlettes, et toutes les chaloupes du Bouno, petit port de pêche situé près de

1. Mirbeau décrit le site de sa maison de Kérisper, où il a habité à partir de juillet 1887.

là, au confluent du Loch et de la rivière de Sainte-Avoye. Elle s'installa donc à Toulmanach. Ainsi se nommait le propriété.

Avant de partir de Paris, madame Lechanteur avait congédié ses domestiques, se disant qu'en Bretagne elle en aurait autant qu'elle en voudrait, de tous les genres, et à meilleur compte. Sur la foi de quelques historiographes romantiques, elle avait même émis cette opinion :

— En Bretagne, ce sont des gens vertueux, fidèles et qui ne mangent rien ; des domestiques d'avant la Révolution !

Cependant, au bout d'un mois, quel désenchantement ! Elle avait eu douze bonnes, cuisinières et femmes de chambre, qu'elle avait été forcée, à peine arrivées, de renvoyer. Les unes volaient le sucre, le café, l'eau-de-vie ; les autres dérobaient le vin et s'ivrognaient comme des brutes. Toutes étaient d'une saleté repoussante. Celle-ci était plus insolente qu'une poissarde ; elle avait surpris celle-là avec le garçon de la ferme voisine. La dernière était partie volontairement, parce que, étant d'une congrégation, elle ne pouvait causer avec un homme, cet homme fût-il le facteur, le boucher, le boulanger, sous peine de péché mortel. Et madame Lechanteur se désolait. Obligée, le plus souvent de faire sa cuisine, son ménage, de se livrer à des besognes qui lui répugnaient, elle ne cessait de soupirer :

— Eh bien, voilà un repos !... Quelle plaie, mon Dieu ! que les domestiques !... Et ce sont des Bretonnes, ça ?... Des Bretonnes !... Jamais de la vie.

Elle alla compter ses peines à l'épicière.

— Voyons, madame, vous ne connaîtriez pas quelqu'un ?... une bonne fille... une vraie Bretonne ?

L'épicière hocha la tête.

— C'est bien difficile, madame, bien difficile... Le pays est très ingrat pour la domesticité.

Et, baissant les yeux, d'une voix timide, elle ajouta :

— Depuis qu'il y a de la troupe, surtout !... Ces militaires, voyez-vous... C'est bien sûr le diable qui les a amenés ici ! Ça les dévergonde ! Ça les dévergonde !

— Je ne puis pourtant pas me passer de bonne ! cria madame Lechanteur.

— Sans doute ! madame !... J'en connais bien une, une bonne fille, bonne cuisinière, très douce, quarante ans !... Nous l'appelons Mathurine Le Gorrec[2]... Seulement elle est un peu drôle, un peu toquée !... Elle est restée dix ans chez madame de Créac'hadic, votre voisine, sur la rivière...

— Mais, si elle est folle ? interrogea avec effroi madame Lechanteur.

— Folle n'est pas le mot, répartit l'épicière... Elle est faible de tête, voilà tout... mais bien adroite, et douce comme un agneau.

— Enfin, envoyez-la tout de même !... Il faut que j'en sorte !... Et puisqu'elle est douce!...

*
* *

Le lendemain, Mathurine Le Gorrec se présentait à Toulmanach, au moment où madame Lechanteur et sa fille achevaient de déjeuner.

— Bonjour, madame !... C'est sans doute votre fille, cette belle demoiselle !... Bonjour, mademoiselle !

Madame Lechanteur examina Mathurine. Celle-ci avait un aspect avenant, propre, l'air doux, le visage souriant, les yeux un peu étranges. Elle portait la coiffe des femmes d'Auray. Un petit châle violet, à franges, couvrait ses épaules ; une coquette guimpe de fine lingerie ornait son corsage. Sans doute l'examen fut favorable, car madame Lechanteur demanda avec sympathie :

— Alors, ma fille, vous désirez entrer ici comme cuisinière ?

— Mais oui, madame ! avec une belle dame comme madame !

2. Mirbeau s'inspire de sa propre cuisinière Marianne Boucher.

avec une belle demoiselle comme mademoiselle ! Moi, j'aime les bons maîtres !

— Vous avez été dix ans chez Madame Créac'hadic ?

— Dix ans, oui, madame... Une bien bonne dame !... Et très riche !... Elle avait un râtelier en or... Le soir, elle le mettait dans un verre d'eau, pour qu'il baigne... C'était très joli, très riche... Madame a sans doute un râtelier en or ?

— Non, ma fille ! répondit en souriant madame Lechanteur. Que savez-vous faire en cuisine ?

Mais les yeux de Mathurine étaient fixés sur le parquet, obstinément... Tout à coup, elle se baissa, s'agenouilla, et ramena au bout de ses doigts un fragment d'allumette.

— C'est une allumette, ça, madame !... c'est très dangereux !... Ainsi, madame, au Guéméné, une fois, un homme avait posé une allumette près d'un paquet de tabac... L'allumette prit feu, le tabac prit feu, la maison prit feu... Et l'on a retrouvé l'homme brûlé, sous les cendres, avec deux doigts de moins. C'est très vrai, ce que je dis à madame... Ce n'est pas un conte !...

— Oui, ma fille, mais que savez-vous faire en cuisine ?

— Madame, je prends deux oreilles de cochon, deux pieds de cochon, du persil haché... Et je fais cuire longtemps, longtemps !... C'est un commandant de marine, qui avait été au Sénégal, qui m'a appris cela... C'est très doux... Et ça cuit, madame, comme du beurre, comme de la paille... C'est très doux !...

Et regardant autour d'elle :

— Oh ! mais l'habitation est très jolie, ici... Il y a du bois !... Seulement, je tiens à prévenir madame que les bois sont dangereux... Il y a des bêtes dans les bois... Ainsi, madame, ce que je dis à madame est très vrai, ce n'est pas un conte... Ainsi mon père, un soir...

— Est-ce que vous n'avez jamais été malade ? interrompit madame Lechanteur, inquiète de ces propos incohérents.

— Jamais, madame... Ainsi la sonnette de madame de Créac'hadic

— une grosse sonnette — m'est tombée sur la tête... C'est très vrai ce que je dis à madame... Eh bien, je n'ai rien eu à la tête... Et c'est la sonnette qui n'a plus sonné !... Ce n'est pas un conte.[3]

Elle parlait d'une voix douce et chantante. Et cette douceur, et ce chantonnement tranquillisaient un peu la pauvre veuve, malgré le décousu et l'incompréhensible verbiage de la bonne. Et puis, elle était lasse de n'avoir plus un moment de répit, impatiente de jouir du plaisir de la campagne, d'avoir quelqu'un qui pût garder, elle absente, la maison. Justement, ce jour-là, elle avait projeté de faire une excursion en rivière, de visiter le golfe si gai du Morbihan, les dolmens de Gavrinis, l'île aux Moines. Elle avait loué un bateau qui l'attendait... L'heure de la marée passait... Elle engagea Mathurine. Et après lui avoir donné des ordres, pour le dîner, elle partit... On verrait plus tard.

*
* *

Il était huit heures du soir, quand, délicieusement fatiguées et ravies de leur promenade, elles débarquèrent, non loin de leur propriété, masquée à cet endroit par une élévation verdoyante de la rive.

— Je suis curieuse de savoir, dit gaiement madame Lechanteur, comment notre Mathurine se sera tirée de son dîner !... Nous allons peut-être manger des choses extraordinaires.

Puis reniflant légèrement.

— Comme ça sent le roussi ! fit-elle.

En même temps, au-dessus des arbres, dans le ciel, elle vit une colonne de fumée épaisse et noire qui montait. Et il lui sembla entendre des clameurs, des cris, des appels sinistres de voix humaines.

3. Mirbeau reproduit presque textuellement les propos incohérents de Marianne tels qu'il les rapporte à Paul Hervieu dans une lettre du 8 août 1887.

— Mais que se passe-t-il donc ? se demanda-t-elle prise d'angoisse... On dirait que c'est à Toulmanach.

Vite, elle escalada la rive, coupa par les bois, courut... Quelque chose rougeoyait entre les feuilles... Les clameurs se rapprochaient... Les cris se faisaient plus distincts. Et, tout à coup, aveuglée par la fumée, étourdie, bousculée, elle se trouva dans la cour et poussa un cri d'horreur. De Toulmanach, il ne restait plus rien que des murs effondrés, des poutres embrasées, des cendres rouges qui crépitaient et fumaient.

Toute souriante, avec sa coiffe blanche, son fichu violet et sa guimpe bien propre, Mathurine était auprès de sa maîtresse.

— C'est très curieux, madame, dit-elle... C'est un nid de frelons... Mon Dieu, oui, un nid de frelons.

Et comme madame Lechanteur restait là, hébétée, les yeux fixes, ne comprenant pas, Mathurine répondit de sa voix chantante :

— C'est un nid de frelons... C'est très vrai ! quand madame a été partie, j'ai visité la maison. Je suis montée au grenier... Un bien beau grenier qu'avait madame... Dans un trou de la charpente, il y avait un nid de frelons... C'est très méchant, cela, madame ; cela pique, ces petites bêtes... Au Guéméné, quand on trouve un nid de frelons, on les enfume... Et ils fuient tous. Et ils ne piquent plus... Alors j'ai apporté un fagot... J'ai mis le feu au fagot... le fagot a mis le feu à la charpente... la charpente a mis le feu à la maison qui était très belle. Et voilà !... Il n'y a plus de nid de frelons, il n'y a plus de maison... Il n'y a plus rien !

— Malheureuse !... misé... râla madame Lechanteur.

Et toute pâle, battant l'air de ses mains, elle défaillit entre les bras de Mathurine.

L'Écho de Paris, 29 octobre 1889

Reprise du « Nid d'abeilles » publié dans *Gil Blas*, le 16 août 1887 ; réutilisé dans *L'Abbé Jules*.

LES DEUX AMIS

L'histoire morale de M. Anastase Gaudon et de M. Isodore Fleury peut s'écrire en deux lignes. Employés dans le même ministère, ils avaient vécu côte à côte, pendant trente-cinq ans, sans passions, sans idées, sans brouilles, d'une même existence ponctuelle, paresseuse et léthargique. Ce qu'ils avaient pu avoir de jeunesse, jadis, avait tout de suite disparu dans le grand ensommeillement du bureau. La parité de leurs goûts inconscients, de leur travail mécanique, de leur néant, les avait liés par une habitude d'eux-mêmes en quelque sorte végétale, plus forte qu'une amitié raisonnée. De la vie qui s'agitait autour d'eux, ils n'avaient rien vu, jamais rien compris, rien senti. Incapables d'imaginer quoi que ce fût au-delà de soi, ils s'en tenaient à quelques préceptes de morale courante et d'honneur établi, qui constituaient, en leur esprit, toute la science et le but de l'existence humaine. Jamais un rêve « d'autre chose » n'avait pénétré leurs pauvres cervelles, réglées comme une montre par l'administration.

Une seule chose au monde les troublait, en leur constante quiétude : un changement de ministère. Et encore, les impressions indécises qu'ils en avaient étaient-elles le résultat de l'influence excitatrice du milieu, plutôt que de l'événement direct. Durant quelques jours, ils étaient inquiets, leur pouls battait plus vite ; ils s'élevaient jusqu'à la conception vague d'un renvoi ou d'un avancement possible. Et, le nouveau ministre installé, la paix revenue dans les bureaux, ils reprenaient aussitôt leur vie régulière et neutre de larve endormie. Les habitudes sédentaires, l'indigeste nourriture des crèmeries, jointes à la dépression cérébrale qui allait, chaque jour, s'accentuant, les avaient préservés des dangers spirituels ainsi que des besoins physiques de l'amour. Trois ou quatre fois, à la suite de banquets administratifs, ils avaient été entraînés dans de mauvaises maisons. Et ils en étaient sortis mécontents, plus tristes et volés.

— Ah ! bien, merci ! disait M. Anastase Gaudon... pour le plaisir qu'on a, vrai, c'est cher !

— Faut-il être bête ! opinait M. Isidore Fleury, pour dépenser son argent à ça !

— Mais qu'est-ce qu'on trouve de drôle à ça !... récriminait aigrement M. Anastase Gaudon.

Et M. Isidore Fleury déclarait, non sans dégoût :

— Quand je pense qu'il y a des hommes qui font ça tous les jours... et qui se ruinent pour faire ça !... Non, c'est incroyable !

Pendant plusieurs semaines, après ces fâcheuses aventures, ils pensaient à l'emploi meilleur et vraiment profitable qu'ils auraient pu faire de leur argent, et ils le regrettaient.

Il n'y eut point d'autre incident dans leur vie. Mais à mesure qu'ils avancèrent en âge, de nouvelles images hantèrent le désert si vaste et si vide de leur cerveau. Des rêves de repos, de campagnes lointaines s'insinuèrent en eux, indécis d'abord. Puis ils se précisèrent, peu à peu, davantage. M. Anastase Gaudon se voyait en manches de chemise dans un jardin. Il voyait des bêches, des pots de fleurs, une petite maison blanche, une levrette dansant, devant lui, sur ses pattes grêles. Son intelligence s'enrichissait de mille notions, de mille formes, auxquelles il n'avait pas songé jusqu'ici. M. Isidore Fleury, lui, suivait des rêveries en chapeau de paille, en veste de toile, et sur des fonds de saulaie, entre des nénuphars, il distinguait nettement un bouchon rouge s'en aller au bout d'une ligne, à la dérive des eaux profondes, avec d'énormes poissons, nimbés de poêles à frire.

*
* *

M. Anastase Gaudon prit, le premier, sa retraite. Il acquit, près de Bezons, un petit terrain et y bâtit une petite maison. M. Isidore Fleury acquit le terrain voisin, séparé seulement de celui de Gaudon par une simple palissade qu'interrompait un puits mitoyen. Une sente passait au bout de la palissade ; puis, à droite et à gauche, entre des champs dénudés, sans un arbre, des champs couverts alors de chaumes roussis, de gravats, et parsemés, çà et là, de maisons pareilles à des jouets d'enfant sur une table. Au loin, sur la détresse du ciel suburbain, brouillé de vapeurs lourdes, quelques cheminées d'usine crispaient leurs colonnes noires, et l'horizon, au-delà de la plaine tout endeuillée de la tristesse morne des banlieues, se confondait avec les nuages couleur de suie.

Ce fut M. Gaudon qui, expérimenté déjà dans la bâtisse, surveilla la construction de la maison de Fleury. Celui-ci venait le dimanche. La mitoyenneté du puits fournissait aux deux amis l'occasion de plaisanteries intarissables et harmonieuses.

— Nous aurons une femme de journée, mitoyenne ! disait Gaudon. Ce sera notre bonne mitoyenne... Nous aurons aussi un chien... mitoyen...

Et l'œil plus brillant, les pommettes enflammées, il pinçait son ami aux genoux, clamant :

— Ah ! sacré vieux Fleury, va ! Toi aussi, tu es mitoyen... tu es un ami... toyen...

A quoi Fleury, répondait en tapant sur l'épaule de Gaudon.

— Mitoyen... citoyen... ami... toyen... Est-il farce, ce sacré Gaudon !...

*
* *

Depuis deux mois, la maison de M. Fleury est bâtie. Elle est pareille à celle de Gaudon. Les deux jardins se ressemblent aussi. Ils ne diffèrent que par le choix des fleurs qui les ornent. M. Gaudon n'aime que les géraniums ; M. Fleury préfère les pétunias. Ils sont parfaitement heureux. Presque toute la journée, assis sur la margelle du puits mitoyen, ils ne se quittent pas, et rêvent à de vagues et réciproques améliorations. L'heure du coucher seule les sépare. Ils ont une bonne qui les satisfait par sa propreté et sa connaissance du mironton. Quant au chien projeté, ils en ont remis l'acquisition à l'année suivante. Tous les matins, en se levant, ils viennent s'asseoir à la margelle du puits.

— As-tu bien dormi ? demande M. Gaudon.

— Heu !... heu !... Et toi, as-tu bien dormi ?

— Ho !... Ho !...

Puis, M. Fleury regarde le prunier : une mince tige défeuillée et qui déjà se dessèche.

Et M. Gaudon contemple longtemps son cerisier qui n'a pas donné de cerises.

— C'est aujourd'hui vendredi, hein ? fait M. Gaudon.

— Oui... c'était, hier, jeudi...

— Et ce sera samedi, demain, par conséquent.

— Comme le temps passe, tout de même !...

— Oui, mon vieux Fleury !

— Oui, mon vieux Gaudon !

Les bras croisés, les yeux vagues, ils ont l'air de réfléchir à des choses profondes. En réalité, ils ne pensent à rien. Au-delà de la sente, la plaine est nue et jaune uniformément. La Seine coule, invisible, dans ce morne espace. Aucune ligne d'arbres, aucun bateau n'en dévoile le cours sinueux, perdu dans la monotonie plate et ocreuse du sol... Mais ils ne voient même pas cela... Parfois, un souvenir du ministère traverse leur esprit, mais déjà si lointain, si perdu, si déformé !... De ces trente-cinq années passées là, il ne leur reste de vraiment net que l'image imposante de l'huissier, avec sa chaîne d'argent...

— Oh qu'on est heureux d'être indépendant ! murmure de temps à autre M. Gaudon.

— Indépendant !... oui, oui ! c'est ça !... répond M. Fleury... Indépendant, chez soi... In-dé-pen-dant !...

Et ce mot qu'ils répètent, avec des temps entre les syllabes, tandis que s'étiolent ici les géraniums et, là, les pétunias, n'éveille en eux aucune autre idée correspondante.

Un soir, après le dîner, M. Gaudon propose :

— Il faudrait enfin peindre la palissade.

— Ah ! oui ! c'est ça ! répond M. Fleury... Et comment la peindrons-nous, la palissade ?

— En vert !

— Non, en blanc !

— Moi, je n'aime pas le blanc.

— Et moi, je déteste le vert... Le vert n'est pas une couleur !

— Pas une couleur, le vert ?... Et pourquoi dis-tu que le vert n'est pas une couleur ?

— Parce que le vert, c'est laid.

— Laid ?... le vert ?

Et M. Gaudon se lève, ému, très rouge et très digne.

— Est-ce une allusion ?

— Prends cela comme tu voudras.

— Fleury !

— Gaudon !

Et brusquement, M. Fleury s'emporte, gesticule et grimace.

— Je dis que le vert est laid... parce que j'en ai assez de tes tyrannies... Tu as bâti ma maison, tu as dessiné mon jardin, tu te mêles toujours de mes affaires... J'en ai assez de tes tyrannies...

— De mes tyrannies ?... souffle M. Gaudon... Mais tu es une canaille !

— Et toi, tu es un imbécile... une bête... une bête !...

— Monsieur Fleury !

— Monsieur Gaudon !

Tous les deux, visage contre visage, le poing levé, l'œil furieux, la bouche frémissante, ils s'injurient et se provoquent.

— Je vous défends, monsieur, de remettre jamais les pieds chez moi...

— Si vous osez me regarder en face... je... je...

*
* *

Le lendemain, dès l'aube, M. Gaudon commençait à élever un mur entre sa propriété et celle de M. Fleury... Ils vont plaider.

L'Écho de Paris, 18 août 1890

Repris dans *Le Journal*, le 22 mars 1896, sous le titre de « Deux amis s'aimaient » ; recueilli dans *La Pipe de cidre*.

LA PREMIÈRE ÉMOTION

C'était un vieux homme, un peu voûté, très doux, très silencieux, très propre, et qui, jamais, n'avait pensé à rien.

Sa vie était réglée mieux qu'une horloge, car il arrive que les horloges, quelquefois, s'arrêtent et se détraquent. Lui, jamais ne s'arrêtait, ni ne se détraquait. Jamais il n'avait connu la hâte d'une avance, l'émoi d'un retard, la fantaisie d'une sonnerie folle, dans son âme.

Il s'appelait M. Isidore Buche, était employé au ministère de l'Instruction publique. Chose curieuse et unique, il conservait, vieillard, la même place, les mêmes appointements, le même bureau, le même travail, que, jeune homme, lorsqu'il était entré dans la carrière administrative. Un avancement l'eût dérangé dans ses habitudes ; il était incapable d'en supporter l'idée, si l'idée lui en était venue. Mais il ne lui venait jamais aucune idée. L'intrusion, dans son existence, de quelque chose de nouveau, eût été pire pour lui, l'eût davantage effrayé que la mort.

M. Isidore Buche se levait à huit heures, hiver comme été, allait à son bureau, par les mêmes rues, sans s'attarder jamais devant une boutique, sans se retourner derrière un passant, sans baguenauder à suivre la marche alerte d'une femme, ou à contempler la joie d'une affiche sur un mur. Et, par les mêmes rues aussi, le soir, à six heures, il s'en revenait chez lui, du même pas mesuré, mécanique, toujours pareil. Frugalement, il prenait, dans sa chambre, un repas innommable que lui montait sa concierge, ressortait, achetait chez la même marchande, avec les mêmes gestes, le *Petit Journal*[1] qu'il emportait, sous le bras gauche, pour le lire, dans son lit, jusqu'à neuf heures. Après quoi, il s'endormait.

Il était bon, et ça lui était facile, n'ayant personne à aimer ; ni femme, ni enfant, ni parent, ni ami, ni chien, ni pauvre, ni fleur ! Il était bon, j'entends qu'il ne disait pas de mal de ses chefs ; n'avait jamais dénoncé un collègue ; supportait, sans jamais répondre, les bourrades et les insultes[2]. Par un singulier euphémisme, on disait de lui : « Ah ! quel brave homme que le père Isidore Buche ! » Le dimanche toute la journée, il travaillait — car ses appointements étaient modestes —, il travaillait à mettre au clair les comptes d'une vieille dame propriétaire, à Clichy, de cinq maisons d'ouvriers. Il avait soixante ans et jamais il n'avait pensé à rien.

*

* *

Jamais il n'avait pensé à rien. Et, pourtant, un jour, tout à coup, il s'étonna de voir dans l'air en allant à son bureau, quelque chose de très haut et qu'il ne connaissait pas. Il ne connaissaist ni le Louvre, ni Notre-Dame, ni l'Obélisque, ni l'Arc de Triomphe, ni le Panthéon,

1. Voir *supra*, chapitre I, *Enfin seul !*, note 1.

2. Variante dans *L'Écho de Paris* : « ... insultes/ Et, tous les matins, avec un sourire méthodique, en entrant au ministère, il serrait la main des huissiers ; et, tous les soirs, sans savoir pourquoi, il pleurait aux aventures terribles et si poignantes que raconte M. de Montépin aux tendres crémières. Mais ses émotions ne prévalaient pas contre la ponctualité de ses habitudes et, dans aucun cas, il ne les eût prolongées au-delà de l'heure réglementaire du dormir. Le samedi, vers quatre heures, au bureau tout à coup il s'écriait : « Ah ! messieurs, quel homme que ce Thomas Grita ? Et comme il écrit bien ! » C'étaient les seules opinions qu'on lui connût. Et encore ne les expliquait-il jamais. / Le dimanche... »

ni les Invalides ; il ne connaissait rien. Il avait passé auprès de ces divers monuments sans les regarder, sans les voir, et, par conséquent, sans se demander pourquoi ils étaient là, et ce qu'ils signifiaient. Il avait cependant, de leur présence médiate, un soupçon vague. Ces façades ouvragées, ces dômes, ces flèches, ces masses carrées de pierre, ces cintres ouverts sur le rêve du ciel, ces squares, ces horizons, ces trouées de rues, tout cela se fondait dans l'énorme néant qu'étaient, pour lui, la ville, la nature, toutes les choses, tous les êtres, en dehors de son bureau, de sa chambre, des huissiers du ministère, de sa concierge et du *Petit Journal*[3] ; mais ce quelque chose de soudain, d'inhabituel, qui barrait le ciel, qui déroutait ce néant, il ne pouvait pas ne pas le voir, et, le voyant, il ne pouvait pas ne pas y penser. Le *Petit Journal* lui apprit que c'était la Tour Eiffel[4].

Alors, son esprit travailla.

Tous les matins, avec des angoisses torturantes, il se demanda ce que c'était réellement que cette Tour Eiffel, à quoi elle pouvait servir et pourquoi elle s'appelait Eiffel. Ce fut le seul moment de sa vie où, dans son cerveau, s'agita une sorte d'intellectuel tumulte. Il eut la conscience d'une vie probable au-delà de la sienne, d'une vie possible par-delà celle de sa concierge, conscience vacillante et trouble où s'ébauchèrent des formes embryonnaires et des mouvements larveux correspondant à ces formes, et des bruits inharmoniques correspondant à ces mouvements. Mais cela lui faisait mal à la tête de songer à tant de choses. Avec une terreur, il disait, le matin aux huissiers du ministère : « J'ai encore vu la Tour Eiffel ! » Et le soir, avec la même terreur avivée par des ressouvenirs bibliques, il répétait à sa concierge : « J'ai encore vu la Tour de Babel ! » En lisant le *Petit Journal*[5], il

3. Variante dans *L'Écho de Paris* : « de sa concierge et de M. de Montépin... »
4. Le traité pour la construction de la Tour Eiffel fut signé le 8 janvier 1887. Son inauguration eut lieu le 31 mars 1889, à l'occasion de l'Exposition universelle.
5. Variante dans *L'Écho de Paris* ; « ... Il avait, en lisant M. de Montépin, de graves distractions... »

avait, maintenant, des distractions. Plusieurs fois, il s'était arrêté dans la rue, devant une affiche ; et il avait été surpris, un jour, par l'étrangeté du regard d'un passant. Et pressentant l'approche de quelques fantaisies indéterminées, un besoin sourd de s'évader, hors des cloisons de sa chambre, par delà les plafonds crasseux de son bureau, il s'effraya. Mais cet extraordinaire bouleversement de son être s'apaisa bientôt, la crise s'évanouit. Peu à peu, il recommença à ne plus rien dire, à ne plus rien voir, à ne plus rien entendre, à ne plus s'arrêter devant une affiche, à ne plus sentir la commotion d'un regard humain. Il retrouva le tic-tac régulier de son horloge intérieure. Et la Tour Eiffel se confondit avec le Louvre, Notre-Dame, L'Obélisque, l'Arc de Triomphe, le Panthéon, les Invalides, dans la brume intraversable dont s'enveloppaient la mort de son esprit et la mort de ses yeux. Il recommença de ne penser à rien.

*
* *

Il recommença de ne penser à rien. Et, pourtant, il lui arriva une chose inattendue et stupéfiante.

Une nuit, il rêva !

Il rêva qu'il pêchait à la ligne, au bord d'un fleuve.

Pourquoi ce rêve ? Jamais il n'avait pêché à la ligne.

Pourquoi un rêve ? Jamais il n'avait rêvé.

Ses nuits étaient aussi vides de rêves que de pensées ses jours. Il dormait comme il vivait : le néant. Le jour et la nuit, c'étaient les mêmes ténèbres morales qui se continuaient.

Cela lui parut un événement grave, un événement terrible, l'introduction d'un rêve dans sa vie nocturne, aussi grave et aussi terrible qu'avait été l'introduction d'une pensée dans sa vie diurne. Mais il ne chercha pas à s'expliquer le pourquoi de ce nouveau mystère.

La nuit suivante, il rêva encore.

Il rêva qu'il pêchait à la ligne. Oui, il se voyait assis, sur une berge, parmi des herbes odorantes et fleuries. Il tenait à la main une longue gaule de roseau. De l'extrémité de la gaule, pendait un mince crin brillant qui traversait l'épaisseur d'un bouchon rouge, flottant sur l'eau. De temps en temps, le bouchon sautillait sur la surface immobile et dure comme un miroir. Il tirait, de toute la force de ses deux poings réunis, au manche de la gaule. Le crin se tendait, la gaule ployait, et il restait ainsi des heures, faisant des efforts acharnés pour amener l'invisible poisson. Alors il se réveillait en sueur, à bout de force, haletant et, quelques minutes, dans le noir de la chambre qui s'illuminait de fantastiques, de phosphoriques carcasses de poisson, il gardait l'effroi de cette gaule ployée, de ce crin tendu, et de cette immobile surface d'onde que ne troublait aucun éclair d'ablette, aucun sillage de brochet, aucun remous autour du bouchon rouge.

Durant plusieurs mois, ce rêve le poursuivit, chaque nuit.

— Je n'en prendrai donc jamais ? se disait-il avec épouvante.

Car, tout le jour, il pensait à son rêve. Et il aurait bien voulu ne plus penser à rien.

*
* *

Il aurait bien voulu ne plus penser à rien. Et, pourtant, à force de penser à ce rêve, il prit la passion de la pêche à la ligne.

Pour aller à son bureau, M. Isidore Buche fit des détours, longea les quais, et s'attarda à regarder les pêcheurs. Lorsqu'il s'en revenait, le soir, il s'arrêta, devant un magasin, où étaient exposés, à la vitrine, des lignes, des gaules, des accessoires variés et charmants, dont il ne connaissait pas l'usage et qu'il eût voulu posséder. Il trouva un émotionnant plaisir à considérer la carpe, en carton doré, qui se balançait en haut de la devanture, pendue à un fil de soie. Et il se répétait, le cœur battant, les veines tout envahies par des ondes de sang plus chaud : « Je n'en prendrai donc jamais ! »

Un samedi soir, il s'enhardit, entra dans le magasin, fit de fastueuses emplettes, et rentra chez lui, en proie à une agitation insolite. Cette nuit-là, il ne dormit point. Le lendemain, au petit jour, il s'achemina, muni de gaules, de lignes, d'épuisettes, les poches bourrées de boîtes, de trousses, il s'achemina vers la Seine, qu'il longea jusqu'à Meudon. A Meudon, il choisit une place où l'eau lui sembla profonde, où l'herbe était douce. En préparant sa ligne, suivant les indications qu'on lui avait données au magasin, il se disait : « Voyons !... Voyons !... Je n'en prendrai donc jamais ! » Puis il lança sa ligne à l'eau...

Le matin était en fête, l'eau chantait doucement sur la rive, dans une touffe de roseaux. Sur la berge, des promeneurs flânaient et cueillaient des fleurs.

M. Isidore Buche suivait, sur la surface tranquille du fleuve, le bouchon rouge et bleu. Il avait les lèvres serrées, le cœur mordu par l'angoisse. Quelque chose de dur et de brûlant enserrait son crâne, classiquement couvert d'un large chapeau de paille.

Tout à coup, le bouchon frissonna, et, autour du bouchon, de petites rides apparurent sur l'eau, s'élargirent...

— Oh ! oh ! fit M. Isidore Buche, très rouge...

Le bouchon glissa plus fort sur l'eau, et disparut dans un léger bouillonnement.

— Oh ! oh ! fit-il, très pâle.

Et il sentit une secousse... Et, ayant tiré, il vit le crin se tendre, la gaule ployer ; son cœur battit comme une cloche de Pasques... Une sueur froide roula sur ses tempes... et il tomba, sur la berge... mort ![6]

Le Journal, 8 juillet 1894

Reprise du « Premier Poisson », publié dans *L'Écho de Paris* le 19 mai 1891 ; recueilli dans *La Pipe de cidre*.

6. C'est là l'idée balzacienne selon laquelle la pensée et l'émotion peuvent tuer ; voir notamment *Louis Lambert*.

UN ADMINISTRATEUR

Sur la côte bretonne, entre Lorient et Concarneau, est un village, Le Kernac[1].

Des dunes plates, mouvantes, où croissent de maigres pissenlits et des pavots cornus, séparent Le Kernac de la mer. Une crique, bien abritée des vents de sud-ouest, par de hautes murailles de rocs, rouges et carrés, pourvue d'une estacade et d'un quai, sert d'abri aux chaloupes de pêche, aux petits caboteurs fuyant le gros temps. Derrière le village, aux rues resserrées et dévalantes, les terrains ont un aspect désolé. Ce sont, dans une sorte de cuvette, formée par de circulaires coteaux de landes, des prairies marécageuses où, même par les plus secs étés, l'eau stagne, huileuse et noire. De ces prairies montent des émanations pestilentielles. L'humanité qui vit là, dans de sordides taudis, imprégnés de l'odeur des saumures et des pourritures de poisson, est chétive et douloureuse : hommes pâles et rabougris ; femmes spectrales d'une lividité de cire. On ne rencontre que des dos voûtés, d'ambulants cadavres, et, sous les coiffes, dans des visages blancs et fripés, de hagardes prunelles où brille l'éclat vitreux des fièvres, et que brûle le poison des dévorantes malarias. Tandis que l'homme, dans sa chaloupe mal gréée, court la mer, à la poursuite de l'improbable sardine, la femme cultive, comme elle

1. Village imaginaire.

peut, la terre marécageuse et le coteau de landes au-dessus, où çà et là, entre les touffes des ajoncs, apparaissent de tristes emblaves, ainsi que, sur des crânes de vieilles, des plaques de peau dartreuse. Il semble qu'une fatalité irrémédiable pèse sur ce coin de terre maudit, et, par les mornes soirs, par les soirs silencieux, on croit voir la mort passer dans l'air. C'est à l'automne, surtout, que la fièvre ravage cette population misérable[2]. Les êtres se recroquevillent davantage, se décolorent, se dessèchent, et meurent, pareils à des plantes malades frappées par un vent mauvais.

En cette atmosphère de cimetière, en cette irrespirable nature, il n'y avait qu'un seul homme, qui fût gras et joyeux, c'était le maire.

Ancien sardinier de Concarneau, il avait gagné, rapidement, une jolie fortune, et s'était retiré au Kernac, où il possédait quelques terres et une confortable maison, sur le coteau, le seul coin riant du pays, le seul où il y eût quelque chose qui ressemblât à des arbres, à de la verdure, à des fleurs, à un peu de vie. Les germes mortels de la malaria n'atteignaient pas à la hauteur où se dressait cette maison heureuse, et le vent du large ne laissait de son passage que la santé de sa forte salure et de ses vivifiants aromes.

Ce maire était un très excellent homme ; du moins, il passait pour tel dans le pays. Il ne demandait qu'à se dévouer à ses administrés. Et, de fait, il se dévouait immensément. C'est ainsi, que, avec la complicité du recteur[3], et en tondant, chaque jour, par des quêtes ingénieuses et de non moins ingénieux impôts, sur la misère des pauvres habitants du Kernac, il avait édifié une belle église en pierre blanche, puis une belle mairie Louis XIII, puis une belle maison d'école Louis XVI, où jamais aucun enfant ne fréquentait.

La commune était obérée, pliait sous le poids de ses dettes. Les gens étaient écrasés d'impôts, de centimes additionnels, de charges

2. Pendant son séjour à Kérisper, près d'Auray, en 1887-1888, Mirbeau a souffert des « fièvres » (paludisme).

3. Voir *supra*, chapitre IV, *Monsieur le Recteur* et *Après 1789 !*

multiples ; mais ils considéraient leur maire comme un saint, comme un héros, et cela soulageait un peu leurs souffrances. Lui se réjouissait dans ses bonnes œuvres, et il vivait en paix avec sa conscience, dans l'amour de ses concitoyens.

N'ayant plus aucun édifice à élever pour le bonheur du peuple, il songeait philanthropiquement à de vagues catastrophes, où il pût montrer toutes les bontés de son âme.

— Si, une épidémie effroyable, pouvait fondre, tout à coup, sur le village ? se disait-il... Oh ! comme je les soignerais, comme je les frictionnerais !... Ils meurent, c'est vrai... mais ils meurent, l'un après l'autre, avec une régularité monotone... S'ils pouvaient mourir, dix, vingt, trente d'un seul coup !... Oh ! comme je pourrais employer mon activité, mes qualités d'organisateur, mes tendresses pour ces pauvres diables !

En ces moments-là, il sentait battre dans sa propre poitrine l'âme d'un Jules Simon[4].

Un jour son rêve se précisa. C'était en 1885. Le choléra dévastait Marseille et Toulon[5]. Le maire se promenait un matin sur le quai du Kernac, et sa pensée, franchissant les mers et les continents, se pavanait parmi les cholériques de là-bas. Il évoquait les hôpitaux encombrés, les rues mornes, l'effroi des habitants, les corps tordus par l'horrible mal, le manque de cercueils, les grands feux qui brûlaient sur les places publiques, et il se disait :

— Ont-ils de la chance les maires de là-bas !... Moi, jamais je n'aurai de ces chances-là... Et que font-ils ? Rien... Ils perdent la tête, voilà tout. Ce ne sont pas des organisateurs. Ah ! qu'il me vienne une bonne épidémie, et l'on verra ! On ne me connaît pas !

4. Jules Simon (1814-1896), homme politique et philanthrope que Mirbeau n'a cessé de tyranniser ; voir notamment « Les Petits martyrs » et « Encore M. Jules Simon », *L'Écho de Paris*, 3 et 10 mai 1892.

5. Il y eut des centaines de victimes, dont la presse donnait une comptabilité quotidienne.

Et qu'est-ce que je demande ?... Rien... Je n'ai pas d'autre ambition que celle d'être utile !... La croix de la Légion d'honneur me suffira...

A ce moment, une chaloupe de Quiberon entra dans le port et vint s'amarrer au quai, contre la cale où le maire, arrêté, songeait à ces charitables songes.

Et, tout à coup, il sursauta :

— Oh ! mon Dieu ! cria-t-il.

Dans le fond de la chaloupe, un matelot était couché sur un piquet de filets, paraissant en proie à un mal indicible. Les jambes tordues, les bras crispés, le corps, tout entier, secoué par les hoquets, il poussait d'étranges plaintes, et d'étranges jurons. Le maire, très ému, interpella le patron de la chaloupe.

— Mais cet homme est malade !... Cet homme a le choléra !

— Le choléra ! dit le patron, en haussant les épaules... Ah ! oui !... un drôle de choléra !... Il est saoul ! le cochon !...

Le matelot continuait de se plaindre. Un spasme le prit. Il se souleva un peu sur ses poings et, la bouche ouverte, la tête ballante, la poitrine battue par des efforts intérieurs, il laissa échapper un long vomissement.

— Vite !... vite !... du secours !... vociféra le maire... C'est le choléra !... Je vous dis que c'est le choléra !... Le choléra est au Kernac !...

Quelques hommes s'approchèrent... D'autres s'enfuirent... Le maire commanda :

— De l'acide phénique !... Des étuves !... Qu'on allume des feux sur le quai !...

Et, malgré les protestations du patron qui répétait : « Puisque je vous dis qu'il est saoul ! » le maire sauta dans la chaloupe.

— Aidez-moi !... Aidez-moi !... N'ayez pas peur...

On souleva le matelot, on le débarqua. Porté par trois hommes, sous la conduite du maire, il fut promené, par toutes les rues du village, jusqu'à l'hospice.

— Qu'est-ce qu'il y a ?... Qu'est-ce qu'il y a ?... demandaient les femmes en voyant passer ce cortège insolite !

Et le maire répondait :

— Ça n'est rien !... Rentrez chez vous... Ça n'est rien !... N'ayez pas peur !... C'est le choléra !

Le femmes plus livides, à cette nouvelle, plus spectrales, se répandaient à travers le village, clamant, avec des grimaces d'effroi.

— Le choléra !... le choléra ! le choléra est ici !

Et pendant que tout le monde fuyait, le maire commandait d'une voix retentissante :

— Qu'on aille prévenir le recteur ! Qu'il fasse sonner les cloches !... Qu'on verse du chlore dans les rues !... N'ayez pas peur !... Qu'on allume des feux, comme à Marseille !

A l'hospice, le maire voulut soigner lui-même le malade... Il le débarrassa de ses vêtements, le nettoya de ses ordures... Et comme les sœurs étaient un peu pâles, ils les réconfortait :

— Vous voyez !... Je n'ai pas peur... Il ne faut pas avoir peur !... Ça n'est rien !... je suis là !...

Puis il étendit le corps dans un lit bassiné, le frictionna longtemps avec une brosse, lui posa, au long des flancs, sous les pieds, aux aisselles, sur le ventre, des briques chaudes.

Le matelot grognait, se démenait, repoussait les soins, repoussait les briques qui lui brûlaient la peau, exhalait des plaintes colères, mêlées à de gros jurons.

— Les crampes !... voilà les crampes !... Du rhum, vite !... ordonna le maire... Qu'on m'apporte une bouteille de rhum !... Il n'est que temps !... N'ayez pas peur !...

Il introduisit entre les dents du patient le goulot de la bouteille pleine de rhum. D'abord, le pochard parut ravi. Une expression de joie illumina sa figure.

— Na ! vous voyez ! fit le maire. Il revient à lui... Ça va mieux... Il n'y a que le rhum !

Et, d'un mouvement rapide, il redressa la bouteille toute droite, le goulot profondément enfoncé dans la bouche du matelot.

Tout à coup, le matelot suffoqua. Il fit de grands gestes. Un spasme lui secoua la gorge. Le liquide rejeté coula par la bouche, par le nez, avec un bruit de râle et d'étranges sifflements.

— Allons ! bois donc, avale ! sacré mâtin, dit le maire qui enfonça la bouteille plus avant dans la bouche...

Mais l'œil se convulsait, se renversait sous la paupière. Les membres rigides se détendirent, les gestes cessèrent... Le matelot était mort étouffé par le rhum.

— Trop tard !... prononça le maire d'une voix navrée...

Ce soir-là, le tambour de ville parcourut les rues du Kernac, et, tous les vingts pas, après un roulement, il lisait la proclamation suivante :

Aux habitants du Kernac

Mes chers concitoyens,

Le choléra est dans nos murs.

Il a déjà fait de nombreuses victimes.

Qu'on se rassure. Votre maire ne vous abandonnera pas. Il s'installe en permanence à la mairie, prêt à tous les événements, et bien résolu à vous disputer au fléau.

Vive Le Kernac !

Mais les rues étaient désertes, et, déjà, tous les habitants claquaient des dents au fond de leurs taudis fermés.

Le Journal, 5 août 1894

Reprise de « Paysages. Le Choléra » publié dans *L'Écho de Paris* le 6 septembre 1892 ; recueilli dans *Les vingt et un jours d'un neurasthénique* (chapitre XVIII).

MONSIEUR QUART[1]

On enterrait hier Monsieur Quart.

Ce fut une émouvante formalité.

Ne voulant pas me distinguer par une abstention unique qui eût été sévèrement jugée, en ce petit pays très impressionnable, très jaloux de son particularisme, je fis comme tout le monde, et j'accompagnai le vénérable Monsieur Quart à sa dernière demeure.

Au cimetière, sous une pluie de neige, fine et glacée, qu'accélérait obliquement un aigre vent du nord-ouest, M. le maire prit la parole, ce qui n'arrive jamais que dans les exceptionnelles occasions de la nécrologie locale, par exemple, à la mort d'un conseiller municipal, ou d'un chevalier du Mérite agricole.

Bien que par système, Monsieur Quart n'eût été rien de tel, et même que, par tempérament, il n'eût été rien du tout, personne ne fut étonné de ce considérable honneur ajouté à l'insolite pompe de ces funérailles, qui rappelaient celles de M. Thiers, en petit. On sentait que quelque chose de national planait au-dessus des liturgies plus humbles et des cortèges moindres.

Après avoir, d'une voix ânonnante et consécratoire, célébré toutes

1. Le nom de M. Quart doit naturellement rappeler celui de M. Thiers, incarnation du bourgeois sans cœur qui défend son « ordre » à coups de massacres.

les vertus privées de Monsieur Quart, M. le maire, en veine d'éloquence, conclut comme suit :

« Il ne m'appartient pas, Mesdames et Messieurs, de juger la vie de Monsieur Quart. D'autres, plus autorisés que moi, rendront à cet admirable concitoyen ce mérite et suprême hommage. Si Monsieur Quart, que nous pleurons tous, ne se signala jamais à la reconnaissance de ses compatriotes et de la Ville que, grâce à votre confiance, j'ai l'honneur d'administrer, par des libéralités matérielles, des actes directs de bienfaisance, ou par l'éclat d'une intelligence supérieure et l'utilité d'une coopération quelconque — pécuniaire ou morale — au développement de notre petite vie municipale, qu'il me soit permis néanmoins — et je crois être l'interprète des sentiments unanimes de notre chère population — qu'il me soit permis, dis-je, de rendre à la mémoire de Monsieur Quart la justice qui lui est due !

« Oui, Messieurs, Monsieur Quart, en qui je veux voir plus qu'un homme — un principe social — nous aura toujours donné l'exemple, le haut et vivifiant exemple d'une vertu — ah ! bien française celle-là ! — d'une vertu merveilleuse entre toutes, d'une vertu qui fait les hommes forts et les peuples libres : l'Économie !

« Monsieur Quart aura été, parmi nous, le vivant symbole de l'épargne... de cette petite épargne, courageuse et féconde, que nulle déception n'atteint, que nul malheur ne lasse et qui, sans cesse trompée, volée, ruinée, n'en continue pas moins d'entasser, pour les déprédations futures et au prix des plus inconcevables privations, un argent dont elle ne jouira jamais, et qui jamais ne sert, n'a servi et ne servira qu'à édifier la fortune, et à assouvir les passions... des autres.

« Abnégation merveilleuse ! Tire-lire idéale, ô bas de laine !

« Ce sera l'honneur de Monsieur Quart, dans une époque troublée comme la nôtre, d'être demeuré fidèle, *per fas et nefas*, comme dit le poète, à des traditions nationales et gogotesques, où notre optimisme se réconforte, si j'ose m'exprimer ainsi, car, comme l'a écrit un grand philosophe, dont je ne sais plus le nom : « l'épargne est la mère de toutes les vertus, et le principe de toutes les richesses nationales. »

« Et maintenant, Joseph-Émile Quart, adieu ! »

Malgré ses réticences et ses obscurités, ce discours me fut comme une soudaine illumination. Je compris tout de suite la signification humaine de Monsieur Quart, son importance sociale, et les sentiments correspondants de la foule qui l'admirait et le pleurait, comme un héros. Tout cela me parut d'un enchaînement solide et d'une implacable logique. Je trouvai Monsieur Quart harmonique à la foule, la foule harmonique à Monsieur Quart, et le maire harmonique à celui-là et à celle-là ! Et je rougis de ne pas avoir compris cela plus tôt !...

Monsieur Joseph-Émile Quart était d'une construction physique lumineusement évocatrice de son âme. Courtaud, gras et rondelet, il avait, entre des jambes grêles, un petit ventre bien tendu, sous le gilet ; et son menton, sur le plastron de la chemise, s'étageait congrûment, en un triple bourrelet de graisse jaune. Sous ses paupières boursoufflées, ses yeux jetaient l'éclat triste et froid d'une pièce de dix sous.

Il représentait exactement l'idéal que l'Économie politique, les gouvernements libéraux et les sociétés démocratiques se font de l'être humain, c'est-à-dire quelque chose d'absolument impersonnel, improductif et inerte ; quelque chose de mort qui marche, parle, digère, gesticule et pense, selon des mécanismes soigneusement calculés... quelque chose, enfin, qu'on appelle un petit rentier[2] !

Et je revis Monsieur Quart sortant de sa maison, chaque jour, à midi, descendant, sur le trottoir de gauche, la rue de Paris, allant jusqu'au quarante-cinquième arbre, sur la route de Bernichette ; puis rentrant chez lui, par le trottoir de droite, ayant fait le même nombre de pas que la veille, et n'ayant dépensé de mouvements musculaires et d'efforts cérébraux que ce que pouvait lui en permettre le petit

2. Tout cet éloge du bourgeois-type sera repris dans *L'Épidémie*.

compteur intérieur, réglé et remonté par l'État chaque matin, qui lui tenait lieu d'âme !

La foule s'écoula lentement, du cimetière, en proie à une tristesse visible. Je rejoignis le maire qui s'essuyait la bouche, encore enduite de la salive épaisse de ses paroles. Nous jetâmes une dernière pelletée de terre gelée dans la fosse où l'on avait descendu le cercueil de Monsieur Quart. Et nous revînmes ensemble vers la ville.

— Oui, mon cher monsieur, me dit le maire, notre Quart fut un héros, et l'on élève des statues à ces gens qui ne le valent pas ; à des écrivains, par exemple, à des philosophes et des savants qui troublent la vie des hommes et la compliquent d'inutiles pensées, et de gestes plus inutiles encore... Il y aurait eu bien plus à dire, sur la tombe de cet admirable Monsieur Quart, que ce que j'ai dit... Mais que voulez-vous !... Cette foule n'aurait rien compris !... Ce qui me touche dans le cas de Monsieur Quart, c'est que jamais il ne goûta la moindre joie, jamais il ne prit le moindre plaisir... Même au temps de sa richesse, il ne connut — ce que les plus pauvres des mendiants connaissent parfois — une heure de bon temps. Il se priva de tout et vécut, à côté de son argent, plus misérable et plus dénué que le vagabond des grandes routes... Dans ses promenades quotidiennes, il ne dépassait pas le quarante-cinquième arbre de l'avenue de Bernichette. De même, dans toutes les directions de la connaissance et de la fantaisie humaine ; il n'a point dépassé le quarante-cinquième arbre. Il ne voulut accepter ni un honneur, ni une responsabilité quelle qu'elle fût, dans la crainte d'avoir à payer cela par des obligations et des charges qui l'eussent distrait de son œuvre. Il économisa !... Il épargna !... Voilà son œuvre !... Rien ne l'arrêta, ni les vols domestiques, ni les conversions de la Rente, ni les catastrophes financières !... Et comme il avait, en toutes choses, des idées justes et saines !... Un jour, il me vit donner un sou à un pauvre qui semblait mourir de faim. « Pourquoi donner de l'argent aux pauvres ? me dit-il... Vous encouragez leurs vices, vous facilitez leurs instincts de gaspillage et de débauche... Croyez-vous donc que les pauvres économisent ?... Ils boivent, mon cher Monsieur, ils boivent votre argent !... Moi, je n'ai jamais rien donné... Jamais je ne donnerai rien... » Il avait de ces paroles profondes !...

Le temps laissé à l'admiration, et il ajouta :

— En effet, Quart conforma rigoureusement sa conduite et ses principes de morale sociale... Il ne donna jamais rien... On lui prit tout... Les Lots turcs, le Panama et d'autres choses !... Il est mort ruiné !... S'il avait vécu plus longtemps, nous eussions été obligés de le prendre à l'hospice, comme un indigent !... Quelle admirable existence !...

Nous étions arrivés devant la porte du maire, qui, me serrant la main, conclut mélancoliquement :

— Gambetta a dit que les temps héroïques étaient passés !... Eh bien ! il ne savait pas ce que c'est qu'un petit rentier.

Le Journal, 3 février 1895

Reprise de « Monsieur Bœuf » dans *L'Écho de Paris* le 31 janvier 1893 ; repris dans *L'Écho de la Semaine* le 19 février 1893 ; utilisé dans *L'Épidémie* (1898) ; recueilli dans *La Pipe de Cidre*.

LES SOUVENIRS D'UN PAUVRE DIABLE

I

Ces pages que j'écris ne sont point une autobiographie selon les normes littéraires.

Ayant vécu de peu, sans bruit, sans nul événement romanesque, toujours solitaire, même dans ma famille, même au milieu de mes amis, même au milieu des foules un instant coudoyées, je n'ai pas la vanité de penser que ma vie puisse offrir le moindre intérêt, ou le plus petit agrément, a être racontée.

Je n'attends donc, de ce travail, nulle gloire, nul argent, ni la consolation de songer que je puisse émouvoir l'âme de quelqu'un.

Et pourquoi quelqu'un sur la terre se préoccuperait-il du silencieux insecte que je suis ? Je suis, dans le monde qui m'entoure de son immensité, un trop négligeable atome[1]. Volontairement, ou par surprise, je ne sais, j'ai rompu tous les liens qui m'attachaient à la solidarité humaine ; j'ai refusé la part d'action, utile ou malfaisante, qui échoit à tout être vivant. Je n'existe ni en moi, ni dans les autres, ni dans le rythme le plus infime de l'universelle harmonie. Je suis

1. Souvenir des *Deux infinis* de Pascal, que Mirbeau cite souvent.

cette chose inconcevable et peut-être unique : rien ! J'ai des bras, l'apparence d'un cerveau, les insignes d'un sexe ; et rien n'est sorti de cela, rien, pas même la mort ! Et si la nature m'est si persécutrice, c'est que je tarde, trop longtemps sans doute, à lui restituer ce petit tas de fumier, cette mince pincée de pourriture qu'est mon corps, et de tant de formes, charmantes, qui sait ?... tant d'organismes curieux attendent de naître, pour perpétuer la vie dont, en réalité, je ne fais rien, sinon que l'interrompre. Qu'importe donc si j'ai pleuré, si, du soc de mes ongles, j'ai parfois labouré ma sanglante poitrine !... Au milieu de l'universelle souffrance, que sont mes pleurs ? Que signifie ma voix déchirée de sanglots ou de rires, parmi ce grand lamento qui secoue les mondes affolés par l'impénétrable énigme de la matière ou de la divinité ?

Si j'ai dramatisé ces quelques souvenirs de l'enfance qui fut mienne, ce n'est pas pour qu'on me plaigne, qu'on m'admire ou qu'on me haïsse. Je sais que je n'ai droit à aucun de ces sentiments dans le cœur des hommes. Et qu'en ferais-je ?

Est-ce la voix du suprême orgueil qui parle en moi, à cette minute ? Tentai-je d'expliquer, d'excuser par de trop subtiles et vaines raisons la retombée de l'ange que j'aurais pu être, à la croupissante, à l'immonde larve que je suis[2] ? Oh ! non ! je n'ai pas d'orgueil, je n'ai plus d'orgueil ! Chaque fois que ce sentiment a voulu pénétrer en moi, je n'ai eu, pour le chasser, qu'à porter les yeux vers le ciel, vers ce gouffre épouvantant de l'infini, où je me sens plus petit, plus inaperçu, plus infinitésimal que la diatomée perdue dans l'eau vaseuse des citernes. Oh ! non, je le jure, je n'ai pas d'orgueil.

Ce que j'ai voulu, c'est, en donnant à ces quelques souvenirs une forme animée et familière, rendre plus sensible une des plus prodigieuses tyrannies, une des plus ravalantes oppressions de la vie — dont je n'ai pas été le seul à souffrir, hélas ! — : l'autorité paternelle[3]. Car

2. Nouveau souvenir de Pascal : « Qui veut faire l'ange fait la bête ».
3. La même idée est exprimée dans *Dans le ciel* (L'Échoppe, Caen, 1989).

tout le monde en a souffert, tout le monde porte en soi, dans les yeux, sur le front, sur la nuque, sur toutes les parties du corps où l'âme se révèle, où l'émotion intérieure afflue en lumières attristées, en déformations spéciales, le signe caractéristique, l'effrayant coup de pouce de cette initiale, de cette ineffaçable éducation de la famille. Et puis, il me semble que ma plume, qui grince sur le papier, me distrait un peu de l'effroi de ces poutres, d'où quelque chose de plus lourd que le ciel du jardin pèse sur ma tête. Et puis, il me semble encore que les mots que je trace deviennent des êtres, des personnages vivants, des personnages qui remuent, qui parlent, qui me parlent — oh ! concevez-vous la douceur de cette chose incompréhensible ! — qui me parlent !...

J'ai aimé mon père, j'ai aimé ma mère. Je les ai aimés jusque dans leurs ridicules, jusque dans leur malfaisance pour moi. Et, à l'heure où je confesse cet acte de foi, depuis qu'ils sont tous les deux là-bas, sous l'humble pierre, chairs dissolues et vers grouillants, je les aime, je les chéris plus encore, je les aime et je les chéris de tout le respect que j'ai perdu. Je ne les rends responsables ni des misères qui me vinrent d'eux, ni de la destinée indicible que leur parfaite et si honnête inintelligence m'imposa comme un devoir. Ils ont été ce que sont tous les parents, et je ne puis oublier qu'eux-mêmes souffrirent, enfants, ce qu'ils m'ont fait souffrir. Legs fatal que nous nous transmettons les uns aux autres, avec une constante et inaltérable vertu.

Toute la faute en est la société qui n'a rien trouvé de mieux pour légitimer ses actes et consacrer, sans contrôle, son suprême pouvoir, surtout pour maintenir l'homme servilisé, que d'instituer ce mécanisme admirable de crétinisation : la famille.

Tout être, à peu près bien constitué, naît avec des facultés dominantes, des forces individuelles, qui correspondent exactement à un besoin ou à un agrément de la vie. Au lieu de veiller à leur développement, dans un sens normal, la famille a bien vite fait de les déprimer et de les anéantir. Elle ne produit que des déclassés, des révoltés, des déséquilibrés, des malheureux, en les rejetant, avec un merveilleux instinct, hors de leur sein ; en leur imposant, de par son autorité légale, des goûts, des fonctions, des actions qui ne sont pas les leurs, et qui deviennent, non plus une joie, ce qu'ils devraient être, mais un intolérable supplice. Combien rencontrez-vous, dans la vie, de gens réellement adéquats à eux-mêmes ?

J'avais un amour, une passion de la nature bien rares chez un enfant de mon âge. Et n'était-ce point là un signe d'élection ? Oh ! que je me le suis souvent demandé ! Tout m'intéressait en elle, tout m'intriguait. Combien de fois suis-je resté, des heures entières, devant une fleur, cherchant, en d'obscurs et vagues tâtonnements, le secret, le mystère de sa vie ! J'observais les araignées, les fourmis, les abeilles, les fééries transformations des chenilles, avec des joies profondes, traversées aussi de ces affreuses angoisses de ne pas savoir, de ne pas connaître. Souvent, j'adressais des questions à mon père ; mais mon père n'y répondait jamais et me plaisantait toujours.

— Quel drôle de type tu fais ! me disait-il... Où vas-tu chercher tout ce que tu me racontes ?... Les abeilles, eh bien ! ce sont les femelles des bourdons, comme les grenouilles sont les femelles des crapauds... Et elles piquent les enfants paresseux... Es-tu content, maintenant ?

Quelquefois, il était plus bref.

— Hé ! tu m'embêtes avec tes perpétuelles interrogations !... Qu'est-ce que cela peut te faire ?...

Je n'avais ni livre, ni personne pour me guider. Pourtant, rien ne me rebutait et c'était, je crois, une chose vraiment touchante que cette lutte d'un enfant contre la formidable et incompréhensible nature.

Un jour qu'on creusait un puits à la maison, je conçus, tout petit et ignorant que je fusse, la loi physique qui détermina la découverte des puits artésiens.

J'avais été souvent frappé, dans mes quotidiennes constatations, de ce phénomène de l'élévation des liquides dans les vases se communiquant. J'appliquai, par le raisonnement, cette théorie innée et bien confuse encore dans mon esprit, aux nappes d'eau souterraines, et je conçus, oui, par une explosion de précoce génie, je conçus la possibilité d'un jaillissement d'eau de source, au moyen d'un forage, dans un endroit déterminé du sol.

Je fis part de cette découverte à mon père. Je la lui expliquai du mieux que je pus, avec un afflux de paroles et de gestes, qui ne m'était pas habituel.

— Qu'est-ce que tu me chantes là ? s'écria mon père... Mais c'est le puits artésien que tu a découvert, espèce de petite brute !

Et je vois encore le sourire ironique qui plissa son visage glabre, et dont je fus tout humilié.

— Je ne sais pas, balbutiai-je... Je te demande...

— Mais, petite bourrique, il y a longtemps que c'est découvert, les puits artésiens !... Ah ! ah ! ah ! Je paris que, demain, tu découvriras la lune !...

Et mon père éclata de rire. Ce rire, comme il me fit mal !

Ma mère survint. Elle ne m'était pas indulgente non plus.

— Tu ne sais pas, lui dit mon père... Nous avons un grand homme pour fils ! Le petit vient de découvrir les puits artésiens !... ma parole d'honneur[4] !

— Oh ! l'imbécile ! glapit ma mère... Il ferait bien mieux d'apprendre son histoire sainte...

Ce fut au tour de mes sœurs qui accoururent, avec leurs visages pointus et curieux.

— Saluez votre frère, mesdemoiselles... C'est un grand inventeur !... Il vient de découvrir les puits artésiens !

Et mes sœurs, désagréables et méchants roquets, jappèrent, et, grimaçant, et me tirant la langue :

— Il ne sait quoi inventer pour être ridicule !... Bête, bête, bête !...

Puis enfin, les amis, les voisins, tout le pays surent bientôt que

4. Reprise du chapitre VIII de *Dans le ciel*.

j'avais découvert un moyen de creuser les puits, comme on enfonce une cuiller dans un pot à beurre. Ce fut, autour de ma pauvre petite personne humiliée, un éclat de rire méprisant, et des moqueries qui durèrent longtemps. Je sentis la déconsidération de toute une ville peser sur moi, comme si j'eusse commis un crime.

Et je faillis mourir de honte.

II

Je ne dépassai pas l'école primaire où, d'ailleurs, je n'obtins aucun succès, je dois le dire. Mon père avait déclaré à l'instituteur, en me confiant à lui, que j'étais excessivement borné, et qu'il ne tirerait rien de moi. Celui-ci s'en tint respectueusement à cette opinion, et n'essaya même pas, une seule fois, de se rendre compte de ce qu'il pouvait bien y avoir derrière cette stupidité que m'octroyait, avec tant d'assurance, l'autorité paternelle. Et, naturellement, cette opinion bien constatée et indiscrètement répandue, je devins le souffre-douleur de mes camarades, comme j'avais été celui de ma famille.

Il fut pourtant question, un moment, de m'envoyer au collège ; mais réflexion faite, et toutes raisons pesées, on décida que mon éducation était suffisante ainsi.

— Il est bien trop bête, pour aller au collège !... disait ma mère !... Nous n'en aurions que des ennuis.

— Des mortifications !... appuyait mon père, qui aimait les grands mots.

— Oui ! Oui ! Qu'est-ce qu'il ferait au collège ?... Rien, parbleu !... Ce serait de l'argent perdu !

Mes sœurs consultées, car elles montraient en toutes choses, un précoce bon sens, glapirent :

— Au collège !... Lui ?... Ah ! l'imbécile !...

D'un autre côté, on ne voulait pas me garder, toute la journée, à la maison où j'étais une cause de perpétuel agacement, depuis la si malheureuse invention du puits artésien. Je voyais nettement, dans les huit regards de ma famille, la crainte que je ne découvrisse quelque chose de plus extraordinaire encore ; et, pour m'en ôter l'idée, il ne se passait pas de jour qu'on ne me rappelât, aigrement, avec de lourdes ironies, et de persistantes humiliations, le souvenir de cette ridicule aventure. Moi, qui n'avais plus le droit, sous peine de dures réprimandes ou d'intolérables moqueries, de faire un geste, ni de toucher à un objet ; moi, qu'on rendait responsable de ce qu'il advenait de fâcheux, de la pluie, de la grêle, de la sécheresse, de la pourriture des fruits, j'étais prêt à accepter, comme une délivrance, tout ce que la fantaisie saugrenue de mes parents pourrait leur suggérer, en vue de mon avenir, comme ils disaient. De mon avenir !

Il fut donc résolu que je travaillerais chez le notaire[5] comme « sous-saute-ruisseau », étrange et nouvelle fonction que le tabellion n'hésita pas à créer, en considération de l'amitié qui le liait à notre famille.

— On verra plus tard ! conclut mon père... L'important, aujourd'hui, est de lui mettre le pied à l'étrier...

Mes sœurs[6] se marièrent à quelques mois de distance, et peu après mon ordination dans le notariat. Elles épousèrent des êtres vagues, étrangement stupides, dont l'un était receveur de l'enregistrement, et l'autre, je ne sais plus quoi. Non, en vérité, je ne sais plus quoi. À peine si je leur adressai la parole, et je les traitai comme des passants.

Quand ils eurent compris que je ne comptais pour rien dans la famille, ils me négligèrent totalement, me méprisèrent tous les deux pour ma faiblesse, pour mes façons solitaires et gauches, pour tout ce qui n'était pas eux, en moi.

5. Mirbeau aussi dut travailler dans l'étude de Me Alexandre Robbe, à Rémalard.

6. Mirbeau avait lui aussi deux sœurs (Marie et Berthe), qui épousèrent des êtres stupides : René Huberson et Gaston Petibon, pour lesquels il manifesta toujours le plus grand mépris.

C'étaient de grands gaillards, bruyants et vantards, ayant beaucoup vécu dans la lourde, dans l'asphyxiante bêtise des petits cafés de village. Ils y avaient appris, ils en avaient gardé des gestes spéciaux et techniques. Par exemple, quand ils marchaient, avançaient le bras, saluaient, mangeaient, ils avaient toujours l'air de jouer au billard, de préparer des effets rétrogrades, importants et difficiles. Et, naturellement, il leur était arrivé des aventures merveilleuses, de frissonnantes histoires, où ils s'étaient conduits en héros. Dans la famille et dans le pays, on les trouva excessivement distingués.

— Sont-elles heureuses ! s'exclamait-on, en enviant mes sœurs.

Le receveur de l'enregistrement avait débuté comme fonctionnaire, dans un petit canton des Alpes. Il y avait chassé le chamois, ce qui le rendait un personnage admirable, auréolé de légende et de mystère. Lorsqu'il racontait ses prouesses, il mimait avec des gestes formidables les gouffres noirs, les hautes cimes, les guides intrépides, et les chamois bondissants ; ma sœur, extasiée, atteignait les purs, les ivres, les infinis sommets de l'amour. Et qu'elle était laide, alors !

L'autre n'avait pas chassé le chamois, mais il avait sauté des barrières, et il les sautait encore. Il les sautait avec une hardiesse, une souplesse qui faisaient battre le cœur de mon autre sœur comme si son fiancé eût pris une ville d'assaut, dispersé des armées, conquis des peuples. Le dimanche, à la promenade, tout d'un coup, à la vue d'une barrière, il interrompait la conversation, prenait son élan, sautait et ressautait la barrière ; puis, revenant près de nous, il nous défiait l'un après l'autre :

— Faites-en autant !

Il s'adressait à moi, avec une insistance qu'on trouvait fort spirituelle et d'un goût délicat.

— Voyons ! Essayez ! faites-en autant.

Et c'étaient des rires moqueurs.

— Oh ! lui... Il ne sait rien faire, lui !... Il ne sait même pas courir... il ne sait même pas marcher !...

Alors, jusqu'au soir, il fallait entendre le récit — telle une épopée

— de toutes les barrières qu'il avait franchies, des barrières hautes comme des maisons, comme des chênes, comme des montagnes — et des barrières vertes, rouges, bleues, blanches, et des murs, et des haies... En racontant, il tendait le jarret, le raidissait, le faisait jouer, fier de ses muscles... Mon autre sœur défaillait d'amour, elle aussi, emportée, par l'héroïsme de cet incomparable jarret, dans un rêve de joies sublimes et redoutables.

On les trouva, une après-midi, sur le banc de la tonnelle, ma sœur à demi pâmée entre les jarrets de son fiancé. Il fallut avancer le mariage.

Et je me souviens de scènes horribles, de répugnantes et horribles scènes, le soir, dans le salon, à la lueur terne de la lampe, qui éclairait, d'une lueur tragique, d'une lueur de crime presque, ces étranges visages, ces visages de fous, ces visages de morts.

La mère du receveur de l'enregistrement vint, une fois, pour régler les conditions du contrat et l'ordonnance du trousseau. Elle voulait tout avoir et ne rien donner, disputant sur chaque article, âprement ; son visage se ridait de plis amers ; elle coulait sur ma sœur des regards aigus, des regards de haine, et elle répétait sans cesse :

— Ah ! mais non !... On n'avait pas dit ça !... Il n'a jamais été question de ça !... Un châle de l'Inde !... Mais c'est de la folie !... Nous ne sommes pas des princes du sang, nous autres !...

Mon père qui avait cédé sur beaucoup de points s'emporta, lorsque la vieille dame eut contesté le châle de l'Inde.

— Nous ne sommes pas des princes du sang, c'est possible ! dit-il avec une dignité... Mais nous sommes des gens convenables, des gens honorables... Nous avons une situation, un rang... Le châle de l'Inde a été promis... Vous donnerez le châle de l'Inde...

Et d'une voix nette, catégorique, il ajouta :

— Je l'exige... J'ai pu faire des sacrifices au bonheur de ces enfants... Mais ça !... je l'exige !

Il se leva, se promena dans le salon, les mains croisées derrière le dos, les doigts agités par un mouvement de colère... Il y eut un moment de dramatique silence.

Ma mère était très pâle ; ma sœur avait les yeux gonflés, la gorge serrée. Le receveur de l'enregistrement ne pensait plus aux chamois et fixait un regard embarrassé sur une chromolithographie, pendue au mur, en face de lui. La vieille dame reprit :

— Et ça nous avancera bien, tous, que cette petite ait un châle de l'Inde, si elle n'a rien à manger.

— Ma fille !... rien à manger ? interrompit mon père, qui se plaça tout droit et presque menaçant devant la vieille dame, dont le visage se plissa ignoblement... Et pour qui me prenez-vous, Madame ?

Mais elle s'obstina :

— Un châle de l'Inde !... Je vous demande un peu !... Savez-vous ce que cela coûte, seulement ?

— Je n'ai pas à le savoir, Madame... Je n'ai à savoir que ceci : une chose promise est une chose promise !

Ma mère, de plus en plus pâle, intervint :

— Madame !... C'est l'habitude !... Un trousseau est un trousseau !... Nous n'avons pas demandé de dentelles, bien que dans notre position, nous eussions pu exiger aussi un châle de dentelles... Mais, le châle de l'Inde !... Voyons, Madame, les filles d'épiciers en ont !... Ça ne serait pas un mariage sérieux !

La vieille dame, qui était à bout d'arguments, frappa sur le guéridon, de sa main sèche.

— Eh bien, non ! cria-t-elle, je ne donnerai pas de châle de l'Inde... Si vous voulez un châle de l'Inde, vous le paierez... A-t-on vu ?... C'est mon dernier mot !

Ma sœur dont les yeux étaient pleins de larmes, n'y put tenir davantage. Elle sanglota, s'étouffa dans son mouchoir, hoquetant douloureusement, et si déplorablement laide que je détournais d'elle mes yeux pour ne pas la voir.

— Je n'en veux pas... du châle... de l'Inde... gémissait-elle... Je veux me marier !... Je veux me marier !

— Ma fille ! s'écria mon père.

— Ma pauvre enfant ! s'écria ma mère.

— Mademoiselle ! Mademoiselle ! s'écria le receveur de l'enregistrement dont les bras allaient et venaient comme s'ils eussent poussé une longue queue sur un long billard.

Entre ses hoquets, ses sanglots, ma sœur suppliait d'une voix cassée, d'une voix étouffée dans l'humide paquet de son mouchoir.

— Je veux me marier !... Je veux me marier.

On l'entraîna dans sa chambre... Elle se laissait conduire, ainsi qu'une chose inerte, répétant :

— Je veux me marier... je veux me marier...

Ce fut sur moi que se passa la colère de la famille. Mon père m'apercevant, tout à coup, me gifla et me poussa hors du salon, furieux.

— Et pourquoi es-tu ici ?... Qui t'a prié de venir ici ?... C'est de ta faute, ce qui arrive... Allons, va-t-en...

Ainsi, d'ailleurs, se terminaient toutes les scènes.

Ma sœur se maria, sans châle de l'Inde ; puis elle partit. Mon autre sœur se maria également, sans châle de l'Inde, puis elle partit... Et je n'entendis plus le glapissement de mes sœurs.

Un silence envahit la maison. Mon père devint très triste. Ma mère pleura, ne sachant plus que faire de ses longues journées. Et les serins de mes sœurs, dans leur cage abandonnée, périrent, l'un après l'autre.

Moi, je copiais des rôles chez le notaire, et je regardais, d'un œil amusé, le défilé, en blouses bleues et en sabots, de toutes les passions, de tous les crimes, de tous les meurtres que souffle à l'âme des hommes l'âme homicide de la Terre.

III

Je suis né avec le don fatal de sentir vivement, de sentir jusqu'à la douleur, jusqu'au ridicule. Dès ma toute petite enfance je donnais, au moindre objet, à la moindre chose inerte, des formes supravivantes, en mouvement et en pensée. J'accumulais sur mon père, ma mère, mes sœurs, des observations irrespectueuses et désolantes, qui n'étaient pas de mon âge. D'autres eussent tiré parti, plus tard, de ces qualités exceptionnelles ; moi, je ne fis qu'en souffrir, et elles me furent, toute la vie, un embarras.

En même temps que cette sensibilité suraiguisée par l'ironie[7], j'avais une grande timidité, si grande que je n'osais parler à qui que ce fût, pas même à mon père, qui m'en avait ôté toute envie, pas même au chien de mon père, le vieux Tom, lequel participait à la répulsion et à la crainte dont j'englobais toute la famille, car il affectait, lui aussi, de ne pas me comprendre.

Ne pas être compris par un chien, n'est-ce point le dernier mot de la détresse morale ? J'avais donc fini par garder tout pour moi et en moi. A peine répondais-je aux questions qui m'étaient adressées. Bien souvent, sans raison, je n'y répondais que par des larmes.

Vraiment, je n'ai pas eu de chance. J'ai grandi dans un milieu tout à fait défavorable au développement de mes instincts et de mes sentiments. Et je n'ai pu aimer personne, moi qui, par nature, était organisé pour aimer trop et trop de gens. Dans l'impossibilité où j'étais d'éprouver de l'amour pour quelqu'un, je le simulai, et je crus écouler ainsi le trop-plein des tendresses qui bouillonnaient en moi. En dépit de ma timidité, je jouais la comédie des effusions, des enthousiasmes ; j'eus des folies d'embrassements qui me divertirent

7. Confession de Mirbeau. Sur cette combinaison d'hypersensibilité et d'ironie, voir, en particulier, ses lettres de jeunesse à Alfred Bansard.

et me soulagèrent un moment. Mais l'onanisme n'est pas l'amour. Loin d'éteindre les ardeurs génésiques, il les surexcite et les fait dévier vers l'inassouvi[8].

*
* *

Quelques mois après le mariage de mes sœurs, j'eus une fièvre thyphoïde, qui se compliqua de méningite, et, par miracle, j'en guéris.

La maladie liquéfia, en quelque sorte, mon cerveau. Dès que je bougeais la tête, il me semblait qu'un liquide se balançait, entre les parois de mon crâne, comme dans une bouteille remuée. Toutes mes facultés subirent un temps d'arrêt. Je vécus dans le vide, suspendu et bercé dans l'infini, sans aucun point de contact avec la terre. Je demeurai longtemps en un état d'engourdissement physique et de sommeil intellectuel, qui était doux et profond comme la mort. Sur l'avis du médecin, mes parents, inquiets et honteux de moi, me laissèrent tranquille, et décidèrent que je ne retournerais pas chez le notaire.

Ce fut pour moi une époque d'absolu bonheur, et dont je n'ai véritablement conscience qu'aujourd'hui. Durant plus d'une année, je savourai — incomparables délices de maintenant — la joie immense, l'immense paix de ne penser à rien. Étendu sur une chaise-longue, les yeux toujours fermés à la lumière, j'avais la sensation du repos éternel, dans un cercueil. Mais la chair repousse vite aux blessures des enfants ; les os fracturés se ressoudent d'eux-mêmes ; les jeunes organes se remettent promptement des secousses qui les ont ébranlés ; la vie a bien vite fait de rompre les obstacles qui arrêtent un moment le torrent de ses sèves. Je repris des forces, et, avec les forces revenues,

8. Mirbeau a déjà exprimé cette idée dans *Le Calvaire* et dans *Sébastien Roch*.

peu à peu, je redevins la proie de l'éducation familiale, avec tout ce qu'elle comporte de déformations sentimentales, de lésions irréductibles et d'extravagantes vanités.

Alors, tous les jours, à toutes les minutes, j'entendis mes parents, à propos de choses que j'avais faites ou que je n'avais pas faites, dire sur un ton, tantôt irrité, tantôt compatissant : « C'est désolant !... Il ne comprend rien !... Il ne comprendra jamais rien... Quel affreux malheur pour nous que cette méningite ! » Et ils regardaient avec effroi, mais sans oser me les reprocher, — car c'étaient d'honnêtes gens, selon la loi, — les morceaux que je dévorais avidement, dans le silence des repas, dont ils savaient très bien qu'ils ne seraient pas payés.

Loin que ma sensibilité eût été diminuée par le mal qui avait si intimement ateint mes moelles, elle se développa encore, s'exagéra jusqu'à devenir une sorte de trépidation nerveuse. Quand mon père, avec une insouciance de perroquet, me demandait : « As-tu bien dormi, cette nuit ? » je sanglotais à perdre la respiration, à m'étouffer. De quoi, mon père, qui était un homme pratique, s'étonnait grandement. Ce mutisme éternel, coupé de temps à autre par ces inexplicables larmes, ressemblait à un incurable abrutissement, et ma famille ne pouvait s'y faire. Tout me fut une souffrance. Je recherchais je ne sais quoi dans la prunelle des hommes, aux calices des fleurs, aux formes si changeantes, si multiples de la vie, et je gémissais de n'y rien trouver qui correspondît au vague, obscur et angoissant besoin d'aimer qui emplissait mon cœur, gonflait mes veines, tendait toute ma chair et toute mon âme vers d'inétreignables étreintes et d'impossibles caresses.

Une nuit que je ne dormais pas, j'ouvris la fenêtre de ma chambre et, m'accoudant sur la barre d'appui, je regardai le ciel, au-dessus du jardin noyé d'ombre. Le ciel était mauve, de ce mauve si tendre, si pur, si doucement irradiant, et, dans ce mauve, des millions d'étoiles brillaient. Pour la première fois, j'eus conscience de cette immensité formidable, de cette immensité couleur de fleur, que j'essayais de sonder — est-ce comique ? — avec de pauvres petits regards d'enfant, et j'en fus tout écrasé. J'eus la terreur de ces étoiles si muettes, dont le clignotement recule encore, sans l'éclairer jamais, l'affolant mystère de l'incommensurable. Qu'étais-je, moi, si petit, parmi ces mondes ? De qui donc étais-je né ? Et pourquoi ? Où donc allais-je, vile fibre, imperceptible atome perdu dans ce calme tourbillon des impénétrables harmonies ? Et qu'étaient mon père, ma mère, mes sœurs, nos voisins, nos amis, les passants, toute cette poussière vivante, toute cette minuscule troupe d'insectes emportée par on ne sait quoi, vers on ne sait où ? Je n'avais pas lu Pascal — je n'avais rien lu encore — et, quand, plus tard, cette phrase que je cite de mémoire, me tomba sous les yeux : « Je ne sais qui m'a mis au monde, ni ce que c'est que le monde, ni que moi-même. Je suis dans une ignorance terrible de toutes ces choses », je tressaillis de joie et de douleur, de voir exprimés si nettement, si complètement, les sentiments qui m'avaient agité cette nuit-là[9].

Toute cette nuit-là, je restai appuyé contre la fenêtre ouverte, sans un mouvement, le regard perdu dans l'épouvante du ciel mauve, et la gorge si serrée que les sanglots dont était pleine ma poitrine ne pouvaient s'en échapper et me suffoquaient. Mais le matin, enfin, reparut. L'aube se leva et, avec elle, la vie, qui dissipe les songes de mort et qui couvre de bruits familiers le silence oppressant de l'infini. Des portes s'ouvrirent, des volets claquèrent sur les murs, une pie s'envola d'une touffe de troènes, les chats, bondissant dans l'herbe humide, rentrèrent de leurs chasses nocturnes. Je vis la cuisinière qui balaya le seuil de notre maison ; je vis ma mère descendre dans le jardin, étendre sur la pelouse des linges grossiers et des carrés de laine brune. De la fenêtre où je l'observais, elle était douloureusement hideuse. Sa silhouette revêche chagrinait le réveil si frais, si pur du matin ; les fleurettes du gazon s'offensaient de son sale bonnet de nuit et de sa camisole. Son jupon noir, mal attaché aux hanches,

9. Reprise d'un passage de *Dans le ciel* (chapitre VI).

clapotait sur d'infâmes savates qui traînaient dans l'herbe, pareilles à de répugnants crapauds. Elle avait une nuque méchante, un profil dur, un crâne obstiné. Rien de maternel n'avait dû jamais faire frissonner ce corps déformé. Tout d'abord sa vue m'irrita comme une tache sur une belle étoffe de soie claire. Et puis, j'eus une immense pitié d'elle, qui me fit fondre en larmes. J'aurais voulu, à force de baisers et de caresses, faire pénétrer dans ce crâne, sous ce bonnet, un peu de la clarté de ce virginal matin. Je descendis au jardin, et, courant vers ma mère, je me jetai dans ses bras :

— Maman !... maman !... maman !... implorai-je... Pourquoi ne regardes-tu pas les étoiles, la nuit ?

Elle poussa un cri, effrayée de ma voix, de mon regard, de mes larmes, et, s'arrachant à mes embrassements, elle s'enfuit.

Ce jour-là, j'accompagnai mon père aux obsèques d'un vieux fermier que je connaissais à peine. Au cimetière, durant le défilé devant la fosse, je fus pris d'une étrange tristesse. Quittant la foule des gens qui se bousculaient et se disputaient l'aspersoir, je courus à travers le cimetière. Je me heurtais aux tombes et pleurais à fendre l'âme d'un fossoyeur. Mon père me rejoignit.

— Eh bien ? Qu'est-ce que tu as ?... Pourquoi pleures-tu ? Pourquoi t'en vas-tu ? Es-tu malade ?

— Je ne sais pas, gémis-je... Je ne peux pas...

Mon père me prit par la main, et me ramena à la maison.

— Voyons, raisonna-t-il... Tu ne le connaissais pas, le père Julien ?

— Non !

— Par conséquent, tu ne l'aimais pas ?

— Non.

— Alors, qu'est-ce qui te prend ?... Pourquoi pleurer ?

— Je ne sais pas...

— Regarde-moi, voyons !... Je le connaissais moi, le père Julien... C'était un homme qui payait régulièrement ses fermages... Sa mort me laisse dans un grand embarras. Peut-être que je ne retrouverai jamais un fermier pareil à lui... Eh bien !... Est-ce que je pleure, moi ?

Et, après un silence, d'une voix plus sévère, mon père ajouta :

— Ce n'est pas bien, ce que tu fais là. Tu ne sais quoi inventer pour me mortifier... Je ne suis pas content du tout ! Ce matin, tu dis à ta mère, on ne sait quoi... Maintenant, tu pleures à propos de rien... Si tu continues, je ne t'emmènerai plus jamais avec moi...

IV

Autrefois, habitait avec nous une cousine de ma mère. Elle était fort difficile à vivre et si singulière, « si originale », si déséquilibrée en ses actions, qu'on « ne savait jamais à quoi s'en tenir avec elle ». Tantôt elle m'accablait de tendresses et de cadeaux, et, la minute d'après, elle me battait sans raison. Pif ! paf ! des claques, à propos de rien. Souvent, elle me pinçait le bras, sournoisement, quand je passais près d'elle dans les corridors, ou bien, si je la frôlais dans l'escalier, elle m'embrassait avec furie. Et je ne savais jamais à quoi attribuer ses effusions ou ses coups, également désobligeants.

En tout ce qu'elle faisait, elle semblait obéir aux suggestions d'une folie incompréhensible. Quelquefois, elle restait enfermée des journées entières, dans sa chambre, triste, pleurant ; le lendemain, prise de gaietés bruyantes et de dévorantes activités, elle chantait. Je l'ai vue remuer, dans le bûcher, d'énormes bûches qu'elle déplaçait sans utilité, et dans le jardin, piocher la terre, plus ardente au travail qu'un terrassier. Elle était fort laide, si laide que personne ne l'avait jamais demandée en mariage, malgré ses six mille livres de rente. On pensait dans la famille qu'elle souffrait beaucoup de son état de vieille fille, et que c'était là la cause de ses actes désordonnés. La figure couperosée, la peau sèche et comme brûlée, et soulevée en squames cendreuses par du feu intérieur, les cheveux rares et courts, très maigre, un peu voûtée, ma pauvre cousine était vraiment bien désagréable à voir. Ses subites tendresses me gênaient plus encore que ses colères imprévues. Elle avait, en m'embrassant furieusement, des gestes si durs, des mouvements si brusques, que je préférais encore qu'elle me pinçât le bras.

Un jour, à la suite d'une discussion futile et qui, tout de suite, dégénéra en querelle, elle partit. Elle partit sans nous dire où elle allait. Elle partit avec ses malles et ses meubles, et si colère qu'elle ne voulut même pas nous embrasser. Et, pendant quatre ans, nous n'entendîmes plus parler d'elle. On finit, à force de recherches, par savoir qu'elle vivait seule dans une petite bourgade de Normandie, près de la mer. Au dire des gens qui nous renseignèrent, il y avait bien du mystère dans sa maison. Il y venait, presque tous les dimanches, un adjudant des cuirassiers, en garnison dans la ville voisine.

— Ça ne m'étonne pas, disait ma mère... Ça la tracassait !... C'était visible que ça la tracassait...

Elle ne pouvait se faire à l'idée de perdre un héritage qu'elle avait toujours considéré comme assuré. Cet adjudant hantait sans cesse son esprit et la poursuivait jusque dans ses rêves. Très souvent, dans un silence, tout à coup, elle disait, sans s'adresser particulièrement à l'un de nous :

— Pourvu qu'elle ne fasse pas la bêtise de l'épouser !

Elle écrivit plusieurs lettres affectueuses à ma cousine, qui ne daigna pas répondre.

Quelque temps après, nous apprîmes qu'à l'adjudant des cuirassiers, parti pour une garnison lointaine, avait succédé un adjudant de dragons, lequel fut à son tour remplacé par un autre adjudant de je ne sais plus quelle arme. Décidément, ma pauvre cousine ne montait pas en grade.

Et, un soir d'hiver, je me souviens, un soir de pluie battante, l'omnibus de l'hôtel s'arrêta devant la grille, chargé de malles et de paquets. Ma cousine en descendit, secoua la sonnette furieusement, et au milieu des ébahissements, des exclamations de toute la maisonnée mise en branle, elle entra, vive et nerveuse comme autrefois, mais encore plus maigre, plus voûtée, plus couperosée. Elle dit simplement :

— C'est moi !... Je reviens... Voilà...

— As-tu tes meubles ? demanda ma mère...

— Oui, j'ai mes meubles ! répondit ma cousine... J'ai tout... Je reviens... Voilà !

Et la vie recommença comme par le passé...

Ma cousine m'avait trouvé changé et grandi.

— Mais tu es très joli... Tu es un homme... Un vrai homme, maintenant. Approche un peu que je te voie mieux.

Elle m'examina, me tâta les bras, les mollets.

— Un amour d'homme, un amour de petit homme ! conclut-elle, en m'embrassant à me briser la poitrine, contre sa sèche et dure carcasse de vieille folle.

Bientôt, son affection comme ses méchancetés prirent une forme exaspérée qui m'épouvanta. Quelquefois, après le déjeuner, elle m'entraînait en courant, ainsi qu'une petite fille, vers le fond du jardin. Il y avait là une salle de verdure, et dans cette salle, un banc. Nous nous asseyions sur le banc sans rien nous dire. Ma cousine ramassait sur le sol une brindille morte et la mâchait avec rage. Sa couperose s'avivait de tons plus rouges ; sa peau écailleuse se bandait sur l'arc tendu de ses joues et, dans ses yeux congestionnés, et virant comme des barques sur des remous, d'étranges lueurs brillaient.

— Pourquoi ne me dis-tu rien ?... demandait-elle, après quelques minutes de silence gênant.

— Mais, ma cousine...

— Est-ce que je te fais peur ?...

— Mais non, ma cousine...

— Oh ! regarde !... comme tu es mal cravaté !... Quel petit désordre tu fais !

Et, m'attirant près d'elle, elle arrangeait le nœud de ma cravate avec des gestes vifs et heurtés... Je sentais les os de ses doigts se frotter à ma gorge ; son souffle fade, d'une chaleur aigre, offusquait mes narines. J'aurais bien voulu m'en aller, — non que je soupçonnasse un danger quelconque, mais toutes ces pratiques m'étaient intolérables.

— Voyons !... parle donc !... Es-tu bête !... Es-tu empoté !

Et, tout à coup, comme poussée par un ressort, elle se levait, piétinait la terre avec impatience et me lançait un vigoureux soufflet.

— Tiens ! attrape !... Tu es un sot !... tu es une petite bête... une vilaine petite bête...

Et elle parlait vivement, étouffant dans sa course le bruit d'un sanglot...

Un après-midi, nous étions assis sur le banc, dans la salle de verdure, ma cousine et moi.

Il faisait très chaud ; de lourdes nuées d'orage s'amoncelaient dans l'Ouest.

— Pourquoi regardes-tu Mariette avec des yeux comme ça ?... me demanda brusquement ma cousine.

Mariette était une petite bonne que nous avions alors, et dont j'aimais, il est vrai, sans y mêler de coupables pensées, la peau fraîche et blanche, et la nuque blonde.

— Mais, je ne regarde pas Mariette, répondis-je, étonné de cette question.

— Je te dis que tu la regardes... Je ne veux pas que tu la regardes... C'est très mal... Je le dirai à ta mère...

— Je t'assure, ma cousine, insistai-je...

Je n'eus pas le temps d'achever ma phrase...

Enlacé, étouffé, broyé par mille bras, on eût dit, dévoré par mille bouches, je sentis l'approche de quelque chose d'horrible, d'inconnu ; puis l'enveloppement sur moi, l'enroulement sur tous mes membres d'une bête atroce. Je me débattis violemment... Je repoussai la bête qui semblait multiplier ses tentacules à chaque seconde ; je la repoussai des dents, des ongles, des coudes, de toute la force décuplée par l'horreur.

— Non... non... je ne veux pas... criai-je... Ma cousine, je ne veux pas... je ne veux pas...

— Mais, tais-toi donc !... tais-toi, petit monstre ! râlait ma cousine dont les lèvres roulaient sur mes lèvres.

— Non ! cessez, ma cousine... cessez... ou j'appelle maman[10]...

L'étreinte mollit, quitta ma poitrine, mes jambes... Les tentacules rentrèrent dans leur gaine... Mes lèvres délivrées purent aspirer une bouffée d'air frais... Et, entre les branches, je vis ma cousine fuyant, à travers les plates-bandes, vers la maison...

Je n'osais rentrer que le soir, à l'heure du dîner, inquiet, à l'idée de revoir ma cousine.

— Ta cousine est partie, me dit mon père, le front soucieux. Elle a eu une discussion avec Mariette. Je la connais. Cette fois, elle ne reviendra plus. C'est embêtant !

Le dîner fut silencieux et morose. Chacun regardait la place vide de six mille livres de rentes.

Nous n'avons jamais revu ma cousine.

Et voilà comment je connus ce que c'était que l'amour !

V

Je veux maintenant conter le seul amour qui ait, un instant, illuminé ma vie, comme disent les poètes. Et l'on verra de quelle lumière.

J'avais grandi. Un duvet roux dessinait, sur mes lèvres, l'arc d'une moustache naissante à peine, et, quoique je fusse à l'époque difficile, peu harmonieuse, de la croissance, avec de trop grands bras et de trop grandes jambes qui rendaient ma démarche dégingandée et un peu comique, avec un buste trop court et de trop gros os, sous la peau, — imperfections plastiques qu'accentuaient singulièrement les prodigieux costumes, retaillés dans les défroques paternelles, dont ma mère m'affublait —, je n'étais pas laid. Au contraire. Mes yeux

10. Reprise du chapitre IX de *Dans le ciel.*

avaient une grande douceur, un éclat triste et profond, fort touchant, par quoi se tempérait de grâce rêveuse le ridicule que me valaient les ajustements économiques haussés, par une fantaisie de coupe presque géniale, jusqu'au rire grinçant de la caricature. J'ai conservé longtemps une photographie faite, un jour de prodigalité, par un artiste forain, de passage chez nous. Elle me représentait à l'âge dont je parle, et sous ce déguisement, que je considère presque comme un crime de lèse-enfance. En dépit de toutes les mélancolies, en dépit de tous les souvenirs de haine que cette ancienne image remuait en moi, il m'arrivait souvent de la regarder et il ne m'était point difficile d'y reconnaître, sous l'accoutrement baroque, certaines beautés qui avaient le don de m'émouvoir jusqu'aux larmes.

Jusqu'au jour où, dans la salle de verdure, ma pauvre et douloureuse cousine avait tenté sur ma personne ce demi-viol que j'ai raconté, j'étais demeuré parfaitement chaste. La puberté s'établissait en moi, lente et calme, sans violences, sans secousses, sans troubles d'aucune sorte. A ce phénomène physiologique correspondait une plus grande expansion de tout mon être dans la nature, voilà tout. J'aimais davantage, j'aimais d'un inexprimable amour, les fleurs, les arbres, les nuages, les étoiles du firmament nocturne ; j'aurais voulu épouser toutes les formes ambiantes, me fondre dans toutes les musiques. C'étaient, on le voit, des sensations très vagues, dans lesquelles aucun désir ne se précisait. Mais de ce jour où, si brutalement et si incomplètement, je dois le dire, me fut révélé le mystère de l'acte sexuel, je n'eus plus une minute de tranquillité physique et morale. D'étranges hantises survinrent qui secouèrent ma chair réveillée et peuplèrent d'images brûlantes mes rêves, d'où la pureté s'envola.

Les femmes que je n'avais pas considérées, alors, autrement que les hommes, et dont le contact me laissait insensible, je les regardai davantage, avec des persistances étonnées, avec des doutes et de fatigantes curiosités. Je regardai leurs yeux, leurs lèvres, leurs mains, cherchant ce qu'ils pouvaient contenir de significations nouvelles. Je regardai les plis de leurs corsages, ouverts sur les nuques et sur les gorges, et les devêtant par la pensée j'essayai, au moyen de comparaisons insuffisantes, de reconstituer la ligne des corps, la courbe des hanches, la rondeur du ventre, la floraison somptueuse des poitrines, et tout ce que j'ignorais de leurs formes voilées, de tous leurs organes interdits. Rien que de les frôler en passant, cela me faisait courir dans les veines un sang plus chaud, accélérait, quelquefois, jusqu'au galop furieux, les battements de mon cœur.

Je n'avais d'autres indications que celles, si furtives, si rapides, si grimaçantes, de vue et de toucher, acquises dans la lutte mémorable avec ma cousine ; d'un autre côté, je n'avais jamais rien lu, car on me cachait tous les livres, de peur qu'ils ne me pervertissent ; je n'avais, non plus, jamais vu une seule image de nudité, car les tableaux, les gravures, qui ornaient les murs de la maison, ne reproduisaient que des chiens, des fruits, des oiseaux, un moulin au bord d'une rivière, des saints et des bonnes Vierges. Ma vie avait été préservée de tout contact avec des camarades, dont je n'avais pu recevoir de confidences, ni aucun éclaircissement sur des questions qui ne me préoccupaient pas, d'ailleurs. J'acceptais, avec une bonne grâce passive, que les enfants naquissent spontanément, dans les jardins, sous les choux. Les oiseaux sur les branches, au printemps, les coqs dans la basse-cour, les chiens rencontrés, dans les rues, en d'étranges postures, les insectes accouplés dans l'herbe, rien, dans ce rapprochement incessant des formes vivantes dans lesquelles je vivais, n'avait pu troubler l'impassible sérénité de mon âme, ignorante et pure comme une petite étoile du ciel. Et voilà que, maintenant, pour avoir été effleuré par les mains et par la bouche d'une femme laide et vieille, pour avoir senti sur ma peau la peau eczémateuse d'une femelle en folie, je m'épuisais en de continuelles imaginations, dont l'impudeur ingénue et la naïveté luxurieuse devaient s'effacer — ah ! si douloureusement ! — devant la réalité.

Le pays manquait de jolies filles et de femmes convenables à l'expérience que je voulais tenter. Elles étaient toutes vulgaires ou repoussantes, ou si grossières de paroles et de gestes qu'il me suffisait de leur parler pour les fuir. Pourtant, bien des fois, à la nuit tombante, je rôdai autour de la demeure d'une ignoble créature, presque toujours ivre, et qui, pour quelques verres d'eau-de-vie et pour deux sous, se livrait aux terrassiers.

Une seule me plut. Brune de cheveux et de peau bronzée, les reins souples et les yeux ardents, elle exhalait, comme une fleur sauvage, l'odeur d'une forte et puissante jeunesse. Chose rare chez nous, elle avait des dents très blanches, et une bouche très rouge, gonflée d'une pulpe humide et généreuse. Tous les jours, vers midi, un paquet de linge en équilibre sur sa tête, elle allait au lavoir. Le col nu, les manches retroussées jusqu'au coude, la mince étoffe de sa jupe bien collée sur ses cuisses, et toute sa chevelure sombre et mate parsemée d'écume savoureuse, elle travaillait comme un homme et chantait comme un oiseau. Tous les jours, moi aussi, je me rendais au lavoir, aux heures où j'étais sûr de la rencontrer. Mais comme elle n'était jamais seule, et que je redoutais les railleries des hardies commères, ses compagnes, je n'osai pas lui parler, ni même une seule fois l'aborder. D'ailleurs, ma famille, intriguée par ces sorties fréquentes, qui ne m'étaient pas habituelles, m'ayant surveillé, me confina sévèrement à la maison.

C'est alors que je songeai à Mariette, notre petite bonne, à qui ma cousine m'avait si injustement et si prophétiquement accusé de prodiguer mes attentions et mes désirs. Elle était vraiment charmante, cette Mariette, et je me reprochai de m'en apercevoir pour la première fois. Toute blonde et fraîche, d'une fraîcheur irradiante de fleur, le buste flexible, les hanches rondes et pleines comme un bulbe de lis, les yeux bleus étonnés et languides, elle m'apparut soudain, malgré ses rudes vêtements de paysanne et ses lourds sabots, elle m'apparut pareille à une petite fée ou à une petite reine. Cette vision illumina mon âme d'une éblouissante lumière. Depuis qu'elle était à la maison, à peine si je lui avais adressé deux ou trois fois la parole. D'être toujours rebuté et toujours sous peine d'intolérables moqueries, condamné au silence, cela rend peu communicatif.

— Est-il possible que je ne l'aie jamais vue ! me disais-je avec de grands regrets... Moi qui vivais près d'elle !... O Mariette !... Mariette !... ai-je pu être aussi longtemps aveugle ? Ai-je pu, pendant tant de mois, mépriser un pareil trésor ?

Je disais « trésor », parole d'honneur ! sans avoir jamais lu un livre d'amour : tout le vocabulaire amoureux, tout le dictionnaire des tendresses bêtes et des élans ridicules me venaient spontanément à l'esprit. Et pourtant, je n'étais point amoureux au sens poétique de ce mot. Je ne rêvais ni dévouements surhumains, ni sacrifices extra-terrestres, ni de parcourir avec elle, parmi les vols d'anges, les espaces célestes et les hyperlyriques régions où les poètes conduisent leurs incorporelles amantes[11]. Je n'éprouvais pas l'ivresse mystique de mourir et le besoin de transmuer mon corps en âme de colombe ou de cygne. Non, ce que je voulais, c'était me jeter sur Mariette, comme ma cousine s'était jetée sur moi ; c'était surtout d'arracher, de mes doigts griffus, ces voiles de grossière indienne qui s'interposaient entre elle et mon désir de la connaître toute... C'était de jouir de sa splendeur nue !

L'amour m'avait rendu hardi. Et puis, Mariette n'était pas, pour moi, comme eût été une autre femme. Elle était notre domestique soumise et respectueuse. J'avais sur elle ma part d'autorité, et, si peu établi qu'il fût, le prestige du maître.

Je ne quittai plus la cuisine, aux heures où j'avais chance de ne pas être surpris par mes parents. Et le moment ne tarda pas à venir où, après une courte et molle lutte, après des : « Finissez donc, monsieur Georges ! » timides et langoureux, Mariette se donna à moi, sur une vieille chaise, près de la table, entre un vase de terre où trempaient des morceaux de morue, et un poulet qu'elle venait d'éventrer.

11. Allusion critique à la poésie symboliste et à la peinture des préraphaélites, que Mirbeau tourne régulièrement en ridicule dans ses chroniques esthétiques du *Journal*.

VI

Ce fut une révolution complète de mes sentiments, et, par conséquent, de mon existence. A l'inverse de ce que les poètes disent de l'influence « sublimatoire » de l'amour, l'amour tua en moi toute poésie. Je ne vis plus les choses à travers le voile miséricordieux et charmant de l'illusion, et la réalité dégradante m'apparut, qui n'est pas, d'ailleurs, plus réelle que le rêve, puisque ce que nous voyons autour de nous, c'est nous-mêmes, et que les extériorités de la nature ne sont pas autre chose que des états plastiques, en projection, de notre intelligence et de notre sensibilité.

Ce qui causa la déchéance de mon idéal ancien, était-ce le lieu vulgaire où le prodige s'était accompli ? Était-ce l'objet même de ma passion, ce pauvre petit être insignifiant et borné, inconscient et passif, qui ne pouvait favoriser par son prestige et maintenir par sa beauté cette exaltation de l'univers en moi, par quoi ma vie s'était toujours embellie jusque dans la médiocrité et la souffrance, et s'était aussi dramatisée jusque dans la somnolence et l'abrutissement ? Je ne sais... Non, en vérité, je ne le sais pas...

J'avais pourtant assez d'imagination pour transformer cette morne cuisine en palais de marbre, en forêt enchantée, en jardin magique. Il m'eût fallu peu d'efforts pour que les casseroles de cuivre s'animassent en fleurs magnifiques ; pour que le poulet mort ressuscitât en paon orgueilleux de son étincelante parure ; pour que le vase plein d'eau figurât une source, un lac, une mer. Et Mariette elle-même, quelle difficulté à ce que, sous le coup de baguette de l'amour, elle m'apparût comme une éblouissante divinité, diadémée d'étoiles, et trônant sur des nuages ? Ces phénomènes d'hallucination daltonique ne sont point rares chez les amoureux et les poètes, pour qui, si dénués qu'ils soient, les plus pauvres serges et les plus calamiteux droguets n'ont point de peine à devenir, subitement, fastueux brocarts, tissus d'or, et pourpres royales. Les inconnues dont ils immortalisent, dans leurs poèmes, sur des fonds de paysage symbolique ou de colonnades sardanapalesques, les vertus héroïques ou les sanglantes luxures, n'ont été, le plus souvent, que des êtres chétifs et répugnants, Béatrix d'hôpital et Elvires de trottoir : ou bien de patientes cuisinières, de roublardes maritornes, qui ont conquis l'âme du chantre éthéré, par la sauce.

Il ne m'arriva rien de tel et je ne cherchai, dans cet amour, rien que le plaisir physique, violent et nouveau qu'il me procurait.

A défaut de ce mensonge fastueux où ma vanité aurait pu se complaire à dresser, idole de mystère, de débauche ou de sacrifice, l'image surhumanisée de Mariette, j'aurais pu, du moins, me servir de cette créature de Dieu pour y répandre mes effusions, mes inquiétudes et toutes les ardeurs intellectuelles que le silence, depuis si longtemps, depuis l'éveil de ma conscience, avait accumulées en moi. J'aurais pu me payer cette illusion ennoblissante de faire de cette petite souillon la confidente et la conseillère de mon âme. Jamais je n'avais parlé à personne, jamais personne n'avait été quelque chose pour moi. Mon père, ma mère, mes sœurs, c'étaient moins que des passants, moins que les arbres et moins que les cailloux, lesquels ne protestent pas quand on confie à eux, et qui recueillent, sans rire, les larmes de ceux qui pleurent. L'occasion était bonne — il me le semble maintenant — de transvider le trop-plein de mon cœur dans un cœur qui m'appartenait. Eh bien ! je n'y songeai pas une minute. Non que je trouvasse excessif et ridicule d'attribuer ce rôle à une fille stupide, qui en eût été fort embarrassée. Mais, c'est qu'en vérité mes inquiétudes avaient disparu, et je ne sentais plus la nécessité d'effusions autres que celles de mon sexe, de pénétrations autres que celles de sa chair. Tout ce par quoi j'avais été, jadis, si ému, si tourmenté : mes adorations mystiques, mes tendresses panthéistes, mes enthousiasmes confus, mes élans désordonnés vers des poésies imprécises et violentes ; et les énigmes angoissantes de toute la vie, et la terreur du ciel nocturne, tout cela qui avait été mon enfance, tout cela, aujourd'hui, se résumait nettement, impitoyablement, dans l'unique désir charnel.

Je crois bien que jamais je n'adressai une seule parole tendre à Mariette. Et nous n'éprouvions pas le besoin, moi de la dire, elle de l'entendre. Ce petit argot des sentimentalités bébêtes et naïves par quoi j'avais débuté de la séduire — de la séduire ! —, je ne l'employai plus dans nos rencontres, presque quotidiennes, ni aucun autre argot, ni aucun autre langage. Elle non plus, si bavarde avec les autres, elle que le saut d'une mouche faisait rire aux larmes, ne me disait jamais rien, sinon, avec terreur, lorsqu'on entendait du bruit dans la maison, ceci : « Prenez garde, monsieur Georges... c'est Monsieur ». Ce n'était pas toujours Monsieur, ce n'était rien qu'un craquement de meuble, ou le grattement d'un rat mangeant, dans l'office, à côté de nous, un reste de fromage. Quand je venais dans la cuisine, elle savait pourquoi, et se préparait, sans joie, sans emportement, avec méthode et ponctualité. On eût dit que cela faisait partie de son service, comme de mettre les bifteaks sur le gril ou de balayer la salle à manger. D'ailleurs, je n'aimais à me trouver près d'elle qu'aux heures du Désir. Et le Désir satisfait, je m'en allais, silencieux, ainsi que j'étais venu. Elle se remettait à son ouvrage, en imprimant à ses jupes un petit mouvement, comme font les poules qui se secouent après l'attaque brutale du coq.

Cependant, j'étais jaloux d'elle, et lorsque je la voyais parler et rire avec les fournisseurs, surtout avec le menuisier dont elle savourait les grosses plaisanteries et l'obscène gaieté, cela me causait un véritable déplaisir et presque une souffrance.

Cela dura six mois ainsi, sans heurts, sans alertes, sinon que mon père me regardait avec plus d'obstination que de coutume.

Un soir, ma mère s'était rendue à l'église où se célébrait l'office du mois de Marie. Il ne faisait pas nuit encore, et le crépuscule était charmant et très doux. Il rôdait dans la maison une odeur puissante de lilas. Mon père devait être au jardin en train de chasser les escargots. Je me rendis à la cuisine. Mariette n'y était pas. Je la cherchai dans les autres pièces, je la cherchai dans toute la maison. Vainement. Alors, je descendis au jardin. Mon père non plus n'y était pas. Je fis le tour des allées et des massifs, vainement. Je pensai que mon père était peut-être sorti. Mais elle, Mariette, où donc était-elle ? Un peu surpris et, le dirai-je, mordu par la jalousie, je retournai à la cuisine, et là, je remarquai que Mariette avait laissé son souper inachevé.

— Le menuisier sera venu, songeai-je... Elle sera allée quelque part avec lui...

Je me dirigeai vers la grille, en faisant un détour par la basse-cour. Si je ne la trouvais pas dans la basse-cour, peut-être l'apercevrais-je sur la route, en train de gaminer avec des hommes, avec ce maudit menuisier dont je me plaisais à exagérer les qualités de séduction. Et voilà que, devant la porte de la grange, je vis le chien, assis sur son derrière, et qui flairait obstinément le seuil. Il ne se dérangea pas à mon approche. Je connaissais sa manière de sentir les rats et les souris, et je compris tout de suite que ce qu'il flairait en ce moment, ce n'étaient point des bestioles ordinaires.

— Mariette est là ! me dis-je... Elle est là, avec le menuisier.

Et, pour la première fois, je ressentis au cœur comme un coup.

Je fis quelques pas, doucement, sans bruit ; puis écartant le chien avec d'adroites précautions, je m'approchai de la porte, et j'y collai mon oreille.

D'abord, je n'entendis que mon cœur qui battait. Ensuite, un bruit se précisa, un bruit de paille remuée. On eût dit que des bottes de paille dégringolaient les unes sur les autres. Ensuite, une voix, une voix étouffée, dont il me fut impossible de distinguer si c'était une voix d'homme ou de femme... Ensuite, deux voix ensemble, deux voix étouffées, deux voix qui semblaient rire, ou pleurer, ou râler, je ne savais.

Et, tout à coup, n'y tenant plus, impatient de surprendre ces deux voix, dont l'une me semblait être celle de Mariette, je poussai la porte d'un coup de poing furieux, et j'entrai dans la grange. Mais l'étonnement — plus que de l'étonnement — une sorte de terreur m'arrêta sur le seuil ; et je vis, dans la pénombre que dorait un reste de jour pénétrant, avec moi, par la porte ouverte, je vis mon père se dresser, hirsute, blême, et retenant, de ses deux mains, ses habits en désordre, tandis que Mariette, effarée, et la poitrine nue, s'efforçait de plonger, pour y disparaître, dans un gouffre de paille.

Je restai là quelques secondes, ne sachant pas si je devais avancer ou m'enfuir ; à la fin, je pris ce dernier parti.

Le lendemain, mon père m'aborda, au jardin. Il me donna vingt francs, et, sans me regarder, il me dit :

— Hier... dans la grange... oui, tu sais bien, hier... il y avait une fouine... Je la cherchais... tu comprends. Voilà, je la cherchais... Et puis, il ne faut pas... en parler à ta mère... parce que ta mère... tu comprends... a peur des fouines... Ça la tracasserait...

Et je vis, sur son front, de grosses gouttes de sueur rouler...

Le Journal, 4, 11, 21, 25 août, et 1er septembre 1895

Recueilli dans *La Pipe de cidre* et dans les *Souvenirs d'un pauvre diable*, Flammarion, 1921, collection « Une heure d'oubli ». Reprise, pour quelques épisodes, de *Dans le ciel*.

POUR S'AGRANDIR...

M. Jules Pasquain, ancien mercier, et Mme Sidonie Pasquain, son épouse, se trouvant trop à l'étroit, dans leur petite maison de la place de l'Église, achetèrent une propriété plus vaste et qu'ils convoitaient depuis longtemps. Les deux demoiselles Pasquain, personnes sèches quoique mûres déjà, furent enchantées. Il y avait de quoi. Songez donc ! Une grille de fer ouvré, de très vieux arbres, une charmille, un verger, et, parmi des rocailles écroulées, les restes d'un ancien jet d'eau : ce n'était point chose si banale et qu'on vît tous les jours. L'habitation surtout était remarquable ; toute blanche et basse, avec de larges fenêtres cintrées, avec son haut toit d'ardoises, elle offrait, de la route, aux regards des passants, un aspect confortable, imposant, et presque « seigneurial », au dire de Mlle Gertrude, l'aînée des demoiselles Pasquain, laquelle avait des goûts « aristocratiques », et souffrait beaucoup de demeurer dans une petite maison, semblable à toutes les petites maisons du pays.

De fait, l'achat de cet immeuble, qui avait appartenu jadis à l'intendant d'une famille noble, classait les Pasquain, les élevait d'un rang, au-dessus des menus bourgeois non hiérarchisés. Les demoiselles Pasquain prirent tout de suite des airs plus hautains, des manières plus compliquées, et tout de suite elles « jouèrent à la grande dame », ce que les voisins trouvèrent d'ailleurs naturel et obligatoire. Il fallait bien faire honneur à une aussi belle propriété. Elles espéraient aussi

— espoir formellement partagé par toute la famille — dénicher, avec le prestige de ce presque château, de prochains et sortables maris.

Mais tout cela ne s'était pas accompli sans de longues réflexions, sans de longues, émouvantes, angoissantes hésitations. Durant des mois et des mois, on avait pesé, à toutes les balances de la sagesse, le pour et le contre ; on avait élevé de formidables objections, établi des comptes enchevêtrés, mesuré à la hauteur des plafonds, la largeur des fenêtres, la profondeur des placards — car il y avait des placards, dans toutes les pièces, ce qui est très commode —, sondé la solidité des murailles, espionné le tirage des cheminées. Chose curieuse, ce fut Mme Pasquain qui activa les négociations : et pourtant, ce n'était pas son habitude d'activer les négociations. D'ordinaire, elle manquait de décision en toutes choses ; elle ne pouvait se résoudre à prendre un parti, même dans les actes les plus répétés de la vie de ménage ; et pour changer une table de place, pour l'achat d'une robe, d'un paquet de navets, d'une pelote de fil, elle n'aboutissait à un résultat que talonnée par la nécessité. Et c'étaient des froncements de sourcils, des soupirs, des « si j'avais su ! » qui n'en finissaient pas.

Mais la maison lui plaisait. Elle avait vu comment elle pourrait l'aménager et voulait y entrer tout de suite.

L'affaire terminée, l'acte de vente signé, Mme Pasquain fut comme écrasée de sa hardiesse. Non, cela n'était pas possible !... Cette résolution irréparable, qui coupait court aux réflexions, aux objections, aux hésitations, aux *mais*, aux *si*, aux *car*, lui parut une surprise violente, une criminelle effraction de sa volonté, quelque chose comme une catastrophe terrible, soudaine, à laquelle il était impossible de s'attendre. Et sans cesse elle gémissait :

— Une si grande maison !... Et peut-être de l'humidité !... Et les serrures qui ne marchent pas !... Et tant de terrain !... Jamais je ne m'en tirerai !... Ah ! mon Dieu, qu'allons-nous devenir, là-dedans ?

La pensée d'une installation nouvelle, discutée pourtant, prévue dans les plus méticuleux détails, l'accabla comme une tâche trop lourde pour elle, lui cassa les bras, lui aplatit le cerveau. Elle chercha des moyens bizarres de rompre le marché.

— Mais, puisque c'est signé, enregistré, payé ?... disait M. Pasquain... puisque tu as signé, voyons !

— J'ai signé... j'ai signé... reprenait l'infortunée dame... Eh bien ! ce n'est pas une raison... je puis m'être trompée... Il doit y avoir des motifs d'annulation... D'abord, je n'ai pas signé de bon cœur... Et puis, admets que la toiture s'effondre demain. Car enfin...

— Eh bien ?

— Eh bien ! je dis que ça n'est pas juste... qu'on aurait pu attendre... et que si tu voulais bien...

Et comme M. Jules Pasquain, impatienté, haussait les épaules :

— Oh ! toi, je sais, reprochait-elle... Toi d'abord, tu n'as jamais su ce que c'est que l'argent...

Il lui fallut plusieurs semaines pour s'habituer à cette effarante idée que le marché était irrévocable, qu'il n'y avait pas à y revenir, ainsi que M. Pasquain le lui expliquait, le Code en main.

— Le Code, le Code !... essayait-elle encore de discuter. On lui fait dire tout ce qu'on veut, au Code. C'est toi-même qui le prétends.

Mais sa résistance devenait plus molle. Un beau jour, elle finit par déclarer :

— Après tout, nous avons été si longtemps gênés et mal à l'aise, que nous pouvons bien nous payer le plaisir d'un peu de confortable.

— Mais oui, appuya M. Pasquain. Et te voilà enfin raisonnable !... Mon Dieu ! la vie n'est déjà pas si longue... Un peu de bon temps, va !... Ça n'est pas de trop, quand on peut !...

— Ça c'est vrai !

Elle s'attendrissait :

— Et puisque les enfants sont contents !... Qu'est-ce que je demande, moi ? Que les enfants soient heureux. Le reste n'est rien. Avoue tout de même que nous nous sommes trop précipités. Ça n'a pas été très sage... Et puis, cette grande maison, jamais nous ne pourrons l'entretenir avec nos deux domestiques.

— Mais si ! mais si ! déclara M. Pasquain. Tu te fais des monstres de tout. Eh bien ! tu prendras une petite fille, en plus, une petite fille de dix francs par mois.

— Enfin ! Pourvu qu'on soit heureux. Pourvu qu'on soit bien !...

À partir de ce moment, Mme Pasquain sérieuse et active, alla tous les jours rôder dans la maison, s'arrêtant devant chaque objet, ayant avec chaque chose d'étranges colloques.

Un matin, elle dit, au déjeuner, avec un air très grave :

— Il va falloir faire de grandes économies... J'ai beaucoup réfléchi... Ainsi, par exemple, le salon !... Nous n'avons pas besoin d'un salon... Nous voyons si peu de monde !... On pourrait vendre les meubles du salon.

— Oh ! mère ! fit Gertrude... Moi qui pensais qu'on l'aurait arrangé encore mieux !

— Est-ce toi qui paies ? interrogea Mme Pasquain, avec un regard dur et une voix toute brève... Tais-toi... C'est comme le piano... vous n'en jouez jamais... À quoi sert-il, le piano, je te le demande !... Oui, oui... pas d'encombrement, pas de bric-à-brac. J'ai horreur de ça !... J'ai horreur des choses inutiles.

— Mais, petite mère, osa répondre l'entêtée Gertrude... le piano, tu l'as acheté avec nos petites économies, nos petits cadeaux du Jour de l'An... Si nous n'en jouons pas, c'est parce que tu ne veux que l'accordeur vienne le réparer... Enfin, il est à nous, ce piano !...

— Rien n'est à vous, ici, entendez-vous !... gronda Mme Pasquain.

Et, s'adressant à son mari, qui ne disait rien, elle dit :

— C'est comme le cheval, la voiture... je vous demande un peu... qu'avons-nous besoin de cela ?... Nous ne sortons presque jamais... Je crois que nous pourrions les vendre... C'est cela qui ferait une fameuse économie !

M. Pasquain objecta d'un ton irrité :

— Mais, sapristi ! on ne peut pourtant pas tout vendre !... Nous n'avons pas acheté cette maison pour nous priver de tout ce qui nous fait plaisir...

Le lendemain, ce fut encore plus terrible. Et quand elle eut déclaré :

— Nous renverrons les domestiques... Les enfants feront le ménage, moi la cuisine... Nous prendrons une femme de journée pour les gros travaux... tout le monde sursauta. Monsieur Pasquain intervint, très ferme, très digne :

— Comment ! toi-même tu disais que tu ne pourrais jamais entretenir la maison avec ton monde... C'est de la folie !... Et le jardin ? Y penses-tu, au jardin ?... Moi, tu sais, je tiens à mes légumes, à mes arbres, à mes fruits !

— Tes fruits !... Ah ! tu fais bien d'en parler... Nous avons eu vingt poires, cette année... Je n'ai même pas pu faire de la gelée de pommes, avec tes fruits ! Non, non, plus de gaspillage, plus d'encombrement... Nous n'avons pas de millions, nous autres... Tu agiras, avec ton jardin, comme moi avec ma maison... Tu prendras un homme de journée, une fois par semaine...

— Ce n'était pas la peine, alors, d'acheter une maison plus grande, si tu dois tout vendre, tout renvoyer, nous priver de tout... de tout !

Mme Pasquain eut un regard de triomphe, et elle s'écria :

— Ah ! te l'ai-je assez dit !... T'ai-je assez averti que tu commettais une sottise, une folie...

— Mais, c'est toi qui as eu l'idée de cette maison... C'est trop fort, à la fin !... Toi qui te trouvais trop petitement ici... Il faut être juste, aussi...

— Allons ! voilà que c'est moi maintenant... Je suis fâchée de te le dire... mais tu mens... Ce n'est pas beau, pour un homme de ton âge...

Les scènes se renouvelèrent souvent. Il fut décidé qu'on n'allumerait plus la lampe, le soir, dans le couloir ; qu'on supprimerait un plat, au repas, et l'abonnement au journal de modes ; qu'on remplacerait le feu de bois par du feu de coke ; qu'on ne garderait rien, rien de ce qui avait leur humble bien-être et leur pauvre petit luxe.

Et, un matin, dans la grande maison presque vide, ils entrèrent, silencieux et mornes, Mme Pasquain, d'abord, ensuite M. Pasquain, flanqué de ses deux filles. Les enchères publiques avaient éparpillé aux quatre coins du pays leurs meubles, leurs habitudes, leurs menues joies quotidiennes... Il ne restait que, çà et là, une armoire, quelques chaises, une table, deux lits. Et c'était si triste cette maison, ses immenses pièces froides et revêches, ces fenêtres nues par où s'apercevaient la détresse des pelouses, l'abandon des allées, qu'ils se mirent tous les quatre à pleurer, comme de pauvres bêtes !...

Le Journal, 1er décembre 1895

Recueilli dans *La Pipe de cidre*.

MON PANTALON !

(Extrait des *Mémoires d'un pauvre diable*)

... Je préparais mon baccalauréat à Rennes, dans une institution bizarre, l'institution Tampon[1], où nous étions une douzaine de jeunes gens. Mon père économisait ainsi un an et demi de collège, car, là, dans cet établissement, on vous faisait en six mois un bachelier très sortable au moyen de gavages surprenants et de surprenantes pédagogies. Nous avions chacun une chambre et, hormis le temps de l'étude et des classes, on nous octroyait beaucoup de liberté et la permission de sortir en ville, durant deux heures, après le dîner. Ces deux heures réglementaires, quelques-uns les prolongeaient parfois jusqu'au matin, car ils avaient de fausses clés pour rentrer « dans la boîte », où la surveillance était nulle. Moi, je ne sortais jamais, et voici pourquoi :

D'abord, je n'avais pas d'argent ; ensuite, je n'avais pas de trousseau. Et je me sentais si ridicule, en mes accoutrements, que pour rien au monde on ne m'eût décidé à sortir, persuadé que j'étais que je me fusse exposé à des avanies, à des moqueries, dans la rue. Et, à ce propos, je me souviens de la discussion qui s'engagea entre M. Tampon

1. Souvenir de la pension Delangle, à Caen, où le jeune Octave a préparé son baccalauréat en 1865. Sur la vie quotidienne et l'organisation des études dans cette pension, voir *Lettres à Alfred Bansard des Bois*, pp. 40-41.

et mon père, lorsque, pour la première fois, je fus amené, dolente caricature, dans ce curieux établissement.

— Monsieur, dit Tampon, votre fils n'a pas un trousseau suffisant. Je ne demande pas que mes élèves soient des gommeux. Encore faut-il que, pour la bonne tenue et la réputation de mon établissement, ils soient correctement lingés et vêtus de même.

— C'est possible, répondit mon père... mais en mettant mon fils chez vous, je m'impose des sacrifices énormes... des sacrifices au-dessus de mes moyens... Je n'irai pas plus loin dans la voie des sacrifices... Je ne suis pas un millionnaire, moi, monsieur... Vous accepterez mon fils avec le trousseau qu'il a et que nous jugeons bien suffisant, sa mère et moi... sinon, je le ramène...

— Mais enfin, monsieur, insista M. Tampon, votre fils ne possède qu'un seul pantalon, par exemple... Que voulez-vous qu'il fasse avec cela ?

— Il fera comme j'ai fait, monsieur... Jusqu'à vingt-trois ans, moi, monsieur, je n'ai jamais eu, à la fois, qu'un seul pantalon... Et, cependant, je suis son père...

— Et s'il lui arrive un accident, une déchirure ?... une tache ?

— Eh bien ! vous le punirez... Il ne doit jamais arriver rien de semblable à un pantalon soigné... entretenu...

— Enfin, soit !... Mais voilà un enfant qui ne sera pas heureux !

— Qu'il soit bachelier... C'est tout ce que je lui demande... Un diplôme, j'imagine, ne dépend pas du nombre de pantalons qu'un candidat peut avoir... Après, nous verrons...

Je demeurai donc avec mon unique pantalon, et cela me fit, parmi mes camarades qui en possédaient de toutes les couleurs, une situation inférieure, dont je souffris beaucoup, et dont il m'est resté une timidité invincible, et ce sentiment de honte éternelle que je traîne avec moi partout dans la vie.

Mon unique pantalon — bien que je le soignasse comme une plante délicate — ne tarda pas à me causer les plus graves ennuis.

D'abord, il s'élima aux genoux, il se frangea du bas. Sa couleur, originairement bleue, tourna au jaune verdâtre, puis au blanc sale, pour se fixer définitivement dans un ton innommable qui participait de tous les tons, sans en rappeler spécialement aucun. Puis, il se troua, à la fourche, et, peu à peu, les trous s'agrandissant, laissèrent passer des blancheurs suspectes de chemise, et s'ouvrirent sur des coins de chair d'une cruelle inconvenance. Je parvins, pendant quelque temps, à dissimuler, tant bien que mal, ces ruines progressives, ces lentes pourritures, ces dures désagrégations qui gagnaient l'étoffe, comme la lèpre gagne la peau d'un pauvre homme. J'avais heureusement, — vieux débris de la garde-robe paternelle —, une sorte de redingote très ridicule, mais très longue, et large assez pour envelopper le ventre d'un gras chanoine. En croisant les pans de ce vêtement sur mes jambes, je pouvais, du moins au repos, voiler ce que les déchirures offraient de paysages trop familiers aux regards malicieux de mes camarades. Hélas ! dès que je marchais, les pans protecteurs s'ouvraient, et ma misère apparaissait dans toute sa honte et dans tout son navrement. J'en étais arrivé, après avoir tenté tous les modes rationnels de réparation que me suscitait mon ingéniosité, à épingler des morceaux de papier noirci sur les trous. Je dus renoncer à ce procédé, d'une hybridité vraiment désespérée, car, dès que je me mettais en mouvement, ou que M. Tampon m'appelait au tableau, il se produisait entre mes jambes un petit bruit sec, et vaguement rythmé, qui faisait éclater de rire toute la salle. Enfin, le papier lui-même, qui avait résisté, céda... Et ce fut la débâcle. Et ma chemise se livra aux plus fantaisistes caprices d'une liberté déréglée.

J'écrivis à mon père toute ma détresse. Je la peignis en termes véritablement douloureux, où il était visible que mon âme était encore plus déchirée que mon pantalon. Rien n'y fit. Mon père demeura inflexible : « Tu passeras tes examens dans huit jours, m'écrivait-il... Et voilà à quoi tu penses !... Sois reçu !... Nous verrons après ! »

Pour éviter ce supplice quotidien, je songeai à me tuer. J'y songeai d'autant mieux, que l'idée de passer mon examen, avec un pantalon qui ne tenait plus au corps, me fut insupportable. Comment me serait-il possible de répondre aux questions des redoutables professeurs, alors que, de tous les gradins, je sentirais peser sur mon pantalon les regards méprisants, les regards moqueurs du public[2]. Et si, tout d'un coup, il allait tomber mon pantalon, quitter mes hanches, mon derrière, mes jambes, et s'étaler, hideuse loque, sur mes pieds ? Ce drame se passait dans ma chambrette, le soir ; de mes camarades, les uns étaient sortis, les autres dormaient. Il y avait, dans toute la maison, un grand silence angoissant... Alors, je me mis à sangloter, à sangloter, tout prêt à ouvrir la fenêtre, et à me précipiter dans le vide, sur le pavé de la cour.

Durant que je pleurais à fendre l'âme de qui m'eût entendu pleurer, je vis entrer dans ma chambre Rose, la petite Rose, comme nous l'appelions, et qui travaillait à la lingerie de l'établissement. Elle était drôlette, et toujours en train de rire... Quelquefois, mes camarades la poursuivaient dans les escaliers, le soir. Nous l'aimions pour sa gentillesse un peu gamine, et sa vive gaieté !...

— Pourquoi pleurez-vous, monsieur Georges ? me dit-elle en refermant la porte... Je vous ai entendu pleurer... Je suis venue... Est-ce qu'on vous a fait de la peine ?

— Ah !... Rose !... Rose !... gémis-je... je veux me tuer... parce que je ne pourrai plus jamais remettre mon pantalon, plus jamais !

Et je lui montrai cette loque indicible, cette douloureuse guenille.

— Oui, Seigneur Dieu ! fit-elle en l'examinant...

Puis, se mettant à rire :

— Il ne faut plus pleurer, monsieur Georges... Je vais vous le raccommoder, moi, votre pantalon... Je vais vous le raccommoder avec de vieux morceaux de mes jupes... Attendez-moi... je reviens. Est-il gentil, tout de même !

2. Les épreuves orales du baccalauréat se déroulaient en public, à la faculté des Lettres.

Elle revint en effet... mais mon pantalon ne fut pas encore raccommodé, ce soir-là... Je ne sais comment cela se fit. Dès les premiers points d'aiguille, nous nous trouvâmes, elle dans mes bras, moi dans les siens, et nos lèvres collées l'une à l'autre.

— Ah ! Rose !... Rose !

— Ah ! Monsieur Georges... Non, monsieur Georges... votre pantalon, monsieur Georges... vo-tre... pan-ta...

Le lendemain, comme j'entrais dans ma chambre, pour me coucher, je trouvai sur le lit, correctement plié, un superbe pantalon neuf... D'où venait-il ?... Qui l'avait déposé là ?...

C'était, tout de même, une drôle d'institution !...

Le Journal, 2 février 1896

EN ATTENDANT L'OMNIBUS

Depuis une heure, sur les boulevards, à une station, j'attendais l'omnibus de Batignolles-Montparnasse. J'avais un rendez-vous d'affaires important et pressé, un rendez-vous, ma foi ! qu'il m'eût été désastreux de manquer, car toute ma petite fortune acquise à force de privations et d'économies y était en jeu. Mais mes moyens ne me permettent pas de prendre un fiacre, et me le permettraient-ils que je n'en prendrais pas davantage. Je trouve que c'est du gaspillage. Quand je pense qu'il existe des gens assez dépensiers, des pères de famille même, pour se payer des fiacres, alors que Paris tout entier est couvert de lignes d'omnibus, eh bien ! cela ne me donne pas une haute idée de leurs vertus domestiques.

J'attendais donc l'omnibus. Et je l'attendais bien respectueux de tous les règlements administratifs, bien soumis à toutes les formes de l'autorité, tâchant de refréner mes impatiences et de faire taire ces révoltes, évidemment ataviques, qui, depuis une heure que j'attendais, recommençaient à gronder en moi, et dont je rougis que la civilisation républicaine, non moins que la constante pratique du suffrage universel, n'aient point encore aboli les barbares vestiges. Oui, je m'efforcais de faire taire ces révoltes, car ne doutez pas un instant que je ne sois cet inénarrable, cet ovin et bovin personnage de comédie — allez ! allez ! moquez-vous ! — qu'on appelle un brave électeur, un honnête contribuable français, et que la France qui possède, de ce bipède, les plus parfaits exemplaires, est, à juste titre, si fière de montrer aux étrangers turbulents.

J'attendais donc l'omnibus, ayant le numéro : 364.998, un joli numéro, n'est-ce pas ? et grâce auquel je risquais, si je m'obstinais à attendre — et je m'y obstinai crânement —, de n'arriver à mon rendez-vous que dans un mois ou deux. Avec l'admirable système des Compagnies de transports parisiens, lesquelles ne transportent guère que trois sur cent des personnes qui demandent à être transportées, on a vu de ces choses surprenantes. On a vu fréquemment ceci : des rues, vers lesquelles on allait, démolies et reconstruites durant l'espace d'une attente à la station, si bien que, lorsqu'on arrivait enfin, on ne retrouvait plus ni les rues, ni les gens, et que ces derniers avaient eu le temps, soit de faire fortune ou faillite, et de se retirer à la campagne, également riches et heureux, comme il convient !

J'attendais donc l'omnibus. La pluie tombait drue et froide, actionnée par le vent qui soufflait du nord-ouest, et la faisait pénétrer en vous comme une multitude de petites aiguilles de glace. Nous pataugions dans la boue, inexprimablement. Toutes les dix minutes, l'omnibus passait, complet. Et les conducteurs, sur la plate-forme, les cochers sur leurs sièges, et jusqu'aux contrôleurs, derrière leurs guichets, se tordaient de rire à voir cette foule chaque fois déçue, se ruer autour de l'omnibus, comme un raz de marée, et se retirer ensuite — ah ! si piteusement !... Il fallait entendre avec quelle joie moqueuse ces puissants fonctionnaires criaient : « Complet ! » comme pour mieux nous faire sentir le ridicule de notre situation. Quelques récriminations partaient bien, d'ici et de là, mais si timides que ce n'est pas la peine de les mentionner. En somme, l'attitude de la foule était excellente, et telle qu'on doit l'attendre de bons Français qui votent et qui paient l'impôt.

Une fois, un petit pâtissier, qui portait sur sa tête une énorme architecture de friandises, descendit de l'impériale, et l'on appela les numéros.

— Numéro 66 !

Numéro 66 !... Et moi, javais le 364.998 !

J'avisai un contrôleur, et, la tête découverte, l'échine arquée, la bouche humble, afin de bien affirmer mon respect de la casquette galonnée, je lui demandai :

— Monsieur le contrôleur, j'ai le numéro 364.998... Puis-je espérer prendre bientôt l'omnibus ?

A quoi le contrôleur répondit :

— Ah bien ! mon petit père, vous pouvez espérer le prendre à Pâques ou à la Trinité...

Et, comme il avait l'air de se moquer de moi, je crus devoir, pour l'amadouer et en manière d'excuses, ajouter :

— Ce n'est pas que je m'impatiente, monsieur le contrôleur... mais j'ai un rendez-vous très pressé !... Cela ne fait rien, j'attendrai, j'attendrai !...

J'attendais donc l'omnibus. La foule, à chaque seconde, grossissait, débordait maintenant sur le boulevard et dans la rue voisine. Déjà, des accidents nombreux, causés par l'encombrement des voitures et des gens assaillant les voitures, avaient été signalés. On avait relevé six personnes écrasées et je ne sais plus combien d'autres avec de simples fractures aux jambes, aux bras et au crâne. Une boutique de pharmacien, en face, ne désemplissait pas de blessés. Beaucoup aussi se plaignaient, courtoisement d'ailleurs, d'avoir été dévalisés, qui de leurs montres, qui de leurs porte-monnaie, qui de leurs mouchoirs. Et d'étranges rôdeurs chuchotaient dans l'oreille des femmes des paroles abominables. Enfin, la congestion pulmonaire, mise en belle humeur par cette bise humide et glacée, se promenait de visage en visage, comme une abeille de fleur en fleur. Et je plaignais, non pas la foule qui attendait l'omnibus, mais cette excellente Compagnie d'omnibus qui, faute de voitures, de chevaux, de conducteurs et de cochers, faisait attendre la foule, bien tranquille dans son monopole et protégée contre les réclamations possibles, hélas ! mais rares, heureusement, par toutes les forces administratives de la République, et aussi, et surtout, disons-le à notre orgueil, par toutes les tolérances individuelles de ces bons, respectueux, soumis citoyens et citoyennes français que nous nous plaisons d'être — admirable bétail humain à qui jamais l'idée ne viendra de se rebeller contre quelque chose, contre quoi que ce soit.

Et, alors, il se passa un fait véritablement inconcevable, tellement inconcevable que j'hésite à le relater. L'omnibus arrivait, complet comme toujours. Tout à coup un jeune homme, écartant la foule, escalada la plate-forme, malgré les cris du contrôleur, et grimpa lestement sur l'impériale.

— Complet ! complet ! hurlèrent le conducteur, le contrôleur, l'inspecteur et le cocher.

— Complet ! complet ! grognèrent les voyageurs tassés à l'impériale, sous leurs parapluies.

— Complet ! complet ! vociféra la foule, devenue tout à coup menaçante et qu'exaspérait un tel acte d'insubordination.

— Vous n'avez pas le droit d'être là !... Descendez !

— Qu'il descende !... qu'il descende !

— Faites-le descendre !... Tirez-le par les basques de son habit, par les oreilles...

Le conducteur avait, lui aussi, grimpé sur l'impériale, et il sommait le jeune homme de descendre. Mais celui-ci resta calme et il dit :

— Non, je ne descendrai pas... Qu'est-ce qu'il y a sur votre omnibus ?... Il y a écrit en grosses lettres rouges : Montparnasse-Batignolles, n'est-ce pas ?

— Il ne s'agit pas de cela...

— Je vous demande pardon... Il ne s'agit que de cela... Votre omnibus mène aux Batignolles... J'y vais moi-même... Il passe... je le prends... Laissez-moi tranquille.

— Mais puisqu'il est complet, andouille !

— Cela ne me regarde pas... Vous avez un monopole... Par cela même, vous vous engagez, virtuellement à me conduire, à conduire tout le monde sur tous les points de votre parcours... Que vos omnibus soient complets ou non, ce n'est pas mon affaire, et je n'ai pas à le savoir... Arrangez-vous comme vous le voudrez... Ayez cent mille voitures, s'il le faut... Mais conduisez-moi là où vous et moi nous allons... C'est mon droit... Je le réclame... et je ne descendrai pas.

— Ah ! tu ne descendras pas !... menaça le conducteur... Eh bien ! tu vas voir ça... espèce de saligaud !

— Je réclame un droit que j'ai... Je ne vous insulte pas, je pense... Faites de même !

— Eh bien ! tu vas voir, pourri, saleté, anarchiste !

— Oui, oui, enlevez-le ! crièrent les voyageurs de l'impériale.

— Enlevez-le, enlevez-le ! Jetez-le par-dessus la galerie ! ordonna la foule.

Et le conducteur aidé du contrôleur et de l'inspecteur, aidé des voyageurs de l'impériale, de l'intérieur et de la plate-forme, aidé de la foule, qui avait pris d'assaut l'omnibus, aidé de douze gardiens de la paix survenus au bruit de la bagarre, se rua courageusement sur le jeune homme, qui, en un instant, étouffé, déchiré, aveuglé, mis en pièces et tout sanglant, fut jeté comme un paquet sur le trottoir.

Nous applaudîmes frénétiquement à cet acte de justice, à cette conquête du règlement sur les principes révolutionnaires, et, le calme s'étant rétabli, les voyageurs ayant repris chacun sa place, l'omnibus s'en alla, symbole de la paix sociale, affirmation triomphante de la hiérarchie... J'appris, depuis, que ce jeune homme, qui avait voulu un moment troubler la belle harmonie des administrations de notre République, n'était pas un Français !... Cela ne m'étonna pas, et j'aurais bien dû m'en douter...

J'attendais donc toujours l'omnibus.

Depuis longtemps, l'heure était passée de mon rendez-vous, et je n'avais plus qu'a rentrer chez moi ; d'autant que la pluie redoublait et me trempait jusqu'aux os. Mais je voulais attendre encore, par respect, par soumission, par protestation contre cet acte inouï de révolte qu'avait commis ce jeune étranger... Je vis des gens entrer dans des restaurants, puis en sortir... Je vis des gens entrer dans des théâtres, puis en sortir... Je vis des magasins s'éteindre et se fermer des cafés... et je vis aussi les passants se faire plus rares... Enfin, le dernier omnibus arriva, toujours complet ! C'est alors, seulement, que je me décidai à rentrer chez moi.

Et pendant que je marchais, le long des rues silencieuses, heureux de cette réconfortante journée où s'était affirmée, avec tant d'éclat, la victoire du règlement administratif, je songeais à cette parole de M. Georges Auriol[1] :

— Les Français ont pris la Bastille, c'est possible... Mais ils ne sont pas fichus de prendre l'omnibus Madeleine-Bastille...

Hum ! hum ! Qu'a-t-il voulu dire par là ?

Le Journal, 27 septembre 1896

Recueilli dans *La Vache tachetée.*

1. Georges Auriol (1863-1938), chansonnier et journaliste, auteur de contes humoristiques.

LE PETIT VICOMTE

Un jour, le père Plançon fut solennellement mandé dans le cabinet de son directeur.

— Asseyez-vous, père Plançon, lui dit celui-ci... Et causons un peu, hein ?

Le père Plançon était un petit bonhomme ratatiné, ridé, chauve, glabre de visage, dont les vêtements trop larges flottaient sur un corps trop maigre, comme une draperie sur du vide. Il avait l'air fort misérable, mais l'habitude de la scène lui donnait une sorte de dignité caricaturale, de dérisoire importance qui s'harmonisait le mieux du monde avec toute sa personne et relevait d'une pointe de comique douloureux l'aspect de sa pauvreté. Comme il était fort peu rétribué à son théâtre, il avait, pendant longtemps, adjoint à ses nobles fonctions de figurant le métier de fabricant de perruques, dans lequel, jadis, il se montrait habile et d'une impeccable honnêteté. Malheureusement, ce métier lui étant devenu trop difficile et pas assez lucratif, il l'avait abondonné.

— C'est dégoûtant, disait-il... On ne trouve plus que des cheveux noirs, et des cheveux de juive, encore... Il n'y a plus, nulle part, des cheveux blonds... et vraiment français... Et vous savez, les cheveux noirs, décolorés et les cheveux étrangers, ça se travaille mal... ça n'est pas mousseux... ça n'est pas souple... ça n'est pas ça, quoi !.. Les dames ne veulent plus de mes perruques, et, ma foi, elles ont raison... Ça n'est plus des perruques...

Il faut dire aussi que sa main commençait à trembler ; ses doigts s'engourdissaient sur les têtes de carton. Il ratait toutes les perruques, lesquelles lui restaient pour compte. Alors, il s'était fait agent d'assurances. Mais il n'assurait pas grand'chose, le pauvre vieux Plançon... Et c'était toujours la misère.

Le père Plançon s'assit en face de son directeur, selon les règles de la plus stricte mise en scène. Le corps penché en avant, les jambes écartées à l'angle voulu, le coude droit un peu relevé, la main à plat sur sa cuisse, il demanda :

— Suis-je bien ainsi, monsieur le directeur ? Suis-je dans la tradition ?

— Parfait... approuva le directeur.

— Alors, monsieur le directeur, je vous écoute.

Et le directeur parla ainsi :

— Père Plançon, il y a juste aujourd'hui quarante-deux ans que vous appartenez au théâtre de l'*Athénaeum Dramatique*. Ça ne vous rajeunit pas, mon pauvre vieux... ni moi non plus, d'ailleurs, ni le théâtre... Mais qu'est-ce que vous voulez ?... c'est la vie... Vous êtes un excellent brave homme, ça oui !... Vous avez toujours tenu votre emploi avec honneur... Tout le monde vous estime ici... Enfin, vous êtes une conscience, mon père Plançon... Est-ce vrai, ça ?...

— J'ai travaillé, monsieur le directeur, déclara le bonhomme.

Et ce « j'ai travaillé » prit dans sa bouche un extraordinaire accent lyrique.

Le directeur acquiesça :

— Ah ! si vous avez travaillé !... Je crois bien... Pour dire « Madame est servie... », il n'y avait pas, il n'y aura jamais votre pareil... C'est évident... Toute la critique est d'accord... Même quand vous n'aviez rien à dire, que vous n'aviez qu'à porter un plateau, éteindre une lampe, épousseter un fauteuil, introduire le petit vicomte dans la chambre de la marquise, c'était épatant... c'était composé...

c'était ça, quoi ! Un grand artiste, mon père Plançon, tout simplement... Des rôles modestes, c'est possible... mais un grand artiste, vous étiez un grand artiste... Pas d'erreur là-dessus...

— La nature, monsieur le directeur... j'ai étudié la nature... expliqua le vieux figurant qui, se rengorgeant à ce compliment, tenta de redresser sa taille un peu voûtée.

Et il ajouta :

— La nature et la tradition... tel fut mon secret...

— Mais oui, mais oui... Ah ! des domestiques comme vous, on n'en fait plus, aujourd'hui... La graine en est perdue, au théâtre, comme à la ville, d'ailleurs. Allez, donc demander ça à des jeunes gens de maintenant !... Ah ! bien, oui... Donc, voici ce que j'ai décidé... On donnera, le mois prochain, votre représentation de retraite... On jouera : *Gloire et Patrie*, votre meilleur rôle... Ça vous va, hein ? Ça vous chatouille dans votre amour-propre ?...

Sur un geste dont il ne voulut pas comprendre l'expression douloureuse :

— Mais si... mais si... insista le directeur... et c'est tout naturel... Sacré père Plançon ! Quand, au deux, vous ouvrez les portes du salon, et que vous lancez votre « Madame la comtesse est servie ! », c'est rudement empoignant, vous savez... c'est une page... ça vous prend là, il n'y a pas à dire... ça vous prend là.

Et le directeur se frappait la poitrine, violemment, à la place du cœur.

Mais, en dépit de ces souvenirs glorieux, le père Plançon était devenu tout triste. Il n'avait pas prévu qu'un jour viendrait où il serait obligé d'abandonner le théâtre, comme il avait abondonné les perruques. Et cette idée le bouleversait, non point à cause de la misère noire où il allait entrer désormais, mais parce que le théâtre état sa vraie vie, et qu'au-delà du théâtre il ne voyait nul horizon, il ne voyait que ténèbres et mort. Il bégaya, atterré par les paroles de son directeur, mais avec des gestes scéniques et conformes à la situation :

— Alors... le mois prochain ? Rêvé-je ?... Déjà !...

— Comment, déjà ?... Après quarante-deux ans de travail, de bons et loyaux services, vous appelez ça déjà ? Voyons, voyons, mon père Plançon... vous aurez deux cents francs sur la représentation... deux cents francs... Ah ! ah ! c'est gentil, ça ?... Et puis, après, bonsoir les amis... la liberté, le repos, la campagne... Vous irez planter vos choux.

Et gaiement :

— En a-t-il de la veine, ce sacré père Plançon !... Et dans *Gloire et Patrie* encore... c'est-à-dire le triomphe... Disparaître dans le triomphe, avec deux cents balles... Et il n'a pas l'air content !... Mais qu'est-ce qu'il vous faut, nom d'un chien ?

Le directeur marchait dans la pièce en agitant les bras, et répétant :

— Qu'est-ce qu'il lui faut ?... Non, mais le voilà buté... Ah ! ces sacrés grands artistes !... tous les mêmes...

Après quelques secondes de silence émouvant, pendant lesquelles l'angoisse lui serrait la gorge, le père Plançon dit d'une voix douce et résignée :

— Eh bien, soit, monsieur le directeur... Seulement, voilà... Je vais vous demander une grâce, une toute petite grâce que vous ne pouvez pas me refuser... Le jour de ma représentation de retraite... je voudrais, eh bien oui, là... je voudrais jouer le petit vicomte...

Le directeur sursauta :

— Vous êtes fou, archifou, s'écria-t-il. Mais c'est impossible... Le petit vicomte ?... Un sale rôle, une panne, indigne de votre talent... Non pas... jamais je ne permettrai ça... Je veux que vous fassiez dans le public une impression inoubliable, mon père Plançon, entendez-vous ?... Je veux que dans cinquante, cent, trois cents ans, on dise : « Il n'y avait que le père Plançon pour lancer : « Madame la comtesse est servie ! » Mais c'est votre gloire que je défends contre vous-même... Oh ! les cabots, les cabots, les sales cabots !... On leur apporte le succès évident, l'acclamation certaine, dix, quinze, vingt rappels... et la fortune par-dessus le marché... Et ils aiment mieux courir je ne sais quelles stupides aventures... Le petit vicomte ! Non !... non, c'est trop bête...

— Monsieur le directeur !...

— Non...

— Monsieur le directeur, écoutez-moi, supplia le vieux figurant, qui s'était levé, lui aussi, et tendait vers son directeur des bras rythmiques... Je vous fais juge de ma situation, monsieur le directeur, je remets entre vos mains mon honneur professionnel... Mais écoutez-moi, au nom du ciel... Il faut que je vous confie ça... Le petit vicomte, il y a plus de dix ans que je l'étudie, que je le compose, que le vis, chez moi, en cachette, tous les soirs... Ce rôle n'a que dix lignes... Mais il est admirable, et j'ai trouvé des effets, des effets !... Ah ! si vous vouliez !... Ce serait le couronnement de ma carrière. Le public verrait là un des côtés inconnus de mon talent... Monsieur le directeur, laissez-moi jouer le petit vicomte...

— Non... non... et non !... Est-ce clair ?

— Monsieur le directeur, je vous en supplie !...

— Non, vous dis-je !... C'est inutile...

— Monsieur le directeur, j'abandonnerais plutôt mes deux cents francs...

— Ah ! fichez-moi la paix, père Plançon... vous me rasez, à la fin... Allons, ouste, ouste !...

Et, brutalement, il le congédia.

Le père Plançon était infiniment malheureux. Chaque jour, il venait au théâtre, rôdait sur la scène et dans les couloirs, inquiet, silencieux, hamlétique presque. Lorsque ses camarades lui adressaient la parole, à peine s'il leur répondait. Et il monologuait en lui-même :

— Le petit vicomte !... C'est à n'y rien comprendre... Me refuser une chose si simple, et qui eût été si belle, une chose qui, pour moi, serait la gloire, qui, pour le public et pour Sarcey, serait une révélation !... Qu'est-ce que cela pourrait bien lui faire à cette canaille, à cette grosse canaille, qui s'est engraissée de mon talent, de mes veilles ?... Ah ! je n'ai pas eu de chance !... Et personne ne saura jamais ce qu'il y avait en moi, ce qu'il avait, là, sous ce crâne...

Il croyait à une cabale, à une conspiration, et il regardait tout le monde d'un regard méfiant, d'un regard où, vainement, il cherchait à insinuer une expression méchante et vengeresse, le lamentable et doux bonhomme.

Enfin, le grand jour arriva. Jusqu'au dernier moment, le père Plançon avait espéré, au fond de lui-même, un miracle. Et ce fut le cœur bourrelé, les larmes dans les yeux, qu'il vit la toile se lever, lentement, implacablement, sur le premier acte de *Gloire et Patrie*.

Le vieux bonhomme n'apparaissait qu'à la fin du deuxième acte. Le moment venu, il entra sur la scène, avec majesté, perruque blanche et bas noir, ouvrit noblement les deux battants de la porte, par où la salle à manger s'éclaira des lumières et ses cristaux et des reflets de son argenterie, et, de ce ton solennel et chevrotant qu'il avait, il annonça :

— Madame la comtesse est servie !

Tout à coup, rêves refoulés, ambitions étouffées, tout cela dont l'amertume avait empoisonné sa vie, se leva, gronda dans son âme. En une seule fois, dans une minute d'exaltation suprême, il voulut protester contre son passé de rôles humbles et muets, apparaître enfin, éloquent, dominateur, terrible, apothéotique. Des lambeaux de drames, des répliques violentes, des apostrophes éperdues, d'angoissants trémolos, et des prisons, et des palais, et des souterrains, et des dagues, et des arquebuses lui revinrent au souvenir, en foule, pêle-mêle, enflammés et torrentueux comme des laves. Il sentit rugir et bondir dans son âme les rugissantes et fraternelles âmes des Frédérick Lemaître, des Mélingue, des Dumaine, des Mounet-Sully, des Coquelin. L'ivresse le saisit, l'affola, le poussa aux héroïsmes les plus extravagants. Et, redressant sa taille courbée de vieux serviteur, rejetant en arrière sa tête sur laquelle la perruque blanche s'horrifia, ainsi qu'un feutre vengeur, la poitrine haletante et sifflante, la main gauche battant sur son cœur, la droite tendue comme une loyale épée, vers les invités, il clama d'une voix rauque, d'une voix cassée par l'émotion de se révéler, enfin, devant les foules, un héros :

— Oui, madame la comtesse est servie !... Mais, auparavant, général, laissez-moi vous le dire en face... Celui qui insulte une femme est... un lâche !

Puis il s'effaça pour laisser passer les invités consternés.

Un tonnerre d'applaudissements éclata dans la salle. Les spectateurs, exaltés par cette sortie vigoureuse et sublime, rappelèrent le père Plançon, frénétiquement. Mais le rideau resta obstinément baissé, malgré les cris, les trépignements, les enthousiastes bravos qui se prolongèrent durant une partie de l'entr'acte.

Quant au père Plançon, ses camarades l'entouraient, l'accablaient de reproches.

— Que vous est-il donc arrivé, père Plançon ? disait la grande coquette... Mais vous êtes donc devenu fou ?... Ou bien êtes-vous malade ?...

— Non, madame la marquise, répondit noblement le père Plançon... Et ne me parlez plus jamais de votre honneur... Il n'y a pas deux honneurs... Il n'y a que de braves gens...

Puis, ayant levé vers les frises un doigt attestateur, il disparut à travers les ténèbres des décors...

Le Journal, 3 janvier 1897

Recueilli dans *Les vingt et un jours d'un neurasthénique* (chapitre XIII), dédié à Lucien Guitry.

EN TRAITEMENT

M. Isidore-Joseph Tarabustin, professeur au lycée de Montauban, est venu avec sa famille passer une saison à X... M. Tarabustin souffre d'un catarrhe de la trompe d'Eustache ; Mme Rose Tarabustin d'une hydarthrose au genou ; le fils, Louis-Pilate Tarabustin, d'une déviation du rachis : famille bien moderne, comme on voit. En plus de ces maladies, avouées et d'ailleurs respectables, ils en ont d'autres qui les atteignent aux sources mêmes de leur vie. De quelles hérédités impures, de quelles sales passions, de quelles avaricieuses et clandestines débauches, de quels cloaques conjugaux M. et Mme Tarabustin furent-ils, l'un et l'autre, engendrés, pour avoir abouti à ce dernier spécimen d'humanité tératologique, à cet avorton déformé et pourri de scrofules qu'est le jeune Louis-Pilate ? Avec son teint terreux et plissé, son dos en zigzag, ses jambes torses, ses os spongieux et mous, cet enfant semble avoir soixante-dix ans. Il a toutes les allures d'un petit vieillard débile et maniaque. Quand on est auprès de lui, on souffre vraiment de ne pouvoir le tuer. La première fois que je vis tous ces Tarabustin, j'eus l'idée d'aller à eux et de leur crier :

— Pourquoi venez-vous offusquer de votre triple présence, de l'immoralité de votre triple présence, la splendeur farouche des montagnes, et la pureté des sources ?... Retournez chez vous... Vous savez bien qu'il n'y a pas d'eaux — si miraculeuses soient-elles —

qui puissent jamais laver les pourritures séculaires de vos organes, et la crasse morale d'où vous êtes nés...

Mais je pense que M. Isidore-Joseph Tarbustin eût été fort étonné de l'éloquence de ce langage, et qu'il n'eût été point obéi à cette injonction homérique.

Chaque jour, à des heures fixes, le matin, sur les allées d'Étigny[1] ou sur les Quinconces, on rencontre, sortant du bain, solennel, méthodique, grand semeur de paroles et de gestes, M. Isidore-Joseph Tarabustin, qui promène ses courtes jambes, sa face bubonique et son ventre malsain. Sa famille l'accompagne, et, quelquefois, un ami, voisin de chambre, professeur comme lui, et dont la peau malade, farineuse, lui fait un visage de Pierrot morne, qui se serait poudré de cendres. Rien n'est beau comme de les voir côtoyer le lac et parler aux cygnes, tandis que le jeune Louis-Pilate leur jette des pierres... déjà !

— Je voudrais bien savoir pourquoi on appelle ces volatiles des cygnes ? demande M. Isidore-Joseph Tarabustin.

A quoi l'ami répond avec un grincement :

— Ce sont des oies qui ont le cou trop long, voilà tout... Toujours l'amour du mensonge.

Le soir, avant de se coucher, M. Tarabustin flâne, majestueux, sur la route d'Espagne, jusqu'au « dernier bec de gaz de France ». Il dit, en enflant sa voix : « Allons jusqu'au dernier bec de gaz de France ! » Sa femme le suit, clopinant péniblement, molle, boursouflée de graisse jaune, et suivie elle-même de son fils qui choisit, pour y mettre le pied, les plus larges bouses, les plus gros tas de crottin, nombreux à cette heure, sur cette route où, dans la journée, passèrent tant d'attelages de bœufs et tant de chevaux... Arrivé devant le dernier bec de gaz de France, M. Tarabustin s'arrête, médite longuement, ou bien, selon les dispositions de son humeur, improvise des réflexions

1. Dans la version des *Vingt et un jours d'un neurasthénique*, Mirbeau a supprimé cette information spatiale.

morales, de hautes pensées philosophiques, pour l'éducation de sa famille. Puis, il s'en retourne, lentement, à la ville, et il rentre dans la chambre, sans air et sans jour, qu'il a louée en une maison étroite, humide, malsaine, assombrie, même durant les plus clairs soleils, par une double rangée d'arbres. Et tous les trois, leurs lits se touchant, leurs poitrines échangeant familialement le poison de leurs trois haleines, ils s'endorment... Quelquefois, lorsque leur fils dort, ils s'acharnent à de hideuses amours, et désolent, de leurs baisers malthusiens, le silence de la nuit.

Hier, sur la route d'Espagne, j'ai rencontré M. Isidore-Joseph Tarabustin. Il était arrêté au pied du dernier bec de gaz de France. Sa femme se tenait à sa droite, son fils à sa gauche. Et, sur le fond des montagnes, dans le crépuscule que la lune argentait, cela faisait comme une scène étrange de la Passion, une parodie bouffonne du Calvaire.

Il ne passait plus personne sur la route, ni bêtes, ni gens. Au creux de l'étroite vallée, la Pique[1] bouillonnait entre des éboulements de rocs, et roulait avec des bruits d'harmonica. Et la lune glissait lentement sur le ciel dans l'échancrure de deux montagnes, de seconde en seconde moins noires, et voilées de brumes mauves.

Prévoyant que M. Isidore-Joseph Tarabustin allait proférer des paroles définitives, et désireux de les entendre, je me dissimulai derrière le talus de la route, afin de ne point effaroucher son éloquence.

— Rose... commanda tout à coup M. Tarabustin... et toi, Louis-Pilate... regardez, tous les deux, cet appareil d'éclairage.

Et, d'un geste noble, il montrait le réverbère que, par une judicieuse économie, l'administration municipale n'avait point allumé, car il faisait clair de lune, ce soir-là.

— Regardez, cet appareil, reprit le professeur, et dites-moi ce que c'est.

Louis-Pilate haussa ses épaules torses. Rose répondit, en frictionnant son genou malade.

— Mais c'est un bec de gaz, mon ami.

— Un bec de gaz... un bec de gaz !... Sans doute que c'est un bec de gaz... Mais ce n'est point un bec de gaz comme les autres... C'est quelque chose de très particulier et, le dirai-je, de très symbolique... Quand vous le regardez... voyons, ma chère Rose, et toi, Louis-Pilate, est-ce que vous n'éprouvez pas une sensation..., une émotion..., un frisson..., quelque chose enfin de fort, de puissant..., de religieux..., tranchons le mot... de patriotique ?... Recueille-toi un instant, Rose... Louis-Pilate, descend dans ton âme... Alors, ça ne vous dit rien ?...

Rose soupira, presque larmoyante :

— Et pourquoi veux-tu, Isidore-Joseph, que j'éprouve, devant ce réverbère, des sensations que je n'éprouve pas devant les autres ?

— Parce que ce réverbère, ma chère femme, contient une idée... une idée sainte... une idée maternelle... un mystère... que ne contient aucun autre réverbère... parce que... écoutez-moi bien... parce que ce bec de gaz est le dernier bec de gaz de France, parce que, après lui... c'est la montagne... c'est l'Espagne... l'inconnu... comprends-tu ?... l'étranger, enfin... Parce que c'est la Patrie qui s'illumine tous les soirs pour la joie, pour la reconnaissance de nos cœurs, et qui semble nous dire : « Si tu m'aimes, tu n'iras pas plus loin ! » Voilà ce que c'est que ce bec de gaz...

Mme Tarabustin considéra longtemps ce bec de gaz, fit un violent effort pour éprouver la secousse divine, et, triste, accablée de n'être pas à l'unisson des sentiments qui gonflaient le cœur de son mari, elle gémit :

— Je n'ai pas ton intelligence, mon ami... Et je ne vois pas de si belles choses dans un simple réverbère... C'est un grand malheur... Pour moi, un bec de gaz est toujours un bec de gaz, quand même c'est le dernier de France...

La voix de M. Tarabustin prit un accent mélancolique.

— Hélas ! fit-il... Tu n'es qu'une femme... tu n'as pas, comme moi, pénétré dans la profondeur des choses... Les choses, ma pauvre amie, ne sont que des apparences sous lesquelles existent les symboles éternels... Le vulgaire ne perçoit que les apparences... Seuls, les grands esprits, comme moi, découvrent les symboles sous les apparences qui les cachent... Enfin !

Il y eut un silence.

L'haleine des Tarabustin profanait la pureté vivifiante du soir. Un parfum d'œillet sauvage, qui s'était aventuré jusqu'à eux, rebroussa chemin et se perdit dans la vallée. Les grillons s'étaient tus, à la voix du professeur, étonnés de cette discordance.

— Et toi, Louis-Pilate ?

Mais l'enfant écrasait sous sa semelle un ver luisant qui venait de s'allumer dans l'herbe... Il ne répondit pas.

Alors, découragé, M. Isidore-Joseph Tarabustin regarda, une dernière fois, fervemment, le dernier bec de gaz de France. Et il partit, suivi de sa femme, qui recommença de clopiner péniblement, et de son fils, qui se remit à patauger dans les bouses et les tas de crottin...

Le Journal, 15 août 1897

Recueilli dans *Les Vingt et un jours d'un neurasthénique* (chapitre V).

HOMARDS À L'AMÉRICAINE

A la campagne, j'ai deux voisins, deux excellents voisins, avec qui les relations sont charmantes vraiment : le peintre Anastase Ruban que vous connaissez sans doute, et M. Joseph Planton, ancien chef de gare de la Compagnie des chemins de fer de l'Extra-Centre. Anastase Ruban s'est fait, comme vous le savez, une spécialité dans la peinture contemporaine — je pourrais dire une illustration ; il n'a jamais peint que des homards. M. Thiébaut-Sisson[1], qui vient de découvrir Piero della Francesca[2], a écrit de lui : « C'est le meilleur homardier que nous possédions. Il est exact, élégant et profond. Son dernier tableau, *le Homard*, qui tient entre ses pinces le globe, atteint aux plus hautes conceptions de la peinture d'histoire... » Quant à M. Joseph Planton, il joint, obscur et modeste, aux douceurs d'une retraite bien gagnée les petits bénéfices d'une agence d'assurances contre les accidents et sur la vie. Ce sont deux braves gens, fort estimés de tout le pays, et qui respectent les lois — toutes les lois !...

1. Critique d'art. « Si, si, je trouve mon buste très très beau et l'idée m'en plaît énormément. On n'en parlera pas à cause de moi, car, vous n'imaginez pas, ce que même des gens qui me font bonne mine, comme Arsène Alexandre et Thiébaut-Sisson me détestent », a écrit Mirbeau à Rodin à la mi-mai 1895 (cf. Mirbeau, *Correspondance avec Rodin*, Lé Lérot, Tusson, 1988, p. 142).

2. Pierre della Francesca (v. 1416-1492), peintre italien, auteur notamment de *La Légende de la Croix*.

Vous voyez bien qu'il existe encore, quoi qu'on dise, de ces braves citoyens, et que le génie de la race n'est pas mort !

Ce matin, de très bonne heure, Anastase Ruban est venu me voir... Je l'ai trouvé soucieux, inquiet... Je m'informe :

— Eh bien !... Et les homards ?

— Ça va !... Ça va !... répond un peu nerveusement l'exact, élégant et profond homardier...

Puis, tout à coup, il me demande :

— A-t-on des nouvelles de la *Champagne* ?

— Ma foi ! non...

— Ah !...

Je pense qu'il a peut-être des parents, des amis sur ce paquebot, et je me dispose à le rassurer... Mais il ne m'en laisse pas le temps... Et il soupire :

— Ah ! je n'ai pas eu de chance.

— Que voulez-vous dire ?

— Rien !... Je m'entends !

Et pendant quelques minutes, il est demeuré songeur.

Nous nous promenons dans le jardin. L'air est très doux. Un peu de soleil sourit dans les nuages... En vain, j'essaie de lui faire admirer la beauté des pervenches, des roses de Noël, et les pousses nouvelles qui soulèvent la terre... Il répète encore :

— Ah ! je n'ai pas eu de chance !... Je n'ai pas eu de chance !...

— Mais en quoi n'avez-vous pas eu de chance ?

— En quoi ?...

Le grand homardier chassa violemment du bout de sa canne, un caillou, et haussant les épaules, il s'écrie, avec un mauvais regard, et d'une bouche tordue par la haine :

— Vous allez voir, mon cher monsieur... que cette fois-ci, la *Champagne* a péri corps et biens... Et que, plus jamais, nous n'entendrons parler d'elle !... La voilà bien ma chance !...

J'ai beau lui dire que l'on n'est pas inquiet à la Compagnie

Transatlantique... que le paquebot a été signalé, naviguant doucement, dans je ne sais plus quels paysages...

— Un retard... un simple retard !...

Anastase Ruban ne veut rien entendre.

— Non ! Non !... Il a péri corps et biens !...

Et il s'obstine toujours à cette unique exclamation :

— C'est bien ma chance !... C'est bien ma chance !

Je n'ai pu lui tirer d'autres paroles ; et il est parti, furieux, étrangement furieux, sans s'expliquer davantage.

Ce soir, après le dîner, il revient, aussi inquiet que le matin, aussi soucieux, dans un état nerveux plus accentué... Il me demande :

— Et la *Champagne* ?... Toujours pas de nouvelles ?

— Non.

— Naturellement !

— C'est-à-dire les mêmes nouvelles... Rien de grave... Un retard voilà tout !

— Allons donc !

— Puisque je vous le dis !

— Allons donc !... Vous verrez !... vous verrez !... La *Champagne* a péri corps et biens !... C'est évident ! Ah ! ce n'est pas à la *Gascogne* qu'une pareille chance serait arrivée !... Ah bien, oui.

— Une pareille chance !... Pourquoi dites-vous cela ?...

— Je m'entends... je m'entends !

Anastase Ruban marche fièvreusement... bouscule les chaises... Je le pousse de questions précises auxquelles il ne répond que par des gestes saccadés... Enfin, il finit par s'asseoir devant la table, en face de moi, et, d'une voix coupée, hachée, en petites phrases courtes, il me dit ceci :

— Enfin, voyons... Je suis un brave homme... moi ! un honnête homme !... Je remplis tous mes devoirs de citoyen libre... Je suis toujours avec le gouvernement, quel qu'il soit !... Je respecte l'armée, la magistrature, la religion... M. Henri Rochefort... M. Ernest Judet...[3] tous les corps constitués, enfin ! voyons !... Est-ce vrai ?

— Parfaitement !

— Mais je suis peintre avant tout !... peintre avant tout !... Est-ce juste ?

— Dame !

— Eh bien, vous allez voir ma chance ! Il y a deux ans, je pars pour l'Amérique... Je devais faire à New-York, et dans les principales villes du Nouveau-Monde, une exposition de mes homards, et en même temps qu'une exposition, des conférences sur mes homards en général et sur la peinture contemporaine en particulier... C'est un usage qui fut, je crois, inauguré par mon cher maître et ami, Jean-François Raffaelli...[4] Je pars donc pour l'Amérique, sur la *Bretagne*... Mes homards me suivent sur la *Gascogne*... à huit jours d'intervalle... Il me fallait ce temps, vous comprenez, pour organiser mes affaires là-bas, étudier l'Amérique et me rendre compte de ce que les Américains pourraient bien avoir dans le ventre !... Afin d'épater ces susdits Américains, j'avais assuré mes tableaux pour une somme de six cent mille francs... Retenez bien ce chiffre, mon cher monsieur, six cent mille francs !... Six cent mille francs de homards peints, ce n'est pas ordinaire !...

A ce moment, entre M. Joseph Planton, mon autre voisin. Il s'assied silencieusement à côté de notre grand artiste Anastase Ruban, qui continue après quelques minutes d'interruption :

— Je n'avais entendu faire qu'une réclame. Je ne comptais pas que cela pût devenir une merveilleuse spéculation... Je poursuis... au

3. Journalistes antidreyfusards que Mirbeau prendra constamment pour cibles dans ses pamphlets de *L'Aurore* à partir du mois d'août 1898 (voir *Mirbeau et l'Affaire Dreyfus*, Séguier, à paraître 1991).

4. Jean-François Raffaelli (1850-1924), peintre auquel Mirbeau a consacré quelques articles louangeurs (voir *Combats esthétiques*, Séguier, à paraître fin 1990).

jour fixé, la *Gascogne* n'arrive pas. Rien d'étonnant !... On avait signalé d'épaisses brumes en mer... Deux jours, trois jours, quatre jours... La *Gascogne* n'arrive toujours pas. On s'émeut à New-York. Les agences regorgent de gens qui viennent aux renseignements... La jetée est noire de visages contristés qui interrogent l'horizon. Il y a des femmes qui pleurent, des petits enfants qui pleurent, des vieillards qui pleurent !... Moi, je jubile... J'ai dans le cœur une immense espérance !... l'espérance que la *Gascogne* a sombré, et qu'elle repose, à jamais, sur un lit de fucus, au fond de la mer ! Quatre jours encore ! Et la *Gascogne* n'arrive pas !... On ne la signale nulle part. « Mon pauvre père ! » sanglotent des femmes. « Mon infortunée épouse ! » larmoient des hommes... Et moi, plus jeune, plus souple, plus gai, je dis mentalement : « Ô mes bienheureux homards qui dormez dans les grands fonds, que je vous bénis de me valoir six cent mille francs !... » Et, tandis que tout le monde se lamente et se désespère, moi, déjà, j'organise ma vie future... Avec cette fortune miraculeuse, je lâche l'art, les marchands, l'amateur ! J'achète une maison de campagne, j'ai un grand jardin, des poules, des vaches. Et, tout le jour étend sur l'herbe, je me prélasse dans la presse et dans la joie !... Je n'ai plus qu'une angoisse, une seule : c'est que la *Gascogne* s'est écartée de sa route, et qu'elle va, peut-être, apparaître bientôt à l'horizon !... Quatre jours encore !... Rien !... Ce soir-là, je me suis saoulé comme un homme, avec de belles filles !...

Il cesse, une minute, de parler. Et, le regard morne, la bouche pendante :

— Voilà bien ma chance !... fait-il... Le lendemain, les sémaphores — ces brutes — signalaient la *Gascogne* au large... La *Gascogne*, comprenez-vous ?... la *Gascogne* que je croyais ensevelie pour toujours sous les flots !... Je pensai m'évanouir de douleur... Tout le monde exultait, tout le monde dansait, tout le monde chantait... Oh ! cette joie canaille !... Le soir, en effet, l'affreuse *Gascogne* entrait dans le port avec mes homards !... Et, toute la nuit, je fus, dans New-York, le seul à pleurer, à pleurer sur mes joies défuntes et mon rêve évanoui !... Quand je vous disais que je n'avais jamais eu de chance dans la vie !...

Il y eut un silence... Un silence accablant... Et, tout à coup, j'entendis la voix blanche de Joseph Planton, ex-chef de garde des chemins de fer de l'Extra-Centre, qui disait :

— Moi, en fait de homards, il m'est arrivé quelque chose de bien plus extraordinaire.

Le Journal, 27 février 1898

LES DEUX VOYAGES

Le 1ᵉʳ décembre 1899, Cyrille Barclett, chef de bureau à la « Moon of Chicago », compagnie d'assurances sur la vie, au capital de cent millions de dollars, entra vers dix heures, dans le cabinet de son cousin Earl Butwell, sous-directeur du personnel, à la même compagnie, et, après le traditionnel « *shakehand* », il lui dit :

— Earl, je vais vous demander une chose très importante.

— Laquelle, Cyrille ?

— Earl, il me faudrait un congé d'un mois.

Le sous-directeur sursauta :

— Et pourquoi, ce congé, je vous prie, Cyrille ?

— Pour aller à New-York, Earl.

— Et pourquoi voulez-vous aller à New-York ?

— Pour me marier !...

Earl reçut la nouvelle sans broncher.

— Vous vous mariez ?... fit-il.

— Parfaitement !... Et voici !... Huit jours pour aller, huit jours pour revenir, quinze jours pour le mariage !... Je serai au bureau, le 2 janvier 1900, à dix heures.

— Et quand part le paquebot, Cyrille ?

— Demain soir, Earl !

Earl Butwell réfléchit un instant, puis :

— Cyrille, dit-il, je ne puis vous donner ce congé... Vous avez la surveillance de l'inventaire de fin d'année... Vous ne pouvez partir avant le 5 janvier...

Cyrille Barclett répondit :

— Earl, c'est impossible !... Il faut que je parte... Tout est prêt !... Mais écoutez.

Il alla consulter une sorte d'horaire illustré, qui était appliqué dans un cadre noir, sur le mur du cabinet.

— Écoutez, reprit-il... Je puis revenir le 24 décembre... Voyez-vous même !... Je ne resterai là-bas que trois jours... Le temps de me marier... Et je reprends le paquebot qui part de New York le 14... Voyez-vous même... Et quand je dis le 24... Je puis être ici, parfaitement, le 23. Jeromy me remplacera très bien durant cette courte absence...

— Alors, partez, Cyrille, consentit le sous-chef, après avoir vérifié l'exactitude de la date indiquée par son cousin sur l'horaire. Mais ne manquez pas le paquebot au retour !...

— « *All right* !... » C'est entendu... le temps de me marier... vous me trouverez au bureau le 23 décembre, à dix heures !...

Earl Butwell était un homme curieux, et, ce matin-là, il avait le temps de causer un peu. Il demanda :

— Et qui épousez-vous, Cyrille ?...

— Minnie Hookson... Vous connaissez ?...

— Du tout !...

— Ni moi !... Une très agréable personne, Earl !... Vingt-sept ans, mince, grande, blonde... Du moins, je le crois... C'est miss Saunders qui a arrangé cette affaire... Vous connaissez ?...

— Du tout !

— Ni moi !... Miss Saunders est une très agréable personne aussi !...

— C'est très bien !...

Cyrille Barclett poursuivit gravement :

— J'ai reçu de miss Saunders, je pense, les photographies de Minnie Hookson depuis l'âge de un an... Il y en a vingt-sept !...

— Vingt-sept, Cyrille ?

— Vingt-sept, Earl. Voilà une fort précieuse personne. Voulez-vous voir ?

Le sous-directeur, décidément en veine de flânerie, répondit aimablement, avec cette amabilité impérative et brève qu'il avait, en toutes les circonstances de la vie.

— Montrez... je vous prie.

Et Cyrille tira d'une serviette de cuir qu'il portait sous le bras, tira l'une après l'autre, vingt-sept photographies, qu'il étala méthodiquement, sur le bureau, parmi les papiers.

— Vous êtes sûr, au moins, interrogea Earl, que ce sont là les photographies de Minnie Hookson ?...

— Je le crois, Earl, je le crois... Et pourquoi, je vous prie, ne seraient-ce pas les photographies de ma chère Minnie ?

— Je n'en sais rien... Elles pourraient être les photographies d'une autre personne.

Cyrille sourit finement, retourna les vingt-sept portraits, et malicieusement :

— Voyez-vous même, Earl, si ce ne sont pas là les réelles photographies de ma chère fiancée.

Au dos de chacun de ses vingt-sept portraits, il y avait, inscrite en grosses lettres et en gros chiffres, l'indication de la taille, de la mesure, du poids du baby Minnie, puis de l'adolescente Minnie, puis de la jeune fille Minnie, puis de la femme Minnie... Toute une anthropométrie très précise... Toute une comptabilité, très stricte, tenue année après année, minutieusement.

Earl examina rapidement, silencieusement, les chiffres des premières photographies, et s'arrêtant à la dernière, avec plus de complaisance, il s'écria, presque enthousiaste :

— Un mètre soixante !... Soixante-deux kilos !...

— Parfaitement !...

— Je crois, Cyrille, que vous serez heureux !

— Je le crois aussi, Earl !...

Les deux hommes échangèrent une forte poignée de main... Puis Cyrille ayant remis dans la serviette de cuir, et à l'ordre de leurs dates, les vingt-sept photographies de sa chère Minnie, il partit en répétant :

— Je le crois aussi...

*

* *

Cyrille Barclett habitait avec sa mère, depuis cinq ans, un confortable appartement de l'avenue Kléber. Ils s'aimaient beaucoup tous les deux... Aussi avait-il été convenu que le mariage ne les séparerait pas et que Cyrille installerait sa femme dans cet appartement ; résolution qui conciliait la tendresse et l'économie.

Mistress Barclett était une honorable, très honorable vieille dame, blanche de cheveux, blanche de visage, et qui souffrait d'une maladie de cœur. Bien des fois, elle avait failli mourir, emportée dans une syncope. Et avec l'âge, les syncopes devenaient de plus en plus fréquentes... Durant l'absence de son fils, mistress Barclett avait préparé, orné, remis à neuf l'appartement de l'avenue Kléber, afin d'y recevoir sa chère bru, Minnie, qu'elle chérissait déjà pour son poids de soixante-deux kilos, et pour son mètre soixante de taille ! Mais elle s'était très fatiguée en ces préparatifs, et le matin du 23 décembre, elle se plaignait vivement de n'être pas bien et de souffrir du cœur...

A neuf heures et demie, un omnibus, chargé de malles, s'arrêtait devant la maison de l'avenue Kléber. Cyrille fit descendre sa femme, donna quelques ordres au concierge, et, comme il avait promis d'être à son bureau, lequel était situé rue du Châteaudun, à dix heures sonnant, il pria sa chère petite Minnie de monter à l'appartement et se fit conduire au siège de la « Moon of Chicago ».

En effet, au coup même de dix heures, Cyrille entra dans son bureau. Il ne s'y trouvait pas depuis dix minutes, que la sonnerie du téléphone l'appela :

— Allo !... qui parle ?

— Moi... Jules, le valet de chambre...

— Qu'est-ce que c'est ?

— La mère de Monsieur est prise d'une attaque... allo !... allo !... Elle est presque morte !... Que Monsieur vienne...

— Je viens ! répondit Barclett...

Et il raccrocha le récepteur à l'appareil... remit son pardessus, écrivit un mot sur sa carte, qu'il fit passer à son cousin, et, remonté en voiture, il accourut près de sa mère, trop tard pour lui dire adieu... Mistress Barclett était morte !...

Cyrille pleura amèrement... Puis quand il eut donné aux larmes le temps qu'un Américain peut donner à ces démonstrations inutiles de la douleur, il retourna à son bureau... Earl Butwell l'attendait...

— Earl, dit-il... je viens vous apprendre une chose très importante !

— Quelle, Cyrille ?

— Earl, ma mère est morte !...

— Je pense que vous ne venez pas me demander un congé de trente jours, encore !

— Non, Earl... Mais je suis très perplexe... Ma mère avait toujours manifesté l'intention que son corps, quand elle serait morte, fût renvoyé en Amérique !...

— Eh bien, Cyrille, il faut le renvoyer.

— Sans doute... mais comment ?... Je suis dans un grand embarras !... Vous avouez, vous-même, que je ne puis l'accompagner.

— Certainement non... vous ne le pouvez pas...

— Le paquebot prochain ne part que dans huit jours. Je ne puis garder le corps de ma mère chez moi, pendant ce temps-là.

— C'est fort juste !

— Alors ?...

Earl Butwell réfléchit un instant, et, très grave :

— Cyrille, il faut acheter un cercueil très solide... y mettre votre chère mère, l'honorable mistress Barclett... et le déposer... à la consigne... du chemin de fer !...

Et comme Earl Butwell ne manquait pas de littérature, à ces moments perdus, il ajouta :

— Les morts vont seuls... Les morts vont vite !...

Cyrille approuva d'un mouvement de tête :

— Earl, mon cher Earl, vous avez raison... Je ferai cela !...

Et il se mit à piocher l'inventaire, sans plus : l'inventaire de la « Moon of Chicago », compagnie d'assurances sur la vie, au capital de cent millions de dollars.

Le Journal, 4 février 1900

Recueilli dans *La Pipe de cidre*.

JOUR DE CONGÉ

Nous étions allés prendre le funiculaire qui monte à la T..., où nous devions passer la journée[1]. Il était dix heures, le matin, et personne encore dans la gare... Le train attendait, seul avec sa machine trapue et bizarre, qui semble une protestation contre les lois de l'équilibre, une machine comme il en passe parfois dans les rêves de fiévreux. Le temps était doux, un soleil clair allumait les herbes, parmi des ombres déjà dures, sous un petit bois d'oliviers, qui, de terrasses en terrasses, escaladait le flanc de la montagne... Et déjà nous attendions, depuis dix minutes, quand deux employés sortant de la gare se mirent à se promener, de long en large, sur la voie, à pas très lents, les mains croisées derrière le dos.

Un voyageur qui s'impatientait demanda :

— Est-ce qu'on ne part pas ?... Qu'est-ce qu'on fait ici ?

Les deux employés ne répondirent pas, et ils continuèrent leur promenade, silencieux et encore plus lents. Le voyageur se fâcha :

— Dites-donc... espèces de gourdes... cria-t-il, la tête furieuse hors de la portière... vous pourriez bien répondre quand on vous parle ?... Est-ce qu'on part bientôt ?...

L'un des deux employés se décida à répondre.

— Je ne sais pas, moi.

1. Mirbeau se trouve alors à Nice, où il habite le chemin des Baumettes.

L'autre appuya d'une voix hautaine :

— Nous ne sommes pas d'ici, nous... Nous sommes du grand chemin de fer, nous autres !

Et il prit une attitude pleine de noblesse et d'orgueil...

— Alors, qu'est-ce que vous fichez ici ?

— Nous regardons, tiens... Nous sommes en congé, donc !... on vient s'instruire un peu... pas vrai ?

Le compagnon interpellé hocha la tête.

— Tiens !... Bien sûr !... fit-il.

Le voyageur continua de maugréer, quelques secondes, puis, se rencognant avec des gestes protestataires dans le wagon, il finit par se taire, et alluma une cigarette... Les deux employés reprirent leur promenade qu'avait interrompue ce colloque... Ils examinèrent les rails... les compartiments de fer où viennent mordre les dents de la crémaillère, et la voie étroite qui, au sortir de la gare, rampe, en pente brusque et rapide, sur le flanc de la montagne... Ils ne disaient rien, ne se communiquaient aucune de leurs réflexions, qui, pourtant, à en juger par leur expression sévère, et le pli creusé à leur front, devaient être très laborieuses... De temps en temps, pour bien marquer leur étonnement, ou pour faire croire qu'ils pouvaient être étonnés de quelque chose, ils laissaient échapper, l'un :

— Ainsi !...

L'autre :

— Tiens !... tiens !... tiens !... sans s'expliquer davantage...

Au bout de quelques minutes, ils s'arrêtèrent de nouveau.

Le premier demanda :

— Et comment qu'ils appelent ça ?...

Le second répondit, avec des grimaces sur les lèvres :

— Un furiculaire... un furonculaire... T'as donc pas vu à l'entrée ?... C'est écrit en lettres rouges !...

— Un furiculaire !... Ainsi !... Je vous demande un peu !

— Où qu'ils ont été chercher ça ?

— Ah ! dame !...

— C'est tout de même point comme un autre chemin de fer !...

— Bien sûr !...

— Moi... je peux pas comprendre que ça grimpe des rampes pareilles !...

— Ça grimpe... pourtant !... Tu vas voir quand il va démarrer...

— Et si ça lâche ?...

— Si ça lâche ?

— Oui !...

— Ah ! dame !...

Et il fit un geste qui exprimait quelque chose comme un saut périlleux...

— Voilà !

L'autre secouait la tête d'un air très triste. Il dit :

— Je suis content de voir ça !...

— On a bien fait de venir ici...

— Pour sûr !...

Après un temps :

— Et tu dis qu'ils appellent ça... un furiculaire ?

— Un furiculaire... un formiculaire... C'est écrit...

— Tiens... tiens !... tiens !...

Après s'être gratté la nuque, ils reprirent leur marche lourde et dandinée, sans plus s'adresser la parole... Et ils marchaient côte à côte, les bras ballants, la tête penchée sur le sol... Et ils ne regardaient plus les rails... la crémaillère, la pente abrupte, ni le ciel, très bleu, au-dessus d'eux... ni la montagne... toute fleurie d'euphorbes et de marjolaines devant eux, ni le petit bois d'oliviers, dont une brise douce faisait doucement frémir et retroussait, dans un joli mouvement aérien, les feuilles argentées... Ils ne disaient rien, ne regardaient rien, ne voyaient rien... Et ils continuaient de marcher du même pas lent et lourd, sans penser à rien, sinon, sans doute, que c'était jour de fête... et qu'ils s'amusaient... et qu'ils allaient s'amuser ainsi, toute cette longue journée de repos et de joie...

Enfin, le train partit...

Les deux employés le regardèrent partir d'un œil morne. La machine soufflait, haletait, toussait, d'une toux rauque de pulmonique. Elle montait lentement, lentement, avec des plaintes, avec un air de souffrir et de s'époumonner... Après quelques minutes, je me penchai à la portière du wagon et regardai, en arrière, vers la gare que nous venions de quitter... Les deux employés étaient là, immobiles, au même endroit, et ils regardaient monter la machine...

Nous rentrâmes le soir, à cinq heures...

Les deux employés étaient toujours là, à leur poste, les bras plus veules, les reins plus tassés, l'expression du visage encore plus inexpressive...

Comme il n'y avait plus de train, et qu'on fermait la gare, ils eurent une minute de désarroi... Après s'être consultés du regard :

— Qu'est-ce que nous allons faire ? dit l'un.

— Ah ! dame ! dit l'autre en balançant sa tête.

— Où aller, maintenant ?

— Ah ! dame !...

Ils cherchèrent longtemps, sans doute, par la pensée, des endroits merveilleux... des parcs en fête... des plaisirs... et ne trouvant rien :

— Si on rentrait, à la maison ?... proposa l'un.

A quoi l'autre répondit :

— Ah ! non !... Un jour de congé !... ça ne serait pas à faire...

— C'est juste !... Faut un endroit où l'on s'amuse !

— Bien sûr !...

Après un temps de réflexion :

— Si on allait faire un tour à la gare... à notre gare...

— Ça... c'est une idée...

— Ça... c'est un chemin de fer... un vrai ! On va s'amuser à regarder !

— Bien sûr !...

— Eh bien !... allons !...

— Allons !...

Jour de congé

Et ils s'éloignèrent d'un pas redevenu plus leste, plus aisé... comme s'ils allaient... enfin... vers le bonheur...

Le Journal, 21 avril 1901

Recueilli dans *La Pipe de cidre*.

TABLEAU PARISIEN

C'était, il y a huit jours, sur le boulevard Saint-Michel, en face du lycée Saint-Louis, vers neuf heures du soir. Un lourd camion, chargé de pierres de taille, gravissait la rampe, péniblement tiré par cinq chevaux. A cet endroit, la montée est rude et difficile. Sans doute aussi que le camion, comme cela arrive à tous les camions, était trop chargé, car les bêtes épuisées d'efforts, ruisselantes de sueur, s'arrêtèrent. Le charretier cala les roues de la voiture et laissa, un instant, souffler ses chevaux, dont les flancs battaient d'un mouvement de respiration haletante.

— Ah ! les rosses... Ah ! les carnes !... dit-il. Voilà plus de dix fois qu'elles s'arrêtent.

Il aurait pu les battre, mais il n'avait pas l'air méchant. Il passa le fouet autour de son cou et il ralluma sa pipe éteinte.

Autour du camion arrêté, s'était formé un petit attroupement de badauds qui regardaient ils ne savaient trop quoi, et qui échangeaient des observations ou des souvenirs, n'ayant, d'ailleurs, aucun rapport avec ce qui se passait. Ils parlaient de la campagne, de chevaux emportés, de chiens enragés, de Sarah Bernhardt et de l'Exposition.

Lorsqu'il jugea que les chevaux s'étaient suffisamment reposés, le charretier voulut les remettre en marche. Mais leurs muscles s'étaient raidis. En vain, sous l'excitation des coups de fouet, les pauvres bêtes allongèrent le col, tendirent leurs reins, arcboutèrent au sol leurs sabots. La voiture ne put démarrer.

Une femme dit :

— C'est trop lourd ! On n'a pas idée de charger des chevaux comme ça !

Un homme dit :

— Ah bien !... Si cinq chevaux ne peuvent tirer deux méchants blocs de pierre !... Ah ! malheur !

Un autre, qui était coiffé d'un large panama, dit :

— Encore de la pierre de taille !... Encore des constructions !... Comment veut-il qu'il n'y ait pas une crise terrible sur la propriété bâtie ?

— C'est évident ! approuva un troisième monsieur, c'est de la folie !

— Nom de nom de nom !... jura le charretier.

Et l'attroupement grossissait. Ce fut bientôt une foule, une foule nerveuse, bavarde, composée de tous les échantillons de l'humanité parisienne.

Tout à coup, un jeune homme, très élégamment vêtu, que suivait une bande d'amis, empoigna le cheval de tête par la bride, en déclarant :

— Les chevaux... ça me connaît !... Vous allez voir... Je vais bien les faire démarrer, moi !...

Et d'une voix subitement furieuse :

— Hue !... carcan !... cria-t-il.

En même temps, levant sa canne, il en asséna de violents coups sur la tête de la bête.

— Hue donc !... Hue donc ! sale rosse !

La bête recula, se cabra un peu, plus offensée, je crois, de la sottise du jeune homme que des coups de canne. Philosophe, le charretier laissait faire, haussant les épaules, sa casquette complètement renversée en arrière, sur la nuque.

— Hue donc !... Hue donc !...

Et le jeune homme frappait à tour de bras. Un peu de sang coula d'une écorchure sur les naseaux de l'animal, qui reculait toujours mollement, ne se défendait pas, habitué qu'il était aux coups, sans doute.

La foule admirait l'audace du jeune homme, l'encourageait et répétait avec lui :

— Hue donc !... Hue donc !...

Alors une femme interpella le jeune homme :

— Je vous prie de cesser, monsieur, dit-elle. Vous n'avez pas le droit de battre ainsi des chevaux.

— Pas le droit ? riposta-t-il. Ah ! elle est forte, celle-là !... Pas le droit de battre des chevaux !... Elle est bonne !...

La femme s'obstina courageusement :

— Non, monsieur, vous n'avez pas le droit. C'est honteux, ce que vous faites.

— Mêlez-vous de ce qui vous regarde, vous !... Pas le droit ?

En se tournant vers la foule :

— En voilà une roulure !... s'exclama-t-il. Continue de faire le trottoir, c'est ton affaire.

Il y eut quelques rires parmi la foule, d'autant que ces insultes s'accompagnaient, en guise de ponctuation, de coups plus violents portés au cheval.

— Hue donc !... Hue donc !... clamait la foule contre le cheval et contre la femme, qu'elle réunissait dans le même mépris et dans la même haine.

La femme ne releva pas l'injure. Elle dit simplement, fermement :

— C'est bon ! je vais chercher les agents.

— Hue !... Hue !...

— Prends garde qu'ils ne t'emmènent pas à Saint-Lazare !...

— Mademoiselle, écoutez-moi donc !... Et le charretier jurait toujours :

— Nom de nom de nom !...

Au bout de quelques minutes la femme revint avec deux agents.

L'affaire expliquée, en dépit de la foule, qui donnait nettement raison au jeune homme, ceux-ci lui donnèrent tort. Et, après lui avoir demandé ses nom, prénoms, qualité et domicile, ils dressèrent solennellement procès-verbal.

— Ça, par exemple !... maugréait le jeune homme, si on n'a plus le droit de battre les chevaux maintenant !... Elle est forte !... Bientôt, on ne pourra plus tuer les lapins. Et on a la liberté !... Et on est en République ! Non... elle est violente, celle-là !...

Il invoqua tous les grands principes de liberté. En vain. Après quoi, les deux agents firent circuler la foule mécontente et qui protestait, elle aussi...

— Ah ! bien, vrai !... Pour un méchant carcan !... Ç'aurait été un patriote, on ne ferait pas tant de manières ! On a droit de battre les patriotes... mais les chevaux !...

Le jeune homme, avant d'obéir aux injonctions de la police, cria, héroïquement, en agitant son chapeau :

— Vive la liberté !

Un autre montra le poing au cheval :

— Va donc, électeur de Millerand !...[1]

Et le charretier, sans qu'on sût exactement à qui ou à quoi s'adressaient ses jurons, jura encore :

— Nom de nom de nom !

Quant aux chevaux, immobiles, la tête basse, la crinière brouillée, les jarrets meurtris, ils semblaient très humiliés de se savoir inférieurs à ce ramassis de sottes et féroces gens qu'était cette foule... Ils se disaient mutuellement, avec cette modestie qui les caractérise et les rend ignorants de leur force et de leur beauté :

— Si les hommes, rois de la nature, sont si stupides et si laids, qu'est-ce que nous devons être, nous autres, pauvres chevaux !...

Le jeune homme, suivi de ses amis, auxquels s'étaient joints

1. Alexandre Millerand (1859-1943), ancien député socialiste. Alors ministre du Commerce dans le cabinet Waldeck-Rousseau.

quelques admirateurs spontanés, descendit triomphalement le boulevard. Puis, il s'arrêta à la terrasse d'un café. Il était fort excité, et des éloquences révolutionnaires bouillonnaient dans son âme.

— Ainsi, s'écria-t-il, nous sommes dans un pays de liberté. Et je n'ai pas le droit de faire ce qui me plaît !... Battre les bêtes, si c'est mon plaisir... et pisser où il me convient... C'est monstrueux !... Toujours des restrictions et des entraves au développement des besoins humains ! Eh bien moi, je n'appelle pas ça de la liberté. La liberté, c'est d'écraser les chiens, battre les chevaux, et pisser partout où l'on veut. Voilà ce que c'est que la liberté.

— Bravo ! bravo ! bravo !...

— Si j'étais roi de France, ou empereur, ou Président de la République française, je rendrais un décret ainsi conçu : « Article premier : Il est permis de pisser partout, partout où l'on veut. »

— C'est cela, où l'on veut, où l'on veut, répétèrent les amis.

Le jeune homme reprit :

— Et il n'y aurait que cet article, dans le décret, car il comporte toutes les autres libertés. Voilà comment j'entends la liberté.

Et, au milieu des acclamations enthousiastes, il commanda des bocks.

Le Journal, 28 juillet 1901

Recueilli dans *Chez l'illustre écrivain.*

CHAPITRE VI

LES MÉMOIRES DE MON AMI

« Le spectacle de ma propre personne est celui qui me dégoûte le plus. »

« Je sentais que je ne pourrais vivre qu'en moi-même. »

Tous les thèmes traités dans ses contes cruels, Mirbeau les reprend et les brasse dans une longue nouvelle, *Les Mémoires de mon ami*, qui paraît plus ou moins régulièrement dans *Le Journal*, entre le 27 novembre 1898 et le 30 avril 1899. C'est-à-dire au plus fort de la bataille dreyfusiste qu'il poursuit parallèlement, à travers meetings, réunions au sommet, démarches en tous genres, et surtout chroniques au vitriol dans *L'Aurore* d'Ernst Vaughan et de Georges Clemenceau.

C'est dire qu'il ne s'agit que d'une production alimentaire, destinée à lui assurer les 350 francs hebdomadaires qui sont sa principale source de revenus (il n'a publié aucun roman depuis *Sébastien Roch*, en 1890), alors que ses préoccupations essentielles sont de toute évidence ailleurs. Cela explique le caractère apparemment inachevé du récit, qui s'arrête brusquement et sans raison, alors que le narrateur a encore le bagatelle de trente-huit années à vivre et n'a traité aucun des développements annoncés... Désinvolture à la Sterne, qui exprime une nouvelle fois son rejet des formes littéraires convenues.

Cela explique aussi le caractère informe de la composition : le récit suit le fil des souvenirs, sans unité et sans continuité chronologique. Plus encore que dans *Dans le ciel*, Mirbeau casse la trame du roman traditionnel : aucun agencement préétabli, aucune finalité apparente, aucun souci de nœud dramatique et de dénouement, aucun respect de la sacro-sainte chronologie... Plutôt que d'une succession d'événements agencés en vue d'une fin, il s'agit d'une juxtaposition d'états d'âme, d'« impressions », qui ne sont rapportés que dans la mesure où le narrateur y attache une importance particulière.

Du même coup, le récit échappe aux classifications littéraires arbitraires, et n'en est que plus caractéristique de la manière, des sentiments et des idées de Mirbeau, à un moment où son pessimisme naturel est exacerbé par les abominations dont il est quotidiennement le témoin. Oubliant que le narrateur à qui il cède la plume, selon son habitude, n'est — au départ, du moins — qu'une de ces « larves » incapables de se libérer du poids écrasant des contraintes sociales et des déterminismes psycho-physiologiques, il lui prête parfois des réflexions qui sonnent comme des aveux. Ainsi, quand il écrit : « C'est de cette journée que datent la pitié et la révolte qui furent, pour ainsi dire, les bases de ma vie morale ». Ou bien quand il sent naître en lui « un sentiment qui, par la suite, fut la philosophie de (son) existence : il faut être toujours pour ce qui vit contre ce qui est mort ». Ou bien encore il conclut : « Depuis que j'ai vu tant de misères, je sens bien que je ne serai jamais plus heureux. »

Les Mémoires de mon ami apparaissent donc comme une nouvelle confession d'un homme qui, en dépit d'un pessimisme fondamental, s'est jeté à corps perdu, « avec une générosité foncière » (Remy de Gourmont), dans la lutte pour la Justice et la Vérité, aux côtés de Zola et de Jaurès. Dualité permanente de Mirbeau, chez qui l'optimisme de la volonté finit toujours par relayer le pessimisme de la raison.

Car la raison, si l'on en croit la triste histoire du minable Charles L... , nous apprend qu'il est impossible de dépasser les limites de l'humaine nature, et d'accéder à cet idéal auquel le malheureux aspire de toutes ses forces : « Mon esprit est un vaste réservoir de forces créatrices, de justice et de beauté. » ; « Il y a en moi un ardent foyer de pensées violentes et de bouillonnants désirs. » ; « J'ai reforgé le monde à la forge inextinguible de mon cœur. » Hélas ! il est bien en peine « de donner l'essor à tout ce qui se crée et fermente en (lui) » : « J'ai été l'éternel prisonnier de moi-même, malgré moi-même ». Charles, c'est l'homme baudelairien, déchiré entre le ciel et la terre, et que l'impossibilité de s'élever jusqu'à l'Idéal rejette toujours plus brutalement dans le spleen — que Mirbeau appelle, selon le mot à la mode, « neurasthénie ».

Ainsi, loin de n'être qu'une de ces « croupissantes larves » qui peuplent les récits de Mirbeau, le narrateur s'en distingue radicalement par sa conscience douloureuse. Car, loin d'apaiser sa souffrance, elle ne fait que la multiplier. Il incarne du même coup la misérable condition de l'être pensant, assez lucide et exigeant pour concevoir un idéal, mais par trop dominé par la brute qui sommeille en tout homme pour jamais espérer s'en approcher. Si même les artistes de génie — tels Monet et Rodin — sont constamment désespérés de ne pas parvenir à donner forme à l'œuvre idéale qu'ils portent en eux, comment notre misérable caissier y arriverait-il jamais ?

Son cas est d'autant plus désespéré qu'aux limites naturelles de notre condition s'ajoutent les entraves du milieu, de la famille, de l'éducation — si l'on ose dire —, du travail, de tout un ordre social injuste, qui considère la pauvreté comme un délit, et qui « cultive le crime par la misère ». Le résultat, à vrai dire assez improbable, c'est cet être disgracieux, desséché, jauni, aux yeux morts et à la bouche muette, qui n'en porte pas moins en lui des aspirations, perpétuellement inassouvies, vers l'infini, et qui, comme certains personnages dostoïevskiens, subit sa vie au lieu de la diriger.

Sans croire à aucun d'eux, il est emprisonné dans une série de rôles sociaux — rôles de fils, de mari, de gendre, de caissier — qui, par bonheur, lui restent complètement étrangers. À tel point qu'en se regardant dans la glace, et en se découvrant tel que la société homicide l'a façonné, il « se croise avec lui-même, comme on se rencontre et comme on se croise avec un inconnu ». Quarante ans avant *Le Mythe de Sisyphe* et *L'Étranger*, Mirbeau s'emploie à faire naître le sentiment de l'absurde à partir d'une radicale étrangeté à soi-même, à la société et au monde, qui oblige à jeter sur toutes choses un regard neuf.

Aussi, comme Meursault, le narrateur en est-il réduit à chercher en lui-même les richesses que le monde extérieur ne saurait lui offrir : il a acquis, par expérience, « cette puissance de pensée intérieure, cette faculté de rêve, qui [lui] a permis de vivre, et de vivre souvent des vies merveilleuses » ; et il en est arrivé « à ne vivre qu'en [lui]-même, à [se] créer des figures, des aventures et des paysages purement intérieurs », « pleins de beautés plastiques et morales » qui l'exaltent infiniment plus que la réalité quotidienne, où le grotesque le dispute au monstrueux.

Par une ascèse continue, qui le situe dans la continuité de l'abbé

Jules — et, par-delà le frénétique abbé, dans la lignée des Stoïciens et de Schopenhauer —, il accède à une totale liberté, à un détachement tel que plus rien ne peut le faire souffrir. À la différence de l'artiste qui, tel Van Gogh (ou le peintre Lucien de *Dans le ciel*) projette sa personnalité vers le monde extérieur et le transfigure, il a comme incorporé le monde : « Moi, je ne m'ennuie jamais, parce que je porte le monde en moi... parce que j'ai tout en moi ! » Comble du subjectivisme, « révolution copernicienne à rebours »... bien avant Proust !

Les Mémoires de mon ami ne sont à coup sûr pas un chef-d'œuvre accompli. On y trouve bien des maladresses, des longueurs, voire des contradictions. Ils se ressentent visiblement de la hâte de leur composition — si l'on peut dire — et du peu de prix qu'y attachait Mirbeau, trop occupé par ailleurs. Mais, comme *Dans le ciel*, c'est une œuvre fascinante, qui témoigne d'un homme et d'une époque, en même temps qu'elle porte en elle des thèmes (la philosophie de l'absurde, par exemple) et des formes narratives (la déconstruction du récit) qui s'épanouiront dans la littérature du vingtième siècle.

LES MÉMOIRES DE MON AMI

Mon ami Charles L... est mort, la semaine dernière. Quand je dis que Charles L.... fut mon ami, c'est beaucoup dire. Notre amitié consistait surtout à ne vous voir jamais, ou si rarement ! Tous les cinq ou six ans, nous nous rencontrions, par hasard, dans une rue, et toujours pressés, toujours courant, nous causions cinq minutes, à peine.

— Ah ! c'est toi !

— Quel bon vent ?

— On ne se voit jamais !

— Que veux-tu ? C'est la vie !

— Il faudrait pourtant se voir un peu, que diable !

— Certainement !

— De vieux amis comme nous, c'est dégoûtant !

— Alors, à bientôt, n'est-ce pas ?

— A bientôt !

Et nous en avions pour cinq autres années à attendre le nouveau hasard d'une nouvelle rencontre !

— Ah ! c'est toi ?

— Quel plaisir de se revoir, hein ?

— Ne m'en parle pas !... Et qu'est-ce que tu fais ?

— Toujours la même chose !... Et toi ?

— Moi aussi !... Il faudrait pourtant se voir un peu !

— Ça oui, par exemple !
— Un de ces jours, hein ?
— C'est ça ! Un de ces jours, mon vieux !
— Alors, à un de ces jours !...
— Ah ! nous en avons des choses à nous dire ! Crois-tu ?
— Depuis le temps !... à un de ces jours !

Et nous étions aussi ignorants, aussi ignorés l'un de l'autre, que si nous vivions, lui au fond de l'Australie, moi dans les glaces de la Laponie.

Tout ce que je savais de lui, du moins, tout ce que je soupçonnais de lui, c'est qu'il était un de ces braves gens comme il s'en trouve tant dans la vie, un de ces braves gens dont il n'y a pas grand'chose à dire, sinon que ce sont des braves gens ! Et je n'en dirais rien, aujourd'hui, si sa veuve n'était venue me voir hier. Je ne la connaissais pas. C'était une petite bonne femme, sèche et pointue, avec des bandeaux gris, et une bouche si mince que, lorsqu'elle la fermait, on ne pouvait distinguer à première vue le trait des lèvres.

— Ah ! monsieur, me dit-elle, c'est un grand malheur pour moi, je vous assure !

Sa voix blanche, sans timbre, sans accent, m'étonna.

— Quand on a vécu si longtemps ensemble, continua-t-elle... une séparation si brusque... on a de la peine à s'y faire !

— Je vous crois, madame, et je vous plains infiniment.

Je la priai de s'asseoir. Elle ouvrit son châle, et j'aperçus un gros paquet, entouré de papier prune, qu'elle portait sous son bras...

— C'est un manuscrit, fit-elle en le posant sur ses genoux...

Elle ne vit pas, sans doute, l'expression de terreur qui se peignit sur mon visage, à ce seul nom de manuscrit,[1] car elle poursuivit :

— Je l'ai trouvé dans un tiroir ce matin... Lui aussi, monsieur, il écrivait !... Il écrivait ses mémoires !... J'aurais pensé à tout de sa

1. Mirbeau recevait des quantités de manuscrits envoyés par de jeunes écrivains qui avaient foi en lui, mais il ne pouvait en lire qu'une petite partie.

part, excepté à cela... Il n'avait pas l'air de quelqu'un qui écrit des livres, bien sûr !... Car, enfin, vous qui le connaissiez beaucoup, qui étiez son meilleur ami, vous devez savoir qu'il n'était pas fort, le pauvre homme !...

Je m'inclinai avec un geste vague, qui pouvait être aussi bien un geste d'acquiescement qu'un geste de protestation.

— Ah ! ce qu'il en a commis des bêtises, dans sa vie, non par méchanceté — il n'était pas méchant pour deux sous —, mais parce qu'il n'avait pas de jugement... pas d'intelligence !... C'était... enfin... quoi, c'était rien du tout !

Et elle soupira :

— Ah ! je n'ai pas toujours été heureuse avec lui.

Je craignis une scène d'attendrissement, des confidences que je n'étais pas en humeur d'écouter... Et, vivement, je ramenai à son point de départ la conversation qui menaçait de s'égarer dans les sombres maquis du sentiment.

— Enfin, demandai-je, que voulez-vous de moi ?... Et pourquoi m'apporter ce manuscrit ?

— Je voudrais, répondit-elle, que vous le lisiez... Mon Dieu ! je me doute bien que ce n'est guère intéressant... Si c'est sa vie qu'il raconte là-dedans, ça ne doit pas être drôle, drôle !... Pourtant, on ne sait jamais !... Et puis, il m'a dit bien des fois que vous étiez son meilleur ami. Il avait en vous une confiance infinie... il avait, pour vous... une admiration sans bornes !...

— Il était bien bon !... maugréai-je...

— Et si, par hasard, vous jugiez que cela puisse être publié... Dame, après tout !... Dans la position où je suis, ça ne serait pas une mauvaise chose... On m'a raconté qu'il y avait des livres qui rapportaient des mille et des cents !...

Et, se levant à demi, elle déposa le manuscrit sur ma table.

— Je suis très flatté, madame, de la confiance que voulut bien me marquer votre mari... Mais vous savez combien on a peu de temps à soi, dans la vie... Pourquoi ne liriez-vous pas ce manuscrit vous-même ?

La veuve hocha la tête et tristement elle répliqua :

— C'est que moi, voyez-vous, je n'ai pas beaucoup de critique... Et puis, il faut tout vous dire, jamais je n'ai pu me faire à son écriture !...

Il y eut un court silence, durant lequel la veuve caressa d'une main embarrassée et timide les effilés de son châle, durant lequel je me caressai le front avec le manche d'un grand coupe-papier...

— Je me souviens bien, dis-je, gêné moi-même par ce silence... Votre mari était caissier dans une maison de commerce !...

— Oui, monsieur !...

— Est-ce que vous connaissiez ses goûts littéraires... est-ce qu'il en parlait devant vous ?

— Il ne parlait jamais de rien devant moi !... Il ne parlait jamais !...

— Ah !

Nouveau silence.

— Vous avez des enfants ?

— Non, monsieur... Heureusement... dans la position où je suis, qu'est-ce que j'en ferais ?... J'ai déjà bien assez de ce manuscrit.

Je ne crus mieux faire, pour me débarrasser de cette lamentable veuve, que de la prier de me laisser ce manuscrit. Je lui promis de le lire et de lui en exprimer mon avis, un jour ou l'autre.

— Plutôt l'autre !... accentuai-je en la reconduisant...

Quand je fus seul, j'eus un instant l'idée de jeter aux ordures ce paquet importun. Pourtant, je le débarrassai du papier goudronné qui le recouvrait, et, sur la première page, écrits à l'encre rouge, j'aperçus ces deux mots : *Mes mémoires*.

Je retournais encore cette page et me mis à lire... Mais dès les premières phrases je demeurai stupide... C'était tout simplement admirable... Le reste de la journée, et toute la nuit, je les passai dans la lecture frémissante, angoissante, de ces pages que voici.

*
* *

Aujourd'hui, je me suis regardé par hasard dans une glace. Il y a longtemps que cela ne m'était arrivé, car je fuis tous les miroirs, toutes les surfaces polies et reflétantes où je pourrais, tout d'un coup, me trouver en face de moi-même, car, toujours, j'évite de me voir. Parmi tous les spectacles, le spectacle de ma propre personne est celui qui me dégoûte le plus.

Aujourd'hui, par hasard, je me suis regardé dans une glace. C'était dans la rue, au détour d'une rue, devant une vitrine de magasin... Et je me suis rencontré avec moi-même, je me suis croisé avec moi-même, comme on se rencontre et comme on se croise avec un inconnu !

Ah ! le pauvre visage !... Et qu'il me désole !... Aucun néant, aucune mort, aucune cendre, ne peuvent donner l'idée du pauvre visage que je suis !

Ma peau est jaune, de ce jaune étiolé, de ce jaune malsain, de ce jaune malade qu'ont les plantes enfermées. Pourtant, mes pommettes conservent encore, ici et là, quelques zébrures roses, d'un rose aqueux, ce qui prouve que si faible, si délayé, si délayé qu'il soit, un peu de sang circule en moi. Mes veines ne sont pas encore tout à fait des tuyaux vides... Par exemple, mes yeux sont morts ; aucune flamme n'y parvient ; aucune lueur ne brille, aucun reflet ne glisse sur leurs globes éteints... Ma bouche dirait que jamais aucune parole ne passa sur elles, aucune parole d'amour, d'espérance ou de haine. Elles sont muettes comme une source tarie, ou plutôt elles sont pareilles à la margelle d'un puits dans lequel il n'y eut jamais d'eau fraîche, dans lequel il n'y eut jamais d'eau... Mes doigts me font pitié, me font horreur. À force de manier de l'or, de compter de l'or, de peser de l'or, à force d'épingler des billets de banque et de ranger des titres dans des coffres de fer, mes doigts ressemblent à des griffes, à des serres d'oiseau de proie, même lorsqu'ils tiennent une fleur !... Et j'ai la face méfiante, le dos courbé, l'allure à la fois indolente et crispée d'un caissier !

D'un caissier !

Et c'est juste !... Quelle autre face, quel autre dos, quelle autre allure pourrais-je avoir puisque, depuis vingt-cinq ans, je suis celui, en effet, qu'on nomme un caissier ? Puisque toute la journée, toutes les journées de ces vingt-cinq années, j'ai vu, par le rectangle grillagé d'un guichet, j'ai vu se succéder les mêmes figures arides, les mêmes figures grimaçantes et les sales passions, et les ignobles désirs, et de la vénalité, et du vol, et du crime, toutes les tares bourgeoises et tout ce que contient d'égoïsme féroce, de rapacité sournoise, de meurtre, de charité et de lâcheté, l'âme du gros capitaliste aussi bien que celle du petit rentier, et du prêtre, et du soldat, et de l'artiste, et du savant, et du pauvre — ah ! le pauvre servile ! —, tout cela éclairé de reflets sinistres de l'or que je leur distribuai !... Et leurs mains, toutes leurs mains !... Ah ! toutes leurs mains, ah ! l'horreur de toutes leurs mains sur les petites tablettes des guichets !

Ma destinée aura été vraiment d'une exceptionnelle ironie... Je puis le dire, moi seul qui me connais, moi seul qui sais ce que je suis, derrière mes lèvres vides et la peau morte de mes yeux, je puis le dire, avec un sûr orgueil : Jamais il n'exista un être humain aussi enthousiaste, aussi passionné en toutes choses, aussi véritablement et profondément vivant que je le fus : mon esprit est un vaste réservoir de forces créatrices, de justice et de beauté ! Il y avait, il y a encore en moi un ardent foyer de pensées violentes et de bouillonnants désirs... J'ai connu toutes les audaces, et j'ai rêvé d'accomplir — et j'ai accompli, toutes les grandes choses... Non dans le rêve où tout se déforme, s'estompe en nuées, se dilue en vapeurs, mais dans la vie !... Personne ne fut plus que moi dans la vie, au centre de la vie, personne ne fut plus contemporain de soi-même, que moi !... Dans les lettres, dans les arts, dans la science, dans la politique, dans la révolution, j'ai participé à tout, et j'ai reforgé le monde à la forge inextinguible de mon cœur...

Eh bien ! je suis ce phénomène inconcevable. Je crois que jamais un homme ne se rencontra aussi chétif, aussi effacé, aussi tremblant, aussi silencieux que moi... Il n'y a pas, j'en suis sûr, d'exemple d'un homme plus dénué que je le suis de moyens physiques capables de donner l'essor à tout ce qui se crée et fermente en lui, de donner une force extérieure à ses exaltations ! J'ai été l'éternel prisonnier de moi-même, et, pas une minute, je n'ai pu me libérer de moi-même, me libérer de ma bouche, de mes yeux, de mes doigts, de mon or et de mon corps de caissier !...

Alors que je bouleverse l'univers, que je fais passer à la refonte toutes les questions sociales, que je crée d'immenses poèmes, d'immenses philosophies, et des arts redoutables... un fauteuil recouvert de moleskine, une table de chêne, des livres, des registres, une clef, des titres et de l'or et de grands coffres, et un petit rouleau de papier buvard... voilà donc ce que je suis, et dans quel milieu, et parmi quels objets, je me meus !...

Je suis semblable à ce bout de terre ingrate et stérile, où pas un brin d'herbe, pas une fleur ne poussent, où il n'y a que des cailloux et des écorchures lépreuses, et dans les profondeurs de laquelle bouillonnent des laves terribles, et couvent des feux formidables qui se s'éteindront jamais, et dont jamais personne ne soupçonnera l'effrayante beauté !...

Quand je rentre de mon bureau, le soir, marchant à pas menus, les épaules effacées, un peu courbé, un peu cagneux, et de visage si impersonnel que j'en deviens invisible, c'est pour moi une chose douloureuse, inexprimablement douloureuse de voir qu'aucun être humain ne me regarde et ne se doute que je porte en moi toutes les forces cosmiques de la nature et toutes les flammes de l'humanité !...

Et quand je rentre à la maison, dans mon appartement si pauvre, si froid, si anonyme lui aussi, c'est pour entendre ma femme glapir, d'une voix pareille au bruit que fait, dans les fentes d'une porte, l'aigre-vent de Nord-Ouest.

— Qu'est-ce que tu as fait encore ?... Pourquoi rentres-tu si tard ?... Allons, dépêche-toi de descendre à la cave, pour le vin... Tu n'es bon qu'à ça !

Oh ! cette voix de ma femme, ces cheveux ternes de ma femme, cette bouche sans jamais un sourire de ma femme, et ces yeux de mouche charbonneuse de ma femme, et ces mains de ma femme, ces mains hideuses et sèches, lorsqu'elle prend les cinq cents francs que je rapporte, chaque mois, de ces cavernes pleines d'or, où je vis !

Ma femme !

Je ne sais, en vérité, comment et pourquoi je l'épousai. Ou plutôt, je le sais. Ce fut par timidité, par faiblesse, et par cette incapacité absolue où je suis de dire : non ! à quelqu'un, de me défendre contre les gens et contre les choses.

Depuis dix ans que j'habitais Paris, tous les dimanches je dînais et passais la soirée chez de vieux amis de ma famille, petits commerçants dans le quartier du Marais. Cette obligation hebdomadaire m'était un supplice, mais, pour rien au monde, je n'y eusse manqué... Ah ! ces lamentables dimanches !... Et ces vieux amis, combien ils m'étaient à charge, combien ils me pesaient sur le crâne ! C'étaient de pauvres gens d'une stupidité incurable et hargneuse et qui passaient leur temps à se plaindre que le commerce n'allait pas !... Certes, jamais, à aucun moment de ma vie, je n'ai entendu dire à un commerçant que le commerce allât bien... Le commerce ne va jamais bien... Il ne va pas, pour toutes sortes de raisons comiques et contraires ; il ne va pas, un jour, à cause de l'Angleterre, un autre jour, à cause de l'Allemagne ; ceux-ci accusent les monarchistes d'entraver, par leurs sourdes menées, le commerce ; ceux-là, les républicains, par leurs divisions... Si les Chambres sont réunies, quel malheur pour le commerce ! si elles sont en vacances, quelle catastrophe !... Ce qui n'empêche pas tous ces braves gens de faire fortune, en peu de temps.

— Eh bien ! comment ça va-t-il ? demandais-je, régulièrement, chaque dimanche.

— Ça va mal ! répondaient-ils.

— Vraiment ?... De quoi souffrez-vous ?

— Nous ne souffrons pas... mais c'est le commerce qui ne va pas !...

Et, de fait, par une exception fâcheuse, leur commerce, aux vieux amis de ma famille, n'allait pas du tout... Il n'allait pas, parce que, outre qu'ils étaient trop bêtes, ils étaient aussi trop laids.

On ne se doute pas du rôle déprimant que la laideur joue dans les relations sociales. Pour ma part, j'ai toujours remarqué que la laideur d'un boutiquier s'étend et déteint sur toute sa boutique, car ce n'est pas seulement un objet déterminé que nous venons acheter chez lui, c'est une impression humaine qui s'échange, sans que l'on s'en doute, entre deux êtres dont l'un veut tromper l'autre et qui doivent lutter d'intelligence ou de grâce physique. Quand il entre dans un magasin, l'acheteur n'aime pas se trouver en présence de visages répugnants. Il en conçoit aussitôt une méfiance, et son humeur devient agressive. Lui offrit-on, à un compte excessivement avantageux, les meilleurs et les plus belles marchandises du monde, il en discute avec acrimonie l'authenticité, la valeur et le prix, et, la plupart du temps, il s'en va sans avoir rien acheté. Du moins, c'est un sentiment que j'éprouve très violent, et dont je reconnais la parfaite justice. Jamais, moi si timide, je n'ai pu me décider à prendre un objet des mains d'une personne de qui ne me venait aucune émotion esthétique. Je n'en ai pris qu'un, hélas !... Et ce fut ma femme !...

Naturellement, les vieux amis de ma famille accusaient tout et tout le monde, hormis eux-mêmes, de la triste condition de leur existence commerciale, et ils eussent été bien étonnés si je leur avais expliqué mes théories à ce sujet... Mais vous devez comprendre que je ne leur expliquais rien du tout... et que notre intimité si cordiale se bornait aux propos strictement indispensables, sans que jamais nous ayons eu à échanger le moindre sentiment ou la moindre idée...

Les vieux amis avaient une fille.

Une fille !... Hélas, oui !... Et je me demande encore, parfois, comment il a pu se faire que quelque chose, même celle qui était leur fille, ait pu naître de ce double néant !...

Elle s'appelait Rosalie !...

Sèche de peau, sèche de cœur, anguleuse et heurtée, les yeux gris comme deux boules de cendre, les cheveux rares et ternes, la poitrine insexuellement plate, elle avait, à vingt ans, l'aspect délabré d'une très vieille ruine ; sa laideur était si totale qu'elle était quelque chose de plus que de la laideur, rien... rien... rien !... Je ne la regardais pas sans terreur, car ce fut le seul être humain qui me représenta exactement cette chose incompréhensible, comment dirai-je !... oui, une chose « qui n'a pas été ».

On peut être très laid et très émouvant ; on peut être très laid et garder, en même temps, une étincelle de cet admirable rayonnement que donne la vie ; on peut être très laid et avoir, par exemple, une flamme dans les yeux, un timbre musical dans la voix, un joli mouvement du buste, une jolie flexion des hanches... moins que cela encore, un vague frisson ; par où le sexe se dévoile, avec toutes ses attirances mystérieures et profondes !... Rien de pareil ne relevait d'une lueur de vie, d'une pointe de féminité, l'absolu effacement de la pauvre créature... J'ai dit qu'elle était anguleuse... Elle eût pu avoir, par conséquent, un accent, un dessin, un modelé, où raccrocher un sentiment d'art et d'humanité, car la laideur a quelquefois des beautés terribles... Non, pas même cela... Elle était anguleuse sans angles, heurtée sans heurts, et si grise et si décolorée que, dans n'importe quelle lumière, sur n'importe quel fond, aucun contour n'était apparent... Hoffmann nous a conté l'histoire de l'homme qui a perdu son ombre[2]... Rosalie était ce personnage plus effarant qui avait perdu ses contours... Elle ressemblait à un fusain sur lequel quelqu'un, par hasard, aurait frotté la manche...

Et voici ce qui se passa, un dimanche.

Ce dimanche-là, lorsque j'arrivai, à mon heure coutumière, chez les vieux amis de ma famille, je ne trouvai que le père. Il était fort grave, et plus cérémonieux que d'habitude... et je remarquai qu'il avait endossé la longue redingote des grands jours...

— Ces dames ne sont pas encore rentrées, me dit-il. Profitons de leur absence pour causer sérieusement... En deux mots, voici la chose...

Il me força à m'asseoir dans l'unique fauteuil du salon, et s'assit lui-même, en face de moi, sur un pouf de tapisserie, qui représentait, ah ! je m'en souviens, un chien engueulant une perdrix !...

— Voici la chose, répéta-t-il... Depuis longtemps, vous avez fait une impression profonde sur le cœur de ma fille... Elle vous aime, quoi !... Rosalie n'est pas démonstrative, c'est une personne sérieuse et qui a des principes... mais elle a une âme, une âme comme tout le monde !... Vous, vous n'êtes pas beau... Vous n'êtes pas un aigle... Mais enfin vous avez une bonne place... et puis vous êtes un brave garçon... C'est ce qu'il faut, dans un mariage... Sans compter que nous sommes de vieux amis... et que, si vous n'aviez pas eu des intentions sur ma fille... vous ne seriez pas venu, depuis dix ans, dîner, tous les dimanches, avec nous... C'est évident... Donc, il faut vous marier tous les deux... et le plus vite possible !... Je ne puis pas donner de dot à Rosalie, parce que le commerce ne va pas. Mais je sais que vous n'êtes pas un homme intéressé... Vous êtes un brave garçon... D'ailleurs, Rosalie a un trousseau, un tas de choses utiles dans un ménage...

2. En fait, ce n'est pas Hoffmann qui a inventé cette fable, mais Chamisso, dans sa *Merveilleuse histoire de Peter Schlemihl* (1824).

Il parla longtemps... Je ne l'écoutais plus, et il se passait en moi des choses violentes...

À cette époque, j'étais vierge, vierge de corps... mais non de pensée. Au cours de ma chétive et silencieuse jeunesse, j'avais connu les plus terribles amours... Oui, dans ma petite chambre froide et toujours solitaire, devant ma caisse et mes guichets, j'avais par la pensée, par le cerveau, connu jusqu'aux suprêmes exaltations de la chair, tous les mystères et toutes les secousses de l'amour... J'avais aimé plus que des femmes, des symboles de beauté, de volupté et de magnifique débauche... J'avais aimé les Vénus et les Dianes, et les vierges sublimes, et les saintes martyres, et les princesses luxurieuses, et les sanglantes reines... Tout ce que l'art, la légende et l'histoire avaient incarné dans le marbre, dans le rêve et dans la vie, de créatures splendides, tout ce qui, jadis, avait vécu d'une vie exceptionnelle, dans la passion sublime et dans la sublime impudeur, je l'avais possédé réellement, physiquement... Ma bouche s'était collée à toutes les nudités illustres, et j'avais soulevé les voiles les plus pudiques, et les plus lourds brocarts réservés aux caresses des rois...

Et voilà que tout cela allait disparaître... et que sur tout cela l'ombre de Rosalie, l'ombre grise et fétide de Rosalie allait s'allonger...

Le vieil ami de ma famille parlait toujours... Il parlait encore quand ces dames rentrèrent... Alors il se leva, et il dit :

— Vous ne savez pas !... Charles me demandait la main de Rosalie !... Charles n'est pas beau et ce n'est pas un aigle... mais je la lui ai donnée tout de même... Est-ce vrai, Charles ?

J'aurais voulu crier, hurler... prendre une chaise et en asséner des coups furieux sur le crâne de ces trois hideux personnages... Je répondis :

— C'est vrai !...

Et prenant ma main qu'il mit dans celle de Rosalie, il dit encore :

— Embrassez-vous, mes enfants !

Durant cette horrible soirée de fiançailles, il ne fut question que du « commerce qui ne va pas ». En vain j'essayai de rappeler à moi les visages glorieux, les bouches voluptueuses, les corps de beauté de mes amantes... Elles avaient disparu, et c'étaient le visage gris, la bouche grise, le corps effacé de Rosalie, qui les remplaçaient à jamais !...

Mon mariage fut quelque chose d'une ironie merveilleuse, et, quand il m'arrive parfois d'y reporter mes souvenirs déjà lointains, c'est toujours avec une vive gaieté. Cette gaieté, souvent, je me la reproche comme un sentiment bas et indigne de moi... Mais je n'en suis pas le maître. Je sens tout ce que cette gaieté grinçante a de cruel pour ma femme, pour son pauvre visage d'alors, pour sa pauvre intelligence, et que si elle est la créature imparfaite, inachevée, ridicule qu'elle est, ce ne fut pas de sa faute... Née de ces larves visqueuses, dans ce milieu rabaissant et borné, où ne passaient que des caricatures d'humanité et des déformations de la vie, comment aurait-elle pu être autre qu'elle n'était ? Est-ce que du chardon qui pousse entre les pierres peut sortir une belle rose éclose et nourrie dans les terreaux gras et chauds ?... Et puis, est-ce que le chardon n'a pas une beauté, une beauté plus forte que la rose, et plus émouvante et plus tragique ?

Je conviens qu'il eût été plus généreux à moi, et non seulement généreux, mais d'un sens artiste et humain, d'éprouvrer de la pitié envers Rosalie, et par la pitié de l'amour, au lieu de m'exciter contre elle à de vulgaires et méchantes moqueries... Car, pour les âmes hautes, rien n'est plus touchant, rien n'est plus sacré que les êtres qu'on appelle ridicules. On devrait les respecter et les plaindre comme on respecte les aveugles et comme on plaint les infirmes... Hélas ! qui donc plaint les infirmes ?... Les bossus, par exemple, ne sont-ils pas l'objet des rires de tout le monde ?... Ah ! je me demande aussi si je n'ai pas gaspillé, en cette pauvre bonne mentale qu'était ma femme, si je n'ai pas gaspillé, bêtement, d'immenses trésors de joie esthétique et d'amour !...

Naturellement, lorsqu'ils apprirent mon mariage, mes parents accoururent de leur province, fort agités et troublés. Ils ne la trouvaient pas à leur gré, ayant, paraît-il, rêvé pour moi « un établissement meilleur et conforme à notre situation sociale »... Même, ils s'indignèrent et m'accablèrent de reproches.

— A ton âge... caissier dans une bonne maison et l'avenir devant toi... tu vas t'embarrasser d'une petite pimbèche, sotte et laide, et qui n'a pas le sou, comme Rosalie ! Mais c'est de la folie !... Et comment ?... Et pourquoi ?...

À toutes leurs questions, je répondais :

— Je ne sais pas.

Et ils ne pouvaient point me tirer autre chose.

Ah ! les soirées mémorables et pénibles, et comiques aussi, qui, chaque fois, menacèrent de se terminer par une brouille générale, entre tous ces vieux amis, dont l'intérêt crispait les âmes féroces !... Oh ! les discussions aigres, sournoises et colères, toujours les mêmes, où il était attesté d'une part, que le commerce n'allait pas et que je n'étais pas un aigle... d'autre part, qu'on n'avait jamais vu, chez les parents qui mariaient leur fille, une telle ladrerie !... Car les vieux amis, en dépit de toutes les récriminations, persistaient à ne pas vouloir donner de dot à leur fille... mieux que cela, ils entendaient garder le piano, acheté par Rosalie, sur ses petites économies de jeune fille...

— Et comment voulez-vous que je démeuble mon salon ?... criait le père... Qu'est-ce que je mettrais dans mon salon, à la place du piano ?...

Et ma mère répliquait :

— Le piano ne vous appartient pas... Il est à Rosalie...

— Rien, ici, n'est à Rosalie...

— Vous n'allez pas dépouiller Rosalie au moment où elle entre en ménage !...

Le père s'obstinait :

— Il n'est pas juste de dire que le piano appartienne à Rosalie, tout entier... Nous avons mis cent cinquante francs, de notre argent, à nous !... Nous avons une part... Il ne sortira pas d'ici.

— C'est honteux !... Une telle avarice, ça n'a pas de nom !...

Vous êtes un mauvais père !... Et tout cela, je vous demande un peu, pour un piano !...

— Mais mon salon ?... Alors quoi ?... ça ne sera plus un salon !

— Hé ! je me fiche un peu de votre salon !... Je ne pense qu'à ce qui est juste et au bonheur de ces enfants...

Et cela finissait par une crise de larmes, par une crise de nerfs, dans laquelle la pauvre Rosalie sanglotait, et pleurait de sa voix blanche :

— Mon piano !... Il est à moi !... Je l'ai payé... Je veux mon piano !

C'était ma mère qui, toujours, menait le débat... Elle était tout d'une pièce, hargneuse, tyrannique, et très violente. Jamais, en aucun cas, elle n'admettait la contradiction... Mon père, lui, hochait la tête, approuvait silencieusement par de petits gestes courts et vifs, comme il attrapait, au passage, des vols de mouches... C'était un excellent homme, et qui n'avait sur n'importe quoi et sur n'importe qui, aucune espèce d'idées... Jamais il ne se fût permis d'aller à l'encontre d'une opinion ou d'un désir exprimé par sa femme qui se chargeait de tout, dans sa maison, même de la besogne et des attributions qui incombent aux hommes. Cela, d'ailleurs, satisfaisait pleinement son inertie physique et mentale, et aussi sa peur des responsabilités.

Un jour, durant ces préliminaires interminables qui donnèrent à mon mariage de si beaux présages d'union et de bonheur, un jour qu'ils étaient, elle, à bout d'arguments, lui, à bout de gestes approbatifs, ma mère se tournant vers moi, s'écria :

— Et toi ?... Pourquoi ne dis-tu rien ?... Mais dis donc quelque chose !... Tu es là comme une borne !... C'est tout ton avenir qui s'engage, c'est toute ta vie qui se discute !... Et tu ne dis rien !... Et tu n'oses pas ouvrir la bouche !... Et tu n'es même pas à la conversation !... Et tu nous regardes comme des curiosités !... Voyons, dis quelque chose !...

Je ne savais que dire... Tout cela m'écœurait profondément... Je répondis :

— Ça m'est égal ! Tout m'est égal !

— Tais-toi, alors ! fit ma mère.

Enfin, au bout d'un mois, elle finit par arracher aux vieux amis, outre le trousseau, une somme de cinq mille francs, et le piano. Et j'entends encore le père de Rosalie balbutier, dans une affreuse grimace, et d'une voix de vaincu...

— Vous me saignez aux quatre membres... Et qu'est-ce que je ferai de mon salon désormais ? Ça n'est pas bien, pour de vieux amis, de nous prendre ainsi à la gorge !... surtout quand vous savez que le commerce ne va pas !...

Je passe sur la cérémonie du mariage, sur la toilette blanche et sur le voile blanc, et la figure si pauvre, si grise, si effacée de Rosalie, dans le nuage nuptial... Et je passe aussi, sur le landeau et le repas dans une gargote de la banlieue !... Ce fut simplement hideux.

Et j'arrive au moment, où pénétrant dans la chambre qui nous avait été préparée, je l'aperçus, couchée dans un lit, et sa tête — oh ! sa tête anxieuse et rêche à la fois — sortant hors des draps !...

J'avais apporté un volume, qui d'ailleurs ne me quittait jamais. C'étaient *Les Pensées* de Pascal. Je déposai le volume sur la table de nuit, et, après m'être déshabillé, je me glissai, à mon tour, dans le lit, près de Rosalie...

Rosalie n'avait pas bougé. Elle ne me regardait pas... elle ne regardait rien. Elle tremblait un peu, et ses lèvres avaient un petit mouvement bizarre, comme en ont les moutons qui ruminent...

— Rosalie, lui dis-je... savez-vous ce que c'est que l'amour ?

— Non !... je ne sais pas !... bégaya-t-elle.

— Alors, Rosalie, je vous l'apprendrai. Et quand vous connaîtrez ce que c'est que l'amour, vous verrez que c'est une chose bien monotone, bien ennuyeuse, et parfois une bien sale chose... Mais auparavant, laissez-moi vous lire quelques pages de Pascal... C'est un auteur admirable, plein de beautés effrayantes, et que vous ne comprendrez jamais...

Je me mis à lire. Durant plus d'une heure, je continuai de lire, m'interrompant seulement pour regarder Rosalie et voir l'impression que cette lecture faisait sur son âme... Elle avait ses pauvres cheveux ternes relevés et noués par un petit ruban bleu sur le sommet de son crâne... Oh ! ce petit ruban bleu, qu'il était mélancolique !... Une fois, je vis les coques maladroites de ce ruban s'agiter commes mues par des soubresauts nerveux... Une fois, je vis les yeux de Rosalie se mouiller de larmes silencieuses... Une fois, je vis que Rosalie était endormie, la bouche ouverte, et soufflant une odeur fade... une odeur de pourriture !... Alors, je fermai le livre... Et moi aussi, je m'endormis !

Telle fut la première nuit de nos noces !...

Je crois que j'aurais pu aimer ma femme, et je crois aussi que ma femme eût pu m'aimer... Elle n'était pas méchante, elle ne pouvait pas être méchante, puisqu'elle n'était rien. Elle pouvait être tout, de la passion, de la beauté, du rêve... Il fallait la faire naître à l'amour, voilà tout ! C'était une pauvre créature embryonnaire, à peine formée, à peine vivante, et qui, toujours, avait dormi dans les limbes de la création !... Que ne l'ai-je réveillée ? Que ne lui ai-je ouvert les yeux aux splendeurs de la vie ? Le pouvais-je ?... Oui, j'ai aujourd'hui cette impression et ce remords que je le pouvais. Je le pouvais, car la vie était en moi, avec tous ses tumultes, et toutes ses flammes et toutes ses passions... Il n'était pas même besoin que je lui parlasse. On ne parle pas seulement par la voix ; on parle par le regard, par le geste et par la caresse. Il m'était facile de la prendre, dans mes mains, argile informe, et de la pétrir et de la modeler jusqu'à ce que l'argile devînt de la chair... du sang... de la pensée. Jamais son esprit, jamais son cœur n'avaient été mis en face d'une beauté et d'une émotion. Je devais lui donner mon esprit, et mon cœur, je devais la recevoir dans mon esprit et dans mon cœur, comme dans un palais plein de musiques, de danses, de fêtes et de fleurs !... Et je l'en ai chassée !

Et pourtant, elle avait pleuré ! La nuit de notre mariage, si petite, si pauvre, si douloureusement pauvre, avec sa face grise et son petit ruban bleu qui nouait ses cheveux de vieille, elle avait pleuré !...

C'est donc qu'il y avait en elle une source de sensibilité, de souffrance, d'amour !...

Pourquoi ne les ai-je pas bues, ces larmes qui n'étaient pas des larmes de rage et de dépit, mais des larmes de tendresse, j'en suis sûr, des larmes d'imploration silencieuse ?... Pourquoi ce corps triste, cette chair grenue, qu'un peu de pitié, qu'un peu de joie, qu'un peu de confiance eût transfigurées, pourquoi ne les ai-je pas attirées et retenues contre mon corps et contre ma chair ?... Et pourquoi ne l'ai-je pas saisie dans mes bras en lui disant :

— Mais non, tu n'es pas une femme effacée et grise, mais non, tu n'es pas laide, mais non, tu n'es pas une larve humaine, puisque tu pleures !... La souffrance et la joie, et la volupté, ont des pouvoirs magiques sur les êtres les plus dénués et les choses les plus repoussantes, et elles les transorment en beautés... C'est comme le soleil qui met de l'or sur les pires cailloux du chemin et qui change, en manteau de pourpre, les haillons sordides du mendiant !... Vois l'eau !... Est-ce que l'eau, l'eau des fleuves et lacs, et l'eau des petites sources, sous les branches retombantes, est belle par elle-même, par elle seule ?... Elle n'est belle que par la lumière, par les frissons et les formes mouvantes de la lumière qu'elle reflète... Tu es, chère âme, une eau qui n'a rien reflété encore... Et voici, enfin, la lumière, je te donne enfin la lumière !...

La vérité est que j'aurais bien voulu lui dire tout cela... Je ne le pus... Je vous jure que, depuis qu'elle avait pleuré, je me sentais pour elle une immense pitié. Il me fut impossible de la lui exprimer... Je suis atteint d'une impuissance singulière... Il se passe en moi des choses extraordinaires et tumultueuses, et je suis en état permanent de création... J'éprouve les sensations les plus fortes et les plus violentes enthousiasmes... Il y a des moments où il me semble que je suis soulevé de terre, et que j'atteins aux cimes éblouissantes de l'absolu... Mais tout cela qui bouillonne en moi, demeure en moi, caché en moi, et n'apparaît pas sur ma face et ne franchit jamais l'abîme de silence qu'est ma bouche.

Je ne dis donc rien à Rosalie... je ne lui dis jamais rien !

Nous ne parlions pas.

Un soir, pourtant, je lui parlai. C'était quinze jours après notre mariage. Je rentrais, comme de coutume, de mon travail. Et je trouvai Rosalie un peu pâle, assise dans sa chambre et qui pleurait.

— Pourquoi pleures-tu ? lui demandai-je... Est-ce qu'on t'a fait de la peine ?

— Non !

— Est-ce que tu es malade ?

— Non !

— Alors, pourquoi pleurer ?

Et, tout à coup, se levant, elle se jeta dans mes bras, secouée par ses sanglots, comme par une grande fièvre, et elle me dit :

— Oh ! mon petit homme !... mon petit homme !... mon petit homme !...

Je fus très ému, et vraiment, à cette seconde, Rosalie resplendissait. Il y avait dans ses yeux une flamme nouvelle et ardente ; la peau de son visage rayonnait ; ses cheveux brillaient, une chaleur de vie intense s'échappait, comme d'un foyer, de son corps, qui se collait au mien.

— Allons ! allons ! lui dis-je, en la forçant à se rasseoir, il ne faut pas pleurer, il ne faut jamais pleurer. Et jamais il ne faut m'appeler votre petit homme. Je ne suis pas un petit homme...

Elle sanglota longtemps. Et elle s'écriait, entre des spasmes :

— Je suis trop malheureuse... Non, je suis trop malheureuse !

Doucement, je lui demandai :

— Pourquoi êtes-vous malheureuse... Il vous manque donc quelque chose ?...

Et elle répondit !

— Oui ! il me manque quelque chose... Il me manque quelque chose dans la tête, dans le cœur, dans les bras... partout !... Oui, il me manque d'être vivante, je vous assure... Et cette vie à laquelle j'aspire, cette vie, vous ne voulez pas me la donner !... Je serai donc toujours morte ?

— Allons !... Allons !... lui dis-je... Calmez-vous !... Il est temps que nous dînions !...

C'est à partir de ce moment que Rosalie prit vraiment possession de notre ménage... Au lieu de rester calme et silencieuse, peu à peu, elle devint glapissante et aigre. Elle m'enleva tous mes droits d'homme dans la maison, me dépouilla de toute espèce d'autorité. Puis, bientôt, comme je ne résistais pas, heureux dans le fond d'esquiver les responsabilités, elle ne m'adressa plus la parole que pour me couvrir, me harceler de reproches que je ne méritais d'ailleurs pas... J'étais la cause de tout ce qui arrivait de fâcheux, la cause de la pluie, de la boue, de l'omnibus qu'elle avait raté, du petit bibelot qu'elle avait cassé, des incessantes disputes avec la femme de ménage. Et j'avais toujours à mes trousses, comme un roquet rageur, sa voix, sa voix colère, sa voix qui ne cessait pas une minute de m'envoyer avec les reproches habituels, toutes les variétés d'insultes domestiques...

Enfin, elle décida qu'elle aurait l'argent, comme elle avait déjà toutes les clefs, même celle de mon armoire à linge et de mon bureau. Et, tous les matins, pour me faire sentir mon servage, c'est elle qui me distribua les douze sous de mon omnibus...

Que m'importait d'entendre sa voix ? Je ne l'écoutais pas. Que m'importait de n'avoir pas d'argent ? Je n'avais aucun besoin, aucun vice antérieur, pas même le goût de la charité !... L'argent me dégoûtait. À force de manier l'or et les billets de ma caisse, j'en étais venu à le haïr. Il ne me représentait que de sales visages, de sales choses, des crimes !

Ma vie n'était ni dans ma maison, ni dans ma femme, ni dans l'argent ; ma vie était ailleurs : elle était en moi !

Mon temps était donc partagé entre ma maison et mon bureau.

Ma maison !...

En dépit des taquineries et des irascibilités, de jour en jour plus agressives, de ma femme, je ne me sentais pas malheureux dans ma maison. Doué d'une puissance considérable d'abstraction, j'étais parvenu très vite à m'abstraire, non seulement de sa présence morale, mais encore — et c'était l'important — de sa présence matérielle. Les gens qui habitent près d'une gare s'accoutument rapidement à ne plus entendre les sifflets et les roulements des trains... C'est ce qui m'advint, pour ma femme. Elle avait beau être laide, je ne la voyais plus ; elle avait beau glapir ses reproches éternels avec une voix aigre et perçante, je ne l'entendais plus. A force de volonté, je m'étais créé une vie intérieure si fortement close aux contingences du ménage, et aux extériorités de la vie, que je vivais comme si Rosalie n'eût pas été là, sans cesse près de moi. Il m'arriva même, habitant la même chambre qu'elle, et couchant dans le même lit, d'oublier totalement que je fusse marié, et de reprendre mes rêves d'autrefois... Les princesses aux lourdes robes de brocart, les vierges pâles dévorées d'amour mystique, les courtisanes aux cheveux d'or, à la peau peinte, toutes revinrent me visiter, plus splendides, plus hardies, plus savantes en caresses, et je m'embellis à nouveau de les aimer, selon leur chair et selon leur âme, éperdûment !

Croyez aussi que je ne négligeais pas mon esprit, au bénéfice de mes sensualités. Bien au contraire, je le cultivais avec soin... Après le dîner, toujours silencieux de ma part et souvent bruyant de la part de ma femme, nous passions dans une petite pièce, ridiculement meublée qui nous servait de salon. C'est là qu'avait été transporté le piano, le piano fameux si disputé lors de notre contrat de mariage. Il y avait aussi, sur la cheminée, une pendule, en bronze doré, qui représentait les Adieux de Marie Stuart, sous un globe ! Mais rien, ni la jardinière en bois rustique, ni les chromolithographies qui ornaient les murs, ne m'étaient une offense ou un agacement... Ma femme s'installait, devant un petit bureau, en faux bois de rose, où elle faisait ses comptes de la journée ; ou bien elle raccommodait, avec une patiente vertu, d'ignobles chaussettes et de sales torchons. Moi, je m'étalais sur l'unique fauteuil — un fauteuil Voltaire recouvert de reps grenat — et, les bras sur les accoudoirs, les jambes écartées, les yeux fixés au plafond, je pensais. Oui, en vérité, je pensais ! Dédaignant les vaines éruditions, je créais des formes spirituelles, j'échafaudais les plus audacieuses philosophies, et bien des fois j'obligeai l'histoire, la science, les littératures, les morales, les religions et les cosmogonies, à repasser dans des matrices vierges... Quand je serai arrivé au chapitre de mes idées et opinions, vous verrez tout ce que j'ai détruit, tout ce que j'ai reconstruit... c'est quelque chose d'effrayant et qui m'étonne souvent.

Quelquefois, ma femme — je continue à lui donner ce nom — s'irritait de ce silence que troublaient seulement, de temps en temps, les bruits de la rue, un fiacre qui passait, une boutique qui se fermait, et la trompe lointaine d'un tramway. Et, tout d'un coup, fermant avec colère son bureau, ou jetant d'un geste rageur son ouvrage dans le panier, elle s'écriait :

— Est-ce une vie ?... Non... non... J'en ai assez à la fin !... Ça m'étouffe !... avoir un mari étalé comme un veau dans un fauteuil... et qui ne parle jamais !... Mais si tu étais impuissant, si tu étais incapable de faire une caresse à une femme, il fallait le dire ! Je ne puis plus !... je ne puis plus !...

Et comme je ne répondais pas :

— Mais dis donc quelque chose !... n'importe quoi ! ah misérable !... Il n'a même pas l'air de m'entendre !... Et ne jamais sortir... être toujours en prison, comme une criminelle !... Voyons : depuis que nous sommes mariés, qu'as-tu fait pour moi ?... Que suis-je ici ?... Pas même ta domestique... Quelque chose de moins qu'une chienne !... une domestique, on lui parle... une chienne, on la caresse !... Toi... ah ! toi... mais dis donc un mot... mets-toi en colère... que j'entende ta voix !... Rien ! Rien !...

Alors, elle marchait dans la petite pièce, bousculant les meubles :

— Non... non... ça n'est pas possible de s'ennuyer comme ça !... Je m'ennuie... je m'ennuie... je m'ennuie !... Et je sens qu'à force de m'ennuyer, tu me feras commettre un crime.

Et elle retombait, accablée, sur sa chaise.

Moi, sans remuer ni mes bras, ni mes jambes, ni mes yeux toujours fixés au plafond, je répondais parfois, d'une voix lente :

— Vous vous ennuyez, Rosalie ?... C'est de votre faute, et non de la mienne. Je n'y puis rien... Moi, je ne m'ennuie jamais, parce que je porte le monde en moi... parce que j'ai tout en moi !... Vous, vous n'avez rien en vous... que vous-même... Il n'est pas étonnant que vous vous ennuyiez !... Mais faites comme je fais... Remontez les siècles et bousculez l'histoire... Appelez à vous l'amour, le rêve, la beauté, le bonheur... Et vous ne vous ennuierez plus !...

Dans ces moments-là, ses contours effacés devenaient durs... elle avait, au coin de la bouche, aux pommettes, sous les paupières, des accents crispés, des angles vifs, des coups de crayons noirs ; et sa peau grise se tachait de plaques rougeâtres... Elle ne disait plus rien, parce qu'elle avait trop de choses à dire, parce que les mots soulevaient sa poitrine plate, s'engageaient pêle-mêle, en troupes désordonnées, dans sa gorge, et fermaient l'orifice de ses lèvres de leurs masses agglutinées... Et elle quittait le salon, en coup de vent, claquait les portes ; et elle s'enfermait dans sa cuisine où, jusqu'à minuit, elle épanchait sa colère et ses rancunes en récurant furieusement ses casseroles... Puis, calmée, elle revenait se coucher près de moi... près de moi qui, sur des draps d'éclatante pourpre, sous des ciels de lit d'or, étreignais mes sublimes amantes, avec des cris de volupté ; et, souvent, jusqu'à l'aube, pauvre petite loque de chair abandonnée, elle pleurait, pleurait, pleurait !... Chose curieuse, rien de tout cela ne m'émouvait... Maintenant, je n'éprouvais plus, en mon cœur, ce sentiment de remords et de triste pitié qui, dans les premiers jours de notre mariage, m'avait plusieurs fois, porté vers elle !...

Chaque dimanche, nous allions dîner chez les parents de Rosalie. Ils étaient toujours les mêmes, stupides et vulgaires, et il n'y avait chez eux de changé que le salon, où l'enlèvement du piano avait produit un vide... Par amour-propre, sans doute, ma femme n'avait pas voulu confier à son père, ni à sa mère, ce qui se passait chez nous... Ceux-ci la croyaient heureuse, et ils disaient souvent :

— On voit bien que c'est toi qui portes les culottes... D'ailleurs, c'est juste, car ton mari n'est pas un aigle, et tout est ainsi pour le mieux !...

Toutes les semaines, la même scène se reproduisait. Le père, goguenard, regardait le ventre, le pauvre ventre plat de sa fille, et il s'écriait :

— Eh bien !... Quoi donc !... Ça ne s'arrondit pas encore ! Ah ! vous y mettez le temps, sapristi !...

Et comme Rosalie baissait les yeux :

— Eh bien, quoi ! expliquait-il... Il n'y a pas de honte !... Moi, avec ta mère, le premier mois ça y était !... Mais ce n'est peut-être plus la mode aujourd'hui !... Et, ma foi, après tout, ça vaut sans doute mieux !... Dans le temps où nous sommes, les enfants, ça coûte cher à élever... et ça ne donne guère de satisfaction !... Amusez-vous, allez !... Amusez-vous !...

— Et le commerce, beau-père ? demandais-je pour donner un autre tour à la conversation.

— Le commerce ? mon cher garçon, mais il ne va pas du tout... Jamais il n'a été plus mal... Et comment voulez-vous que le commerce aille ?... Voilà encore qu'on vient de nommer un député socialiste à Pantin !

— Et puis, appuyait la belle-mère d'un air méchant... il n'y a plus de religion ! Il n'y a plus de famille !

— Parbleu !... Il n'y a plus rien de rien !... Et qu'est-ce que j'ai lu ce matin dans mon journal ?... Il paraît que l'Angleterre fait encore des siennes !... Elle veut nous prendre je ne sais plus quoi... Est-ce vrai ?... Comme si son commerce n'allait pas, à l'Angleterre !...

Et quand, pour la centième fois de la soirée, il avait été constaté que « le commerce n'allait pas », qu'il ne pouvait pas aller... nous rentrions chez nous...

Dans la rue :

— Tu vois !... me disait Rosalie... comme c'est flatteur de

s'entendre dire des choses pareilles par ses parents !... Mais toi, rien ne te fait !...

Nous attendions des heures au bureau de l'omnibus... Oh ! ces visages, dans l'omnibus !... ces visages mornes, tassés et roulant, dans l'omnibus !... Et tout ce que contiennent de vide, tout ce que contiennent de néant tragique, ces yeux, ces yeux, ces yeux !...

On a pu voir à quel genre de créature humaine appartenait ma femme. Je ne veux plus en parler, ni raconter les mille incidents fastidieux et presque toujours les mêmes de notre existence conjugale, s'il m'est permis d'appeler conjugale une existence qui le fut si peu. D'abord, cela m'est pénible, car souvent, au fond de moi-même, il se lève un grand remords ; ensuite, cela me paraît tout à fait inutile. Pourtant, avant de reléguer la figure de ma femme dans l'ombre étanche d'où elle n'aurait jamais dû sortir, je voudrais dire deux mots d'un petit drame qui vint rompre, un instant, la monotonie de notre si pauvre histoire.

Ma belle-mère, qui était, du reste, de vie chétive, tomba malade et mourut.

Elle mourut juste au moment où l'on se décidait à appeler le médecin.

— Ce n'est rien !... disait-elle. C'est une indigestion... J'ai sur l'estomac comme une boule... Ce n'est rien !

A quoi mon beau-père ajoutait, en manière d'explication rassurante :

— Ce sont des haricots de l'autre jour... Moi aussi, je me suis senti tout chose après en avoir mangé... Mais ça n'est rien !

On fit boire beaucoup d'eau de mélisse à la malade et, sur le conseil d'une voisine qui était sage-femme, on lui administra quelques cuillerées d'huile de ricin. Et, comme son état empirait :

— Ça n'est rien !... disait-elle en nous regardant d'un regard un peu effrayé... Ça n'est rien... Je sens que c'est une boule... là... N'est-ce pas que ça n'est rien ?

— Mais non !... Mais non !... affirmais-je...

— Mais non !... Mais non !... répétait le beau-père avec assurance...

Ça n'est rien !... Parbleu ! ça se voit que ça n'est rien !... Il faut qu'ils passent, voilà tout !...

Un soir — c'était un samedi, je me souviens —, le visage de ma belle-mère s'altéra tout à coup... Ses narines se pincèrent affreusement... L'ossature s'accusa, creusant des trous noirs sous les yeux et dans les joues... Son regard, qui, déjà, ne voyait plus les mêmes choses que nous, devint trouble et vitreux... Elle respirait avec peine, avec effort... Sur son front qui se bronzait la sueur roulait en grosses gouttes glacées... Et semblant ne plus nous reconnaître, elle balbutiait péniblement :

— Ça... n'est rien... Partons... pour... la... campagne... pour... la... camp...

Elle ne put achever.

— Comme c'est long à passer !... observait le beau-père, dont le calme et la confiance persistaient. Moi, ça m'est arrivé, une fois, avec des escargots !... Ça n'est rien...

Il estima qu'elle devait prendre du rhum, qui est un remède souverain pour les indigestions...

— Quand elle aura pris du rhum, ce sera fini !

Moi, je voyais la mort près d'elle. Moi, je sentais la mort sur elle...

— Elle est très mal !... dis-je gravement. Appelez-vite un médecin !

— Mais non ! mais non ! s'obstina le beau-père. Et pourquoi un médecin ? Un médecin l'effrayerait... Si elle était si mal que vous le dites, elle le saurait mieux que nous, bien sûr !... Ça n'est rien !...

Quand elle commença de râler, il commença, enfin, de s'inquiéter.

— Je crois en effet, dit-il, qu'elle ne va pas très bien... Elle a une drôle de mine... C'est curieux, tout de même, comme des haricots qui ne passent pas font du ravage !

Les haricots ne passèrent pas... Ce fut la belle-mère qui passa... Elle passa dans un petit cri rauque, sans convulsions, presque sans remuer... Ses doigts, seuls, grattèrent un peu la toile des draps... C'était fini !

Quand il eut été constaté qu'elle était bien morte, le beau-père s'écria :

— Ah !... par exemple !... C'est trop fort !... C'est trop fort !... Mourir d'une indigestion !... pour des haricots qui ne passent pas ! Ces choses-là n'arrivent qu'à moi !... Pauvre Héloïse !...

Et il s'écroula dans un fauteuil, comme une masse, en proie à une douleur profonde et à un non moins profond étonnement, répétant d'une voix hachée :

— Jamais je ne croirai ça... jamais... je ne croirai ça !... Une indigestion de haricots !... C'est trop fort !... Est-ce que vraiment elle est morte ?... Ça n'est pas possible !...

Dieu sait que la pauvre créature m'était quelque chose de très indifférent... Je ne jouissais même plus de ses ridicules... je ne m'amusais même plus de la caricature humaine qu'elle n'avait cessé d'être durant toute sa vie. Elle avait toujours été pour moi d'une inexistence si totale que, bien des fois, en évoquant sa mort possible, je n'avais éprouvé aucune émotion, de quelque nature que ce fût... Peu m'importait, véritablement, qu'elle fût morte ou vivante, car il me semblait qu'elle était morte depuis des siècles !

Et voilà que, dès qu'elle eut exhalé son dernier souffle, je me sentis pris d'un grand chagrin et d'un grand remords, chagrin de l'avoir perdue, remords de ne pas l'avoir aimée ! Est-ce une chose mystérieuse et stupide que la mort !... Pourquoi l'aurais-je aimée ?... Et pourquoi l'aimais-je, maintenant ?... Son visage immobile et qui était devenu tout petit en se refroidissant, ses yeux fermés, ses mains maigres allongées sur le drap, toute cette chose si insupportablement funèbre, si inexplicablement douloureuse qu'est un cadavre, même un cadavre de chien ou de rat, oui, tout cela qui allait bientôt se diluer, tout cela fit que j'eus le cœur serré, comme si je venais de perdre quelqu'un de très cher et de très beau... Sans savoir pourquoi, sans chercher à raisonner cette impression soudaine, rien que parce qu'elle n'était plus, parce qu'elle ne remuait plus, je découvris, en elle, d'émouvantes vertus et des beautés prodigieuses... Et je pleurai sur elle, je pleurai abondamment... Et, en pleurant sur elle, je pleurai sur moi, qui ne la verrais plus, je pleurai sur ma femme et sur mon beau-père, et sur la voisine qui était venue faire la toilette de la morte, et je pleurai aussi sur la chambre et sur les meubles de la chambre, et sur la vie, et sur tout, et sur rien !

Je revois le lamentable salon où, tous les trois, tantôt vautrés sur les meubles et tantôt jetés dans les bras l'un de l'autre par de brusques tendresses, nous passâmes le reste de la nuit à pleurer et à chanter sur les modes les plus tristes, les extraordinaires vertus de la morte.

— Pauvre Héloïse !... gémissait le beau-père. C'était une femme héroïque et qu'on ne connaissait pas... Je n'étais rien sans elle... Et maintenant qu'elle est partie, que vais-je devenir ?...

— Père, père !... sanglotait Rosalie. Petit père chéri !... Quel affreux malheur !

— Je n'ai plus que vous, mes enfants, je n'ai plus que vous !... Ah ! vous ne saviez pas ce qu'était Héloïse !... Elle avait un bon sens merveilleux... Elle s'entendait au ménage comme pas une... et si économe !... Et puis, elle était l'âme de ma maison de commerce ! Je n'ai plus de ménage, plus de maison de commerce, plus rien, plus rien... Je n'ai plus que vous !...

— Et quelle belle-mère c'était pour moi !... m'exclamais-je. Quel trésor de tendresse ! Comme elle nous soutenait ! Comme elle renforçait notre union de ses chers conseils !... C'est horrible !... horrible !...

— Elle était si généreuse !... si dévouée !...

— Si intelligente !...

— Elle était si belle !...

— Elle avait tant d'esprit !

— Elle ne pensait qu'aux autres !... Elle s'oubliait toujours !... Et si bonne aux pauvres !

— Une sainte !...

— Mieux qu'une sainte : une femme !

— Ah ! mon Dieu !...

Nous disions tout cela sans rire, avec des exaltations, des enthousiasmes sincères dont le comique me paraît, aujourd'hui, d'une irrésistible gaieté, d'une folie à la fois macabre et singulièrement exhilarante...

Et ce qui fut plus comique encore, ce fut quand, après l'enterrement de l'admirable, héroïque, intelligente, généreuse et dévouée belle-mère, ma femme et moi nous rentrâmes dans notre appartement, changés tous les deux, et meilleurs, et sublimes, oui, en vérité, sublimes.

— Ah ! mon cher petit mari, s'écria ma femme, maintenant il faut nous aimer... C'est si peu de chose que la vie !

— Oui ! oui ! ma chère petite femme... Aimons-nous... aimons-nous... serrons-nous l'un contre l'autre !

— Ne nous disputons plus jamais... Soyons indulgents à nos faiblesses, à nos défauts... La mort vient si vite !...

— Nous nous aimerons toujours...

— Nous ne nous quitterons plus jamais.

— Nous sortirons toujours ensemble.

— Oui ! oui ! oui...

— Ah ! vois-tu, on ne se comprend bien qu'au contact du malheur !

— Aimons-nous... aimons-nous...

Ce furent des serments solennels. Notre douleur s'adoucissait de tant d'extases ! Je trouvais ma femme divinement belle, tant l'amour la transfigurait !...

Deux jours après, je reprenais ma place sur le fauteuil Voltaire du salon ; ma femme reprenait sa place devant le petit bureau en faux bois de rose. Et elle m'injuriait d'une voix plus aigre encore qu'autrefois... Et, plus inerte, plus silencieux, plus lointain que jamais, je ne l'écoutais pas.

Je ne l'écoutais plus !...

Avant de poursuivre mon récit, je voudrais remonter en arrière, dans mon enfance. Je n'ai pas la prétention de penser que ma vie ait quelque intérêt historique ou autre. Et ce n'est pas par orgueil que j'écris ces souvenirs. Mais je crois que toute vie, même celle d'un être anonyme et obscur comme je fus, a toujours, pour celui qui sait lire, un intérêt humain.

Je suis né dans une petite ville de Normandie, sale et triste. Mes parents, qui étaient marchands de bois, ne s'occupèrent pas de mon éducation. Ils m'avaient créé sans joie ; ils m'élevèrent sans amour. Je crois avoir dit qu'au point de vue intellectuel et moral, c'étaient de pauvres diables. Je ne parlerai pas de mon père, qui était un être faible, et sans autorité dans la maison. D'ailleurs, je le vis très peu. Il partait le matin dès l'aube, courant les ventes et les adjudications de bois, et ne rentrait que le soir, souvent fort tard. Je ne connus, pour ainsi dire, que ma mère. Elle ne m'aimait pas ; du moins elle semblait ne pas m'aimer. Elle n'avait jamais pour moi que des paroles aigres ; et des paroles elle passait facilement aux taloches. C'était une petite femme sèche et très nerveuse qui ne pouvait supporter l'agitation d'un enfant. Elle m'obligea au silence et à la solitude. Dès que je faisais mine de parler, elle me fermait la bouche par ces mots prononcés d'une voix coupante : « Un enfant ne doit jamais parler ». De très bonne heure, j'appris à vivre en moi, à parler en moi, à jouer en moi. Et j'avoue que ce ne me fut pas très douloureux. C'est à cette enfance silencieuse que je dois d'avoir acquis cette puissance de pensée intérieure, cette faculté de rêve, qui m'a permis de vivre, et de vivre souvent des vies merveilleuses.

Mon père gagnait péniblement l'existence du ménage. Il ne faisait pas, comme on dit, de très bonnes affaires ; il en faisait même souvent de mauvaises. Et c'était entre ma mère et lui des disputes continuelles, dans lesquelles il s'avouait tout de suite vaincu. Quand il rentrait de ses longues courses, transi de froid et la faim au ventre, il commençait par recevoir sur le dos une grêle de reproches, bien avant qu'il eût rien dit.

— Qu'est-ce que tu as encore fait aujourd'hui ?... Tu t'es encore fait mettre dedans, bien-sûr !...

— Mais, ma bonne, mais, ma bonne...

— Il n'y a pas de ma bonne !... C'est dégoûtant d'avoir un mari si bête !... un homme stupide qui ne sait qu'apporter la misère dans son ménage. Et le petit ? que veux-tu que nous en fassions du petit ? Je n'ai même pas pu lui acheter une paire de chaussures ! Quand on est un idiot, on n'a pas d'enfant !...

— Mais, ma bonne...

— On n'a pas d'enfant ! C'est une honte, te dis-je !

Ces scènes se reproduisaient presque tous les soirs. Mais mon père en avait acquis l'habitude. Elles glissaient sur lui comme les averses sur un parapluie. Et, le dos rond, le visage indifférent, il se mettait à table et dévorait silencieusement sa soupe.

La plupart du temps, j'étais couché, lorsque mon père rentrait. Mais si, par hasard, je ne l'étais pas, c'était la même chose pour moi, car il ne m'adressait pas la parole, dans la crainte de déplaire à sa femme. Et il m'embrassait, pour la forme, d'une bouche que je sentais indifférente et lasse. Souvent il ne m'embrassait même pas. Ah ! je le vois toujours avec sa grosse figure humble et servile et sa barbe malpropre, et sa toque, et sa peau de chèvre, qui lui donnaient l'air d'une grosse bête débonnaire et domestique !...

Ce fut ma mère qui me donna mes premières leçons... Elle avait la prétention de m'apprendre à lire et à écrire. Vous pensez avec quel succès ! Vous voyez d'ici quel maître calme et patient j'avais en elle. Elle voulait que j'eusse répondu à ses questions avant qu'elle ne les eût formulées... Elle ne souffrait pas que je réfléchisse un seul instant. Aussi, au bout de huit jours, après m'avoir administré sur les joues force gifles, et sur les doigts force coups de règle, elle déclara que j'étais trop bête pour apprendre quoi que ce soit.

— C'est ton père tout craché ! répétait-elle... On n'en tirera jamais rien !...

Elle décida pourtant qu'on m'enverrait à l'école primaire chez les Frères. Là, je me montrai un élève studieux, rangé, intelligent, de quoi ma mère ne voulait pas convenir. Lorsqu'on lui parlait de moi avec éloges, elle s'emportait.

— Qu'est-ce que vous me dites ?... s'écriait-elle... C'est un enfant indécrottable, on n'en peut rien tirer... C'est son père tout craché !

Il y avait, dans la petite ville que nous habitions, une sorte de petit collège communal, et dans ce petit collège, une sorte de petit professeur qu'on appelait « Monsieur Narcisse ». Ce Monsieur Narcisse venait souvent chez nous. C'était un petit brun, timide et prétentieux, d'une assez jolie figure et que ma mère prenait plaisir à recevoir. J'avais remarqué que Monsieur Narcisse était le seul être au monde envers qui ma mère se montrât douce et affectueuse. Elle le regardait avec admiration, et même avec quelque chose de plus que de l'admiration. Sa voix, quand elle lui parlait, devenait subitement pleine de tendresse. Cela m'étonnait et, bien que je ne susse pourquoi, cela me gênait infiniment. Je ne voyais jamais venir Monsieur Narcisse chez nous sans une sorte de peine, et presque sans une sorte de honte. Je ne cherchais pas à expliquer ce sentiment. Je le subissais avec une étrange violence. Monsieur Narcisse me tapotait la joue avec amabilité ; quelquefois, il me prenait sur ses genoux et m'embrassait avec de gentilles paroles. Mais, chose curieuse, je sentais très bien que ces paroles gentilles et ces caresses n'étaient pas pour moi. D'ailleurs, lorsqu'il était là, je ne restais jamais longtemps, et ma mère ne tardait pas à me dire :

— Allons, mon petit Georges, va jouer dans ta chambre.

Un jour, Monsieur Narcisse me dit :

— Est-ce que vous seriez content, mon petit Georges, si je vous apprenais le latin et le grec ?

— Il ne faut pas vous donner cette peine, répliqua ma mère en roulant des yeux humides de joie... Georges n'est pas un enfant comme les autres. Il n'apprendra jamais rien... C'est son père tout craché !

— Mais non, je vous assure, insista Monsieur Narcisse. Moi, je m'en charge. Je pourrais venir deux fois par jour... le matin, avant la classe... et après midi... Est-ce que cela vous plairait ?

— Mon Dieu !... comme vous êtes bon !... s'écria ma mère... Mais quelle charge ce serait pour vous !

— Elle me serait très douce, je vous le jure !...

— Vous être trop bon, Monsieur Narcisse... vous êtes... en vérité...

Ma mère ne put pas achever, tant elle était émue. Et il y avait dans ses petits yeux noirs une flamme étrange... une flamme qui me fit presque pleurer... Et, tout à coup :

— Non... non... criai-je... Je ne veux pas !...

Et je me mis à fondre en larmes... Monsieur Narcisse essaya de me calmer, et j'entendis ma mère qui disait :

— Laissez-le donc ! Monsieur Narcisse... c'est un petit sot !... Vous n'en tirerez rien !... C'est son père tout craché !... Naturellement, il ne veut rien faire pour sa famille... Il aime mieux rester une bête toute sa vie ou que sa famille dépense des mille et des cents pour son éducation.

Enfin, après des explications de toute sorte, malgré ma résistance qui avait d'ailleurs faibli sous les regards sévères de ma mère, il fut décidé que Monsieur Narcisse serait mon professeur, qu'il m'apprendrait le grec, le latin, l'histoire et la tenue des livres — la tenue des livres, surtout !...

Une fois qu'il fut parti, ma mère me flanqua, d'abord, une gifle, puis une autre, puis une autre, et elle me dit, blanche de colère :

— Ah ! je t'apprendrai à pleurer et à faire la bête, devant Monsieur Narcisse ! Et que je te voie le regarder de travers, et le mal recevoir ! Tu auras à faire à moi, petit imbécile...

Et elle ajouta :

— Tu me feras le plaisir d'être levé et prêt, demain, à sept heures, pour ta première leçon... Un professeur comme ça...

Il fut, en effet, mon professeur, Monsieur Narcisse... Et vous allez voir de quelle manière... et ce qu'il m'enseigna.

Ma chambre communiquait avec celle de mes parents, et n'était séparée de celle-ci que par une mince cloison de briques. Elle n'était pas luxueuse. Un lit de fer, une petite table de bois blanc, deux chaises de paille en composaient le mobilier. Je revois encore le papier qui la tapissait, un papier vert sombre, orné de tout petits anges roses qui volaient entre des banderoles fleuries. Mais le papier n'était plus vert, les anges n'étaient plus roses et les banderoles avaient presque disparu. Tout cela avait acquis, par le temps et le manque d'entretien, un ton uniformément pisseux, fort désagréable à voir. Sans compter que, décollé par l'humidité et mangé par la moisissure, le papier se déchirait en maints endroits, et pendait, le long du mur, ainsi qu'une peau morte.

Je n'habitais cette chambre que depuis deux ans, à peine. Autrefois, elle servait de débarras ; et il y avait de tout, de vieux vêtements, de vieux harnais, de vieux coffres, des sacs d'avoine et des rats. Moi, je couchais dans la chambre de mes parents qui était bien plus belle, car il y avait un lit, d'amples rideaux en reps grenat ; une peau de renard, un peu chauve et bordée de drap rouge, en guise de tapis ; une toilette d'acajou qui, dans la journée, faisait office de commode, et, sur la cheminée, entre deux flambeaux de bronze, une pendule dorée sous un globe. Il va sans dire que cela me paraissait le dernier mot du confortable et du faste... J'en fus, en quelque sorte, chassé, à la suite d'un incident que je n'hésite pas à raconter, à cause de son indicible tristesse.

Une nuit, je fus réveillé en sursaut... La lampe brûlait encore sur la table de nuit, et répandait dans la pièce une clarté lugubre... Quand on sort du sommeil, brusquement, violemment, les bruits, les ombres, les objets, même familiers, prennent une intensité et des formes, ou plutôt, des déformations extraordinaires. Le cauchemar ou le simple rêve subsiste en eux avec toutes ses exagérations et ses incohérences... Que s'était-il passé ?... Qu'avais-je vu ?... Qu'avais-je entendu ?... Je ne saurais le dire exactement ; ce que je sais, c'est que, sous l'impression de quelque chose d'anormal qui m'effraya, un craquement du lit, des voix rauques, des voix étouffées qui venaient du lit, des voix qui ressemblaient à des gémissements et à des râles... je me dressai, soudain, hors des draps, et, soudain, d'une voix épouvantée, d'une voix qui appelait au secours, je me mis à crier :

— Papa qui bat maman !... Papa qui tue maman !

Un gros juron... Puis la lampe s'éteignit... Puis, dans les ténèbres :

— Veux-tu bien te taire, animal !... Veux-tu bien dormir, petit imbécile !... Qu'est-ce qui lui prend à ce petit imbécile ?

C'était la voix de mon père, une voix sourde, un peu haletante, et furieuse...

— Oh ! cet enfant ! cet enfant !... ce maudit enfant !

C'était la voix de ma mère.

Et ce fut, ensuite, un assez long silence. Oh ! l'angoisse, la terreur, l'effarement de ce silence, qui me parut durer des siècles et des siècles.

Je m'étais recouché tout tremblant, et je me faisais si petit, si petit que j'espérais disparaître, me fondre dans ces draps ; et, pour ne plus rien entendre, j'avais accumulé par-dessus ma tête les couvertures.

Pourtant, j'entendis encore ma mère qui disait, tout bas :

— Non... non... Plus maintenant !... Il n'est pas rendormi... Je suis sûre qu'il n'est pas rendormi !... Il est si sournois... si vicieux... avec son air de ne rien voir et de ne rien dire !

Et quelque temps après :

— Il est trop grand maintenant !... affirmait mon père... On ne peut plus le garder ici... Il faudra qu'il couche dans la chambre à côté...

— Tais-toi donc !... Je suis sûre qu'il entend tout ce que nous disons... Il faut dormir...

— C'est embêtant !

— Qu'est-ce que tu veux !... Allons, dors !... Demain, il couchera dans la chambre !...

— Ces sacrés enfants !...

— Mais, dors donc !...

Et, au bout d'un quart d'heure, j'entendis un double ronflement, qui emplissait la chambre, redevenue paisible, de sonorités de violoncelle.

Le lendemain, aidée de la femme de ménage, ma mère débarrassait la chambre d'à côté. Elle ne me dit rien, ne me fit aucun reproche. Mais elle avait un air dur et rancunier. Quand ce fut fini, elle déclara d'un ton bref :

— Voici ta chambre... Tu y coucheras ce soir !...

Et c'est là que, depuis deux ans, je dormais, je rêvais, je songeais !

*
* *

On se souvient que, dès le lendemain de la visite que j'ai racontée, Monsieur Narcisse devait venir pour me donner sa première leçon. A sept heures, j'étais levé et habillé. Mon père était déjà parti, ma mère dormait encore, et la femme de ménage balayait l'escalier. Il faisait à peine jour... un petit jour sournois et triste qui rendait plus pauvre, plus intolérablement pauvre, ma chambre. Et cependant, la veille, ma mère l'avait décorée de nouveaux meubles, à l'intention de mon professeur. Elle avait ajouté une sorte de vieux fauteuil, un tapis devant la cheminée, et elle avait couvert la table de bois blanc d'un antique châle brun mangé de mites.

M. Narcisse entra. En me voyant :

— Ah ! ah ! c'est très bien, c'est très bien ! dit-il. Déjà prêt !... c'est très bien.

Il posa sur la table une pile de livres qu'il avait apportés, enleva son chapeau et son pardessus élimé, puis, se frottant les mains, il répéta :

— C'est très bien !... c'est très bien !... Tiens !... j'ai rencontré votre père en cabriolet, dans la rue des Trois-Hôtels... Ah ! sapristi !... il est matinal aussi, le papa !... c'est très bien !... c'est très bien...

Il prit un livre dans la pile et l'ouvrit :

— Ah ! ah ! fit-il... voici donc la chose. Et nous allons commencer par le commencement... Savez-vous ce que c'est que ce livre ?

— Non, monsieur Narcisse.

— Eh bien !... c'est une grammaire latine, mon enfant !... Ah ! ah ! ah ! Et voici ce que nous allons faire... Asseyez-vous...

Quand je fus assis, en face de la table, il étala le livre devant moi :

— Vous voyez... ceci... *Rosa*, la rose... *Rosæ* (génitif), de la rose... etc. Vous allez m'apprendre cela par cœur... Ce n'est pas difficile... et quand vous le saurez vous me le réciterez... jusqu'ici !...

Il faisait mouvoir son doigt, en mouvements cadencés, comme un chef d'orchestre son bâton, il répéta :

— *Rosa*, la rose... *Rosæ*, de la rose... Vous avez compris ? Ah ! ah !... C'est très bien !...

Puis, brusquement :

— Et votre mère ? me demanda-t-il. Je voudrais bien la voir... J'ai à lui parler de choses très... très importantes... Est-ce qu'elle ne va pas venir ?

— Maman n'est pas levée, répondis-je. Je crois que maman dort...

— Ah ! sapristi... C'est fâcheux...

Mais la porte s'ouvrit à ce moment et ma mère parut.

— Ah ! monsieur Narcisse ! dit-elle stimulant une surprise joyeuse... Comment !... Vous êtes là ?... Comme vous êtes exact !

M. Narcisse s'inclina, et il répondit :

— On le serait à moins, madame !...

Ma mère dit encore :

— Vous avez entrepris là une tâche bien difficile... monsieur Narcisse... Et je crains que vous n'ayez pas beaucoup de satisfaction...

— Avec votre concours, madame, répliqua le professeur dont les yeux prenaient des expressions d'extase... avec votre concours... croyez-moi... nous arriverons au but... Et, à ce propos, j'aurais des choses à vous dire... des instructions... des conseils à vous demander...

— Mais certainement.

Et elle fit entrer dans sa chambre M. Narcisse, qui, avant de disparaître derrière la porte, se tournant vers moi, me recommanda :

— *Rosa*, la rose... *Rosæ*, de la rose... Apprenez cela par cœur... Faites bien attention !

— Tu entends !... appuya ma mère, dont le regard, un instant adouci par la présence de M. Narcisse, redevint dur et menaçant, en se fixant sur moi...

Je restais seul dans la chambre... Quelles choses importantes M. Narcisse avait-il donc à confier à ma mère ?... Je ne voulus pas y songer... Sans prendre garde aux recommandations de cet étrange professeur, je quittai la table et j'allai vers la fenêtre... Le jour s'était éclairci... De grands nuages bas glissaient, dans le ciel, au-dessus des maisons... Dans la rue, des gens passaient, des gens causaient... Et, sans savoir pourquoi, j'étais triste, triste à mourir...

Je ne veux pas faire un récit détaillé des rapports trop familiers de ma mère avec M. Narcisse. Il serait trop mélancolique pour moi et, peut-être même, gênant pour ceux qui liront ces lignes. On n'aime pas qu'un fils descende trop profondément dans les intimités de ses parents.

La scène que j'ai contée avec beaucoup de réserve, on en conviendra, se reproduisit exactement pareille, durant toute une année, trois fois par semaine. Et je finis par comprendre quel était le véritable caractère des visites de M. Narcisse. Faut-il l'avouer ?... Je n'en souffris pas trop, et même je n'en souffris pas du tout, car je leur dus une tranquillité relative. En somme, ce fut une trêve dans ma vie. Non seulement je n'eus plus à subir les tracasseries journalières et les incessants reproches de ma mère, mais encore je remarquai qu'elle gagnait en beauté physique, comme elle avait gagné en beauté morale. Ses yeux s'étaient adoucis, sa peau, un peu cendreuse, s'était éclairée et colorée, sa démarche, ses gestes, avaient pris, peu à peu, de la souplesse et de la langueur... Elle se montrait plus soignée de sa personne, presque coquette... Et je ressentais de ces changements comme un plaisir... Ce qui me frappa aussi, c'est qu'elle devenait sentimentale et poétique... Bien des fois je fus étonné de la voir qui regardait les choses avec des yeux mouillés... Un soir, je me souviens, nous sortîmes après le dîner, mon père, ma mère et moi... C'était un soir très doux et plein de lune... Nous gagnâmes, hors de la ville, les bords de la rivière... Après avoir marché longtemps, ma mère voulut s'asseoir sur le tronc d'un tremble abattu et qui barrait le chemin. L'eau, tout argentée, coulait lentement entre les rives herbues, avec un léger bruit d'harmonica... Une vapeur, bleu et argent, se levait des prairies... et le ciel était couleur de violette pâle... Je vois encore ma mère avec son châle noir, les pieds dans l'herbe, et qui, le menton appuyé aux paumes de ses mains, songeait... Au bout de quelques minutes de silence, elle dit :

— C'est beau tout de même, une belle nuit !...

Mon père répliqua, en haussant les épaules.

— C'est beau !... C'est beau !... Qu'est-ce qu'il y a de beau dans cette nuit ? C'est humide... Voilà ce que c'est.

— Oh ! toi ! fit ma mère, avec un accent de souverain mépris.

— Eh bien ! oui, moi... C'est beau pour les rhumatismes !

J'étais auprès de ma mère, sur le banc du tremble... Elle me tenait la main avec une sorte de tendresse fiévreuse... Affectant de ne plus parler à mon père, elle dit encore...

— Et cette lune ?... Ça n'est pas ordinaire !... On devrait sortir, tous les soirs, dans la campagne !...

Et tout à coup elle m'embrassa, criant entre ses baisers :

— N'est-ce pas, mon petit Georges ?... n'est-ce pas ?

Je ne sais ce qui se passa en moi, et si ce fut la nuit, ou la lune, ou ces baisers furieux qui me remuèrent l'âme. Mais je fondis en larmes.

— Allons bon ! dit mon père... voilà l'autre qui pleure, maintenant !... Qu'est-ce que tu as ?... Pourquoi pleures-tu ?...

— Je ne sais pas, bégayai-je... C'est... c'est... la lune !...

Comme mon père, au comble de l'étonnement, se disposait à

protester contre cette poésie qu'il jugeait ridicule, ma mère l'interrompit sur un ton bref.

— Tais-toi !... Tu devrais rougir... D'abord, toi, tu ne sens rien !... Tu es un gros mastoc !...

Nous rentrâmes silencieusement chez nous...

Quant à M. Narcisse, il était très bon avec moi et il faisait de son mieux pour me plaire. Naturellement, occupé de ma mère comme il l'était, il n'avait pas le temps de m'instruire sur le latin, mais il m'apportait des livres que je lisais, que je dévorais, et bien qu'ils fussent presque tous d'une grande stupidité, ils développèrent en moi le goût de réfléchir et de penser.

Le jeudi était jour de marché ; mon père ne s'absentait pas ce jour-là, et M. Narcisse n'avait pas de classe. Bien souvent, il venait me chercher et nous allions nous promener tous les deux sur le cours ou dans la campagne. J'en étais arrivé à l'aimer véritablement. C'était un excellent garçon, très timide, très naïf, et très bête. Oui, aujourd'hui, j'ai la sensation qu'il était très bête ; mais, à cette époque, il m'apparaissait comme quelqu'un de très considérable parce qu'il parlait quelquefois de choses que je ne savais pas et que je supposais magnifiques. Le plus souvent, il m'interrogeait sur ma mère, sur ce qu'elle avait fait, sur ce qu'elle avait dit de lui. Et il semblait aussi très préoccupé de l'opinion de mon père à son égard. Mais j'avais beau lui affirmer que mon père n'avait pas plus d'opinion sur lui que sur n'importe qui ou sur n'importe quoi, il ne voulait pas le croire. Et il me répétait toujours :

— Si votre père parle de moi avec méchanceté, il faudra me le dire... Votre père doit être très violent. Quand je le rencontre dans son cabriolet, avec sa peau de chèvre sur le dos, il me fait peur.

Et nous terminions nos promenades en cueillant des bouquets dans les champs, de pauvres bouquets que je rapportais à ma mère, qui m'embrassait pour toutes ces fleurs cueillies par M. Narcisse.

Le dimanche, M. Narcisse dînait chez nous. Sur le désir de ma mère, il m'apprenait à calculer, si bien qu'au bout de peu de temps, surprise de mes aptitudes, elle me confiait en quelque sorte la tenue des livres de la maison. Ah ! ces dimanches, après toute une journée de travail, lorsque, le soir, après dîner, nous étions réunis autour de la table où nous jouions au bog ; où M. Narcisse, qui était très pauvre, n'ayant que son maigre traitement, passait par toutes les transes et par toutes les joies de la perte ou du gain !... Que tout cela m'apparaît mélancolique, aujourd'hui !... Un soir, je me souviens, la guigne s'acharna sur le misérable professeur. Il perdit trois francs, ce qui ne s'était pas encore vu ! Et ces trois francs, c'était mon père qui les avait gagnés... Narcisse ne les possédait pas. Il dut s'excuser.

— Quand on n'a pas le sou, on ne joue pas ! proféra mon père.

Et il s'exprima, en termes presque insultants, sur le compte de M. Narcisse.

Alors ma mère, très pâle, intervint.

— Ce n'est pas à toi de parler ! dit-elle à son mari... Puisque tu acceptes, lâchement, que M. Narcisse dirige l'éducation de notre fils pour rien...

— L'éducation de Georges !... s'exclama mon père. Ah ! bien, elle est propre !... Qu'est-ce qu'il sait ? Qu'est-ce qu'il a appris ?

— Tu es un misérable !... Et tu vas te taire... ou...

Ma mère s'était levée. Je ne sais quelle menace planait au bout de sa main étendue... Mon père se tut.

— Je vous demande pardon, monsieur Narcisse, de la brutalité de mon mari !... dit ma mère.

Et M. Narcisse, tour à tour très rouge et très pâle, roulant des yeux effarés, répétait :

— Ce n'est rien... madame... ce n'est rien !...

Nous vécûmes ainsi un an. Et voilà que, tout d'un coup, on apprit que M. Narcisse était déplacé. On l'avait nommé professeur de cinquième dans un département lointain.

Ma mère fut malade ; elle garda le lit pendant quinze jours. Moi aussi, j'eus un grand chagrin, et je pleurai à la pensée que je ne verrais plus M. Narcisse.

Et la vie recommença, âpre, dure ; on n'entendait plus dans la maison que les cris de colère, des bousculades, les reproches de ma mère contre tout le monde... Ses yeux retrouvèrent leur hostilité ancienne ; sa peau redevint cendreuse et grise... Toute la journée, on la voyait en camisole sale, en savates traînantes, dépeignée, s'en prendre à tous et à toutes choses, à un malheur qu'elle n'avouait pas. Et jamais plus elle ne retourna, le soir, au bord de la rivière, s'enivrer l'âme aux bruits charmeurs de l'eau, et aux blancheurs nacrées de la lune...

Durant cette période de ma vie, je n'aimai qu'une chose : les livres. Mais que de difficultés pour s'en procurer dans une petite ville morte et stupide, où presque personne ne lisait, et où, d'ailleurs, renfermé dans ma chambre, toujours, comme je l'étais, je ne connaissais pour ainsi dire personne, je ne parlais à personne, qu'à des pauvres, lesquels ne lisent jamais rien... Je n'aimai aussi qu'un seul être, et il arriva que cet être que j'aimai était un chien.

Un soir, mon père revenant de ses tournées à travers les bois, nous ramena un chien. C'était un petit chien à taches jaunes et blanches, très laid, très maigre et très craintif. Il avait le poil triste et sale et il boitait de la patte de derrière, mais comme il me parut joli dans sa laideur, si tant est qu'un chien, ou une bête quelconque, puisse jamais être laid. Dans la nature, rien n'est laid que l'homme, du moins rien ne nous paraît laid que l'homme, parce que nous savons ce que l'homme pense et dit... Et nous trouvons belles les fleurs et les bêtes, parce que nous ne comprenons rien à ce qu'elles pensent et à ce qu'elles disent. En deux mots, ce chien était un résumé de toutes les races de chiens, j'entends les races pauvres et vagabondes. Il appartenait à cette catégorie de chiens prolétaires qu'on appelle des loulous.

Lorsqu'il entra dans la salle à manger, où nous étions ma mère et moi, mon père avait encore sa peau de bique, et il tenait le chien sous son bras gauche... Et c'était une chose étrange. Ayant aperçu ce nouvel hôte, ma mère s'écria, consternée :

— Qu'est-ce que c'est encore que ça ?

— Ma foi ! c'est un chien ! répondit mon père, qui était peu descriptif.

Et tous les deux, ils s'invectivèrent âcrement.

Moi, pendant ce temps-là, j'observai que le petit chien qui semblait avoir très peur de mes parents semblait aussi me regarder avec sympathie... oui, avec sympathie, je l'affirme ! Il y avait, dans ses yeux, vifs, mobiles et graves, quelque chose comme une tendresse pour moi, quelque chose comme une prière vers moi... J'en fus ému et charmé, et je l'aimai, tout de suite, de sa confiance. Ah ! qui connaîtra jamais l'âme inconnue des chiens, et ce qu'elle contient de surhumanité merveilleuse ; mais il ne fallait pas que je songe à prendre sa défense. Il eût suffi que j'exprimasse devant ma mère, le désir de faire de ce chien un petit compagnon de ma pensée et de mes jeux, pour qu'elle s'empressât aussitôt de le chasser.

La dispute dura longtemps, et elle fut très vive. Le chien en suivait toutes les phases avec des regards effarés et suppliants, à la fois.

Il fut convenu, pourtant, qu'on le garderait, mon père ayant fait remarquer que si notre voisin, l'épicier, qui avait été dévalisé, huit jours avant, de toutes ses chandelles et de tout son café, avait eu un chien pour l'avertir de la présence des voleurs, il n'eût peut-être pas été dévalisé. Il déclara :

— Je te dis que ces chiens-là, c'est très bon pour les voleurs et pour les rats... Ça éloigne les uns, et ça mange les autres !.... Ah !....

Et il ajouta :

— Et puis, ça n'est pas gênant dans un ménage !... Ça ne coûte rien de nourriture ! On n'a pas besoin de leur donner à manger... Ils vont chercher leur vie dans les ordures de la rue !...

— Oui ! siffla ma mère... et chez le boucher aussi !... Tous les mois, on vous apporte des notes de côtelettes et de gigots !... Ah ! nous avions bien besoin de cela !... merci !...

Mon père haussa les épaules, et montrant le petit chien :

— Allons donc !... Allons donc !... des gigots !... Qu'est-ce que tu chantes ? Une petite bête comme ça... avec quoi veux-tu qu'elle prenne des gigots !...

Ma mère s'obstinait :

— Et s'il pisse sur les meubles ?... C'est toi qui les nettoieras, hein ?...

— On le corrigera... D'ailleurs...

D'un ton persuasif, et comme si cela devait couper court à toutes autres objections :

— D'ailleurs... reprit-il... il s'appelle Bijou !...

Et il le mit à terre, tandis que ma mère soupirait :

— Enfin ! il faut passer par tout ce que tu veux ! Jamais tu ne ferais rien pour moi... Moi, je ne compte pour rien, ici. Ta domestique, et puis voilà tout !... Pourvu que tu trouves la soupe bonne, et ton linge propre... Ça te suffit !... Quant à moi !... Un chien... Dans la situation où nous sommes ! Je vous demande un peu !

Délivré de la peau de bique, Bijou alla, aussitôt, les oreilles tombantes et la queue basse, se cacher, sous le buffet, où il demeura, toute la soirée, allongé sur le ventre, à regarder d'un regard un peu étonné, singulièrement psychologique, les nouveaux maîtres chez qui il allait vivre désormais.

J'étais enchanté.

J'allais donc avoir enfin un compagnon, un ami de toutes les heures, un être intelligent et bon, et fidèle, avec qui je pourrais causer, en toute liberté, en qui je pourrais verser toutes mes confidences, mes chagrins, mes ennuis, mes joies... mes joies !... Eh ! bien, oui, mes joies !... Puisque j'en aurai, maintenant, des joies, et qu'elles me viendront de lui.

Ah ! comme Bijou me parut supérieur à M. Narcisse, et comme notre amitié ne serait troublée par rien de mystérieux et de gênant !...

J'augurai mille choses agréables et infiniment douces, et d'une absolue sécurité, en songeant à cette amitié future, car j'avais remarqué que, de son côté, Bijou avait dû faire, avait fait, relativement à moi, des réflexions pareilles aux miennes. J'avais remarqué également cette chose touchante, et dont je vous garantis, à vous qui lirez ces pages, l'exactitude : lorsque, après la discussion qui s'était élevée entre mon père et ma mère, il avait été, enfin, décidé qu'on ne chasserait pas Bijou, qu'on le garderait à la maison, le petit chien avait dressé les oreilles, et remué la queue, en signe de contentement... Il avait tout compris, le cher animal !... Et il semblait se dire à soi-même :

— Voilà deux êtres grossiers, ridicules, ignorants, avares, qui ne m'aimeront jamais — car ils ne peuvent pas savoir ce qu'est le cœur d'un chien —, qui me battront, peut-être !... Il n'importe, et qu'est-ce que cela me fait ?... S'il n'y avait qu'eux, parbleu ! il est bien sûr que je m'en irais à la première occasion !... Oui, mais il n'y a pas qu'eux... Il y a aussi un petit garçon... et dans ce petit garçon que voilà, dans ce petit garçon silencieux et triste, et bon, bon, bon, j'aurai un ami délicieux, un gentil petit ami qui me caressera, qui me parlera, qui me contera des histoires, et dont je sens que l'âme est comme la mienne, tendre et fidèle... et qui n'est pas bête non plus, et qui trouvera bien le moyen de me donner, de temps en temps, des morceaux de sucre... Non, non, je n'irai pas voler de la viande chez les bouchers, et je ne pisserai pas sur les meubles, et je serai soumis, respectueux avec ces deux horribles gens, pour être aimé de ce petit garçon !... Et je sauterai sur ses genoux, et je lui lécherai les joues, et je trottinerai derrière lui quand il ira dans la campagne ou à travers les rues !... Et je mordrai aux jambes les méchants qui le frapperont... Et je serai un bon petit chien, comme il est un bon petit enfant !

Je n'avais pas eu tort de prêter à Bijou toutes ces gentilles paroles et toutes ces braves intentions. Car, le lendemain matin, étant descendu avant ma mère à la cuisine, j'aperçus Bijou qui, dès qu'il m'eut vu, vint à moi, la queue joyeuse, et me sauta aux jambes...

— Oaou ! oaou ! oaou !...

— Oui ! oui !... mon petit Bijou, je te comprends bien. Et nous nous amuserons tous les deux !... Et nous nous dirons des choses que nous n'avons dites encore à personne, parce que, vois-tu, personne ne comprend les petits chiens et les petits enfants.

— Aoue ! aoue ! aoue !

Et prenant Bijou dans mes bras, je l'embrassai, et je lui dis :

— Bijou ! Bijou ! je suis content que tu sois venu... Je ne serai plus seul, maintenant, plus jamais seul !...

Ah ! qui expliquera jamais ce que c'est qu'un chien.

Quant à moi, je ne l'essaierai point. Pour pénétrer dans l'âme inconnue et charmante des bêtes, il faudrait connaître leur langage — car elles ont, chacune, un langage, avec quoi elles nous parlent et que nous n'entendons pas.

Je sens très bien que cette incommunicabilité est une grande sagesse de la nature ; elle la préserve de mille catastrophes qu'il est facile de deviner ; elle la sauve, peut-être, de la destruction. Imaginez, ne fût-ce qu'un instant, l'œuvre de dévastation que l'homme pourrait entreprendre, s'il pouvait inculquer aux bêtes son génie de la mort ?... Mais c'est en même temps une chose très douloureuse. Je ne souffre jamais tant qu'en présence d'un cheval, d'une vache, d'un oiseau, d'une chenille, et de ne pas savoir ce qu'ils pensent, ce qu'ils désirent, et comment ils pensent et désirent. Cette ignorance me gâta, bien des fois, mon amitié pour Bijou.

Les physiologistes ont beau fouiller de leurs scalpels les entrailles, les organes, les muscles, le cerveau des bêtes, nous ne saurons jamais rien d'elles. La grande erreur, et le grand orgueil aussi de ceux-là qui tentèrent d'étudier le fonctionnement de la vie intellectuelle chez les animaux, furent de leur attribuer, à l'état embryonnaire, des idées humaines. Ils dirent que, se nourrissant et se reproduisant à peu près comme l'homme, ils doivent penser comme lui. La vérité est que les bêtes doivent penser selon leur forme : les chiens en chien, les chevaux en cheval, les oiseaux en oiseau. Et voilà pourquoi nous ne nous comprendrons jamais !

Les savants ont tiré de l'infériorité des bêtes, par rapport à nous, cet argument que, depuis qu'elles existent, elles font toujours les mêmes choses avec les mêmes mouvements, qu'elles n'inventent ni ne progressent. Le lapin creuse son terrier de la même façon qu'il y a dix mille ans, le chardonneret tresse son nid, l'araignée tisse sa toile, le castor construit sa hutte, sans apporter jamais la moindre modification dans la forme et dans l'ornement. Toute fantaisie, toute spontanéité individuelle, toute liberté critique semblent leur avoir été refusées ; et ils n'obéissent qu'à des rythmes purement mécaniques, lesquels se transmettent avec une précision déconcertante et une régularité servile, à toutes les générations de lapins, de chardonnerets, d'araignées et de castors. Qui nous dit que ce que nous appelons des rythmes mécaniques ne sont pas des lois morales supérieures, et que si les bêtes ne progressent pas, c'est qu'elles sont arrivées du premier coup à la perfection, tandis que l'homme tâtonne, cherche, change, détruit et reconstruit, sans être parvenu encore à la stabilité de son intelligence, au but de son désir, à l'harmonie de sa forme ?

Et puis, refuser de la spontaneité, c'est-à-dire de la volonté, de la conscience, aux bêtes, me semble une proposition purement injurieuse et parfaitement calomniatrice.

Entre autres faits effarants, angoissants, que je pourrais citer, en voici un auquel il me fut donné d'assister, et qui fit sur moi une telle impression que, depuis, je ne peux plus voir, sans remords, passer un troupeau de bœufs, et qu'il ne m'a plus été possible de manger du poulet.

Ma mère avait une amie qui élevait des poules en grande quantité ; vous pensez bien que ce n'était pas pour son plaisir qu'elle les élevait : elles les élevait pour les engraisser, les malheureuses bestioles, et pour les vendre. C'était une femme très méchante, et qui n'avait dans l'âme aucune générosité. Avoir tenu dans ses mains un être quelconque, un être avec un cœur qui bat et des yeux qui regardent, et des veines qui charrient la chaleur et la vie, et livrer cet être au couteau !... n'est-ce pas une chose monstrueuse ?... Mais voilà un genre de réflexion que la brave femme ne faisait jamais !...

Un jour, elle s'aperçut, avec stupeur, que sa basse-cour était ravagée par la diphtérie. Ses poules mouraient, mouraient, comme les mouches en novembre. Tous les matins, on en trouvait deux, cinq, dix, quinze, toutes raides, à la crête noire, sur le plancher des poulaillers... Et la brave femme se lamentait, Dieu sait comme, et elle pleurait, et elle criait :

— Les pauvres bêtes !... Les pauvres bêtes !

Mais ce n'était pas sur « les pauvres bêtes » qu'elle pleurait, c'était sur elle-même. Sur le conseil d'un hygiéniste, elle commença par désinfecter sa basse-cour ; puis, elle mit à part, à l'autre bout de sa propriété, dans une sorte de petit lazaret, les poules notoirement atteintes du mal... Elle les soigna avec un dévouement, ou plutôt, avec une ténacité surprenante. Le dévouement suppose de la noblesse, des qualités d'âme que n'avait point l'amie de ma mère ; la ténacité évoque tout de suite un intérêt cupide. En effet, si elle souffrait, si elle se désespérait de la maladie de ses poules, ce n'est point qu'elle les aimât d'avoir été gentilles, c'est que c'était pour elle pertes d'argent ou gains compromis !

Quatre fois par jour, elle se rendait au petit lazaret, avec toute une pharmacie compliquée et bruyante... Et c'était une grande pitié, vraiment, que de voir ces misérables poules, le dos rond, la plume triste et bouffante, la tête basse, rester immobiles, des journées entières, à regarder quoi ! Elles ressemblaient à ces pauvres malades qui se navrent, sur des bancs, dans des jardins d'hospice...

Accroupie au milieu du lazaret, la bonne femme les prenait une à une, les tâtait, les auscultait, leur nettoyait la gorge au moyen de longs pinceaux trempés dans des huiles antiseptiques... Puis, elle leur introduisait de force, dans le gosier, des boulettes de viande poudrées de quinquina. Et c'étaient des luttes, des cris, des battements d'ailes, un supplice enfin, pour les petites malades. Aussi, lorsqu'elles voyaient arriver de loin leur maîtresse, avec son tablier blanc, et sa pharmacie, et son panier de torture, elles se mettaient à glousser de terreur, à sautiller sur leurs pattes, et elles cherchaient à fuir...

Or, une fois que j'étais chez la bonne femme et que je l'accompagnais au lazaret, voici ce que je vis... Oui, en vérité, voici ce que je vis...

Aussitôt qu'elles nous eurent aperçus, la vieille et moi, traversant les pelouses et piquant vers le lazaret, trois poules survinrent clopin-clopant, se ranger devant leurs augettes remplies de millet, et, avec des mines ostentoires et sournoises, avec des mouvements extraordinairement précipités, elles firent semblant de manger, avidement... Vous avez bien lu, n'est-ce pas ?... Elle ne mangèrent pas : elles firent semblant de manger. Et le plus étonnant, c'est que, entre chaque coup de bec dans l'augette, elles nous regardaient d'un œil malicieux, et elles paraissaient nous dire :

— Vous voyez, mes braves gens, que nous sommes guéries, et que vous n'avez plus besoin, dorénavant, de nous racler la gorge, et de nous introduire ces horribles boulettes qui nous dégoûtent et nous font si mal... Admirez comme nous sommes de vaillantes poules, et quel appétit est le nôtre... Remportez vos boîtes, vos fioles, vos pinceaux !... Ah ! ah !...

Et, en effet, je ne m'étais pas trompé. Elles faisaient semblant de manger d'un appétit furieux, en tapant du bec, frénétiquement, dans l'augette qui, peu à peu, se vidait.

La bonne femme, qui n'était pas une observatrice, fut prise à cette supercherie. Elle dit joyeusement :

— Ah ! mes poules sont guéries !...

— Pas du tout !... protestai-je. Elles ne sont pas du tout guéries... Regardez-les bien... Elles font semblant de manger, dans le but d'éviter vos soins qui les embêtent.

— Tu es fou ! Des poules !

— Mais regardez-les !...

— C'est ma foi vrai ! s'écria la bonne femme. Ah ! les garces !

Et depuis ce jour, je n'ai pu, sans pleurer, voir un poulet à la broche... Est-il possible que l'homme ose se nourrir avec de l'intelligence, de la volonté, du caprice, de l'ironie, et toutes ces choses délicieuses qui sont dans l'âme des bêtes !...

Quant à Bijou, je ne le gardai pas longtemps... Il mourut, par une triste nuit, entre mes bras ; il mourut pour, en fouillant dans les ordures de la rue, avoir avalé un morceau de verre.

Son agonie fut quelque chose d'horrible. Dans mes bras, il avait des plaintes, comme un petit enfant[3], et il me regardait, avec des supplications si douloureuses, que je pleurais à chaudes larmes, en criant :

— Bijou ! Bijou ! ne meurs pas... Tu me fais trop de peine... Ou si tu meurs, ne me regarde pas ainsi !... Bijou ! Bijou ! mon pauvre Bijou !...

Quand il fut mort, je redevins plus seul que jamais !... Et d'avoir connu l'amitié d'une petite bête, la solitude me fut quelque chose de plus pesant et de plus atroce.

C'est ainsi que je fus amené, peu à peu, par la privation de tout amour, à ne vivre qu'en moi-même, à me créer des figures, des aventures et des paysages purement intérieurs. Toute la journée, dans une petite pièce sombre qui donnait sur une cour noire et sale, occupé à la tenue des livres et à la correspondance commerciale, travaux que je finis par rendre absolument mécaniques, je ne sortais jamais plus, ni dans la ville ni dans la campagne. Depuis le départ de M. Narcisse, il n'y avait plus de fleurs chez nous, non, même plus de fleurs, sinon le bouquet nuptial de ma mère, qui se désagrégeait, sous un globe, dans la salle à manger... La sorte de petite grâce, l'espèce de petit parfum que nous avait apportés la présence du lamentable professeur, tout cela avait disparu... À peine si j'avais la curiosité de regarder dans la rue, où c'étaient sans cesse les mêmes visages, les mêmes choses, les mêmes bêtes qui passaient, avec des habitudes chaque jour pareilles et des mouvements qui, jamais, ne se renouvelaient !... Les petites villes ont, même sur les bêtes, des influences déplorables et des contagions d'abrutissement... Quand j'avais des loisirs et des

3. Il en sera de même du chien de Mirbeau, Dingo, lorsqu'il mourra, à Veneux-Nadon, en octobre 1901.

livres, je lisais ; c'était là mon unique récréation. Mais j'ai déjà dit que je n'avais pas souvent de livres !

J'en arrivai très vite, et presque sans souffrir, à m'abstraire de toutes choses ambiantes, même des événements quotidiens de la maison, même de mon père, de ma mère, de la vieille femme de ménage, des clients, qui n'étaient plus pour moi que de vagues ombres, projetées sur le carreau de la boutique, ou glissant sur les murs. La conversation de mes parents, le soir, leurs querelles, aiguës et glapissantes, leurs plaintes, leurs conseils et leurs reproches, tout cela n'avait pas plus d'importance dans ma vie muette et fermée aux bruits extérieurs, que le bourdonnement des mouches, dans l'arrière-boutique où je travaillais, ou que le vent soufflant du dehors, sur les toits de la ville !... Et encore, il m'arrivait parfois d'écouter le vent... Il avait des musiques que j'aimais...

Ayant très peu vu, très peu vécu, mais beaucoup senti déjà, j'avais accumulé en moi, retenu en moi assez de formes différentes, assez de pensées et de sentiments divers pour me construire une existence silencieuse au dehors, violente et grondante au dedans, en somme, pleine de beautés plastiques et morales — du moins, je les jugeais telles... Cette existence, que je ne puis mieux comparer qu'à un temple dans un désert, je la peuplai de toutes sortes de choses et de toutes sortes de gens, faits de ce que j'avais saisi au passage, empruntés aussi à ce que j'avais lu dans les livres... Et mon imagination achevait le reste... Évidemment, cela était souvent incohérent et chimérique. Il y manquait, en plus de l'harmonie, la force créatrice de la réalité, mais je m'y amusai extrêmement. Et je ne tardai pas à développer en moi, chaque jour davantage, par un entraînement continuel, par une espèce de curieux automatisme cérébral, cette puissance d'idéation, cette frénésie d'évocation si extraordinaire, que mes rêves prenaient, pour ainsi dire, une consistance corporelle, une tangibilité organique, où mes sens se donnaient l'illusion parfaite de s'exercer, de s'exalter, mieux qu'à des réalités ! J'ai connu, sans me rendre compte de leur mécanisme, et sans y aider autrement que par le cerveau, j'ai connu, dès l'âge de treize ans, des plaisirs sexuels d'une singulière complication et d'une acuité de possession telle, que je ressentais, à les éprouver, d'obscures et mortelles terreurs.

Mais je restais chétif, de nature rétrécie, de membres grêles et insuffisants, de muscles mous ; j'avais, comme aujourd'hui — car je n'ai pas vieilli, étant né vieux —, la peau étiolée, fripée et toute grise, mes veines charriaient un sang pauvre et mal coloré ; mes poumons respiraient avec effort, comme ceux d'un pulmonique. Toutes ces tares physiologiques, je les attribue à cette tension permanente de mon cerveau qui, de tous mes organes, était le seul qui fonctionnât... Étant toujours assis, je n'ai pour ainsi dire pas grandi, et à seize ans, mon dos était voûté ainsi qu'un dos de vieillard...

Hier, en fouillant dans un tas de choses inutiles et depuis longtemps mises au rebut, j'ai retrouvé une photographie de moi, faite à cette époque, sur le désir de ma mère, par un photographe ambulant. Pourquoi ma mère a-t-elle eu cette idée bizarre de faire fixer mon image d'enfant, qui accuse son atroce égoïsme, et ce que sa maternité eut d'insensible et d'imprévoyant ?... Cette photographie est un peu effacée et toute jaune. Mais les traits et l'expression du visage demeurent sur le fond disparu. Eh ! bien, je n'ai pas changé... Je suis tel que j'étais alors... un petit vieux triste et fané. Non, en vérité, je n'ai pas vieilli, sinon que mes cheveux, rares d'ailleurs, ont pris une teinte ternement blanchâtre, et que mes dents — celles, du moins, que je n'ai pas perdues — sont devenues toutes noires et pareilles à des racines d'arbuste mort... Et voyez combien il y avait en moi peu de sève : ma barbe n'a pas poussé ! Enfant, j'avais l'air d'un vieillard ; vieillard, je ressemble à un enfant malade !... Et pourtant, quel est l'être humain en qui se soient concentrées plus de flammes que dans ce corps chétif que je suis, plus de flammes dévoratrices et meurtrières, et qui soit allé, comme moi, jusqu'au bout de son désir ?...

Chose curieuse, autant mes rêves, dans l'éveil, étaient exubérants et magnifiques, autant, dans le sommeil, ils étaient plats, pauvrement et douloureusement plats ! Je n'avais alors, et je n'ai encore maintenant que des rêves d'inachèvement, que des rêves d'avortement !... Je ne pouvais et je ne puis saisir quoi que ce soit dans mes rêves, ni rien étreindre, ni rien atteindre, ni rien toucher !... Et, par un contraste bizarre, ce ne sont, dans ces rêves-là, que des représentations vulgaires, des figurations inférieures de la vie !...

Ainsi, me voilà dans une gare... Je dois prendre le train... Le train est là, grondant, devant moi... Des gens que je connais et que j'accompagne, montent dans les wagons avec aisance... Moi, je ne puis pas... Ils m'appellent... Je ne puis pas, je suis cloué au sol... Des employés passent et me pressent : « Montez donc !... Montez donc !... » Je ne puis pas... Et le train s'ébranle, s'enfuit, disparaît. Les disques ricanent de mon impuissance ; une horloge électrique se moque de moi... Un autre train arrive, puis un autre... Dix, vingt, cinquante, cent trains se forment pour moi, s'offrent à moi, successivement... Je ne puis pas... Ils s'en vont, l'un après l'autre, sans qu'il m'ait été possible d'atteindre, soit le marchepied, soit la poignée de la portière... Et je reste, toujours là, les pieds cloués au sol, immobile et nu — pourquoi nu ? — devant des foules dont je sens peser sur moi les mille regards ironiques.

Ou bien, je suis à la chasse... Dans les luzernes et dans les bruyères, à chaque pas, se lèvent bruyamment des perdrix... J'épaule mon fusil... je tire... Mon fusil ne part pas, mon fusil ne part jamais... J'ai beau presser sur la gâchette. En vain ! Il ne part pas !... Bien souvent, les lièvres s'arrêtent et me regardent curieusement ; les perdrix s'arrêtent dans leur vol, devenu immobile, et me regardent aussi... Je tire... je tire !... Il ne part pas... il n'est jamais parti !

Ou bien encore, j'arrive devant un escalier... C'est l'escalier de ma maison. Il faut que je rentre chez moi !... J'ai cinq étages à monter... Je lève une jambe, puis l'autre... et je ne monte pas !... Je suis retenu par une force incoercible, et je ne parviens pas à poser mes pieds sur la première marche de l'escalier... Je piétine, je piétine, je m'épuise en efforts d'inutile ascension... Mes jambes vont l'une après l'autre, avec une rapidité vertigineuse... Et je ne monte pas !... La sueur ruisselle sur mon corps, la respiration me manque... Et brusquement, je me réveille... le cœur battant, la poitrine oppressée... la fièvre dans toutes mes veines où le cauchemar galope...

Tels sont mes rêves, la nuit ; tels sont toujours mes rêves !... Pourquoi ces rêves, et jamais d'autres ?... Y a-t-il donc un symbole dans les rêves ?

J'en ai dit assez, je pense, sur mon adolescence solitaire, rêveuse et triste, pour bien faire comprendre le pauvre être silencieux, ignorant, timide et passionné que j'étais, lorsqu'il fut, un beau soir, décidé par mes parents que j'irais à Paris. Je dis mes parents, et ce n'est exact que pour l'un d'eux, car mon père n'approuvait pas ce départ, et il invoquait, à l'appui de sa résistance, des raisons comme celle-ci, qu'il émettait du reste la bouche molle, le regard incertain, avec l'air de « s'en fiche », si je puis dire :

— Il est bien trop bête, pour aller à Paris... Pour un autre, parbleu ! Paris serait la fortune !... Ah ! si j'avais été à Paris, moi !... Mais lui !... Que veux-tu qu'il fasse à Paris !... Jamais il ne se reconnaîtra dans les rues de Paris... Ah ! le pauvre enfant !...

Ma mère était d'un avis différent... On sentait dans toutes ses paroles la hâte qu'elle avait de se débarrasser de moi... Pourquoi ? Est-ce que je la gênais ? Est-ce que je la contrariais en quoi que ce fût ? Cela me fit de la peine, non pour moi, je vous assure, mais pour elle... Je n'aimais pas à la surprendre en flagrant délit d'égoïsme et de dureté. Aux objections, d'ailleurs de plus en plus indécises de mon père, elle répliquait :

— Une place comme ça !... C'est une chance incroyable... une occasion unique. Si nous n'en profitons pas, nous l'aurons toujours sur les bras !... Que peut-il devenir ici, sinon manger de la nourriture qu'il ne gagne même pas !...

— Enfin, il t'aide... Il tient tes livres !

— Eh bien... ! il ne manquerait plus que ça !

— Oui, mais, Paris !... Paris !...

— Voilà-t-il pas une grande affaire ?... Il s'arrangera, donc !...

Or, cette chance, cette occasion unique, cette place obtenue, grâce à je ne sais plus quelles recommandations de curés, c'était une place moitié de comptable, moitié de copiste, dans une administration dont, après trois ans, je n'ai jamais pu savoir ce qu'elle administrait, et si elle était commerciale, industrielle, financière, artistique, politique, religieuse, militaire, maritime, coloniale, étant un peu tout cela, et bien d'autres choses encore...

Naturellement, ce fut l'avis de ma mère qui prévalut. Quant à moi, selon les bonnes traditions de la famille, je n'avais même pas été consulté. Bien d'autres eussent été heureux de partir d'une maison où ils n'étaient pas aimés, heureux de conquérir leur liberté et de donner à leurs rêves de jeunesse l'essor magnifique... Eh bien, cette décision, je l'acceptai avec la plus complète indifférence et — cela vous paraîtra peut-être extraordinaire — sans la moindre curiosité. Là ou ailleurs, que m'importait !... puisque j'avais déjà pris l'habitude de ne pas vivre parmi les hommes et parmi les choses... puisque je sentais que je ne pourrais vivre qu'en moi-même !

Ce fut ma mère qui m'installa à Paris, n'ayant pas, pour cette délicate mission, confiance en mon père, lequel « ne faisait jamais que des bêtises, et n'avait pas la moindre idée de ce qu'est l'argent »... Elle profita de ce voyage pour renouer connaissance avec ces vieux amis de la famille, les braves merciers du Marais, chez qui le commerce n'allait pas, et dont, plus tard — à la suite des circonstances infiniment burlesques que j'ai racontées —, je devais épouser la fille. Nous fûmes bien accueillis. Chacun se remémora un tas de vieilles choses oubliées et, dans un attendrissement général, il fut convenu que je viendrais, chaque dimanche, dîner en famille, avec ces vieux amis de la famille, que diable !...

— Et nous le surveillerons ! Et nous lui apprendrons ce que c'est que l'existence parisienne... Ce sera comme notre enfant... notre deuxième enfant !...

Braves gens !... Ah ! l'horreur sinistre des braves gens !...

Sur leur indication, ma mère me choisit, pour la somme de quinze francs par mois, une chambre, ou plutôt un indicible taudis, dans une ignoble maison meublée de la rue Princesse[4], une petite rue étroite et sombre, sans cesse encombrée de lourds camions et où jamais l'air ni la lumière n'avaient pénétré... Une prison !... Ma mère dit simplement, après avoir, pour la forme, inspecté la chambre :

— Ça n'est pas très luxueux... mais c'est bien suffisant pour un jeune homme de province... Et puis, là, tu es à égale distance de ton bureau et des vieux amis de la famille... Et, surtout, il ne faut pas oublier qu'il y a là, tout près, un omnibus pour les jours de pluie... ce qui est très commode...

Ma chambre donnait à l'extérieur sur une cour aussi noire, aussi humide, mais moins large qu'un puits. Quand on ouvrait l'unique fenêtre, on se heurtait à la fenêtre, en face, où pendaient sur des corsdes d'innombrables guenilles... A l'intérieur, elle donnait sur un palier effrayant, puant, suintant, et qui, tout de suite, vous donnait l'idée du crime... Le soir, une petite veilleuse qui brûlait dans un coin, à chaque étage, faisait mouvoir des ombres effarantes... et, sur les murs, des rampements d'insectes mous...

Pour voisins, j'avais à droite une espèce d'individu sale et rébarbatif qui — je le sus plus tard — vendait dans les rues des plans de Paris, et, je crois, aussi, des images défendues, qu'on appelle des cartes transparentes ; à gauche, j'avais une vieille dame asthmatique, qui réparait des tapisseries... Les locataires des autres étages me semblèrent, dans le même genre, de condition misérable ou de métier louche, appartenant presque tous à cette confrérie extraordinaire, mystérieuse et troublante du camelot !... J'avoue que je ne fus pas trop rassuré. Lorsque je sortais de la maison ou que j'y rentrais, j'avoue que j'avais au cœur un tremblement, un effroi... l'effroi de

4. Dans le 6e arrondissement, près du quartier latin, la scène étant censée se dérouler en 1860.

ces murs, de ces escaliers, de toute cette obscurité morne et visqueuse, où les rencontres humaines prenaient des aspects sinistres...

Ma mère, sans doute, n'avait rien vu de tout cela. Elle n'avait vu ni ces murs, ni ces escaliers, ni ces visages, car je ne puis croire qu'elle ait, délibérément et consciemment, choisi ce coupe-gorge pour y loger son fils...

Durant les trois premières nuits, bien que j'eusse la prudence, aussitôt rentré, de verrouiller ma porte, il me fut impossible de m'endormir. Et je regrettai presque ma chambre de là-bas, qui, certes, n'était pas somptueuse non plus... et je regrettai aussi la cour si triste où ma mère, le matin, venait, sale et débraillée, traînant ses savates et son jupon dans l'ordure, étendre ses frusques sur les cordes... Et je regrettai, pareillement, la rue si mélancolique où, toujours aux mêmes heures, spectres d'hébétude, les mêmes passants passaient !...

C'est dans cette maison de la rue Princesse que, huit jours après mon installation, il m'arriva la seule aventure dramatique de ma vie, car mon mariage, au fond si tragique, et la mort si irrésistiblement comique de ma belle-mère, je ne les considère pas comme des aventures, mais seulement comme des menus incidents sans importance ou du moins, comme des incidents dont l'importance n'est que pittoresque et anecdotique. Vous comprendrez donc que je mette une certaine coquetterie d'émotion, et même quelque orgueil à vous en faire le récit...

Une nuit — il pouvait être deux heures du matin —, je venais de m'endormir... Je m'endormais très tard, parce que, ayant pu me procurer des livres, je lisais, je lisais, jusqu'à ce que la fatigue me fît tomber le livre des mains... Je venais de m'endormir, lorsque je fus réveillé en sursaut par un grand cri... Ce cri semblait avoir été poussé dans la chambre de gauche qu'habitait la vieille dame aux tapisseries... Je me dressai sur mon lit, écoutant... À vrai dire, je n'étais pas très étonné... Terrifié ?... oui, peut-être... Mais étonné, non !... Ce qui m'étonnait, c'est que ce qui arrivait là ne fût pas arrivé plus tôt... Qu'était-il donc arrivé ? J'écoutai, le cœur battant... Un second cri plus faible... puis, comme un bruit de lutte... un heurt de meubles... un paquet qu'on traîne... des chaises remuées... des coups sourds... et enfin, une voix, une voix de terreur, que je distinguai nettement... une voix de femme comme étouffée, et criant : « Au secours !... au secours !... » à plusieurs reprises... puis rien !...

Je me levai.. A la hâte, je m'habillai dans l'obscurité... Ma peur était telle, à ce moment, que pour rien au monde je n'aurais voulu allumer une bougie...

Dans la chambre voisine, tous les bruits avaient cessé... Et c'était maintenant, dans toute la maison, comme un silence de mort...

Qu'allais-je faire ?... J'hésitai longtemps à prendre un parti... N'avais-je pas été victime d'une hallucination ?... J'écoutai encore... Rien... rien !... Rien que le tic-tac de mon cœur qui battait avec force... Et ce silence me parut plus effrayant que les bruits, que les voix, que les coups sourds !...

— Il faut que je sache !... Il faut que je sache !... me dis-je.

J'ouvris la porte, et me trouvai sur le palier. La veilleuse était éteinte... Une ignoble odeur d'huile brûlée me fit broncher, comme un jeune cheval l'odeur d'un cadavre dans la nuit...

Et, perdu dans cette ombre, je me sentais tout tremblant... tout tremblant... tout petit... tout petit !... Ah ! si petit !...

Je n'osais plus, je ne voulais plus, je ne pouvais plus avancer ; la nuit du palier pesait sur moi plus lourde, plus écrasante, qu'une chape de plomb... Et le silence était si profond que j'entendais, réellement, ramper les insectes noirs sur les murs...

Pourtant, le courage ne tarda pas à me revenir ; le désir de savoir ce qui s'était passé là, de connaître la raison de ces cris, de ces appels, de ces chocs sourds, dissipa ou plutôt galvanisa ma terreur... Après tout, j'avais peut-être été victime d'une hallucination... Mais je voulais en avoir le cœur net, comme disait ma mère chaque fois qu'elle se trouvait en présence d'un événement embrouillé, de quelque chose qu'elle ne comprenait pas et dont elle avait l'obsession de la comprendre... Si je mentionne ce souvenir, qui peut paraître puéril ou déplacé en un tel récit, c'est que je me rappelle — comme si je les revivais encore — que, durant ces tragiques minutes, j'avais, en moi, la hantise de cette phrase stupide et que je me répétais sans cesse, d'une voix intérieure, mais obstinée, ces mots : « Je veux en avoir le cœur net, je veux en avoir le cœur net !... »

Je rentrai dans ma chambre où j'allumai — avec combien de peine — une bougie... et je sortis, de nouveau, sur le palier.

Alors je vis une chose si effrayante que je reculai encore... Mais ce ne fut qu'une faiblesse d'une seconde, et, par un violent effort sur moi-même, je la surmontai facilement... Voici ce que je vis.

La porte de droite, la porte de cette chambre qu'habitait la vieille dame aux tapisseries, était grande ouverte... Un linge blanchâtre et deux pieds en dépassaient le seuil, deux pieds immobiles et nus, deux pieds dressés dans la position que doivent avoir les pieds appartenant à une personne couchée sur le dos...

Il est rare que les choses — à l'exception des yeux — soient effrayantes en soi. Elles ne le sont que par les circonstances qui les entourent, à un moment déterminé, et les événements terribles où elles n'ont d'autre valeur d'action que d'y avoir — je ne dis pas même participé, mais simplement assisté !...

Ce qui m'effrayait dans ces pieds, ce n'étaient pas les pieds eux-mêmes, mais les cris, les appels, les chocs que j'avais entendus, et qui leur donnaient une signification précise de témoignage ? Et puis, il faut bien que je le dise... À cet effroi général, s'ajoutait un autre effroi particulier ; c'est que j'ai toujours eu, non pas, peut-être, la terreur, mais l'invincible dégoût des pieds nus. Je ne saurais expliquer pourquoi... mais je n'ai jamais pu voir des pieds nus, sans qu'aussitôt ils évoquassent en moi les images si singulièrement effarantes, cauchemardesques, de l'embryon... des analogies avec les larves, les fœtus... oui, tout le cauchemar angoissant et horrible de l'incomplet, de l'inachevé !

Je fus quelque temps à pouvoir détacher mon regard de ces pieds qui, d'abord rigides comme des pieds de mort, me parurent ensuite, à force de les regarder fixement, doués d'une vie douloureuse... Du moins, il me sembla bien — mais il se peut que la lumière dansante de la bougie m'ait donné cette illusion — que le gros orteil du pied gauche eut, à plusieurs reprises, des mouvements de crispation, et — faut-il l'écrire ? — de grimaces, de véritables grimaces, ainsi qu'un visage... Enfin, m'habituant à cette lueur étrangement mouvante de la bougie, qui déplaçait et les couleurs et les formes, il me sembla aussi que ce bout de linge blanc dont j'ai parlé était tout tacheté de sang...

Décidé à savoir, je me portai en face de la chambre, et, tendant la lumière au bout de mon bras allongé, dans l'ombre de la chambre, je vis ceci :

Une femme — la vieille femme aux tapisseries — était couchée sur le plancher, la gorge largement fendue par une blessure où le sang se caillait en noirs et luisants grumelots. Elle était à peu près nue et très pâle de peau... Sur sa pauvre gorge couturée, sur sa poitrine maigre, sur ses bras osseux, sur son ventre plissé, dans ses cheveux grisonnants, partout du sang... des éclaboussements de sang... Je me souviens que sa main baignait, tout entière, dans une mare rouge qui s'étalait autour d'elle, sur le plancher...

Je pensai défaillir, mais faisant appel à tout mon courage, à toutes mes énergies, je me précipitai sur la vieille femme, je me penchai pour voir, pour sentir qu'elle n'était pas morte... qu'elle respirait encore, peut-être !... Je tenais le bougeoir dans ma main droite et, en me penchant sur la vieille femme, je me rappelle qu'une goutte de cire liquide tomba sur son œil grand ouvert, sur son œil terrifié où elle figea, blanchâtre, comme une taie.

Et toujours en moi cette phrase qui ne me quittait pas, et qui, maintenant, sautillait en moi, comme un refrain de chanson :

— Je veux en avoir le cœur net... je veux en avoir le cœur net !...

Je posai le bougeoir près du corps et je me mis à la tâter en toutes ses parties... Les membres étaient encore chauds et souples...

Mais le ventre se refroidissait et le cœur ne battait plus ! La pauvre vieille était bien morte, bien morte, bien morte !

Or, je veux vous avouer l'étrange sensation que j'éprouvai à la suite de cette constatation... Ce fut presque de la joie... Non, pas de la joie tout à fait... mais quelque chose de doux comme un allègement, comme une délivrance. J'avais la poitrine libre, les membres plus légers, le cerveau tranquille... Je ne ressentais plus de terreur et, en vérité, j'étais presque content que la vieille fût morte !... Morte, je n'avais plus rien à faire qu'à me dire qu'elle était bien morte ; vivante, c'était toute une complication : il m'eût fallu tenter de la rappeler complètement à la vie... Et je comprenais mon impuissance devant cette responsabilité.

— Ma foi ! me dis-je avec une philosophie admirable, mieux vaut pour elle et pour moi qu'elle soit morte !... Et nous en avons tous les deux, elle et moi, le cœur net !...

A la lueur très faible de la bougie, je remarquai dans la chambre des traces de violence et de lutte : les draps du lit arrachés, deux chaises tombées, les tiroirs d'une commode vidés, un globe de verre brisé, et dont les morceaux brillaient, çà et là, parmi des choses déchiquetées en jonchant le carrelage du plancher. Je n'attachai pas d'abord à ce désordre des objets une idée autre que celle du désordre lui-même... Et, à ce moment-là, chose extraordinaire, devant ce cadavre encore chaud, et mutilé, devant ce sang répandu, devant ces traces de lutte, il ne me vint pas à l'esprit que la vieille avait été assassinée, comme si ces choses-là étaient naturelles, qu'elles avaient dû s'accomplir d'elles-mêmes et toutes seules !

Je commençai par ramener sur le ventre nu de la vieille femme sa chemise roulée, déchirée et sanglante, et, prenant le cadavre dans mes bras, la face, la poitrine, les mains barbouillées de sang visqueux, je m'ingéniai à le soulever, à le traîner, afin de pouvoir le déposer sur le lit... Deux fois, je le laissai retomber avec un bruit sourd... Ploc !...

— Je veux en avoir le cœur net... je veux en avoir le cœur net !... chantait en moi la voix de plus en plus obstinée.

Et, comme, pour la troisième fois, je tentais d'enserrer le cadavre trop lourd pour mes bras débiles, une main, tout à coup, se posa sur mon épaule, pesamment.

Je poussai un cri et me retournai... Et je vis deux yeux féroces et gouailleurs, une barbe sale, une bouche ignoblement tombante, la bouche, la barbe, les yeux de mon voisin, le camelot...

— Ah !... ah !... fit-il, je t'y pince !...

Puis :

— Qu'est-ce que tu fais ici ?...

L'étonnement ne me permit pas de parler, l'étonnement, seul, car je n'imaginais rien au delà de cette présence, et je n'en redoutais rien d'autre que la propre terreur qu'elle dégageait :

— Qu'est-ce que tu fais ici ?... répéta-t-il.

— Je ne sais pas !... balbutiai-je.

— Ah ! tu ne sais pas !... tu ne sais pas !... Elle est bonne !...

Et il me secouait rudement par les épaules... Et ses yeux avaient des lueurs sombres. Il était en chemise, lui aussi, avec les jambes nues, des jambes couvertes de poils.

— Pourquoi es-tu ici ?

Alors, ne sachant ce que je répondais, je répondis sur l'air de la chanson, qui chantait en moi :

— Je voulais en avoir le cœur net !... Je voulais en avoir le cœur net !...

— Ah ! tu voulais en avoir le cœur net !... Eh bien... attends un peu !...

M'ayant lâché, il sortit, referma la porte... Et j'entendis aussitôt la voix qui retentissait dans l'escalier.

— À l'assassin !... au secours ! au secours !...

Et des portes s'ouvrirent, claquèrent. Et des voix se répondirent, d'étage en étage... Et les cris du camelot retentirent, plus forts :

— À l'assassin !... au secours !... à l'assassin !...

Hébété, je m'étais laissé tomber, sur le plancher, près du cadavre... Et je répétais sur l'air d'une vieille chanson de mon pays :

— Je veux en avoir le cœur net !... Je veux en avoir le cœur net !...

Aux appels, aux cris poussés par le camelot dans l'escalier, toute la maison s'était réveillée, toute la maison s'était levée. Et la chambre de la vieille fut bientôt envahie par une foule de curieux, les uns vêtus à la hâte de n'importe quoi, les autres en chemise, tous si pittoresquement désordonnés, si expressivement effarés et tremblants, que, malgré mon hébétude, je ne pus m'empêcher de remarquer leurs comiques silhouettes et d'en jouir — ce ne fut qu'un moment —, d'en jouir comme d'un spectacle très divertissant. Même, après tant d'années, je revois la plupart de ces têtes, lâches, peureuses et cruelles, et ce m'est encore une gaieté...

Ils arrivaient successivement dans la chambre, chacun avec un petit bougeoir à la main, tendaient le col, demandaient :

— Qu'est-ce qu'il y a ?... Qu'est-ce qu'il y a ?

A toutes les interrogations, le camelot répondait :

— Hé ! Vous le voyez bien... Il y a qu'elle est morte !... Il y a qu'il l'a tuée !...

— Oh ! mon Dieu !...

Il me désignait d'un doigt formellement accusateur à l'indignation de tous... Et pour qu'il ne restât plus un doute dans l'esprit de personne, il expliquait avec des gestes rapides :

— Je l'ai surpris au moment où il achevait de la tuer... Elle était renversée comme ça, sur le plancher... lui, couché sur elle... comme ça, il la tenait à la gorge... Et il farfouillait la blessure de son couteau, comme ça !... comme ça !...

Il y avait, çà et là, des exclamations d'horreur, et, peut-être, des protestations, des doutes...

— Mais regardez-le... s'acharnait le camelot... Regardez sa chemise, ses mains, son visage... Ils sont pleins de sang !

— C'est vrai !... C'est vrai !...

— Oh !... oh !... oh !...

Une femme dit :

— C'est presque un enfant !

Un autre dit :

— Il n'a pas de barbe encore !...

Une troisième dit simplement, avec de l'admiration :

— Ainsi !... Voyez-vous ça !

Alors, le camelot insistait :

— Mais regardez-le !... Et son air de bête prise au piège !...

— C'est vrai !... C'est vrai !...

Comme je l'ai raconté plus haut, épuisé par mes efforts à le soulever, à le traîner, je m'étais laissé tomber près du cadavre... Je ne faisais pas un mouvement... Et je considérais tout ce monde, je considérais le camelot, sans entendre encore, sans comprendre qu'il m'accusait du meurtre de la vieille aux tapisseries... Je n'avais plus aucune idée dans la tête... Ma tête était vide, vide, vide !... Et tout cela qui se passait autour de moi était si nouveau, si étrangement nouveau, et si grimaçant, si incohérent, qu'il ne m'était pas possible d'admettre que je ne revâsse point... Toutes ces figures, je me rappelle, n'avaient plus pour moi la moindre consistance corporelle... C'étaient des ombres qui se déformaient au moindre souffle du vent entrant par la porte, et qui s'évanouissaient pour se reconstituer ensuite, fuligineuses... Je les suivais, comme on suit, dans l'air, les fumées, les nuages ou les brumes qui montent, le matin, des rivières...

Le camelot, actif et terrible, vint à moi, m'obligea à me lever, et, m'empoignant l'épaule d'un geste rude :

— Comment l'as-tu tuée ?... Pourquoi l'as-tu tuée ?... Réponds !...

Comme je restais muet :

— Allons ! réponds... insista-t-il.

Et il me secouait l'épaule à me briser la clavicule. Il me semblait aussi que ma cervelle clapotait dans mon crâne, comme de l'eau remuée... J'avais le vertige...

— Réponds donc !...

Machinalement je répondis :

— Je ne sais pas... Je ne sais pas !...

Triomphalement, le camelot se tourna vers les curieux, et, les prenant à témoin de mes paroles :

— Vous voyez ! dit-il... Vous entendez !... Il avoue !

— Oui !... oui !... oui !...

Je vis des bouches m'invectiver, des yeux me maudire, des poings se tendre furieux et menaçants vers moi... Une femme enveloppée d'un châle rouge, et qui tenait une petite lampe à pétrole dans sa main, proposa qu'on me mît à mort.

— Oui !... oui !... oui !...

Le camelot s'interposa :

— Non !... Il ne faut pas y toucher... Il faut qu'il meure sur l'échafaud... Attendons le commissaire de police... On est allé chercher le commissaire de police...

Un vieil homme hochait la tête... Il dit :

— Est-ce possible !... Il est si faible... Et les blessures sont si horribles... La gorge a été fendue d'un seul coup !...

— Mais regarde donc sa chemise sanglante, réitéra le camelot, ses mains rouges, son visage tout barbouillé... Et puisqu'il avoue !...

— C'est vrai !... c'est vrai !...

Le vieil homme s'obstina :

— Je ne dis pas le contraire... Pourtant, il est bien faible... Et il paraît idiot !...

— Puisqu'il avoue !... Tu l'as bien entendu !...

S'adressant aux curieux :

— Vous l'avez bien entendu, tous ? demanda-t-il d'une voix forte.

— C'est vrai !... c'est vrai !...

— Et il n'est ici que depuis huit jours !... Qu'est-ce qu'il est venu faire ici ?... Pourquoi est-il ici ?...

— C'est vrai !... C'est vrai !...

Ensuite, on parla de la vieille, de ses vertus, de sa bonté ; on vanta sa vie pauvre et résignée... C'était une sainte... Pour tuer une pareille femme, il ne fallait pas avoir de cœur !... Il fallait avoir l'âme bien criminelle !... Quelques-uns pleurèrent...

Combien de temps cette scène dura-t-elle ? Je n'en sais rien. Il arriva que je n'entendis plus rien... J'étais engourdi... J'avais comme un immense besoin de dormir... Et lorsque le commissaire de police entra, suivi de plusieurs agents, mon esprit était bien loin de l'hôtel, du camelot, du cadavre... Mon esprit était revenu au pays, là-bas, à M. Narcisse, à ma mère, à mes longues stations contre les vitres de ma chambre...

— Comment vous appelez-vous ?... me demanda le commissaire.

— Je ne sais pas... je ne sais pas !... répondis-je.

— Vous ne voulez pas dire comment vous vous appelez ?...

— Je ne sais pas !...

Le commissaire grogna :

— C'est bien !... Hum !...

Puis il me laissa sous la garde des agents, il examina le cadavre, inspecta la chambre du crime, puis la mienne, toujours suivi du camelot obséquieux et bavard, qui, sans cesse, répétait :

— Monsieur le commissaire, voilà comment ça s'est passé...

Le commissaire de police était un petit homme gros et court et qui soufflait comme un bœuf. Malgré la gravité de l'affaire, malgré le cadavre et le sang, il avait une physionomie joviale, un air de pochard gai et bon enfant, que le souci de sa responsabilité ne parvenait pas à rendre sévère. Il ne me fit pas peur. Au contraire, son agitation m'amusa extrêmement. Il entrait, tournait, virevoltait, sortait, revenait et ressortait avec un empressement si comique, qu'il ressemblait à un fantoche de pantomime. Et le camelot fantoche aussi, mais fantoche sinistre, ne le quittait pas d'une semelle, entrait, tournait, virevoltait, sortait, revenait et ressortait avec lui, toujours bavard et toujours gesticulant. Sur le palier, les gens de l'hôtel assistaient curieusement à ces allées et venues, ne perdant pas un seul des mouvements du commissaire et du camelot. Et moi, flanqué de deux agents indifférents et silencieux, je faisais comme les gens de l'hôtel, sans songer un instant que je fusse un des principaux acteurs de ce drame. Et je me souvenais que, jadis, étant enfant, j'avais vu, dans des baraques de la foire, des scènes pareilles, dont le burlesque n'était peut-être pas si intense, et ne diminuait pas, aussi complètement, la majesté terrible du crime.

Lorsque le commissaire se fut enfin rendu compte et du meurtre de la vieille, et de la disposition des lieux, il ordonna aux curieux de se retirer chacun chez soi... Puis, s'adressant au camelot qui lui soufflait dans le dos je ne sais quelles dénonciations :

— Qu'est-ce que vous foutez ici, vous ? Allez-vous-en !...

Mais le camelot résistait :

— Puisque je l'ai vu, monsieur le commissaire ! Ma présence ici est indispensable. Je suis le seul témoin !... Puisque j'ai tout vu.

— Comment vous appelez-vous ?

— Isidore Borgne, monsieur le commissaire.

— Hum ! Hum !... Et qu'est-ce que vous faites ?

— Je suis camelot...

— Ah ! ah !... Qu'est-ce que vous faites, nom de Dieu ?

— Je vends des plans de Paris...

— C'est bien !... Foutez-moi la paix, maintenant... Et si j'ai besoin de vous... je vous ferai appeler...

— Mais, monsieur le commissaire !...

Le brave commissaire se fâcha, devant cette insistance, et appelant un agent :

— Empoignez-moi ce lascar-là, ordonna-t-il... Et surveillez-le !...

Le camelot protesta pour la forme :

— Je suis un bon citoyen, moi... Ça ne se passera pas comme ça !...

Et il se remit docilement, mais un peu effaré, aux mains de l'agent...

Lorsque le palier fut déblayé, le commissaire referma la porte de la chambre qu'éclairaient maintenant deux bougeoirs, posés sur la cheminée, et une lampe à pétrole, sur une petite table encombrée, je me rappelle, de chiffons rouges. J'étais toujours flanqué de mes deux agents, et le cadavre gisait à mes pieds, sur le plancher où la mare de sang s'élargissait... Le magistrat prit une chaise, s'assit en face de moi, s'épongea le front, souffla... Et, après m'avoir considéré avec attention durant quelques secondes, il dit :

— Voyons ça !... voyons ça !... À nous deux, maintenant.

Je n'étais pas ému... Et même, à cette minute tragique, j'avais l'esprit très libre... Je dois avouer aussi que le cadavre ne me terrifiait plus... Il ne me donnait pas d'autre idée que celle d'un vieux meuble brisé, d'un vieux tapis déchiré... Non, en vérité, je n'avais plus la sensation que cette chose inerte eût été une personne vivante... Toute ma curiosité allait vers le commissaire, vers sa face ronde et couperosée, où l'alcool avait déposé des couches de bistre, vers sa chaîne de montre qui pendait sur son gros ventre, et vers son pantalon qui, tendu sur ses larges cuisses courtes, faisait, aux jarrets ployés, des rides crapuleuses... Pas une seconde, en le regardant curieusement, comme on regarde une caricatrure, je ne songeai qu'il y eût, sous ce visage vulgaire, en ce grotesque exemplaire d'humanité déformée, qu'il y eût une force sociale... plus qu'une force sociale, mais la société tout entière, avec ses droits implacables de juger et de punir !...

J'y ai pensé depuis, bien des fois, à cette fiction abominable et terrifiante qu'on appelle : la société !... Et bien des fois, je me suis demandé par suite de quelles déformations morales, de quelles aberrances intellectuelles, ceux à qui la prétendue société délègue ses droits arbitraires de juger et de punir, ont-ils, tous, un air de parenté physique, une ressemblance matérielle qui fait que depuis plus de deux mille ans, toutes les faces de juges sont pareilles, et portent les mêmes tares sinistres d'iniquité, de férocité, et de crime !...

Cette observation ne s'applique pas à mon commissaire de police dont le visage, au lieu des tares professionnelles, se contentait de montrer des tares d'alcoolique, et une laideur rubiconde si joyeuse qu'il ne me vint pas à l'idée de trembler devant lui, comme quiconque, innocent ou coupable, doit trembler, jusqu'au tréfonds de ses moelles, devant le juge qui l'interroge...

J'examinais donc le brave commissaire, et je ne le voyais plus dans la chambre où il était assis devant moi, c'est-à-dire dans sa fonction sociale ; je le voyais dans sa fonctoin humaine, c'est-à-dire au petit café où il devait, tous les jours, enluminer sa trogne et vernir ses joues et perdre, de plus en plus, dans la joie de boire, dans le rêve charmant d'être saoûl, la cruauté de son métier... Et je l'aimais véritablement d'être un ivrogne, car les ivrognes sont de braves gens, et, toujours, d'admirables poètes.

Tout à coup, le commissaire me demanda :

— Allons, voyons, dites-moi pourquoi vous avez tué cette vieille femme ?

Je n'avais pas bien compris cette question, qu'il m'avait posée d'une voix soufflante et brouillée. Je dis machinalement :

— Je voulais en avoir le cœur net.

Le commissaire s'ébroua comme un cheval.

— Comment, le cœur net ? fit-il. Le cœur net de quoi ? Vous vouliez la violer ?...

— Oh ! monsieur le commissaire...

— Enfin, expliquez-vous !... Quoi ? Qu'est-ce que vous entendez par votre cœur net ?

Et, sans me donner le temps de répondre, brusquement :

— Comment vous appelez-vous ?

Je me nommai.

— Et qu'est-ce que vous faites ici ?

Je le lui dis.

— Quel âge avez-vous ?

— Vingt ans !

— Et d'où venez-vous ?

Alors, je racontai mon pays, ma mère, monsieur Narcisse, mon petit chien Bijou, ma maladie, notre voyage à Paris, et les vieux amis de ma famille, et la terreur que j'avais eue, dès le premier jour, dans l'escalier de la maison meublée...

Le commissaire ponctuait chaque phrase d'exclamations comme celles-ci : « Bon ! Bon ! Diable !... Diable ! » et il soufflait comme une forge !

Lorsque j'eus terminé mon récit :

— C'est bien curieux !... fit-il, c'est curieux !... Une jeune femme, mon Dieu... que vous l'ayez tuée, je ne l'excuserais pas... mais je le comprendrais... Dans la passion, on ne se connaît plus... Va te faire fiche ! Mais une vieille comme celle-ci !... Ma parole d'honneur, c'est trop fort !... Vous êtes donc fou ?...

— Mais je ne l'ai pas tuée, monsieur le commissaire, criai-je de toutes mes forces. Ce n'est pas moi qui l'ai tuée !...

— Alors, qu'est-ce que vous me chantez depuis une demi-heure ? Qui est-ce qui l'a tuée ?...

— Je ne sais pas !...

Le commissaire se leva, me prit par les épaules, me regarda fixement :

— C'est le camelot, hein !... Allons, dites-le !... Mais dites-le donc !...

— Mais non... je ne sais pas... je n'ai rien vu... Et c'est pour cela, monsieur le commissaire, que je voulais en avoir le cœur net !

Le commissaire réfléchit, puis, prenant une résolution brusque :

— Tout cela n'est pas clair ! dit-il... Je vais vous mener au Dépôt... Je vais mener aussi le camelot au Dépôt... Vous vous débrouillerez devant le juge d'instruction.

Et il ordonna aux agents :

— Au Dépôt, tout le monde !... Par le flanc droit, arche !...

Je fus donc conduit au Dépôt. Durant la route, le camelot ne cessa de protester :

— Je suis un citoyen français !... Je me plaindrai à Rochefort[5] !...

Il y avait eu, dans la journée, une rafle de malfaiteurs et de filles publiques. Toutes les salles de cette abominable prison étaient encombrées, pleines de figures assez sinistres, il est vrai, mais dont j'eus plus de pitié que d'horreur. Je n'essaierai pas de dépeindre la saleté et la malodeur de ces salles. Cela dépasse toute imagination, et je ne crois pas qu'il y ait, dans la langue, des mots assez forts, assez vengeurs, pour en donner l'idée. L'impression sur ma personne physique fut telle que je faillis m'évanouir. Il me sembla que je venais de recevoir, d'un coup, le choc de toutes les maladies mortelles. De fait, l'air, chargé de miasmes trop lourds, était irrespirable. Il s'agglutinait à mes bronches comme de la matière solide, âpre et gluante.

Quant à l'impression morale que j'en ressentis, ce fut pire encore. Longtemps, je fus accablé comme sous le poids d'une chose trop pesante et douloureuse.

Ce qui, dans ce grouillement humain, apparaît plus que le vice et le crime, c'est la pauvreté, la détresse infinie où la société peut précipiter des êtres vivants et qui ont, si rudimentaires, si déformés qu'ils soient, un cerveau et un cœur, de la pensée et de l'amour !... Ces deux choses mystérieuses et qui font la créature humaine, il n'est pas un regard où je ne les aie reconnues, même aux yeux des plus brutes et des plus déchus !... Et ces êtres qui, malgré tout, conservent dans les ténèbres de leur raison et de leur conscience une petite lueur d'humanité, on les traite comme on n'oserait pas traiter des rats ou des cloportes !... Ici, dans la promiscuité hideuse de ces salles, tous les âges sont confondus... A côté des vagabonds endurcis, des vieux routiers de la débauche et du crime, se voient des enfants, de pauvres enfants de douze ans, à qui il serait facile, pourtant, d'éviter de

5. Il s'agit d'un anachronisme. A l'époque où le récit est publié, Rochefort se distingue par la violence de ses attaques contre les dreyfusistes. En voulant se plaindre au Rochefort de 1898, le camelot révèle des attaches nationalistes.

pareils contacts et qui, bien souvent, gardent, d'une seule journée ou d'une seule nuit passée dans cet enfer, une flétrissure éternelle... Ils sont entrés, ignorants et aussi purs qu'il est possible à de petits abandonnés de l'être, et ils en sortent, souillés dans leur corps, quelquefois, dans leur âme, toujours ! C'est l'apprentissage, par l'État, par la justice de l'État, du bagne et de l'échafaud[6].

Parmi toutes ces créatures de hasard, parquées plus barbarement que des bêtes dans cette geôle immonde du Dépôt, je ne doutai point qu'il s'en trouvât beaucoup d'innocents comme je l'étais moi-même, et, d'autres, plus douloureux encore, dont le seul crime était que devant tant de maisons, tant de magasins gorgés, tant de richesses gaspillées, ils n'eussent ni un abri, ni un vêtement, ni un morceau de pain !... Et, à l'aspect frémissant de toutes ces misères, je me souvins avoir vu, il n'y avait pas trois jours, ce drame effrayant... mais combien banal, et de tous les jours !

Ce matin-là, à mon heure habituelle, je me rendais, obéissante machine, à mon bureau. Il pleuvait... Une de ces petites pluies parisiennes si lentes, si tristes et qui vous traversent l'âme, plus encore que le vêtement. Dans la rue, pleine de flaques, devant la boutique d'un épicier, il y avait un gros tas d'ordures... Les gens allaient et venaient, courbés sous des parapluies luisants, et l'eau, jaune et sale, gargouillait dans les ruisseaux. Un chien passa, qui, ayant flairé le tas d'ordures, continua sa route, dédaigneusement, dans sa jugeotte impeccable de chien, sans doute : il avait compris qu'il n'y avait rien pour lui. Ensuite, une vieille femme, vêtue de guenilles, le visage décharné, survint, marchant péniblement sur le trottoir. Ce qui lui servait de vêtements ruisselait de pluie, alourdissait encore son allure lourde et chancelante... Elle avisa le tas qu'avait méprisé le chien, s'arrêta, courba son échine très âgée, et se mit à fouiller dans l'ordure

6. Mirbeau se sert ici, pour décrire le Dépôt, du témoignage de son ami Jean Grave, l'autodidacte anarchiste, dont il a préfacé *La société mourante et l'anarchie* (1893).

avec ses mains. Que cherchait-elle ? Comme tous les pauvres maudits qui gardent, en eux, l'impossible espoir des trouvailles libératrices et qui voient luire la fortune dans les déchets, dans les vomissures des maisons, peut-être espérait-elle trouver un objet de prix qu'elle aurait pu vendre, ou simplement un morceau de pain qu'elle aurait pu manger !... Je la regardais avec une curiosité pitoyable, et la pluie, qui tombait plus fort à ce moment, s'acharnait sur sa robe qui, collée, laissait voir sa déplorable ossature... Sa main fouillait, comme une crochet, l'ordure... Tout à coup, elle agrippa une orange dont la moitié était pourrie et couverte de moisissures !... Elle en essuya l'ordure sur l'ordure de sa manche et vivement, avec un geste d'affamée, elle la porta à sa bouche, et se mit à la manger avidement, voracement, gloutonnement... J'eus le cœur étreint par une grande angoisse... Je n'avais pas imaginé que les pauvres en fussent arrivés à cette infamie de la pauvreté qui leur jetait la bouche aux ordures de la rue !... Je tâtai si j'avais quelques sous dans ma poche, et, y trouvant une pièce de cinq francs, je la donnai à la vieille, les yeux pleins de larmes... Alors la vieille prit la pièce, du même geste âpre et farouche avec lequel elle avait pris l'orange, sans me remercier, sans même me regarder... Et, barbotant dans les flaques, presque légère, elle traversa la rue et se précipita dans la boutique d'un marchand de vins où, bientôt, elle disparut... Et j'espérai... ah ! oui, je vous le jure, j'espérai avec ferveur qu'elle se saoulerait et qu'elle achèterait, avec ma pièce blanche, un peu d'oubli et un peu de joie !

J'examinai toutes les figures autour de moi... Oui, vraiment, c'étaient des figures de crime, parce que c'étaient des figures de faim... Combien y avait-il de ces souffrances, des souffrances pires, sans doute, parmi tous les guenilleux dont les salles du Dépôt étaient pleines !... Et je les aimai d'un immense amour !...

Cette nuit-là, dans cette abjecte prison, où il y avait de tout, assassins, vagabonds, voleurs, ivrognes, j'eus la révélation soudaine que la société cultive le crime avec une inlassable persévérance et qu'elle le cultive par la misère. On dirait que, sans le crime, la société ne pourrait pas fonctionner. Oui, en vérité, les lois qu'elle édicte et les pénalités qu'elle applique, ne sont que le bouillon de culture de la misère... Elle veut des misérables, parce qu'il lui faut des criminels pour étayer sa domination, pour organiser son exploitation !... Et j'ai compris que celui-là qui, une fois poussé au crime par la nécessité de vivre, est tombé dans le crime, ne peut plus se relever du crime, jamais, jamais. La société l'y enfonce, chaque jour, à chaque heure, plus avant, plus profondément... Elle est semblable à ce passant, sur la berge d'un fleuve, à ce passant qui, voyant un noyé se débattre et l'appeler, lui jetterait des pierres et des pierres, afin qu'il disparaisse à jamais dans les ténèbres de l'eau !...

Toute la nuit, je demeurai silencieux, dans un coin de cette salle qu'éclairait funèbrement un bec de gaz dont la flamme vacillait sous l'orage des voix... Des gens me frôlèrent, des gens me bousculèrent ; d'impudiques vieillards, avec des yeux de fous, me soufflèrent dans l'oreille des mots abominables. Je ne disais rien... je regardais, et mon âme, de plus en plus, descendait en des tristesses profondes...

Et le camelot allait et venait, important, bavard, tutoyant tout le monde... Il avait retrouvé là de vieilles connaissances... de vieux amis de crime...

Ce n'est qu'au matin que, malgré les interrogatoires du commissaire de police, j'eus enfin la certitude qu'il avait assassiné la vieille aux tapisseries.

— Oui, oui ! Je comprends maintenant... c'est lui !... c'est lui !...

Et je me dis encore :

— Après tout, il a peut-être bien fait de la tuer. Je ne sais pas... Je ne le dénoncerai pas... Ah ! ma foi, non !... Qu'ils s'arrangent tous les deux, la justice et lui !

Je n'avais pas bougé de mon coin, pris tout entier par l'imprévu de l'aventure et du spectacle si nouveau qui s'offrait à moi. Je puis dire que c'était la première fois que je voyais de la misère, de la misère totale, et comme il n'en existe réellement qu'à Paris.

En province, dans les petits bourgs et dans la campagne, la misère n'est que relative, parce que, riche ou pauvre, tout le monde s'y connaît... Et puis, les champs, les forêts, les vieilles masures abandonnées, les huttes de cantonnier, les troncs des arbres morts, ont, tout de même, de l'hospitalité !... Les vagabonds trouvent des cavernes pour s'y tapir, des fruits aux arbres, et dans les maisons, presque toujours, un morceau de pain... À Paris, ils ne trouvent rien. Les individus ont trop de hâte, trop de fièvres, trop d'affaires, pour songer à être bons. L'État fait de la charité une sorte de citadelle inaccessible. Pour y parvenir, il faut des mots de passe qu'on ignore, des cartes d'identité, il faut passer par des filières administratives, des stations dans les bureaux, être électeur, payer des contributions, posséder des certificats de bonne vie et mœurs, pour avoir droit à un secours !... À Paris, on ne peut se payer le luxe d'être pauvre, qu'à la condition d'être riche !... Le Dépôt, c'était véritablement, pour moi, la fissure de lumière par où je plongeais jusqu'au fond du gouffre de misère... Et je fus effrayé... et je sentis, en mon âme, comme un découragement !

Près de moi, il y avait un homme qui n'avait pas bougé, non plus, de toute la nuit. Il était là quand j'étais entré. Il se tenait assis sur le plancher, le dos appuyé au mur, la tête dans ses mains, et il paraissait dormir... Je ne fis pas d'abord attention, étant trop occupé de moi-même, et du camelot, et des figures sinistres qui allaient et venaient ainsi que des bêtes fauves dans des cages. Ce ne fut que vers le matin, lorsque le gaz s'éteignit, qu'il remua un peu ses jambes, raidies par l'immobilité, et qu'il recula, contre la muraille, ses épaules meurtries et ankylosées... Je le vis alors, je vis son visage, si tant est qu'on puisse dire de cette face humaine que ce fût un visage : des yeux las et comme voilés, une peau fripée et jaune, une courte barbe, terne et rare, qui ressemblait plutôt à une maladie dartreuse qu'à une barbe. Lui aussi me vit, du moins il me regarda ; il me regarda longtemps et fixement, sans que j'eusse la sensation qu'il me vît. Malgré son manque d'expression, ce regard exprimait une grande douceur, triste et résignée. Cela venait sans doute de ce que le regard étrange de cet homme n'exprimait rien, et je remarquai sur ses deux prunelles quelque chose de blanchâtre, et de pareil à deux petites taies, qui en brisaient l'éclat intérieur.

— Je ne te vois pas bien !... me dit-il. Mais tu as l'air tout jeune... et tu n'as pas de barbe... Et sûrement tu n'es jamais venu ici !... Pourquoi es-tu ici ?

Bien que je fusse heureux qu'on m'adressât la parole, et que ma pensée eût un contact avec une autre pensée humaine, je répondis, brièvement, et de façon à rompre tout entretien :

— Je ne sais pas !

L'homme hocha la tête et son dos oscilla contre le mur.

— Tu ne sais pas ! fit-il... sans doute ! On ne sait jamais pourquoi l'on est ici ! Tu ne veux pas parler ?

— Si !... je veux bien parler.

— Alors, pourquoi me dis-tu des bêtises, avec un air de crainte... Est-ce que je te fais peur ?...

— Non... Tu ne me fais pas peur !...

— Alors, pourquoi es-tu ici ?...

Je m'enhardis :

— Je suis ici... parce que, dans la maison que j'habite, une vieille femme à été assassinée !...

Tous les jours, on assassine des vieilles femmes. Ça n'est pas une raison.

Après un silence de quelques secondes, il ajouta :

— Tu habites une maison ?... Tu as de la chance, toi !... Approche un peu, que je te voie mieux. Ton visage est tout brouillé... Quel âge as-tu ?

— Vingt ans... Et toi ?

— Oh ! moi je n'ai plus d'âge !... Depuis trois années, les minutes me semblent si longues, si éternelles, que je crois bien que j'ai vécu, au moins, quarante ans !... Et je n'ai pas de maison non plus, je n'ai rien... Que fais-tu ?

— Je suis employé dans une maison de banque... Et j'aligne, sur des pages, des chiffres auxquels je ne comprends rien !...

— Tu as de la chance !

— Voilà seulement huit jours que je suis à Paris !... Et toi, qu'est-ce que tu fais ?

— Moi, je dors sur les bancs des jardins publics. Mais c'est un métier difficile et plein de dangers, j'y renonce. Autrefois, je chantais et je disais des vers dans des cabarets de Montmartre... Mais les vers étaient trop tristes... et j'étais trop mal vêtu !... On exigeait que j'eusse une redingote tombant sur mes talons, un pantalon à la houzarde, une cravate à triple torsion... et des cheveux je ne sais comment !... Au bout de quelques soirs, on n'a plus voulu de moi... et l'on m'a mis à la porte... Comprends-tu ?

— Je ne comprends pas bien ce que tu dis !... Tu chantais des vers ?...

— Hé oui !

— Des vers de toi ?

— Bien sûr !

— Alors, tu es poète ?...

— Regarde ma peau fripée, et le creux de mon ventre, et mes guenilles... Est-ce que je n'ai pas l'air d'être poète ?... Regarde-moi mieux, toi qui habites une maison... Je suis presque aveugle... Une nuit que j'avais dormi, au bord de la Seine, derrière un tas de pierres, je me suis réveillé avec des yeux qui ne voyaient plus !... qui ne voyaient presque plus... C'est peut-être la vingtième fois qu'on m'amène ici !... Car je suis pauvre, si indiciblement pauvre, que je n'ai même plus le droit de dormir quelque part !... Quand je suis trop fatigué, et que je m'étends sur un banc, ou sous l'arche d'un pont, on me ramasse... Il paraît que j'ai volé quelque chose à la société !...

Il eut un sourire d'une tristesse charmante, et il reprit :

— Aujourd'hui, je passerai devant des juges... Et ils me diront : « Ah ! c'est encore vous !... Nous n'en pouvons plus de vous condamner. » Et ils me renverront... Les prisons ne veulent plus de moi... Elles refusent de me nourrir... Je ne leur fais pas honneur, n'ayant jamais commis de crime !... Qui est-ce qui a tué la vieille femme pour le meurtre de qui tu es ici ?

— Je ne sais pas !... Veux-tu que je te raconte ?

— Je n'y tiens pas... Cela ne m'intéresse point... Il y a tant de vieilles femmes qu'on tue, chaque jour, dans Paris !... Je te demandais cela pour dire quelque chose, et aussi parce que je voudrais que ce fût moi qui l'aie tuée !...

— Toi ! pourquoi toi ?...

— Parce que j'aurais une maison, une gamelle et, sur le corps, un peu de laine chaude... Je rêve du bagne comme d'un palais... On doit y être bien !... Mais je suis trop lâche !... La vue d'un couteau me fait trembler !... Et je m'évanouis à l'odeur du sang !... Oui ! les assassins et les voleurs sont des hommes heureux... Ils peuvent vivre !... Moi, qui ne puis me résoudre à tuer et à voler, je vais... je vais comme ces chiens perdus, fouillant ci, vautrés là... dans le froid, dans le vent... dans la pluie, dans la nuit !...

Il fit de sa casquette une sorte de tampon qu'il inséra entre le mur et son dos...

— Dis donc ?...

Comme je n'avais pas répondu :

— Dis donc ? répéta-t-il... M'écoutes-tu ?...

— Oui, je t'écoute... Mais j'ai trop de peine à entendre tes paroles !... Tu me fais pleurer !...

— Eh bien ! écoute encore ceci... après, tu pleureras à ton aise, et moi je me rendormirai, car je n'ai pas assez dormi... Dis donc...

— Je t'écoute...

— Quand nous serons libres, tous les deux, toi et moi... tu me feras une petite place dans ta maison.

— Je veux bien !

— Et puis, tu tueras des gens riches... et si l'on te pince, je dirai que c'est moi qui les ai tués !... Comment t'appelles-tu ?...

À ce moment, il se fit, dans la salle, un grand tumulte... Des gendarmes venaient d'entrer :

— Ah ! zut !.. fit l'homme... On vient peut-être me chercher... J'aurais voulu dormir encore !...

Ce n'était ni moi, ni mon compagnon que les gendarmes étaient venus prendre... Mon compagnon, alors, se rendormit, et moi je continuai de regarder l'affreux drame du Dépôt.

C'est de cette journée que datent la pitié et la révolte qui furent, pour ainsi dire, les bases de ma vie morale. Ma faiblesse physique, ma timidité intellectuelle n'ont jamais permis à ces deux sentiments de s'affirmer dans une forme active, et j'en ai cruellement souffert... Mais voyez combien le cœur de l'homme est rempli d'énigmes et de contradictions douloureuses. La créature humaine envers qui j'eusse dû montrer le plus de pitié, ma femme, est peut-être la seule envers qui je me montrai inexorable. Pas une minute, mon dégoût n'a faibli devant sa laideur et devant le ridicule de son âme, qui sont, pourtant, des choses émouvantes et bien faites pour remplir d'adoration et de dévouement les grands cœurs...

Ah ! je ne regrette pas cette journée passée au Dépôt. Elle m'a permis de voir de la misère que l'on ne peut même pas soupçonner au dehors. J'ai vu de pauvres petits enfants de six, de huit et dix ans, enfermés, dans des couloirs étroits, obscurs et puants, avec des galvaudeux plus âgés et vicieux ; j'ai vu des misères sordides, des êtres en loques, hâves, décharnés, d'ambulants cadavres, de frissonnants spectres, sortis de quels enfers !... Ah ! on se le demande. Quand une société enferme, dans une telle promiscuité de débauches, des enfants de six ans avec des adolescents déjà corrompus, a-t-elle le droit de se plaindre si elle ne récolte, plus tard, que des mendiants, des sodomistes et des assassins ?... A-t-elle surtout le droit de les punir ?...

À Paris, les philosophes de l'optimisme meurtrier ne voient pas la misère... Non seulement ils ne la voient pas, ils la nient !...

— Nous avons décrété l'abondance générale, disent-ils ; le bonheur fait partie de notre Constitution... Il est inscrit sur nos monuments, et fleurit gaiement à nos fenêtres, enseigne nationale... Il n'est de pauvres que ceux qui veulent l'être, que ceux qui, malgré nous, s'obstinent à l'être... Ce sont des entêtés !... Par conséquent, qu'ils nous laissent tranquilles.

Et comment verraient-ils la misère ?... Paris la cache sous son luxe menteur, comme une femme cache sous le velours et les dentelles de son corsage le cancer qui lui ronge le sein. Pour ne pas entendre les cris qui montent des enfers sociaux, Paris étouffe le lamento de la misère dans l'orchestre de ses plaisirs... Aucune voix de pauvre diable ne traverse, ne peut traverser le bruit continu des fêtes et le remuement d'or des affaires...

Et comment verraient-ils la misère ?... Savent-ils seulement qu'il existe, entassés dans des demeures trop étroites et malsaines, des milliers et des milliers d'êtres humains pour qui chaque aspiration d'air équivaut à une gorgée de poison, et qui meurent de ce dont vivent les autres ?... Le triste poète, à ma gauche, dormait maintenant profondément... A ma droite, un homme, maigre, au teint plombé, vêtu d'un bourgeron de travail, toussait avec de pénibles efforts. Je lui demandai pourquoi il était ici et quel était son crime :

— C'était la paye hier, répondit-il d'une voix sifflante... Je me suis saoulé comme de juste... Et je crois bien que j'ai eu des mots avec un agent qui me bousculait... Il me semble que je l'ai appelé : « Vache !... »

D'abord, j'étais saoul et je chantais. Ensuite, pourquoi m'a-t-il rudoyé ?... Je ne lui disais rien !... Est-ce qu'il est défendu aux pauvres de chanter maintenant ?... Ce qui m'embête, c'est la femme et les gosses, qui ne savent pas, bien sûr, ce que je suis devenu et qui doivent me croire mort ! Sans ça, mon Dieu, dormir là ou ailleurs !...

— Vous avez l'air malade ? lui dis-je. Et vous toussez !

— Si je suis malade ?... Parbleu !... Comment voulez-vous que je ne sois pas malade ?... Il faudrait que vous voyiez notre logement !... L'atmosphère est tellement viciée où nous vivons, que, chaque matin, quand je me réveille, ayant d'ailleurs mal dormi, j'ai toujours la sensation d'une petite asphyxie... Ce n'est que dans la rue, en allant à mon travail, et après avoir pris deux ou trois verres, que, peu à peu, mes poumons parviennent à se décrasser des poisons absorbés pendant la nuit... Et vous pensez si j'y vais gaiement, au travail, avec le front serré, la gorge sifflante, l'estomac mal en train, les jambes molles !... Et comment voulez-vous aussi que les enfants ne soient pas malades !... Et la femme, je me demande où elle trouve la force de résister à ce lent et continuel empoisonnement. Moi, ça va encore, parce que je me saoule de temps en temps, et que, de me saouler, ça me nettoie la carcasse... Mais la femme !... Mais les gosses !... Ils n'ont pas toujours de quoi manger à leur faim !... Ça, c'est vrai, que si je buvais moins, ils pourraient peut-être manger plus !... Mais si je ne buvais pas, il y a longtemps que je serais mort !... Alors, quoi faire ?... Et c'est sans remède, voyez-vous, et c'est abominable ! Si on avait de l'air, encore !... Dans les maisons, ou plutôt dans les taudis où l'on nous force à habiter, il n'y en a pas !... Où en prendre ?... La porte s'ouvre sur un couloir ou sur un palier, empuanti par les émanations des cabinets et des plombs... La fenêtre, elle, donne sur une cour profonde, humide et noire comme un puits, où flottent, dans l'air déjà irrespirable des grandes villes, tous les germes mortels, où tourbillonnent tous les pullulements bacillaires que peuvent produire les ordures stagnantes et volantes de cent cinquante ménages, parqués en d'obscures cellules... J'aime mieux ne pas ouvrir et ne respirer que nos ordures à nous, que nos poisons à nous !... Dame ! n'est-ce pas ?...

— Et, alors ?...

— Alors !... Rien...

— Et les pétitions ?

— Oh ! la la !...

— Et la révolte ?...

— J'en ai soupé... On a fait des révolutions en criant : « Du pain !... Du pain !... » On pourrait en faire une, en criant : « De l'air !... De l'air !... » Mais, comme les révolutions, jusqu'ici, ne nous ont pas donné davantage de pain, il faut croire qu'elles ne nous donneraient pas davantage d'air pur !... J'aime mieux me saouler, quand je puis !...

— Est-ce qu'il n'y a personne qui s'occupe de vous ?...

— Il y en a quelques-unes... On ne veut pas les entendre... On n'entend jamais que ceux qui font les lois... Et toutes les lois sont contre nous !... C'est bien simple !... Il faut à l'homme pour vivre — pour vivre seulement —, cent mètres cubes d'air pur par vingt-quatre heures... au-dessous de quoi, c'est l'asphyxie... Or les logements — nos logements — n'ont en moyenne qu'une capacité de trente mètres... et dans ces trente mètres sont entassés la famille, le chien, le chat, les oiseaux — car il faut bien des bêtes pour nous aimer, —, sans compter les fleurs qui exhalent de l'acide carbonique durant toute la nuit de huit heures... Ajoutez que, le plus souvent, ces trente mètres ne forment qu'une seule pièce, tout à la fois cuisine et chambre à coucher, que la cheminée ou le fourneau rebelle, la lampe qui fume, prennent l'oxygène utile et rejettent le gaz dangereux... Ajoutez aussi qu'à chaque entrebâillement de la porte, entre de l'air qui a passé de chambre en chambre, dans toute la maison... de l'air qui est allé sentir les alvéoles pulmonaires d'un tuberculeux d'en haut, d'un catarrheux d'en bas, qui a passé sur de la diphtérie, de la fièvre typhoïde, de la scarlatine. Conclusion : maladie et misère, et finalement mort... J'aime mieux me saouler.

Il fut pris d'une quinte de toux qui lui déchira la poitrine... Après quoi :

— Et vous... me dit-il... vous êtes un enfant de bourgeois... et vous ne semblez guère plus heureux que moi !...

Je répondis gravement :

— Oh ! moi... Depuis que j'ai vu tant de misères, je sens bien que je ne serai jamais plus heureux...

Et un immense désespoir entra en moi.

Ce n'est seulement que dans l'après-midi que je fus amené chez le juge d'instruction. Le camelot m'y avait précédé. Je le vis dans les couloirs du Palais de Justice, qui marchait, la tête basse et la mine navrée, entre deux gendarmes. Il était très pâle et fort abattu... Peut-être avait-il avoué son crime ? Peut-être le seul aspect de ces inexorables couloirs lui avait-il mis aux épaules et dans le cœur cet accablement. Oh ! ces couloirs ! Le froid glacial et morne de ces couloirs !... Et ces visages de justice, plus froids encore et plus terribles que ces murs !... Et ces visages de douleur, sur lesquels la loi a mis ses griffes de torture !... Et comme les pas résonnaient cruellement, dans ces longs couloirs, entre ces murs nus où l'espérance ne peut accrocher ses dernières loques !... Que de dos tristes, de dos vaincus !... Et que de bouches de proie aussi, les bouches aux mauvaises paroles, les bouches aux mensonges féroces !... Et comme les robes des juges et des avocats soufflent, dans leur vol sinistre, un vent qui fait frissonner !...

En croisant le camelot, j'eus réellement pitié de lui... Bien sûr, il avait tué la vieille femme aux tapisseries... Je ne pouvais plus douter de son crime... Mais qu'était cette vieille femme, que faisait-elle, à quoi était-elle utile dans la vie[7] ?... Je l'avais rencontrée deux fois dans l'escalier de l'hôtel. Elle m'avait paru revêche et grognonne, et, tout de suite, j'avais détesté ses lèvres sèches et ses deux petits yeux cruels... Le camelot, lui, en dépit de certaines tares de misère, semblait un joyeux drille... Il avait un air de bonhomie gouailleuse, de cynisme bon enfant qui m'était plutôt sympathique... Bien des fois, en sortant de sa chambre, il chantait des airs gais, de sautillants refrains, indice, après tout, d'une conscience calme et sans haine... En tuant la vieille, il avait peut-être des raisons profondes, si profondes, qu'il ne les soupçonnait même pas...

J'ai souvent pensé, depuis ces heures troublées, où tant et tant de choses avaient surgi en moi et devant moi, j'ai pensé que l'assassinat pouvait bien être, comme la tempête, comme les épidémies, une loi mystérieuse, une force économique de la nature. La nature, dont nous

7. Réminiscence de *Crime et châtiment*.

ne connaissons pas, dont nous ne connaîtrons jamais les desseins, élit certains hommes, arme certains bras, pour des suppressions nécessaires, pour des équilibres vitaux indispensables... Il y a des assassinats que je ne m'explique que comme une sorte de volonté cosmique, que comme un rétablissement d'harmonie... Aux vivants forts et joyeux, il faut de l'espace, comme il en faut aux arbres sains, aux plantes vigoureuses qui ne croissent bien et ne montent, dans le soleil, leurs puissantes cimes, qu'à condition de dévorer toutes les pauvres, chétives et inutiles essences qui leur volent, sans profit pour la vie générale, leur nourriture et leurs moyens de développement... Est-ce qu'il n'en serait pas pour l'homme ce qu'il en est pour les végétaux ?... Et j'ai souvent protesté. « Mais non, mais non, disais-je... L'homme a une faculté de déplacement, et la terre est grande !... S'il n'est pas bien ici, il peut aller ailleurs... Le végéral, lui, est rivé au sol où le retiennent, enchaîné et captif, ses racines... Et puis, que sait-on ?... Et ne faudrait-il pas mieux abattre les gros arbres pour laisser aux petits qui meurent à leur ombre, plus d'air, plus de lumière ? »

Ce que je savais, par exemple, au moment où je rencontrai, entre les gendarmes, le malheureux camelot accablé, c'est que son crime ne m'effrayait pas, ne m'effrayait plus... Mieux, je le considérais comme une victime inconsciente de la nature... Et si j'avais pu le sauver du châtiment, je l'eusse fait avec une grande joie... C'est que je sentais naître en moi un sentiment encore confus, un sentiment qui, par la suite, fut la philosophie de mon existence et que je puis traduire ainsi : « Il faut être toujours pour ce qui vit, contre ce qui est mort ».

Quant à moi, fort de mon innocence, ignorant encore ce que l'appareil judiciaire recouvre de ruses, de parti pris et de mensonges[8], je n'avais aucune peur... Je m'étais habitué à l'hostilité de ces murs,

8. Le texte est écrit pendant l'affaire Dreyfus, qui a étalé au grand jour l'ignominie de la « justice » civile et militaire.

de ces couloirs, de ces visages, et ce fut d'une chair tranquille et d'un cœur indifférent que j'entrai chez le juge d'instruction.

C'était un petit homme gras et rose, un peu chauve, sans lunettes, sans barbe et dont la main gauche, vulgaire, boulue et courte, était ornée de bagues barbares. Un être quelconque, un passant, rien !... Oui, cet homme qui jugeait les hommes, qui disposait, à sa volonté, de leur fortune, de leur honneur et de leur vie, me parut être cette apparence vague, cette ombre anonyme, ce furtif reflet d'humanité, qu'on appelle un passant... Ni sur lui, ni en lui, il ne portait aucun signe physique ou moral de sa puissance formidable... Il était juge, comme il aurait pu être médecin, épicier, notaire ou restaurateur... En vain, je cherchai en lui quelque chose par où il dépassât le niveau du contribuable et de l'électeur. Je n'y trouvai que les tares ineffaçables de la médiocrité... Il ne me troubla pas.

Dès que j'eus été introduit, les gendarmes se retirèrent... Le juge écrivait... Il écrivait peut-être un arrêt de mort, et ses gros doigts n'avaient pas un frémissement... Tout d'abord, il ne leva pas les yeux sur moi... Il était tassé dans un fauteuil à dossier bas, et ce que je voyais le mieux de lui, c'étaient son crâne rose sous les poils rares, et les bagues de sa main... Je voyais aussi sa paupière gauche, armée de longs cils, une paupière plissée qui remuait, comme un petit morceau d'étoffe dans un courant d'air... En face de lui, devant une table séparée de la sienne par une espèce de cartonnier sur le haut duquel étaient posés, sans ordre, des dossiers, un autre personnage quelconque, un second passant, la tête couverte de cheveux ébouriffés, se curait les oreilles avec un porte-plume... C'était le greffier... Si le juge était gras et rose, le greffier était maigre et blaffard... La peau de son front et de ses joues était pareille à la peau fripée d'un vieux gant... Il avait de longues jambes croisées sous la table, de longues jambes osseuses que terminaient des pieds énormes, chaussés de bottines dont les élastiques trop lâches bâillaient... Il me regarda, mais d'un regard si morne que je n'eus pas conscience d'avoir été regardé par quelqu'un de vivant... Ses yeux ressemblaient à deux petites lucarnes qui n'auraient jamais reflété aucune image, aucun coin de ciel... Quand il eut fini de curer ses oreilles, il déposa sa plume dans un plumier et se mit à ranger quelques papiers, — interrogatoires falsifiés, dépositions altérées — avec des mouvements brusques.

Et tandis que j'attendais, je songeais :

— Est-il possible que ces deux êtres qui sont là, devant moi, aient une maison, une famille, des amis, des passions ?... Sont-ils même vivants ?... Est-ce qu'ils vont au théâtre, à la campagne ?... De quelle matière grossière sont-ils fabriqués ? Au moyen de quel mécanisme remuent-ils les bras, les jambes, la tête ?... Souvent, dans les foires de mon pays, j'ai vu, sous les tentes d'un jeu de massacre, des fantoches, gonflés des son ou de crin, qui semblaient vivre, penser, aimer, comprendre davantage que ces deux bonshommes-là... Est-ce que jamais ils ont parlé d'amour et de rêve à une vierge, à une fleur, à un rayon de lune ?

J'aurais voulu les toucher, faire jouer leurs articulations, écouter le tic-tac de leur poitrine.

Et la pièce était tapissée d'un papier vert, ignoblement vert... et, par l'unique fenêtre aux rideaux jaunissants, j'apercevais, sous un ciel gris, parmi d'errantes fumées, des toits, des cheminées, toute une population difforme de tuyaux, de girouettes, d'appareils en zinc, dont les mouvements, les girations, me représentaient quelque chose de véritablement plus humain que ces deux hommes, mornes et glacés, ces deux figurations d'hommes, qui étaient là, devant moi...

Enfin, le juge ayant cessé d'écrire, appuya d'un doigt gras sur un bouton électrique. Un huissier apparut, puis s'en alla chargé de papiers... Et puis, l'homme gras et rose voulut bien remarquer ma présence... Il me regarda d'un regard fixe et sans pensée, se renversa sur le dossier de son fauteuil, inclina sa tête sur sa main chargée de bagues, et, d'une voix fluette, acide, il dit :

— Qu'est-ce que vous faites ici, vous ?

Et, se reprenant, il ajouta :

— Ah ! ah ! Parfaitement, c'est vous.

L'interrogatoire que j'eus à subir fut sans intérêt dramatique, et je ne le raconterai pas dans sa forme, pour ne point accumuler trop de détails inutiles et monotones dans ce récit.

Tout en marquant son complet mépris de ma chétive personne et de l'humilité de ma condition, je dois dire que le juge, gras et rose, ne s'acharna pas trop contre moi, du moins contre ma culpabilité. Après un quart d'heure de questions humiliantes et de petites tortures criminalistes, il finit par me mettre hors de cause dans cette affaire. Je compris que je n'étais pas pour cet homme un criminel assez retentissant et confortable. Je ne lui faisais pas honneur ; je ne flattais pas sa vanité de tortionnaire... D'ailleurs, il avait trouvé dans le camelot, non pas l'idéal du criminel par qui vous viennent la notoriété et l'avancement, mais quelqu'un de plus malheureux que moi, un être déjà décrié par sa vie antérieure. Et c'était, pour un défenseur de l'ordre et de la société tel que ce juge, une proie meilleure, et par quoi son dilettantisme pouvait se réjouir. Et tel fut le peu d'estime qu'il avait de moi, qu'il ne jugea même pas utile ou glorieux de me confronter avec la victime, ni avec l'assassin... Il me traita, je puis le dire, sans considération, et par-dessous la jambe. Le seul point sur lequel il s'obstina, ce fut, par des détours perfides et aussi par des menaces, de m'arracher une dénonciation précise contre le meurtrier. Vaines furent ses tentatives. Par un sentiment de pitié peut-être, et peut-être par un simple désir de contradiction, j'osai faire l'éloge du camelot, de sa pauvreté, de sa gaieté, de sa complaisance, de ses qualités professionnelles que je jugeai admirables... Je ne sais si le juge comprit l'ironie, mais il interrompit mon éloquence par un : assez ! colère et plein de haine. Et, me félicitant d'en être quitte à si bon marché, il me renvoya... Le soir, j'étais libre !

Je ne voulus pas rentrer à l'hôtel de la rue Princesse, et j'allai dîner chez les vieux amis de ma famille, auxquels je racontai, non sans un certain orgueil, l'incident... Et vraiment, à la pensée que j'aurais pu être un assassin, et, peut-être, monter sur l'échafaud, les vieux amis sentirent naître en eux, au fond d'eux, une véritable admiration pour moi... Durant toute cette soirée, je connus ce que c'est que la gloire !... Ma future femme ne me quitta pas des yeux. Avec une avidité surprenante, et comme si je lui fusse révélé pour la première fois, elle regardait mon visage, mes mains, mon pantalon où des taches de sang étaient encore visibles... Et elle disait :

— Ainsi, vous l'avez vue, morte !

— Mais oui.

— La gorge ouverte ?

— Mais oui.

— Dans son sang ?

— Mais oui.

— Sur le plancher ?

— Mais oui.

— Ah ! ah ! ah !... Et vous l'avez prise avec vos mains ?

— Mais oui.

— Portée dans vos bras ?

— Oui ! oui ! oui !

— Ah !... ah !...

Et les vieux amis ne cessaient de répéter en me considérant avec envie :

— C'est quelque chose, ça ! Mazette ! c'est quelque chose...

Le père dit, en faisant une grimace dont je ne sus pas démêler l'expression :

— Vous serez demain dans les journaux, peut-être... Si jeune !... Moi, j'ai quarante-quatre ans. Et jamais je n'ai été dans les journaux...

Et la mère, d'une voix étrange, où il y avait du regret, des protestations contre le sort, une rancune sourde contre l'effacement, l'anonymat de son mari, dit aussi :

— Et tu n'as jamais été du jury !...

Il me semble que toutes ces choses sont d'hier. Bien que des années et des années aient passé sur ces vieux souvenirs, je les ai toujours présents à l'esprit. Les brumes de la distance et du temps ne les ont point effacés... Ils restent aussi précis, nets et clairs, que si les visages et les images qui les fixèrent étaient encore devant moi... Et cependant, j'ai cinquante-huit ans, c'est-à-dire des siècles, cinquante-huit siècles, par la façon dont j'ai vécu... Car je n'ai vécu que par la pensée, ne donnant aux événements extérieurs et aux hommes qui les accomplissent ou qui les font naître, qu'une part minime de mes réflexions... À quelles fins et comment, au milieu de tant de poussières, tout cela que j'ai raconté s'est-il conservé en moi ?... Et pourquoi trouvè-je dans le récit de ces petits faits que j'aurais dû oublier une sorte de joie amère et puissante ?... Je n'en sais trop rien !... C'est peut-être comme un désir de vie qui remonte en moi, du fond de l'exil de moi-même ; c'est peut-être le regret d'avoir tout sacrifié à des rêves intérieurs, et de n'avoir pas compris que, seule, la vie, même avec ses abjections et ses tares, est douée de beauté, puisque c'est dans la vie seule que résident le mouvement et la passion !...

Aujourd'hui, il m'est arrivé une chose curieuse... En revenant de mon bureau, sans doute sous l'influence latente de ces idées, j'ai longuement flâné par les boulevards et par les rues. Je me suis arrêté aux boutiques... et j'ai vu un tas d'objets qui servent aux besoins et aux plaisirs des hommes, et auxquels je ne comprends rien, tant je suis resté confiné aux formes anciennes, et tant j'ai défendu ma porte à ce personnage étrange qui s'appelle le Progrès. Et je me suis promis dorénavant d'étudier ces étalages, où s'étalent, dans une sorte de gloire merveilleuse, toutes les formes de la sensualité !... A la vitrine d'un magasin, je me suis aussi attardé devant des photographies... Il y en avait beaucoup de femmes qui montraient leurs seins, les dents de leurs bouches impures et leurs jambes ; il y en avait d'hommes également, qui sont, paraît-il, des écrivains célèbres et des artistes renommés : physionomies vulgaires, en général, et souvent comiques par la pose étudiée, l'arrangement des cravates et des yeux, la mise en valeur de certains avantages physiques. Parmi toutes ces photographies, entre une danseuse, au geste érotique, et un poète illustre, déjà maquillé d'immortalité éphémère, tout à coup, j'ai vu la photographie de mon juge... C'est bien lui, car son nom est écrit au bas du portrait, sur une bande de papier... Bien qu'il soit très vieux aujourd'hui, c'est à peine si sa physionomie a changé. Il est un peu plus chauve, un peu plus tassé ; ses joues se sont amollies et tombent ; et les poches de ses yeux se sont davantage boursouflées... Mais le regard est exactement le même, ce regard de passant obscur où, jadis, j'avais vainement cherché un reflet d'humanité, un enthousiasme, une passion, ou du crime !... Je vois qu'il est monté en grade, et qu'il occupe une des plus hautes fonctions de la magistrature. Sur combien de têtes d'innocents a-t-il marché, par quel dédale d'obscurs couloirs a-t-il passé... devant quelles puissances a-t-il courbé son échine si souple en face des grands, si raide en face des petits, avant d'avoir atteint ce sommet où plane, maintenant, sa robe rouge !... Il m'est impossible de deviner son histoire dans son regard qui n'exprime rien... Elle fut sans doute infime et banale, comme celle de tous les hommes en place... Car il s'agit pour tout le monde de conquérir, au prix des plus viles actions, des places toujours meilleures... Pourquoi accabler ce juge d'un crime que tous commettent, et que, moi-même, dans une petite sphère, j'ai commis, comme les autres, et dont je n'ai jamais eu de remords ?...

Le Journal, du 27 novembre 1898 au 5 juin 1899

Recueilli dans *Chez l'illustre écrivain*.

BIBLIOGRAPHIE

1. Romans :

Le Calvaire, Ollendorff, 1887.
L'Abbé Jules, Ollendorff, 1888.
Sébastien Roch, Charpentier, 1890.
Le Jardin des supplices, Fasquelle, 1899.
Le Journal d'une femme de chambre, Fasquelle, 1900.
Dingo, Fasquelle, 1913.
Un gentilhomme (roman inachevé, suivi de sept nouvelles), Flammarion, 1920.
Dans le ciel, L'Échoppe, Caen, 1990.

2. Récits et recueils de nouvelles :

Lettres de ma chaumière (21), Laurent, 1886.
Contes de la chaumière (14), Charpentier, 1894.
Les Vingt et un jours d'un neurasthénique, Fasquelle, 1901.
Dans l'antichambre, Romagnol, 1905.
La 628-E-8, Fasquelle, 1907.
La Vache tachetée (22), Flammarion, 1918.
La Pipe de cidre (23), Flammarion, 1919.
Chez l'illustre écrivain (11), Flammarion, 1919.
Un homme sensible, Flammarion, 1919.

Les Mémoires de mon ami, Flammarion, 1920.
Les Souvenirs d'un pauvre diable, Flammarion, 1921.
Le Petit gardeur de vaches, Flammarion, 1922.

3. Théâtre :

Les Mauvais bergers, Fasquelle, 1898.
L'Épidémie, Fasquelle, 1898.
Vieux ménages, Fasquelle, 1901.
Le Portefeuille, Fasquelle, 1902.
Les Affaires sont les affaires, L'Illustration, 1903.
Farces et moralités, Fasquelle, 1904.
Le Foyer, L'Illustration, 1908.

4. Critique littéraire et artistique :

Le Comédien, Brunox, 1882.
Le Salon de 1885, Baschet, 1885.
Claude Monet - Auguste Rodin, Galerie Georges Petit, 1889.
Des Artistes (peintres et sculpteurs), Flammarion, 1922.
Des Artistes (peintres, sculpteurs et musiciens), Flammarion, 1924.
Gens de théâtre, Flammarion, 1924.
Les Écrivains (1re série : 1884-1894), Flammarion, 1925.
Les Écrivains (2e série : 1895-1910), Flammarion, 1926.
Notes sur l'art, l'Echoppe, 1990.
Combats esthétiques, Séguier (à paraître, 1990).
Combats littéraires, Séguier (à paraître, 1991).

Signalons que Mirbeau a écrit également un grand nombre de préfaces à des romans et à des catalogues d'expositions.

5. Correspondances :

Correspondance avec Auguste Rodin, Le Lérot, 1988.
Correspondance avec Camille Pissarro Le Lérot, 1990.
Correspondance avec Claude Monet, Le Lérot, 1990.

6. Écrits politiques :

Préface à la 9e édition du *Calvaire*, Ollendorff, 1887.

Préface à *La Société mourante et l'anarchie* de Jean Grave, Tresse et Stock, 1893.

Derrière un grillage. Préface à *Hommage des artistes au colonel Picquart*, Société libre d'édition des Gens de lettres, 1899.

Préface à *Un an de caserne*, P.V. Stock, 1901.

Têtes de Turcs, L'Assiette au beurre, nº 31, 31 mai 1902.

La Grève des électeurs et *Prélude*, Les Temps nouveaux, 1902.

La Guerre, Les Temps nouveaux, s.d.

Les Grimaces et quelques autres chroniques, Flammarion, 1927.

Combats politiques, Séguier, 1990.

Combats pour l'enfant, Ivan Davy (à paraître, 1990).

TABLE DES MATIÈRES

Tome II

CHAPITRE III. — « LA FEMME DOMINE ET TORTURE L'HOMME »

Introduction 10
Contes vrais. Le numéro 24 15
Paysages d'automne 23
Piédanat 31
Pauvre Tom ! 38
Histoire de chasse 46
La Belle sabotière 51
La Bain 59
Le Pauvre sourd 64
Paysages. Vieux pochard 70
En promenade 75
Mémoires pour un avocat 80
Le Pont 113
Pauvre voisin 118

Précocité 123
La Villa hantée 128
Veuve 134
La Bague 139
Clotilde et moi 144

Chapitre IV. — « L'écrasement de l'individu »

Introduction 160
La Bonne 165
Le Petit mendiant 173
La Guerre et l'Homme 178
L'Enfant 187
Agronomie 193
Conte 211
Le Rebouteux 216
Croquis breton 222
Le Rat de cave 220
Monsieur le Recteur 236
Paysage d'hiver 241
Les Abandonnés 247
Un baptême 256
La Folle 262
Colonisons 268
? 274
L'Oiseau sacré 279
Une perquisition en 1894 285
Le Mur 291

Sur la route 296
Un point de vue... 301
Le Polonais 306
Les Marchandes du temple 311
Au pied d'un hêtre 318
Le Tronc 323
Pantomime départementale 328
Maroquinerie 333
Le Tambour 339
À Cauvin 346
Récit avant le gala 352
Pour M. Lépine 360
Le Gamin qui cueillait les ceps 367
La Fée Dum-Dum 374
La Vache tachetée 379
Dépopulation 385
Le Portefeuille 390
Il est sourd ! 396
Après 1789 ! 403
Âmes de Guerre 409
Ils étaient tous fous... 414

CHAPITRE V. — « DES EXISTENCES LARVAIRES »

Introduction 420
Contes vrais. Un raté 423
Nocturne parisien 429
La Justice de paix 435
La Table d'hôte 441

Un poète local 448
Le Nid de frelons 455
Les Deux amis 461
La Première émotion 467
Un administrateur 473
Monsieur Quart 479
Les Souvenirs d'un pauvre diable 484
Pour s'agrandir... 514
Mon pantalon ! 520
En attendant l'omnibus 525
Le Petit vicomte 531
En traitement (IV) 538
Homards à l'américaine 543
Les Deux voyages 549
Jour de congé 555
Tableau parisien 560

CHAPITRE VI. — « LES MÉMOIRES DE MON AMI »

Introduction 566
Les Mémoires de mon ami 571